本书得到山西大同大学优秀著作出版基金的资助

本书为山西大同大学博士科研项目"元杂剧中的民俗文化研究"（项目编号：2012–B–26）的最终成果

元杂剧中的
民俗文化研究

彭栓红 著

中国社会科学出版社

图书在版编目（CIP）数据

元杂剧中的民俗文化研究／彭栓红著 . —北京：中国社会科学出版社，
2017. 12

ISBN 978 - 7 - 5203 - 1456 - 5

Ⅰ.①元…　Ⅱ.①彭…　Ⅲ.①元曲—关系—风俗习惯—文化研究—
中国　Ⅳ.①I207.37②K892

中国版本图书馆 CIP 数据核字（2017）第 279412 号

出　版　人	赵剑英
责任编辑	刘　艳
责任校对	陈　晨
责任印制	戴　宽

出　　　版	中国社会科学出版社
社　　　址	北京鼓楼西大街甲 158 号
邮　　　编	100720
网　　　址	http://www.csspw.cn
发 行 部	010 - 84083685
门 市 部	010 - 84029450
经　　　销	新华书店及其他书店

印　　　刷	北京明恒达印务有限公司
装　　　订	廊坊市广阳区广增装订厂
版　　　次	2017 年 12 月第 1 版
印　　　次	2017 年 12 月第 1 次印刷

开　　　本	710×1000　1/16
印　　　张	22.75
插　　　页	2
字　　　数	369 千字
定　　　价	99.00 元

凡购买中国社会科学出版社图书,如有质量问题请与本社营销中心联系调换
电话:010 - 84083683

序

延保全

在中国，民间文学和民俗学伴随着五四新文化运动而兴起，今又乘文化强国、非遗保护之风而更成为"显学"。融通文史哲的跨学科研究是当今学术研究的一种趋势。从王国维"二重证据法"到黄现璠等人的"三重证据法"，戏曲研究不再局限于文献方面，对戏曲文物、戏曲民俗的研究逐渐成为戏剧戏曲学研究常态。自20世纪八九十年代以来，民俗与杂剧结合的研究逐渐增多。学人的研究视域不再局限于传统戏曲文本，还关注到戏曲文物对于元杂剧研究的重要性。

元代是戏曲、民俗发展承前启后的一个关键阶段。民俗文化对元杂剧的形成起着重要作用，而元杂剧演出活动本身也是一种民俗文化。此前，元杂剧民俗研究多集中在剧本中的个别民俗事象上，在还原元杂剧演出和曲牌研究上稍显薄弱。对元杂剧民俗事象更多的是挖掘、罗列和考证，对元杂剧整体的民俗事象进行全面归纳总结的成果较少，而民歌、歇后语和说唱等民间文学对元杂剧的影响研究近乎为空白。大元一统，多民族共存，北方狩猎游牧文化和中原农耕礼乐文化并存，这是元朝最大的时代特点。因此元杂剧具有地域性和民族性的特点，但是当前元杂剧中的少数民族文化研究亦相对薄弱。

栓红君的《元杂剧中的民俗文化研究》既有宏观的审视，又有微观的剖析。该著运用戏剧戏曲学、文艺美学、民俗学、社会学、语言学和戏曲考古等学科理论知识深入探讨元杂剧的生成演变规律，弥补了以往忽视元杂剧中民间文学的研究之不足，全面系统地爬梳元杂剧各类民俗文化，为今后从民俗学视角研究元杂剧提供了一些线索、思路和角度。该著还首次对元杂剧所涉及的寺庙神灵、神话传说、岁时节日等分类列

表统计，极具学术价值，对时代社会、历史变迁和民俗变迁对元杂剧的
影响亦十分关注，其中不仅注意到杂剧中的民俗遗存现象，而且注意到
了元朝"当代"民俗文化的传承与创新。特别是对元杂剧中少数民族民
俗文化的论述分析，资料上较为详尽，见微知著，多有新见，把民族融
合、历史政治和民俗文化结合，反映出民族融合对元杂剧创作的内在影
响。此前，学术界对元杂剧演出习俗研究较为薄弱，该著还首次探讨杂
剧中上厅行首与一人主唱及其民俗关系，并对"妆孤学俊""抟香弄粉"
和"抛髩"等化装表演与竹马表演中踏、骑、躧、跚竹马等杂剧表演形
态做了辨析，具有开拓意识。同时充分考虑剧本、观众、演员、剧场等
特点，并结合时代、民族、地域民俗特点，指出元杂剧存在民俗趋同的
现象，这既是受民俗文化圈影响的结果，也是杂剧演出吸引观众的策略。
在此基础上洞察到民俗认同、民族认同以及国家认同与元杂剧的关系，
层层剖析，既有历史的洞见，又有现实的反思，颇见功力。

《元杂剧中的民俗文化研究》一书中的元剧资料来源，既有原生态的
元刊杂剧，又有后代编选的元曲选，从而尽可能客观、真实地反映元杂
剧实貌。其推理论证资料来源，除了戏剧戏曲学经典之外，还涉及语言、
文学、历史、方志、笔记、类书和宗教等文献，也有《女真谱评》一类
的民间口头资料，甚至有碑刻、戏台和瓷器等文物，足见其开阔的学术
视野。细读此著，很多思路观点常令人耳目一新，在元杂剧研究中具有
拓荒性，如论述火炕、钱龙、虾蟆、影神、福气、太岁、五脏神、鸦崇
拜和九天女等，此外元杂剧中的三级权力文化网络、传说变迁现象、重
述神话和民俗文化圈等思想的提出，都是基于桳红君对民俗知识的积累
与思考，这正是戏剧戏曲学单一学科研究所欠缺的。

大胆怀疑，小心求证，是其治学之精神。桳红君基于自己多年对山
西民歌研究心得，利用山陕民歌资料，以今证古，并从古今民歌的承袭
演变、近代戏剧文学的吸纳角度对谭达先论述的元杂剧中的撒帐歌、政
治歌的分析观点做了进一步商榷探讨。对郑宾于《孟姜女在〈元曲选〉
中的传说》统计数据做了纠正，对钟涛《元杂剧艺术生产论》中元杂剧
时代划分做了细化和补充，并附断代依据。桳红君也对学术界杂剧中心
说的学术讨论提出自己的观点，通过列表梳理上厅行首及其主唱关系，
从人文、地理和民俗的角度探讨了剧本中河南艺人"多"和大都、平阳

艺人"少"的现象及原因。杂剧中心说一般仅仅关注剧作家、戏台的地域分布，而忽略杂剧演员和杂剧所记演出的地域性，栓红君弥补了学界研究这一不足。栓红君若能再深入结合当前文学地理学的一些理论方法，研究结果必定会更有趣。

孜孜不倦，关注元剧，深入分析。此著是栓红君博士论文的结晶，但也有补充和完善，融入了近年新的思考。如谈及元杂剧中的女真服饰民俗华丽贵重特征时还考虑到宋辽金元织物用金传统、宋元纺织技术的进步和"金以儒亡"的历史观点，论述女真骑马射箭习俗，又考虑到猛安谋克制度，等等，其学术视野进一步拓展。

文艺发展自古有一颠扑不破的规律，即雅俗互补，来自民间鲜活的生活，也是艺术创作的源泉。戏曲、民俗都扎根民间，我们的研究不能忽视这一点。从民俗文化的角度去研究"元杂剧"，对戏曲发展史而言，别具风味。以戏曲为研究对象，对民俗学来说也是一块可供探索的宝地。这种研究思路也契合了当下跨学科、跨文化领域的研究热潮，体现出栓红君一定的学术创新力与敏锐触觉。希望该书的出版会引起戏曲研究者与民俗学界的重视与关注，并成为跨学科研究的一次成功试验。

栓红君和我渊源颇深，2002 年就师从我攻读民俗学研究生，2005 年毕业后回到雁北师范学院（现大同大学）任教。2009 年又痴心不改，跟随我攻读戏剧戏曲学博士学位，三载后以优异的成绩毕业返校。后旋即被任命为文学院汉语言文学系主任，2013 年晋升副教授，可以说进步非常快。栓红君为人谦逊，踏实稳健，勤奋笃诚。工作任劳任怨，学习心无旁骛，交友肝胆相照，是我认同的为数不多的"真君子"。至真之人在做学问上也显得很"真"，愿意下"笨功夫"，所以往往能有所创获，且时有新见。目前已经发表论文二十余篇，出版著作多部，四年前被聘任为山西师范大学民俗学硕导，称得上年轻有为。作为他的导师，我备感欣慰。《元杂剧中的民俗文化研究》是在他博士论文的基础上完成的，捧读之时，当年师徒一起研磨论文的情景依旧历历在目。只是时光匆匆，前路迢迢，唯愿其学术日渐精进而已。

是为序。

丁酉年五月于山西师大蒲英园

目　　录

绪　论

一　选题的缘由和意义

从民俗的层面来看，人是一定民俗文化中的人，文艺创作者也不例外，在塑造人物形象、布局谋篇、传情达意等方面，常或隐或显地把民俗文化融入作品中。我们研究元杂剧，无法回避民俗视角，不得不正视民俗文化对元杂剧的影响和元杂剧演出构成民众民俗生活的一部分这一客观现实。

从古代文学史编写内容来看，先秦诸子散文、唐诗宋词元曲、明清小说，在现代学者眼中构成了古代文学的主干。如游国恩等主编的《中国文学史》（人民文学出版社 1964 年版）、董乃斌、钱理群主编的《中国文学史》（贵州人民出版社 2004 年版）、章培恒、骆玉明主编的《中国文学史》（复旦大学出版社 1996 年版）、袁行霈主编的《中国文学史》（高等教育出版社 2005 年第 2 版）、吉川幸次郎的《中国文学史》等都突出了元杂剧在文学史中的地位。吉川幸次郎认为"在中国的戏剧文学中，元曲是最优秀的"①，对元杂剧的研究是中国古代文学研究的重要领域。

从戏剧史角度来看，不可否认元杂剧是戏剧发展承前启后的一个重要发展阶段，王国维更称元杂剧为"真正之戏曲"。王国维的《宋元戏曲史》第七章"古剧之结构"说："真正之戏剧起于宋代……而论真正之戏曲，不能不从元杂剧始也。"② 吉川幸次郎的《中国文学史》认为元杂剧

---

① ［日］吉川幸次郎：《中国文学史》，陈顺智、徐少舟译，四川人民出版社 1987 年版，第 186—187 页。

② 王国维：《宋元戏曲史》，叶长海导读，上海古籍出版社 2009 年版，第 61 页。

是"中国最初的戏剧"①。元杂剧还被一些学者认为是中国戏曲的繁荣、成熟期。董每戡在《中国戏剧简史》中指出:"戏剧之所以到元特盛,不是无因。"②廖奔、刘彦君在《中国戏曲发展史》中说:"中国文化在宋金、宋元分治时期,出现奇妙的呈现,分别在南方和北方,几乎同时产生了戏曲的成熟形式。南方的为南戏,北方的为北杂剧。"③刘荫柏《元代杂剧史·绪言》认为:"元杂剧的出现,它标志着中国的戏曲艺术已发展到成熟的阶段,故戏曲史家称元代为中国戏曲的黄金时代。"④

从民俗发展史看,元代民俗有传承也有发展,还出现了一些新民俗,很多流传后世的著名的传说故事和民俗事象在此时初露端倪或丰富、定型,文艺创作中民俗的选择必受之影响。从戏曲民俗的视角来看,戏曲的发展从魏晋南北朝时期的《代面》《钵头》、唐参军戏、金院本、元杂剧、明传奇、清地方戏,其轨迹所至,从一开始就具有民间性,常以娱乐为目的,大量底层民众参与。演出时既运用具体的民俗砌末,也在剧本中涉及神话、传说、故事,并渗透各类民俗事象。戏曲与民俗,二者关系密切。民俗文化是戏曲生成的文化生态,戏曲是民俗生活中的戏曲。戏曲与民俗兼有草根性、民间性的特征,戏曲从剧本内容到演出场所都离不开民俗。民俗的地方性、民族性、变异性与稳定性对戏曲的语言、演剧方式、思想内容、戏剧冲突等都产生影响。唐文标在《中国古代戏剧史》中把戏曲视为民间艺术、平民文化和俗文学。郑振铎在《中国俗文学史》中把戏曲也视为俗文学,杨荫深、段宝林等学者也持此观点。很多民间文学教材把地方小戏或戏曲视为民间说唱文学。朱光荣认为:"民风民俗是特定的社会环境的重要组成部分。一部优秀剧作是离不开表现民风民俗的。好的民风民俗,是人民精神思想的寄托,把它编进戏曲中去,具有浓郁的生活气息。"⑤郑传寅先生也指出:"面向社会人生、面向大众的古典戏曲与风俗习惯的联系确实是非常密切的,民俗事象的大

① [日]吉川幸次郎:《中国文学史》,四川人民出版社1987年版,第175页。
② 董每戡:《中国戏剧简史》,商务印书馆1949年版,第102页。
③ 廖奔、刘彦君:《中国戏曲发展史》(第二卷),山西教育出版社2000年版,第12页。
④ 刘荫柏:《元代杂剧史·绪言》,花山文艺出版社1990年版,第1页。
⑤ 朱光荣:《论中国戏曲里俗文学的艺术魅力》,《贵州师范大学学报》1996年第1期。

量摄入使戏曲染上了浓厚的民俗色彩，其中尤以元人杂剧最为鲜明。"①
廖奔在《中国戏曲史》中说王国维偏爱元杂剧，以为真戏剧，元后无戏
剧是没有看到民俗文化与戏曲的关系："王国维过于偏爱元杂剧，过激地
得出明以后无戏曲的结论，这是只注目于戏曲的文学成就而忽视其民俗
之俗文化作用所造成的偏颇。"② 可见，戏曲与民俗关系之密切。

从民族史的角度看，北魏是由统一我国北方的鲜卑族建立的国家，
而元王朝是由统一全中国并开疆拓土的蒙古族建立国家的。元朝民族融
合的深度和广度，都是前所未有的。元杂剧在这样一个民族文化的背景
下孕育成熟，其所承载的丰富的多元民族文化和民族融合的历史信息是
极具研究价值的。

因此，基于文学史、戏曲史、民族史和民俗学的视野来观照元杂剧
是本选题的初衷。本选题以元杂剧研究为突破点，把民俗、民族与戏曲
关系做一个理性探讨，试图寻找这三者之间的关系。同时尽可能从戏曲
史和民俗史、民族史、文学史的角度予以全面关注元杂剧的生成与演变
规律。元杂剧研究一直是戏曲研究的重点，成果众多，但是如何能真实
地反映元杂剧的创作、演剧与民俗的关系，仍然有许多工作要做。

二 元杂剧民俗研究文献综述

王国维从史的角度研究元杂剧，1913 年《宋元戏曲史》完稿。王国
维是人们公认的开创 20 世纪中国戏剧史研究的第一人。元杂剧的研究从
早期戏曲史、考证研究以及对作家作品、人物、语言的具体化研究，到
借用文化学、叙事学、民俗学、音乐学、主题学等理论多角度研究，成
果丰硕。而以民俗学视野观照元杂剧研究，则起步相对较晚。笔者就近
百年元杂剧民俗研究略做梳理。

（一）20 世纪元杂剧民俗研究现状

20 世纪初，五四新文化运动给人们思想观念造成很大冲击，中国的
文人学者从民间文学中汲取灵感，激发乡土意识，关注底层人民的生活，

---

① 郑传寅：《民俗与戏曲的俗文化品格》，《戏曲研究》第 62 辑，中国戏剧出版社 2003 年
版，第 5 页。

② 廖奔：《中国戏曲史》，上海人民出版社 2004 年版，第 2 页。

在反思文学、文化的过程中，也给戏曲研究带来新曙光。20 世纪 30 年代，以郑振铎的《中国俗文学史》为代表的著作把元代散曲归为俗文学，开创了后世把戏曲归为俗文学的先河，一定意义上也拉近了戏曲与民俗的距离①。40 年代，徐嘉瑞的《金元戏曲方言考》（1948）按笔画编排方言顺序，对金元戏曲方言所做的考释，有助于人们更好地理解戏曲内容，而方言的研究视角，说明徐嘉瑞注意到了金元戏曲的民间性特点。这种研究思路对顾学颉和王学奇合撰的《元曲释词》（1988）、方龄贵的《古典戏曲外来语考释词典》（2001）等研究产生了一定影响。五六十年代中国戏曲的发展受时代影响，讨论人民性和现实主义精神，对元杂剧也有影响，如阿英的《元人杂剧史》中人民性的范畴多少与民俗学者的底层意识接近。叶德均的《戏曲小说丛考》（1979）从俗语角度考证元杂剧常用的"赵老送灯台"是宋元相沿袭的谚语②。80 年代前，学者们真正以民俗学学科的视角研究元杂剧的几乎没有，而且戏曲研究专家关于元杂剧民俗方面的研究鲜见。少数学者虽有一种乡土意识，以民间立场从方言俗语等角度触及元杂剧，但民俗视野略偏狭。

改革开放后，国人视野得到了开阔。20 世纪 80 年代，"亚洲四小龙"的经济奇迹让世界再次瞩目东方文化，再加上国际寻根文化思潮的影响，中国学者文化反思并融入文化寻根的世界潮流中，在钟敬文等前辈的号召下民俗学发展走上快车道。随着民俗研究热的兴起，元杂剧与民俗相结合的研究也渐为人们所重视。以台湾学者颜天佑的《元杂剧的平民意识》和澳籍华人谭达先的《民间文学与元杂剧》为代表，谭达先的《民间文学与元杂剧》（原名为《民间文学与元杂剧之关系》，是 1989 年香港大学博士学位论文，在 1994 年出版时更名为《民间文学与元杂剧》）依据《元曲选》和《元曲选外编》，梳理了元杂剧从民间故事、歌谣、谚语、谜语四个方面吸取、活用仿作情况，在方法上多用母题分类法③。笔者以为谭达先是有意识地以民俗学的眼光，从民间文学视野综合研究元杂剧的第一人。大陆学者 80 年代末出现了以《宋金元戏曲文物图论》

① 郑振铎：《中国俗文学史》，上海书店 1984 年版。
② 叶德均：《戏曲小说丛考》，中华书局 1979 年版，第 413—414 页。
③ 谭达先：《民间文学与元杂剧》，台湾学生书局 1994 年版。

（1987 年山西师范大学戏曲文物研究所编）和《宋元戏曲文物与民俗》（1989 年廖奔编著）研究戏曲（当然包括元杂剧）的新思路。而戏曲文物的视角必然考虑民俗文化背景，廖奔的《宋元戏曲文物与民俗》有意识地从民俗角度阐释民俗文化对戏曲的影响，但全书论述基于戏曲本位思想，元杂剧民俗方面的论述相对较少。翁敏华是从 20 世纪 80 年代以来能长期坚持从事戏曲民俗研究的学者，这一时期代表性论文有《戏曲曲牌与宋元民俗》（《文史知识》1988 年第 9 期）。而注意到元杂剧中少数民族题材的学者如车锡伦、袁爱国的《浅论女真族剧作家李直夫的杂剧〈虎头牌〉》（《内蒙古大学学报》1983 年第 4 期）；李勤西的《元代女真人杂剧〈虎头牌〉略论》（《西北民族大学学报》1987 年第 4 期）等，仅仅限于从文学角度解读其结构、冲突、人物、主题等，缺乏明显的民俗研究意识。

　　总之，20 世纪 80 年代是元杂剧与民俗结合研究的发轫期，研究人数少，成果也少。可喜的是学界已经注意到了民俗对于杂剧研究的促进作用。这一时期杂剧剧本选择主要是《元曲选》《元曲选外编》，主要是明刊杂剧，尽管发现了《元刊杂剧三十种》，但对其研究多集中在校勘方面。造成这一局面的原因，一定程度上是和民俗学在中国 80 年代处于学科探索阶段有关。

　　90 年代，我国南方学者的戏曲民俗研究成果较多，以康保成、翁敏华、吴国钦等为代表的知名学者从民俗的角度研究元杂剧。方法上，以元杂剧中的民俗事象为切入点，或溯源考述或分析其文化内涵。研究对象或进行剧本研究，针对剧本选"点"研究，关注一剧中的某一类、某一个民俗事象；或选面研究，挖掘元杂剧、宋元戏曲剧本中的时代民俗文化内涵；或进行作家研究，分析某位作家或作家群的杂剧中民俗文化渗透现象。这一时期代表性成果有：康保成的《元杂剧呼妻为"大嫂"与兄弟共妻古俗》（《扬州大学学报》1997 年第 6 期）；翁敏华的《宋元市井风俗与元杂剧〈魔合罗〉》（《民族艺术》1999 年第 2 期）、《论〈桃花女〉杂剧及其蕴含的"桃木辟邪"意象》（《上海师范大学学报》1999 年第 3 期）、《杂剧〈百花亭〉与宋元市商民俗》（《文学遗产》1999 年第 3 期）、《宋元戏剧伎艺人名号考论》（《中国民间文化》1992 年第 6 集）；吴国钦的《关汉卿杂剧中的民俗文化遗存》（《戏剧艺术》1999 年第 3

期）等。值得一提的是叶蓓的《浅析蒙古族文化对元杂剧形成及发展的影响》不像以往用文学的方法分析杂剧，而是试图探索少数民族文化对元杂剧形成发展的戏剧史规律，涉及蒙古族音乐、语言这类民族民俗文化对元杂剧的影响①。这一时期的著作以郭英德的《元杂剧与元代社会》（1996）和幺书仪的《元人杂剧与元代社会》（1997）为代表，著述中部分章节涉及元代民俗文化。

（二）21 世纪元杂剧民俗研究现状

21 世纪戏曲民俗研究有了群体自觉的趋势。一是对戏曲中的民俗事象的研究更细致更系统；二是意识到宏观地研究戏曲与民俗关系的重要性；三是方法上呈现积极探索的趋势。

刘祯在《戏曲与民俗文化论》中呼吁戏曲研究的民间立场，提倡回归民间②。戴峰在《戏曲与民俗的互动研究》中指出："着力挖掘戏曲与民俗的'关系'，应是今后研究的重点。"③ 此外还有解玉峰的《民俗学对中国戏剧研究的意义与局限》（《学术研究》2007 年第 9 期）。这种明确的戏曲民俗学理探讨，进一步推动了元杂剧民俗研究的深入发展。元杂剧民俗研究在宏观与微观研究上都有了突破。元杂剧民俗研究也趋向细化，如对衣食、婚丧、鬼魂等具体民俗事象的分析，如周玲的《元杂剧中的米食文化习俗》（《贵州大学学报》2004 年第 4 期）、孙利平的《元杂剧中的婚俗文化遗存》（《戏曲艺术》2001 年第 4 期）、罗斯宁的《元杂剧的鬼魂戏和元代的祭祀习俗》（《中山大学学报》2003 年第 3 期）、吴晟的《宋元戏曲中民俗事象撷要》（《广州大学学报》2005 年第 8 期）、袁燕军的《浅谈论元杂剧的婚俗》（《内蒙古师范大学学报》2007 年第 6 期）等。有从杂剧的唱曲及舞台科白等角度挖掘民俗对演剧的渗透，如以张连举的《论元杂剧唱曲及戏台动作中的民俗事象》（《求索》2005 年第 11 期）、《论元杂剧宾白中所表现的民俗事象》（《贵州大学学报》2009 年第 4 期），还有康保成的《酒令与元曲的传播》（《文艺研究》

① 叶蓓：《浅析蒙古族文化对元杂剧形成及发展的影响》，《民族文学研究》1997 年第 4 期。

② 刘祯：《戏曲与民俗文化论》，《戏曲研究》第 70 辑，文化艺术出版社 2006 年版。

③ 戴峰：《戏曲与民俗的互动研究》，《文艺报》2005 年 9 月 8 日第 007 版 "理论建设" 栏目。

2005 年第 8 期）等为代表。有从某一作家、作品角度归纳民俗事象，分析其文化内涵和结构特点的，如李玲珑的《论元代四大爱情剧情节程序的民俗文化特点》（《艺术百家》2006 年第 7 期）等。这一时期出现了一批能稳定地专注于元杂剧民俗研究的学者，如康保成、翁敏华、王政等。王政从民俗角度侧重研究戏曲母题，近年发表的诸多论文也多与元杂剧有关，如《元杂剧〈秋胡戏妻〉古俗考》（《戏曲研究》2002 年第 60 辑）、《元剧中的祈雨古俗略考》（《中国戏剧》2007 年第 12 期）、《元代戏曲中的拜月古俗考》（《戏曲研究》2008 年第 75 辑）等。其中《元明戏曲中的墓祭古俗考》（《民族艺术》2009 年第 3 期）对于元明戏曲中蕴含的墓祭民俗事象进行了剖析，认为戏曲中的民俗事象影响了戏曲母题和审美特征，提出建立戏曲民俗学的思想①。《元明戏曲中的"抛绣球"事象略考》（《名作欣赏》2011 年第 17 期）一文指出：元明剧作婚事中的抛绣球，有入赘婚古俗的痕迹，常与接丝鞭结合描写，闺中女子有一定择偶自主权，是一种较为灵活的文化"撮婚"形式，抛绣球择偶母题有文学史的背景意义②。

有从说唱文学等角度研究元杂剧的，如徐大军的《元杂剧演述体制中的说书人叙述质素》（《戏剧艺术》2002 年第 6 期）、朱恒夫的《〈窦娥宝卷〉与北杂剧〈窦娥冤〉之比较》（《戏曲研究》2003 年第 63 辑）、罗斯宁的《元杂剧在元代的口头传播》（《戏剧艺术》2005 年第 6 期）、任会平的《论宋代说唱艺术对杂剧形成之影响》（《吉林师范大学学报》2007 年第 6 期）等。还有从戏曲文物方面关注元杂剧的。山西师范大学戏曲文物研究所的学者们传承 80 年代的传统，彰显着自己的本色，常用戏曲文物与元杂剧文本互证的研究方法，近年代表性论文如《戏剧艺术》2011 年第 1 期发表的延保全的《宋金元戏曲化妆考略》和车文明的《中国古代戏台规制与传统戏曲演出规模》，从戏曲文物的角度论及元杂剧演剧特点。涉及元杂剧的著作有车文明、王福才、延保全编写的《平阳宋金元戏曲文物研究》（延边大学出版社 2005 年）；黄竹三、延保全合著的《中国戏曲文物通论》（山西教育出版社 2010 年）。其中《中国戏曲文物

① 王政：《元明戏曲中的墓祭古俗考》，《民族艺术》2009 年第 3 期。
② 王政：《元明戏曲中的"抛绣球"事象略考》，《名作欣赏》2011 年第 17 期。

通论》是我国第一部全面、系统研究戏曲文物的学术专著。对戏曲孕育、形成、繁盛不同时期的各类文物做了详细介绍，对戏曲文物中展现的演出场所、脚色行当、服饰化妆、砌末乐器等都予以专章考述①。还有学者从民俗与民族关系角度，认识到少数民族民俗文化对戏剧创作内容和杂剧形成的影响。这方面代表性的研究成果，如翁敏华的《〈秋胡戏妻〉杂剧与"桑林淫奔"古俗》认为《秋胡戏妻》是远古"桑林淫奔"习俗与中古"陌上桑"拒婚传说的双重叠合，既有少数民族自由开放的婚恋观，又有回归礼教的雅文化诉求②。此外还有李成的《金代女真文化对元杂剧繁荣的影响》（《黑龙江民族丛刊》2007 年第 1 期）、宋德金的《元杂剧中的金朝和女真人》（《文史知识》2010 年第 9 期）、郭小转、胡海燕的《从蒙古族习俗及文化心理看元杂剧大团圆结局》（《青海民族大学学报》2011 年第 1 期）、高红梅的《蒙古民俗文化对元杂剧的影响》（《内蒙古民族大学学报》2011 年第 2 期）。从民族融合角度关注元杂剧民俗现象的有戴峰的《民俗融合与元代宗教戏剧的世俗化》（《青海社会科学》2009 年第 6 期）和李义海的《民族融合在古代戏剧中的表现——元杂剧中的婚姻习俗》（《戏剧文学》2009 年第 12 期）等论文为代表。

2005 年以来，高校博硕学位论文从民俗角度研究元杂剧的人数也呈上升趋势，代表性成果是 2005 年中山大学周玲的博士学位论文《元杂剧民俗文化遗存研究》，该论文对元杂剧中的服饰、饮食、行旅、市商、婚俗、游戏、节日等民俗事象细化研究，认为元杂剧中民俗具有民族性（汉蒙）、乡土性（中外）、历史感（古今）、两重性（雅俗）特点，有助于深化作品主题，营造故事氛围，推进故事发展，丰富人物形象，深化人物性格，加强生活环境的典型性，以及对元杂剧题材风格的影响③。

据不完全统计，2005 年至 2011 年公开检索到的相关硕士学位论文有9 篇左右：武虹芊的《论民俗在元杂剧中的分布及其作用》（2006 年河北师范大学硕士学位论文）、张晓兰的《宋代伎艺及其对元杂剧的影响》

---

① 黄竹三、延保全：《中国戏曲文物通论》，山西教育出版社 2010 年版。

② 翁敏华：《〈秋胡戏妻〉杂剧与"桑林淫奔"古俗》，《中华戏曲》第 26 辑，文化艺术出版社 2002 年版。

③ 周玲：《元杂剧民俗文化遗存研究》，博士学位论文，中山大学，2005 年。

（2006 年兰州大学硕士学位论文）、王燕的《元杂剧与元代时尚风俗研究》（2007 年广西师大古代文学硕士学位论文）、张鹏宇的《元杂剧和元代民俗文化》（2007 年兰州大学硕士学位论文）、张静雅的《元杂剧的民俗文化研究》（2007 年山西师范大学硕士学位论文）、邸允峰的《文艺民俗学视野下的元杂剧鬼魂戏研究》（2008 年上海师范大学硕士学位论文）、袁燕军的《元杂剧民俗浅析》（2009 年内蒙古师范大学硕士学位论文）、叶利伟的《元散曲中的民俗文化研究》（2011 年陕西师范大学硕士学位论文）。近年硕士学位论文大多数都是对元杂剧中民俗事象的分类罗列，内容大同小异。而王燕、张晓兰和邸允峰的硕士学位论文稍有新意。王燕的《元杂剧与元代时尚风俗研究》认为：首先，时尚风俗选择元杂剧这一文体作为载体，体现了俗文学潮流的走向，促进了杂剧文体的成熟；其次，时尚风俗也使得元杂剧内容具有当下的意义，容易为观众接受；再次，时尚风俗奠定元杂剧俚俗的基调；另外，时尚风俗有利于扩大杂剧观众面；最后，少数民族文化因子的时尚风俗的介入，背叛了传统雅文学的审美观念，张扬了元杂剧的个性魅力[1]。张晓兰在《宋代伎艺及其对元杂剧的影响》一文中把宋金伎艺分为乐舞、说唱、泛戏剧和百戏四大类，探讨其对元杂剧的影响。邸允峰从文艺民俗学角度研究鬼魂戏，运用心意民俗相关理论，对驱鬼辟邪、岁时节令、复仇习俗等对鬼魂戏的熔铸做了分析[2]。台湾东吴大学中国文学系 2009 年硕士学位论文中林家如的《元杂剧中的民俗与民俗活动》论文通过阅读 162 本元杂剧，从元杂剧的婚丧喜庆、游戏技艺与节日、宗教信仰等民俗方面，表达圆满和谐的婚姻观、慎终追远的丧葬观、农村稳定生活的追求。进而指出元杂剧剧本中所包含的民俗与民俗活动大多是古代就存在的，一直流传至元朝的事实，但再未深入探讨。可喜的是该论文对两岸元杂剧研究概况作了较为详尽的综述[3]。

　　近年从民俗角度研究元杂剧的专著以 2007 年罗斯宁的《元杂剧和元代民俗文化》一书为代表，从元杂剧的传播、审美、题材、艺术、人物、

---

① 王燕：《元杂剧与元代时尚风俗研究》，硕士学位论文，广西师范大学，2007 年。
② 张晓兰：《宋代伎艺及其对元杂剧的影响》，硕士学位论文，兰州大学，2006 年。
③ 林家如：《元杂剧中的民俗与民俗活动》，硕士学位论文，台湾东吴大学，2009 年。

语言等方面作了梳理，涉及节日民俗、祭祀习俗、说唱文学、史诗等方面，研究范围较广，但部分民俗事象并未展开充分论述。由于受整体章节谋篇布局限制，有些民俗文化并未涵盖在内。研究视野涉及南北文化、民族文化、程序化叙事，以及对明清章回小说的影响等①。

2004 年以来，其他涉及元杂剧民俗研究的著作，如康保成在《中国古代戏剧形态与佛教》第四章中论述"金元杂剧形态与佛教"，认为印度佛教文化、中国佛教文化对元杂剧有影响。② 又如郎樱、扎拉嘎主编的《中国各民族文学关系研究》一书中论述了元代接受群体的变化，民族的交融对杂剧发展的影响等③。郑传寅的《传统文化与古典戏曲》则梳理了民俗文化、儒家文化、宗教文化与古典戏曲的关系，其研究视野"传统文化"基本上是从民间性和民俗文化角度切入，如戏曲中的节日民俗、尚圆习俗、宗教、梦戏等，举例多涉及元杂剧。在《色彩习俗与戏曲舞台的色彩选择》一章中还用戏曲文物和杂剧文本描写进行互证④。张维娟的《元杂剧作家的女性意识》（2005 年首都师范大学博士学位论文），旨在挖掘元杂剧作家的女性意识，内容上也涉及婚俗和礼俗，如谈到女性婚龄、婚姻程序和女性贞节以及婚恋与时令季节的关系问题。并且注意到妓女这一特殊的女性群体的生存境遇。该书有意识地把民俗与社会文化背景结合思考，反观社会伦理、科举等现象，给我们以启发⑤。卢世华的《元代平话研究：原生态的通俗小说》（2005 年中国社科院博士学位论文），谈到了平话与杂剧、诸宫调故事的同构，指出元杂剧对平话在故事取材、语言表述、通俗性风格的影响。该书还注意到平话中的民间意识：命定论、迷信方术、复仇与报恩、渴望发迹等⑥。王建科的《元明家庭家族叙事文学研究》从叙事学和主题学角度切入元杂剧研究，对元杂剧家庭剧的叙事艺术、文体特征和文化内涵做了解读。内容涉及情爱、家业财产、妓女、发迹变泰与家庭的关系。并且以史的眼光，把元明家

① 罗斯宁：《元杂剧和元代民俗文化》，广东高等教育出版社 2007 年版。
② 康保成：《中国古代戏剧形态与佛教》，东方出版中心 2004 年版。
③ 郎樱、扎拉嘎主编：《中国各民族文学关系研究》，贵州人民出版社 2005 年版。
④ 郑传寅：《传统文化与古典戏曲》，湖南人民出版社 2005 年版。
⑤ 张维娟：《元杂剧作家的女性意识》，中华书局 2007 年版。
⑥ 卢世华：《元代平话研究：原生态的通俗小说》，中华书局 2009 年版。

庭家族叙事作为一个整体研究，并上溯元前，下至现代文学中的家庭家族叙事，可谓宏论。作者把家庭家族剧作为关注的对象，内容多与家族民俗文化有关①。用社会文化学方法研究元杂剧也成为热点：如徐雪辉的《元杂剧文化研究》（2009 年山东曲阜师大古代文学博士学位论文），从多元文化和时代特点角度对元杂剧出现的成因、思想内容、艺术特点及其评价等方面进行分析，指出："元代文化造就了元杂剧的内容、形式、演出和批评，元代文化尤其是思想文化是元杂剧繁盛的依托；元杂剧的兴盛又反作用于元代文化，影响着元文化的发展方向。"② 此外，还有高益荣的《元杂剧的文化精神阐释》（2004 年陕西师范大学博士学位论文，中国社会科学出版社 2005 年版）、吴晟的《瓦舍文化与宋元戏剧》（中国社会科学出版社 2001 年版）等。

近年来从民俗视角研究元杂剧的国家级课题有：湖北第二师范学院戴峰主持的 2008 年教育部人文社会科学研究青年基金资助项目《民俗文化与宋元戏曲研究》，已经取得阶段性成果。河北省社科院陈旭霞主持的2011 年第三批国家社科基金后期资助项目（《青山正补墙头缺——元曲里的民俗》），也试图梳理元杂剧与民俗的关系。

可见，在进入 21 世纪的十多年中，从民俗视角研究元杂剧的现象呈现集中井喷之势，研究学者人数渐多，其中不乏戏曲界有影响的名家大家，有的学者更是长期稳定地从民俗学角度审视元杂剧。这一时期成果显著，涌现出一批有代表性的论文著作。研究关注点已经突破了对传统的婚丧民俗、节日习俗、个别民俗事象的挖掘，进而拓展到了民俗研究的各个领域，还注意到了少数民族民俗文化和民族融合对元杂剧的影响。

综上所述，新中国成立前元杂剧民俗研究方面的论著鲜见，随着民俗学热的兴起，20 世纪 80 年代以来民俗与杂剧结合的研究增多。苗怀明指出 20 世纪 80 年代以来中国戏曲研究走了一条"从文学的、平面的到文化的、立体的"道路③。这个"文化的"路子就包括元杂剧民俗文化

---

① 王建科：《元明家庭家族叙事文学研究》，中国社会科学出版社 2004 年版。

② 徐雪辉：《元杂剧文化研究》，博士学位论文，曲阜师范大学，2009 年。

③ 苗怀明：《从文学的、平面的到文化的、立体的——20 世纪 80 年代以来中国戏曲研究方法变革之探讨》，《河南社会科学》2003 年第 5 期。

方面的研究。但是从整体上而言，元杂剧民俗研究多集中在剧本个别或一类民俗事象的研究上，很多民俗事象还没有进入研究者的视野，全面系统地研究元杂剧中民俗文化的成果还不多。元杂剧中的民间文学研究相对薄弱。尽管元杂剧的民族性问题早已受到学界关注，但是民俗、民族与元杂剧结合的成果论著还略显单薄，也很少站在民族融合、民族认同的角度探讨民族民俗与元杂剧的关系。

民俗文化与戏曲文学结合的研究，往往是单向度研究，即民俗对元杂剧的影响或文本中的民俗表现，对杂剧选择此类民俗的原因探析缺少整体性观照和深度分析；往往是静态研究，而少动态的、发展的、变迁的角度研究，较少关注元代新民俗对元杂剧的影响。往往重视剧本研究，而忽视演剧研究以及把元杂剧当作一种民俗活动的研究。理论上从叙事学、民俗学、美学、文化学等跨学科的角度研究元杂剧，有待拓展。

鉴于此，本选题旨在从元杂剧中民俗的内涵和外延上有所丰富或拓展，在民俗、民族与杂剧关系的梳理上宏观把握，做些思考。在文学审美和戏剧表演两个向度上兼顾元杂剧与民俗的关系。

三 本书研究相关概念的说明

（一）元杂剧的界定

一般把元杂剧称为"北杂剧""北曲""元曲"的较多，如杨荫深的《细说万物由来》说："因曲调及产生地点的不同，向来称戏文、传奇、昆曲为南戏或南曲，称元杂剧为北剧或北曲。"① 徐扶明的《元代杂剧艺术》认为："杂剧之名，并非始于元代，而是在晚唐时期就已经有过的……及至元代，杂剧成为北曲杂剧的专名。这个专名的确定，大概最迟是在元代初年。"② 此外，杂剧还有传奇、乐府、幺末、院末等称谓。

元杂剧现存的元刊本为明代李开先收藏，后为清人曹玉烈、近代的罗振玉所得，1958 年《古本戏曲丛刊》第四集影印，名为《元刊杂剧三十种》，收录了 30 种元刊杂剧，只有曲文，少宾白。现存的明抄本有明代赵琦美辑的《脉望馆钞校本古今杂剧》，收元杂剧 100 种及部分明杂

---

① 杨荫深：《细说万物由来》，九州出版社 2005 年版，第 410 页。
② 徐扶明：《元代杂剧艺术》，上海文艺出版社 1981 年版，第 2—3 页。

剧，有些剧本为手抄本。1938 年郑振铎得此本，1958 年上海商务印书馆影印出版，收在《古本戏曲丛刊》第四集，剧后多附"穿关"。而明刊本较多，有臧晋叔编《元曲选》、王骥德编《古杂剧》、息机子编《古今杂剧选》、陈与郊编《古名家杂剧》、黄正位编校《阳春奏》、孟称舜编《古今名剧合选》等，其中以《元曲选》最为著名①。关于元杂剧的数量，没有准确的说法。赵琦美辑的《脉望馆钞校本古今杂剧》收元杂剧100 种。李开先的《改定元贤传奇》16 种，传世杂剧仅 7 种，这是明人第一次刊印元杂剧选本，较为接近元杂剧原貌。钟嗣成的《录鬼簿》著录元杂剧剧目451 种。贾仲明的《录鬼簿续编》著录元末明初无名氏杂剧 78 种。《元曲选》《元曲选外编》共收录被认为全本元杂剧作品162 种，其中无名氏所做 45 种。1998 年张月中主编的《全元曲》收录62 位元曲家和无名氏的杂剧共计 208 种，王季思主编的《全元戏曲》收录63 位杂剧作家的作品255 种。历代众家辑录元杂剧各不相同，数目统计也千差万别，兹引田同旭综合各家元杂剧收录情况及元杂剧数目的观点："故有元一代的元杂剧剧目约七百五十种左右，应当是较为合理准确的统计。"② "以《元曲选》《元曲选外编》《元人杂剧钩沉》为据，即元杂剧的传世作品全本一百六十二种，残本四十五种，共二百零七种。此统计已被学术界普遍认可接受。"③

今人对部分元杂剧作家和作品的争议主要牵涉元末明初的作品归属。李修生主编的《古本戏曲剧目提要》判断元杂剧的主要依据还是《元曲选》和《元曲选外编》，列为元杂剧的共150 种。列为明杂剧的有 12 种：王子一的《刘晨阮肇误入桃源》，谷子敬的《吕洞宾三度城南柳》，杨景贤的《马丹阳度脱刘行首》《西游记》，贾仲名的《铁拐李度金童玉女》《荆楚臣重对玉梳记》《萧淑兰情寄菩萨蛮》《李素兰风月玉壶春》，杨文奎的《翠红乡儿女两团圆》（《元曲选》认为是杨文奎作。李修生主编的《古本戏曲剧目提要》判为高茂卿所作，为明杂剧），李唐宾的《李云英风送梧桐叶》，无名氏的《升仙梦》，刘君锡的《来生债》。张正学的

①　罗斯宁：《元杂剧和元代民俗文化》，广东高等教育出版社 2007 年版，第 32—33 页。
②　田同旭：《元杂剧通论》上册，山西教育出版社 2007 年版，第 170 页。
③　同上书，第 172 页。

《近百年来戏曲文献的重要发现及其意义》一文依据《元曲选》和《元曲选外编》判定含有 10 种明杂剧（除掉上面提到的《李素兰风月玉壶春》和《来生债》）。田同旭则认为："对于贾仲明等人，应当归属元杂剧作家之列。……贾仲明等元末明初杂剧作家作品，应当称之为元曲之余波。"① 在此，笔者倾向田同旭的说法，论文中所指元杂剧仍以《元曲选》《元曲选外编》《元刊杂剧三十种》剧本为依据。

另外，对元杂剧的争议，还涉及元杂剧元刊本和晚明本的区别，也就是涉及元杂剧原貌和改编的问题。一般认为《元刊杂剧三十种》当是元杂剧的本来面目，是当时的演出抄本，无异议。徐沁君的《元人杂剧的珍本——谈〈元刊杂剧三十种〉》指出："在这三十种元刊杂剧中，最引起人们注意的是十四种孤本"②，分别是：关汉卿的《关张双赴西蜀梦》《闺怨佳人拜月亭》《诈妮子调风月》，尚仲贤的《尉迟恭三夺槊》，石君宝的《诸宫调风月紫云亭》，王伯成的《李太白贬夜郎》，狄君厚的《晋文公火烧介子推》，孔文卿的《地藏王证东窗事犯》，杨梓的《承明殿霍光鬼谏》，宫天挺的《严子陵垂钓七里滩》，郑光祖的《辅成王周公摄政》，金仁杰的《萧何月夜追韩信》，无名氏的《鲠直张千替杀妻》《小张屠焚儿救母》。而对于明人臧晋叔编《元曲选》中的作品目前学界颇有争议，认为臧晋叔"师心自用"，多在舞台提示、曲词宾白甚至第四折上加进新曲子和围绕大团圆结局改动，非"元杂剧"原貌，以荷兰学者伊维德的《我们读到的是"元"杂剧吗——杂剧在明代宫廷的嬗变》为代表③。

从民俗学的角度看，民俗具有传承性、稳定性特点，发展中也有变异。民间文学的传播，有个人创作集体流传模式和集体创作集体流传模式。民间文学中故事、传说、歌谣在传播中改编情况也很多。毫无疑问，元代文人有创作，也有改编，演员演剧也是在"改编"或二度创作。至于《元曲选》的改写问题，其基本要素是稳定的，尽管改后演剧实况无

---

① 田同旭：《元杂剧通论》上册，山西教育出版社 2007 年版，第 171 页。

② 徐沁君：《元人杂剧的珍本——谈〈元刊杂剧三十种〉》，北大中文论坛，2003。

③ ［荷兰］伊维德：《我们读到的是"元"杂剧吗——杂剧在明代宫廷的嬗变》，宋耕译，《文艺研究》2001 年第 3 期。

法考证，但是剧目为后人所遵循，选本仍在民间广泛流行是肯定的。更何况从"民"的角度考察，臧晋叔也是具有民间意识的"民"，他认为"大抵元曲妙在不工而工。其精者采之乐府，而粗者杂以方言"①，"曲上乘首曰当行"②，必然会尽可能地保留元杂剧的"本色"民间特征，不至于大改。尤其在民俗事象的选择和描述上，《元曲选》与元刊杂剧基本保持一致③。正是因为《元曲选》与《元刊杂剧三十种》中的民俗内容变化不大，元杂剧改编问题在"民俗"这一节点上，几乎可以忽略。因此，本文所指元杂剧主要是指元代作家创作的杂剧，还包括部分元末明初作家创作的杂剧，后人划归元代的杂剧。剧本主要以《元曲选》《元曲选外编》和《元刊杂剧三十种》为主。

我们一般把元杂剧分为早、中、晚期。王国维的《宋元戏曲史·元剧之时地》以蒙古时代（1234 年）为元杂剧史的起点；"此自太宗取中原以后，至至元一统之初"；"一统时代：则自至元后至至顺间"，至正时代。第一期以关汉卿、白朴、马致远、石君宝、纪君祥等 27 位作家为代表，此期元杂剧最盛，第二期以郑光祖、宫天挺、乔吉等 6 位作家为代表，第三期以秦简夫、萧德祥等 4 人为代表④。李修生也把元杂剧划分为三段，早期为 1234 年—1294 年，中期为 1295 年—1332 年，晚期为 1333 年—1368 年⑤。即蒙古时代、一统时代和至正以后。一般以王国维元杂剧三期划分影响较大。

（二）元代"民"与"民俗"界定

关于"民"的讨论向来集中在"民"的阶层性、民族性上，还有"人民""劳动人民"的提法。目前民俗学界对于民俗的"民"与"俗"是否需要分开界定存在争议，对于"民"的外延，众说纷纭。现在"民俗"的范围也在扩展，倾向于泛民俗化。我们无意深入探讨"民"与"俗"，之所以旧话重提，主要是基于本选题以元代这样一个独特的时代

---

① （明）臧晋叔：《元曲选·序》，中华书局 1958 年版，第 3 页。

② （明）臧晋叔：《元曲选·序二》，中华书局 1958 年版，第 4 页。

③ 参看附录 C：元杂剧中的神话传说一览表 2。

④ 王国维：《宋元戏曲史·元剧之时地》，叶长海导读，上海古籍出版社 2009 年版，第 73—74 页。

⑤ 李修生：《元杂剧史》，江苏古籍出版社 2002 年版，第 113—114 页。

为背景，蒙古族统一中国，多元文化、多民族并存，使得"民"和"民俗"内涵复杂，因此有必要对论文中涉及的"民"和"民俗"做一些简单说明。

关于"民"，众所周知，钟敬文提出"文化分层理论"："我向来认为中国传统文化有三个干流。首先是上层社会文化，从阶级上讲，即封建地主阶级所创造和享有的文化；其次是中层社会文化，城市人民的文化，主要是商业市民所有的文化；最后是底层（下层）社会的文化，即广大农民所创造和传承的文化。"① 钟敬文侧重研究下层文化，本选题侧重钟敬文所说的中下层文化研究，因此本文的"民"一般指中下层民众，主要指市民、农民。考虑元朝独特的时代性，论文中出现的"民"，还会包括底层知识分子、官妓等弱势阶层群体。由于元代四等人的划分，很多受压迫的各族人民也都归为底层人民。

关于"俗"，高丙中认为："民俗之'俗'的外延'已经扩展到全部的社会生活、文化领域了'，但是，它并非全部的社会生活、文化领域，其中，只有那些在内涵上具有'集体的、类型的、继承的和传布的'等性质的现象才是'俗'。"②

钟敬文认为："民俗，即民间风俗，指一个国家或民族中广大民众所创造、享用和传承的生活文化。"③ 高丙中认为："民俗是具有普遍模式的生活文化。"④ 民俗具有传承性、集体性的特点，一般情况下民俗能跨越时代而传承，有些民俗则是一个时代独有的民俗。民俗受地域和民族的影响较大。元代幅员广阔，南北民俗文化差异较大，民族民俗文化异常丰富，少数民族民俗值得关注。

因此，本选题元杂剧中的"民"，主要指中下层民众，包括市民、农民、失意文人、落魄贵族、官妓等。从民族的角度来说，涵盖了各民族中下层人民。

元杂剧中的民俗，是广义上的民俗，并非指元代独有的民俗，既有

---

① 钟敬文：《话说民间文化·自序》，人民日报出版社 1990 年版，第 3 页。
② 高丙中：《民俗文化与民俗生活》，中国社会科学出版社 1994 年版，第 75 页。
③ 钟敬文主编：《民俗学概论》，上海文艺出版社 1998 年版，第 1 页。
④ 高丙中：《民俗文化与民俗生活》，中国社会科学出版社 1994 年版，第 169 页。

元代继承前代的传统民俗，又有在元代新生的、变异的民俗；既有南北不同地域的民俗文化，也有不同民族共同享有的民俗和各民族特有的民俗，这些民俗事象都是笔者研究的对象。本文涉及的"民俗文化"也是广义上的概念，包括民间文学和民俗事象。

另外，文中用到了乌丙安提出的"民俗质""民俗素"两个概念。"构成民俗事象的最原初、最基本的质料（material），简称民俗质"①。"由若干民俗质构成的一个个民俗单位，可以叫做民俗素……任何一个民俗素，都有一组表现或鲜明或隐晦的含义的事物，这些事物的展示形成一个民俗表现形式，传达一个民俗意义或象征一个民俗意义，这便是一个相对独立完整的民俗素"②。不是任何事物都可以做民俗质，如"赤绳"，本身不构成民俗质。若与"月老"和"系足"联系有了"婚姻"的意义，就成为民俗质了。元杂剧中各种民俗质、民俗素，往往能构筑出一个个鲜活的民俗意象，并用之传情达意。

四　研究方法、难点、目标

（一）研究方法

采用宏观与微观研究相结合的方法。宏观方面，尽量结合时代特点，综合考虑文学、戏剧、民族、民俗等因素对元杂剧的影响，运用民俗学、美学、人类学等多学科知识观照、解读元杂剧。

微观方面，前人研究较多的民俗事象，尽量少述或换个角度思考。前人论述较少或未涉及的民俗领域，详细论述。既要有某一类民俗文化的整体研究，也有某一民俗事象的个案研究。

运用文献法，对元杂剧中的一些民俗文化溯源，探讨其继承与新生的民俗元素，以及不同民族民俗文化的共性与个性特征。

（二）研究难点

一是详略取舍难，元杂剧研究成果众多，有些不得不提及，难免重复；二是资料来源无新意，元杂剧研究必备经典文献众所周知，文献阅读量大，但是元代少数民族文献资料有限，再加上历史上元杂剧实际演

---

① 乌丙安：《民俗学原理》，辽宁教育出版社2001年版，第13页。

② 同上书，第15页。

剧情况资料的欠缺，很难弄清元杂剧发展的真实状态；三是元杂剧研究学界的争议点难以处理，如改写和原貌的问题、作家作品断代的问题、民俗事象断代的问题等。

（三）研究目标

一是全面梳理元杂剧所蕴含的民俗文化，做些基础性的资料整理工作；二是探讨民俗文化对元杂剧创作的影响；三是分析元杂剧蕴含丰富民俗文化的动因。

第 一 章

元杂剧中的民俗文化分类

中国民俗学泰斗钟敬文主编的《民俗学概论》在"绪论"中把民俗事象分为四类，即物质民俗、社会民俗、精神民俗和语言民俗。其中语言民俗"它包括两大部分：民俗语言与民间文学"①。1979年，钟敬文在北师大授课时谈到《民俗学与民间文学》，又说"民间文学作品及民间文学理论，是民俗志和民俗学的重要构成部分"②。乌丙安的《中国民俗学》把"讲故事、讲笑话、唱歌谣、猜谜语"归为游艺民俗中的民间口头文学活动类③。方纪生编著的《民俗学概论》列"故事歌谣及成语"一章④。英国民俗学家博尔尼把民俗事象分为信仰和行为、习俗和故事歌谣俗语三大类，又说"传统的故事可以粗略地分为神话、传奇（包括英雄故事）、长篇英雄故事和民间传说"⑤。关敬吾认为日本民俗学之父柳田国男把民俗分为三大类：有形文化、语言艺术和心意现象，其中语言艺术就包括民间口头文学⑥。关敬吾所列民俗学七大类研究范围之一的"口承文艺"也包括传说、故事、歌谣、谚语等民间文学内容⑦。也就是说，中外民俗学界广义上的民俗研究范畴包括民间文学，这已成为学界共识。

---

① 钟敬文主编：《民俗学概论》，上海文艺出版社2002年版，第5页。

② 钟敬文：《钟敬文文集（民俗学卷）》，安徽教育出版社1999年版，第162页。

③ 乌丙安：《中国民俗学》，辽宁大学出版社1999年版，第353页。

④ 方纪生编著：《民俗学概论》，北京师范大学史学研究所资料室1980年版。

⑤ ［英］查·索·博尔尼：《民俗学手册》，程德祺等译，上海文艺出版社1995年版，第211页。

⑥ ［日］关敬吾编著：《民俗学》，王汝澜、龚益善译，中国民间文艺出版社1986年版，第24页。

⑦ 同上书，第27页。

尽管民俗学广义上包括民间文学，但是考虑民间文学叙事成分较重、文学性较强的特点，我们结合钟敬文把语言民俗分为"民俗语言与民间文学"的观点，为了本文研究的方便把语言民俗中的民间文学单独论述，而把语言民俗中的民俗语言放在民俗事象中的语言民俗文化中加以论述。因此，我们姑且笼统地把民俗文化分为民间文学和民俗事象两部分，并参考民间文学教材的体裁分类和戏剧"歌舞演故事"的特点，拟从散文体民间文学（神话、传说、故事）和韵文体民间文学（歌谣、谚语、谜语、歇后语）两部分来观照民间文学对元杂剧的渗透和影响。民俗事象又遵循传统的物质、精神、语言（不包括民间文学部分）、社会民俗的四分法的分类。

第一节　民间文学部分

一　散文体民间文学

从民间文学的角度看，散文体民间文学主要包括神话、传说故事。

（一）神话

中国神话按地域划分，顾颉刚将其分为昆仑神话和蓬莱神话。他说："中国古代留传下来的神话中，有两个重要的大系统：一个是昆仑神话系统；一个是蓬莱神话系统。昆仑神话发源于西部高原地区，它那神奇瑰丽的故事，流传到东方以后，又跟苍茫窈冥的大海这一自然条件结合起来，在燕、吴、齐、越沿海地区形成了蓬莱神话系统。"[①] 我们一般认为，昆仑神话的内容主要涉及我国西部，蓬莱神话在内容上多描述我国东部。从文化特征上看，前者为大陆型神话系统，后者为海洋型神话系统。自秦汉神仙思想兴盛以来，逐渐发生"神山"向"仙山"的文化转变。因此我国神话两大体系也与神仙思想结合，产生了两大仙境。潜明兹就说古代仙境有两大系："一是西方的昆仑山，另一是东方的蓬莱山。"[②]

蓬莱神话空间上以三岛、八洞、十洲为代表，"道教称距陆地极遥远

---

① 顾颉刚：《〈庄子〉和〈楚辞〉中昆仑和蓬莱两个神话系统的融合》，《中华文史论丛》第2辑，上海古籍出版社1979年版。

② 潜明兹：《中国古代神话与传说》，商务印书馆1996年版，第190页。

的大海之中有三岛十洲，都是人迹罕至的地方，那里长满了可使人不死的仙草灵芝，神仙们则在这些岛之上风姿清灵，逍遥自在"①。《海内十洲记》载有十洲三岛，又云："瀛洲在东海中，地方四千里……上生灵芝仙草。又有玉石，高且千丈。出泉如酒，味甘，名之为玉醴泉，饮之，数升辄醉，令人长生。"② 元杂剧对蓬莱神话的记述以蓬莱、瀛洲、方丈海中三神山出现最多，尤其以蓬莱为最。杂剧中蓬莱还有蓬壶、蓬山、蓬岛之称呼，此外还有蓬莱岛、蓬莱洞、蓬莱阁、蓬莱宫。元杂剧中"蓬莱"的山、岛、洞、宫、阁等提法，当与元代道教兴盛有关，并受道教文化的影响。中国人民大学哲学院干春松教授指出："三岛的原型为三神山，即先秦的传说中的蓬莱、方丈、瀛洲，后《云笈七签》定三岛为昆仑、方丈、蓬丘。"③ 这里说的"蓬丘岛"即蓬莱山。"昆仑岛"是由昆仑山演化而来的，只不过搬到了海上。《山海经》第一次把"蓬莱"作为海中神山，在先秦仙话时期，转入"仙山"。陈刚的《唐前蓬莱神话流变考》认为"秦朝是蓬莱神话转变和定型时期"，秦始皇求仙寄望不死便与蓬莱联系起来，也影响到汉武帝及其方士求仙，"汉朝的蓬莱神话继承秦朝，继续发展，最终实现从神到仙的转变"，魏晋南北朝时期蓬莱的仙山地位更加巩固，蓬莱仙人增多，且系统化，蓬莱也"转变为万人瞩目的海中仙山之首"，成为求仙问道的仙乡④。元杂剧中"蓬莱"是海上"仙境"的代名词。蓬莱神话的海洋意识体现在元杂剧中"海岛""大海""六鳌""青山隐隐水迢迢"等曲文唱词中，如《留鞋记》第二折正旦唱："则教我看灯罢早早回来，你看那月轮呵光满天，灯轮呵红满街，沸春风管弦一派。趁游人拥出蓬莱，莫不是六鳌海上扶山下，莫不是双凤云中驾辇来，直恁的人马相挨。"传说渤海之东有瀛洲、方壶、蓬莱等五仙山浮于海上，六鳌为负载仙山的六只神龟。扶山位于广东琼州城东南，

---

① 干春松：《神仙传》，社会科学文献出版社 2001 年版，第 120 页。

② （汉）东方朔：《海内十洲记》，王根林校点，《汉魏六朝笔记小说大观》，上海古籍出版社 1999 年版，第 65 页。

③ 干春松：《神仙传》，社会科学文献出版社 2001 年版，第 120—122 页。

④ 陈刚：《唐前蓬莱神话流变考》，博士学位论文，华中师范大学，2011 年。

"道书谓天下七十二福地，此为第二十四福地"①，有陶公在此修炼成仙。《留鞋记》借助蓬莱神话表达元宵节夜晚华光璀璨，烟雾缭绕，热闹非凡，似人间仙境。《误入桃源》第四折："四顾寂寥，绿树依依云渺渺。一声长啸，青山隐隐水迢迢，……也是我寻真误入蓬莱岛。"《张生煮海》第一折："海上神仙年寿永，这蓬莱在眼界中。"蓬莱及三仙岛是神仙聚集地，也是修仙的理想所在，如《金安寿》第一折："（铁拐云）从三岛来。（正末云）往哪里去？（铁拐云）特来度你为神仙，往蓬莱去。"《竹叶舟》第四折："俺那里有苍松偃蹇蛟龙卧，有青山高耸烟岚泼，香风不动松华落，洞门深闭无人锁，俺和你去来也么哥，俺和你去来也么哥，修真共上蓬莱阁。"《来生债》第三折："则愿的一帆西风，送上我那三岛蓬莱。"由于元人对于蓬莱等三神山的熟悉，元杂剧还出现新创词汇"蓬瀛"，如《刘行首》第四折："打坐是怎生，……丹田养就元阳气，存正理何愁不到蓬瀛内。""蓬瀛"实为蓬莱、瀛洲的合称。

蓬莱神话的海洋思维，影响到元杂剧出现渡海、蓬莱修仙、寻药或采药意象。蓬莱神话的海洋思维与唐宋以来的八仙传说结合，影响到杂剧八仙戏，并催生了后世八仙过海故事。

八仙过海同赴蓬莱仙境的"渡海"表达，如《铁拐李》第四折："我访七真游海岛，随八仙赴蓬莱。"《岳阳楼》第三折吕洞宾打愚鼓简子词云："后走到东海东边，灵芝草、长生草，二三万岁；婆罗树、扶桑树，八九千年……"元杂剧八仙戏中八仙选东海之滨的蓬莱作为修真之所，恰是构成八仙渡海文化的关键文化要素。至今蓬莱市有蓬莱八仙庙会。

蓬莱神话中寻药情节在元杂剧中也有反映，《陈抟高卧》第二折："谁待要老去攀龙，则不如闲来卧云。试看蓬莱寻药客、商岭采芝人，天下已归汉，山中犹避秦。"《岳阳楼》第二折："世俗人休笑俺神仙无定也。（唱）早来到绿依依采灵芝徐福蓬莱。"《竹坞听琴》第一折："并香肩月下星前，共指三生说誓言。我也到不的蓬莱阆苑，羞对着药炉经卷，我愁的是小窗孤枕夜如年。"

---

① （清）郝玉麟等监修，鲁曾煜等编纂：《广东通志》（一）卷十三，《四库全书》第562册，上海古籍出版社1987年版，第491页。

　　蓬莱神话中常提到寻药和采药，《竹叶舟》第二折有到瀛洲寻药采瑞草的唱词，《刘行首》第二折也有在蓬莱方丈"采药苗"之语。《陈抟高卧》《岳阳楼》等剧所采药种多为灵芝。灵芝在古文献中又被称作瑞草、灵芝草等，传说可治万病，又名"不死药"。灵芝喜温，分布在我国热带、亚热带和温带地区，主要是南方的江浙、岭南、沿海地区及地处温带的东北部分地区。灵芝的这种生长环境与蓬莱神话的海洋性气候较为适宜。而昆仑神境中的神奇药用植物在《山海经·西山经》记载的主要是"对人具有保护和滋补功能的沙棠、薲草"①。

　　这里有个有趣的问题，汉族蓬莱神话相对昆仑神话数量较少，但是在元杂剧中"蓬莱"因素并不少，而深居内陆的北方民族包括蒙古族又如何理解蓬莱神话呢？我们一般认为这与元代道教文化的兴盛有关，固然没错。但是我个人以为元人海洋视野的拓展和海洋思维的形成，使得杂剧作家钟爱蓬莱神话。元时代指南针普遍运用，元人掌握了一定的海洋气象知识，海洋漕运发达，还有能载千人的远洋船舶，海上贸易较前朝兴盛。元朝与高丽的关系特殊，元世祖时期还曾登陆琉球，九次遣使与日本试图通好。有元一代还远征今缅甸、越南（安南）、印度尼西亚（爪哇）等，《元代疆域图叙》包括了今天的南沙群岛。可见，元朝在今天的东海方向和南海方向都有或和或战的历史，元人的视野也不局限于横跨欧亚大陆，而是初具海洋思维和海洋战略视野。李金明在《我国史籍中有关南海疆域的记载》中指出："早在宋元时期，我国南海疆域的范围与界限已基本确定下来：其西面与越南北部的交趾洋接境，西南面到达越南东南端的昆仑洋面，南面与印度尼西亚的纳土纳群岛相邻，东南面到达文莱与沙巴洋。"② 葛兆光也敏锐地认识到元时期海洋方向的这种新变化，说：

　　　　自从唐宋两代中国西北丝绸之路相继被吐蕃、契丹、西夏、女真、蒙古遮断，而"背海立国"的宋代逐渐把重心移向东南之后，

---

　　①　李炳海：《原始宗教灵物崇拜的载体——洋洋大观而又井然有序的昆仑》，《世界宗教研究》2005 年第 1 期。

　　②　李金明：《我国史籍中有关南海疆域的记载》，《中国边疆史地研究》1996 年第 3 期。

尽管有元时代横跨欧亚，但毋庸置疑的是，或宽阔或狭窄或交错或宁静的"东海"，似乎渐渐取代"西域"，成为元明以后中国更重要的交流空间，同时也因为政治、经济与文化上的种种原因，日本、朝鲜、琉球、越南以及中国等等，在这个空间上演了彼此交错与互相分离的复杂历史，这使得"东海"成为一个相当有意义的历史世界。①

正是元人的海洋大视野和元代沿海贸易的兴盛，使得文学也有了"海洋"味道，近代甚至有人提出元代浙东海洋文学一说②。在元代这样一种海洋文化背景下，反观元杂剧中的蓬莱神话，这种"海洋味"就显得再正常不过了，元杂剧中大量运用蓬莱神话，也是元人对外面世界——海洋世界的一种神奇想象——海岛风光，奇珍异草，与道教神仙文化的结合。

元杂剧中昆仑神话，首先表现为对昆仑及其地理的神圣表述。昆仑神话在空间地理上以"昆仑山"和"瑶池"为典型代表。《山海经·海内西经》云："海内昆仑之墟，在西北，帝之下都。昆仑之虚，方八百里，高万仞。上有木禾，长五寻，大五围。面有九井，以玉为栏。面有九门，门有开明兽守之，百神之所在。"③《山海经》中的昆仑山极高，是"帝之下都""百神之所在"。很多元杂剧都出现"昆仑"一词，如《张天师》《黄粱梦》《误入桃源》《东窗事犯》《张生煮海》《玩江亭》《伊尹耕莘》《㑇梅香》《城南柳》《庄周梦》《圯桥进履》《竹叶舟》等。《元刊杂剧三十种》中有《东窗事犯》《竹叶舟》两剧提到"昆仑"。杂剧描述"昆仑"山高、雾大、离天近，是基于神话的表述。如《张生煮海》就有"高崒嵂山势昆仑大"之语。《黄粱梦》也有"上昆仑，摘星辰，觑东洋海则是一掬寒泉滚，泰山一捻细微尘"的唱词。《圯桥进履》

———————

① 葛兆光：《从"西域"到"东海"——一个新历史世界的形成、方法及问题》，《文史哲》2010 年第 1 期。

② 张如安：《元代浙东海洋文学初窥——以宁波、舟山地区为中心》，《浙江海洋学院学报》2006 年第 3 期。

③ 郭璞注，毕沅校：《山海经》第十一卷"海内西经"，上海古籍出版社 1989 年版，第 93 页。

有"腾腾杀气，浑如那雾罩昆仑；霭霭征云，不见了青天白日"的唱词。元杂剧直接描写昆仑与神话结合的是后羿射日神话，如《张天师》就有"想当初尧王时有十个日头，被后羿在昆仑山顶上，射落九乌，止留的你一个"的台词。《㑇梅香》也有"当日尧王时，有十个日头，被后羿在昆仑山顶上，射落九个，止留你一个。你晓来夜去，催迫了多少好人"的台词。后羿站在昆仑山顶射日，从侧面说明"昆仑山高，离天最近"，才有射落九日的奇效。

　　元杂剧中的昆仑山高雾大，离天近，这与古代神话中认为高山或参天大树是通天的天梯一脉相承。《论衡·道虚》云："如天之门在西北，升天之人，宜从昆仑上。淮南之国，在地东南，如审升天，宜举家先从昆仑，乃得其阶。"① 乌丙安指出古人对于大山的理解，"一种认为是通往上天的路，因而有神秘性；另一种认为山是幻想中神灵的住所，因而值得崇拜"②。先巴的解释是"道教中的'仙'，古作'仚'，形象地表明人登上山就成了仙"③。

　　元代道教兴盛，昆仑与道教结合，并被描述为道家仙人修炼和居住之地。这一观念影响到杂剧，如《竹叶舟》："百年一枕沧浪梦，笑杀昆仑顶上人，贫道列御寇的便是。"《玩江亭》："吾传太清之道，隐于昆仑山中，以东华至真之气，碧海之上，苍灵之墟，修真养性。"《伊尹耕莘》东华帝君言："昆仑照彻灵虚境，别是蓬壶一洞天。"

　　瑶池是昆仑神话中另一个神圣空间。"瑶池，古代传说昆仑山上的池名，西王母所居的地方。"④《元曲选》中"瑶池"一词共出现 26 次。元杂剧中"瑶池""蓬莱""阆苑"等作为神仙居所和修行之地，为众仙所向往。杂剧常出现仙境地点并称的现象。"瑶池"与"蓬岛"并称，如《度柳翠》："则一棹风前浪底，咫尺是蓬岛瑶池。"《城南柳》第四折："更有那宝殿参差，蓬山掩映，瑶池摇漾，全不比半亩方塘。""紫府"常在道教典籍中出现，"瑶池"与"紫府"并称，表现出道教文化的痕迹，

---

① 北京大学历史系《论衡》注释小组：《论衡注释·道虚篇》，中华书局 1979 年版，第413 页。

② 乌丙安：《中国民俗学》，辽宁大学出版社 1999 年版，第 283 页。

③ 先巴：《昆仑文化与道教神仙信仰略论》，《青海民族学院学报》2006 年第 4 期。

④ 王德有、陈战国主编：《中国文化百科》，吉林人民出版社 1991 年版，第 496 页。

《金安寿》第一折："（铁拐云）你今跟我出家去，脱离尘寰，便登仙界。乘苍鸾，跨彩凤，稳坐瑶池紫府，俯视三茅太华，可不好那?""瑶池"与"阆苑"并称。阆苑，又称阆风苑，传说是西王母居住过的地方，位于昆仑之巅。杂剧中"阆苑"和"瑶池"都代指神仙居所。《任风子》有"你莫不游阆苑瑶池来"之语。"蓬壶""瑶池""阆苑"三者同时出现，代指仙境。如《金安寿》第三折："拜辞了翠裙红袖簇，朱唇皓齿扶。梦回明月生南浦，向无何深处，步瑶池，游阆苑，到蓬壶。"

相传昆仑山的仙主是西王母，《山海经·大荒西经》载："西海之南，流沙之滨，赤水之后，黑水之前，有大山，名曰昆仑之丘。有神，人面虎身，有文有尾，皆白，处之。……有人，戴胜，虎齿，有豹尾，穴处，名曰西王母。"[1]鲁迅先生认为："中国之神话与传说，……其最为世间所知，常引为故实者有昆仑山与西王母。"[2]鲁迅的论断，正是看到了昆仑神话在中国神话中的突出地位。传说西王母居住在瑶池，因此，"西王母"与"瑶池"作为一个整体文化意象，常并称出现。《误入桃源》第三折："若不游嫦娥月窟，必定到王母瑶池。"西王母神话中汉武帝与西王母瑶池相会对元杂剧爱情婚姻故事产生影响，如《墙头马上》第二折提到"瑶池七夕会"。《萧淑兰》第四折媒念诗云："碧汉飞双凤，瑶池宿两鸳，洞房花烛夜，人月共团圆。"西王母掌管长生不死之药，瑶池更有西王母召集众仙举办的饮酒欢乐的蟠桃盛会，《城南柳》第四折吕洞宾度城南柳说："既知你本来面目，我今番度你成道，如今跟俺群仙，同赴瑶池西王母蟠桃会去。"瑶池众仙齐聚共庆蟠桃会，这是喜庆狂欢的盛会。《竹叶舟》第四折："（词云）西望瑶池集众真，东来紫气彻天门，从今王母琼筵上，共献蟠桃增一人。（陈季卿同众共拜科）（正末唱）[煞尾]会瑶池庆赏蟠桃果，满捧在金盘献大罗，增俺仙家福寿多，保俺仙家永快活。"正是因为瑶池担负了群仙聚会的功能，也少不了八仙与会，《城南柳》第四折："小圣乃西池金母是也，今日设下蟠桃宴，请八洞神仙都来赴会咱。"《金安寿》第四折金母让八仙舞蹈，八仙上，歌舞科唱到"真仙聚会瑶池上，仙乐和鸣鸾凤降，鸾凤双飞下紫霄，仙鹤共

---

① 郭璞注，毕沅校：《山海经》第十六卷"大荒西经"，第112页。
② 鲁迅：《鲁迅小说史略》，上海古籍出版社2006年版，第7—8页。

舞仙童唱。仙童唱歌歌太平，尝得蟠桃寿万龄，瑞霭祥光满天地，群仙会里说长生"。

元杂剧中昆仑神话数量较多，著名的有女娲补天、共工触山、嫦娥奔月、蟠桃盛会、后羿射日、黄帝战蚩尤、夸父逐日等。涉及嫦娥神话的如《金钱记》第一折韩飞卿眼中的王柳眉是"……似轴美人图画画出来怎如他这娇娘，恰便似嫦娥离月殿，神女出巫峡"。还有《西厢记》《西游记》《潇湘雨》《东墙记》等用"嫦娥"表达女性的美丽孤寂。涉及射日神话的如《西厢记》中"无端三足乌，团团光烁烁；安得后羿弓，射此一轮落？谢天地！却早日下去也"的台词，剧中用射日神话表达时间难耐，度日如年，情人间渴望相聚的焦灼心情。昆仑神话体系中的神祇有伏羲、女娲、炎帝、黄帝、共工、后羿、蚩尤、大禹、周穆王、东王公、牛郎织女等，在杂剧中均有体现。

元杂剧提及的众多神灵，基本属于昆仑神话体系的神祇，也具有大陆型神祇特点。而海洋型神祇很少。这种状况与中国神话自身的特点有关，即昆仑神话远比蓬莱神话数量多、神祇多、故事内容丰富。此外，宋辽金是大陆型国家，元统一中国，也主要在大陆扩展，不管是游牧文化还是农耕文化，不管是边塞文化还是中原文化，都以大陆文化为主。这种历史与现实的文化特点，决定了元杂剧的神祇以昆仑神话大陆型神祇为主的叙述特点。元杂剧中的神灵，从宗教角度看又以道教神祇为主。元杂剧中东王公、西王母、东华帝君、太上老君等神灵的频繁出现，也是元代道教兴盛的见证。因此，元杂剧讲述神话故事，表现神灵时，主要折射出中国神话的自身特点、宋辽金元大陆型文化特色，以及元代道教兴盛的时代性。

（二）传说、故事

宋元时期是"中国民间故事集大成的时期"[①]，出现了诸如《太平广记》《稽神录》《夷坚志》故事总集巨著，进一步推动了说话乃至小说的发展。

传说塑造的人物形象和表达的思想情感常被元杂剧直接借用。《倩女离魂》第二折有"想倩女心间离恨，赶王生柳外兰舟，似盼张骞天上浮

---

① 段宝林主编：《民间文学教程》，高等教育出版社 2008 年版，第 69 页。

槎"之语，借用汉代张骞曾乘木筏漂上天河的传说，含蓄地抒发了倩女对幸福爱情生活的强烈向往。有学者指出："关于农民起义题材的戏剧，其典型是元剧水浒戏。由于其素材主要来自南宋以后的'街谈巷语'和民间传说，因而非常直接、真实、质朴地反映出农民的生活要求和反抗意志。"[1] 钟馗捉鬼的传说家喻户晓，李丰懋在《钟馗与傩礼及其戏剧》一文指出钟馗斩鬼的传说，最早见于记载的是唐高宗年间的《太上洞渊神咒经》[2]。刘锡诚认为："钟馗信仰从两晋、南北朝逐渐形成并得到广泛流传，到唐末，又经五代十国……形成体系……到了北宋科学家沈括所撰的《梦溪笔谈·补笔谈》中，钟馗其人及其传说则变得完整和丰满起来。"[3] 又说："随着时代的演进，故事情节层层累积，使钟馗这个箭垛式的传说人物，在动态的叙述和静态的描写中变得立体化了。"[4] 元杂剧中的钟馗传说主要是对唐宋传说的继承。传说钟馗因相貌恶而状元落第，怒而触阶死，死时皇帝赐进士绿袍下葬。唐玄宗时梦钟馗能捉鬼，让吴道子依梦所见画像镇鬼辟邪，大臣张说《谢赐钟馗及历日表》："中使至，奉宣圣旨，赐画钟馗一，及新历日一轴。"[5] 也就是说唐代年俗中挂钟馗画像辟邪求吉。唐吴道子钟馗画是衣蓝衫。元杂剧中的钟馗是对唐宋以来钟馗形貌、落第、镇鬼的传说内涵的继承。《陈母教子》第三折陈婆婆借钟馗落选状元的传说激发三儿子奋发上进之志，唱："［红绣鞋］俺这里都是些紫绶金章官位，那里发付你个绿袍槐简的钟馗。"《后庭花》第四折："定桃符辟邪祟，增福禄，画钟馗。"《存孝打虎》第四折："似小鬼见钟馗。"

元杂剧中清官出现最多的是包待制，包公作为箭垛式传说人物形象，

---

① 吴同瑞、王文宝、段宝林编：《中国俗文学概论》，北京大学出版社 2000 年版，第235 页。

② 对于钟馗传说起于何时，主要是基于对《太上洞渊神咒经》的断代：吉冈义丰后在《六朝道教的种民思想》一文认为出现于梁末以前；卿希泰教授在《中国道教思想史纲》里说出现于晋代。明人胡应麟在《少室山房笔丛》认为"必汉、魏以来有之"。转引自刘锡诚《钟馗传说和信仰的滥觞》，《中国文化研究》1998 年秋之卷。

③ 刘锡诚：《钟馗传说和信仰的滥觞》，《中国文化研究》1998 年秋之卷（总第 21 期）。

④ 同上。

⑤ 转引自刘锡诚：《钟馗传说和信仰的滥觞》，《中国文化研究》1998 年秋之卷（总第21 期）。

从宋代的包拯到元杂剧中的包待制，再到后世的包青天，元杂剧中的包公成为一个由历史人物走向箭垛式人物，并神化的人物形象。"所谓箭垛式，是指民众把一些同类情节集中安置在某一个人物身上的现象。民间传说在塑造人物形象时，往往将人物最具代表性的某种性格进行集中描述，使这一性格在传说人物身上得到强化，逐渐定型下来，形成一个具有极强凝聚力和包容性的箭垛式的人物形象"①。胡适在《三侠五义序》中说：

> 包龙图——包拯——也是一个箭垛式的人物。古来有许多精巧的折狱故事，或载在史书，或流传民间，一般人不知道他们的来历，这些故事遂容易堆在一两个人的身上。在这些侦探式的清官之中，民间的传说不知怎样选出了宋朝的包拯来做一个箭垛，把许多折狱的奇案都射在他身上。包龙图遂成了中国的歇洛克·福尔摩斯了。②

杨绪容在《包拯断案本事考》中指出《宋史·包拯传》除了记载包拯"割牛舌"一事外，《宋史·吕公孺传》还有一例"百姓卖柴薪被劫夺、逐盗为之所伤案"，"包公的传说都不是他的事情，而是后人附会上去的"③，并考证其清官故事，得出结论说："包拯就是钱和、黄霸、张咏、周新、刘彝、滕大尹、向敏中、李若水、许进等人，不过是一个吸收传说的人罢了。"④ 以上众多清官的故事，都归入包公名下了，如西汉郡守黄霸巧断二妇争子案，到元朝黄霸就变成包公了，该传说就被《灰阑记》吸取。李修生认为《神奴儿》"该剧所叙包拯故事，并不见于有关史书的记载，似是民间传说"⑤。宋代民间更有"关节不到，有阎罗包老"之语，可见包公传说在宋元民间影响之大，并影响到元杂剧创作。元杂剧包公戏又对明清包公戏产生很大影响。

沈括《梦溪笔谈》卷二十二"包孝肃为吏所卖"载包拯聪明一世糊

---

① 刘守华、陈建宪主编：《民间文学教程》，华中师范大学出版社 2006 年版，第 135 页。
② 胡适：《三侠五义序》，海南出版社 1992 年版，第 1 页。
③ 杨绪容：《包拯断案本事考》，《复旦学报》2001 年第 2 期。
④ 同上。
⑤ 李修生主编：《古本戏曲剧目提要》，文化艺术出版社 1997 年版，第 93 页。

涂一时，曾误中小吏奸计：包拯在开封审案，犯法之人，按律应脊杖。犯人贿赂小吏，小吏设苦肉计，让他喊冤叫屈。犯人依计哭喊，小吏故意怒斥，包拯大怒，为抑吏势，杖责小吏。而把犯人从轻发落，正中了书吏的圈套①。正如杨绪容在《包拯断案本事考》中所言："历史上的包拯有明察之称，也有断错案或者在断案中受到蒙骗的时候，这是符合事实的，说明在史料笔记中，他是人而不是神，还没有被神化。"② 元代应该是包公由普通人向神化转变的过渡阶段。元杂剧《盆儿鬼》中是"人人说你白日断阳间，到得晚时又把阴司理"的包公，剧中包公已呈现出神性的一面。也有少数作品体现包公普通人糊涂的一面，如《蝴蝶梦》有"糊涂似包待制""包待制爷爷，好葫芦提也"之语，元代失传杂剧也有《糊突包待制》。可见，元杂剧中糊涂包公非个案。元杂剧中有关包公的正反描述说明：元代传说中的包公（包待制、包龙图）既有糊涂的平凡人的一面，也有正直清廉渐趋神化的一面，包公形象还处于未定型阶段。从杂剧中包公常为正面形象，脚色上固定为正末或外的情况，包公常受理冤魂告状，以及"你白日断阳间，到得晚时又把阴司理"的描述看，这种神化的趋势在元代已经成为民间对包公认知的主流；但是偶有糊涂，又说明包公还没有完全被神化。元杂剧出现这种情况，除了时代呼唤清官的声音、传说自身演变中包公形象的神化趋势外，也与元代蒙古族、汉族、女真等民族魂灵信仰的推动有关，因为"冤魂告状—包公审案"模式在包公传说或包公案中成为极具传奇色彩和戏剧表现力的重要情节。

此外望夫石传说、牛郎织女传说、梁祝传说、孟姜女传说、巫娥传说等都被元杂剧吸收运用。后文"口头文学的变迁对元杂剧的影响"会有较多论述，在此不赘述。

民间故事有较强的虚构性、传奇性，往往无法进行历史考证。乡土社会的中国，以"家"为基本社会单元，分家、管家在中国文化中有着特殊的意义，也是民间故事常表现的内容。反映兄弟分家故事的元杂剧《合同文字》《神奴儿》的主要情节都是兄弟友善，而妯娌不和，为图谋

---

① （宋）沈括：《梦溪笔谈》，张富祥译注，中华书局 2009 年版，第 249 页。
② 杨绪容：《包拯断案本事考》，《复旦学报》2001 年第 2 期。

财产，嫂子（或弟媳）挑唆分家，害死或排挤侄儿，包公断案还公平正义。还有《冤家债主》，张善友夫妇做主分家，两儿与自己"三分儿分开"。《儿女团圆》是嫂子提议分家，希望多分财产引出的故事。在民间故事中常见的分家、管家类型的故事中，继承家业、管理家事的重要象征就是拿到家里的钥匙，这一情节在元杂剧就有，如《老生儿》亲侄儿当家掌管钥匙，《酷寒亭》也有"您两口儿近前来，将这十三把钥匙支付与你，好觑一双儿女者"。

动物带路型故事在杂剧中多为白兔、白鹿带路，这类故事基本母题是射猎、寻箭、获吉。如《五侯宴》中李嗣源射兔寻中箭白兔，偶遇妇女弃子，收养弃儿改名为李从珂。《智勇定齐》叙述齐公子围场打猎射中白兔，兔子负伤带箭跑了，寻兔遇到应梦贤人。《老君堂》中李世民射白鹿，寻找带箭白鹿受困，虚惊一场，反获良将贤臣。这种动物带路型故事在元杂剧中的运用，不是偶然，这与信奉萨满教的北方民族崇拜羊、马、兔、鹿等哺乳动物有关，也与他们的万物有灵思想和图腾崇拜有关。王立教授认为："在原始游牧狩猎时代，兔，与人类的关系事实上远比我们今天大得多。"[1] 逐兔见宝母题、逐兔交好运故事在文献中多有记载，这与古人的兔崇拜和动物祥瑞观有关。鲜卑、蒙古、突厥、回纥等族都有崇拜鹿的文化。鲜卑族西迁有神鹿引路传说，突厥人的祖先神话中有"金角白鹿"神话。唐代段成式《酉阳杂俎》前集卷四"境异"记载：

> 突厥之先曰射摩舍利海神，神在阿史德窟西。射摩有神异，又海神女每日暮以白鹿迎射摩入海，至明送出，经数十年。后部落将大猎，至夜中，海神女谓射摩曰："明日猎时，尔上代所生之窟，当有金角白鹿出。尔若射此鹿，毕形与吾来往；或射不中，即缘绝矣。"至明入围，果所生窟中有金角白鹿起，射摩遣其左右固其围，将跳出围，遂杀之。[2]

---

① 王立：《宗教民俗文献与小说母题》，吉林人民出版社 2001 年版，第 190 页。

② （唐）段成式：《酉阳杂俎》前集卷四，曹中孚校点，《唐五代笔记小说大观》（上），上海古籍出版社 2000 年版，第 590 页。

明人王圻的《稗史汇编》卷之十六"地理门·北夷"曰："匈奴之国，其种有五，……一种名突厥，其先乃射摩舍利海神女与金角白鹿交感而生。"① 蒙古国境内迄今发现600多通鹿石，可见蒙古族的鹿崇拜之普及。王其格认为："鹿崇拜和尚鹿习俗在北方猎牧人群中由来已久，在南到长城，北至西伯利亚和北冰洋，东越兴安岭，西达中亚的广袤大地上，曾广泛传承尚鹿崇鹿文化传统，并直至今天依然遗留着诸如'鹿石'、'鹿崇画'和有关鹿的神话传说与崇尚习俗。"② 元杂剧中动物带路故事，还与蒙古族的白色崇拜有关，《南村辍耕录》卷一"白道子"条记载："盖国俗尚白，以白为吉故也。"③ 在《元朝秘史》卷一记载的苍狼白鹿的族源故事中也可以看出对白鹿的崇拜④。《女真萨满神话》中还记录了雪兔引路的故事，有玉兔神崇拜⑤。尚白不只是蒙古族的习俗，回回、女真族（别称女真、女直）都有尚白的习俗。《三朝北盟会编》中说女真"衣布尚白"。《金史·太祖纪》云："上曰：'辽以宾铁为号，取其坚也。宾铁虽坚，终亦变坏，惟金不变不坏。金之色白，完颜部色尚白。'于是国号大金，改元收国。"⑥ 总之，元杂剧中的动物带路型故事，是元人白色信仰和动物崇拜的体现。

清官微服私访型故事是在民怨难以上达朝廷的情景下，民众的一种美好期待，此类故事在民间较为流行。《陈州粜米》恰是具备了这类私访型故事的基本要素：清官化装私访；私访制造喜剧效果；清官露出真容断案或主持公平正义。这类故事的喜剧性在于"私访"打破官民的界限，剧中人不识私访者导致身份错位，以致言行出格，而作为旁观者的观众清楚剧中人物身份，从而赢得会心一笑。此类私访喜剧情节再扩展，如

---

① （明）王圻纂集：《稗史汇编》（上），北京出版社1993年版，第253—254页。

② 王其格：《浅论北方草原民族的图腾信仰》，《论草原文化》第七辑，内蒙古教育出版社2010年版。

③ （元）陶宗仪：《南村辍耕录》，李梦生校点，《宋元笔记小说大观》（六），上海古籍出版社2007年版，第6146页。

④ 佚名：《元朝秘史》，路芜、南孚尹、陈珊点校，《二十五别史·大金国志 元朝秘史》，齐鲁书社1999年版，第1页。

⑤ 马亚川遗稿：《女真萨满神话》，黄任远、王盖章整理，黑龙江人民出版社2006年版，第13页。

⑥ （元）脱脱等：《金史》卷二"本纪第二·太祖"，中华书局1997年版，第19页。

《秋胡戏妻》《三战吕布》等。可见后世盛行的私访型故事也许受元杂剧的影响，或者说元杂剧的剧情设置很可能受宋元私访故事影响。

元杂剧中二十四孝故事在唱词中出现率极高，如王祥卧冰、杨香扼虎、老莱子、曹娥、丁兰、郭巨等故事在《裴度还带》《陈母教子》《焚儿救母》《刘弘嫁婢》杂剧中都有提及，这与民间盛行的二十四孝故事对元剧产生影响有关。

《全元曲》在注解《货郎旦》时说，该剧的故事原型"大约取材于民间故事"①，这是有道理的，至少说明民间故事是元杂剧故事来源的途径之一。民间故事对元杂剧的影响主要在故事情节的借鉴和套用上，以及民间故事叙事的结构风格上的学习。其特点是杂剧抓住了故事的传奇性、生活性的特征，从而在演出中可以激发观众看戏的热情，并在看的过程中实现寓教于乐。

神话、传说、故事中的人物、情节，民众耳熟能详，在后世文学表述中逐渐符号化。这些叙事性较强的神话传说故事在元杂剧中大量运用，使得复杂的情感表达形象化，使抽象的情感表达具体化；作为文化符号，元杂剧中的神话传说的引用大多是高度凝练的一个词组、一个意象，使得杂剧曲文简练而又有韵味，寓情理于神话传说故事中。

二　韵文体民间文学

韵文体民间文学主要包括歌谣、歇后语、谜语、谚语以及民间说唱等。

（一）民间歌谣

关于元杂剧与民歌的关系，笔者现在仅见谭达先《民间文学与元杂剧》专章详细论述，谭先生论述了十类汉族民歌民谣被元杂剧吸取、仿作情况，主要从民歌文本的构成特点来考察；方法上，常有"以今证古"的例证，注意到了元代民歌文献资料较少，则以宋元白话小说、明清民歌来引证，以此推测元代民族状况，但是忽略了唐宋辽金歌谣的引证。民歌不仅仅是影响，也有继承，所以谭氏总结元杂剧吸收民歌的规律还有待完善。

---

① 徐征等主编：《全元曲》第八卷，河北教育出版社1998年版，第6125页。

元杂剧中与婚礼有关的民歌，以贺郎歌和撒帐歌为代表。《帽儿光光》在元杂剧中的运用较多，谭达先把它归为婚礼歌中的贺郎歌，如《鸳鸯被》第二折："员外你喜也。帽儿光光，今日做个新郎。袖儿窄窄，今日做个娇客。"①《窦娥冤》第一折张驴儿说："我们今日招过门去也。帽儿光光，今日做个新郎。袖儿窄窄，今日做个娇客。好女婿好女婿。"此外《李逵负荆》第二折正末李逵云："学究哥哥，喏，帽儿光光，今日做个新郎，袖儿窄窄，今日做个娇客。"谭达先认为："宋代举行婚礼仪式时，已念诵一种四句七言体通俗诗，赞美和祝贺新郎，便是贺郎歌。"②结合元杂剧剧情看，在《鸳鸯被》和《李逵负荆》中是他人赞美新郎，在《窦娥冤》中应该为自赞。从这三剧民歌言说情景来看，"赞美和祝贺新郎"当无疑，但时间并不完全是婚礼仪式时，也可以是亲事之后，如《鸳鸯被》第二折："（道姑上，云）昨夜晚间刘员外和李小姐成了亲事，今日使人请我。可早来到也，我自家过去"，接下来见了员外说"员外，你喜也！帽儿光光，今日做个新郎；帽儿窄窄，今日做娇客"。剧中道姑所说的《帽儿光光》恰在她认为的"成了亲事"的第二天。《李逵负荆》中李逵也是在"宋江"（把假宋江误认为真宋江）抢亲之后的祝贺。《窦娥冤》中蔡婆答应张驴儿父子招女婿在先，后才有张驴儿的自赞。因此，《帽儿光光》准确地说是祝贺新郎的喜庆用语，祝贺时间不限于婚礼仪式上，也可以是成亲后，在风格上似乎接近儿歌。《连环计》第三折中"帽光光"更成了女婿的代名词。元杂剧常见的婚礼仪式歌是撒帐歌，如《裴度还带》第四折："（山人做撒帐科云）好撒东方甲乙木，养的孩儿不要哭，状元紧把香腮揾，咬住新人一口肉。又撒西方庚辛金，养的孩儿会卖针。状元紧把新人守，两个一夜胸脯不离心。再撒南方丙丁火，养的孩儿恰似我。状元走入房中去，赶的新人没处躲。后撒北方壬癸水，养的孩儿会调鬼。状元若到红罗帐，扯住新人一条腿。再撒中央戊己土，养的孩儿会擂鼓。一口咬住上下唇，两手便把胸前握。夫人相公老尊堂，状元新人两成双。山人不要别赏赐，今朝散罢捉梅香。"元杂剧中的"撒

---

① （明）臧晋叔编：《元曲选》第一册，中华书局1958年版，第62页。本文《元曲选》杂剧都为此版本。

② 谭达先：《民间文学与元杂剧》，台湾学生书局1994年版，第180页。

帐歌"有点性启蒙的味道和闹洞房的意思，现在陕北民歌还存有祝福新人的《撒帐歌》，语词已经较为隐晦了。反过来，透过元杂剧我们可以了解古朴的撒帐歌及其撒帐风俗。

政治民歌融入公案题材的杂剧，如《勘头巾》有："官人清似水，外郎白如面。水面打一和，糊涂成一片。"《合同文字》第四折："（包待制上诗云）咚咚衙鼓响，公吏两边排。阎王生死殿，东岳吓魂台。"《蝴蝶梦》第二折包公上场诗也有。此类民歌，谭达先在《民间文学与元杂剧》中归为杂剧对政治歌的吸取，认为这首民歌"早在宋代流传并被收入宋人平话小说《菩萨蛮》……这是宋元间很流行的政治歌"[1]。近代这首民歌仍在流行，曹禺戏剧《原野》也有吸收。

元杂剧对劳动歌的吸收往往与描写底层人物的身份职业相吻合。《赤壁赋》："（外扮梢公上嘲歌）秋风飐飐响重重，乡里阿姐嫁了个村老公。村老公立地似弯弓。存地似弹弓，立地似掬弓。头笼重，脚笼重，两管鼻涕拖一桶，污阿姐如干抹胸。我道村野牛，村野牛。不如早死了。那竹鹩雕空占了画眉笼。阿外，阿外，自家梢公便是。今有苏东坡夜游赤壁，叫俺撑着这只船，在此等着，这早晚敢待来也。"从村老公与阿姐的关系看，似乎是有关童养媳的民歌。谭达先认为这首民歌"就语言情趣看，与近代苏州船夫歌仿佛是一样的。大概可以肯定是未经较多改动的船夫歌"[2]。谭达先所论无误。为了打发孤寂无聊的船夫生活，船夫们往往描摹女性，借助情事激发干劲，也是对枯燥乏味生活的一种自我解嘲，此类民歌在我国南北大同小异，这是人性情欲的外显化，如山西河曲民歌《船夫号子》：

> 领唱：哎！你姐姐擦油抹粉巧打扮哟！　　众和：嘿！
>
> 领唱：哎！大闺女爱住个搬船汉哟！　　　众和：嘿！
>
> 领唱：哎！小妹妹穿上那豆角角鞋哟！　　众和：嘿！
>
> 领唱：哎！你才是哥哥那心中的爱哟！　　众和：嘿！[3]

---

① 谭达先：《民间文学与元杂剧》，台湾学生书局 1994 年版，第 174 页。
② 同上书，第 179 页。
③ 于秀芳主编：《山西民歌》，山西人民出版社 1991 年版，第 405 页。

《北史·魏孝武帝纪》载北魏宣武、孝明间歌谣云："狐非狐、貉非貉，焦梨狗子喈断索。"《南唐书·陈陶传》载开宝中歌谣："蓝采和、蓝采和，尘世纷纷事更多。争如卖药沽酒饮。归去深崖拍手歌。"唐代敦煌曲子词中如《孟姜女》："长城路，实难行，奶酪山下雪纷纷。吃酒只为隔饭病，愿身强健早还归。"① 南宋词人杨万里的《诚斋集》卷二八《竹枝歌有序》引了两段丹阳舟人及纤夫之歌记录的拉纤号子："张哥哥，李哥哥，大家着力一齐拖。""一休休，二休休，月子弯弯照几州。"宋代民歌《月子弯弯照九州》："月子弯弯照九州，几家欢乐几家愁？几家夫妇同罗帐？几家飘散在他州？"② 宋陈元靓的《岁时广记》卷三〇收入《采萍时日歌》："不在山，不在岸，采我之时七月半。选甚瘫风与缓风，訾小微风都不算。豆淋酒内下三丸，铁幞头上也出汗。"③ 这种盛行于北魏、唐宋的"三三七"民歌体式也被元杂剧吸收。如《渔樵记》就有："桑木官、柳木官，这头端着那头掀。吊在河里水判官。丢在房上晒不干。"有时句式稍做变动，如《薛仁贵》第三折也有："（丑扮禾旦上唱）［双调豆叶黄］那里那里，酸枣儿林子儿西里。俺娘着你早来也早来家，恐怕狼虫咬你。摘枣儿，摘枣儿，摘您娘那脑儿。你道不曾摘枣儿，口里胡儿那里来？张罗张罗，见一个狼窝，跳过墙啰，谑您娘呵。"从语言特色看，元杂剧演唱曲文，首先要合腔合韵，从演唱换气的角度看，句式以短句适宜，十字以上的句式基本不存在。杨公骥《唐代民歌考释及变文考论》一书中考订38首诗歌为民歌，大多为五言④。宋代民歌突破五言限制，长短句搭配，较为自由。从2011年南京师大的学者编辑出版的《两汉魏晋南北朝民歌集》《宋辽金歌谣辑录》等所录元前古代歌谣句式看，基本上也都以五字、七字句为基本句式。民歌的这种句式特点正符合元杂剧演唱的特点，元杂剧受民歌影响也就很正常了。

元代道教文化兴盛，道教俗曲歌谣也被杂剧吸收，如宋代有歌谣

---

① 上述《北史》《南唐书》和敦煌曲子词民歌，转引自李连生《板腔体的形成与戏曲声腔演化的特征》，《学术研究》2007年第10期。

② 程杰、范晓婧编著：《宋辽金歌谣辑录》，南京师范大学出版社2011年版，第21页。

③ （宋）陈元靓：《岁时广记》卷三〇，《续修四库全书》第885册，史部·时令类，上海古籍出版社2002年版，第385页。

④ 杨公骥：《唐代民歌考释及变文考论》，吉林人民出版社1962年版。

《踏踏歌》："踏踏歌，蓝采和，世界能几何？红颜三春树，流光一掷梭。古人混混去不返，今人纷纷来更多。朝骑鸾凤到碧落，暮见桑田生白波。长景明晖在空际，金银宫阙高嵯峨。"① 此歌谣在杂剧《蓝采和》第三折被引用："（旦云）着你家去，你不肯去。你跟着师父学了些甚么？（正末云）师父教我唱的是青天歌，舞的是踏踏歌。（旦云）你对俺敷演一遍我听。（正末舞科念）踏踏歌，蓝采和，人生得几何？红颜三春树，流光一掷梭。埋者埋，拖者拖，花棺彩举成何用，箔卷像，台人若何。生前不肯追欢笑，死后着人唱挽歌。遇饮酒时须饮酒，得磨跎处且磨跎。莫恁愁眉常戚戚，但只开口笑呵呵。营营终日贪名利，不管人生有几何。有几何，踏踏歌，蓝采和。"宋代道教俗曲《踏踏歌》相传为蓝采和所作，杂剧中此歌也为蓝采和伴舞之歌曲。道教俗曲歌谣被吸收进道教度化剧中，无论是内容风格，还是人物剧情，置于《蓝采和》一剧中实在最合适不过了。

　　元杂剧对民歌除了在内容上吸收借用，用于剧情人物形象的表达外，还对民歌的艺术手法有所吸收。数字叙事在民歌中是常见叙述方式。元杂剧中数字叙事的民歌运用，显得相对成熟，有顺序、倒叙、正反叙事、四季叙事等。一到十顺序叙事的，如《倩女离魂》第三折的〔十二月〕唱词。有十到一倒数叙事的如《倩女离魂》第三折〔尧民歌〕的唱词，此外还有《三战吕布》《遇上皇》等。古印度人创造了阿拉伯数字后，大约在公元 7 世纪时，传到了阿拉伯地区，大约 13 世纪元时伴随穆斯林的来华传入我国，虽未推广，但确实也给人们的思想观念带来冲击。"中国人在数学上使用阿拉伯数码也始于元代"②。元杂剧数字叙事与元代数学的兴盛和阿拉伯数字的传入是否有关？中国的汉字数字尽管在甲骨文中已有端倪，也有汉字数字记事的传统，但是阿拉伯数字的传入，给人们的思想观念、日常生活也有冲击。元杂剧中大量出现的汉字数字歌谣叙事是否是在异文化的冲击下对本土文化的一种坚守方式？是否是一种文化寻根？有待进一步研究。元杂剧数字叙事传统在明杂剧中亦有余续，如《运机谋随何骗英布》。当然并不是所有的数字叙事都与民歌有关系，

---

① 程杰、范晓婧编著：《宋辽金歌谣辑录》，南京师范大学出版社 2011 年版，第 53 页。
② 杨淑玲、李文治：《回族的习俗》，宗教文化出版社 2002 年版，第 98 页。

如杂剧中涉及军队排兵布阵的数字叙事，《单刀会》第三折："一刃刀，两刃剑，齐排雁翅。……十分战十分杀显耀高强。"

元杂剧对民歌的吸收不全是照搬，有时也有化用、创新。《楚昭公》第三折："（丑扮梢公上嘲歌云）月落乌啼霜满天，江枫渔火对愁眠。也弗只是我里梢公梢婆两个。倒有五男二女团圆。一个尿出子。六个弗得眠。七个一齐尿出子。艎板底下好撑船。一撑撑到姑苏城下寒山寺。夜半钟声到客船。"这是民歌小调与唐诗结合的运用。《渔樵记》有："（旦儿云）娘子娘子，倒做着屁眼底下穰子。夫人夫人，在磨眼儿里。你砂子地里放屁，不害你那口碜。动不动便说做官。桑木官、柳木官，这头踹着那头掀。吊在河里水判官。丢在房上晒不干。投到你做官，直等的那日头不红，月明带黑，星宿睁眼，北斗打呵欠！直等的蛇叫三声狗拽车，蚊子穿着兀剌靴，蚁子戴着烟毡帽，王母娘娘卖饼料！投到你做官，直等的炕点头，人摆尾，老鼠跌脚笑，骆驼上架儿，麻雀抱鹅蛋，木伴哥生娃娃，那其间你还不得做官哩！看了你这嘴脸，口角头饿纹，驴也跳不过去，你一世儿不能勾发迹！将休书来，将休书来！"这段宾白可谓是民歌、歇后语、面相、北斗信仰等的结合。

民谣很多时候具有暗示性，《连环计》第二折用民谣"千里草青青，人四十长生"，暗指董卓。大多数民谣就是一种娱乐，如《黑旋风》第一折："浑家好容貌，生得十分俏。被人拐去了，须索把状告。"

以上论述，多从民歌的内容与形式来分析对元杂剧的影响，而民歌的音乐由于年代久远无法考证，所以学者们较少对其分析，但是民歌对元杂剧曲牌的影响，很多学者却早有论述。元杂剧中［四国朝］［六国朝］等曲牌受民歌影响，王国维《宋元戏曲史·元杂剧之渊源》以及郭英德《元杂剧与元代社会》等论述中引用曾敏行《独醒杂志》中的资料，都注意到了民歌对杂剧的影响。曾敏行《独醒杂志》卷五说：宣和间在京师汴梁，"时街巷鄙人多歌蕃曲，名曰《异国朝》、《四国朝》、《六国朝》、《蛮牌序》、《蓬蓬花》等，其言至俚。一时士大夫亦皆歌之"①。这些古代民歌资料保存下来的极少。金建民在《宋元时期的民歌和词曲》一文中指出"宋元时期的民歌流传至今的约有一百首"，其中就有《蓬蓬

---

① （宋）曾敏行：《独醒杂志》卷五，朱杰人标校，上海古籍出版社1986年版，第45页。

花》："臻蓬蓬,外头花花里头空,但看明年二三月,满城不见主人翁。"① 此外元杂剧中还有〔竹子歌〕〔采茶歌〕等曲牌,我们仍能想象这些曲牌音乐很可能借鉴了相应的民歌。《元曲选》中收录的《争报恩》《谢金吾》《倩女离魂》《金安寿》《冯玉兰》等剧都有〔竹枝歌〕。竹枝歌是兴起于长江中上游巴渝一带的一种自由吟唱抒情山歌,竹枝歌历史悠久,唐刘禹锡据民歌作《竹枝词》,南宋仍有歌妓唱唐音《竹枝》,除了歌竹枝外,还有竹枝歌舞,出现竹枝歌体②。元杂剧作家杨维祯曾赴杭州,并写了九首《西湖竹枝词》。直至今天在湖北西部、四川东部的田歌中还能找到《竹枝歌》的曲式结构痕迹。

总之,尽管宋元民歌文献记录较少,但元杂剧从内容到音乐形式对民歌都有借鉴,即更多地运用民歌之曲和词。内容上元杂剧完全吸收或模仿宋元民歌。民歌的句式、曲调等方面又影响了杂剧的曲牌和句式。民歌的曲调融入杂剧是毋庸置疑的,乃至从明清到现在新剧种的形成中多受民歌的影响。杂剧借鉴民歌时,对民歌的句式不作严格要求,后世戏剧的"板腔体"则与民歌的七字、十字基本句式契合,清朝以后地方小戏不仅在曲调词句的组合上,更是在内容上与民歌相互影响,如河曲二人台与民歌的关系。

(二) 歇后语、谜语、谚语

杂剧中歇后语的运用有两种情形:一是只说前半句,隐匿的后半句联系剧情即可推知。另外歇后语因其自身的民间性特点,大众即使不知剧情也当然知道其表达的剧中人说话的言外之意。如"他正是担水向河头卖"(《小尉迟》),表达自找没趣;"赤紧的做媳妇,先恶了公婆怎存活,恰便似睁着眼跳黄河"(《气英布》),话外之意是自寻死路。二是把歇后语完整地说出来,在元杂剧中这类情形最多,但是由于演剧的需要,往往结合角色性格特点和戏剧矛盾冲突,需做一定的调整。《曲江池》第一折刘桃花说:"姐姐。我瞎汉跳渠,则是看前面便了。""前面"与"钱面"谐音,一语双关。《谢金吾》第三折王枢密说:"我已曾着人拿住杨景、焦赞两个。正是飞蛾投火,不怕他不死在手里。"很明显是民间

---

① 金建民:《宋元时期的民歌和词曲》,《艺术苑》音乐版(季刊)1993 年第 4 期。
② 杨晓霭:《竹枝歌唱在宋代的变化与竹枝歌体》,《文学遗产》2006 年第 3 期。

"飞蛾扑火，自取灭亡"的表意。其他还有《争报恩》："可正是阎王不在家，着这伙业鬼由他闹。"《神奴儿》："老米做饭捏杀也不成团，咱可也难再一处住了。"《渔樵记》："鼓楼房上琉璃瓦，每日风吹日晒雹子打。""你砂子地里放屁，不害你那口碜。"《东坡梦》："雪狮子向火，酥了半边。""井口上瓦罐终须破。"《遇上皇》："我便绿豆皮儿请退，媳妇也还他，我受死去罢。"《符金锭》第二折："一箭上垛，你则管放心。"《看钱奴买冤家债主》第三折："做了个哑子托梦，说不的这场板障。"

从《元曲选》《元曲选外编》杂剧中收录的歇后语看，部分歇后语有很强的时代性，受宋元习俗文化和民族融合影响的痕迹明显，如《对玉梳》中有"狼吃幞头，心儿里自忍"，狼是北方游牧民族的图腾，幞头是宋元头饰。《马陵道》中有"牵羊入屠户之家，一步步来寻死地"，元朝饮食文化中对羊肉的需求量极大，"杀羊"是饮食文化的体现，也表现出北方畜牧文化对中原的影响。《儿女团圆》中有"画堂中戏班衣，快活个死"，这里的"戏班衣"与宋元兴盛的杂剧文化有关，"快活个死"则是戏曲"演戏"的娱乐文化表现。元杂剧中的歇后语很少重复，即使表达同一个意思的歇后语也很少重复。如表达"忍"，有"狼吃幞头，心儿里自忍"（《对玉梳》）、"狼吃豹头，心儿里暗忍"（《敬德不伏老》）。

谜语在元杂剧中常做宾白，在融入剧情的同时还能调节戏剧气氛。《竹叶舟》中拆字谜作为人物介绍："（做人见科，云）师父，外面有个故人，自称耳东禾子即夕，特来相访。……（行童云）我说与你，这个叫做折白道字：耳东是个陈字，禾子是个季字，即夕是个卿字，却不是你的故人陈季卿来了也。"谜语还用作男女传情达意，如《西厢记》中张生与崔莺莺传简递书。

元杂剧对谚语、俗语的运用很广，表现处世经验的有："人无害虎心，虎有伤人意"（《赵氏孤儿》《连环计》）；"人在矮檐下，怎敢不低头"（《黄花峪》化用）；"各家自扫门前雪，休管他人瓦上霜"（《襄阳会》化用）；"远亲不如近邻，近邻不如对门"（《东堂老》《冻苏秦》）；"不听好人言，果有恓惶事"（《货郎旦》）；"人无横财不富，马无夜草不肥"（《合汗衫》《后庭花》）；"恶语伤人六月寒"（《楚昭公》）；"人无千日好，花无百日红"（《儿女团圆》）；"恨小非君子，无毒不丈夫"（《谢金吾》）；"话不投机半句多"（《对玉梳》化用）；"心去意难留，留下结冤仇"（《合汗衫》）；"日间不做亏心事，半夜敲门不吃惊"（《陈州粜米》）。表现生活经验的有："成人不自在，自在不成人"（《杀狗劝夫》《赵氏孤儿》）；"一言既出，驷马难追"（《勘头巾》）；"事不关心，关心者乱"（《鸳鸯被》《儿女团圆》《风光好》《鲁斋郎》《后庭花》《气英布》《抱妆盒》《赵氏孤儿》等剧）；"家贫显孝子，国难识忠臣"（《楚昭公》）；"话不说不知，木不钻不透"（《争报恩》）；"不受苦中苦，难为人上人"（《东堂老》）；"见鞍思骏马，视物想情人"（《黄花峪》）。表现娶妻经验的有："丑妇家中宝"（《替杀妻》《东堂老》）、"美女累其夫"（《西游记》）；其他俗语的化用有："挂羊头卖犬肉"（《铁拐李》）；"往日无冤，近日无仇"（《任风子》）；"满怀心腹事，尽在不言中"（《马陵道》）；"狗嘴里吐不出象牙"（《遇上皇》化用）；"男儿不得便，刺头泥里陷""重生的父母，再养得爷娘"（《燕青博鱼》）；"尖担两头脱"（《气英布》《萧淑兰》化用）等。

（三）民间说唱

民间说唱的直系祖先是唐代变文，而戏曲的成熟是在宋元时期。从时间上看似乎民间说唱应该影响了戏曲的形成和发展。从文学的源头来看，民间说唱和戏曲中的表演、说唱、舞蹈因素，都当追溯到原始歌舞、祭祀。王国维在《宋元戏曲史》中就指出："后世戏剧，当自巫、优二者出。"[1] 正是在起源上的相似性，历来有关对民间说唱与戏曲的相互影响的研究较多，如民间说唱与杨家将、黄梅戏、藏戏等的关系。那么说唱文学对元杂剧的影响在罗斯宁的《元杂剧与民俗文化》一书中也有论述。笔者将继续丰富拓展元杂剧中民间说唱文学方面的研究。

宝卷一般被认为是对唐宋变文的继承。宝卷在南宋已发轫，与佛教有密切关系，由僧尼宣讲佛经故事或劝人为善的故事。宝卷的说唱表演一般被称作是"宣卷"，也有"念卷"和"唱卷"的提法。宣卷人可以为僧人，后来也可以是尼姑。《香山宝卷》（又名《观世音菩萨本愿真经》）被认为是最早的宝卷，这一提法受到学者质疑。元代宝卷有《销释真空宝卷》（年代有争议，胡适疑为晚明的本子）和《目连救母出离地狱升天宝卷》。郑振铎认为："虽然宋版的宝卷尚未被发现，然元代写本的

---

① 王国维：《宋元戏曲史》，叶长海导读，上海古籍出版社 2009 年版，第 4 页。

《目连救母出离地狱升天宝卷》一册足以证明宝卷的生命是紧接着变文的。"① 北宋已经出现《目连救母》杂剧。《东京梦华录》载中元节"构肆乐人,自过七夕,便搬'目连经救母'杂剧,直至十五日止,观者增倍"②。周贻白《元代壁画中的元剧演出形式》认为北宋杂剧"在金朝统治的淮河以北地区,则直接继承着北宋民间勾栏所演'目连救母'杂剧一类形式。降至元代,便根据这一基础加以发展。特别是歌唱部分,系以当时流行于北方一带的民歌小曲所组成的'套曲'为主"③。欧阳友徽认为:"北宋时诞生的《目连救母》杂剧是中国戏曲的鼻祖。宋、金、元、明、清以来,久演不衰,城乡为之哄动。"④ 目连救母故事最大的特点是劝善,让人尽孝。

元代是佛教、道教发展的重要阶段。道教全真道把抛弃家缘当成修道的基本条件,实现真功与真行的统一,重视戒律。道教净明道的世俗孝道色彩浓厚,认为成仙方式就是行孝,要孝感天地。《玉真先生语录》是记录元代道教净明道开创者刘玉关于道教的教理、教义以及修道成仙思想的语录集,充满劝善思想。元代道教对人之内在世界的关注、内化发展和元代底层知识分子对自我的抒写,都不约而同地转向了自身。成仙信仰与戏剧的结合,出现了元代神仙道化剧。道教劝善书传播道教文化。"道教劝善书开始产生于宋代,一般以北宋末年《太上感应篇》的问世作为劝善书出现的标志。最为流行的道教劝善书除了《太上感应篇》之外,还有产生于元代的《文昌帝君阴骘文》、产生于金代的《太微仙君功过格》以及产生于清初的《关圣帝君觉世真经》等"⑤。元代佛教的宝卷与道教的劝善书对元杂剧的思想内容有一定影响,主要表现在宣扬孝道,讲究行善。同时,杂剧是表达劝善的重要媒介。此类主题的元杂剧有《降桑椹》《焚儿救母》《合汗衫》《来生债》等。

---

① 郑振铎:《郑振铎说俗文学》,上海古籍出版社 2000 年版,第 275 页。

② (宋)孟元老:《东京梦华录》,《东京梦华录(外四种)》,远方出版社 2001 年版,第56 页。

③ 周贻白:《元代壁画中的元剧演出形式》,《文物》1959 年第 1 期,转引自车文明、王福才、延保全编:《平阳宋金元戏曲文物研究》,延边大学出版社 2005 年版,第 43 页。

④ 欧阳友徽:《佛教与〈目连救母〉杂剧的诞生》,《戏剧》1996 年第 2 期。

⑤ 刘全芬:《南宋金元新道教孝道伦理研究》,博士学位论文,山东大学,2009 年,第88 页。

民间说唱融入元杂剧，小到一句唱词、一个曲牌，大到塑造人物形象，构成剧中一折情节。这些民间说唱有莲花落、道情、货郎儿、卖查梨、诸宫调、词话、小曲儿等。《合汗衫》第一折陈虎穷困时又遇下雪天，"没奈何我唱个莲花落，讨些儿饭吃咱。（做唱科）一年春尽一年春，哩哩莲花"。在《忍字记》《东堂老》《救风尘》中也提及莲花落。《两世姻缘》："信口里小曲儿编捏成。"《竹叶舟》："暂到长街市上，唱些道情曲儿，也好惊醒世人咱。"《忍字记》第二折有"谢诸尊菩萨摩诃萨，感吾师度脱，将俺这弟子来提拔。我如今不遭王法，不受刑罚"，此句有鼓词或宝卷的演唱特点。《城南柳》有吕洞宾"背剑打渔鼓简子"。《紫云庭》第一折："俺娘向诸宫调里寻争竞。"杂剧吸收说唱伎艺，这种说唱艺术与剧中说唱者的身份一致，并实现演唱与装扮一致的舞台效果，如"莲花落"常与剧中人物的贫贱身份联系，道情、渔鼓与度化剧中的道人相关。说唱伎艺还影响杂剧的曲文宾白和科介，如《百花亭》中卖查梨的"叫卖"。甚至在叙事上有固定模式，如《救风尘》《来生债》《薛仁贵》中"说话中间，早来到……"，《度柳翠》第一折有"且说……"模式。

《货郎旦》中说唱艺术丰富，我们单独分析。张㦂古认张三姑为义女，教唱"货郎儿"为生。第四折张三姑说唱认亲：

（副旦云）哥哥你放心，张㦂古那老的，为俺这一家儿这一椿事，编成二十四回说唱。他若果是春郎孩儿呵，他听了必然认我。（李彦和云）这个也好。（小末唤科云）兀那两个，你来说唱与我听者。（副旦做排场敲醒睡科诗云）烈火西烧魏帝时，周郎战斗苦相持。交兵不用挥长剑，一扫英雄百万师。这话单题着诸葛亮长江举火，烧曹军八十三万，片甲不回。我如今的说唱，是单题着河南府一椿奇事。（唱）〔转调货郎儿〕也不唱韩元帅偷营劫寨。也不唱汉司马陈言献策。也不唱巫娥云雨楚阳台。也不唱梁山伯。也不唱祝英台。（小末云）你可唱甚么那。（副旦唱）只唱那娶小妇的长安李秀才。①

---

① （明）臧晋叔编：《元曲选》，中华书局1958年版，第1650页。

此说唱当是唐宋以来说话伎艺的模仿，其中"入话诗"更有唐宋元的"说三分"故事的影子。"做排场敲醒睡科"当是设置评书场地，并且有敲醒木吸引观众的手段，直接影响了后世说书常用的道具——"醒木"。"做排场敲醒睡科"是说唱艺术戏剧化的表现。从〔转调货郎儿〕、〔二转〕到〔九转〕，完成整个说唱故事，说唱的运用成为亲人相聚认亲的纽带媒介。真正开始讲故事用"话说"，中间过渡常用"只见""我只见""早是""更那堪"等，可能是当时说唱的习语。此外，拟声手法、熟语叠词的运用、铺陈细节、全知叙事、"唱"与"云"结合等特点都具有宋元说话艺术的痕迹。一般认为〔九转货郎儿〕、〔二转〕到〔九转〕是九个不同的曲牌。袁世硕《元曲百科辞典》附录五《北曲曲牌表》中正宫宫调下曲牌收〔货郎儿〕、〔转调货郎儿〕、〔九转货郎儿〕，其中转调货郎儿亦入中吕、南吕；货郎儿亦入仙吕①。杨惠玲认为："'货郎儿'最晚于元代武宗之前发展成熟；其二'货郎儿'开始形成的时间应该是元代之前，但也不会早于宋代，这是因为作为流动小贩的货郎是随着小商品经济的发展于宋代才出现的。"② 这就是说"货郎儿"和杂剧都产生于宋元时期。因此，作为说唱伎艺的"货郎儿"融入杂剧艺术，也是两种"当代"说唱民俗事象的横向渗透。像货郎儿、诸宫调等这种"当代"民俗文化对杂剧的横向渗透，应当是杂剧发展成熟的一种重要途径。

安葵对说唱艺术在杂剧中的运用，也有自己深刻的理解："戏曲虽然由叙事体转变为代言体，但说唱艺术的叙事性仍然影响着戏曲的表演方法。这不仅表现在戏曲的演唱中仍有许多说唱文学的遗留，如自己唱出自己在做什么（'用手打开门两扇'之类），也不仅表现在某些剧种和剧目中演员跳出来说话和评价；还表现在戏曲常常靠演唱（叙事）和表演来启发观众的联想与想象，从而'再创造'出各种艺术境界，而不全靠舞台上的实景和模拟生活真实的表演。"③ 安葵这一总结，十分精辟。

综上所述，神话传说故事这类叙事性较强的散文体民间文学，融入元杂剧脚色唱词中，往往与戏剧人物的情感和剧情发展有关。具体来说，

---

① 袁世硕：《元曲百科辞典》，山东教育出版社 1989 年版，第 365 页。
② 杨惠玲：《"货郎儿"推考》，《艺术百家》2003 年第 3 期。
③ 安葵：《戏曲"拉奥孔"》，文化艺术出版社 1993 年版，第 61 页。

神话传说这些久远的故事深藏在民众的集体潜意识里，在元杂剧中常作为文化符号、文学意象而存在，多表现出抒情性的一面，叙事上有时非实指，也常代指剧中人或时间，如嫦娥、牛郎织女、金乌玉兔、望夫石、射日等。而民间故事对元杂剧的影响，主要是在戏剧冲突、人物命名等方面，充分发挥故事的叙事性和虚构性特点。像歌谣、谜语、谚语、民间说唱等韵文性较强的民间文学，在元杂剧中渗透面较广，对人物的宾白、曲调、曲词乃至剧情都有影响，这与韵文体民间文学自身的音乐性有关，更容易被以"曲"为本位的元杂剧接受，融入杂剧"合腔合韵"的曲文体系中，即使是宾白，因为"韵文"特点，语言朗朗上口，实质上"说"也成为变异了的"唱"。此类韵文体民间文学，不仅便于抒情，而且也具有叙事的功能，叙事指涉常较为隐蔽。散文体民间文学对元杂剧的影响可以大到剧情结构，小到意象营造都有渗透。而韵文体民间文学对元杂剧的影响，一般体现在微观上，以及具体的细节方面。

元杂剧中民间文学的叙事具有半隐蔽特点，这是因为民间文学具有集体性、传承性特点，民众对民间文学中的故事情节、文化内涵，耳熟能详，不需赘述，观众就能了然于胸。再加上元杂剧一本四折表演的时间限制及其诗化特点，不便于把神话、传说、故事铺陈渲染，而以片段、意象的方式，点到即明，恰恰更能表现戏剧诗化的特点[1]。

高尔基说："如果不知道人民的口头创作，那就不可能知道劳动人民的真正历史。"元杂剧正是大量吸收民间口头文学，才使得演剧更贴近观众，表达出劳动人民真正的心声。

第二节　民俗事象部分

按钟敬文的民俗分类法，我们将元杂剧中的民俗事象分为语言民俗、物质民俗、精神民俗和社会民俗四部分。

---

[1] 张庚：《戏曲艺术论》，中国戏剧出版社1986年版。该书第二章《戏曲剧本——剧诗》中认为："诗的发展可以说有三种形态。一种形态叫抒情诗，一种形态叫叙事诗，第三种形态就叫剧诗。"参见第40页。又说剧诗是动作中写人物；是舞台上的剧本，是口头唱出来的诗；注重结构。参见第44页—49页。

一 元杂剧中的语言民俗文化

元杂剧中的语言民俗文化主要表现在：粗话色语的运用，通俗化、范式化的称谓，方言土语的大量运用，传统与时代结合的起名习俗等方面，具有通俗化、范式化、口语化特色。

（一）粗话色语的低俗化

粗话色语的运用，迎合了中下层人民审美心理，使得元杂剧具有通俗性、民间性。粗话多指说话有失文明礼仪、伦理道德之风范的语言，元杂剧宾白中多出现如"屁""屎""尿""粪""屁股"等语词，口语色彩浓重。元杂剧涉及"屁"的有《鸳鸯被》《楚昭公》《渔樵记》《灰阑记》《盆儿鬼》《碧桃花》《张生煮海》《冯玉兰》《降桑椹》《老君堂》《敬德不伏老》《西游记》《千里独行》《独角牛》《刘弘嫁婢》《飞刀对箭》《延安府》等；元杂剧涉及"屎"的有《朱砂担》《合同文字》《岳阳楼》《竹叶舟》《罗李郎》《西游记》《射柳捶丸》等；元杂剧涉及"尿"的有《楚昭公》《金钱记》《西游记》等；元杂剧涉及"屁股"的有《延安府》《张生煮海》《敬德不伏老》等；元杂剧涉及"粪"的有《升仙梦》等。以上词汇中，"屁"出现的频率最高，生活、战争等各类题材中都有体现，角色多为净，身份多为仆人、军人等。如《降桑椹》第一折仆人兴儿："醉了时丢砖掠瓦，到晚来飞檐走壁，常着人摔翻踢打，酒醒时后悔不及，气得我满腹疼痛，嗤嗤的则放大屁，猛可里一声响亮，恰似我员外出气。"《飞刀对箭》第四折净扮张士贵抢薛仁贵的功劳说："我把摩利支杀的他片甲不归，口咬杀高丽大将，屁绷杀摩利支，都是我的功劳。"元杂剧中有时这种粗俗之语不单纯是调笑，有时还具有人身攻击性，如《延安府》："你那口恰似我的屁股。"荷兰学者伊维德就指出："元杂剧原来是比较简单的一种戏剧形式……而唱词有时十分直露和粗俗。"[①] 杂剧中有的粗话甚至令人恶心，如《升仙梦》净扮刘社长撞席，被叉出来食物掉地上，"馒头上面都是粪"，却说要拿到家里与老婆吃。可见，元杂剧中粗话有通俗易懂的特点，贴近市民，有时能起到相

---

① ［荷兰］伊维德：《我们读到的是"元"杂剧吗？——杂剧在明代宫廷的嬗变》，宋耕译，《文艺研究》2001 年第 3 期。

声"抖包袱"的艺术效果，产生喜剧性，博得一笑，但难免又流于低俗。

元杂剧中不雅粗俗之语，还表现在骂语中。胥洪泉说："元杂剧产生于北方，反映的多是下层百姓的日常生活，作者也多为下层文人，宾白大多质朴俚俗，因而元杂剧中多有詈辞。所谓詈辞，就是骂人的话。元杂剧中常见的詈辞有一个特点——多带'驴'字"①。《救孝子》有"切了你颗驴头"，《魔合罗》有"精驴贼""着势剑金牌先斩你那驴头"，《降桑椹》有"不是俺骗你那驴嘴"，《灰阑记》中也提到"驴头""精驴禽兽"，《黄花峪》也有"精驴禽兽"。《村乐堂》第二折王六斤被捉奸，用金钗贿赂曳剌失败，恼羞成怒，"（六斤同搽旦骂科云）爪驴爪弟子孩儿爪畜生"。

元杂剧对女性有所贬低的粗话骂语较多，如"婆娘""贱人""浪包娄"等，有的还加"泼""奴"等前后词缀，存在一定的女性歧视，也是封建社会女性地位卑下的反映。"婆娘"是对女性具有贬义的不礼貌的称呼。《南村辍耕录》卷十四"妇女曰娘"条："南方谓之妇人之无行者亦曰夫娘，谓妇人之卑贱者曰某娘，曰几娘，鄙之曰婆娘。"②《调风月》第一折："虽是搽胭粉，只争裹头巾，将那等不做人的婆娘恨。"此外还见于《还牢末》《金凤钗》等。古代"贱"有时也做谦词，如贱内、贱妾等，但是"贱人"一词，则成了对女性侮辱性的粗话，在杂剧中常见。《灰阑记》中有"小贱人做这等辱门败户的勾当"。《西游记》中佛骂鬼子母为"贱人"，说"贱人，你若皈依佛道，我便饶了你孩儿"。《五侯宴》赵太公骂王大嫂是"泼贱人"。还有与女性品行贞洁挂钩的骂语，《新编足本关目张千替杀妻》第一折有"不曾见浪包娄养汉倒赔钱"，浪包娄，指淫荡的贱货。在《黑旋风》《忍字记》《还牢末》《灰阑记》《替杀妻》《村乐堂》《两世姻缘》等剧中都有"浪包娄"一词，据方龄贵考证，该词是"汉字'浪'与蒙古语'包娄'的复合词……浪包娄盖即淫荡、不正经的女人，犹云淫妇、荡妇"③。此外《灰阑记》有"泼娼根"。

---

①　胥洪泉：《元杂剧中带"驴"字的詈辞》，《四川戏剧》2008 年第 3 期。

②　（元）陶宗仪：《南村辍耕录》，李梦生校点，《宋元笔记小说大观》（六），上海古籍出版社 2007 年版，第 6317 页。

③　方龄贵：《元明戏曲中的蒙古语续考（连载）》，《西北民族研究》1999 年第 2 期。

对妓院鸨母多有不敬，一般用"虔婆"称呼，如元刊《紫云亭》第二折有"你吸人髓虔婆直攘到底"，第三折有"坐着俺那爱钞的劣虔婆"。

元杂剧中粗话的一个表现就是骂老子、骂娘。1925 年鲁迅在《论"他妈的！"》一文中说："这'他妈的'的由来以及始于何代，我也不明白。"① 国骂历史悠久，元杂剧也有类似粗鲁之语，《鸳鸯被》第二折有"放你娘的臭屁"，《货郎旦》第二折有"只愿的下雹子打你娘驴头"，《儿女团圆》第一折有韩弘道大浑家受嫂子挑唆，要丈夫休了妾春梅，骂道："我吃你娘汉子的酒，依着我把春梅休了者"。更有甚者，《竹坞听琴》中道姑骂："入娘的。我当初不要你出家，你强要出家。"如果说粗话是具有乡土气息，贴近下层人民的白话语，在剧情中多出自净丑或仆人丫环之口。在涉及军人题材的杂剧中粗话的运用，一定程度上表现出民众把军人视为"粗人"的民间心理，以展示军人的粗犷豪放之态。《敬德不伏老》第四折有高丽大将铁肋金牙上场交战布阵说"中间留一条走路，待我输了好走"，"（众）走往那里去。（丑）走到你娘床上去"。

与生殖器有关的骂人话，《盆儿鬼》有"有他那老鸡疤魇镇，也不怕他有什么灵变"。屌，男性生殖器的俗称，用作侮辱人的话。《荐福碑》中曳剌的口头禅是"这个傻屌"，还有"傻屌放手""我杀那傻屌去"等语。《西厢记》红娘用拆字法骂郑恒，是"木寸、马户、尸巾"，即"村驴屌"。明清小说用"鸟"替换"屌"。

其他还有骂"歪剌骨"的有《酷寒亭》《儿女团圆》等；带"奴"的如《儿女团圆》有"泼贱奴胎"，《罗李郎》中有贼奴、泼奴胎，《小尉迟》"泼奴才"。另外元杂剧中有诅咒语，如《后庭花》："我骂你个遭瘟。"《霍光鬼谏》第三折："这两个吃剑头，久以后死得不如猪狗。"

元杂剧语言中有一类是"色语"，在宾白、唱词中都有渗透。所谓色语，"即情色话语的一种简称，它是所有话语中比较隐秘的那种，它从一开始就是身体欲望和密室生涯的组成部分，无论在民间还是宫廷，它的私密性都是勿可置疑的"②。本文指的"色语"是指涉及男女之情事的语言，以迎合底层知识分子、市民阶层的低俗审美需求。美籍学者时钟雯

---

① 鲁迅：《鲁迅杂文选集》，人民文学出版社 2000 年版，第 38 页。
② 朱大可：《色语、酷语和秽语：流氓叙事的三大元素》，《南方文坛》2004 年第 1 期。

指出："元杂剧中的道德有时掺杂着黄色的低级趣味，这也说明了戏剧家注意平民观众的心理。"① 朱大可把色语分作古典色语和民间色语，他认为："只有民间色语才真正解放了情欲叙事。从元代开始，基于古典知识分子话语的衰败。"②

元杂剧中很多色语通过曲文铺排演唱，宾白赤裸，直指两性关系，冲击传统的封建伦理道德观念。《墙头马上》第一折："（正旦唱）［后庭花］休道是转星眸上下窥，恨不的倚香腮左右偎，便锦被翻红浪，罗裙作地席。"《调风月》第一折："你把那并枕睡的日头儿再定论，休教我逐宵价握雨携云。过今春，先教我不系腰裙。"《萧淑兰》第一折："（正旦云）妾身乃萧公让之妹也，知先生文学之士，妾有所盼，先生意下如何？""（正旦唱）［金盏儿］这生不心忔倒憎嫌，早则腾腾烈火飞红焰，将姻缘簿亲检自撕掯。若得咱香腮容并贴，玉体肯相沾，怕甚么当家尊嫂恶，恩养劣兄严。"《东墙记》第二折小姐唱："几时得云雨会阳台，我和你同欢爱。"马生唱得更露骨，从［要孩儿］之后的共"五煞"唱词都是唱情事。表现爱情的经典杂剧《西厢记》也用色语唱词表现情爱过程。

元杂剧中的色语常出现在男女生情，直接表露心迹的情景中，并且不独男性主动。《张生煮海》第一折龙女与张生一见面就谈婚论嫁，"（正旦云）我见秀才聪明智慧，丰标俊雅，一心愿与你为妻……（张生云）既蒙小娘子俯允，只不如今夜便成就了"。《符金锭》第三折："（正旦唱）一见了，绣球儿，心中悒怏，我着他霎时间共同鸳帐。"《竹坞听琴》第一折秦修然说"我与你怨女旷夫"。这种见面表露情爱心迹的色语，在一见钟情式的恋情剧中最为常见，表现出男女冲破传统婚姻束缚的渴望和个性或张扬人性本色的一面。在恋爱阶段，男女和诗传简常含有挑逗语言，如《东墙记》中马生的诗"何日赴高唐""何日同鸳帐"与小姐的"同赴楚阳台"等都极具性暗示。约会暗号"赤赤赤"成为戏剧演出偷情范式，《燕青博鱼》第三折杨衙内与王腊梅偷情约会，"咱两个打着

---

① ［美］时钟雯：《中国戏剧的黄金时代——元杂剧》，萧善因、王红箫译，山西人民出版社1991年版，第170页。

② 朱大可：《色语、酷语和秽语：流氓叙事的三大元素》，《南方文坛》2004年第1期。

个暗号赤赤赤"。此外还见于《争报恩》《绯衣梦》《村乐堂》等剧。元杂剧中宾白"赤赤赤",从演出的效果看已经不单纯是普通的暗号,更与情色文化"偷情"联系在一起,就现存剧本看无一例外。

有时杂剧中色语并不与爱情相关,纯属迎合市民低级趣味,插科打诨。《蝴蝶梦》第一折前楔子丑扮王三说,"我小时候看见俺爷在上头,俺娘在底下,一同床上睡觉来"。此外还有《金钱记》第三折净扮王正和丑扮马求两个孩儿和诗,《西游记》五本十七出"女王逼配",唐僧师徒被女色诱惑,出现的科白。

色语现象,不独在元杂剧中有,在明杂剧中也存在,"朱有燉的剧本里尚有表演交媾的舞台提示,但在万历本里就再也找不到了"①。可见,戏剧的娱乐化演出的追求和迎合市民阶层低俗化的审美趣味,是戏剧发展的动力之一。

总之,元杂剧中色语唱词的运用,具有一种颠覆性的力量,这种颠覆恰恰是异族统治下的伦理政治的弱化和城市娱乐文化的反映。同时从戏剧史的角度看,"以歌舞演故事"的戏曲发展离不开歌与舞,而原始歌舞尽管最初具有神圣性,但也不乏"性"和"情"的表演。元杂剧用曲文表现隐秘的"性"与"情",再配合科白和乐器,在舞台上公开搬演封建伦理刻意回避的情色,无疑带给人们前所未有的感官冲击。这种色欲冲击波在明清通俗文学中仍在发酵、蔓延。

(二)称谓语的通俗化、范式化

元杂剧中称谓语具有通俗化、范式化及其现代性的特点。这种通俗化、范式化的称谓语特点是元杂剧"代言"叙述的需要。称谓分为亲属称谓和非亲属称谓两部分,亲属称谓最复杂。元杂剧中出现老婆、老公、丈夫、爹爹、婆婆、姐姐、姐夫、叔叔、婶子、女婿、丈人丈母、岳父岳母、媳妇、两口儿、亲家、泰山、继母等亲属称谓,大多数与现代亲属称谓意义相同。如《潇湘雨》中女儿、女婿、媳妇、老公、丈人、丈母称呼与现代意思相同。《裴度还带》中媳妇、岳父岳母、丈人、太山、岳丈与现代意思相同。《薛仁贵》剧中还有父亲、母亲、媳妇、父母、爹

① [荷兰]伊维德:《我们读到的是"元"杂剧吗?——杂剧在明代宫廷的嬗变》,宋耕译,《文艺研究》2001年第3期。

娘、公婆等都与近代意思同。《秋胡戏妻》《碧桃花》中具有姻亲关系的称呼为"亲家"。元代"两口儿"与"家属"连用时指两口人，单独用时常指夫妻，《破窑记》中除了有"俺两口儿"外，还有"老两口儿"，如吕蒙正说"原来是俺岳父岳母来，他老两口儿去了，可怎生这早晚不见哥哥来"。可见"两口儿"一词在元杂剧单独用时指夫妻。"×老"是对较大岁数老年人的尊称，《魔合罗》有"李老"。《盆儿鬼》中有 80 岁的"张老"。"老/小 + 姓"作为对人的简称或亲昵称谓沿用至今，如《五侯宴》中赵脖揪自称"老赵"。《降桑椹》中有老蔡、小蔡。《三战吕布》第一折孙坚自称"老孙"。侄子呼父亲的兄弟为叔叔，叔叔的妻子为婶子，如《神奴儿》；也有称呼伯父伯娘的，如《老生儿》。亲母亡化，子对父亲再娶的妻子称呼"继母"，如《蝴蝶梦》《介子推》等。妻子的父亲为岳父、丈人、太山、泰山，如《合同文字》《李逵负荆》《连环计》《碧桃花》《霍光鬼谏》《裴度还带》等。

与现代称呼意思相近，用词稍微有不同的有"娘女""妳母"，如《裴度还带》第一折："娘女二人，径直来到庙中。"《货郎旦》中把奶妈张三姑叫"妳母"。《伊尹耕莘》中"便寻觅妳母好生将养着"，妳母也指奶妈。此外《延安府》有妻舅、妻弟称呼。元刊《拜月亭》第三折中"亲弟兄"指兄妹关系。《云窗梦》第一折中"俺家妮子"指女儿。《东坡梦》中"奴家"为女子自称。

当然也有一词多义的亲属称谓，爹爹是口语化称呼父亲，但是仆人称呼主家、地位低下者称呼地位尊贵者可称呼"爹"，如《老生儿》仆人兴儿称呼主家叫"爹"。《冤家债主》杂当称呼主家张善友"爹"。《来生债》中长工磨博士呼财主庞居士为"爹"。《敬德不伏老》第二折中家童呼主人为爹爹；有时"老爹"用来指官员，《风云会》中张千称呼赵普大人为"老爹"。《扬州梦》中有"太守老爹"。还有夫妻之间出现不同的称呼，如丈夫对老妻的称谓，"婆婆"一般为民间称呼，而"夫人"多为官宦之家称呼。《来生债》中庞居士称呼上了岁数的妻子为"婆婆"。《薛仁贵》中薛大伯呼老妻为"婆婆"。高文秀的《遇上皇》中刘二公呼老妻为婆婆，妻子陈氏呼丈夫刘二公为"老的"。《墙头马上》中裴行俭尚书称呼妻子柳氏为"夫人"。《升仙梦》中官人柳景阳称呼妻子为"夫人"，妻子称呼他为"相公"。宋元时期"姑姑"含义复杂：《玉清庵错送鸳鸯被》《竹坞听琴》中称呼道姑为"姑姑"，但是"姑姑"也有亲戚关系的含义，如《智勇定齐》一折中钟离春的嫂子呼唤钟离春为"姑姑"，当指小姑子。另外《忍字记》中称呼血缘关系的姑姑为"姑娘"。

宋元有些称谓与现代词语意思有较大出入，如大哥、大嫂、舍人、爷娘、姨姨、家长、姑父等。《薛仁贵》中薛仁贵叫妻子为"大嫂"，薛仁贵妻子呼丈夫为"大哥"。"大哥"可能与宋元时期丈夫呼妻子为"大嫂"有关。《合同文字》中刘天祥称呼妻子为大嫂，称呼弟媳为二嫂。反之妻子呼丈夫为大哥或二哥。父呼子为"孩儿"，还有一种称呼为"舍人"，如《墙头马上》中裴行俭让"张千服侍舍人"，裴少俊又叫"裴舍人"，舍人也能自称，如"小生是工部尚书舍人裴少俊"。《冯玉兰》中冯太守家童称呼冯家子"憨哥"为"小舍人"。可见"舍人"一般指官宦家子弟孩儿，称呼"舍人"也是一种身份的象征。称呼妓女为"姨姨"，如《救风尘》第一折有"姨姨引章要嫁我来"，第三折周舍想娶赵盼儿，称呼其下人张小闲为"舅舅"，说"我怎肯打舅舅"。这里的舅舅当是亲近之称，视为赵盼儿的弟弟、小舅子的意思。称呼父亲为"爷"，有《蝴蝶梦》《破窑记》等，在《秋胡戏妻》中把爹娘又称作"爷娘"。家童称呼主人除了上面提到的"爹"外，还有"家长"。白仁甫《东墙记》中家童称呼主人马彬为家长，"（童云）老者，俺家长来此投宿"。元杂剧中女婿被称呼为东床、姑父等。《碧桃花》中徐端称呼女婿为姑夫："教嬷嬷去张亲家家宅里问姑夫的症候。"把女婿称为"东床"多见于《梧桐叶》《误入桃园》《张生煮海》。妻子称呼丈夫除了"老公"还有"男儿"，多为口语，如《梧桐叶》《魔合罗》《拜月亭》《金凤钗》《诈妮子调风月》中，可能类似于近代民间妻子称呼丈夫为"男人"。"妳妳"这个亲属称谓是元杂剧特有的现象，《敬德不伏老》第三折中尉迟敬德叫妻子为"奶奶""妳妳"。《神奴儿》中儿称呼母亲为"妳妳"。丈夫称呼妻子，元杂剧中除了"老婆"与现代意思相同外，还有娘子等。此外还有"山妻""拙夫人"（见《梧桐叶》《合同文字》）。而"浑家""大嫂"的称谓是宋元特有的现象。此外《隔江斗智》中称呼大舅哥为"郎舅"，称呼小叔子为"叔叔"，与现代词义悬殊较大。有时哥哥、姐姐、爷爷、嫂嫂等称谓与血缘无涉，而是一种尊称。"小哥""小大哥""哥哥"有时作为尊称，一般是对官家子弟的称呼，也有对商贾、财主家的子弟称呼，如《东堂老》有赵小哥，"他老子在那里做官来，他也是小哥"。有时一定地位的剧中人也自称"小哥"，如《朱砂担》《合同文字》中的小二哥；《神奴儿》中院公称呼神奴儿"小哥哥"；《墙头马上》中老院公称呼裴少俊为"哥哥"；《金安寿》第三折梅香称呼正末为"小哥"；关汉卿的《陈母教子》中陈母呼子为"哥"，大儿子是"大哥"，三儿子是"三哥"。"姐姐"也做尊称，《秋胡戏妻》中的媒婆说："姐姐唤你谢亲哩。"孙子呼爷爷为"祖公公"或"爷爷"，如《忍字记》《误入桃园》等剧，有血缘关系；有时"爷爷"并不指血亲关系，而是尊称，如《蝴蝶梦》中王二在公堂上称呼包待制为"爷爷"。有时下人称呼主家妻子为嫂嫂，如《神奴儿》："老汉是这李员外的老院公便是，自从老员外身亡之后，嫂嫂与神奴孩儿另住……"

此外，有些称谓与职业身份有关，有一定专指性，如"先生""师父""学生"等词语。元代称呼道士为"先生"，《裴度还带》白马寺长老呼赵野鹤道士为"先生"，《升仙梦》中柳春称呼吕洞宾"一个出家的先生，好道貌也"。有时也把有文化的读书人称呼为"先生"，如《萧淑兰》第一折萧淑兰称呼书生张世英为"先生"："知先生文学之上，妾有所盼，先生意下如何？""师父"，还可用来称呼僧人、道士和教书先生，如《张生煮海》中称呼老僧为"老师父"；《襄阳会》第三折中道童称呼水镜先生司马徽为"师父"；《金钱记》第三折和《陈母教子》第二折中"师父"，指教书先生。"学生"指接受教育的人，《蝴蝶梦》第一折中太白金星化作道士劝庄子出家，庄子说"我学生出不的家"，这里的"学生"与前文"我在学中读书"呼应，指接受教育的读书"学生"。《老君堂》中高熊自称"小学生"，说："在教场里竖蜻蜓耍子，巴都儿来报大王呼唤不知有何将令，小学生跑一遭去"。这里的"学生"指接受军事训练的人。可见元杂剧中"学生"一词，不限于学校学堂学习的人，泛指接受教育训练等各种学习中的人，类似今天的"学员"。

元杂剧中称谓具有复杂、多义、口语化的特点，其中亲属称谓比非亲属称谓更富于变化，难于把握。《单刀会》第二折道童关于"师父弟子孩儿"的宏论，应该是称谓多义的例证。

绰号文化，也是语言民俗文化的一部分。以人物相貌特征起绰号，《铁拐李》第三折："老汉姓李，是这郑州东关里屠户，父母生我时，眼上有一块青。人顺口叫我做青眼李屠。"《绯衣梦》第三折:"为因老夫满面虬髯,貌类色目人,满朝人皆呼老夫为波斯钱大尹。"宋元绿林英雄常起绰号,如《燕青博鱼》中燕顺就因"须发蓬松""性子粗糙",人称"卷毛虎"。恶人强盗常起绰号,如《朱砂担》有"铁旗杆白正"。与职业有关的绰号,《鲁斋郎》中的"银匠李四",《盆儿鬼》中的"盆罐赵"。根据人的性格和能力起绰号,如《绯衣梦》第一折张千因为能干事,"人唤他做抹眼鬼"。《黄鹤楼》第三折俊俏眼,是因为"元帅见我聪明伶俐,与了我个异名儿,叫做俊俏眼。不问远方那里来的人,我就认的他"。

元杂剧用绰号可以表示人物命运的变化,如《绯衣梦》第一折李庆安有钱时人称"李十万",没钱时叫"李叫化";《看钱奴》中贾仁穷时叫"穷贾儿""悭贾儿",富时叫"贾半州"。金代女真也有起绰号的习俗,女真景祖乌古乃的绰号为"胡来"①,《松漠纪闻》也有记载。元杂剧下层人物这种艺术化的命名习惯,暗合了汉族、女真的绰号文化传统。时钟雯指出元杂剧"人物的真实性不依赖于行动和语言的可信,而依赖于他们在民间流行的程度"②,也是从民间文化的角度理解杂剧人物形象。杂剧人物的"绰号"特点,既有现实生活的民俗文化基础,又有"人名虚指"的艺术追求,民众往往在戏谑之后也能坦然接受。真假难辨,也是艺术追求的一种境界。

(三)方言土语的口语化

方言土语的大量运用,使得元杂剧语言生活化、口语化色彩浓厚,易于被底层观众接受。

方言土语的大量运用,以北方话为主,这是由早期产生北杂剧的地域性决定的。表示时间常用的方言有"一早起""早晨间""夜来""每日价"等词。"一早起""早辰间""早晨间"都指早晨。如《东堂老》第一折"俺等了一早起,没有吃饭哩"。"早晨(辰)间"出

---

① 王可宾:《女真国俗》,吉林大学出版社1988年版,第197页。"景祖乌古乃,绰号'活罗'或曰'胡来'。……'活罗'即鹘鹁,是鹰的一种。"

② [美]时钟雯:《中国戏剧的黄金时代——元杂剧》,萧善因、王红箫译,山西人民出版社1991年版,第44页。

现在《还牢末》《盆儿鬼》等剧。"每日价"指每天，"整日家"指整天，如《存孝打虎》："每日价相伴着沙陀老契丹。"《九世同居》有"我整日家与他做买卖"。《度柳翠》中"夜来"指昨夜。以上表示时间的方言至今北方很多地区仍在沿用。如怀仁话"一早起"，天镇话"夜来"等。

其他北方方言还有"没褒弹""门限儿""不待见""险些儿""打个能能"等。"没褒弹""无褒弹"表示没有瑕疵、没问题，见于《萧淑兰》《金凤钗》等剧。"门限儿"指门槛，如《东堂老》第一折"你把他门限儿蹅着"。"不待见"指不被人疼爱，如《鲁斋郎》："小官鲁斋郎，自从许州拐了李四的浑家起初时性命也似爱他，如今两眼里不待见他"。"打个能能"常用来指幼儿学站立的样子，如《伊尹耕莘》："好个小厮儿……员外，我着他打个能能。"此外还有"一发说"（《范张鸡黍》）、"目下"（《对玉梳》）、"屈高就下"（《百花亭》）、"胡诌乱说""丁一卯二"（《儿女团圆》）、"抬举"（《五侯宴》）、"这答儿"（《五侯宴》《东墙记》《豫让吞炭》）"那答儿"（《醉写赤壁赋》）等。

有些北方话为宋元流行语言如"肯分""折末""大刚来"等。"肯分"一词见于《陈母教子》第四折有"肯分的大哥在门首"，《五侯宴》有"肯分的遇着我"等。"折末"在元杂剧中也运用较多，如《关大王单刀会》《新刊关目好酒赵元遇上皇》《看钱奴买冤家债主》等。宋元以来"大古来""大刚来"也用得较多。

在元杂剧中方言的运用会结合剧中人物的身份和生活背景，如关汉卿的《救风尘》第二折赵盼儿告诉宋引章的母亲营救之计，"（卜儿云）可是中也不中？"这是一句典型的河南话，一来李氏是"老身汴梁人氏"，二来剧情主要地点是郑州（周舍所在地），杂剧人物所在地汴梁、郑州都属于河南地界。三是至今河南人仍说此言。"恓惶"一词元杂剧也用得较多，现在临汾人也多说此语。大多数北方元杂剧作家如关汉卿、尚仲贤，在杂剧中都运用"恓惶""恓惶泪""恓惶事"等，见于《窦娥冤》《柳毅传书》《救风尘》《货郎旦》等。普通话中"耷拉"意思为下垂，元杂剧中"答刺""搭刺"与耷拉同意，疑为记音。马致远的《黄粱梦》第三折有"这一个早直挺了躯壳，那一个又答刺了手脚"。乔梦符的《两世姻缘》第一折有"披荷叶搭剌着褐袖肩"之语。

元杂剧中大部分方言在今天的山西方言中仍在使用，如晋北方言"打个能能""门限""一早起""夜来""险些儿""没褒弹""一发说""抬举""希臭""答剌""耽搁""不待见"等，晋中、晋南方言有"整日价""恓惶"等。这也说明元杂剧在北方的盛行，而山西是元杂剧的主要流传地。

（四）起名语词的求吉性

元杂剧语言民俗还表现在起名语词的求吉性。中国古代小名多有起贱名习俗，民间认为贱名不容易引起地府阎王判官的注意，可以活得更长久。这类名字中常带驴、丑、憨、奴、狗等俗字。《薛仁贵》中薛仁贵叫"薛驴哥"。《蝴蝶梦》中偷马贼叫"赵顽驴"。《冯玉兰》中玉兰有个小兄弟叫"憨哥"。《合同文字》中有个女孩叫"丑哥""定奴"。《罗李郎》中有个女孩也叫"定奴"。

按出生时间起名，与节日、节气有关，如《墙头马上》中裴少俊的孩儿端端、重阳，应该与端午节和重阳节有关。《罗李郎》中"立春日生，就唤名受春"。《刘弘嫁婢》中李逊的孩儿叫"春郎"。按出生先后大小起名，《蝴蝶梦》中有王大、王二、王三。《遇上皇》中刘二公，是因排行老二得名。《鲁斋郎》中银匠李四是因"姓李排行第四，人口顺唤做银匠李四"。按出生先后起名，在我国习俗悠久，李润生就认为"终其身以排行相称，再没别的名字者，据史料记载，在魏晋南北朝时已出现"，"至于在命名时以序数表示排行出现得较晚。唐人喜欢称呼别人的排行"，"宋代这种命名法也非常流行"①。

起名具有家族特征的，一般同辈的起名按家谱，名为两字的，则其中有一字是相同，另一字按家谱早已固定的吉利话顺序依次排序变化。如《老生儿》中的刘从善、刘从道，《合同文字》中的刘天祥、刘天瑞，《儿女团圆》中的韩弘远、韩弘道，《神奴儿》中的李德仁、李德义，《救孝子》中的杨兴祖、杨谢祖，《赵礼让肥》中的赵孝、赵礼。若名是单字的，就直接按家族谱系给出的名字叫即可，如《谢金吾》中杨六郎就道出了家族起名的规则，"所生俺弟兄七个乃是平定光昭朗景嗣，某居

---

① 李润生：《正体·表德·美称》，华文出版社1997年版，第68页。

第六"，所以杨六郎在剧中叫"杨景"。

　　起名寄寓幸福平安、仁义孝礼、聪明美丽等美好祝愿的，如《救孝子》中的杨兴祖、杨谢祖，《赵礼让肥》中的赵孝、赵礼，《灰阑记》中的"寿郎"，《看钱奴》中周荣祖的孩儿叫"长寿"，《东墙记》中店家儿子叫"山寿"，《生金阁》第二折庞衙内家的嬷嬷孩儿和《金凤钗》中赵天翼的孩儿都叫"福童"。《儿女团圆》中也有福童、安童。《绯衣梦》中有闰香、庆安。《桃花女》中有增福、腊梅。希望相貌姣好的，《金钱记》有柳眉儿，《扬州梦》中有玉梅、翠竹、夭桃、媚柳。

　　希望子女生命坚强，常用金银、铁石等命名，如《蝴蝶梦》中王大、王二、王三的小名，分别叫金和、铁和、石和，包待制说"庶名人家取这等刚硬名字，敢是金和打死人来"。《鲁斋郎》中六案孔目的儿子叫金郎，女儿叫玉姐。

　　希望神佛保佑的命名，民间认为寄于寺庙或高僧名下的孩子，可得神佑而长寿。《酷寒亭》中郑孔目的孩儿僧住，《忍字记》中刘均佐妻"所生一儿一女，小厮儿唤做佛留，女孩儿唤做僧奴"。《冤家债主》中的大孩儿叫"乞僧"，二孩儿叫"福僧"。《魔合罗》中李德昌的儿子叫"佛留"。《神奴儿》中李德仁的儿子叫"神奴"，因为"当孩儿生时，是个赛神的日子，就唤孩儿做神奴儿"。

　　起名也寄托了主家得子不易的喜悦心情，《古杭新刊小张屠焚儿救母》中张屠的孩儿叫"喜孙"；《鲁斋郎》中李四的儿子叫喜童；《儿女团圆》俞循礼无子抱了个孩子，添丁进口就起名"添添"。渴望生男，有传宗接代思想，认为特定的起名方式可以影响生男生女，通常女起男名的有《东堂老》中的"翠哥"；还有用引、招、改等起名，《老生儿》中刘从善的女儿叫"引张"，侄儿名叫"引孙"。

　　从元杂剧中的起名习俗看，希望容貌姣好的以"花、柳、娇、翠"等起名较少，以"仁、义、德、孝、礼、道"操守的居其次，而以直接以"福、寿、佛、僧"起名最多，如果加上起贱名和"金、银、铁、玉"等起名中包含的希望子女长命坚强的名字，元杂剧中寄寓长寿之意的起名占有绝对主导地位。可见元杂剧作家在遵循汉族传统起名习俗文化的同时，也隐含着元人起名新的趋势，那就是对孩子福寿的过分追求，甚至寄予神佛保佑的心理，一定程度上与宋、辽、金、元长期战乱导致生命脆弱的现实有关，也是元入主中原，长期战争后民众心灵的创伤在起名上的曲折表现。另外按出生时间起名的较多，而以出生地起名的极少。这一现象可能与战乱和元代大融合、大迁徙、人口流动频繁的时代背景有关，使得民众对家乡的空间认同度较低，导致起名时忽视了地理的因素。

（五）语言"雷同""本色"

元杂剧的语言雷同、程序化，早有学者注意，清人梁廷枏的《曲话》卷二云："《灰阑记》、《留鞋记》、《蝴蝶梦》、《神奴儿》、《生金阁》等剧，皆演宋包待制开封府公案故事，宾白大半从同；而《神奴儿》、《生金阁》两种第四折魂子上场，依样葫芦，略无差别。"① 罗斯宁认为："从雅文学、精英文学的角度来看问题，文人的创作，以富有个性、独创性为上；但如果从民间文学、口传文学的角度来看问题，元杂剧的'雷同'就无可厚非，因为集体性、传承性就是这类文学的特点。"② 从这种基于杂剧间的语言相似性现象来看，所论无不当。若从元杂剧作为"代言体"的叙事艺术看，在一剧中，元杂剧的语言雷同，有一部分是脚色搬演"转述"的需要，是场上之语，是拟生活之语，是富于民俗色彩的语言，可谓纯粹的演剧艺术。另外这种重复，在合适的情景下还可能营造出戏剧演出的喜剧效果。笑话幽默的一种构造方式就是"重复""模拟"。从这一角度看，无论是元杂剧的语言雷同现象，还是演剧"代言"的具体表现，都是制造喜剧效果的有效手段之一。

元杂剧语言民俗内容丰富，上述语言现象大多出现在宾白中。从元刊杂剧的有曲无白来看，元杂剧演出给演员的二度创作空间主要在宾白科介上，而宾白科介乃至砌末往往需要熔铸民俗文化。如果再加上前面所论述的谚语、谜语、歇后语等俗语的运用，元杂剧的语言民俗极为丰富，出现这种"奇观"的一个原因，就是演员在宾白上的自由创造、即兴发挥，带来舞台语言的不确定性、乡土性导致的结果。元杂剧的语言魅力就在于自然本色，灌注民间养分。这正如明人王骥德《曲律·论家数》即云："曲之始，止本色一家，观元剧及《琵

---

① （清）梁廷枏：《曲话》卷二，有正书局1916年版（排印本），第11页。
② 罗斯宁：《元杂剧和元代民俗文化》，广东高等教育出版社2007年版，第178页。

琶》、《拜月》二记可见。自《香囊记》以儒门手脚为之，遂滥觞而有文词家一体。"① 王骥德《曲律》又说："作剧戏亦可令老妪解得，方入众耳，此即本色之说也。"②

总之，元杂剧中的语言民俗主要表现在：粗话色语的低俗化、通俗化、范式化和称谓的现代性、方言土语的乡土性、起名语词的求吉性、民族语言杂糅等方面。粗话色语具有一种颠覆性的力量，这种颠覆恰恰是异族统治下的伦理政治的弱化和城市娱乐文化的反映，既迎合了市民低俗审美需求，也获得了商业利益。元杂剧中的称谓具有口语化、通俗化、范式化的特点，主要以亲属称谓居多，这些称谓虽然有时代独特性的一面，但大多称谓的意思与现代语义一致，具有现代意义。以北方话为主的方言土语被元杂剧吸收较多，这是由早期北杂剧的地域性所决定，很多北方方言至今流传。方言土语被元杂剧吸纳，通常会考虑剧中人的身份和生活背景。元杂剧中人物起名在遵循传统文化的起名方式外，也受社会时代大环境影响，具有时代特色。

元杂剧语言雷同化、程式化、乡土化、口语化、低俗化、民族化，是其基本特点，不仅具有生活气息，而且极具表演效果，有的对白唱词纯粹为"听"打造，借助谐音制造喜剧效果。元杂剧的语言魅力就在于自然本色，在于源于民间的用语。

二　元杂剧中的物质民俗文化

元杂剧对物质民俗的吸收，主要体现在民居建筑、村落设施、服饰穿戴、饮食等方面。

（一）元杂剧中的民居民俗文化

元杂剧中的民居民俗主要表现在对门楼、梢间、后花园、影壁等的描述上。《陈母教子》第一折叙述陈母之子得官后盖门楼，反映了门楼越高越好的民俗心理。《金凤钗》第三折有"少了我房钱，不要你头房里住。你梢间里住去"。《争报恩》第一折梁山好汉徐宁被王腊梅和丁都管

---

① （明）王骥德：《曲律》，《中国古典戏曲论著集成》（四），中国戏剧出版社1959年版，第121页。

② 同上书，第154页。

在稍房里当贼拿住，李千娇问王腊梅夜晚去稍房干什么，王腊梅回答：
"我在这里拌草料喂马来。"可见，杂剧中的"梢间"不是建筑学中的意思，"梢间"也即"稍房"，相当于柴房或堆放不重要的东西的闲房。古代富贵家庭往往有自己的花园，作为休闲散心解闷的地方，所以古代文学中闺怨之情常与后花园发生关系。元杂剧中后花园是有情人邂逅或约会偷情的理想场所，如《西厢记》《碧桃花》《金钱记》《墙头马上》等。《红梨花》第一折中谢金莲在后花园行走"我裙拖翡翠，鞋羋鸳鸯，行过低矮矮这个荼藤架。我则见花穿曲径，草接平沙"，这是中国园林文化、天人合一思想在居住环境上的折射。"影壁"又叫"照壁"，是中国古代四合院建筑中必要的组成部分，其位置可以在门内，也可以在门外，具有美化装饰的作用，能保持一定的私密性，起到"隐蔽"作用。从风水的角度解释为可以避冲煞，照鬼影，挡污浊妖邪之气，不至于伤及屋主，同时也能起到"气聚而不外泄"的作用。《望江亭》第二折谭记儿到衙门后堂走一遭，转过影壁偷窥前厅夫君。《鲁斋郎》中"转过照壁，出的宅门"，指的是院内照壁。此外《勘头巾》《连环计》等剧也提到"影壁"。民居民俗常作为杂剧叙事的空间背景。

　　烧炭取暖、睡火炕，主要是我国北方居民的生活习惯。宋元时期煤炭开始大量使用。《马可波罗行纪》第二卷第 101 章记载："契丹全境之中，有一种黑石，采自山中，如同脉络，燃烧与薪无异。其火候且较薪为优，盖若夜间燃火，次晨不息。其质优良，致使全境不燃他物。所产木材固多，然不燃烧。盖石之火力足，而其价亦贱于木也。"[①] 火炕是北方民族的一大创新，北魏郦道元在《水经注》卷十四"鲍丘水"中记录了观鸡寺用火炕御寒："鲍丘水又东，巨梁水注之，水出土垠县北陈宫山，西南流迳观鸡山，谓之观鸡水。水东有观鸡寺，寺内起大堂，甚高广，可容千僧，下悉结石为之，上加涂墍，基内疏通，枝经脉散，基侧室外，四出爨火，炎势内流，一堂尽温。"[②] 这是最早关于火炕的文献记载。辽、金元时期，火炕得以发展。"炕"是定居生活的表现，元杂剧经

---

　　① ［意］马可·波罗：《马可波罗行纪》，冯承钧译，上海书店出版社 2000 年版，第253 页。

　　② （北魏）郦道元：《水经注校证》，陈桥驿校证，中华书局 2013 年版，第 329 页。

常提到"土炕"或"火炕"。如"土炕"见于《来生债》《桃花女》等剧;"火炕"见于《铁拐李》等。宋元时期女真人也有睡火炕的习俗,《三朝北盟会编》卷三"政宣上帙三"云:"环屋为土床,炽火其下,相与寝食起居其上,谓之炕,以取其暖。"[①] 赵永春也认为宋、金时期"当时的女真人已经走上定居生活,主要是聚族而居,在大家族下面又分出许多小家。每个小家皆建有房屋(或称"帐"),屋内皆有可取暖又可寝居的火炕(也叫土床),凡饮宴待客,皆在炕上设置桌椅,摆放食物和器具等"[②]。女真作家李直夫的《虎头牌》第二折中有女真人山寿马诉说自己"往常我幔幕纱幨在绣围里眠,到如今枕着一块半头砖。土坑上、土炕上弯着片破席荐。畅好是恓惶也波天",清楚地表明女真人有睡炕之俗。元杂剧还有烧炭取暖的生活现象描述,《东堂老》第一折有"取煤炭烧"之语,第三折扬州奴落魄时卖炭、卖菜。其他杂剧提及用"炭"取暖的有"围炉中烧兽炭"(《降桑椹》)、"打上炭火"(《渔樵记》)、"冬月间着炭火煨"(《救风尘》)、"炉中有火休添炭"(《岳阳楼》)、"我与你把破蒲扇,拿去家里扇煤火去"(《张生煮海》)等;还可以在炭火上烤羊肉,如《生金阁》衙内说"炭火上烧着羊肉"。因为人们对炭火很熟悉,还以之做比喻,如《金凤钗》有"我与你火炭也似一只金钗"。

元杂剧对城乡社区的直接描述,首先表现在街道里巷称谓的通俗化。《合汗衫》第一折张义上场介绍"俺在这竹竿巷马行街居住"。马行街是北宋开封重要的商业街,《东京梦华录》有记载。竹竿巷在《至顺镇江志》也有记载。《至顺镇江志》卷二金坛县"坊巷"条记载的元代街巷等起名称谓很随意、通俗,如"十字街""上河街""竹竿巷""馒头巷"等[③]。《张生煮海》第一折张生问梅香住址,梅香说"我家住砖塔儿胡同"。《杀狗劝夫》杨氏女一家"在土街背后居住"。《魔合罗》中李彦实"在这河南府录事司醋务巷住坐"。类似例子,不胜枚举。元杂剧中"街巷"名称通俗化、乡土化,有宋元街

---

① (宋)徐梦莘:《三朝北盟会编》上册 卷三"政宣上帙三",上海古籍出版社1987年版,第17页。

② 赵永春:《〈茅斋自叙〉记载的女真生活与宋金关系》,《北方文物》2005年第3期。

③ (元)脱因、俞希鲁:《至顺镇江志》卷二,《宋元方志丛刊》第三册,中华书局1990年版,第2622页。

巷的时代痕迹和起名特色，也便于观众记忆，同时人的居住环境以"街巷"来标识，也是汉族定居文化的写照。其次是对井的关注。蒙古语"胡同"就指"水井"。井是定居生活的必要设施，是农耕文化的体现。井口的形状有圆形、方形、八角形等，井上常置辘轳，也有直接用吊桶打水的。井旁植树，再用井栏石、琉璃等装饰美化井。琉璃井在杂剧中常出现，《陈州粜米》中有"我这里转一转如上思乡岭，我这里步一步似入琉璃井"，《生金阁》第二折庞衙内叫随从把嬷嬷捆住，扔八角琉璃井里，用井栏石压尸首。元杂剧中的金井、琉璃井让我们想到古人对井的华丽装饰及重视程度。井上置辘轳，井索连吊桶，井旁植树，也是乡土文化的体现，如《李逵负荆》中有"辘轳上截井索"。《五侯宴》中描写了井旁栽树，吊桶井中打水的情形。《后庭花》和《生金阁》中提到井栏杆、井栏石。元杂剧不仅描写井的形制特点，在《降桑椹》《渑池会》等剧中还有作为家宅六神之一的井神的描写，如《降桑椹》第二折井神说："吾乃井泉神，节操坚刚民自称。将流波积聚，彻底澄清。身无点污，洁似寒冰。井中常喜祯祥现，兆应家宅百事亨。"元杂剧有"井底鸣蛙""背井离乡""踢天弄井"等成语，还有"井口上瓦罐终须破""能照顾眼前坑，不提防脑后井"等与井有关的熟语。甚至道教法术也与井相关，如《玉镜台》中有"井坠着朱砂玉与咱更压瘴气凉心经，解脏毒"。生活中有人跳井、推人入井的事，《朱砂担》就写了一个恶人推人入井谋财害命的事情。《三战吕布》《衣袄车》等战争剧中净脚色常说的一句与井有关的台词是"朝中宰相五更冷，铁甲将军都跳井"。杂剧用"胭脂井"比喻妓院，《曲江池》中唱词有"［三煞］卖弄甚锦绣帏翡翠屏，则他这瓦罐儿早打破在你胭脂井"。《渔樵记》《杀狗劝夫》《燕青博鱼》等中也都提到"井"，杂剧中还有胭脂井、金井、离乡井、干枯井、奔井投河等语言。

（二）元杂剧中的服饰民俗文化

元代男子戴冠、扎头巾，而女子所戴头巾称为包髻。男冠有幞头（《潇湘雨》）、唐巾（又称唐帽，《朱砂担》《蓝采和》等）、抹额（古代汉族男人束额之巾）（《三夺槊》《三战吕布》）、磕脑（裹头的头巾，《哭存孝》）、各种帽子（《陈州粜米》《玉镜台》《双献功》《竹叶舟》《燕青博鱼》）等。① 女冠除了元杂剧中常提到的包髻外，还有用梳子装饰的，如《后庭花》中提到的枣木梳，《柳毅传书》提到珍贵的水晶梳。我国梳子的历史悠久，据考古发掘，新石器时代已有象牙梳。宋元时期妇女流行在头上插梳子。《燕翼诒谋录》卷四"妇人冠梳"条记载了宋代妇女所用梳子细节，且梳子趋向侈靡，"梳不特白角，又易以象牙、玳瑁矣"②，"仁宗时，宫中以白角改造冠并梳，冠之长至三尺，有等肩者，梳至一尺"③。这种夸张的梳子使用尺度，后来被朝廷明令限制在长不过四寸，冠广不过一尺。

男性服饰有褙褡（即搭膊、搭背），《双献功》《燕青博鱼》中的梁山好汉多穿这种无袖短衣的褙褡。男性足穿靴，如《陈州粜米》中"凉皮靴儿"。《虎头牌》第二折山寿马提到男子穿袄子。

女性服饰有胸带、腰裙、团衫、抹胸、汗衫、霞帔等，如《调风月》《望江亭》中提到"包髻团衫绣手巾"。《调风月》第二折有"皂腰裙"。抹胸即裹肚，《清稗类钞·服饰》解释为："抹胸，胸间小衣也，又名裹肚，以尺方之布为之，紧束前胸，以防风之内侵也，俗谓之兜肚。"④《后庭花》第二折："你与我置一顶纱皂头巾，戴一副大红裹肚。"女子佩饰有戒指、玉簪、钗等，《望江亭》谭记儿施计说"这个是金牌，衙内见爱我与我打戒指儿罢"，试图骗取势剑金牌。

宋元时期缠足习俗在元杂剧中有记录，缠足始于五代延续到民国。南宋时妇女缠足很盛行，元代开放的文化环境，也并未反对缠足，使此风日盛，那木吉拉就说"值得一提的是由于旧的保守习惯，从唐代已有的汉族妇女缠足之恶俗，在元代仍盛行"⑤。元代刘时中的散曲［中吕·红绣鞋］《鞋杯》有"帮儿瘦弓弓地娇小，底儿尖恰恰地妖娆"语句⑥。黄时鉴认为："到了元代，元曲中所见的'金莲'一词，其基本含义就是

---

① 周玲：《元杂剧中的冠衣文化研究》，《求索》2005 年第 5 期。

② （宋）王栐：《燕翼诒谋录》，孔一校点，《宋元笔记小说大观》（五），上海古籍出版社2007 年版，第 4618 页。

③ 同上书，第 4617 页。

④ （清）徐珂：《清稗类钞》，中华书局 1984 年版，第 348 页。

⑤ 那木吉拉：《中国元代习俗史》，人民出版社 1994 年版，第 14—15 页。

⑥ 徐征等主编：《全元曲》第十册，河北教育出版社 1998 年版，第 7483 页。

指穿上女鞋的小脚，资料中可见'金莲'一词的最多，近四十例。"① 元代女鞋的特点是窄和弓。黄时鉴根据文献和文物相互印证，指出："元代肯定已经存在缠足，而且已有相当程度的流行，但元时缠足的主流是将女足的前掌和足趾缠窄，到了元代后期才出现类似'三寸金莲'的记载。"② 吴昌龄散曲［正宫·端正好］"美妓"的美丽特征之一就是"玉钩三寸"，应当是元代"三寸金莲"的真实记录："衬缃裙玉钩三寸，露春葱十指如银。"③ 现代学者通过宋元戏曲文物判断人物性别方法之一，就是观脚而辨，可谓小脚即女性，也是基于对宋元"缠足"小脚习俗的理解。

元杂剧中关于"金莲""绣鞋儿弯""袜如钩""弓鞋"的叙述，表面上是描写鞋袜的物质民俗，实际有着广阔的社会背景，是古代缠足的历史记忆与元代习俗的反映。《符金锭》中有"忙步金莲趁早回"，《大都新编楚昭王疏者下船》中有"你道腰胜柳，袜如钩"，《新刊关目严子陵垂钓七里滩》中有"步金莲罗袜香"，《绯衣梦》中有"换上这大红罗裙绣鞋儿弯"，《墙头马上》中有"蹙金莲红绣鞋，荡湘裙鸣环佩"，《㑇梅香》中有"摇玎咚玉声，蹴金莲步轻"，《留鞋记》中有"我看了这一只绣鞋儿，端端正正，窄窄弓弓"，《扬州梦》中有"锦衾绣榻，弓鞋罗袜""蹴金莲凤头，并凌波玉钩"，《西厢记》中也有"动人处弓鞋凤头窄"。从以上元杂剧中的描写来看，缠足并没有被当作恶习，而是成了当时女性美的特征之一。中国社科院陈高华也认为从元杂剧和散曲所载情形看，"小脚在元代已被文人视作女性美的一个重要组成部分"④。在爱情题材的杂剧中，"步金莲""弓鞋"含蓄地表达了女性美，常让男子意荡神驰。杂剧中男女情感的迅速发展，一见钟情式的爱情模式，也常与小脚之审美心理发生关系。从这一意义上说，元杂剧姻缘天定的很多爱情叙事，也是建立在具体的男女现实感官"美"的认可上的。

（三）元杂剧中的饮食民俗文化

元杂剧中对茶和酒的记录比较多，相关研究也多。"自宋代始，茶就

---

① 黄时鉴：《元代缠足问题新探》，《东方博物》第18辑，浙江大学出版社2006年版。

② 同上。

③ 张继红校注《吴昌龄 刘唐卿 于伯渊集》，山西人民出版社1993年版，第213页。

④ 陈高华：《元代妇女服饰简论（下）》，《北京联合大学学报》2008年第4期。

被市民百姓列为最重要的日常生活资料之一，庶几如同饭菜，须臾不能离开。到了元代，变成了'开门七件事'中的一件。"①《西厢记》中寺僧以茶待张生。《㑇梅香》中文人家庭以茶待客。宋元时以茶待客，而用"点汤"表示逐客，如《王粲登楼》。元人对于茶的熟悉，还表现在以茶做比，如《青衫泪》第三折［二煞］唱词有"咱两个离愁虽似茶烟湿，归心更比江流急"。

出现"茶饭""茶汤"连用一词，"茶汤"的出现是蒙汉民族文化融合的结果，如《岳阳楼》《度柳翠》。元杂剧中对于寺庙饮茶的描写较少，多为对日常生活饮茶的描写。可能与杂剧的娱乐性有关。茶文化不仅汉族有，在其他民族也存在，并影响到起名，如李直夫的《虎头牌》第一折便有"自家完颜女直人氏，名茶茶者是也"的科白。金元人多呼女为茶茶，也是民间茶文化中一道独特靓丽的风景。

元杂剧中酒文化丰富，不仅描写酒店、筵席饮酒，而且涉及酒的品种、酒令等。《伊尹耕莘》第三折陶去南提到"黄酒""烧酒"。《遇上皇》第三折有翁头春酒，"送了我也竹叶似翁头春"。"翁头春"为酒名，唐已有，宋元清仍可见。竹叶青酒可追溯到战国，唐宋酒文化中竹叶青也占有重要地位。苏轼作诗有《竹叶酒》，元杂剧《遇上皇》中有"问甚秋泉竹叶青，九酝荷叶杯"之句。筵席间喝酒常以行酒令取乐，康保成在《酒令与元曲的传播》中指出："酒令的根本作用是劝酒佐觞，所以有时尽管没有明确提示行令，但凡酒宴上唱曲，大都是行酒令，以完成'你唱曲我喝酒'的酒约，上引《浮沤记》、《风光好》、《黄花峪》诸例，均为应命佐觞而唱，因而都是行令。"②他又判断：元代酒令曲牌有［阿忽令］（［阿古令］、［阿孤令］）如《东堂老》第三折、元刊杂剧《拜月亭》《调风月》第四折、《紫云亭》第三折［阿那忽］（应为［阿忽那］）。此外特殊酒令规则，一是赢者赏酒，输者罚水，如《金线池》、《陈母教子》第三折；二是东家置酒客制令，如《黄鹤楼》第三折。

元杂剧肇始于我国北方，元杂剧中饮食文化首先体现的是北方饮食文化。北方饮食最大的特点是面食与肉食文化。肉食在元杂剧中以

---

① 陈旭霞：《元曲中的茶文化映像》，《河北学刊》2005 年第 6 期。
② 康保成：《酒令与元曲的传播》，《文艺研究》2005 年第 8 期。

"羊肉"为典型，如《伍员吹箫》《勘头巾》《黑旋风》《酷寒亭》等，《朱砂担》《儿女团圆》等剧表现出宋元时期人们爱吃"羊头"的生活习俗。面食如蒸饼、旋饼①、烧饼、馒头（馍馍）等，如《气英布》有："汉乾坤也做不得个碗内拿蒸饼。"米饭有白米焖饭、欢喜团儿、粥汤等，如《蒋神灵应》第一折有"白米焖饭吃二十碗"，《鸳鸯被》第三折有"我买欢喜团儿你吃"，《东堂老》第三折有"等我寻些米来，和你熬粥汤吃"。

元代民族融合，体现在饮食上少数民族饮食文化与汉族饮食文化的双向渗透，如《村乐堂》表现元代农民或下层贫民所食杂菜羹饭，"着你娘做些酷累来，又是和和饭来"。方龄贵考证"酷累""和和"皆为蒙古语，"和和"即韭菜，酷累即干酪或干奶酪②。《汉宫秋》第二折有"渴时喝一勺儿酪和粥"，《黑旋风双献功》第三折正末吃的是"羊肉泡馍"，《虎头牌》第二折山寿马提到女真人吃细米白面。可见元杂剧中各民族饮食文化是你中有我，我中有你，互相影响。

总之，元杂剧对民居建筑、村落设施、服饰穿戴、饮食等物质民俗的大量吸收，还原了民众日常生活，颇接地气。这些民俗事象大多表现出北方特色和民族融合的时代特点。

三 元杂剧中的精神民俗文化

元杂剧中的精神民俗事象较多，不同民族，不同宗教，不同地域的信仰有一定的差异，内容极为庞杂。民众相信"三界"说，除了人间，还有天界和冥界，也就有了神鬼世界，灵的存在，也就产生了魂灵信仰和神灵信仰。

（一）魂灵信仰

人死后灵魂不死，鬼魂生活在冥界。我们一般认为人有三魂七魄③，所有的魂魄都出窍不归，人才会死亡。人偶尔的灵魂出窍，是一魂或几

---

① 周玲：《元杂剧中的面食风俗》，《华南师范大学学报》2005 年第 2 期。旋饼也称春饼、薄饼、胡饼。汉民族岁时传统食品，流行于全国各地。

② 方龄贵：《元明戏曲中的蒙古语续考》，《西北民族研究》1996 年第 2 期。

③ 但元杂剧中也有"五魂"说法，如《窦娥冤》《误入桃园》《还牢末》《任风子》《单刀会》《襄阳会》《老君堂》《野猿听经》。

魄离开，让人神情恍惚，可以通过叫魂、招魂的特殊仪式，使人回归正常。"人们通常把灵魂看作随时可以飞去的小鸟"①。"休克、昏迷、失去知觉，甚至普通的睡眠，常常被解释为灵魂出窍了"②。《还牢末》第四折有"魂灵儿如渡海"的台词。人在受惊吓时可能短时丢魂落魄，元杂剧常用其来表达人吃惊或受惊吓之状，如《虎头牌》中有"敢三魂失了两魂"。民间认为人刚死，魂灵不会马上离开肉体，《铁拐李》中有"死了三日热气未断，着岳寿借尸还魂去""我这三魂不全，一魂还在城隍庙里""收拾香纸，咱替孩儿取魂去"等表述。一般的做梦是灵魂暂时飞离身体，不用叫魂，醒来就复归正常。正是基于这样的民俗心理，才有《西厢记》第四本第一折张生月夜"梦魂飞入楚阳台"之恍惚。第四本第四折张生梦到莺莺离家追赶自己，并在客店二人相会，有了著名的"草桥惊梦"一折。《倩女离魂》中倩女肉体与灵魂"离"与"合"皆为情。戏剧充分利用人的灵魂可以以"梦"的形式暂时离开人的身体以及给人带来的恍惚之感这一民俗事象和心理，来形象地表现剧中人的痴情和真情，并且给戏剧演出造成一种迷幻色彩。人死仅是肉体死亡，灵魂不死。鬼魂可以通过梦的方式与人交流，如《昊天塔》第一折杨令公给六郎托梦，《东窗事犯》第三折岳飞魂向宋高宗托梦控诉秦桧的罪状，《霍光鬼谏》第四折霍光鬼魂托梦告密说二子造反，《西蜀梦》关张给刘备托梦。鬼魂托梦以表达怨情、冤情为最多，其中鬼魂鸣冤告状更成为公案剧影响官员立案的直接因素和破案的关键线索，如《盆儿鬼》《冯玉兰》等。托梦的神鬼往往自报家门，剧中做梦的人，往往做睡眠状或打盹"我且睡些儿"或"做睡科"，如《汉宫秋》。梦醒常用范式句"休推睡里梦里"或"醒科"来表现。元杂剧度化剧也常用"梦"作为度化手段，梦醒悟道。林岊认为："在小说等叙事性文学作品中，'鬼魂与梦兆'之类的情节描写由来已久，但在戏剧中大量安排这样的情节，却是自关汉卿开始的。""《窦娥冤》和《西蜀梦》

---

① ［英］弗雷泽：《〈金枝精要〉——巫术与宗教之研究》，刘魁立编，上海文艺出版社2001年版，第166页。

② ［英］查·索·博尔尼：《民俗学手册》，程德祺等译，上海文艺出版社1995年版，第54页。

两部杂剧是现存最早最完整的元代'鬼魂戏'。"① 此外，元杂剧中的鬼魂戏与《全元文》中大量出现的祭孤魂的斋文、青词、榜文、碑文等的文学传统也一脉相承。借助魂灵或梦的民俗文化，元杂剧把隐秘的私人空间表演为舞台公共空间。从心理学角度看，满足了人们窥私的欲望。

杂剧中的"梦"可以把剧情限制在某一点上，通过"梦境"的展演，无限放大了人物的情思。如《西厢记》中草桥惊梦的离别情，《西蜀梦》中关张托梦的桃园结义情，《蝴蝶梦》借梦中缀网中蝶的故事突出母子亲疏之情。傅谨说："在中国的戏剧舞台上，戏剧情节的进展速度是按照情感表达的速度经常变化的，与情感表达无关的情节总是很快被掠过，而一旦进入到需要展现主人公内心世界的场合，时间在舞台上就好像被无限地放大了。"② 杂剧对"梦"的表演，就是把剧中人物内心世界放大，让时间停滞，是表达复杂情感的一种舞台手段。

"人死，魂灵不死"的观念，让人们敬畏鬼魂，影神信仰就是基于鬼魂崇拜。《汉宫秋》第四折王昭君投江死后挂图则魂上，也与蒙古族的影神信仰本质上相同。

影神为亡人画像，是祖先崇拜的表现。《秋胡戏妻》第一折说"拜了先灵，背了影神"。按照中国人侍死如侍生的观念，祖先画像要画得形象生动，吴昌龄散曲［正宫·端正好］《美妓》："莫不是丽春园苏卿的后身，多应是西厢下莺莺的影神。便有丹青画不真。妆梳诸样巧，笑语暗生春，他有那千般儿可人。"③ 明代小说《喻世明言》第二十四卷《杨思温燕山逢故人》韩思厚在韩国夫人影堂看到她的画像及牌位："面前供桌，尘埃尺满。韩思厚看见影神上衣服容貌，与思温元夜所见的无二，韩思厚泪下如雨。"④ 由此可知影神为亡人画像，貌与真人无异，很逼真。有的影神还有神龛，即"影神楼"。《曲江池》第二折郑元和给人送殡，有"他举着影神楼儿"的描述。并且每逢遇到重大事情如婚姻抉择、丧

---

① 林岜：《论鬼魂与梦兆情节在关汉卿戏剧创作中的作用》，《首都师范大学学报》2004年第5期。

② 傅谨：《中国戏剧艺术论》，山西教育出版社2003年版，第119页。

③ 张继红校注：《吴昌龄 刘唐卿 于伯渊集》，山西人民出版社1993年版，第213页。

④ （明）冯梦龙编：《喻世明言》（下），许政扬校注，人民文学出版社1958年版，第403页。

俗等都要挂像，祈求亡人保佑，甚至还伴随浇奠祭祀仪式。《裴度还带》第四折有"令官媒挑丝鞭挂影神"。元刊杂剧《马丹阳三度任风子》第一折："百姓每都将画帧悬，但吃酒先浇奠。"这里的"画帧"即影神。

元人相信举头三尺有神明，相信神灵的存在，特别重视誓言或发愿。《墙头马上》《争报恩》《杀狗劝夫》等都有烧夜香、祷告的情节。《争报恩》第二折赵通判妻子李千娇在夜深人静孩子入睡后，搬香桌燃香祷告"头一炷香愿天下太平；第二炷香愿通判相公与一双孩儿身体安康；第三炷香愿天下好男子休遭罗网之灾"。除了烧香祷告，"蒙古人历来重视誓言，蔑视谎言"①，《元朝秘史》《黑鞑事略》《蒙鞑备录》也都有蒙古人重誓言的记载。元杂剧中发誓的细节屡见不鲜，常用来显示剧中人的"清白"或表达一种坚定信念，如《合同文字》第三折刘天祥妻子搽旦杨氏骗刘天住，就说"我若见你那文书，看我邻舍家害疔疮"，"我若拿了他文书，我吃蜜蜂儿的屎"等。《救风尘》第三折赵盼儿说："周舍，你真个要我赌咒？你若休了媳妇，我不嫁你呵，我着堂子里马踏杀。灯草打折臁儿骨。"《马陵道》有"我若知情呵，唾是命随灯而灭"的赌咒。

（二）神灵信仰②

元杂剧中的神灵，从宗教的角度可以大体归为佛教神祇和道教神祇，其他归为杂神。元杂剧中出现的神灵有弥勒佛（弥勒尊者）、阿难、达摩、三藏、观音、李天王、哪吒、灌口二郎神、九星辰、华光天王、木叉行者、韦驮天尊、火龙太子、丹霞禅师、金刚、四天王、骊山老母、巫枝祇圣母、齐天大圣、通天大圣耍耍三郎、山神、千里眼、顺风耳、铁扇公主、红孩儿、鬼子母、东岳圣帝（东岳太尉）、东华帝君（又称东华帝主、东君、东皇、东华仙、东华木公）、西池金母、玉皇大帝（玉皇）、北极真武、太上老君、太白金星、八仙、七真人、张天师、乔仙、黄石公、葛洪、费长房、麻姑、崔府君、炳灵公、司命君、速报司、灵派侯、赵公明、葛仙翁、南极星、列御寇、青衣仙童、紫霄玉女、九天女、蚩尤、夜叉、五瘟神、芒神、窑神、穷神、日游神、金神七煞、太

---

① 史卫民：《元代社会生活史》，中国社会科学出版社 2005 年版，第 276 页。
② 此文部分内容发表在《民俗语境下的〈西厢记〉之情理表达》，《中华戏曲》第 44 辑，文化艺术出版社 2011 年。

岁、鬼金羊、昂日鸡、显道神、追魂使、喜神、巡海夜叉、直符使者、家宅六神、福星、山神（蒋神）、八洞神仙张四郎、上八洞里的齐孙膑、贼星、将星、铁扫帚、吊客丧门、钟道、阎王、判官、钱龙、山鬼、姹女婴儿、食神、五脏神（五臟神）、财神、增福神、注禄神、龙王（还出现东海龙王、龙神、火龙、火龙王、水府龙王）、淮河神、风神、雨神、雷公、电母、雪神、桃花仙子、桂花仙子、柳树精、梅花精、桃柳二神、松神、桑椹神（绫锦之神）、地曹天曹、钱神、丧神、酒神、影神、狱神、六丁六甲神、四值功曹、托生案神等。

宋代很看重驱傩，驱傩仪式上常有各种神灵，这些神灵在元杂剧中也多有体现。《梦粱录》卷六"除夜"条："禁中除夜呈大驱傩仪，并系皇城司诸班直，戴面具，着绣画杂色衣装'手执金枪、银戟、画木刀剑、五色龙凤、五色旗帜，以教乐所伶工装将军、符使、判官、钟道、六丁、六甲、神兵、五方鬼使、灶君、土地、门户、神尉等神，自禁中动鼓吹，驱祟出东华门外，转龙池湾，谓之'埋祟'而散。"① 《东京梦华录》卷十"除夕"也有"埋祟"之俗，与《梦粱录》所记相似。以上文献所提及的神灵在元杂剧中常出现。可见元杂剧中的神灵选择，一定程度上受宋代驱傩仪式和元代的宗教自由发展以及民众信仰多元化的影响。

元朝多民族融合，受汉族农耕定居文化影响，"家宅六神"信仰流行，并渗透到元杂剧中，出现神灵俗化的倾向。主宰家庭家族兴衰祸福的"家宅六神"，即门神、户尉、土地、井神、灶神、厕神。据周密《武林旧事》载："至除夕，则比屋以五色纸钱酒果，以迎送六神于门。"②《冤家债主》中烧香跪拜祷告"家堂菩萨""家堂爷爷"，希望病痊愈，此家堂神应该为家宅六神。《降桑椹》第二折有"鬼力与我唤将蔡氏门中家宅六神来者"，剧中外扮灶神与净扮厕神语言幽默。

宋元时期出现神的人化倾向。这与宋元人们相信"人生前正直行善，死后可为神"的观念有关。《老生儿》中有"生时了了，死后为神"之信仰。《庞居士》中的增福神是曾信实，注禄神是李孝先。《朱砂担》第二折中东岳太尉神自言："吾神在生之日，秉性忠直，不幸被歹人所害身

---

① （宋）吴自牧：《梦粱录》，《东京梦华录（外四种）》，远方出版社2001年版，第161页。
② （宋）四水潜夫辑：《武林旧事》，西湖书社1981年版，第47页。

亡。皇天不负吾德,加为东岳殿前太尉。"《小张屠》第三折:"(末云)娘娘那里有个神灵,在生时是包待制,死后为神速报司是也。"《博望烧屯》第一折说关羽:"这将军生前为将相,他若是死后做神祇。"《刘弘嫁婢》第三折中的增福神和城隍都是生前为人死后为神。元杂剧中的神、佛、道都呈现出世俗化特征。人可成神,神就有了人情味,元杂剧中生前为人的神,成神后多有报恩的行为。

元杂剧中出现的神祇不仅在杂剧中以剧中人的形象出现,参与剧情发展,而且每个神祇本身的神职各有特点,常作为一种文化"符号"内化到剧中人物的叙述中,如元刊《闺怨佳人拜月亭》中有"久盼望你个东皇,望得些春光艳阳,东风和畅"之唱词,"东皇"即东皇太一神。

元杂剧中出现的寺庙以佛道神祇寺庙为主,杂神寺庙为辅,如竹林寺、灵隐寺、金山寺、云岩寺、善光寺、天宁寺、咸宁寺、大慈寺、东林寺、相国寺、承天寺、石佛寺、白马寺、观音阁(观音殿)、太清庵、三清观(三清殿)、清安观、全真院、七真堂、玉皇殿、白云观、紫霞宫、娘娘庙、东岳庙(东岳殿)、城隍庙、五道将军庙、泰安山神州庙、巫山庙、山神庙、土地庙、狱神庙、蒋神庙、牛王庙、龙神庙、青龙洞、杜康庙、祆庙等。

寺庙道观在元杂剧中常作为故事发生、发展的重要空间背景,一是寺庙作为神圣的宗教空间而存在,担负着为民众提供烧香、祈愿、还愿场所的重要宗教功能,如《合汗衫》《鲁斋郎》《看钱奴》等。寺庙道观作为神圣空间,还是神灵活动的宗教空间,神灵显圣或惩治恶人或发怒显灵均影响剧情发展。如《魔合罗》第一折李德昌在五道将军庙祈祷避灾。《朱砂担》第二折中王文用遭遇恶人图财害命,而东岳殿前太尉爷爷庙就是重要的案发现场,太尉神为证,第三、四折中就有神判主持公义的剧情。此外还有城隍庙告状的描写见于《荐福碑》《冤家债主》等。二是寺庙作为情爱发生的空间场域,如《望江亭》《张生煮海》《鸳鸯被》《西厢记》等。神圣空间与世俗情欲的戏剧冲突,透露出理学压抑下人性的觉醒,不仅是一种本能的体现,而且是反抗现实的一种畸形表达。元杂剧中出家人也会动情,干些"不伶俐的勾当",一定程度上也是对元代道教生活现状的表现,如《勘头巾》有"妾身刘员外的浑家是也。我瞒着员外,和那太清庵王知观有些不伶俐的勾当",此外还有"家住在三清观里"的唱词，故事地点在南京，这种道教文化表述应为南方天师道。元代道教主要有三派，南方正一天师道，北方为太一教和全真教，后来太一教并入全真教，全真教影响最大。傅勤家《中国道教史》认为："全真教及天师道为两大宗，对峙于南北。全真教不饮酒茹荤，不畜家室，授徒传教，是为出家道士。天师正一道虽亦授徒，但天师系属世袭，应有妻子，虽亦斋戒，而非斋期，亦可御酒肉。故正一道之徒，皆属在家者，是为火居道士。"①

由附录 A：《元杂剧中的寺庙、神灵一览表》可知，杂剧中不提及寺庙或神灵的概率很小。在表现少数民族生活的杂剧中，一般没有提及庙宇。涉及少数民族的度化剧中偶见神灵，但神灵也汉化明显，如《金安寿》。元杂剧中出现众多神灵、庙宇，体现了元人信仰的多元化，也反映出元人对神灵崇拜的虔诚。

由前述可知，元杂剧神灵中道教神祇描述较多。道教认为"人体多神，必以五脏为主"②，心肝脾肾肺各司一神，闭目凝思，久之可"内视"五脏与"神"通。最迟唐宋已有五脏神的文献记载。南宋朱胜非《绀珠集》卷十三"羊踏菜园"的故事把五脏神与吃饭联系起来："有人尝食蔬茹忽食羊肉，梦五脏神曰'羊踏破菜园'。"又《锦绣万花谷》前集卷三十六、《类说》卷十四等引用此故事。元代丘处机面见成吉思汗后，全真教开始盛行。"全真教摒弃传统的外丹烧炼，重视内丹修炼，即炼自己的精气神，从而'了达性命'"③。元代道教重视内修，推崇五脏神，正是这样的宗教背景，《西厢记》第二本第二折张生听红娘传夫人邀请赴宴之意，有了见到小姐的机会时，不假思索地说："便去便去，敢问席上有莺莺姐姐么？"红娘以旁观者的身份，唱到："［上小楼］'请'字儿不曾出声，'去'字儿连忙答应；可早莺莺跟前'姐姐'呼之，诺诺连声。秀才每闻道'请'，恰便似听将军严令，和他那五脏神愿随鞭镫。"《宋元语言词典》指出："五脏神，食神，指肠胃。"④ 从后文"赴宴"来

---

① 傅勤家：《中国道教史》，许地山、傅勤家《道教史；外一种：中国道教史》，岳麓书社 2010 年版，第 279 页。

② 陈耀庭等编：《道家养生术》，复旦大学出版社 1992 年版，第 71 页。

③ 王汉民：《道教神仙戏曲研究》，人民文学出版社 2007 年版，第 36 页。

④ 龙潜庵编著：《宋元语言词典》，上海辞书出版社 1985 年版，第 115 页。

看也合理。由此可知狭义上的"五脏神"指心肝脾肾肺所居之神，乃人之主神，主宰人的正常生理活动。后世五脏神逐渐俗化，也指食神。但结合全真教"内修""存神""守一"文化，广义上的五脏神应指一种"神"、一种"意志"，剧中还用来表示张生赴宴的"真心真意"和思慕莺莺的迫切之情状。五脏神指心意，又见于《后庭花》第一折李顺妻子为奸情计骗丈夫放人，李顺信以为真，放人时复杂心境下的唱词是"俺浑家心意真，你母子性命存。那壁厢欢喜杀三贞妇，这壁厢镂铗杀五脏神，你可也莫因循"。当然杂剧中运用最多的还是狭义上的"五脏神"指食神、肠胃，与饥饿、吃饭相关，杂剧常用来描写人物窘困之情，如《金凤钗》第二折赵天翼卖诗文养家的二百长钱借给了别人，自身陷入困顿："（俫儿云）爹爹，买个馒头面糕我吃。（正末唱）百忙里要馒头面糕枉把你五脏神虚邀。"此外《东堂老》《合汗衫》中扬州奴和张员外困窘时唱词都提到五脏神，这类利用五脏神来表示饥饿吃饭之意，结合前后剧情来看，通常杂剧都是用来表达剧中人经历先富后贫、截然不同的身世变化。

五瘟使，也就是瘟神，中国古代民间信奉的道教掌管疫病的五位瘟神，"即：春瘟张元伯，夏瘟刘元达，秋瘟赵公明，冬瘟钟仕贵，总管中瘟史文业"①。唐宋时就有了五瘟神。《蜀中广记》卷七十九和《台海使槎录》卷二均有记载。又因五月天气潮湿，五毒俱出，容易引发各种疾病。因此"至晚在战国时代，人们已把五月五日视为'恶月'、'恶日'"②，而禳毒气，避瘟疫，就成了端午节的重要内容。元旦也有驱瘟逐疫的内涵，而避疫趋吉的心理，使得人们敬畏五瘟神。"《三教搜神大全》载隋唐时五月五日祭之，宋陈元靓《岁时广记》卷七引《岁时杂记》则谓元旦祭之"③。可见唐宋时期在端午、元旦已祭祀瘟神。

从民俗演进的角度看，"五瘟使"的神性和神职，伴随端午节、元旦的影响而融入求吉辟邪的节日文化中。《西厢记》老夫人赖婚，红娘探视生病的张生时自称"我是个散相思的五瘟使"。唐代元稹《莺莺传》和金代《董西厢》中未提到"五瘟神""五瘟使",而在王实甫《西厢记》中出现,这也应证了《西厢记》故事自唐代《莺莺传》诞生以来,在宋元得以发展的学术论断①。"五瘟使"进入元杂剧,一方面是唐宋以来端午、元旦节日民俗文化演进的结果;另一方面是元代道教的兴盛,使得道教神祇"五瘟神"伴随节日文化而扩大影响,为百姓所熟悉。再从剧情发展看,红娘说"我是个散相思的五瘟使"极具暗示性,承前:张生的相思苦,是红娘给崔张搭桥促成的;启后:红娘代小姐探病,并给张生递简传情。张生得病也蹊跷,治愈也迅速,似"五瘟使"神力所左右,生动地暗示出红娘在崔张爱情中起着不可替代的作用。

(三)"天"信仰②

民众相信人世之外"灵"的存在,也就相信人生来就有了命运、上天的安排。因此,我们说的"天"信仰是指除了鬼魂、神灵之外,民众还具有一种对高高在上的星辰的信仰以及不可改变的定数或冥冥天意命运安排的一种民间心理。汉族相信命运、天意,蒙古人也崇拜"天",《黑鞑事略》曰:"其常谈必曰托着长生天底气力……无一事不归之天,自鞑主至其民无不然。"③

福气信仰

生辰八字不可改变,贵贱尊卑命理祸福自有定数。福气信仰就是命为天定思想的具体表现,《合汗衫》第三折张员外给当了官的孙子陈豹(未相认前)拜,陈豹感觉:"我背后恰便似有人推起我来一般,莫不这老的他福分倒大似我。"《风云会》第一折描写赵匡胤有帝王命,给石守信元帅磕头时:"(正末拜,唱)谢元帅相留纳。(石惊起科,末又拜,唱)请稳坐安然受咱,容参拜,阶墀下。(石又惊起云)贤士乃有福之人,小官不觉惊慌,不敢受礼。"此外《五侯宴》第三折也有福气信仰。元刊《东窗事犯》第四折也有"秦桧福气大难侵近"之语。可见,福气

① 郝青云、王清学:《西厢记故事演进的多元文化解读》,《中国社会科学院研究生院学报》2008年第4期。

② 文中部分内容发表在《民间文化对元杂剧叙事结构的影响》,《戏曲艺术》2016年第4期。

③ (宋)彭大雅:《黑鞑事略笺证》,王国维笺,《王国维遗书》(八),上海书店出版社1983年版,第217页。

信仰在元杂剧中多表现人物的心理活动，揭示剧中人物间的微妙关系，如暗示亲情关系、贵贱关系，常常具有承前启后的纽带作用。

星辰信仰

星辰信仰也是"天"崇拜的演变。星辰崇拜是一种古老的自然崇拜，日、月、星又称"三光"，很早就受到人们的重视。《破窑记》中说："僧起早，道起早，礼拜三光，天未晓。"民间更认为星辰皆有神性，元刊杂剧《诈妮子调风月》第三折："你要我饶你咱，再对星月赌一个誓。"元杂剧中的星辰崇拜又具体表现为祈求长寿、团圆，避忌恶运，具体表现为拜月、拜北斗，崇拜福星、娄宿等，敬畏簸箕星、灾星等。拜月习俗源于古人的星辰崇拜。《墙头马上》第二折："月也你本细如弓一半儿蟾蜍，却休明如镜照三千世界，冷如冰浸十二瑶台，禁炉瑞霭，把剔团圞明月深深拜，你方便，我无碍，深拜你个嫦娥不妒色。"民间认为"南斗注生，北斗注死"，但是所有祈求皆向北斗。南斗、北斗崇拜是基于人对生命的热爱。《东墙记》第二折："降明香问天求聘，志诚心祷告神灵。迟误了奴家命，强打精神拜斗星，何日安宁。"《桃花女》中也有祭北斗七星求寿的描写。"娄宿"是二十八宿之一，多主吉。而"罗睺""计都"为凶星，逢日月则蚀，常致日食月食。《张天师》第一折就这样描述："妾身乃月中桂花仙子。今因八月十五日，有这罗睺计都缠绕妾身，多亏下方陈世英一曲瑶琴，感动娄宿，救了我月宫一难。我和他有这宿缘仙契。今日直至下方，与陈世英报恩答义去也。"杂剧明显把罗睺、计都、娄宿视为星神，而且把娄宿视为吉星，罗睺、计都视为凶星。杂剧中簸箕星作为不祥之星出现较多。簸箕星，即扫帚星，出现不吉，民间又以之喻给人带来恶运的人。《黑旋风》："若有人将哥哥厮欺负，我和他两白日便见那簸箕星。"此外与簸箕星类似的能给人带来晦气的还有丧门星、扫帚星、灾星等，如《调风月》第四折："是个破败家私铁扫帚，没些儿发旺夫家处，可使绝子嗣妨公婆克丈夫，脸上承泪脔无里数，今年见吊客临，丧门聚，反阴复阴，半载其余。"

古人有天人合一的思想，天上的星对应地上的人。《还牢末》第四折下场诗说梁山好汉"一个个上应罡星"。道教诞生后，更把人的生死祸福交给天上的星宿掌管。《马陵道》第三折："我观将星落在馆驿里。"将星指孙膑。星落人死也是民间至今很盛行的观念，《范张鸡黍》中体现为："数日前落长星大似斗，流光射夜如昼，原来是丧贤人地惨共天愁，空余下剑挂尽汝阳城外柳。"

太岁与本命信仰

道教认为："诸天日月星斗皆有神名，亦有九宫贵神及六十太岁、月将、日值诸神，皆有名姓，凡出行建造之类，必择日祭告，以求庇护。"①可见道教把太岁与日月星之"天"信仰并列，对人生活影响极大。《绘图三教源流搜神大全》中"太岁殷元帅"条说"帅者纣王之子也"，降妖诛妲己，被玉帝加封为"地司九天游奕使至德太岁杀伐威权殷元帅"②。唐人皇甫枚撰《三水小牍》卷下记载了广州刺史张谋孙凿池，"获一土囊，破之，中有物升余，色白如粟粒，忽跳跃四散而隐"③，犯太岁暴毙的事迹。元人熊梦祥的《析津志辑佚》记载："立春……迎太岁神牛于齐政楼之南，香花灯烛祀如常。"④元杂剧中"太岁"往往与"恶""凶""晦气""不好"等意联系，基本意是"恶太岁"。《桃花女》中太岁为恶煞之一。民间认为遇到太岁会带来恶运，如生病乃至失去生命，所以元杂剧中描写恶人或遇到晦气的事情都以"太岁"喻，《酷寒亭》有"劝君休要求娼妓，便是丧门逢太岁"，《金凤钗》把多磨难的状元店比作"太岁凶宅"。元杂剧涉及太岁的还有《紫云亭》《追韩信》《焚儿救母》《刘行首》《青衫泪》等剧。

以上杂剧在表现恶太岁观念的同时，还往往把太岁与凶神、丧门、吊客等并举，强化"恶""晦气"，造成一种演唱铺排的气势。元杂剧把"恶"太岁的信仰，与剧中人物的相貌、品德、性别等因素结合起来，又衍生创造出雌太岁、风流太岁、油鬏髻太岁、花花太岁等词汇，从唱词上给人以善恶感知与审美判断，有助于观众把握剧情发展。如《渔樵记》中"又道你不和那六亲，端的是雌太岁母凶神"。《对玉梳》中妓女自贬"都是俺个败人家油鬏髻太岁，送人命粉脸脑凶神"。《曲江池》中李亚仙骂鸨母是"吃人脑的风流太岁"。《金凤钗》则用"花花太岁"来指杨衙内。

---

① 傅勤家：《中国道教史》，许地山、傅勤家《道教史 外一种：中国道教史》，岳麓书社2010年版，第245页。

② 无名氏：《绘图三教源流搜神大全》（后集），台湾学生书局1998年版，第231—232页。

③ （唐）皇甫枚：《三水小牍》卷下，穆公校点，《唐五代笔记小说大观》（下），上海古籍出版社2000年版，第1194页。

④ （元）熊梦祥：《析津志辑佚》"风俗"条，北京古籍出版社2001年版，第202页。

"太岁头上动土"是一种民间禁忌，太岁与土有联系，这可能与五行思想有关。《渑池会》第四折排阵："当先摆五路先锋，次后列青龙白虎，太岁与土科相跟，太尉与将军引路。……"

遇到太岁，会让人遭恶运。人逢本命，同样有诸多禁忌。所以元杂剧中"太岁"与"本命"并举，如《青衫泪》第一折："索甚么恶叉白赖闹了洛阳街，兀那酒丧门临本命，恶太岁犯家宅。虽是我管待这两个穷秀士，权当一百日血光灾。"关于"本命太岁"的记载见于明万民英撰《三命通会》卷二"论太岁"①。本命信仰始于三国。一般来说本命观的产生与十二属相有关，也是命由天定思想的延伸。元人忽思慧撰《饮膳正要》卷第一"养生避忌"曰："如本命日，及父母本命日，不食本命所属肉。"②可见元代本命与属相已经发生关系。

元刊杂剧《看钱奴买冤家债主》出现十二属相提法，第一折："这等人直化生做十二相属分，敢翻生到六道轮回罢。"元代已有生肖纪年。③蔡美彪辑《元代白话碑集录》中元代碑刻日期落款除了天干纪年和年号纪年外，还采用"羊儿年"（《1295 年荥阳洞林圣旨碑》）、"龙儿年"（《1268 年鳌屋重阳万寿宫圣旨碑》）、"鸡儿年"（《1261 年林县宝严寺圣旨碑》《1297 年彰德上清正一宫圣旨碑二》）、"牛儿年"（《1301 年荥阳洞林圣旨碑四》）、"虎儿年"（《1302 年河中栖岩寺圣旨碑》）、"鼠儿年"（《1276 年龙门禹王庙令旨碑》）、"马儿年"（《1282 年东岳庙令旨碑》）、"蛇儿年"（《1293 年赵州柏林寺圣旨碑》）、"猴儿年"（《1296 年赵州柏林寺圣旨碑二》）、"狗儿年"（《1298 年林县宝严寺圣旨碑三》）、"猪儿年"（《1311 年平山永明寺圣旨碑二》）、"兔儿年"（《1315 年鳌屋太清宗圣宫圣旨碑二》）等生肖纪年。可见十二生肖在元代已齐备，其顺序大致与今同④。本命信仰的产生，当与原始的图腾崇拜和祖先崇拜有关。这一民间

---

①　拙言、士心、真人、文源编著：《三命通会注评》，北京师范大学出版社 1993 年版。

②　（元）忽思慧：《饮膳正要》，刘玉书点校，人民卫生出版社 1986 年版，第 6 页。

③　吴裕成：《中国生肖文化》，天津人民出版社 2004 年版，第 53 页。

④　［意］马可·波罗：《马可波罗行纪》，冯承钧译，上海书店出版社 2000 年版，第 256—257 页。《马可波罗行纪》记载"应知鞑靼人用十二生肖纪年：第一年为'狮儿年'，次年为'牛儿年'，三年为'龙儿年'，四年为'狗儿年'，其数止于十二。"据蔡美彪《元代白话碑集录》（科学出版社 1955 年版）来看，未见"狮儿年"，马可·波罗所言，不仅生肖不尽全对，而且生肖排年的顺序也不准确，难怪很多学者对其游记的真实性提出异议。

信仰当是最原始的，应该产生在十二生肖与本命挂钩前。本命神的说法也与道教的倡导有关，道教结合民间本命观和十二生肖崇拜提出本命年、本命星、本命日的理论。王重阳对于本命年（又叫本命元辰）进行过阐述。

本命论的出现是元人生命意识的体现，礼拜本命神会消灾获福。《元典章·礼部卷之一·朝贺》曰："随路分州城里官人每，每年做圣节多费钱物，百姓生受，更兼本命日又科敛钱物，百姓生受。"①《玉镜台》第三折："我把你看承的，看承的家宅土地，本命神祇。"可见宋元时期，人们已经很重视本命了，甚至拜祭本命神，似乎像供奉家宅土地一样，很可能日常化了。从元杂剧和《元典章》记载看，这一信仰在官方和民间都很普及，元杂剧中出现的本命观，是元人信仰的真实体现。

算卦

算卦往往与人的命运联系在一起，目的是知未来避凶趋吉，这种对"天意"的了解，恰是"天"信仰的表现，这一民俗心理直接影响元杂剧剧情的发展。元杂剧中的算卦方式很多，有金钱卦、蓍草卦、龟儿卦、掷珓儿、课卦等。"问天买卦"一词在元杂剧中出现频率极高。《智勇定齐》："如今卖龟儿卦的多了，不灵了……抽签掷珓，一贯好钞。"《周公摄政》周公祷天祈寿打了三次蓍草卦。同样是算卦信仰，杂剧作家也尽量结合故事时代，力求真实。蓍草卦是古老的一种算卦方式，而金钱卦出现较晚，陶宗仪在他的《南村辍耕录》中记录了"今人卜卦，以铜钱代蓍"的社会现象，后世《清稗类钞》也记有"卜钱"卦。元杂剧《东墙记》也提及金钱占卜："卜金钱祷告神灵。"

元代遇事占卜算卦很普遍。《倩女离魂》："（梅香云）姐姐，你可曾卜一卦么？（正旦唱）则兀那龟儿卦无定准，枉央及。"《金钱记》："我手占一卦，看今日得见小姐么。"《扬州梦》张好好算命有夫人之分。可见，元杂剧生动地表现了元人已把占卜日常化的习俗文化。最常见的是算卦先生说剧中人有百日之灾出去躲避的故事模式。《朱砂担》楔子："您孩儿去长街市上算了一卦。道您孩儿有一百日血光之灾，千里之外可

---

① 《大元圣政国朝典章》（中）典章二十八，中国广播电视出版社影印元刊本1998年版，第1090页。

躲。"一般来说元杂剧中的算命先生算卦，多应验，其背后承载着元人相信"天意"的民俗心理。元杂剧还有一种庙上占卜问祸福吉凶的情节模式。《荐福碑》中张镐在龙神庙掷玟儿占卜问官运。《合汗衫》第二折张孝友因妻子怀胎十八个月未分娩，到东岳庙掷玉杯玟儿占卜胎儿性别，区分神胎鬼胎。

算卦除了占卜祈祷，还有看面相、手相。与面相有关的术语有福相、恶相、夫妻相、异相等。如《货郎旦》第四折张三姑描述做官的李春郎福相是"双耳过肩坠"。《鸳鸯被》第三折刘员外说张瑞卿和李玉英有夫妻相，"怪道你两个厮像，两个鼻子一般般的"，第四折二人果然成为夫妇。《梧桐雨》"楔子"中张九龄说安禄山"此人有异相，留他必有后患"。《合汗衫》第一折张孝友雪天救助了陈虎，欲认其为兄弟，征求父母意见时，其父张义说陈虎有些恶相，陈虎说落难的赵兴孙是"看了那厮嘴脸，一世不能勾发迹，那眉下无眼筋，口头有饿纹，到前面不是冻死，便是饿死的人也"，可见，陈虎阻挠员外施舍的理由也是基于面相信仰。元杂剧中除了《东堂老》外，描写看手相的作品相对较少。

算卦有时还要看生辰八字。如《陈抟高卧》有"凭着八字从头断一生……论旺相死因凭五行"。民间有一种观点：生辰八字命硬，克父母，《老生儿》就有"这孙儿好是命毒也"，剧中其父母双亡。

预兆

我国传统观念里有天人感应和万物有灵的思想，民众认为一些重大事情的出现，往往是有预兆的。如"喜鹊叫、灯花爆、喜蛛现"这是预兆喜事的征兆，《西厢记》剧中预兆出现的一处指的是张生金榜题名，得了官；一处是暗示深陷相思的张生喜得莺莺回信。《薛仁贵》中薛仁贵荣归，剧中说"疑怪这灵鹊儿噪晚衙，喜蛛儿在檐前挂，魂梦儿撇不下，我数日前笃速速眼跳，昨夜里便急爆灯花"。前有吉兆做引子，后有剧情相呼应。

此外预兆还有眼跳、发揪、心跳、耳热、打喷嚏等。发揪、心跳、耳热也预示着即将有事情要发生，尤其亲人之间血脉相通，遇事颇有感应，如《桃花女》《赵礼让肥》《留鞋记》等。民间观念中打喷嚏、耳热，意味着被人说或思念。《鸳鸯被》《调风月》中打喷嚏是用来表达情事。元杂剧中大多数"打喷嚏"预兆着有人在说自己，如《李逵负荆》

就说"打嚏喷、耳热一定有人说",类似的还有《儿女团圆》《货郎旦》等。对于眼跳的预兆吉凶,较为复杂,一般认为"左眼跳财,右眼跳灾",但杂剧表述常仅言"眼跳",不分左右眼,从杂剧剧情看,大多数为报灾:《陈州粜米》第三折有"(小衙内诗云)两眼梭梭跳。必定晦气到。若有清官来。一准屋梁吊",后果然包大人私访,遭到惩治。《合汗衫》第四折陈虎眼跳,后来被抓,是灾报。《秋胡戏妻》中秋胡的母亲眼跳,后有罗大户来骗婚情节。此类例子还有《谢金吾》《伍员吹箫》《延安府》等。从情感表达来看,预兆民俗常表达剧中人焦灼不安的情绪,或相思或担忧。从戏剧演出角度看,这类预兆多用戏剧宾白、唱词表现,先有听觉的感知,做出审美暗示;随后剧情搬演故事来验证,给观众以视觉审美的演绎,达到满足观众审美期待的效果。

梦兆也是预兆的一种。中国的梦文化源远流长,《周公解梦》《梦林玄解》《断梦秘书》《敦煌本梦书》等更把梦看作是神秘的预兆,透过梦的内容,解读出梦所给人们的暗示,解梦文化在民间很盛行。元杂剧"梦"元素的出现,正是基于传统梦文化的历代传承。元杂剧梦的叙述模式,多是好梦为吉,噩梦为凶,便于观众接受,对于梦兆的解释或寓意几乎与古籍文献所述如出一辙。元杂剧中的梦一般为直解或正解,圆梦多是好梦为吉,噩梦为凶。《存孝打虎》第一折李克用说"某夜来睡中得一梦,梦见一轮红日,在帐房里滚。又问阴阳人圆此梦,他说道:日乃人君之相,此梦必主朝中有宣敕来",后果有圣旨命其赴塞北。"对一般人来说,梦见日月乃是大吉大利、大富大贵之象征"①。《周公解梦书》残卷云:"梦见日月者,富贵、吉利。"② 此外《智勇定齐》《朱砂担》《风云会》《冯玉兰》《飞刀对箭》等梦兆都为正解。《风云会》《朱砂担》《蝴蝶梦》《冯玉兰》《存孝打虎》《智勇定齐》《飞刀对箭》等剧,都有"说梦—应梦/解梦"的结构模式,对于熟知梦文化的观众而言,剧情发展具有可预知性,观此类剧一定程度上就是观众解梦的过程。杂剧结局的应梦安排,恰是对中国梦文化的一次视觉化、形象化的演绎、传播。

---

① 刘文英:《中国古代的梦书·梦书概说(代序)》,中华书局1990年版,第14页。
② 转引自刘文英《中国古代的梦书》,中华书局1990年版,第30页。

（四）其他信仰

钱龙、钱神信仰

元杂剧的兴盛是伴随着宋元商业经济发展和市民的娱乐需求作为基础的。正是宋元商业的发展让人们对金钱、财富产生了新的认识，《曲江池》《降桑椹》《老生儿》《来生债》《冻苏秦》等杂剧或直白地阐述对钱的理解，或通过故事剧情来表达个人财富观。《搜神记》卷十三记载青蚨可生钱。《遇上皇》《金凤钗》等剧中"青蚨"就常作为钱的别称。元人对财富的理解，不仅认为个人辛勤经营能致富，而且还认为神灵护佑有助于生财。于是祭祖、钱龙、钱神信仰都与财富发生关系。《延安府》清明上坟就有"若要富，敬上祖"的观念。《青衫泪》《金线池》《盆儿鬼》《看钱奴》等剧有"钱龙入家（门）"的描述，如《看钱奴》第一折增福神拨给贾弘义二十年替人掌管家私，唱"我则是借与你那钱龙儿入家，有限次的光阴你权掌把"。在《南史·梁元帝纪》中记载"钱龙"是一大蛇，梁元帝以钱厌之。元杂剧"钱龙"一词出现较多，把"钱龙"视为与金钱有关的神。这与元代商业发展催生的财富信仰和二月二龙抬头节日在元朝形成有关。

《晋书·鲁褒传》中鲁褒写有《钱神论》，出现"钱神"一词。元杂剧《神奴儿》《看钱奴》都提及钱神。《神奴儿》："将一个小孩儿屈死在荒村。咥奈顽民，簸弄钱神，便应该斩首云阳，更揭榜晓谕多人。"《看钱奴》："无非倚恃着钱神把俺相轻视。"元杂剧还出现"财神"的提法，如《来生债》："谁待要祭那财神""到那腊月三十日晚夕，将那香灯花果祭赛。道是钱呵，你到俺家里来波。"这则材料说明元代除夕夜祭祀财神。但是钱神、财神到底是谁，元杂剧未提及。元杂剧中出现"钱龙""钱神""财神"，再结合元杂剧"青蚨"代指钱，应该与元人的金钱崇拜、渴望发财致富思想有关。

虾蟆民俗

虾蟆即虎纹蛙、蛤蟆，属于蛙的一种，在我国大部分地区都有分布。《南村辍耕录》卷二十二"禽戏"载有人能玩"虾蟆说法"："又见蓄虾蟆九枚，先置一小墩于席中，其最大者乃踞坐之，余八小者左右对列，大者作一声，众亦作一声，大者作数声，众亦作数声，既而小者一一至大者前点首作声，如作礼状而退，谓之虾蟆说法。"① 宋代少数民族有食鼠、虾蟆的习俗。女真族就吃虾蟆。元杂剧中有［斗虾蟆］、［絮虾蟆］曲牌、"癞虾蟆"唱词和"虾蟆养的"宾白，《衣锦还乡》第三折伴哥看到薛仁贵衣锦还乡唱："你看他马儿上簪簪的势，早忘和俺掏斑鸠争攀古树，摸虾蟆混入淤泥。"《青衫泪》第四折有"宜舞东风斗虾蟆"之语。以上两剧说明元人认为摸虾蟆、斗虾蟆是民众娱乐生活的一部分，也是娱乐游戏中"禽戏"习俗文化的表现。

另外视虾蟆为"丑"的思想，元杂剧人物发誓常说"……就是虾蟆养的"。宋代陆游《老学庵笔记》卷十载有盗入室见杨戬变为"乃一虾蟆"②。庄绰《鸡肋编》卷上曰："有扬州人黎珣，字东美，崇宁中作郎官监司，又有京师开书铺人陈询，字嘉言，皆以貌像呼为'鰕蟆'。"③ 可见，元杂剧中的虾蟆文化，以突出娱乐性和丑为特点，这与虾蟆在我国分布广泛，以及娱乐、饮食、蛙崇拜使得民众对虾蟆极为熟悉有关。

总之，元杂剧中的精神民俗事象较多，不同民族、不同宗教、不同地域的信仰有一定的差异，内容极为庞杂。大体上有魂灵信仰、神灵信仰、"天"的信仰。鬼魂信仰的存在使得元杂剧出现魂梦戏和梦兆情节，这种民俗化的表演把私人的隐秘空间表演为公共领域。从心理学角度满足了人们窥私的欲望。元杂剧中出现的神祇众多，不仅在杂剧中以剧中人的形象出现，参与剧情发展，而且每个神祇本身的神职各有特点，常作为一种文化"符号"内化到剧中人物的叙述中。元杂剧中出现的寺庙以佛道神祇寺庙为主，杂神寺庙为辅。神祇以道教神祇和汉族神祇为主，佛教神祇为辅，少数民族几乎没有神祇。元杂剧中神灵出现神的"人化"和"俗化"倾向。元人相信神灵的存在，也相信"天"的不可违抗性，因此也就特别重视誓言或发愿，尊重亡灵影神，迷信天意，相信命运的安排，看重生辰八字、福气信仰、星辰崇拜、太岁本命信仰等。元杂剧

---

① （元）陶宗仪：《南村辍耕录》，李梦生校点，《宋元笔记小说大观》（六），上海古籍出版社 2007 年版，第 6416 页。

② （宋）陆游：《老学庵笔记》，高克勤校点，《宋元笔记小说大观》（四），上海古籍出版社 2007 年版，第 3540 页。

③ （宋）庄绰：《鸡肋编》，李保民校点，《宋元笔记小说大观》（四），上海古籍出版社 2007 年版，第 3994 页。

中的精神民俗，是元人信仰的折射。

总之，精神信仰民俗具有不可违抗的神秘性，常给人以神秘暗示，作为意识形态的东西，对人的影响是潜移默化的，以集体潜意识的方式，内化到人物的言行中，渗透到剧情发展中，常能承前启后，使剧情完整统一。不是所有的精神民俗都能承前启后，只有那些对人物命运或事情发展有预示或影响吉凶祸福等神奇作用的精神民俗才具备这样的功能，如预兆、梦兆、算命占卜、神灵显应、前世今生等民俗信仰往往具有这种功能，并对元杂剧叙事结构产生影响。同样是承前启后，信仰民俗可以使杂剧结构安排和剧情发展跨度极大，有的从剧始到剧终，可跨四折。而歇后语一般是表达当时的情感，偶尔也有启后的作用，但其剧情跨度有限，我们不妨称之为"间隙过渡"。

四　元杂剧中的社会民俗文化

社会民俗在元杂剧中表现为婚丧民俗、节日社火、行业民俗、家法礼俗等方面。

（一）婚丧民俗

元杂剧中的婚俗形态多样，有指腹为婚、招赘婚、从良婚、典妻婚等，还有私奔奸情等。指腹为婚，非汉族独有。《松漠纪闻》载："金国旧俗，多指腹为昏姻。"① 《合同文字》中刘天瑞的儿子刘安住与李社长的女儿定奴指腹为婚。《合同文字》第三折还有招赘婚，刘天祥后妻带过的女儿招了个女婿。《五侯宴》表现典妻婚："你既不肯嫁人，便典于人家，或是三年，或是五年，得些钱物。"从良婚多有曲折，如《救风尘》等。畸形婚恋中有主仆偷情，如《村乐堂》中六斤与同知的小夫人；叔嫂情，如《替杀妻》结义兄弟不为嫂子挑逗所动，杀嫂；男女相悦私奔，如《墙头马上》中裴少俊与李千金私自养育子女。《青衫泪》中有"从前夫自有明例，便私奔这也何妨"的思想，这里的前夫指茶商，私奔是指与白居易上船。婚姻爱情往往是有变故的，悔亲、离婚都要有凭证，如《绯衣梦》第一折悔亲的描述是："你将这十两银子、一双鞋儿，往李

---

① （宋）洪皓：《松漠纪闻》，阳羡生校点，《宋元笔记小说大观》（三），上海古籍出版社2007年版，第2797页。

家悔亲去，着庆安穿上这鞋，踏断了线，就悔了亲事。"休妻要有休书或手模，才具有法律效力。如《新刊关目好酒赵元遇上皇》中赵元的老婆"动不动要手模"。《救风尘》中赵盼儿为了帮助宋引章获得自由身，更是不惜以色诱来骗取恶棍周舍写休书。此外还见于《遇上皇》《墙头马上》《任风子》《渔樵记》《后庭花》等杂剧围绕休书的争执，表现出夫妻矛盾和情感危机。爱情婚姻在发展过程中往往有爱情信物或以行为方式表情达意，如接紫丝鞭、传书递简等。

婚姻程序基本遵照六礼，早在《礼记·卷十·昏仪第四十四》中就对婚姻民俗模式做了礼仪上的框定："昏礼者，将合二姓之好，上以事宗庙，而下以继后世也，故君子重之。是以昏礼纳采、问名、纳吉、纳征、请期，皆主人宴几于庙，而拜迎于门外。入，揖让而升，听命于庙。所以敬慎重正昏礼也。"① 这就是纳采、问名、纳吉、纳征、请期、亲迎"六礼"。元杂剧中叙述最多的就是"羊酒花红""择日过门"，即"纳彩"和"请期"。"纳采"又是女方首次表明婚姻态度。《西厢记》中在男方愿意的情况下，女方家的态度至关重要，所以婚俗描写最多的就是"纳采"。元杂剧中结婚的时间往往是模糊的"克日过门"，但也有昏娶古俗的描写，如《秋胡戏妻》第一折有"昨日晚间过门，今日俺安排些酒果，谢俺那亲家"。婚恋过程中婚姻的完成与取缔都要遵循六礼民俗程序，遵循封建礼教，这是"俗"也是"礼"，更是发生纠纷争执时所依据的"理"。婚恋民俗程序，常导致爱情剧"守礼"与"违规"的戏剧冲突。从常见的大团圆结局来看，婚恋民俗导致的冲突最后采取考官迎娶等中庸的方式来收尾，说明传统礼俗的力量之强大。

《桃花女》中周公设计让儿子娶桃花女就遵循古礼婚俗。周公先是托彭祖提羊酒花红到任二公家，任二公喝了三杯酒，又接受了一段做衣服的红绢，酒是肯酒，红是红定。迫使任二公、桃花女接受。然后请媒婆说亲。这其实是古礼中的纳采礼。第三折下彩礼鼓乐吹打迎娶过门，涉及古礼中的亲迎。周公谋害桃花女，选择日游神当值、犯金神七杀凶神恶煞的日子，而桃花女出门让人持筛子先行，自己头戴花冠，用筛子的千只眼驱鬼辟邪，用花冠打扮得似天帝，防止金神打碎天灵盖来破解。

---

① （元）陈澔注：《礼记集说》，上海古籍出版社影印本 1987 年版，第 324 页。

上车时辰冲太岁，用倒拽车三下，手帕罩住头来破解凶太岁。下车逢黑道，忌讳踩土地，踩地立死，桃花女就让人在车前铺两领净席，"行一领倒一领"以黄道破解。新人入门，正逢马当值，门限是马背，踩上会被怒马踢杀跑杀，桃花女用门限上放马鞍驯服马来破解。进得院子来逢鬼金羊，昂日鸡当值，二神见新人会鸡啄、羊角触之凶，"撒些碎草米谷，撒一步行一步，又撒下些五色铜钱，等小孩子们去相争相抢的，他自家把个镜子照了脸，打闹里走进墙院子"。第三重门犯丧门吊客，她先射三箭入门破解。到了卧室，犯白虎坐床，娶亲鼓乐惊起白虎伤人，她说服小姑娘腊梅同坐床陪新人，结果白虎咬死腊梅。桃花女又持净水念咒语使得腊梅复活。《桃花女》以上婚俗在《东京梦华录》《梦粱录》的婚俗中基本都可以找到线索，翁敏华指出，跨马鞍受北方游牧民族习俗影响，而像"撒谷豆"等具有巫术性质。① 谭晓娟也指出："花冠、马鞍、染色铜钱也具有压胜作用。"② 《桃花女》对后世婚俗产生了影响，如结婚选黄道吉日，重要仪式看时辰。封建社会婚俗新人穿凤冠霞帔，就是桃花女戴花冠防金神七杀的遗存。手帕罩头影响到后世新娘红盖头。新娘不能踩门限、下轿不能踩地至今仍是婚俗禁忌，后人往往用红毯等代替净席，今天新人下轿新郎背着，也是防止新娘脚落地。让姑娘与新人同坐床来破解床头白虎之险，今天闹洞房、伴娘坐床也可能源于此，可以起到众人惊吓白虎保护新娘的求吉作用。

在元杂剧中，"前世""前生""分定""姻缘""姻缘簿""风流业冤"等词频繁出现，"缘分说"也成为爱情发展的非理之"理"，以宗教的玄幻超脱现实礼教困扰的苦恼。元杂剧一见钟情式的爱情模式，常与"缘分"民俗观相伴随，推动着爱情和剧情发展。《金史》卷四十六《食货志》户口条："金制，男女二岁以下为黄，十五以下为小，十六为中，十七为丁，六十为老。"③ 可见金代人成人年龄在十八岁左右。在元杂剧中，婚龄一般是男性 20 岁、女性 18 岁，如《桃花女》中桃花女出嫁年

① 翁敏华：《论〈桃花女〉杂剧及其蕴含的"桃木辟邪"意象》，《上海师范大学学报》1999 年第 3 期。

② 谭晓娟：《〈桃花女〉中的古俗》，《民俗研究》2007 年第 1 期。

③ （元）脱脱等：《金史》卷四十六"志第二十七·食货一"，中华书局 1997 年版，第 272 页。

龄是 18 岁，所嫁周公儿子增福是 21 岁。

元杂剧中与爱情婚姻相关的还有菱花镜。菱花镜是因为外形为菱形或背面刻有菱花而得名。中国镜子文化悠久，战国的山字纹镜、汉代的神兽镜，以及唐代的海兽葡萄镜。铜镜的外形也在不断变化，唐代以前多为圆形，唐宋出现菱形，元代有六菱花形铜镜。元杂剧常提到菱花镜，这是唐宋以来镜子文化在戏剧中的折射。镜子常与女性有关，菱花镜在婚姻爱情题材的杂剧中就成了一种文化意象，常用来表达女子思春、相思之情，如《玉镜台》中有"玉台有主菱花镜"；《贬夜郎》中有"生把个菱花镜里妆，做了个水墨观音样"；《竹坞听琴》中有"到来日整云鬟复对菱花镜"；《云窗梦》中有"倚仗蒙山顶上春，俺只爱菱花镜里人"；《汉宫秋》中有"委实怕宫车再过青苔巷，猛到椒房，那一会想菱花镜里妆，风流相，兜的又横心上"。

丧俗在元杂剧中的描写是仅次于婚俗的。元杂剧中丧俗常强调以下几个内容：一是高原选地、烧埋；二是拖麻拽布人；三是葬归故里。《货郎旦》中货郎儿死了要送归家乡，《西厢记》中崔莺莺父死也要葬归故里。对丧俗描述较多的杂剧以《范张鸡黍》为代表。元杂剧中丧俗以汉族文化为背景，也融入了蒙古族烧埋等习俗。元人重视风水，元代《至正直记》卷一中多记录坟地风水的事迹。元杂剧表现丧俗的背后往往与民间传宗接代思想、风水观念以及农耕社会故土恋家、落叶归根的思想有关。

蒙古人的葬地无迹可寻，《黑鞑事略笺证》云："其墓无冢，以马践蹂使如平地。"[1]《出使蒙古记》中说："他们把死人埋入墓穴时，也把上面所说的各项东西一道埋进去。然后他们把墓穴前面的大坑填平，把草仍然覆盖在上面，恢复原来的样子，因此，以后没有人能够发现这个地点。"[2] 史卫民认为："蒙古人的葬地是对外保密的，地面上不留坟冢等标志。"[3] 而汉族墓地往往标示明显，且以家族为单位形成坟院，如"坟

---

① （宋）彭大雅：《黑鞑事略笺证》，王国维笺，《王国维遗书》（八），上海书店出版社 1983 年版，第 254 页。

② ［英］道森编：《出使蒙古记》，吕浦译，周良霄注，中国社会科学出版社 1983 年版，第 14 页。

③ 史卫民：《元代社会生活史》，中国社会科学出版社 2005 年版，第 258 页。

院"(《鲁斋郎》)、"坟茔"(《延安府》)、"祖茔"(《萧淑兰》)。另外清明上坟还有添新土的习俗,既防止坟茔日久消失,也显得后继有人,如《鲁斋郎》第一折有"古坟新土都添遍,家家化钱烈纸痛难言"的曲文。因此,元杂剧中坟茔、坟地、坟院以及清明上坟等习俗文化的描绘主要是基于对汉族文化的表述。

（二）节日社火

元杂剧涉及的节日主要分为传统时令节日和村社庙会与神诞节日。前者如除夕、新春、元宵节、二月二、三月三、清明节、端午、七夕、七月十五、中秋、重阳、冬年节。第五章第二节有节日论述。后者如东岳圣诞。

元杂剧中宗教节日出现率最高的是三月二十八日东岳圣诞,如《看钱奴》:"明日是三月二十八日,是东岳圣帝诞辰。"《焚儿救母》中小张屠在东岳圣诞日把三岁喜孙献给神。罗斯宁指出:"现存有关元代宗教节日的元杂剧,全部都是关于道教之神的,反映了元代道教的兴盛;而所祭祀之神除泰山神东岳圣帝外,多为民间传说之'杂神',由一些为民除害的清官演变而成,往往在正史中没有记载,具有浓烈的民间色彩。元杂剧有关宗教节日的剧作,极有可能就是在该节日演出,尤其是在庙会上演出的。"①

除了岁时节日、宗教节日外,还有纯娱乐性节日,如三月十五日牡丹节在元杂剧中也偶有提及。《碧桃花》中有三月十五日赏牡丹。《谢天香》中也有"谁想这牡丹花折入东君手"的台词。隋唐人喜观牡丹,唐时长安三月十五日观牡丹盛极一时,宋则以洛阳牡丹冠天下,欧阳修的《洛阳牡丹记》记载牡丹品种达数十种。元杂剧中牡丹节及其对牡丹的描写当是唐宋以来牡丹文化的折射。

郑传寅的《节日民俗与古代戏曲文化的传播》认为,节日民俗环境对戏曲文化传播的影响:一是在于帮助戏曲大批量地集结观众,二是增强戏曲对观众的吸附力。② 罗斯宁在《元杂剧的爱情剧和元代的节日择偶

---

① 罗斯宁:《元杂剧和元代民俗文化》,广东高等教育出版社 2007 年版,第 110 页。
② 郑传寅:《节日民俗与古代戏曲文化的传播》,《东南大学学报》2004 年第 1 期。

习俗》中指出爱情故事多发生在节日这一时间点①。我们认为节日民俗从演剧角度看，构成剧情发生的时空背景和冲突背景。从创作角度看，节日可以让众多人物上场，体现民众娱乐。杂剧作家引入节日民俗是基于受众群体的广泛性考虑，也是杂剧商业演出的潜在效果要求。节日民俗介入民俗使得节日的热闹与杂剧的"闹热"实现了完美结合。

生日对于个人来说也是特殊的节日，常吃宴、拜寿。元杂剧也有较多描写，如《新刊关目好酒赵元遇上皇》："前日是瞎王五上梁，昨日是村李胡赛羊，今日是酒刘洪贵降。"而在生日仪式中悬挂寿星像祭祀的寿星崇拜，仅见《蓝采和》第二折："（二净上云）今日是蓝采和哥哥贵降之日。众弟兄送将些礼物来，安排下酒果，与哥哥上寿。哥哥嫂嫂有请。（正末同旦上云）今日是我生辰之日，众伙伴又送礼物来添寿。兄弟将寿星挂起，供养摆上，装香来。今日喜庆之日，咱慢慢的吃几杯。"王炜民在《中国古代礼俗》一书中考证："商周时期已有了祝寿的活动……封建帝王确定在生日举行大型祝寿活动是始于唐代。"② 并说："至少在唐代祝贺生日之风已经兴起。"③

社火

与神庙有关的社火活动具有娱神性。元杂剧常有牛王、哪吒、土地、泰安神、东岳大帝等神灵和有关的庙会和城市社火描述。《黄鹤楼》第二折描写一个农村人眼中的城市社火情形是："那秃二姑在井口上将辘轳儿乞留曲律的搅。（禾旦云）瞎伴姐在麦场上，将碓儿捣也捣的。（正末唱）瞎伴姐在麦场上将那碓臼儿急并各邦的捣。（禾旦云）那小厮们手拿着鞭子，哨也哨的。（正末唱）小厮儿他手拿着鞭杆子他嘶嘶飕飕的哨。"

元杂剧涉及赛社的作品有《神奴儿》《伍员吹箫》等。《五侯宴》对于赛社迎神活动描写较为详细，第三折："萝卜蘸生酱，村酒大碗敦。唱会花桑树，吃的醉醺醺。舞会村田乐，困来坐草墩。闲时磨豆腐，闷后蹦面筋。醉了胡厮打，就去告老人。"《新刊的本薛仁贵衣锦还乡》第四折也提及关于祭祀土地的赛社活动："（带云）早是禁断赛社。（唱）私

---

① 罗斯宁：《元杂剧的爱情剧和元代的节日择偶习俗》，《东南大学学报》2006 年第 1 期。
② 王炜民：《中国古代礼俗》，商务印书馆 1997 年版，第 123 页。
③ 同上书，第 124 页。

抬着个当坊土地撞人家。你不不地走唬得我惨又怕，摆列着两行头踏。"《留鞋记》还提到了元宵闹社火。

元杂剧中哪吒社、牛王社应该与民间信仰有关，其中表现牛王社的内容较多，如《秋胡戏妻》《误入桃园》《伍员吹箫》。《秋胡戏妻》第二折："（李大户同罗搋旦领鼓乐上李云）我如今娶媳妇儿去来。洞房花烛夜，金榜挂擂槌。（正旦云）妳妳，门首吹打响，敢是赛牛王社的？"《伍员吹箫》第三折牛王庙村办祭赛牛王社活动："我这丹阳县中有个牛王庙儿，秋收之后，这一村疃人家轮流着祭赛这牛王社。近年来但到迎神送神时节，不知是那里来的一个大汉，常来打搅，俺每只等吃酒，他便吹箫，好歹也要吃得醉饱了才去。"里正做牛王社社头说："今年赛牛王社，我做社头，每年家迎送神道呵，有那别处来的一条大汉，拿着管箫，知他吹些什么，好歹要吃得醉饱了才去，被他打搅得慌。"《误入桃源》第三折刘德说"时当春社，轮着我做牛王社会首。今日请得当村父老、沙三、王留等，都在我家赛社。猪羊已都宰下，与众人烧一陌平安纸，就于瓜棚下散福，受胙饮酒。牛表伴哥，你把柴门紧紧的闭上，倘有撞席的人，休放他进来。（众做打鼓、烧纸、饮酒科）"。"（净云）今日当村众父老在我家赛牛王社，烧一陌纸，祈保各家平安。那里走将这两个不知羞耻的人来，要我酒肉吃，倒魔镇俺众人一年不吉利。"

由以上三剧可推测：牛王社的活动时间是每年春秋两季，应该为春祈秋报。牛王社与牛王庙有关。牛王社活动内容伴随祭祀牛王，每年迎神送神，吹打鼓乐，吃酒宴席，全村人参与，选举有地位或威望的人做会首或社头统领安排牛王社各项事务。会首或社头轮流担任。元杂剧中此类赛社活动，喜庆祥和，民间性极强，常作剧情发展的时空背景，表演闹热，再配合撞席习俗（描写撞席习俗的元杂剧有《误入桃园》《降桑椹》《剪发待宾》《升仙梦》），表演极具喜剧性。

（三）行业民俗

元代大一统下的农业、商业、医药都有发展，又开海运、河运，因此元杂剧中行业民俗自有特点。元朝历经战争统一全国，行军打仗、军人生活又表现为独特的军俗文化。元杂剧中潜隐的行业民俗文化是与元代各行业的发展历史相适应的，是与元代军事传统和战争历史相适应的，其背后折射出的是元代大一统下民族融合、文化交流、经贸发展的现实，同时也有元朝独特历史的印痕，为我们保留了珍贵的元人生活资料。

农、医、渔俗文化

蒙古族作为游牧民族入主中原、建立元朝，也很重视农业。王祯编著的《农书》是对我国古代南北农业生产进行全面系统论述并兼论农具的一部伟大著作。这是元游牧文化吸收中原农耕文化的具体表现，是民族融合和文化交流的必然结果。古代农耕文化重视立春。立春日要鞭打用黄泥制作的春牛，以劝勉农耕，受到官方重视，《东京梦华录》卷六、《岁时广记》卷八等文献皆有记载。鞭春牛作为典型的农业民俗，在元杂剧中频繁出现，既是元朝对先秦以来鞭春习俗的继承，也是元代游牧民族入主中原吸收汉文化，重视农耕的反映。尤其宋代鞭春习俗已经成为全国性习俗①。"《岁时杂记》：立春鞭牛讫，庶民杂沓如堵，顷刻间分裂都尽，又相拥夺，以至伤毁身体者岁岁有之，得牛角者其家宜蚕，亦治病。故俚谚云'好男勿鞭春，好女勿看灯'"②。《析津志辑佚》"风俗"条载："立春……宛平县或大兴县，依上年故事塑春牛、勾芒神。……立春之日，质明，司农守土正官率赤县属官，具公服拜长官，以彩杖击牛三匝而退。"③ 正是因为人们对鞭春的熟悉，所以元杂剧中鞭春习俗的运用，已经超越了鞭春农耕文化的本意，还有了比喻义，如"单怕他一拳打的我做春牛"（《单鞭夺槊》），此外《岳阳楼》等剧也有引申义的运用。

此外，古代祈祷或庆祝农业丰收的聚会狂欢，有尝新之俗，常用来表达待客的热情与敬意。《范张鸡黍》说，"烹鸡方味美，炊黍恰尝新"。《王粲登楼》中重阳节有"新酒初香"，尝菊花酒的描述。农耕文化对牛的依赖，产生了牛王信仰，每当开春农耕之时除了鞭春牛，还要祭祀牛王，并举行牛王社社火活动。《伍员吹箫》第三折牛王庙村办祭赛牛王社活动："我这丹阳县中有个牛王庙儿，秋收之后，这一村疃人家轮流着祭赛这牛王社。"其他还有《秋胡戏妻》《误入桃园》等。

---

① 方燕：《鞭春·改火·驱傩——巫术与宋代宫廷节俗简论》，《绵阳师范学院学报》2008年第4期。

② （元）脱因修、俞希鲁纂：《至顺镇江志》卷三，《宋元方志丛刊》第三册，中华书局1990年版，第2642页。

③ （元）熊梦祥：《析津志辑佚》，北京古籍出版社2001年版，第202页。

以上元杂剧中大量农俗的渗透，折射出以汉族为主的中原农耕文化在元游牧文化强势冲击下仍顽强存在，以此证明民族文化融合是一个缓慢的过程，而强权也未必能改变文化发展的走向。大多数汉族元杂剧剧作家，不能不考虑广大汉族人民的审美需求，同时对农耕民俗的描写也是对自我民族身份的一次记忆和确认。

元代在中国医学史中地位独特，中西医药文化交流推动了我国医学的发展。《回回药方》影响较大，回回医药既有散、丸等中药配方，也有吸收阿拉伯的药剂文化。回回医药和我国传统的中医互相促进发展，成为元代医药的特色。中医艾灸疗法是我国古代重要的治病手段，用艾热刺激穴位或特定部位，可以起到温阳补气、通经疏络、消瘀散结的作用，《回回药方》卷三十四中"针灸门"①就涉及艾灸、药灸、烙灸三种治疗方法，尤其烙灸（火灸）最详。难怪元杂剧有"你胸脯上着艾灸"（《冤家债主》）、"着碗来打的艾焙烧"（《㑇梅香》）之语，恰是宋元医药文化在戏剧中的体现。医药文化事关百姓生活，宋元医药文化兴盛，即使普通民众也有一定的中草药的医用知识。桑椹子、马莲子利尿通便，可入中药。于是《降桑椹》中兴儿说："问神天求得几个桑椹子，救妳妳的命，若无桑椹子，马莲子也罢，吃下去倒消食。"中医治疗要求医生对人体器官、经脉要熟悉，配合阴阳五行，要有辩证地、整体治疗观，《小张屠》中"三焦""肺腑五藏肝肠"等语就隐含了这种中医理念。而元代中医药的"散"文化在《东墙记》第四折也有折射，李郎中治疗小姐相思病的药是"撮病芙蓉散"。中医认为，芙蓉花有清热凉血、消肿排脓等功效，叶与花的功用相似，一般常作外用，能消肿止痛。通过以上例子，不难看出在元代医药文化大发展的时代背景下，民众对中医、中药知识的了解已经日常生活化，同时浸入到同样生活化、底层化的杂剧曲词中，影响着剧情发展。

另外与医俗紧密联系的是医生形象，庸医害人匪浅，如《窦娥冤》《碧桃花》中赛卢医，《降桑椹》中胡涂虫和宋了人。因为"元廷对毒药是严加控制的"②，"庸医、假医和假药，往往误人生命，但是在民间却颇

① 宋岘考释：《回回药方考释》，中华书局 2000 年版，第 471—476 页。
② 史卫民：《元代社会生活史》，中国社会科学出版社 2005 年版，第 250 页。

有市场"①，元杂剧塑造庸医形象也是对元代社会现实的反映，给元杂剧剧情增添一份戏剧性和喜剧色彩。

元代幅员辽阔，海运和河运在南粮北调中发挥着重要作用，南北往来频繁，行船成为靠河吃饭的人的重要职业。对于久在外行船的人，经常面对风急浪高、险滩暗礁等风险，因此为了行船吉利，形成了特定行业民俗，如坐船禁忌，忌讳说"翻""沉"一类的字眼。《冯玉兰》第一折冯太守雇船到山西，梢公与家童对话："（家童云）船家，你这船会打觔斗么？（梢公云）船怎么会打觔斗？（家童云）你这船开到河心里弄翻了，倒把桅竿直戳下泥里去，这不是打觔斗？（梢公云）多谢你放屁的口，说这利市的话。"家童说"船会打觔斗"正是犯了这一船俗禁忌，挨骂在情理中。开船有讲究，首先得祭奠神灵，《冯玉兰》第二折梢公开船"只等那船头上烧了利市纸马，分些神福。吃得醉饱了，便撑动篙来，开起船来"。有的作品明确地指出开船所祭祀的神灵是河神，祈求出航平安，如《潇湘雨》描述："这淮河神灵，比别处神灵不同，祭礼要三牲，金银钱纸烧了神符，若欢喜方可开船。"此外《望江亭》还反映了渔家献新鱼之俗。渔俗船俗在元杂剧中的渗透既是元代航运发达的体现，有时又成为剧情的重要组成部分或暗示情节的发展。

商业手工业民俗文化

元朝重视农业但也不排斥商业，延续着北宋商业的繁荣。元大都是世界商业大都市，元杂剧对于宋元商业民俗多有反映。元代商人有固定铺面经商的坐商，有灵活经营、走街串巷、外出经营的行商。《百花亭》中的卖花人和《魔合罗》《货郎旦》中的货郎儿都是行商。元代还出现了合伙商人，《盆儿鬼》中杨国用一出场就说"今早到长街市上，本意寻个相识，合伙去做买卖"，从文中借银五两来看，这种合伙是小本生意。

元杂剧涉及的商铺有解典库、胭脂店、打火店、酒店、茶馆、生药局（生药铺）等，如《留鞋记》中相国寺西有座胭脂铺，《哭存孝》中有生药铺，《窦娥冤》中赛卢医在山阳县南门开着生药局。元代承接宋金，典质业持续发展。曲彦斌《典当史》认为："关于典质业的称谓，亦

---

① 史卫民：《元代社会生活史》，中国社会科学出版社2005年版，第251页。

取用宋代北方习惯叫法，称之为'解库'，并由此派生出'解典库'之称。这在元杂剧等文献中常可见到。"① 又说："元代的帝王、贵族、官府，大都热衷于放高利贷取利，这对当时典质业等高利贷的兴盛无疑是个极有刺激的条件。"② 宋元时期典当业，由唐时的专营与兼营并行转为向专营发展，成为一种独立的行业。难怪元杂剧中"解典库"出现较多，如《东堂老》《货郎旦》《鸳鸯被》《刘行首》《合汗衫》《杀狗劝夫》《冤家债主》《看钱奴》《忍字记》《剪发待宾》《刘弘嫁婢》等。

此外元杂剧还提到卖炭、卖菜、卖鱼、卖茶引、放高利贷等多种经营项目和经商方式。在《燕青博鱼》中还出现了一个与商业买卖有关的新词汇"经纪"。商业买卖中常用到"称"，与之相关的"定盘星"成为商业文化的又一表现，"定盘星"进入元杂剧常以比喻或引申义出现在剧中人物日常语表述中，如《曲江池》中有"定盘星生扭做加三硬"；《酷寒亭》中有"有时蘸水在秤头秤，定盘星上何曾有？"就连元南戏《张协张元》中也有"几乎错认了定盘星"的叙述。

宋元商业的繁荣还表现在，一些商铺往往要挂招牌吸引客人，如酒店有"酒帘儿"，甚至采取各种手段以吸引顾客进店铺，《酷寒亭》第三折张保唱词："……他将那醉仙高挂，酒器张罗……又无那胖高丽去往来迎，又无那小扒头浓妆艳裹，又无那大行首妙舞清歌。""小扒头"是一般妓女，游妓私娼。"大行首"是出名的艺妓。元代与高丽往来密切，高丽女子长相婉媚，又善于交际侍人，当时人们以高丽女子为仆为荣。《草木子》卷三："北人女使必得高丽女孩童。"③《朴事通谚解》《老乞大谚解》背后隐含的信息是元代酒店已经有了靠高丽人和伎乐来招揽生意的做法。《酷寒亭》正展现了元代与东北亚高丽的密切关系和影响力。此外还有用对联宣传的，《岳阳楼》酒楼挂有"世间无此酒，天下有名楼"的宣传性对联。

元代酒业、陶瓷业发达，这些行业为了产品质量好销量好，都要祭

---

① 曲彦斌：《典当史》，上海文艺出版社 1995 年版，第 50 页。

② 同上书，第 51 页。

③ （明）叶子奇：《草木子》，吴东昆校点，《明代笔记小说大观》（一），上海古籍出版社 2011 年版，第 57 页。

祀行业神。《岳阳楼》中有酒神杜康,《盆儿鬼》中有窑神,这些应该都是行业神。《岳阳楼》:"小二哥你供养的是一尊甚么神道。(酒保云)这是初造酒的杜康,我供养着他,这酒客日日常满。"《看钱奴》第二折中酒店小二挂上酒帘儿,然后给酒神供奉三盅酒,求吉利,"那里不是积福处,我早晨间供养的利市酒三盅儿,我与那秀才盅吃"。为了生意兴隆,酒店可能每天都要敬献酒神三盅利市酒。宋元时期对外贸易的兴盛,促使瓷窑遍布各地,宋元是陶瓷手工业发展的重要阶段,西安发现一块中国窑神碑"德应侯碑",就记载了北宋时期耀州窑的发展史。宋元陶瓷行业文化自然也渗透进了元杂剧。《盆儿鬼》第二折中盆罐赵说自己祭祀瓦窑神,"我一年二祭,好生供奉你",就是对宋元陶瓷行业文化的体现。

元代商业的繁荣离不开纸币,元时叫"钞"。中国的纸币,唐有"飞钱",宋有"交子"(还改称"钱引""会子"等)。金代海陵王时立钞法(钞引法),发行"交钞"。金是历史上第一个普遍使用纸币的国家①。元代是我国古代纸币制度达到鼎盛的一个重要时期,元时的"钞"是全国通用的法定货币。《老生儿》《看钱奴》中都有钞的使用,甚至《救孝子》第三折中贪婪的官员说:"我做官人只爱钞,再不问他原被告。"元代钞的使用已经日常化、普遍化,《杀狗劝夫》第二折云:"你怀揣着鸦青料钞寻相识,并没有半升粗米施馕粥,单有一注闲钱补笒篱。"鸦青料钞,即鸦青钞,用鸦青纸印制而得名,可能为黑蓝色(鸦青色)。宋代陈元靓《岁时广记》卷五"剪年幡"引《皇朝岁时杂记》载:"元旦以鸦青纸或青绢剪四十九幡,围一大幡。"② 由此可知鸦青纸应该结实耐用。元刘庭信散曲〔正宫·醉太平〕《走苏卿》有"老卜儿接了鸦青钞"之语③。元代纸币的广泛使用促进了商品贸易的流通,也改变了人们的生活方式,但也有人担心,元代孔齐《至正直记》卷一"楮币之患"条曰:"楮币之患,起于宋季。置会子、交子之类以对货物,如今人开店铺私立

---

① 毛宏跃:《金代纸币流通探析》,《黑龙江史志》2010 年第 5 期。

② (宋)陈元靓:《岁时广记》,《续修四库全书》第 885 册,史部·时令类,上海古籍出版社 2002 年版,第 189 页。

③ 徐征等主编:《全元曲》第十一册,河北教育出版社 1998 年版,第 8360 页。

纸票也，岂能久乎?"① 需要说明的是尽管元代"钞"为元代法定货币，但是社会上还存在银、钞并用的情况，在元杂剧《看钱奴》《双献功》《杀狗劝夫》等中都有提及。可见宋元商业的发展，纸币的流通，改变了人们传统的钱币观，但对传统的银两使用还有相当程度的依赖，明清也不例外。在中国纸币史上，宋元纸币的出现和流通对人们生活的影响，恰恰在元杂剧中做了生动诠释，也从另一个方面说明宋元造纸业和印刷业的发达。

整体上，宋元商业、手工业的极大发展，既是元杂剧发展的外部环境，也为元杂剧提供了一部分稳定的闲适的市民观众；反之，元杂剧从思想内容、剧情表达、人物形象的塑造等方面必然反映商业、手工业文化生活，以赢得观众喜爱。

军事习俗文化

元朝开疆拓土，多有战事，军事题材杂剧对于军俗的大量描写，是继唐代边塞诗之后，文学对军人、战事的又一次集中关注，其突出的喜剧性和表演性是边塞诗所做不到的。元杂剧所呈现的丰富的军事文化习俗，更是让观众唤起对元军事历史的记忆和想象。

元杂剧描写人们日常生活遇到团圆喜庆之事，往往"杀羊宰马""杀羊造酒""杀羊宰猪"，做一个庆喜的筵席，这种吃羊、喝酒文化，更多的是蒙古族统治下游牧文化强势向百姓生活渗透的体现。但是在军事题材的杂剧中军队庆功时刻，一般是敲牛（或敲牛宰马）做筵席。如《百花亭》《单鞭夺槊》《气英布》《千里独行》《哭存孝》《五侯宴》《黄花峪》等剧均有体现。反映宋代战事的小说《水浒传》中也多有描写"杀牛宰马"的场面。这可能与杀牛祭鼓或献祭神灵的古俗有关，也可以表现出军人豪爽之风。除了喜庆时刻犒劳军士，也会在秋冬养兵蓄锐时刻犒劳三军，如《衣袄车》葛监军奏曰："每年秋七八月，犒劳三军。今冬十一月并腊月，军士劳苦，未蒙赐恩。"

打仗出征一般要选日子，古代择日学盛行。甲子日为天赦日，忌戊午。戊午日，马奔午门日，主武功。《小尉迟》："选定吉日，便起营到于

① （元）孔齐：《至正直记》，庄蒇、郭群一校点，《宋元笔记小说大观》（六），上海古籍出版社 2007 年版，第 6576—6577 页。

大唐界上";"出军发马，也要个吉利"。《介子推》中把出兵日具体定为"戊午日"，说"戊午日兵来，甲子日成灾"。

另外两军交战往往要尽量做到知己知彼，预测利害胜败，于是古代的"气占"就运用到军事领域了。张家国《神秘的占候：古代物候学研究》说李淳风《乙巳占》第九卷谈到气象与军事的关系，"如将军之气像龙一样，若两军相逢，将军之气在一方军营上有显示的话，那么这支军队的将领猛锐如虎，个个杀气腾腾，不可抵御。如军上气上黄下白，如羊或猪、如双蛇、如斗形、如马形、如悬衣等，皆为败军气"①。元杂剧军事题材常出现"战马如龙出大海，征人似虎离山峰""兵行似虎离山岳，马骤如龙出海潮""人似南山白额虎，马如北海赤须龙""人如猛虎马如蛟""人如天降马如龙"等语，"马如龙，人似虎"一类的词语表述当受气占思想的影响，希望己方获胜，如《存孝打虎》《三战吕布》。《老君堂》第三折探子转述胜况，也说"如虎豹征人勇烈，似蛟龙战马咆哮"，从获胜的结果看，探子转述恰巧符合"将军之气"的预兆。古人占气数认为"逢到两军交战时，战区上空就布满了神秘不祥的'气'"②，唯有望气专家或"上知天文"的将军能够分辨此气，判断吉凶祸福胜败，因此"望气"是判断古代将军能力本领的一个标准。《北齐书》卷十七记载：斛律金"善骑射，行兵用匈奴法，望尘识马步多少，嗅地知军度远近"③。林幹据此认为："自匈奴以来，北方游牧民族从'行兵'的实践中总结出一套有效的战略战术，并能及时判断出敌方兵马调度和运动的情况。"④元杂剧很多将领上场自我介绍时都涉及"望气"本领，如《黄鹤楼》《三战吕布》《襄阳会》中有"临军望尘知敌数，对垒嗅土识兵机"，《五侯宴》中有"临军望尘知胜败，对垒嗅土识兵机"等。当然严格地说"望气"不等于"望尘"，从科学的角度来说，冷兵器时代

---

① 张家国：《神秘的占候：古代物候学研究》，广西人民出版社2007年第2版，第51页。

② 同上书，第52页。

③ （唐）李百药：《北齐书》卷十七"列传第九·斛律金"，中华书局1997年版，第60页。

④ 林幹：《中国古代北方民族通论》，内蒙古人民出版社2007年版，第237页。

两军对阵会有尘土的远近浓密，"望尘"确实有助于判断出一定的军情，但这也需要一定的战场经验积累，非一般士兵能做到。宽泛一点说，"尘"也是一种"气"，元杂剧中此类叙述，有把游牧民族的"望尘"经验与汉族"望气"信仰合二为一用混之嫌。因为"临军望尘知胜败"当是神秘望气数可预测，而"临军望尘知敌数"才是将军"望尘"的预测能力范围。

　　古代行军打仗的规则是两军对阵要敲三通战鼓表示进攻，鸣金则收兵。《谢金吾》："两军相对堵，三通催战鼓。"排兵布阵，马队在前，步兵殿后。《存孝打虎》第二折："（李克用云）众义儿家将，自今日听吾将令：前排甲马，后列军卒。耳闻金鼓震天雷，眼望绣旗遮日月。道与俺那能争好斗的番官，舍死忘生的家将，一个个齐悬着虎爪狼牙棍，沙鱼鞘插三环宝剑，雁翎刀摆明晃晃耀日争光。绣旗下列光油油檀子棒。手弹着乐器，有弩杜花迟，准备着相持得胜也。……摆着营盘，锦行军使，打几对云月皂雕旗，列拐子马数千铁鹞子。俺这里马如龙，人似虎……"军队列阵一般有十阵套路，如一字长蛇阵、二龙出水阵、三才阵等。《伊尹耕莘》中提到"奇门阵"，《智勇定齐》中正旦摆了个"九宫八卦阵"，《马陵道》中还有摆阵破阵的阵势介绍。

　　骂阵是一种激将法，也是对阵激战的序曲，在元杂剧表演中多为对话宾白，语言幽默诙谐。如《伊尹耕莘》第四折前楔子："（躲入巢云）来者何人？（费昌云）某乃大将费昌，是你爹爹。（躲入巢应科，云）哎！（费昌云）这厮无礼！"一般骂阵人往往最后为战胜方，应答者多为净脚色，最后为失败方。元杂剧中的骂阵，给元杂剧严肃的军事题材带来喜剧性的效果，给戏剧程式化的杀伐武斗表演增添了趣味性。

　　军队打仗有很多禁忌。出征前杀自己人对己方战事不利，如《豫让吞炭》第一折韩魏二君劝智伯（荀瑶又称智襄子）勿杀豫让，说"今欲伐，先斩家臣，于军不利"。《博望烧屯》中也有"且饶过张飞，不争杀了他呵，做的个于军不利"。《千里独行》中楔子也云："俺未曾与曹操交锋，先杀了一员将，也做的个于军不利也。且饶他这遭。"另外，兴兵打仗，主将是军队的灵魂，因此尽力避免在主将的恶日凶地作战，如《昊天塔》第一折杨令公说："俺家姓杨，被番兵陷在虎口交牙峪里，这个叫做羊落虎口。正犯了兵家所忌。怎还有活的人也。"此外主将婚娶时遇到丧服在身的人，也有忌讳，《西厢记》中因崔莺莺"丧服在身"，使得孙飞虎抢亲时怕犯了"于军不利"的禁忌，有所顾忌，才为张生等人搬救兵赢得时间。

古代关于军营娱乐的民俗记载很少，唐代有蹴鞠用于军队娱乐，元杂剧《伍员吹箫》记载打髀殖："常在教场中和小的们打髀殖耍子，我如今着人叫他来，着他诈传平公的命，将伍员赚将来，拿住哈喇了，俺便是剪草除根。"宋代张师正《倦游杂录》"军府杂剧"引《类苑》卷六十三记载宋景祐末军队杂剧娱乐演出的情形：

> 景祐末，诏以郑州为奉宁军，蔡州为淮康军。范雍自侍郎领淮康节钺，镇延安。时羌人旅拒戍边之卒，延安为盛。有内臣卢押班者钤辖，心尝轻范，一日军府开宴，有军伶人杂剧，称参军梦得一黄瓜，长丈余，是何祥也？一伶贺曰："黄瓜上有刺，必作黄州刺史。"一伶批其颊曰："若梦见镇府萝卜，须作蔡州节度使。"范疑卢所教，即取二伶杖背，黥为城旦。①

此为一出滑稽戏，伶人有借题发挥讽刺范雍之嫌，因而受贬。可惜这种军中杂剧娱乐演出在现存元杂剧中未有描述。但是有军中将领喜爱院本、杂剧的，如《丽春堂》第一折右副统军使李圭"……会做院本，也会唱杂剧……为我唱得好，弹得好，舞得好"。

为了适应频繁战事的现实需要，元代户籍制除了考虑民族外，还考虑行业阶层，设立军户，保证固定的军源。另外因时因地实行屯军，这就出现了军屯村，军屯客观上也对民族融合起到一定作用。元朝有屯田军，军屯遍及全国。《救孝子》第一折李夫人家就是西军庄的军户，大媳妇春香娘家住东军庄。"东军庄""西军庄"应该是对元代军屯村的反映。

总之，元杂剧潜隐的行业民俗文化是与元代各行业的发展历史相适

---

① （宋）张师正：《倦游杂录》，李裕民辑校，《宋元笔记小说大观》（一），上海古籍出版社2007年版，第755页。

应，是与元代军事传统和战争历史相适应，其背后折射出的是元代大一统下民族融合、文化交流、经贸发展的现实，同时也有元朝独特历史的印痕，为我们保留了珍贵的元人生活资料。

（四）家法礼俗

家法族规是一种区别于官府法律在民间盛行的习惯法。女性常为弱势群体，受家法族规约束较多，如"妇人有事罪坐妇男"就体现在《潇湘雨》台词上，《救风尘》中周舍说"丈夫打杀老婆不该偿命"，在家法族规中常见。对于子女的教育，家法族规常提倡孝道，具有伦理规范性，如《陈母教子》中母亲的权威性得到全家的认可，《墙头马上》的裴少俊也迫于父亲压力休妻。《西厢记》第二本第一折夫人说："俺家无犯法之男，再婚之女，怎舍得你献与贼汉，却不辱没了俺家谱。"红娘劝服老夫人也说："一来辱没相国家谱……使至官司，夫人亦得治家不严之罪。"家法、家谱、家族荣辱对于乡土社会的中国家庭的影响很大。从元杂剧选取的家庭来看，没有出现像四世同堂一类的大家族，一般是两代人组成的家庭。从家庭单元看，元杂剧中家庭出场介绍时普遍以三四口家属居多，且多为残缺家庭（多为夫亡）。元杂剧中这种残缺家庭及嫡亲人口少的现象便于戏剧表演和剧情驾驭，也反映了一定的社会原因。

社交礼俗在日常生活中表现为人际交往的一种礼仪。"'叉手'至迟在唐末五代就用来表示我国很早就有的拱手礼，其基本手势是两手相握，左手在上、右手在下。用于见面、作别或答话、问话之前所行之手势。"[1]《事林广记》卷三有《叉手法》和《祗揖法》，"叉手，以左手紧把右手，其左手小指则向右手腕，右手皆直其四指，以左手大指向上，如以右手掩其胸，不得着胸，须令稍离，方为叉手法也"；"凡揖人时，则稍阔其足，其立则稳。揖时须是曲其身，以眼看自己鞋头，威仪方美观。揖时亦须直其膝，不得曲了，当低其头，使手至膝畔，又不得入膝内。喏毕，则手随时起，而叉于胸前。揖时须全出手，不得只出一指，谓之鲜礼。揖尊位，则手过膝下，喏毕，亦以手

---

① 李艳琴：《从〈祖堂集〉看"叉手"一词的确义及其他》，《宁夏大学学报》2011年第5期。

随身起，叉手于胸前也。"① 《西厢记》第二本第二折张生叉手拜揖，红娘万福。《绯衣梦》："（小末下见旦科）姐姐祗揖。（旦）万福"。可见拜揖常伴随叉手礼，拜揖侧重身体动作，叉手是手势动作，二者并不相驳。此外"祗揖""叉手"一般为男子社交礼仪，而"万福"常为女性礼仪。

"元代妇女和他人见面时，有一定的礼节，一般是以双手在衿前合拜，口称'万福'。妇女'万福'之礼，至迟在宋代已经流行，元代沿袭了下来"②。"唐宋时期，女人在行这种拜礼时常常口称'万福'，以祝愿对方多福，所以后来又把女人拜叫做'道万福'或'万福礼'。这种拜俗从武则天改制开始，一直沿用到清代"③。"万福礼"的施礼对象，无论对男女、平辈长辈都适用。元杂剧中的万福礼"万福"前面往往加施礼对象的称谓，如《秋胡戏妻》《隔江斗智》《望江亭》《西厢记》等剧出现的庄家万福、先生万福、哥哥万福、相公万福、姑姑万福、母亲万福等。男子对女性可以做支揖、拜揖，如《秋胡戏妻》《西厢记》。此外元杂剧中还有再拜、四拜、八拜礼。

宋元时期还有一种加额礼，又叫"额手礼"。《中华风俗大辞典》解释"额手"云："以手加额表示敬礼或庆幸……早在宋代就有此礼俗。"④《宋史·司马光传》中用"加额"礼表示敬意。元杂剧中有"加额"礼，是一种祷祝仪式或表示欢欣庆幸，《老生儿》第一折财主刘从善得知小梅怀孕后"频频的加额，落可便暗暗的伤怀。但得一个生忿子拽布披麻扶灵柩，索强似那孝顺女罗裙包土筑坟台"，庆幸家财终于后继有人。《焚儿救母》第三折有唱词云，"……你孩儿便似病海中救出你母灾，我便是火坑中救出你儿来。他那里两手忙加额，我担着天来大利害，元来是天地巧安排"。《七里滩》《儿女团圆》《周公摄政》等都有"加额"的叙述。

元杂剧中的民俗文化既有跨时代的历史传承性，也受元代民俗文化的当代影响。而唐宋作为中国民俗形成的重要时期，唐宋习俗对元杂剧

---

① （宋）陈元靓：《新编群书类要事林广记》丁集卷三，[日]长泽规矩也编《和刻本类书集成》（第一辑），上海古籍出版社1990年版，第253页。

② 陈高华：《元代女性的交游和迁徙》，《浙江学刊》2010年第1期。

③ 王炜民：《中国古代礼俗》，商务印书馆1997年版，第112—113页。

④ 申士垚、傅美琳编著：《中华风俗大辞典》，中国和平出版社1991年版，第482页。

的影响是广泛的。这与元杂剧以唐宋为主的故事选材也有关。李修生说："以《元曲选》、《元曲选外编》中署名作品的故事内容考察，朝代可考者78种，其中先秦11种、汉9种、三国5种、晋及南北朝3种、唐15种、五代3种、宋27种、金5种；另外神道剧11种、朝代不明者17种，所述故事都发生在宋辽金元管辖范围之内。其思想又不外儒释道三教思想；这些作品深受诸子、史传、文赋、诗词及民间俗曲的影响。据此，我们不难看出元杂剧是中原文化的产儿。"① 据李修生的统计，唐宋故事就占了42种，若加上五代就有45种，基本形成了中间大两头小的时代选材现象。这就决定了元杂剧的民俗选择必然深受唐宋民俗文化的影响。当然元朝前的习俗被元所接受也有很多例子。（另参见附录B：《元杂剧故事时代一览表》）

总之，社会民俗在元杂剧中表现为婚丧、节日、社火、家法、礼俗等方面，表现出舞台表演还原、模拟生活的一面。其中婚丧和节日娱乐民俗对元杂剧的渗透最为明显。元杂剧中涉及指腹为婚、招赘婚、从良婚、典妻婚等多样婚姻形态，还有私奔奸情等，整体上以汉族传统婚俗为主。元杂剧中葬归故里、披麻戴孝、守孝三年、坟茔、坟地、坟院以及清明上坟等习俗文化的描绘主要是基于对汉族文化的表述。元杂剧涉及的节日主要分为传统时令节日和村社庙会和神诞节日。前者如除夕、元宵节、二月二、三月三、清明节、端午、七夕、七月十五、中秋、重阳、冬年节、新春；后者如东岳圣诞。还偶有提及纯粹娱乐性的节日，如三月十五日牡丹节。这些节日文化大多在杂剧中作为故事时间背景，尤其以爱情剧居多。其他社会民俗如社火活动、行业民俗等都有所体现，这些民俗事象大多融入剧情中成为塑造人物形象、推动情节发展的要素。

城市民俗对元杂剧影响较大。城市商业发达，市民生活丰富，酒馆、茶楼、勾栏瓦舍以及解典库、脂粉铺等各类商铺一应俱全，北方城市住房用火炕、烧煤炭，"大都等城市已经用煤作为燃料，但就全国城市而言，木炭和柴草等仍然是主要的燃料"②。元杂剧中很多民俗具有阶层性，

---

① 李修生：《元杂剧史》，江苏古籍出版社2002年版，第63页。

② 史卫民：《元代社会生活史》，中国社会科学出版社2005年版，第182页。

大量描写的贵族民俗生活，如抛绣球接丝鞭的婚俗、作诗文行酒令、围猎骑射、唤官身、筵请歌舞等。从元杂剧中城市民俗的反映情况看，说元杂剧是一种勾栏市民文艺也没错。乡村民俗生活是元杂剧展现的另一块阵地，"比较讲究的乡村住宅，往往注意用树木等来美化环境……农村住房往往都有篱笆或院墙围绕……在乡村中居住的富户，宅院中往往建有园圃、池塘等"①。元杂剧中对院落、井旁种树以及花草树木的描写，正是中国人重视美化环境的体现。村社里正，是元代重要的乡村社会组织机构，村社活动常由会首组织，通常社长、会首德高望重，在乡村有一定权威。元杂剧中会首常解决矛盾纠纷，成为乡村契约的保证人和中介人，如《儿女团圆》中的老社长参与主持分家，《合同文字》中的李社长为合同见证人。元代农村牛王社火、撞席等习俗在元杂剧中出现也较多。"元代城市居民，盛行火葬，'不祠祖祢'；农村则依然以土葬为主，并且大多保持着祠堂、家庙的建筑和辟有专门的坟茔地。……乡间祭祖是一年中的大事，各种器具要求整齐干净"②。元杂剧中描写的上坟祭祖习俗，应该多为乡村习俗写照。同样是宴饮，乡村民俗往往表现为全村聚餐习俗和撞席现象，而城市民俗表现为诗酒歌舞场面。杂剧中城市人的姓名称谓比农村人要雅致，多为家族式起名，而农村人物形象姓名称谓较为粗俗。卢挚散曲［双调·蟾宫曲］《田家》有"沙三伴哥来嗏，两腿青泥，只为捞虾"③之语。元杂剧中"沙三""伴哥"等人物成为农村人的符号化代表，也是农村俚俗文化的表现。元杂剧中丰富的农村民俗文化，是对元杂剧在乡野中生存发展的一种诠释。

综上所述，元杂剧中的民俗文化内容丰富，涉及面广。整体上看，汉族民俗文化在元杂剧中仍占主导地位。而城乡民俗对元杂剧均有影响，其中城市民俗影响较大。元杂剧中的民俗文化或成为故事发生的时空背景，或为塑造人物形象，表现人物情思服务，或是剧情起因发展的重要媒介。在中国这样一个礼俗社会④中，民俗，常成为人们日常生活中遵循

---

① 史卫民：《元代社会生活史》，中国社会科学出版社 2005 年版，第 199 页。
② 同上书，第 198 页。
③ 徐征等主编：《全元曲》第十册，河北教育出版社 1998 年版，第 7253 页。
④ 费孝通：《乡土中国 生育制度》，北京大学出版社 1998 年版，第 9 页。费孝通在《乡土中国》提出的"礼俗社会"和"法理社会"的社会划分概念。

的"理"，制约着人们的行为，剧中人情、礼、理的对立冲突，常造成剧情的跌宕起伏，又经情理的合理冲撞后再寻求一种平衡，这几乎成为元杂剧剧情构建的铁律。

第 二 章

民俗变迁对元杂剧创作的影响

　　民俗有稳定传承的一面，也有发展变异的一面。民俗变迁，实质上就是民俗文化变迁。"文化变迁要么是自身的改变，要么就是通过文化接触而发生的文化扩展"①。元入主中原的百年间，民俗文化有继承，也有发展变迁，元杂剧作为元代艺术，真实地记录了这种民俗变迁。接下来，我们主要从口头文学变迁和精神信仰变迁这两个方面来揭示民俗变迁对元杂剧创作的影响。

第一节　口头文学传统与元杂剧
创作变化：以传说为例

　　长期以来对于元杂剧从民俗文化角度研究的，多注重对民俗具体事象的解读，而忽视了民间文学的影响，更少从口头文学变迁的角度解析。民间文学具有"集体性、口头性、传承性和变异性特征"②。正是由于民间文学的集体性、传承性使得杂剧把神话传说中的核心情节、核心文化内涵得以继承吸收，同时民间文学在口耳相传中，在不同地域的扩布流传中也会发生变异，这一变异往往成为该神话传说的显著时代特征。因此，宋元口头文学变迁在杂剧中的吸收记录，也表现出杂剧创作的时代性。

　　"口头文学"，广义上包括神话、传说、故事、歌谣等，神话由于历

---

① 赵旭东：《文化的表达：人类学的视野》，中国人民大学出版社 2009 年版，第 69 页。
② 刘守华、陈建宪主编：《民间文学教程》，华中师范大学出版社 2002 年版，第 26 页。

史久远，又是神圣叙事，基本定型，在元代发生变异的概率很小。歌谣因其韵文特点、篇幅短小，又因留存资料稀缺，不便于展开研究。传说与故事其实很难截然分开，非要区别的话，故事虚构性极强，不易断代，而传说虽有虚构但毕竟以一定历史或风物作为依据，有一定的真实性，有时也能断代，因而透过传说的变迁可以折射时代观念的变化。因此出于研究的方便，本章涉及的"口头文学"是狭义的概念，只指民间传说。

我们以民间传说作为研究口头文学变迁的突破口，把元杂剧中出现频率较高的、在后世影响较大的民间传说作为研究对象。我国著名的民间四大传说在元杂剧中有其三：牛郎织女、孟姜女、梁祝传说（白蛇传说晚出）。此外，望夫石传说虽未列入中国四大传说，但其影响至今犹存。从元杂剧对传说的摄取情况看，牛郎织女、孟姜女传说对元杂剧影响最大，其次是望夫石传说。董永传说和梁祝传说在元代影响稍后，但明清以来流播极广。现就《元曲选》《元曲选外编》《新校元刊杂剧三十种》潜隐的以上传说予以分析。参见附录 C：《元杂剧中神话传说一览表》。

一　牛郎织女传说

牛郎织女最初见诸文字的《诗经·小雅·大东》曰："维天有汉，监亦有光。跂彼织女，终日七襄。虽则七襄，不成报章。睆彼牵牛，不以服箱。"[1] 西周时对牵牛织女星的崇拜，到了东汉就融入了爱情因素，牵牛织女被人格化。如《古诗十九首》中《迢迢牵牛星》曰："迢迢牵牛星，皎皎河汉女。纤纤擢素手，札札弄机杼。终日不成章，泣涕零如雨。河汉清且浅，相去复几许？盈盈一水间，脉脉不得语。"《风俗通义》记载牛郎织女七夕渡鹊桥相会。贺学君认为："《牛郎织女》作为传说生成的大体时间，当在东汉之初，也可能在西汉时期。"[2] 罗永麟在《试论〈牛郎织女〉》一文中认为："汉魏六朝之际，牛郎织女故事和七夕相会的

---

① （东汉）郑玄 笺，（唐）孔颖达 疏：《毛诗正义》卷十三，《十三经注疏》，中华书局1980 年版，第 461 页。

② 贺学君：《中国四大传说》，浙江教育出版社 1995 年第 2 版，第 20 页。

情节已是较完整的了。"① 又说："自唐以后已渐和《毛衣女》与《两兄弟》的故事发生了关系。"② 在宋元之际，牛郎织女传说有着广泛的民间基础，宋元文物镜子中多有牛郎织女图案。《元曲选》中的《汉宫秋》《玉镜台》《张天师》《曲江池》《墙头马上》《金安寿》《度柳翠》《货郎旦》和《元曲选外编》中的《西厢记》都有牛郎织女传说的渗透。见下表。

元杂剧中的牛郎织女传说一览表

元杂剧	传说母题	杂剧表意	备　注
《汉宫秋》1	织女牵牛（星）	分离	第二折
《玉镜台》1	看银河、牛女星	思念	第二折
《张天师》1	织女牵牛（人）、七夕会	约期	第一折
《曲江池》1	牵牛	相会	第一折
《墙头马上》1	织女期、七夕会、银河阻隔、鹊桥	相思	第一折 第二折
《金安寿》1	银河（银汉）阻隔	夫妻恩爱	第四折
《度柳翠》1	嫁	婚姻	第四折
《货郎旦》1	长生愿	天缘注定	第三折
《西厢记》2	牵牛织女星	相思 姻缘天定	第二本第二折

　　注：1 代表《元曲选》，2 代表《元曲选外编》。

　　元杂剧吸收牛郎织女的传说故事，一是借牛郎织女天隔一方情节，表达有情人两地相思之情，如《汉宫秋》《金安寿》；二是借牛郎织女每年一次相约见面的情节，表达有情人见面之难，约会来之不易，如《张天师》《曲江池》《墙头马上》；三是借牛郎织女故事中有情人终成眷属，表达两情相悦，历尽万难成就美满姻缘，如《度柳翠》《货郎旦》。唐前诗文对牛郎织女相会充满同情，宋以后的诗文则对牛郎织女的爱情婚姻具有更多羡慕之情，如秦观《鹊桥仙》："纤云弄巧，飞星传恨，银汉迢迢暗渡。金风玉露一相逢，便胜却人间无数！柔情似水，佳期如梦，忍

---

① 罗永麟：《试论〈牛郎织女〉》，苑利主编《二十世纪中国民俗学经典·传说故事卷》，社会科学文献出版社 2002 年版，第 94 页。

② 同上书，第 95 页。

顾鹊桥归路。两情若是久长时，又岂在朝朝暮暮。"① 元杂剧在情感表达上，吸收了汉代以来牛郎织女传说的爱情因素，相思爱情、婚姻和合都以牛郎织女为喻。

二　孟姜女传说

孟姜女传说的原型是《左传·襄公二十三年》中所载的"杞梁妻"守礼拒齐侯郊吊杞梁将军的故事。后世文献常在杞梁妻"哭"上做文章。《礼记·檀弓》增加了迎丈夫棺椁而路哭的内容。《孟子·告子下》杞梁妻"善哭其夫而变国俗"。汉代刘向的《说苑·善说篇》中关于哭的地点发生了变化，"向城而哭，隔为之崩，城为之阤"。《古列女传》卷四"齐杞梁妻"记为"既无所归，乃枕其夫之尸于城下而哭，内诚动人，道路过者莫不为之挥涕，十日而城为之崩"②，又增加杞梁妻赴水而死的情节。唐前对于杞梁妻哭倒的是何国何地城墙，是否是长城墙，都不确定。中唐前，无名氏的《同贤记》已经确指哭倒长城。敦煌曲子词中如《捣练子》曲中已称杞梁为犯梁，其妻为孟姜女：

> 孟姜女，杞梁妻（王重民注释，杞梁妻依乙卷改，甲卷作"犯梁妻"，丙卷作"犯梁清"），一去烟（燕）山更不归，造得寒衣无人送，不免自家送征衣。长城路，实难行，乳酪山下雪雾雾。吃酒则为隔饭病，愿身强健早还归。③

这可能是最早记录"孟姜女"赴长城送寒衣的版本。此时出现的孟姜女、犯梁，应该是民间话语，还未得到人们普遍认可，大量唐诗中多称杞梁、杞梁妻。如唐末诗僧贯休的《杂曲歌辞·杞梁妻》："秦之无道兮四海枯，筑长城兮遮北胡。筑人筑土一万里，杞梁贞妇啼呜呜。上无父兮中无夫，下无子兮孤复孤。一号城崩塞色苦，再号杞梁骨出土。疲

---

① 天人主编：《唐宋诗词名篇鉴赏辞典》，内蒙古人民出版社 2000 年版，第 396 页。

② （汉）刘向：《古列女传》卷四"齐杞梁妻"，《四库全书》第 448 册，上海古籍出版社 1987 年版，第 38—39 页。

③ 王重民辑：《敦煌曲子词集》，商务印书馆 1956 年修订第 2 版，第 59 页。

魂饥魄相逐归，陌上少年莫相非。"① 汪遵《杞梁墓》："一叫长城万仞摧，杞梁遗骨逐妻回。南邻北里皆孀妇，谁解坚心继此来。"② 李白也有《相和歌辞·白头吟二首》："城崩杞梁妻，谁道土无心。"③ 从唐诗可见，唐时传说已有"哭倒长城"的情节，还出现了送寒衣和"孟姜女"的名字，唐诗对杞梁妻的定位是贞妇。唐代还有《孟姜女变文》。《全宋诗》卷一六九三中收录的郑刚中《悼八姉孺人》有"当年枣栗奉高堂，憔悴俄惊哭杞梁"④ 一句。宋郑樵《通志·乐略》曰："稗官之流，其理只在唇舌间，而其事亦有记载。虞舜之父、杞梁之妻，于经传所言者数十言耳，彼则演成万千言。"⑤ 宋《孟子疏》载："其妻孟姜向城而哭，城为之崩。"⑥ 元杨维祯也作有诗歌《杞梁妻》："极苦复极苦，放声一长哀。青天为之雨，长城为之摧。为招淄水魂，共上青陵台。"

贺学君认为："从历史记载来看，我们认为，真正形成《孟姜女》原型的标志，应是见诸抄本《琱玉集》中转录的《同贤记》。"⑦ 按贺学君考证，《同贤记》为中唐之前的文献，该文献就有逃避修长城苦役的燕人杞良（姓杞名良）窥浴与孟仲姿成婚，筑长城被打死筑于城墙内，孟仲姿寻夫哭倒长城，滴血认骨。她又指出："《孟姜女》是四大传说中最早进入戏曲领域，被搬上舞台的一种。"

　　《孟姜女》是"四大传说"中最早进入戏曲领域，被搬上舞台的一种。根据任二北先生的考证，在唐代已有《送征衣》，宋金时代有金院本《孟姜女》。元陶宗仪《南村辍耕录》列举金院本 690 种名

① （清）曹寅、彭定求等编纂：《全唐诗》卷二十六"杂曲歌辞"，中华书局 1999 年版，第 360 页。

② （清）曹寅、彭定求等编纂：《全唐诗》卷六百二，中华书局 1999 年版，第 6955 页。

③ （宋）郭茂倩：《乐府诗集》卷四十一，中华书局 1979 年版，第 694 页。

④ 北京大学古文献研究所编：《全宋诗》第 30 册，北京大学出版社 1998 年版，第 19069 页。

⑤ （宋）郑樵：《通志·乐略》（一）卷四十九"乐略第一"，浙江古籍出版社 1988 年版，第 631 页。

⑥ 顾颉刚：《孟姜女故事的转变》，苑利主编《二十世纪中国民俗学经典·传说故事卷》，社会科学文献出版社 2002 年版，第 37 页。

⑦ 贺学君：《中国四大传说》，浙江教育出版社 1995 年第 2 版，第 23 页。

目，其中第十部分的三十一关"唱尾声"项下，第一部作品就是
《孟姜女》。遗憾的是这个本子已只字无存。如果说上述几种史料难
见，尚不足为据的话，那么宋元戏文《孟姜女送寒衣》则是可靠无
疑的。在《宋元戏文辑佚》里我们至今还可看到它的十一支佚曲。①

　　孟姜女故事在《元曲选》《元曲选外编》《新校元刊杂剧三十种》中
均有零星记载，见下表和附录C:《元杂剧神话传说一览表》。

元杂剧中的孟姜女传说一览表

元杂剧	传说母题	杂剧表意	传说人物	备　　注
《潇湘雨》1	千里送寒衣	蒙冤哭泣	孟姜女	第四折
《曲江池》1	哭倒长城	烦恼悲哀		第三折
《渔樵记》1	哭倒长城	哀哭	孟姜女	第 二 折、第四折
《后庭花》1	九烈三贞	喻指自己媳妇	孟姜女	第二折
《对玉梳》1	送寒衣	苦：比喻痴情女寻情人路途艰辛	孟姜女	第三折
《窦娥冤》1	千里送寒衣、哭倒长城、奔丧	贞烈		第二折
《还牢末》1	千里送寒衣	冤死	孟姜女	第三折
《任风子》1	送寒衣、筑长城	寻夫：任屠杀马丹阳未归遇险，媳妇未有寻夫	范杞良、姜女	第三折
《生金阁》1	杀	杀死：暗指郭成媳妇的危险处境	范杞梁、女孟姜	第二折
《替杀妻》2	杀	杀：张千杀嫂	孟姜女	第二折
《焚儿救母》2	哭长城、送寒衣	孝：张屠劝妻孝顺母亲	孟姜	第一折
《任风子》3	送寒衣、筑长城	寻夫	范杞良	第三折

---

　　① 贺学君:《中国四大传说》，浙江教育出版社1995年第2版，第65—66页。

元杂剧	传说母题	杂剧表意	传说人物	备　注
《薛仁贵》3	送寒衣	思念		第三折
《替杀妻》3	杀	杀	孟姜女	第二折
《焚儿救母》3	哭长城送寒衣	孝	孟姜	第一折

注：1代表《元曲选》，2代表《元曲选外编》，3代表《新校元刊杂剧三十种》。

　　据《元杂剧中的孟姜女传说一览表》，从杂剧中孟姜女传说母题及其表意来看，"送寒衣"有7剧；"杀"的元素有2剧；"哭倒长城"有4剧；"筑长城"的有1剧；明确表现"贞烈"的有《后庭花》。孟姜女传说中送寒衣、哭倒长城、杀孟姜等情节作为母题意象进入杂剧，主要突出孟姜女的节妇品行，突出其哭之哀、寻夫之苦、送衣之痴情、孝子烈女的行为。剧中人往往也借用其意。值得注意的是《焚儿救母》中张屠借助孟姜女传说劝妻孝顺母亲，这一孝的主题表达，恰是孟姜女传说符合封建道德规范变异的另一趋向的体现，何况元代又是一个盛行四书学的时代。元杂剧对孟姜女传说的吸收运用，给我们揭示了这样一个事实：孟姜女传说核心"哭"在历代均有传承，而《同贤记》中杞良筑长城、孟仲姿哭倒长城，在中唐后逐渐成为孟姜女传说的核心情节，唐代出现的送寒衣也为宋元所继承。该传说在元代又融入了"杀""孝"的文化新变。

　　元代孟姜女传说的新变不止于此。元代骆天骧的《类编长安志》记载了两则关于陕西同官（今铜川市）孟姜女的史料。

　　　　卷之六《山水·泉渠》：
　　　　哭泉，在宜君山。杞梁妻孟姜女负夫骨，哭不止，有泉涌出，水作哭声，号曰哭泉。左山诗曰："一脉寒泉凛且清，涓涓犹是哭（案钞本哭下脱一字，盖是夫）声。长城费尽生民力，千载惟成节妇名。"①
　　　　卷之八《纪异》：

————————

① （元）骆天骧：《类编长安志》，黄永年点校，中华书局1990年版，第189页。

哭泉，新说曰：在坊州宜君县。世传杞梁筑长城不回，其妻孟姜与夫送寒衣。寻夫不见，绕城而哭，日夜不止，城土忽崩，见枯骸。姜啮指出血，誓曰："是吾夫者，血入骨。"其血果入骨。负骨而归哭，至宜君止宿，哭甚哀，忽有泉涌出，其水声音如哭，号曰哭泉。至今犹在。商左山行台陕西，经过题诗曰："人之有大伦，爰自夫妇始，刚柔若乾坤，动止亦如此，两姓以义合，两义路人耳。孟姜杞梁妻，贞节世无比，从夫知有天，无天有遄死，一心心不移，恸哭哭不止，城土为之崩，泉涌出地底，至诚人能尽，感应存是理。世衰恩义薄，对面若千里，胡为贫家妇，慕嫁富家子，富家恨嫁晚，贫家已为耻，狡谋工蛊惑，巧笑藏险诐，静者复主动，亦鲜不及矣。此泉宜君山，长城余旧址，叹息无古人，哭声如在耳，会当悲烈妇，闺人作模轨，陵谷有变更，不竭哭泉水。"①

材料中商左山为元诗人，"新说"当是元人观点。由上述材料可管窥元代同官的孟姜女传说母题有：送寒衣、哭倒长城、滴血认骨、地涌哭泉、节妇。很明显孟姜女传说到元代发生了新变：强化了滴血认骨，增加了地涌哭泉的情节，突出了"哭"和"节妇"两大特点。当然元代孟姜女传说新变不可能全部在元杂剧中有所体现，结合上文《元杂剧中的孟姜女传说一览表》可知，元杂剧出于抒情的需要对孟姜女传说情节是有选择的，以服务剧情为旨归。

关于杞梁妻何时为"孟姜"，顾颉刚考证："在汉魏的乐府中，'齐姜'一名又成了好妇和美女的通名，则孟姜二字在秦、汉以后民众社会的歌谣与故事中继续行用，亦事之常。杞梁是齐人，他的妻又是一个有名的女子（有名的女子必有被想象为美女的可能性），后人用了'孟姜'一名来称杞梁之妻，也很近情。这个名字，周以后潜匿在民众社会中者若干年；直到宋代，才给知识分子承认而重见于经典。孟姜成了杞梁之妻的姓名，于是通名又回复到私名了。"② 顾颉刚在论述中未引用元代例

---

① （元）骆天骧：《类编长安志》，黄永年点校，中华书局1990年版，第257页。
② 顾颉刚：《孟姜女故事的转变》，苑利主编《二十世纪中国民俗学经典·传说故事卷》，社会科学文献出版社2002年版，第39—40页。

证，稍有遗憾。元代《类编长安志》已有"杞梁妻孟姜"之语，孟姜应为名。顾颉刚考证指出，孟姜二字在秦汉后歌谣与故事中出现为常事，恰是对"孟姜"在民间流传的肯定。如前文所述，"孟姜"在唐代民间仍流传，但未确立在主流诗歌中的地位。上文《元杂剧中的孟姜女传说一览表》中，在元杂剧中"孟姜""姜女""孟姜女""女孟姜"不同的表述，又以"孟姜女"出现最多，说明孟姜女传说中杞梁妻称谓在元代发生变异，并趋向固定为后世盛行的"孟姜女"。从文学史的角度看，元杂剧作为一种新的文学样式，"孟姜""孟姜女"的频繁出现，既是对唐代"孟姜"民间表达的继承，又代表一种新观念，即大多数生活在底层的知识分子杂剧作家，长期体验民情，才能促使杞梁妻"孟姜"由民间向雅俗共赏的杂剧渗透的文学"上移"，也为孟姜女成为明清文人笔下吟诵的一个文化符号奠定了基调。

元代孟姜女传说主人公姓名的变异，还体现在男主人公孟姜女丈夫的名字上。元代孟姜女的丈夫为范杞良（梁），与汉之前文献记载的将军杞梁和中唐前《同贤记》中的杞良，还是有区别的。不过中唐前已经出现"梁"为"良"的音变，但是姓未变，而元杂剧中范杞良（梁）的提法，正是孟姜女传说在元代流传中在承接这一音变的同时，姓氏上也发生了变异。元杂剧中孟姜女丈夫为"范"姓，最早可能出现在宋元时期。因而我们推测元代孟姜女故事中"范杞良（梁）"当是后世出现"范喜良""万喜良"音变的前兆（《孟姜仙女宝卷》中就有"万喜良"），这是民间文学口头性特点决定的，并非剧作家的笔误。因此，我们认为民间传说在扩布流传中出现了一系列变异，这种变异在尽可能保持"传说核"不变的情况下，不断丰富发展着传说的各情节单元，使之更加鲜活，以适应不同时代的草根信仰。传说的这种变迁，作为文化生态会影响作家思维，并渗透在杂剧无意识的创作中。

由元杂剧叙述可知，元代孟姜女故事中杞梁妻变为孟姜女、千里寻夫送寒衣、哭倒长城情节，应该已经完全定型。《生金阁》有"你道他昨来个那塌儿里杀坏了范杞梁，今日个这塌儿里没乱杀你女孟姜"。《替杀妻》张千替哥杀嫂，"我前背杀你，大古里孟姜女不杀了要怎末哥"。从《生金阁》《替杀妻》看，元杂剧吸收了范杞梁和孟姜女被（秦始皇）杀的情节。孟姜女传说中范杞梁的死出现较早，早期杞梁是战死，后来是筑死，《任风子》中叙述范杞良就是筑死在长城内。孟姜女的死是传说发展到后期时增加的。元杂剧蕴含的孟姜女被杀死的情节元素，又成为明清孟姜女传说结局得以演绎的新起点：那就是建立在元代民众"人死可为神"和灵魂不死的信仰上，进一步形成了孟姜女死后复仇的故事单元。

元杂剧中孟姜女作为文化符号，不仅承载了传说"哭之哀"的原型意义，而且侧重宣传痴情守礼的贞妇品行，这种对贞妇、义妇、烈女的重视，可能与宋元理学、孝文化的兴盛有关。元代孟姜女的品行更成为女性学习的楷模，商左山有诗"会当悲烈妇，闺人作模轨"，《焚儿救母》第一折张屠劝自己的妻子唱词有"学那哭长城送寒衣孟姜，休学那无廉耻盗果京娘"。从学杞梁妻"哭调"到学孟姜女"品行"这一转变，既体现了元代孟姜女传说的不断丰富发展，也体现了"大传统"对"小传统"的干预和民俗控制对民众日常言行的影响。

通过以上分析，足见元杂剧中孟姜女传说的片段记录，是研究孟姜女传说变迁的重要且不可或缺的史料。元代孟姜女传说主人公和主题思想都与原型故事基本保持一致，元杂剧中的孟姜女传说片段表现出传说发展的历史连续性。元代孟姜女传说情节的定型和新变，一方面表现了故事本身的魅力和民间情感价值取向；另一方面传说的这一变迁又深刻地反映在元杂剧的创作中，表现为杂剧创作的时代性与传说发展的时代性的统一，这样作家在迎合民意的同时，也使得杂剧演出赢得了票房收入。

三　梁祝传说

季学源的《文化视野中的梁祝故事》一文认为南朝萧绎编的《金楼子》是最早记录梁祝的故事，但此书不存①。初唐梁载言《十道四番志》有"义妇祝英台与梁山伯同冢"一句。晚唐张读的《宣室志》基本框架初成：祝英台女扮男装游学，山伯求聘，知英台嫁马公子，后病死，英台路过山伯墓祭拜哭号，地裂陷进英台并埋②。宋代张津等撰《（乾道）

① 季学源：《文化视野中的梁祝故事》，《中国文学研究》2000 年第 2 期。
② 转引自季学源：《文化视野中的梁祝故事》，《中国文学研究》2000 年第 2 期。

四明图经》卷二鄞县有义妇冢:"义妇冢即梁山伯祝英台同葬之地也,在县西十里接待院之后有庙存焉。旧记谓二人少尝同学比及三年而山伯初不知英台之为女也,其朴质如此。按《十道四番志》云义妇祝英台与梁山伯同冢即其事也。"① 钱南扬的《祝英台故事叙论》认为"化蝶事最早提到的,要算宋薛季宣的《游祝陵善权洞诗》了",其中有"蝶舞凝山魄,花开想玉颜"之句②,"韩凭夫妇魂化蝶的传说,在唐朝已有了。到宋朝乃转变而为梁祝的魂化蝶"③。也就是说梁祝故事的基本情节在宋代已经较完善:求学、婚变、殉情、化蝶。可见,唐宋梁祝传说的核心在于"守礼""义妇",出现同葬化蝶的神化倾向,恰是梁祝传说变迁中民众对梁祝爱情凄美结局的一种同情,赋予了另一种意义上的团圆和合的审美期待,也为后世化蝶复生的结局变异提供了前期的民意铺垫。如此凄美的爱情传说,在元杂剧中自然有体现。

元杂剧明确涉及梁祝传说的仅见《元曲选》中《渔樵记》和《货郎旦》。《渔樵记》刘家女要休书计逼丈夫考取功名,剧中"这梁山伯也不恋你祝英台"恰是借梁祝传说婚变情节来指涉刘家女的爱情波澜。《货郎旦》第四折张三姑唱:"〔转调货郎儿〕也不唱韩元帅偷营劫寨,也不唱汉司马陈言献策,也不唱巫娥云雨楚阳台,也不唱梁山伯,也不唱祝英台。"从《货郎旦》这条材料看,梁祝传说很可能经常被像货郎儿一类的说唱文学演唱,该传说应当在民间很兴盛,剧作家笔下的"梁祝"指涉的是一段凄美爱情的主人公。此外《元曲选》中《窦娥冤》第二折窦娥说:"婆婆也,你莫不为黄金浮世宝,白发故人稀,因此上把旧恩情全不比新知契。则待要百年同墓穴,那里肯千里送寒衣。""百年同墓穴"有可能也指梁祝传说,这是因为:一是宋代梁祝传说已经有殉情化蝶之说,元代当有继承;二是窦娥劝婆婆不要招赘张驴儿父子,改嫁他人,借助节妇烈女传说表意,并列引用梁祝传说和孟姜女传说,是很合适的。钟嗣成《录鬼簿》录有元杂剧白朴《祝英台死

————————

① (宋)张津等:《(乾道)四明图经》卷二,《续修四库全书》第704册,史部·地理类,上海古籍出版社2002年版,第528页。

② 钱南扬:《祝英台故事叙论》,苑利主编《二十世纪中国民俗学经典·传说故事卷》,社会科学文献出版社2002年版,第46页。

③ 同上书,第48页。

嫁梁山伯》，已佚，从剧名上推断，在剧中祝英台为主角，与唐宋文献中的义妇形象保持一致。

可见，元杂剧中梁祝传说的渗透，主要继承唐宋传说的核心情节，突出了"婚变"情节和"义妇"形象。

四　董永传说

董永的历史原型是生活于两汉之间的高昌侯董永。七仙女从织女中分离出来的过程也即董永遇仙传说独立的过程。[①] 现存最早董永遇仙故事见于汉代曹植的诗《灵芝篇》。《宋书·礼乐志》载曹植的《灵芝篇》云："……董永遭家贫，父老财无遗。举假以供养，佣作致甘肥。责家填门至，不知何用归。天灵感至德，神女为秉机。……"[②]《搜神记》卷一"董永"故事中董永卖身葬父孝感天帝而降织女为妻，织女完成任务返回天宫前曰："我，天之织女也。缘君至孝，天帝令我助君偿债耳。"[③] 唐敦煌变文《董永变文》和宋《太平御览》收录董永故事，似来自《搜神记》。宋代话本有《董永遇仙传》。元代郭守正编《二十四孝图》中董永入选，在宋元墓葬壁画与砖雕也多见董永故事。

董永传说的片段记录仅见《元曲选》，最多两例。如吴昌龄的《张天师》第一折："（正旦唱）想当日那天孙和董永曾把琼梭弄。……想巫娥和宋玉曾做阳台梦。"杂剧借董永遇仙传说，表达桂花仙子思凡之心，到凡间向陈世英报恩。此外《荐福碑》也有"当日个七个女思凡，养着俺这秀才"的台词，可能也是指董永遇仙传说，剧中"秀才"也符合宋话本《董永遇仙传》中董永"少习诗书"的文人形象，而宋以前董永为体力劳动者。纪永贵指出"董永遇仙传说最早与戏曲结缘是在元代"[④]，"元曲中已知至少曾有过两部关于董永的戏"[⑤]，据其考证，为元南戏

---

①　纪永贵：《中国口头文化遗产——董永遇仙传说研究》，博士学位论文，南京师范大学，2004 年。

②　（南朝梁）沈约：《宋书·礼乐志》卷二十二"志第十二·乐四"，中华书局 1997 年版，第 166 页。

③　（晋）干宝：《搜神记》，汪绍楹校注，中华书局 1979 年版，第 15 页。

④　纪永贵：《董永遇仙传说戏曲作品考述》，《戏曲研究》第 66 辑，中国戏剧出版社 2004 年版。

⑤　同上。

《董秀才遇仙记》和元杂剧《董永遇仙记》。在元代，该传说进入戏曲（杂剧、南戏）创作，不仅仅是片段渗透，在我国南北方又通过舞台表演完整的故事，客观上扩大了董永传说的影响。这表明董永传说，从民间口头传说到唐宋讲唱文学，再到元代戏曲娱乐化表演，呈现出积极发展态势和旺盛的生命力。另外《张天师》借助董永传说更侧重报恩与爱情之意，而《荐福碑》借助董永传说表达了天意不可违的思想。两剧似乎都避开董永传说的"孝"主题，与元代把董永作为二十四孝故事宣扬的现状不符。这种变化，恰说明民间传说进入戏曲是有选择的，不仅是情节的选择，而且在表意上也会根据剧情进行选择，当然这种选择是基于作家对传说本身的熟悉了解，进而才能在传说中提炼出适合表达剧情的元素和意义。

五　望夫石传说

望夫石传说原型一说为巫山神女瑶姬传说[1]；一说为涂山氏传说[2]；一说完整的望夫石传说的最早文献记录为魏晋时期《列异传》[3]。《列异传》云："武昌阳新县（今湖北省黄石市阳新县）北山上有望夫石，状若人立者，传云，昔有贞妇，其夫从役，远赴国难，妇携幼子饯送此山，立望而形化为石。"此故事也见于《幽明录》，被鲁迅辑《古小说钩沉》收录，又被高校民间文学教材编写组编辑的《民间文学作品选》收录。

南北朝时望夫石传说与望夫山传说发生了联系。南朝宋刘义庆的《幽明录》云："武昌阳新县北山上有望夫石，状若人立。相传：昔有贞妇，其夫从役，远赴国难，妇携弱子，饯送此山，立望夫而化为立石，因以为名焉。"[4] 南朝顾野王的《舆地志》中也有"夫赴国难"，妻子望夫化石的记载。北魏《水经注》卷十"浊漳水"云："漳水又东北历望夫山，山之南有石人伫于山上，状有怀于云表，因以名焉。"[5] 《宣城图

---

①　朱恒夫：《望夫石传说考论》，《江海学刊》1995 年第 4 期。

②　李道和：《试论作为望夫石传说原型的涂山氏传说》，《民族艺术研究》2003 年第 2 期。

③　张芸：《望夫石传说古今流传考》，《民俗研究》2007 年第 4 期。

④　（南朝宋）刘义庆：《幽明录》，王根林校点，《汉魏六朝笔记小说大观》，上海古籍出版社 1999 年版，第 693 页。

⑤　（北魏）郦道元：《水经注校证》，陈桥驿校证，中华书局 2013 年版，第 244 页。

经》云："望夫山。昔人往楚，累岁不还。其妻登此山望夫，乃化为石。其山临江，周回五十里，高一百丈。"① 唐宋以来，几乎不提望夫山，而多以望夫石传说。唐人李吉甫撰《元和郡县图志》卷三十三"剑南道下"记载了四川剑阁县的"石新妇神"，云："石新妇神，在县东北四十九里，大剑东北三十里。夫远征，妇极望忘归，因化为石。"② 宋人常棠编纂的中国最早的镇志《澉水志》卷五云："望夫石，在永安湖仰天坞之右，山巅有石磐，磐侧有立石。昔日有海商失期不返，其妻登磐望夫，泣殒化而为石，因名。"③ 宋代祝穆编撰的《方舆胜览》卷五十七记载了重庆望夫石故事，云："女观山在巫山县东北四里。有石如人形。相传昔妇人夫官于蜀，登山望夫，因化为石。"④ 宋代王象之编纂的《舆地纪胜》卷二八"袁州·景物下"记载了江西望夫石故事，云："望夫石在分宜县西十里……旧传有妇于此望夫不至，化为石。"⑤

　　望夫石传说在唐宋以后很流行，该传说被大量加入诗文，如唐代有张籍《望夫石》、白居易《蜀路石妇》、唐彦谦《望夫石》、刘方平《望夫石》，宋代有苏辙《望夫台》、王安石《望夫石》，元代有杨维桢《石妇操》等。望夫石传说被元杂剧吸收也较多，《元曲选》共收录有 12 部：《鸳鸯被》《救风尘》《楚昭公》《玉壶春》《风光好》《勘头巾》《倩女离魂》《救孝子》《青衫泪》《对玉梳》《百花亭》《窦娥冤》。《元曲选外编》收录有 5 部：《西厢记》《裴度还带》《绯衣梦》《紫云庭》《东窗事犯》。《元刊杂剧三十种》有 3 部：《薛仁贵》《紫云庭》《东窗事犯》。见下表。

---

　　① （宋）李昉等：《太平御览》卷四六"地部一一"，中华书局1960年版，第221页。

　　② （唐）李吉甫：《元和郡县图志》下，卷三十三"剑南道下·剑州"，贺次君点校，中华书局1983年版，第846页。

　　③ （宋）罗叔绍修，常棠纂：《澉水志》上，《宋元方志丛刊》第五册，中华书局1990年版，第4666页。

　　④ （宋）祝穆：《方舆胜览》，祝洙增订，施和金点校，中华书局2003年版，第1010页。

　　⑤ （宋）王象之编纂：《舆地纪胜》江南西路卷二十八，《续修四库全书》第584册，史部·地理类，上海古籍出版社2002年版，第318页。

元杂剧中的望夫石传说一览表

元杂剧	传说母题	杂剧表意	备 注
《鸳鸯被》1	望夫石	分离、相思	第三折
《救风尘》1	望夫石	期盼、思念	第一折
《楚昭公》1	上青山化石	贞烈	第三折
《玉壶春》1	望夫石	思念、坚贞	第三折
《风光好》1	望夫山	流连寄情的地方	第一折
《勘头巾》1	望夫石	坚贞	第三折
《倩女离魂》1	望夫石	思念、坚贞	第三折
《救孝子》1	望夫石、上青山化石	贞烈	第二折
《青衫泪》1	望夫石	思念	第三折
《对玉梳》1	上青山化石	分离、守志	第一折
《百花亭》1	望夫石	空等、无结果	第三折
《窦娥冤》1	上山化石	贞洁	第二折
《裴度还带》2	上青山化石	守志贞	第四折
《绯衣梦》2	望夫山	约期、等待	第一折
《紫云庭》2	望夫石	思念	第二折
《东窗事犯》2	上青山化石	贞烈	第四折
《西厢记》2	望夫石、望夫山	痴情、思念	第三本第二折、第四本第三折
《紫云亭》3	望夫石	思念	第二折
《薛仁贵》3	望夫石	思念	第三折
《东窗事犯》3	上青山化石	贞烈	第四折

注：1 代表《元曲选》，2 代表《元曲选外编》，3 代表《新校元刊杂剧三十种》。

由上表可知：元杂剧中的望夫石传说常用来表达妇女的思念、贞烈，表意单一、集中，这与传说本身情节的相对简单、表意明确，传说在主题和情节上的历史变迁少有关，"上青山变化身"更成为一种文学意象而被杂剧运用。

从文献记载看，魏晋时的"武昌阳新县"有了望夫石传说，约在南北朝时期，望夫石与望夫山发生关系，早期"武昌望夫石传说"占绝对主体地位。张芸认为望夫石传说的传播路线是：

它于魏晋时在湖北"武昌阳新县"（今湖北黄石市阳新县）登场，以此为中心，南北朝时先向东传至浙江温岭县和安徽南陵县及当涂县。接着，唐代时向西则传入四川剑阁。两宋时阳新县的东西两部流传地区都继续扩大，东面增浙江海盐县和江西分宜县，西面增重庆巫山县。明清时，东部流传地区继续保持增加趋势，又多江西丰城县，安徽广德县以及天长县，河南新野县。此时西部望夫石传说才流传到云南昆明附近、陕西紫阳县和宁夏隆德地区。①

从张芸的"古代望夫石传说分布图"② 来看，望夫石传说的地理分布，以武昌阳新县为中心，向东西两个方向传播，整体上向东传播的速度快，地域空间覆盖大。此图中，望夫石传说在元代前主要分布于浙江、安徽、还涉及湖北、四川、江西、重庆。望夫石传说的核心就是"思夫"，元朝征战导致的亲人分离，南来北往的商业繁荣的背后是商人妇的孤寂，再加上地域的大一统，使得望夫石传说既有民众"思夫"的广阔市场，也有空前广袤的地理传播之便。笔者推测元代是望夫石传说向全国传播的极重要时期，由于望夫石传说的情节简单，意义单一，表意明确，才有至少18部不同剧目吸收此传说。这也说明元代望夫石传说已经突破了主要在我国南方传播的现状，开始在北方产生影响，并影响到杂剧创作。由《元杂剧中的望夫石传说一览表》可知，元杂剧中"望夫石""望夫山""一上青山便化身"，成为该传说的文化符号，其中又以"望夫石"提法居多，正符合唐宋以来"望夫石"逐渐取代"望夫山"的传说发展趋势。另外元刊杂剧《薛仁贵》中同时出现"送寒衣"和"望夫石"，也间接印证了朱恒夫关于孟姜女故事"与望夫石相联系是宋代发生的事"③ 的观点。

当然元代的望夫石传说仍沿东西向传播的势头不减，《元曲选外编》中《绯衣梦》第一折："赴佳期早些儿动惮，你休要呆心不惯，休着我倚着太湖石身化望夫山。"此条材料说明元代望夫石传说有可能沿着浙江、

---

①　张芸：《望夫石传说古今流传考》，《民俗研究》2007 年第 4 期。

②　同上。

③　朱恒夫：《望夫石传说考论》，《江海学刊》1995 年第 4 期。

安徽方向，向东继续扩展到了杭州太湖一带。而两宋时期西传至重庆巫山县流传的望夫石传说，在元代仍为民众所熟知，才有《元曲选》中《倩女离魂》"把巫山错认做望夫石"的曲文。《绯衣梦》和《倩女离魂》望夫石传说中地点的变化，也折射了传说传播的一个客观规律：传说在不同地域扩布时会附着当地风土人情，发生局部变异，而融入地方文化。

总之，以上口头传说的历史变迁对元杂剧的影响有几个特点：一是这些传说历史越悠久、在民间影响力越大，对元杂剧的影响越深刻。二是元杂剧对传说的吸收是有选择的，在尊重传说本身情节所承载的文化情感的基础上，又充分考虑适应剧情发展和抒情需要，具有一定的功利性，这个功利性是作家为了剧情创作的需要，也是为了借助传说的影响力起到吸引观众的效果。三是元杂剧中有关传说的曲词本身就是对传说的二次传播，元杂剧以独有的俗文化品格自觉或不自觉地容纳并成为传说扩布的重要载体媒介。四是民间口头文学的口头性、变异性特点导致传说在不同时代产生情节的增减和局部变异，而元杂剧保留了传说在元代变迁的新质素，具有重要的民间文学史料价值。五是元杂剧对口头传说的情节和意义借鉴主要是片段式的（当然也不排除元杂剧把整个传说故事，如孟姜女传说、梁祝传说等搬上舞台表演的可能）、符号化了的，而且叙述程式化，这个程式是基于对传说情节的高度提炼获取的文化意象，如送寒衣、哭倒长城、望夫石等，其思想内容和意义的传递，很大程度上凭借传说本身在民众心中的潜意识和想象中进行填补。六是元杂剧吸收较多的传说故事，大多在宋元很流行，或者说传说的情节变异或定型，宋元是一个关键时期。反之，其他时代的传说较少进入剧作家的视野。民间传说在不同时代都有发展，但是一般传说核不会变，杂剧吸收传说故事，最基本的也是对传说核的吸收借鉴。

第二节　民俗信仰变迁与元杂剧文本表现：以神灵信仰为例

元代是信仰多元的时代，民俗信仰自身历史的演变，再适逢元代这样一个宗教宽松的时代，呈现出新的信仰元素，这种新文化现象直接作用于另一种全新的艺术——元杂剧，这既是杂剧生存的文化生态，又是杂剧展演的文化表达。笔者以杂剧中较为突出的信仰民俗事象为例，管窥民俗信仰历史变迁在元杂剧文本中的表现。

一　哪吒信仰

唐宋以来的哪吒，逐渐从佛教神圣护法走向世俗戏剧。元杂剧中尽管唱词多有"恶哪吒"，但在《锁魔镜》中也突破了单纯的恶，而具有人情味，元杂剧中的［哪吒令］、哪吒法、哪吒社等更把民间的哪吒信仰与戏曲的曲牌文化结合并赋予了全新的内涵。哪吒信仰的演进与时代民俗的融合最终附着在大众化的戏剧演出中，使信仰的力量继续延伸，也使得哪吒的佛教背景逐渐淡化，经元代的道教文化感染，最终在明清出现道教意义上全新的哪吒神。

唐以前，笔者未发现关于哪吒的任何文献记载。"唐代的毗沙门战神信仰，源自于阗等地"[1]。唐代佛经小说偶见哪吒记载，作"哪吒"为毗沙门天王的第三子，为佛教护法。如唐人笔记小说中较早记录哪吒故事的是郑綮的《开天传信记》，其记载了宣律和尚"夜行道"路遇化为少年的哪吒的故事："宣律精苦之甚，常夜行道，临阶坠堕，忽觉有人捧承其足。宣律顾视之，乃少年也。宣律遽问：'弟子何人，中夜在此？'少年曰：'某非常人，即毗沙王之子哪吒太子也。护法之故，拥护和尚久矣'。"[2] 此故事多见于后世文献。又据现存的敦煌石窟壁画及藏经洞《毗沙门天王赴哪吒会图》中哪吒形象为童子，推测唐时哪吒童子形象应该已经普及了。元友谅撰《汶川县唐威戎军制造天王殿记》云："至哉！天王之盛德也。……住水晶宫，护阎浮界，哪吒捧塔以前峙，天女持花以凝睇，示其威福也。悬鹿轳剑，秉黄金戟，龙蛇鼓怒以腾目，神鬼睚眦盯而捧足，示其威力也。……"[3] 毗沙门天王在该记中具有"卫我唐土"的作用，某种程度上是战神、保护神，其眷属哪吒"捧塔以前峙"。

---

① 郭俊叶：《托塔天王与哪吒——兼谈敦煌〈毗沙门天王赴哪吒会图〉》，《敦煌研究》2008 年第 3 期。

② （唐）郑綮《开天传信记》，（五代）王仁裕等撰《开元天宝遗事十种》，丁如明辑校，上海古籍出版社 1985 年版，第 57 页。

③ （清）董诰等编纂：《全唐文》第六册，卷六二〇，中华书局影印 1983 年版，第 6262—6263 页。

　　宋代，一些佛学大师的传记和语录里的哪吒形象有"忿怒哪吒""三头六臂""析骨还肉"等记载，神化的同时具有一定的人情味。《密庵和尚语录》中有"八臂哪吒辊绣球"。北宋道原的《景德传灯录》卷十三有"三头六臂擎天地，忿怒哪吒扑帝钟"，卷十五有"问哪吒太子析骨还父，析肉还母，如何是哪吒本来身"，卷二十五有"问哪吒太子析肉还母，析骨还父，然后于莲华上为父母说法。未审如何是太子身"①。《五灯会元》中也有"忿怒哪吒""三尺杖子搅黄河，八臂哪吒冷眼窥，无限鱼龙尽奔走，捉得循河三脚龟""八臂行正令""析骨还肉""突然一喝双耳聋，哪吒眼开黄檗面"等记载。唐代黄檗禅师相貌奇特，传说他额间隆起如珠，声音朗润，为临济宗的创始人。南宋周密《增补武林旧事》卷三"六臂哪吒"，其他像宋代《太平广记》卷九十二②、《宋高僧传》卷十四③等文献都记载了哪吒护法、拥护宣律师傅的故事，都深受唐郑綮撰的《开天传信记》影响。明代哪吒的文献记录仍延前代"六臂哪吒"和"忿怒哪吒"的说法。明末曹学佺编纂《蜀中广记》卷八十三仍沿用"忿怒哪吒"的描述。《西湖游览志余》卷二十有"六臂哪吒"。《绘图三教源流搜神大全》中"哪吒太子"是"三头九眼八臂"④，本领超强诸魔降伏。

　　哪吒信仰在元杂剧中主要体现为哪吒形象的塑造和曲牌的运用。《道法会元》和《绘图三教源流搜神大全》卷七中把哪吒写成"那吒"。元杂剧中哪吒往往作"那吒"。佛教《内典》中也常作"那吒"，"是梵文Nalakūvara或Nalakūbala的音译简称，全称为那罗鸠婆、那罗鸠钵罗、哪吒俱伐罗等"⑤。为避免混淆"那吒"、"哪吒"之称谓，本书统一为"哪吒"。一说哪吒很可能是源自古波斯。哪吒形象在元代描述为降魔大神，具

　　① （宋）道原：《景德传灯录译注》，顾宏义译注，上海书店出版社2010年版，第二册第939页、第三册1070页、第四册第1943页。

　　② （宋）李昉等：《太平广记》（1）卷九十二"异僧六·无畏"，上海古籍出版社1990年版，第489页。

　　③ （宋）赞宁：《宋高僧传》（上册）卷第十四"明律篇第四之一"，范祥雍点校，中华书局1987年版，第329页。

　　④ 无名氏：《绘图三教源流搜神大全》（后集），台湾学生书局1998年版，第326页。

　　⑤ 郭俊叶：《托塔天王与哪吒——兼谈敦煌〈毗沙门天王赴哪吒会图〉》，《敦煌研究》2008年第3期。

有超强的神力。元杂剧中的"哪吒"一词出现频率之高，说明哪吒与普通民众的生活联系更紧密了，其信仰的波及面已经远远超出了佛教神祇的界限，更加世俗化。元杂剧《锁魔镜》是现存最早的戏剧哪吒形象，最早收录于《也是园书目》《孤本元明杂剧》中。现存四折正末皆为哪吒的完整的末本戏——《猛烈哪吒三变化》描述了善胜童子（哪吒）降服五鬼王，擒拿四魔女，最后皈依佛教的故事，由《也是园书目》《孤本元明杂剧》著录。收录于《太和正音谱》中的吴昌龄《哪吒太子眼睛记》仅存剧目。

《锁魔镜》第一折：

> （正末扮哪吒引众上云）小圣乃哪吒神是也。为因小圣降十大魔君、八角师陀鬼、铁头蓝天鬼、独角逆鳞龙、无边大刀鬼。更有四魔女：天魔女、地魔女、运魔女、色魔女。为降众多妖魔，加小圣八百八十一万天兵降妖大元帅。手下有副元帅野马贯支菇，首将是药师大圣。统领天兵，镇玉结连环寨。非小圣之能也。
>
> ［混江龙］则为这玉皇选用，封我做都天大帅总元戎。我将这九天魔女，觑的似三岁孩童。则我这断怪降妖施计策，除魔灭祟建奇功。摆列着长枪阔剑，各执着短箭轻弓。周遭有黄幡豹尾，乘骑着玉辔银骢。前后列朱雀玄武，左右列白虎青龙。遵差命黄巾力士，听当直黑煞天蓬。分胜败山泽水火，辨输赢天地雷风。映晓日愁云霭霭，遮青霄惨雾蒙蒙，兽带飘征旗飐飐，鱼鳞砌铠甲重重。凤翅盔斜兜护顶，狮蛮带紧扣当胸。绣球落似千条火滚，火轮举如万道霞红。人人慷慨，个个英雄。我摇一摇疏喇喇外道鬼神惊，撼一撼赤力力地户天关动。腾云驾雾，唤雨呼风。①

第二折：［梁州］则为那有胆量的哪吒帅首。②
第四折探子转述：

> ［刮地风］则见那百眼鬼军前高叫起，咱两个比试高低。哪吒神

---

① 隋树森编：《元曲选外编》第三册，中华书局1959年版，第961、962页。
② 同上书，第964页。

怒从心上起。可早变化了神威。显着那三头六臂，六般兵器，一来一往，一上一下，有似高飞。我见哪吒神有气力，显出那变化容仪。

与牛魔王大战：

[四门子]……哪吒神大叫如霹雳。显神通敢更疾。那业畜荒，怎敢道迟，引残兵望东走似飞。哪吒神，好似狼转好是疾，直赶到黑风洞里。

[古水仙子]腾腾腾火焰起，见见见火轮上烟迷四下里，火火火降魔杵偏着，飕飕飕火星剑紧劈，他他他绣球儿高滚起，呀呀呀牛魔王怎生支持。来来来缚妖索紧绑住，是是是回军也齐将金镫系，俺俺俺得胜也尽和凯歌回。①

从《锁魔镜》看哪吒神形象是三头六臂。武器是绣球和火轮，"绣球千团火""绣球落似千条火滚，火轮举如万道霞红"。从降魔情形看，哪吒胆量大，武艺高。

元杂剧中哪吒形象出现了符号化倾向，如"恶哪吒""狠哪吒""黑脸哪吒"，《鲁斋郎》描写张珪孔目坟院遇到鲁斋郎，"也是俺连年里时乖运塞。可可的与那个恶哪吒打个撞见"。《酷寒亭》第一折郑孔目妻子骂萧娥："你这无端弟子恰便似恶哪吒。"《盆儿鬼》中有"猛听得叫一声这花有主么。哎，天也恰便似个追人魂黑脸哪吒"，"只为你那门神户尉一似狠哪吒，将巨斧频频掐……他是一个鬼魂儿怎教他不就活惊杀"。《昊天塔》中也有"狠哪吒"台词。《锁魔镜》中就连与哪吒并肩战斗的二郎神也很凶恶："（院主云）俺这壁二郎神出马，他神通广大，变化多般，身长万余丈，腰阔数千围，面青发赤，巨口獠牙。"

由元杂剧中哪吒的恶、狠、黑脸形象以及与之并肩战斗的二郎神形象推测：元杂剧中的哪吒虽然为降魔大神，神力无穷，但极可能是面貌凶恶之神，这当是原始形态的哪吒神样子。哪吒、二郎神这种大神的相貌凶恶之说，从造神的角度来说是对图腾崇拜、人兽结合的神灵到人化的神发展历程的历史写照。西王母的形象在《山海经》中还具有动物的特点，到后世才变为美丽的女性神灵。元代的哪吒与二郎神都属于新兴

---

① 隋树森编：《元曲选外编》第三册，中华书局 1959 年版，第 968—969 页。

神祇，其产生时代已经过了造神的黄金时期，从二郎神的"巨口獠牙"推测"恶哪吒"也应处于人兽结合向人化的神过渡的神祇阶段。当然对于哪吒的凶恶形象，有学者从佛教的角度解释，如刘文刚的《哪吒神形象演化考论》一文指出："忿怒、凶恶，是哪吒的性格与外表特征。佛教的护法神，外表都凶恶，这表示他们嫉恶如仇，威猛有力。在佛经中，哪吒往往称作'忿怒哪吒'。"① 元杂剧中哪吒的恶、狠的特征更加突出。

哪吒与北方存在千丝万缕的联系。唐时有《北方毗沙门天王随军护法真言》说哪吒是毗沙门天王三太子，而毗沙门天王住在须弥山北方，是佛教北方守护神，其子也当为北方神祇。在研究宋元乃至明道教重要典籍的《道法会元》卷三十六中也有"北方哪吒神"。从五行与五方的角度看，北方为壬癸水，邓卫中《哪吒与水崇拜》一文从哪吒的形象和降龙的事迹阐释哪吒与水的关系，其实从另一个角度也说明哪吒崇拜与北方关系密切②。总之，从信仰的角度来说，哪吒是北方信仰体系中一位重要的神祇，自然反映在北曲神灵体系的建构中。元杂剧提到"哪吒"的作品有：关汉卿的《鲁斋郎》、杨显之的《酷寒亭》、石君宝的《紫云庭》、李寿卿的《伍员吹箫》，无名氏的《盆儿鬼》故事发生在汴梁、《锁魔镜》故事发生在嘉州，属于四川。《昊天塔》故事事件发生在北方。《独角牛》的故事背景是深州饶阳，现属于河北。涉及哪吒的元杂剧，除了《锁魔镜》，皆为北方作家所作，或是故事发生地、事件与北方有关。可见哪吒信仰至少在北方很兴盛或信仰的源头在北方。

典籍文献中的哪吒有"六臂"和"八臂"之说，佛经中的哪吒为八臂哪吒。刘文刚认为："在北宋和北宋之前，哪吒的基本形象是三头六臂的凶恶夜叉神，佛教忠诚的守护神。"③ 元杂剧中的哪吒为六臂，如《紫云庭》《锁魔镜》《西游记》。现存元杂剧中未有宋佛经语录中关于"析肉还母，析骨还父"的类似描写，说明元杂剧对宗教信仰内涵是有选择的吸收。

元杂剧中的哪吒"恶""狠""六臂"形象与哪吒的巨大神力融为一

---

① 刘文刚：《哪吒神形象演化考论》，《宗教学研究》2009 年第 3 期。
② 邓卫中：《哪吒与水崇拜》，《中华文化论坛》2002 年第 4 期。
③ 刘文刚：《哪吒神形象演化考论》，《宗教学研究》2009 年第 3 期。

体，突出其法力高强。《西游记》中托塔天王李靖已经成为哪吒的父亲，与哪吒在一起带领天兵天将擒拿通天大圣孙行者。第二本第八出中唐僧西游十方保官就有李天王、哪吒、灌口二郎神等。《西游记》中哪吒是"八百万天兵都元帅，我着你见我那三头六臂的本事"，曾战胜孙行者。第三本："（哪吒领卒子上云）一自乾坤生我，二亲教诲多能。……五方神听咱节制，六合内唯我高强。七宝杵嵌玉妆金，八瓣球攒花刺绣。九重天阙总元戎，十万魔王都领袖。某乃毗沙天王第三子哪吒是也，见做八百亿万统鬼兵都元帅。奉玉帝敕父王命，追捕盗仙衣仙酒妖魔。"在元代道教文化的影响下，哪吒信仰还表现出融入道教神祇的端倪：《盆儿鬼》中有道家降魔驱鬼的"哪吒法"，"俺会天心法、地心法、哪吒法。书符呪水。吾奉太上老君急急如律令摄。就有鬼剑了俺时早唬的他七里八里躲了也"。

哪吒信仰与李天王的信仰联系紧密，李天王在杂剧中的出现，从侧面也可了解哪吒信仰，如《三战吕布》中张飞说吕布"似一员神将"，"恰便似托塔李天王下兜率临凡世"。在《博望烧屯》中，张飞战前夸口："我本是架海紫金梁，他不是托塔李天王。"刘文刚认为，到了南宋，哪吒形象发生了巨大变化，"这就是由李靖演化为佛教的毗沙门天王，作为毗沙天王的太子哪吒，自然也就成了中国人了"，"李靖在唐代已被神化，在宋代更被尊为神仙"[1]。哪吒信仰的传播与二郎神信仰的播布几乎处于同一时期，元杂剧《锁魔镜》中二郎神与哪吒为朋友关系，并且一起并肩战斗降魔。

元杂剧中出现的哪吒社，应是哪吒信仰的民间表现，理由有二：一是《伍员吹箫》第三折："我这丹阳县中有个牛王庙儿。秋收之后。这一村疃人家轮流着祭赛这牛王社。近年来但到迎神送神时节。不知是那里来的一个大汉，常来打扰……"秋报的农业传统，由来已久，《事物纪原》卷八"赛神"云："今人以岁十月农功毕，里社致酒食以报田神，因相与饮乐，世谓社礼。始于周人之蜡云。"[2] 这则材料说明：牛王社与牛

---

① 刘文刚：《哪吒神形象演化考论》，《宗教学研究》2009 年第 3 期。

② （宋）高承：《事物纪原》（三）卷八"赛神"条，李果订，商务印书馆 1937 年版，第310 页。

王庙有关，并伴有迎神送神相关社火活动，体现了秋报农耕文化。类似情形如同五瘟社与五瘟信仰的关系，宋代庄绰《鸡肋编》卷上云："如澧州作五瘟社……谓之'送瘟'。"① 五瘟社与瘟神信仰有关。因而《独角牛》中哪吒社的社火活动也极有可能是娱神演出。二是《独角牛》中作为压轴的哪吒社的武打特点，正是对"恶哪吒"的勇武与神力的演绎，其"闹"也是哪吒文化的一部分。也就是说哪吒社的热闹场景、武打场面和官府重视程度，恰是哪吒信仰兴盛的佐证。当然从哪吒社的打擂附属于东岳庙会的情况来看，宋元时期东岳信仰的影响远在哪吒信仰之上。今天引起学者们重视的洪洞三月三迎姑姑习俗，也是由诸多村镇及庙宇的社火组成的多元信仰圈行为。以今推古，也不难理解哪吒社火附着东岳信仰的现象了，更何况哪吒神还有可能是配祀神。《独角牛》详细描述了哪吒社情况：

第三折：

今日是三月二十八日。乃是东岳天齐大生仁圣帝圣诞之辰。小官奉命降香一遭。端的是人稠物穰，社火喧哗。别的社火都赛过了也，还有这一场社火，乃是哪吒社，未曾酌献。……（部署云）依古礼斗智相搏，习老郎捕腿拿腰。赛尧年风调雨顺，许人人赌赛争交。自家部署的便是。今日是三月二十八日。是东岳圣诞之辰。俺预备社火。赛神酌献。都停当了也。有香官相公呼唤，须索见相公，走一遭去。（见科云）相公，部署来了也。（香官云）哪吒社社火，停当了么？（部署云）相公，都停当了也。（香官云）今年头对是谁？（部署云）今年头对是独角牛，二年无对手了，则有今年一年哩。（香官云）若是今年无对手呵，银碗花红表里段匹都是他的。与我唤过独角牛来。（部署云）理会的。唤将独角牛来者。（张千云）理会的。独角牛安在？（独角牛上云）打遍乾坤无对手，独占哪吒第一人。自家独角牛的便是。我在这泰安州东岳庙上，每年三月二十八日，东岳圣诞之辰，我在这露台上，跌打相搏，争交赌筹，二年无对手了，今年是第三年也。有香官呼唤，须索走一遭去。……

① （宋）庄绰：《鸡肋编》，李保民校点，《宋元笔记小说大观》（四），上海古籍出版社2007年版，第3991页。

（香官云）部署，香客来全了么？（部署云）来全了也。（香官云）着那独角牛脱剥下，绕着露台掤三遭。（部署云）理会的。兀那独角牛，香客全了也，你脱剥下掤三遭。（独角牛做脱剥了科，云）这东壁厢，有甚么好男子好汉，出来劈排定对，争交赌筹来。（独角牛、折拆驴打科）（折拆驴躲科）（独角牛云）东壁厢无有，敢在西壁厢。这西壁厢有好男子好汉，出来与我争交赌筹来。（又打折拆驴科）（折拆驴又躲科）（独角牛云）西边厢没有，敢在东边。（折拆驴云）呸！你则认的我！（正末云）我上的这露台来，我和他掤去。（部署搝科，云）兀那小厮靠后。（折拆驴吐门户科）（部署云）你来怎的？（折拆驴云）我来喷水来。（部署云）兀那小厮，你看那独角牛，身凛凛，貌堂堂，一个好汉，恰便似烟熏了的子路，墨洒就的金刚。你这等面黄肌瘦，眼嵌缩腮，一搭两头无剩，你可到的那里，则怕你近不的他也。

（部署云）看头合掤，左军里一个，右军里一个，不要揪住裙儿，不要拽起裤儿，手停手稳着相搏。

（部署云）相公，刘千赢了独角牛也。（香官云）既然刘千赢了也，将那银碗花红表里段匹，都赏刘千，加他做深州饶阳县县令，着他走马赴任，便索长行。①

上述材料说明哪吒社打掤有一定规则和程序：一是写立文书画字；二是三局决定胜负；三是参赛者先上台脱剥后绕露台三遭。比赛中"不要揪住裙儿，不要拽起裤儿，手停手稳看相搏"。四是获胜有奖。比赛地点在东岳庙露台上，"你脱剥下三遭东壁厢西壁厢着部署扯开藤棒"。

从哪吒社"打掤"来看，突出武打，场面热闹，与哪吒神的勇武较为契合，也与哪吒的"闹"契合。哪吒信仰中有"闹"的含义，后世"哪吒闹海"就突出了"闹""武打"。

哪吒信仰除了哪吒社，还体现在对元杂剧曲牌［哪吒令］的影响。［哪吒令］一般出现在第一折［仙吕］宫第五个曲牌中。最常见的顺序是第一折［仙吕点绛唇］、［混江龙］、［油葫芦］、［天下乐］、［哪吒令］、

---

① 隋树森编：《元曲选外编》第三册，中华书局1959年版，第802—805页。

［鹊踏枝］、［寄生草］……从《新校元刊杂剧三十种》看，共出现 22 次，一般前承［天下乐］后接［鹊踏枝］，偶有变异，那就是［天下乐］后接［鹊桥仙］、［寄生草］，如武汉臣《老生儿》。无名氏《诸葛亮博望烧屯》出现在第 6 个曲牌。在张国宾《薛仁贵衣锦还乡》中第一折［哪吒令］出现在第 9 个曲牌的位置，前承接［醉扶归］，后跟［鹊踏枝］。《元曲选》中共出现 52 次（其中《燕青博鱼》第二折出现一次，也在［仙吕］宫第 3 个曲牌），只有《荐福碑》《连环计》中［哪吒令］前插入［后庭花］，成为第 6 个曲牌。《元曲选外编》共出现 40 次，其中包含《西厢记》中第二本、四本第一折各一次。《降桑椹》在第一折第 7 个曲牌（前加［醉中天］、［清江引］）；《风云会》在第一折第 6 个曲牌，前插入［醉中天］；在《西游记》中出现两次。《升仙梦》第一折第 4 个曲牌为［北哪吒令］。《中原音韵》卷下和《御定曲谱》卷二都收录有［哪吒令］。［哪吒令］一般唱词以 5、7 字为基本句式，常用并列排比，语势紧凑，情感浓烈。这一特点似乎又与哪吒信仰的"闹"暗合。

敦煌有唐五代到宋的《毗沙门天王赴哪吒会图》，总计有 46 铺。北宋苏辙编订《栾城集》第三集卷一有《哪吒诗》，南宋《五灯会元》记载哪吒析骨还肉的故事，元杂剧中的哪吒形象作为降魔大神，有佛教文化的影子。明杂剧有《猛烈哪吒三变化》。此外《太平广记》《三教源流搜神大全》《西游记》等都有哪吒的形象，今天的哪吒形象完全是受《封神演义》影响，与宋元哪吒形象迥异，归于道教神。

"天竺早在六世纪前，哪吒的故事就被搬上了戏场"①。宋代是戏剧形成的重要时期，哪吒故事很可能搬上了舞台，文素等人所编《如净和尚语录》卷上侍者如玉编"明州瑞岩语录"云："谢两班上堂。十二峰前上戏棚。哪吒赤脱点天强。屈烦鼓笛低头舞。弄丑真堪笑一场。"② 这则材料说明至少宋代已经演出哪吒戏剧故事了。因此，哪吒形象进入戏剧（元杂剧），是戏剧自身发展的内在承袭性和宗教信仰乃至祭祀仪式活动的共同推动。

---

① 李小荣：《哪吒故事起源补考》，《明清小说研究》2002 年第 3 期。

② （宋）文素编：《如净和尚语录》，海峡佛教网，http：//www. hxfjw. com/book/story. php？id = 1664。

二　关公信仰

关羽在三国时期就已经为世人所熟知，被刘禅追封"壮缪侯"。"为关羽建庙始于 8 世纪初期，那时他被视为佛寺的护法神……从宋朝开始，关羽的塑像才广为流传，而且被赋予更多的意义"，"湖北当阳县玉泉寺是第一个供奉关羽为寺庙护法神的寺院，受过元朝世宗忽必烈的封赠"①，随着关羽信仰的扩展，宋元时期关羽开始被封为王，受到官府重视，出现历史上首次大规模加封现象。据《解梁关帝志》记载，宋朝徽宗、高宗、孝宗时期共被加封 5 次，其中从大观二年（1108）起共被加封 4 次封王，其他 3 次为：宣和五年（1123）、建炎二年（1128）、淳熙十四年（1187）分别是武安王、义勇武安王、壮缪义勇武安王、壮缪义勇武安英济王。到元朝"元文宗天历元年（1328），加晋封号：显灵义勇武安英济王"②。宋元时期关羽封号语词稍有变化，但"义勇武安王"的语词始终未变，也就是说其承载的文化核心未变。正是在宋元时期关羽连续被封王，才一定程度上推动了明神宗万历四十二年（1614）关羽被加封"帝"号。封建上层对关羽历代加封，由"侯"到"王"再到"帝"，进一步推动了关羽信仰的扩展，出现至上而下影响民间信仰的情形。元杂剧中关羽形象的塑造，是宋元时期官民推动下关羽信仰的延伸。

元杂剧中涉及关羽形象的作品有：《博望烧屯》描述关羽相貌："他生的高耸耸俊英鼻，长挽挽卧蚕眉，红馥馥面皮有似胭脂般赤，黑莘莘三绺美髯垂，这将军内藏着君子气，外显出渗人威。"《关张双赴西蜀梦》有"关美髯""三缕髯把玉带垂过""关将军美形状"等曲文。《单刀会》中有"髯长一尺八，面如挣枣红，青龙偃月刀"之表述。由此可见，元人心中的关羽外貌形象为"美形状"，主要表现在面、眉、须上，即卧蚕眉、红脸、黑髯，尤其"髯"自有特色，一是髯长，"三缕髯把玉带垂过"（说明髯长过腰）、"一尺八"③；二是三绺髯；三是髯黑。因此《西

---

① ［美］杜赞奇：《文化、权力与国家》，王福明译，江苏人民出版社 2003 年版，第99 页。

② 宋万忠、武建华标注：《解梁关帝志》，山西人民出版社 1992 年版，第 66 页。

③ 三国时一尺合今约 24.2cm，宋元一尺合今约 31.7cm，即使按三国时的尺寸算，髯长"一尺八"也约有 50cm。

蜀梦》中关羽又有"关美髯"之说。以髯为美，在汉代已经成为一种审美习惯，如汉乐府《陌上桑》罗敷夸夫"为人洁白皙，鬈鬈颇有须"，至少说明汉代已经把"须"作为男子美的重要衡量标准，"鬈鬈"指须发长，此句表现出汉人以长须为美的审美习俗。尚秉和考证认为：周以来重须，周时甚至以无须为耻，汉仍以须多为美①。而金人对髯的重视与汉人的这一审美文化传统，对元杂剧创作的"关美髯"形象应该有一定的影响。元杂剧中的关羽相貌，基本与后世关羽的面貌无多大差异。因此，赵山林说："元人笔下的关羽相貌已经基本定型。"②

关羽作为武将，其兵器在《千里独行》中是"青龙刀"。《单刀会》中为"青龙偃月刀"。杂剧中关羽武艺高超，有万夫不当之勇，为后人所称颂，但是杂剧中关羽形象每每自报门户，说是"一介寒儒"。关汉卿的《关大王独赴单刀会》中关羽儒将风度十足。勇武与儒雅在关羽身上完美结合，再加上有大"义"，倒有点宋元的儒侠风范。

赵山林认为关羽形象在宋代时更明确地与忠义挂上了钩。我们通观元杂剧不难发现，由于特殊的时代文化，元杂剧中的关羽形象突出了"忠义勇武"的特征。《博望烧屯》有"勇烈关公"之称呼，《千里独行》中关羽手提青龙刀，谓之"义勇忠良"。《绘图三教源流搜神大全》中关羽被冠以"义勇武安王"称号，记载了关羽战蚩尤的事迹，元杂剧也反映了此事。杂剧出现忠义勇武的关羽形象，是与文艺创作适应宋元时期视关羽为武神，宋以后大兴祭祀关羽的信仰有关③。此外，历来人们赞赏关羽的"忠义"品行与民间慕侠风习和宋元"侠义"文化的兴盛达成一种文化共振，进而融合聚集于关羽身上，关羽也就成了多种文化的最佳载体。杂剧中关羽的神化无论在关羽的神格（忠义勇武）还是神性（包括"侠义"）上都有具体表现，而且以接近民间性话语"活神道""大王"来表述，有别于官方封王封帝的拔高表述。可见关羽的神化是有强烈的民间力量在推动，另一方面也说明元杂剧的草根性。《博望烧屯》中

---

① 尚秉和：《历代社会风俗事物考》，中国书店2001年版，第39页。
② 赵山林：《南北融合与关羽形象的演变》，《文学遗产》2000年第4期。
③ 许地山、傅勤家：《道教史；外一种：中国道教史》，岳麓书社2010年版，第125页。《道教史》第七章《巫觋道与杂术》"中国底武神，如秦汉祀蚩尤，六朝祀项羽、刘章，宋以后祀关羽……"

认为关羽"这将军生前为将相，他若是死后做神祇"，也成为宋元时期民众的普遍共识。

事实上，《三国志·吕布传》和《三国志平话》中赤兔马为吕布坐骑。元杂剧《三战吕布》中对吕布坐骑的描写："人中吕布，马中赤兔。""那一匹冲阵马远观恰便似火炭赤。"第三折描写张飞与吕布大战，以马相区别："正撞见英雄张翼德。跨下这匹豹月乌，不刺刺便荡番赤兔追风骑。"可见元杂剧中吕布仍骑赤兔马。为了突出关羽勇武的特征，赤兔马归属关羽在元代肇始。马致远的《般涉调·耍孩儿》有："这马知人义，似云长赤兔。"元代赤兔马成了关羽的坐骑，表明元人对关羽的崇拜喜爱，并美化造神。《三国演义》小说中吕布伏诛后，赤兔马一直为关羽坐骑。

赵山林《南北融合与关羽形象的演变》一文认为："元代是关羽形象塑造的一个极为重要的阶段，无论在戏剧还是在小说中，关羽的形象都趋向于成熟，而关羽的地位也更加显得崇高。"① 元杂剧中出现关羽时称呼上出现尊称或避讳，结合《关大王单刀会》《诸葛亮博望烧屯》杂剧中关某、关大王、神道、尊子、文子等曲文，赵山林由此推断："后代演出关公戏的种种禁忌，元人已肇其端，至后代而愈演愈烈。"②

历史上关羽信仰在我国北方少数民族中影响力有限。金元时期民族融合加速，战乱频繁，使得北方各民族人们祈求平安的愿望也异常强烈。而关羽从 8 世纪初的寺庙护法神到宋元武神，"关帝具有这种既是国家又是大众守护之神的多重性"③，可以保佑一方平安，这使得关羽崇拜迅速推广，元代更受到大江南北各族人民的共同祭祀。"据目前的资料与文物发现，关羽崇拜在西夏和辽国的传播，尚不太广泛。仅有 1909 年在内蒙古黑水城（西夏遗址）的古庙发现的金代平水（山西临汾）版刻、墨线印本义勇武安王像，其传播不得而知"④。金朝也崇祀关羽。"元代关羽的

---

① 赵山林：《南北融合与关羽形象的演变》，《文学遗产》2000 年第 4 期。

② 同上。

③ [美]：杜赞奇《文化、权力与国家》，王福明译，江苏人民出版社 2003 年版，第 102 页。

④ 刘海燕：《从民间到经典：关羽形象与关羽崇拜的生成演变史论》，上海三联书店 2005 年版，第 49 页。

祠祀更为广泛，以至于'郡国州县、乡邑间井尽皆有庙'（元郝经《重建庙记》）。据史料记载的便有二十多处。而且形式不拘一格。有专祀也有陪祀，有与道观一起供奉，也有与佛像一起祀飨"①。元时今大同地区感于关帝灵验多建关帝庙。《大同府志》记载怀仁县有元代大贾感关帝之灵验建关帝庙，大同县关帝庙元泰定间敕降封号②。可见元代关公灵应事迹在民间也不少，伴随关羽地位的提升，不仅官府对其封"王"拉拢，而且宗教人士也借其民意基础，扩大信仰圈。

三　八仙信仰

今天我们所说的"八仙"是指汉钟离、铁拐李、吕洞宾、张果老、曹国舅、韩湘子、何仙姑、蓝采和。我们看元杂剧发现，八仙人物并非一开始就固定在这八个人上。八仙人物、故事情节及其信仰有一个演变的过程。

王汉民认为："八仙故事在唐宋时期兴起，这个时期的八仙还只是单个地存在，还没有形成群体组织。从现存的资料来看，只有张果老事迹在唐代比较完整，形象也基本定型；韩湘子事迹在唐代还只有雏形，其形象在宋初的记载中才趋于完整。其他几位仙人的事迹则迟至宋代才出现于记载之中。"③ 又说："后代的八仙基本上定型于金元时期。"④ 八仙之称出现于元初，在元杂剧中出现"八仙"一词，而且"八仙"常作为整体，以"队子"形式登场表演。

汉钟离、吕洞宾、铁拐李在宋代几乎同时出现，尤其吕洞宾的传说很流行。八仙群体中何仙姑的形象出现得较晚，稳定地加入八仙群体的时间也最具争议。何仙姑传说为唐代人，但在文献中没有记录，元杂剧《竹叶舟》中的记录可能最早。八仙剧有《岳阳楼》《城南柳》《铁拐李》《竹叶舟》《黄粱梦》《玩江亭》《蓝采和》等杂剧。元杂剧中八仙与今世所传的八仙大同小异。明代中叶，吴元泰的《东游记》问世后，今世所

① 刘海燕：《从民间到经典：关羽形象与关羽崇拜的生成演变史论》，第51—52页。

② （清）吴辅宏纂辑：《大同府志》，大同市地方志编纂委员会办公室整理，大同市杨树丰产林印刷厂2007年版，第311页。

③ 王汉民：《八仙与中国文化》，中国社会科学出版社2000年版，第10页。

④ 同上书，第37页。

传的八仙才定型。

元杂剧中八仙常作为一个群体出现，并且与后世八仙人物较为接近，可以说八仙信仰在元代已经具有现在八仙信仰的雏形。《岳阳楼》中吕洞宾介绍的八仙顺序是：汉钟离、铁拐李、蓝采和、张果老、徐神翁、韩湘子、曹国舅。《城南柳》中吕洞宾介绍的八仙顺序是：汉钟离、铁拐李、张果老、蓝采和、徐神翁、韩湘子、曹国舅。《铁拐李》中铁拐李介绍的八仙顺序是：汉钟离、吕洞宾、张四郎、曹国舅、蓝采和、韩湘子、张果老。《竹叶舟》中吕洞宾介绍的八仙顺序为：张果老、徐神翁、何仙姑、铁拐李、韩湘子、蓝采和、汉钟离。以上四剧代表了元杂剧的三种八仙系统，《岳阳楼》和《城南柳》八仙人物完全一致，为吕洞宾、汉钟离、铁拐李、蓝采和、张果老、徐神翁、韩湘子、曹国舅，这一人物组合是元杂剧的基本八仙系统，明杂剧无名氏《八仙过海》和朱有燉《八仙庆寿》中也是这八人；《铁拐李》中首次出现用张四郎代替了《岳阳楼》系统中的徐神翁；《竹叶舟》中首次出用现何仙姑代替《岳阳楼》系统中的曹国舅。

在以上元杂剧的三种八仙系统中固定人物有 5 人：汉钟离、铁拐李、蓝采和、吕洞宾、张果老，共出现 4 次。可变动的人物是张四郎、曹国舅、徐神翁、何仙姑，其中曹国舅和徐神翁各出现 3 次，何仙姑和张四郎仅出现 1 次。何仙姑、张四郎、徐神翁加入八仙队伍，应该与民间信仰有关。宋代曾敏行的《独醒杂志》卷四中说何仙姑能预知吉凶。① 胡应麟在《少室山房笔丛（辑录）》中说："王重阳教盛行，以钟离为正阳，洞宾为纯阳，何仙姑为纯阳弟子"②，可见何仙姑的出现与全真教兴盛有关。李祥林在《元杂剧舞台上的"八仙"》一文中说，徐神翁实有其人，"是北宋晚期的一个道士，名叫徐守信……能言人祸福，世称'神翁'"③。胡应麟在《少室山房笔丛（辑录）》"八仙考源"中说："徐神

---

① （宋）曾敏行：《独醒杂志》，朱杰人标校，上海古籍出版社 1986 年版，第 36 页。"何仙姑"条："何仙姑，永州民女子也。因放牧野中，遇人啖以枣，因遂绝粒，而能前知人事。"

② （明）胡应麟：《少室山房笔丛（辑录）》，俞为民、孙蓉蓉主编《历代曲话汇编：新编中国古典论著集成》（明代编第一集），黄山书社 2009 年版，第 637 页。

③ 李祥林：《元杂剧舞台上的"八仙"》，《戏剧之家》2002 年第 6 期。

翁，宣和间海陵人，见《三仙传》，颇详。"①《云麓漫钞》卷第一记曰：
"徐翁翁……遇异人，遂弃家人入襄汉山中学道，……，能针，出于方伎
之外。"② "徐翁翁"应该就是指徐神翁，善治病，有为人"一针而愈"
的传奇。何仙姑、徐神翁这种能言人祸福预知吉凶，有时还能为人治病
的神人，在崇信占卜的元时期，无疑具有稳固的信仰群体。而李祥林又
认为张四郎为南宋陆游诗中提到的"张仙"，"宋元以来有拜祀张仙、供
奉其像以求子的民间风俗"③。

　　元杂剧中的八仙作为群体出现时通常有一定的排序，对明代以后八
仙的排序产生了很大影响。杂剧《黄粱梦》是汉钟离度吕洞宾的故事，
《蓝采和》是汉钟离度蓝采和的故事，《铁拐李》是吕洞宾度铁拐李的故
事。据此，元杂剧八仙人物应该是有先后顺序的，这三剧中按成仙先后
顺序，能确定汉钟离、吕洞宾、铁拐李的排序。明代罗懋登的小说《西
洋记》第四十四回中八仙前三位的排序也是如此。这在吕洞宾介绍八仙
的《岳阳楼》《城南柳》中也可以看出在元代八仙固定的 5 人中除了介绍
人（吕洞宾）外，其顺序是汉钟离、铁拐李、蓝采和、张果老。而在
《铁拐李》介绍的八仙排序中吕洞宾紧随汉钟离其后。因此元杂剧八仙中
固定的 5 人一般排序为汉钟离、吕洞宾、铁拐李、蓝采和、张果老。明
代吴元泰在《东游记》第一回中有："话说八仙者，铁拐、钟离、洞宾、
果老、蓝采和、何仙姑、韩湘子、曹国舅，而铁拐先生其首也。"④ 该书
排定今日全部八仙顺序：铁拐李、汉钟离（钟离权）、吕洞宾、张果老、
蓝采和、何仙姑、韩湘子、曹国舅。《东游记》与元杂剧对比，元剧固定
的 5 人排序基本无变化，仅有微调，《东游记》中铁拐李、张果老排序提
前，早在元杂剧《竹叶舟》中已初现端倪。明人充分考虑了八仙成仙的
先后顺序，侧重民间倾向，八仙中具有贵族身份的韩湘子和曹国舅列后，
民间的六位神祇靠前，弥补了元杂剧官民错杂混乱的八仙排序之弊端。
何仙姑在八仙中作为民间女性神祇晚出，排在第 6 位也合适。可见《东

　　① （明）胡应麟：《少室山房笔丛（辑录）》，俞为民、孙蓉蓉主编《历代曲话汇编：新编
中国古典论著集成》（明代编第一集），黄山书社 2009 年版，第 638 页。
　　② （宋）赵彦卫：《云麓漫钞》，傅根清点校，中华书局 1996 年版，第 11 页。
　　③ 李祥林：《元杂剧舞台上的"八仙"》，《戏剧之家》2002 年第 6 期。
　　④ 余象斗等：《四游记》，上海古籍出版社 1986 年版，第 1 页。

游记》之八仙排序受元杂剧中八仙排序影响，或者说元杂剧中的八仙排序基本上就是明代八仙排序的基础框架，明人只不过做了条理化工作而已。

元代全真教的兴盛使得吕洞宾的地位得到提升，八仙杂剧中也突出吕洞宾人物形象。吕洞宾点化别人的杂剧有《岳阳楼》《城南柳》《竹叶舟》等，剧中常由吕洞宾介绍八仙身份。熊梦祥在《析津志辑佚》中记载："酒槽坊……又间画汉钟离、唐吕洞宾为门额。"① 酒槽坊门额画汉钟离和吕洞宾的习俗与这二人爱喝酒的事迹有关，也影响到杂剧人物形象塑造。如吕洞宾三醉岳阳楼，而汉钟离也常带醉颜，《新刊关目陈季卿悟道竹叶舟》第四折八仙队子上，吕洞宾介绍汉钟离时唱："这个落腮胡常带醉颜酡。"

八仙神通广大，元杂剧中介绍八仙人物除了突出人物相貌行为特征外，还有意突出八仙的神通，《岳阳楼》第四折吕洞宾介绍八仙："这一个是汉钟离现掌着群仙录……"《城南柳》第四折吕洞宾又介绍八仙："这个是携一条铁拐入仙乡，这个是袖三卷金书出建章，这个是敲数声檀板游方丈，这个是倒骑驴登上苍，这个是提笊篱不认椒房，这个是背葫芦的神通大，这个是种牡丹的名姓香。……贫道因度柳呵，道号纯阳。"《铁拐李》中吕洞宾度铁拐李，第四折铁拐李证果朝元，八仙队子上，铁拐李介绍："汉钟离有正一心，吕洞宾有贯世才，张四郎曹国舅神通大，蓝采和拍板云端里响，韩湘子仙花腊月里开，张果老驴儿快，我访七真游海岛，随八仙赴蓬莱。"

八仙神通是八仙信仰的一部分，而后世八仙文化的核心意象是"渡海"和"庆寿"，在元杂剧中已初露端倪。《铁拐李》中出现了游海岛、赴蓬莱的意象，结合后世"八仙渡海"故事，给人以很大的想象空间，明杂剧就有《八仙过海》。元杂剧中八仙赴王母蟠桃盛会中，蟠桃承载的寿文化与八仙发生关系，如《城南柳》第四折："小圣乃西池金母是也，今日设下蟠桃宴，请八洞神仙都来赴会咱。"在《金安寿》中八仙蟠桃会上歌舞祝寿的意味更浓，第四折："（八仙上，歌舞科）（共唱）〔青天歌〕真仙聚会瑶池上。仙乐和鸣鸾凤降。鸾

---

① （元）熊梦祥：《析津志辑佚》"风俗"条，北京古籍出版社 2001 年版，第 202 页。

凤双飞下紫霄。仙鹤共舞仙童唱。仙童唱歌歌太平，尝得蟠桃寿万龄。瑞霭祥光满天地，群仙会里说长生。"可见元杂剧中隐隐透露出八仙祝寿文化，这使得明杂剧《八仙庆寿》在戏剧发展的承继上，非"无源之水，无本之木"。

元杂剧关于八仙的度化剧，常宣扬摒弃酒色财气、得道成仙逍遥自在、仙境神奇美妙的思想，以此传播道教文化。进入元杂剧的八仙与昆仑神话中的瑶池王母、蓬莱神话中的"蓬莱"发生关系，从另一个角度说明元代八仙信仰传播地域之广。郑土有在《晓望洞天福地——中国的神仙与神仙信仰》中指出宋元时期神仙信仰很兴盛，但是大神仙往往依附官府，高高在上，而八仙是神仙下乡的典型①。对于八仙的世俗文化，尹蓉在《元杂剧中的八仙》一文中有自己的见解："八仙从民间传说状态进入文人创作的元杂剧以后，还保留了很多民间巫师的特点。在八仙剧里，我们也可以发现很多巫的痕迹，巫的气息。正是由于八仙和八仙剧的这些巫的特点，使得八仙给人一种亲切感，不同于那些高高在上、冰冷冷的神仙，很有人情味，这是八仙以及八仙剧在元代盛行的原因吧。"②

四　弥勒信仰

元代汉地佛教仍以禅宗为主。元代佛教信仰除了信奉释迦牟尼佛外，还产生了未来佛以及弥勒救世信仰。《元一统志》卷一"下生寺"条曰："元朝中统初名殿额曰弥勒。"③ 小亚美尼亚国王海屯是继鲁布鲁克蒙古行之后，又一位来到蒙古国（蒙哥汗廷）的旅行家，他看到"契丹国许多人是偶像崇拜者，信奉叫做释迦牟尼的泥土制成的偶像。这个人物在过去3040年被奉为造物主；他将统治世界350000年，然后脱去神性。契丹人还信仰另一位叫做马德里（Madri）神祇，为这个神制造了一个极大的塑像。海屯的这些叙述，大体上指佛教及佛陀，即最后的圣人释迦牟尼，以及未来佛弥勒，即 Madri 神"④。可见在外国人眼中元代的弥勒及其佛

---

① 郑土有：《晓望洞天福地——中国的神仙与神仙信仰》，陕西人民教育出版社1991年版。
② 尹蓉：《元杂剧中的八仙》，《艺术百家》2003年第3期。
③ （元）孛兰肹等：《元一统志》上册，赵万里校辑，中华书局1966年版，第32页。
④ ［英］裕尔：《东域纪程录丛——古代中国闻见录》，［法］考迪埃修订，张绪山译，中华书局2008年版，第127—128页。

教信仰也很兴盛。

弥勒信仰的变迁体现在相貌和佛理上的变化。回鹘文的《弥勒会见记》无疑是古代维吾尔族文学史上的一朵奇葩。北魏时期云冈第 17 窟有弥勒菩萨交脚坐姿，弥勒菩萨头戴宝冠，右袒披肩。现在的大肚弥勒造型源于唐末五代僧人布袋和尚，叫"契此"，《宋高僧传》卷二十一"唐明州奉化县契此传"载契此和尚背布袋行乞，有偈言"弥勒真弥勒，时人皆不识"①，后世造像供奉。到唐宋时弥勒佛的形貌固定，元代壁画中山西稷山县兴化寺和青龙寺的弥勒佛说法图，弥勒佛都是袒腹露乳②。《忍字记》中有"我也不是初祖达摩。我也不是大唐三藏。则我是弥勒尊者。化为布袋和尚"，可见唐宋弥勒信仰对元杂剧的影响。

华方田说："辽代流行的民间信仰有弥勒净土和弥陀净土，以及炽盛光如来信仰、药师如来信仰和白衣观音信仰等。佛教信仰在民俗中也有突出的表现，如……为孩子取名当以三宝奴、观音奴、文殊奴、药师奴等作小名。"③唐宋时期有《弥勒三会记》《龙华会记》等，这一时期净土信仰盛行，该信仰认为西方乃极乐世界，修行最好的归宿就是往生西方，元杂剧中出现的观音、地藏、摩利支天、阿弥陀佛、弥勒佛都是西方净土信仰的表现。《毗沙门天王赴哪吒会图》中塔内也供奉阿弥陀佛。元杂剧《忍字记》中在弥勒信仰中多了佛理的宣传，强调"忍"，这有别于如来佛的"空"的玄妙佛理表达，更重视世俗化的实践。另外"弥勒下生救世观念在南北朝、隋、唐数百年间，在底层社会引起如此强烈的信仰，造成一次次的社会震动，不能不引起统治阶层的禁断"④。元代盛行弥勒救世说，民间起义也多打此旗号蛊惑民众，元末红巾起义便是一例，从侧面说明元代弥勒信仰已有一定民间基础。

五　观音信仰

中国南北朝时就信仰观音，唐时避讳李世民，称观音。事实上观音

① （宋）赞宁：《宋高僧传》下册，范祥雍点校，中华书局 1987 年版，第 553 页。
② 孟嗣徽：《元代晋南寺观壁画群研究》，紫禁城出版社 2011 年版。
③ 华方田：《辽金元佛教》，《佛教文化》2004 年第 2 期。
④ 马西沙、韩秉方：《中国民间宗教史》上册，上海人民出版社 1992 年版，第 54 页。

全称为"观世音"或"观自在菩萨"。元杂剧中大多称为"观音"或"观自在"。"观世音"的称呼在《元曲选》中仅有《度柳翠》《百花亭》《冯玉兰》《金安寿》四剧五处，最多再加《灰阑记》也仅五剧。

女身观音形象在北齐时出现，盛行于唐代。元杂剧中的观音形象为美女貌，慈悲善良，救苦救难。在《冯玉兰》第二折中冯玉兰坐船遭遇恶人行凶时，冯玉兰祈祷"只愿救苦难观世音保护，救我这一命"。《薛仁贵》也有"告你一个南海南救苦观自在，我与你磕头礼拜"的叙述。《魔合罗》中魔合罗的形象似为女像，因而以观音比喻"枉塑下观音般像仪，没半点慈悲的面皮，空着我盘问你个魔合罗口无气"。把男性比菩萨的少见，元杂剧仅有一例，《盆儿鬼》第一折有"你个老爷爷是救命的活菩萨，你莫不是龙图待制开府南衙"的台词，这里的"救命的活菩萨"，应该指观音。观音的主要神职就是救苦救难，普度众生。这可能与男身观音源于印度有关。在元代，异域文化的大量输入，再次勾起人们久违的记忆。

观音是阿弥陀佛的左胁侍。民众从现实功利角度，把救苦救难的观音菩萨看作是仅次于弥陀如来的重要佛教神灵。如《度柳翠》："（长老唱西方赞云）莲池海会。弥陀如来。观音势志坐莲台。"观音又称千变观音，有众多化身，如《燕青博鱼》第一折有"莫不是千化身观音菩萨"之语。刑莉认为："自唐以来就有的自在观音像在宋代就为数更多。"[①] 元杂剧除了大量的"观自在"，还出现了"水月观音""杨柳观音""水墨观音"等。如《燕青博鱼》有"莫不是千化身观音菩萨"，《贬夜郎》有"生把个菱花镜里妆，做了个水墨观音样""南海救苦难观自在"，《鲁斋郎》有"谁识张珪坟院里，倒有风流可喜活观音"，《忍字记》有"我愁呵愁你去南海南挟不动柳枝瓶"。民间相信观音法力无边，呼其名号就能获得庇佑。《悲华经》中观音在出家时发宏愿："愿我行菩萨道时，若有众生受诸苦恼恐怖等事若能念我，称我名字，我天耳所闻，天眼所见，是众生等若不得免斯苦恼者，我终不成正觉。"[②]《法华经·普门品》记载信众可呼观音名号而避难。正是民众认为观音神通广大，《汉宫秋》中

---

① 刑莉：《观音信仰》，台北：汉扬出版社 1995 年版，第 31 页。
② 转引自吴康主编《中华神秘文化辞典》，海南出版社 2002 年版，第 60—61 页。

有"落伽山观自在无杨柳，见一面得长寿"的民间信仰；《留鞋记》中郭华在观音殿祷告"（做揖科）观音菩萨，你是慈悲的，你是救苦难的，今日一天大事，都在这殿里，你岂可不帮衬着我"，以祈求爱情美满。观音手持玉净瓶中的杨柳，有起死回生的神力，也颇有灵性，《度柳翠》就是因为观音柳偶染微尘，被罚往下界为妓，才引出度柳翠一事。

元代，观音的道场在普陀洛伽山。《度柳翠》中观音自称"吾乃南海洛伽山观世音菩萨"。《灰阑记》第三折："你是个洛伽山观世的活菩萨，这里不显出救人心待怎么？"《来生债》第四折增福神说："居士，你非是凡人。乃上界宾陀罗尊者是也。庞婆你是上界执幡罗刹女。凤毛是善才童子。你一家儿都不如女孩儿灵兆，乃是南海普陀洛伽山七珍八宝寺，号元通，名自在观音菩萨。"

总之，哪吒信仰、关羽信仰等共同构成了元人的忠义勇武降魔的战神信仰体系，并内化到元杂剧中。而八仙信仰、弥勒信仰、观音信仰等又构成了避世消灾的升天信仰体系。战神信仰是基于现实社会的动荡和战乱，希望得到惩恶扬善，秉持公平正义的强大神力的保护。升天信仰体系也是民众基于现实采取的"无为而有为"的生存策略，摒除酒色财气，看透滚滚红尘，忍让悟空，远离现实悟道成仙。前者是民众作为社会的弱势群体，多少有一种无奈的被动的选择倾向；后者是民众作为社会的生存者，可以通过行善修道，积极主动地把握未来，把握自己生命的走向，表现出主体昂扬的生命活力。魂灵、占卜、天信仰、福气信仰、魔君信仰等表现出元人信仰的复杂性。这种复杂是民族信仰的复杂和文化演进的大跨越等造成的。

尽管信仰的演变是一个漫长的历史过程，但是在元人复杂的信仰体系中以上信仰为何对元杂剧影响较大？它们有两个共性特点，一是唐宋时该信仰较为兴盛，元代又有新的发展。如哪吒信仰的文献在唐宋时才有记载，将其加入戏剧是在宋元时期。关羽在宋代作为武神崇拜，宋元时期被加封为"王"，信仰遍布全国。八仙信仰也是在唐宋时兴起，在元代基本成型。弥勒信仰在唐宋时相貌得以定型，元代又因弥勒救世思想而对下层人民产生影响。观音信仰是在唐宋时期，女身观音形象盛行。元代寺庙释迦牟尼佛身边多有观音造像。二是该信仰具有良好的民间基础，寄寓了下层人民摆脱苦难，祈求平安的美好愿望，曲折地表达了元代现实社会的动荡和战乱给人民带来的不安全感。

综上所述，民俗文化的变迁痕迹在元杂剧有所体现，从这一角度来说元杂剧是重要的民俗文化资料库，对于研究元代民俗的形成有着正史无法替代的作用。元杂剧真实地保存了民俗文化变迁的一些线索，而民俗文化变迁又影响了元杂剧的创作和演出。从民俗文化变迁的角度看，通常唐宋时期是这些传说、信仰的重要发展或初步形成时期，并在诗文经籍中有所体现；而在近百年的元朝统治时期，这些传说、信仰的内涵在继承中又有新变，进一步得到丰富扩展，对后世该传说、信仰的定型起着至关重要的作用。也就是说，不管是口头文学变迁（传说），还是宗教信仰变迁，唐宋元都是其发展的一个关键时期。尽管口头文学、宗教信仰民俗文化在不同时代都有发展，但是一般"民俗核"不会变，杂剧对民俗文化的选择，最基本的也是对"民俗核"的吸收借鉴。民俗文化变迁在元代出现的新质素也直接影响了元杂剧曲文内涵，这种在元代出现的民俗新质素，既受时代社会环境的影响，也受民俗自身流传规律所决定。在元代民俗文献比较稀缺的情况下，元杂剧中渗透如此多的民俗文化，使其具有重要的民俗学史料价值。

第 三 章

元杂剧创作中的少数民族文化

　　元朝是统一的多民族国家。《南村辍耕录》卷一"氏族条"有"四等人"划分：蒙古七十二种、色目三十一种、汉人八种、金人姓氏三十一种。其中蒙古七十二种中有忙古歹，色目三十一种中包括钦察、唐兀、回回、畏吾儿等，汉人八种中包括契丹、高丽、女直、渤海等。《元史》中涉及的民族有：蒙古、回回、契丹、女直、汉人、河西、啰哩、辉和尔、奈曼、唐古等。元代《祥符图经》记有蒙古、畏兀儿、回回、也里可温、河西、契丹、女真、汉共八个民族。元末《至顺镇江志》在叙述该地侨居户时说："户三千八百四十五，蒙古二十九，畏兀儿一十四，回回五十九，也里可温二十三，河西三，契丹二十一，女直二十五，汉人三千六百七十一。"① 此条材料二十五户以上民族是汉、蒙、回回、女真，基本体现了当时各地人口分布的民族特征。在众多民族中，蒙、汉、回回、女真是当时主要的民族，在元杂剧中也以表现这些民族的民俗文化为主。元代汉人称呼蒙古人为"达达"②，蒙古人、回回人称呼汉人为"汉儿"。《通制条格》卷第二"投下收户"云："蛮子百姓收附了，教见数目来，汉儿、蛮子每，不拣那投下百姓每根底，圣旨教行呵，怎生？"③ 可见作为官方

---

① （元）脱因修 俞希鲁纂：《至顺镇江志》卷三，《宋元方志丛刊》第三册，中华书局1990年版，第2648—2649页。

② （宋）孟珙：《蒙鞑备录校注》，（清）曹元忠校注，《续修四库全书》第423册，史部·杂史类，上海古籍出版社2002年版，第514页。《蒙鞑备录·立国》：达达之名，是"盖其人居，近达达河而得名也。"

③ 方龄贵校注：《通制条格校注》，中华书局2001年版，第78—79页。

的蒙古人称呼汉族也叫"汉儿"。蒙古人、汉人称呼女真为"女直""女真";对"回回"一般就叫"回回"。

元代少数民族作家数量有限,如女真族作家①李直夫(《宋元戏曲史》《录鬼簿》中视为女真人)、蒙古族作家杨景贤(杨景贤为元末明初人,《录鬼簿续编》称为"故元蒙古氏")、回回人丁野夫等。除了少数民族作家创作杂剧外,在元代民族大融合的环境下,在很多汉人杂剧作家的杂剧中也渗透着少数民族的民俗文化。

别林斯基在《文学的幻想》中说:"每一个民族的这一独特性,表现在什么地方呢? 就在于那特殊的、只属于它所有的思想方式和对事物的看法,就在于宗教、语言,尤其是习俗。"② 又说:"习俗是一种神圣的、不可侵犯的、除环境和文化进步之外不屈服于任何权力的东西! ……突然地摧毁它们,而不代之以新的,那就等于是摧毁一切支柱,破坏一切社会关系,总之,就是消灭民族。"③ 在别林斯基看来民族民俗文化对于一个民族来说,就如同生命一样重要,须臾不可分离。元朝是一个多民族统一的国家,是第一个少数民族统一全国的国家。元代各民族民俗文化异彩纷呈,李修生认为:"蒙古统治者对被征服的各民族,基本上采用的是'因俗而治'的政策。"④ 民族的差异、文化的差异,让元代每个人都有深切体会。钱穆也说:"在古代观念上,四夷与诸夏实在另有一个分别的标准,这个标准,不是'血统'而是'文化'。"⑤ 钱穆所论,颇有见地。元杂剧生动地展现了元代这种多元的民族民俗文化,让观众生动形象地感受到我国丰富多彩的民族风情。

---

① 孙楷第《元曲家考略》提出石君宝为辽东女真人,田同旭《元杂剧通论》赞同孙楷第观点。黄竹三《戏曲文物研究散论·石君宝研究三题》存疑。

② [俄]别林斯基:《别林斯基文学论文选》,满涛、辛未艾译,上海译文出版社1999年版,第24页。

③ 同上书,第25页。

④ 李修生:《元杂剧史》,江苏古籍出版社2002年版,第63页。

⑤ 钱穆:《中国文化史导论》,商务印书馆1994年版,第41页。

第一节　元杂剧中的女真族民俗文化[①]

女真族源自我国古老的"肃慎"族，"两汉时称挹娄，南北朝时称勿吉，唐代称靺鞨，宋、辽时称女真。1115年女真完颜部首领完颜阿骨打建立政权，国号曰'金'，于1125年灭辽。金朝于1234年被蒙古所灭"[②]。女真族原来活动于我国东北，后来随着势力的壮大和金朝王国的建立，其活动范围基本涵盖了我国东北、西北、中原一带。金朝在深入内地的封建化进程中，女真人生活方式也逐渐地由原来的渔猎游牧生活，向农耕定居生活转变。在华夏民族融合的过程中，女真族是较早出现汉化倾向的民族。

元杂剧中涉及女真族的作品主要集中于李直夫的《虎头牌》王实甫的《丽春堂》无名氏的《射柳捶丸》《货郎旦》贾仲名的《金安寿》等剧，此外还散见于关汉卿的《拜月亭》《调风月》石君宝的《紫云亭》无名氏的《村乐堂》《延安府》孟汉卿的《魔合罗》孙仲章的《勘头巾》等剧中。

元杂剧中女真人相貌与汉族稍有区别。《货郎旦》第四折女真行军千户的相貌："……整身躯也么哥，缯髭须也么哥，打着鬏胡。"女真人男性以黑须为美，并用绒绳缠绕，此内容在后面论述服饰时有详述。元杂剧中的女真人相貌应该是描写居住在我国东北的生女真人，因为金代女真部落大多数为生女真，如完颜、蒲察、徒单等皆为生女真主要部族；生女真人相貌特点就是黑须，而非居住在洮儿河附近长黄须的黄头女真人，也非东海女真人。《三朝北盟会编》云："居粟沫之北，宁江之东北者，地方千余里，户口十余万，散居山谷间，依旧界外野处，自推雄豪酋长，小者千户，大者数千户，则谓之生女真。又有极边远而近东海者，则谓之东海女真。多黄发，鬏皆黄，目睛绿者，谓之黄头女真。"[③]《金安

①　此部分内容经整理，以《元杂剧中的女真民俗文化》为题，发表在《民族文学研究》2015年第4期。

②　林幹：《中国古代北方民族通论》，内蒙古人民出版社2007年版，第8页。

③　（宋）徐梦莘：《三朝北盟会编》卷三"政宣上帙三"，上海古籍出版社1987年版，第16页。

寿》第四折中金安寿眼中的女真女性相貌是："趁着这绿鬓朱颜，不负了杏脸桃腮。"可见，女真女性"杏脸桃腮"的审美标准与汉族相似。

一 女真族衣食民俗文化

女真人原居天气寒冷的北方，为适应气候和狩猎传统，因而吃肉喝酒成为生活常态。难怪《丽春堂》中女真蒲察人李圭说："要饱一只羊，好酒十瓶醉"，正是这一习俗生活的反映。《居家必用事类全集》载女真食品在"厮剌葵菜"和"蒸羊眉突"的制作上都用到羊肉①，可见女真人尤其爱吃羊肉。女真族有割食的饮食风俗，《货郎旦》第四折馆驿子为小末李春郎准备了"一签烧肉"，李春郎做割肉科，就是游牧民族佩刀割肉饮食风俗的折射。《草木子》卷三"杂制篇"云："北人茶饭重开割，其所佩小匕刀，用镔铁、定铁造之，价贵于金，实为犀利，王公贵人皆佩之。"② 女真族进入中原封建化的过程中饮食上出现汉化倾向，《虎头牌》第二折描写山寿马吃细米白面，就是明显受中原饮食文化的影响。以上三剧说明：金元时期，米、酒、肉是女真人主要的食物。

女真人重视服饰打扮，贵族阶层尤其爱打扮，就连男子也不例外。《货郎旦》中女真人行军千户是仪容非俗"打扮的诸余里俏簇"。《虎头牌》第二折金住马叙述得更细致："〔山石榴〕往常我便打扮的别，梳妆的善，干皂靴鹿皮绵团也似软，那一领家夹袄子是蓝腰线。〔醉娘子〕则我那珍珠豌豆也似圆，我尚兀自拣择穿。头巾上砌的粉花儿现，我系的那一条玉兔鹘是金厢面。〔相公爱〕则我那银盆也似庞儿腻粉钿，墨锭也似髭须着绒绳儿缠。对着这官员，亲将那筹箸传，等的个安筵盏初巡遍。"

元杂剧中有关民族服饰的描写，唯有女真服饰最为丰富细腻，如在关汉卿《调风月》的第四折中出现包髻、额花、玉兔胡、全套绣衣服。《货郎旦》第四折在描写女真行军千户服饰时提及绣云胸背、兔鹘。王实

---

① （元）佚名：《居家必用事类全集》庚集饮食类"女直食品"，《续修四库全书》第1184册，子部·杂家类，上海古籍出版社2002年版，第580—581页。

② （明）叶子奇：《草木子》卷三"杂制篇"，吴东昆校点，《明代笔记小说大观》（一），上海古籍出版社2011年版，第61页。

甫的《丽春堂》中有左丞相徒单克宁自述"小帽虬头裹绛纱，征袍砌就雁衔花"。对女真服饰更为细腻的描述见《金安寿》第三、四折金安寿夫妇唱词，涉及的服饰有缕金鞓、玉兔鹘、皂纱巾、锦袄子、金较辂、卷云靴、绣包髻、绣胸背、玉搔头、凤头鞋、玉项牌、头巾、霞带、团衫、香串、云肩、同心带等。

以上杂剧对女真服饰从头到脚的穿着打扮都有描写，基本符合女真服饰惯制：男子头裹巾，上身穿袄子，腰系兔鹘，脚踏干皂靴、卷云靴。女子头饰包髻、贴额花，上衣团衫，脚穿凤头鞋。《金史》载女真妇人服"上衣谓之团衫"①。《金安寿》中夫人穿戴是"团衫缨络缀珍珠，绣包髻溪鹨鹈袄"，《调风月》中女真贵族千户许诺婢女燕燕成为小夫人的服饰也有包髻、团衫。

女真服饰佩饰较多，头饰和腰饰在杂剧中描写较多。宋德金就认为："女真男女都爱用首饰。"② 元杂剧涉及头饰的有发饰、项饰、胡须装饰等。头饰有绣包髻，还贴额花，如"包髻是缨络大真珠，额花是秋色玲珑玉"（《调风月》）；也用绛纱、皂纱巾等裹头，如"皂纱巾珠琭簌"（《金安寿》）、"小帽虬头裹绛纱"（《丽春堂》）；甚至在头巾上再做装饰，像"俺那头巾上珍珠砌成界"（《金安寿》）、"头巾上砌的粉花儿现"（《虎头牌》）。"粉花儿"，可能是玉逍遥，《金史》记载女真习俗："年老者以皂纱笼髻如巾状，散缀玉钿于上，谓之玉逍遥。"③ 女真女子首饰还有"翠鸾翘内妆束，玉搔头掩鬓梳"（《金安寿》）。女真男子以黑须为美，喜用"绒绳"缠须，元杂剧真实地记录了女真这一习俗："墨锭也似髭须着绒绳儿缠"（《虎头牌》）、"墨锭髭髯，捻绒绳打着鬃须"（《金安寿》）。女真护须之法，我国古已有之，《晋书》卷五十四就记载张华"又好帛绳缠须"④，尚秉和解释："夫以绳缠、以帛缠者，恐须或着污而点尘土也。"⑤

---

① （元）脱脱等：《金史》卷四十三，中华书局1997年版，中华书局1997年版，第260页。
② 宋德金、史金波：《中国风俗通史·辽金西夏卷》，上海文艺出版社2006年版，第300页。
③ （元）脱脱等：《金史》卷四十三，中华书局1997年版，第260页。
④ （唐）房玄龄等：《晋书》卷五十四，中华书局1974年版，第1482页。
⑤ 尚秉和：《历代社会风俗事物考》，中国书店2001年版，第40页。

在有关女真的题材中，女真男子常束玉饰腰带，名为"玉兔鹘（胡）"，如《金安寿》《货郎旦》《虎头牌》《调风月》《丽春堂》等。在一定意义上说，这一服饰特点是女真民族身份的戏剧表演形象化、视觉化表达。《金史》记载金人四常服中"其束带曰吐鹘"①。此外，《金安寿》还提到"缕金鞓"，是一种缕金皮腰带。

元杂剧中女真人其他佩饰还有很多，再如《金安寿》第四折［幺篇］唱词有"佩云肩，玉项牌，凤头鞋。羞花闭月天然态，香串结同心带"之语，就涉及云肩、香串、同心带、玉项牌等，其他杂剧还有璎珞、霞带等。

总体上，元杂剧女真服饰色泽鲜艳，华丽贵重。

首先，服饰搭配色彩艳丽，如"小帽虬头裹绛纱"（《丽春堂》）、"头巾上砌的粉花儿现""一领家夹袄子是蓝腰线"（《虎头牌》）、"卷云靴跟抹绿""缕金鞓玉兔鹘，七宝嵌紫珊瑚"（《金安寿》）等，涉及绛、蓝、粉、绿、紫色等。女真服饰为何如此色彩艳丽？笔者愚见：一是女真佩饰所用珍珠、珊瑚、金玉等材质本身色泽鲜艳；二是女真人服饰色彩图案受季节影响。《调风月》第四折就提到女真夫人们"依时按序"换装，恰是早期女真族为适应时令变化在服饰图案、色彩等方面调整的生活记录，如"绣云胸背雁衔芦"（《货郎旦》）、"征袍砌就雁衔花"（《丽春堂》），这也打上了狩猎游牧文化的印痕。杂剧中女真服饰所绘"雁衔芦""雁衔花"，即大雁口含芦花之图案。大雁喜在芦苇丛生的水域休憩，宋元时期芦苇与大雁结合的图案盛行。宋代在瓷器、石刻、织绣上常绘有"芦雁纹"图案，在元青花瓷中也多见。"雁衔芦"更是成为元代服饰的一大特征。元杂剧《丽春堂》《货郎旦》中"雁衔花""雁衔芦"的服饰描述无疑是对宋元现实生活的客观描述和狩猎生活的真实记忆。女真狩猎文化不仅在服饰图案上有所体现，而且也有用鸟、兽皮制衣的传统，元杂剧叙述的女真衣物便有"鸂鶒袄"（《金安寿》）、"鹔鹴裘""干皂靴鹿皮绵团也似软"（《虎头牌》）等，迥异于汉族服饰。《金史》载："其从春水之服则多鹘捕鹅，杂花卉之饰，其从秋山之服则以熊鹿山林为文……"②"鹘"即为"海东青"，辽金时期对凶猛的鹰鹘的称谓，既是

———————————

① （元）脱脱等：《金史》卷四十三"志第二十四·舆服下"，中华书局1997年版，第260页。

② 同上。

女真族源"肃慎"的图腾,也是女真人现实狩猎的猎鹰。辽金元北方游牧民族贵族有春季湖泽边纵鹘捕鹅、凿冰取鱼,秋季入山林射虎鹿熊兔等动物的传统。而服饰上使用鸟兽动物皮为材质,或绘制"雁衔芦""雁衔花"图,"显然这些图案具有保护色的作用,不易惊动被猎目标"[①],是北方狩猎民族文化在服饰上的体现。这一文化,甚至与对金元清三朝都产生一定影响的辽代契丹族所创的"春水秋山,冬夏捺钵"的"四时捺钵"制度体现的捕猎文化,有着文化共性和承袭性。

其次,女真服饰爱镶珠缀玉,常用上等的金玉、珍珠、香料、珊瑚,多描写女真贵族穿着此类服饰。古代荆山玉因"和氏璧"出名,"有眼不识荆山玉"。珊瑚以红色为多,蓝色、紫色极其稀有。珍珠以金黄色、大而圆、珠层厚、无瑕、光泽度好为上品。元杂剧女真服饰华丽贵重也体现在金、玉、珠宝皆用上品,如"荆山玉"(《货郎旦》)、"大真珠"(《调风月》)"珍珠豌豆也似圆"(《虎头牌》)、"七宝嵌紫珊瑚"(《金安寿》),甚至纽扣都用"金较辂"。《金史·舆服志》记载:"金人之常服四:带,巾,盘领衣,乌皮靴。其束带曰吐鹘。"[②] 又说:"吐鹘,玉为上,金次之,犀象骨角又次之。"[③] 诸多女真题材的元杂剧反复出现"玉兔鹘"服饰,再次验证女真服饰材质选用上品的奢靡风气。另外,女真佩饰喜用珊瑚、珍珠的风习养成,也与早期女真族的渔采密不可分。完颜女真最初由在图们江、鸭绿江流域生活的朱里真人组成,这种紧邻江河居住生活的地理优势,形成了女真人擅采贝、珊瑚、珍珠的渔猎文化和独特的审美习惯。《女真谱评》也提到"女真族采集珠蚌取珠",初名"东珠",以纪念完颜部擅长采集珍珠的东朱,因出自女真,又名"真珠",后称"珍珠"。[④]

再次,女真服饰常绘图案,而工艺多用"绣",杂剧唱词有"绣胸背

---

①　宋德金、史金波:《中国风俗通史·辽金西夏卷》,上海文艺出版社 2006 年版,第296 页。

②　(元) 脱脱等:《金史》卷四十三"志第二十四·舆服下",中华书局 1997 年版,第260 页。

③　同上。

④　马亚川讲述:《女真谱评》上册,王宏刚、程迅记录整理,吉林人民出版社 2009 年版,第 155 页。

揿绒""绣包髻鸂鶒袄""绣云胸背雁衔芦""衲袄子绣揿绒""细揿绒全
套绣衣服"等描写，这一现象，不单纯是民族服饰的特点，而是与元初
《梓人遗制》载"华机子"对于提花技术、"罗机子"对于绞经织物等宋
元纺织技术的发展进步相呼应。此外，宋辽金元织物用金的传统，对于
爱穿贵重华丽服饰的女真贵族也有影响，元杂剧中"缕金鞓""一条玉兔
鹘是金厢面"的描写，当是佐证。

　　最后，需要解释一点：早期女真服饰"惟衣布衣"，色尚白，在进入
中原汉化的过程中女真服饰日趋多样化、艳丽化、奢靡化，服饰在较多
体现本民族特色的同时，也多染有汉化因素，因此元杂剧中女真服饰艳
丽贵重的特征，是民族融合现实的文学显证，从反思历史的角度看，则
是对后期金王朝安逸享乐风习导致亡国的文学沉思，一定程度上也为
"金以儒亡"之论提供支撑。

二　女真族社会生活文化

　　女真族是一个能歌善舞的民族，为金元时人共识。《调风月》女真夫
人们"雁行般但举手都能舞"。《虎头牌》第二折金住马回忆自己曾吹弹
管弦，"我也曾吹弹那管弦，快活了万千，可便是大拜门撒敦家的筵宴"。
"〔不拜门〕则听的这者刺古笛儿悠悠聒耳喧，那驼皮鼓咚咚的似春雷健。
我向这筵前，筵前，我也曾舞蹁跹，舞罢呵谁不把咱来夸羡!"山寿马说
叔叔银住马每天是"吹笛搞鼓做筵席"。《丽春堂》第一折李圭上场说会
做院本，会唱杂剧，弹唱舞兼好。第四折四丞相被贬济南，唱"玉管轻
吹引凤凰，余韵尚悠扬。他将那阿那忽腔儿合唱，越感起我悲伤。"金安
寿妻子童娇兰过生日时演奏细乐，大吹大擂，笙歌罗列，《金安寿》杂剧
有"扮歌儿引细乐上舞科"的表演。第三折金安寿迷恋红尘，眼中的妻
子童娇兰是："吹呵韵清音射碧虚，弹呵拂冰弦断复续，歌呵白苎宛意有
余，舞呵彩云旋掌上珠。"第四折女真人金安寿边舞边描述女真风俗：
"鼍鼓咚咚声和凯，缕管轻轻音韵谐。女直家筵会实难赛，直吃的梨花月
上来。"

　　上述杂剧提供了有关女真歌舞乐习俗的六条记录：一是女真人生日、
喜庆必设家宴，家宴常伴有歌舞乐，如《金安寿》《虎头牌》。二是女真
所用乐器有管弦、玉管、笛子、鼍鼓、驼皮鼓等，涉及吹奏、弹拨、打

击三类乐器，以吹奏乐和打击乐为主。《大金国志·初兴风土》载："其乐惟鼓笛，其歌惟《鹧鸪曲》，第高下长短如鹧鸪声而已。"① 《三朝北盟会编》云："其乐则惟鼓笛，其歌则有鹧鸪之曲，但高下长短鹧鸪二曲而已。"② 女真乐器唯有鼓笛之说，契合游牧民族粗犷豪放的性格特征，应是女真歌舞早期伴奏乐器的反映，除了鼓笛外，《金安寿》提到"弹呵拂冰弦断复续"，这种弹拨乐器"冰弦"当是女真族在后期发展中多民族文化融合的结果，音声有了婉约之风。"冰弦"是对琴弦的美称，在金人《董解元西厢记诸宫调》中也有。三是家宴歌舞所奏乐种多为细乐，这是适应家宴饮食需要的"礼"乐。《五礼通考》记载了宴席演奏细乐的情形，《草木子》也有"曲宴用细乐、胡乐"③ 的清晰表述。四是女真腔调有［鹧鸪］（又名［者刺古]）、［阿那忽］（应该为［阿忽那]，或［阿忽令]、［阿孤令]）。如在杂剧曲牌中有体现：《虎头牌》第二折山寿马唱［阿那忽]，《金安寿》第四折有［阿幼忽]，《魔合罗》第二折有［者刺古]。另外在杂剧唱词中也多出现："悠悠的品着鹧鸪"（《调风月》），"则听的这者刺古笛儿悠悠聒耳喧"（《虎头牌》）；"不索你把阿那忽那身子儿撧撮，你卖弄你且休波"（《古杭新刊的本诸宫调风月紫云亭》）。女真族［阿那忽］调可以一人演唱，也可以二人合唱，《丽春堂》第四折唱词就有"阿那忽腔儿合唱"之语，又《东堂老》第三折扬州奴梦见"和那撒之秀两个唱那阿孤令"。康保成就认为："［阿那忽］曲尾的确用齐声合唱。"④ 五是女真人喜爱杂剧、院本，《丽春堂》李圭上场就自言"也会做院本，也会唱杂剧"。这不仅说明金院本、诸宫调与杂剧之间关系密切，音乐形态内在发展上有承继关系，而且说明金人固有的戏剧观成为元杂剧发展的助力，女真人成为元杂剧可靠的受众者之一，是金元娱乐文化一脉发展的必然现象。六是女真舞蹈表演形态尽管从杂剧中很难准

---

① （金）宇文懋昭：《大金国志》卷之三十九，李西宁点校，《二十五别史·大金国志 元朝秘史》，齐鲁书社 1999 年版，第 286 页。

② （宋）徐梦莘：《三朝北盟会编》上册，卷三"政宣上帙三"，上海古籍出版社 1987 年版，第 18 页。

③ （明）叶子奇：《草木子》卷三"杂制篇"，吴东昆校点，《明代笔记小说大观》（一），上海古籍出版社 2011 年版，第 58 页。

④ 康保成：《酒令与元曲的传播》，《文艺研究》2005 年第 8 期。

确判断，但不排除女真舞蹈中也有多元文化的因素，"舞呵彩云旋掌上珠"，这种快速轻盈旋转之舞蹈描述，很可能就是唐时从中亚传入的胡旋舞或受其影响。或为宋人许亢宗《宣和乙巳奉使金国行程录》所载"舞者六七十人，但如常服，出手袖外，回旋曲折，莫知起止，殊不可观"，或类似杨宾《柳边纪略》卷三记载的清代满族宴会上男女舞蹈是"大率一举袖于额，反一袖于背，盘旋作势，曰莽势"①。胡旋舞在唐时从中亚传入中原，还有胡腾舞、柘枝舞等，"急管繁弦，舞步迅快，是这舞艺的特色"②。女真舞蹈多模拟狩猎或战斗情境，跳此类舞时常伴有"吹笛擂鼓"之乐，而元杂剧所述女真宴会所作细乐，较为柔和，《梦粱录》卷二十"妓乐"条："大凡动细乐，比之大乐，则不用大鼓、杖鼓、羯鼓、头管、琵琶等，每只以箫、笙、筚篥、嵇琴、方响，其音韵清且美也。"③《五礼通考》卷一百三十九也载"下酒细乐作和声"，那么宴会柔和清美之音乐下的舞蹈当非战斗、狩猎舞。

女真族善歌，有以歌求偶的习俗。《三朝北盟会编》云："其婚嫁，富者则以牛马为币，贫者则女年及笄，行歌于途。其歌也，乃自叙家世、妇工、容色，以申求侣之意。听者有未娶，欲纳之者，即携而归之。后方具礼偕女来家，以告父母。"④《中国风俗通史·辽金西夏卷》也说："音乐同人们的日常生活有密切的联系。女真女子到了出嫁年龄，藉歌求偶。"⑤ 女真族善能歌舞，应该是当时人们的共识，所以《金安寿》第四折金母云："您两个思凡尘世，托生女直地面，配为夫妇，女直家多会歌舞，您两个带舞带唱，我试看咱。"

女真，作为狩猎民族，男女老幼都能跃马扬鞭，插箭弯弓，还有带鹰犬围猎的文化。《宋会要辑稿·蕃夷三之一》云："女真东北别国也……地多山林，俗勇悍善射。能为鹿鸣以呼群鹿而射之……人皆劲勇，

---

① 转引自宋德金、史金波《中国风俗通史·辽金西夏卷》，上海文艺出版社 2006 年版，第410 页。

② 常任侠：《中国舞蹈史话》，上海文艺出版社 1983 年，第 34 页。

③ （宋）吴自牧：《梦粱录》，《东京梦华录（外四种）》，远方出版社 2001 年版，第 306 页，

④ （宋）徐梦莘：《三朝北盟会编》卷三 "政宣上帙三"，上海古籍出版社 1987 年版，第18 页。

⑤ 宋德金、史金波：《中国风俗通史·辽金西夏卷》，上海文艺出版社 2006 年版，第405—406 页。

弓矢精于契丹。"①《虎头牌》中茶茶、《丽春堂》中徒单克宁从小便会骑射。《丽春堂》完颜乐善射柳会上展示了弓开秋月、箭飞金电、马过似飞熊的高超骑术和射技，"〔胜葫芦〕不剌剌引马儿先将箭道通，伸猿臂揽银鬃，靶内先知箭有功。忽的呵弓开秋月，扑的呵箭飞金电，脱的呵马过似飞熊。〔幺篇〕俺只见一缕垂杨落晓风"。《虎头牌》《货郎旦》等剧还有女真贵族骑马"走犬飞鹰驾着鸦鹘"打围射猎的生动描写，如《货郎旦》对女真行军千户围猎描写："……走犬飞鹰驾着鸦鹘，恰围场过去、过去。折跑盘旋骤着龙驹，端的个疾似流星度。那行朝也么哥，恰浑如也么哥，恰浑如和番的昭君出塞图。"可见，"骑马射箭"是女真族不分男女老少必备的生活技能和娱乐方式，这一习俗文化也与金代女真人猛安谋克的骑射训练制度有关。

女真人节日文化深受汉族影响，重视元旦、元宵、端午、重阳，金章宗还特别重视寒食节。《虎头牌》中有中秋节银住马酗酒误事的叙述，隐含了少数民族节日喝酒狂欢的文化传统。女真人在重五、重九，要拜天、射柳，体现了本民族的风采。女真人也过生日，《松漠纪闻》记载女真"其民皆不知纪年，问之，则曰我见草青几度矣。盖以草一青为一岁也"②。纪年尚不知，何况纪日，因此，女真人生日最初未必是自己真实的出生日，但肯定是他们认为重要的日子。《金安寿》中金安寿妻子过生日，既神圣又世俗，先于天地跟前烧香点烛，祭祀祖宗，然后宰羊喝酒吃筵席，并以歌舞细乐取乐，场面热闹。这类女真节日、生日文化，不乏多民族文化融合的痕迹。

三 女真族语言民俗文化

女真族是我国古老的北方民族，其语言自有特色。元杂剧保存了部分女真语词汇，如"兔鹘""赤瓦不剌海""撒敦"等。《虎头牌》第三折："才打到三十，赤瓦不剌海，你也忒官不威爪牙威。再打者。"《丽春堂》第二折："（正末唱）则你那赤瓦不剌强嘴，兀自说兵机。"《魔合

---

① （清）徐松辑：《宋会要辑稿》第八册，中华书局 1957 年版，第 7711 页。

② （宋）洪皓：《松漠纪闻》，阳羡生校点，《宋元笔记小说大观》（三），上海古籍出版社 2007 年版，第 2797 页。

罗》第三折："你问的成呵……重重的赏赐封官；你问不成呵，将你个……赤瓦不刺海猢狲头，尝我那明晃晃势剑铜铡。"孙伯君认为："'赤瓦不刺海'即《三朝北盟会编》中的女真语'窟勃辣骇'，义为'敲杀'。"① 并进一步分析该词与契丹语的关系："尽管契丹语与女真语语族不同，但两种语言同属阿尔泰语系，有很多同源词。""尽管金代'赤瓦'非官名，但其词义与辽官名'楚古'相当"②，而"辽代职掌为'掌北面讯囚者'的官名'楚古'，其契丹语本义为'打'"③。这种语言的同源性学术研究，所论确有道理。沙陀属于突厥语，也属于阿尔泰语系，在关汉卿《哭存孝》第二折沙陀文化中也有"赤瓦不刺海"语词，当不是巧合。蒙古族语也属于阿尔泰语系，这就出现元杂剧中同一个词汇，有的学者认为是女真语，有的认为是蒙古语的现象，如果考虑语言的同源性，就容易解释了。"撒敦"也是阿尔泰语，《金安寿》第四折："尽豪奢衔气概，忒聪明更精彩，对着俺撒敦家显耀些抬颏。"《虎头牌》第二折："我也曾吹弹那管弦，快活了万千，可便是大拜门撒敦家的筵席。"孙伯君认为"撒敦"④ 是阿尔泰语系共有词汇，蒙古语与女真语在词意上基本相同或相近⑤，但"撒敦"应源自女真语，其中"撒敦"应该为女真语"亲家"而非蒙古语"亲眷""亲戚"。"赤瓦不刺海""兔鹘"等为女真语。其中"赤瓦不刺海"为"打杀"之意，"兔鹘"为腰带⑥，而非玉带之意⑦。孙伯君在探讨女真语、蒙古语、契丹语时注意到阿尔泰语系的同源性特征，而这一音与意的相似性乃至游牧文化传统的共性特征，也是元代多民族语言融合的切入点，同时也是元杂剧中出现较多的民族词汇，这说明杂剧作家充分考虑到了戏剧语言要体现民族特色，同时还要兼顾元代少数民族观众共同的文化接受心理。

---

① 孙伯君：《辽金官制与契丹语》，《民族研究》2004 年第 1 期。

② 同上。

③ 同上。

④ 龙潜庵编著：《宋元语言词典》，上海辞书出版社 1985 年版，第 992 页，解释撒敦为"亲戚，亲属。蒙古语"。方龄贵《元明戏曲中的蒙古语》断为蒙古语。

⑤ 孙伯君：《元明戏曲中的女真语》，《民族语文》2003 年第 3 期。

⑥ 康迈千：《释元杂剧中的"兔胡"》，《天津师范大学学报》1983 年第 3 期。以河北安国县的活态方言"兔胡"，只是记音，认为元杂剧中也应意为"腰带"。

⑦ 王季思等《元杂剧选注·货郎旦》和温公诩《元人杂剧词语释义》都解释为"玉带"。

女真语言民俗中有一些独特的称谓。女真人称呼母亲为"阿者",父亲为"阿马",如关汉卿的《新刊关目闺怨佳人拜月亭》。也有称呼"阿妈""阿爷"的,如《货郎旦》第二折。把父亲称为"阿妈",母亲称为"阿者"的,还见于描写沙陀李克用的杂剧,如《存孝打虎》(阿妈)、《哭存孝》(阿者)。女真人称呼皇帝为"郎主",如《丽春堂》第一折完颜乐善说:"老夫幼年跟随郎主,南征北讨,东荡西除,多有功劳汗马。"历史上北方少数民族多称自己的君主为"郎主",如描写契丹文化的《昊天塔》《救孝子》中都有"郎主"一词。

四　女真族精神民俗文化

女真题材的元杂剧有一独特现象:女真贵族家的总管或亲人常起与狗有关的名字,如"狗儿""狗皮""唆狗",人物自称时也不以称"狗"为耻。《村乐堂》中女真人王同知家中都管王六斤自称"我叫做唆狗"。《虎头牌》第三折老千户银住马的都管上场自称"狗儿"。《虎头牌》中老千户女真人银住马呼都管"狗儿",他提起哥哥金住马曾有个孩儿"狗皮"。《射柳捶丸》中延寿马的父亲"娄宿太尉",巧合的是"娄宿",为中国二十八星宿之一,西方七星宿之一,其对应的动物形象恰是娄金狗。这种以狗命名的现象不仅在表现女真生活的杂剧中常见,而且在南戏《宦门子弟错立身》①中也存在,剧中完颜延寿马家的老都管也叫"狗儿"。

女真人起狗名,背后折射的情感是多元的、文化心理是复杂的。狩猎民族认为:狗能看家护院,帮助狩猎,对主人忠诚,元杂剧、南戏中女真贵族家里的都管多起"狗"名,这种"贵族—管家"的主仆关系正契合狩猎民族对狗的理解。宋元人们常养犬,数目惊人,《宋书》《元史》均有记载,《全元文》还有《悼犬》文②。辽金元时期女真族对犬更有感情。《女真谱评》记载的口头传说故事中女真始祖九天女出外常带犬、鹰、马。《松

---

① 钱南扬校注:《永乐大典戏文三种校注》"前言",中华书局 1979 年版,第 1 页。钱南扬认为:"盖作于金亡之后,宋亡之前这段时间之内。"李修生主编《古本戏曲剧目提要》,文化艺术出版社 1997 年版,第 223 页。李修生认为剧本中提到关汉卿、花李郎、尚仲贤等元人作品,当属元人所作。

② 李修生主编:《全元文》(一),江苏古籍出版社 1998 年版,第 107—108 页。

漠纪闻》载："金国天会十四年四月，中京小雨，大雷震，群犬数十，争赴土河而死，所可救者才二三尔。"① 可见，作为狩猎民族的女真人对狗的感情笃深，并影响到日常行为。元杂剧、南戏均出现女真贵族家眷、都管以"狗"命名的现象，从民族习俗角度看，这是戏剧表演融入女真犬崇拜的体现，起"狗"名是希望得到图腾保佑，获得吉祥，但从民族融合交流上看，也可能是女真族接受汉族取贱名、求长寿习俗的汉化反映。而人物不以自称狗名为耻，似乎更多的是女真信仰的体现。

从舞台演出角度看，女真题材杂剧人物起"狗"名如《虎头牌》都管"狗儿"、《村乐堂》中都管"唆狗"王六斤，还常与杂剧扮演诙谐喜剧性的净脚色挂钩，演剧时再通过人物自称、他人称呼以及类似《虎头牌》做"叫科"、"净扮狗儿上"的动作协同表演，再加上杂剧观众群体民族、阶层、文化程度的差异，不同民族民俗文化心理的审美错位，从视听感官和表演上都能制造一种喜剧效果。这种利用民俗心理营造喜剧效果的技能，恰是优秀作家的本色体现。

女真除了犬崇拜，还有虎崇拜。《女真谱评》中"阿骨打学艺"的故事就描述了一代女真伟大领袖完颜阿骨打在帽儿山仙人洞与颇通灵性的猛虎学艺（学练腾跃本领）的异事。《丽春堂》中有"他每那祖宗是斑斓的大虫"之语，而徒单克宁也自叙"虎体鹓班将相家"，剧中"斑斓的大虫"无疑指"虎"，杂剧清晰地把女真族虎崇拜与祖先崇拜合一表述，来强化女真人的民族身份和独特信仰。至今满族仍有虎神信仰和虎年跳虎神的习俗和"虎闹家安"的俗语，这都延续着女真古老的虎崇拜传统。

元杂剧中神灵崇拜以汉族神系为主，女真神灵的资料极少。马致远的《黄粱梦》中有"九天女鼓风驱造化，六丁神挥剑斩长蛟"的唱词。那么《黄粱梦》中"九天女"是女真神灵，还是汉族"九天玄女"的简称？众所周知，汉族神系中有专职风神（如风伯），九天玄女与风似乎没关系，见于文献的多与战事有关。《艺文类聚》记载黄帝蚩尤大战，"天遣玄女下，授黄帝兵信神符，制伏蚩尤"②。《中华神秘文化辞典》解释

---

① （宋）洪皓：《松漠纪闻》，阳羡生校点，《宋元笔记小说大观》（三），上古籍出版社2007年版，第2800页。

② （唐）欧阳询等：《艺文类聚》上册，汪绍楹校，中华书局1965年版，第209页。

九天玄女"是位熟诸兵法战事的女神"①。由此可知，汉族神话中九天玄女是主兵法、战事之神。《女真谱评》中"九天女"为女真完颜部的始祖母，原本是天神之第九个女儿，私自下凡，与猎渔青年相遇、相爱，婚后天帝派风神去捉拿，被黑龙从（长白山）天池救下，后在粟末水（松花江）边安家繁衍后代。"九天女斩蛇追渔郎"故事中野女人抢走猎渔青年后，九天女带着孩子，手拿石刀、石斧一路追赶，路遇长蛇而不惧，用石斧砍蛇，慑服野女人找回丈夫。② 女真神话有九天女与风神发生冲突战斗的故事，另外《女真谱评》叙述九天女不仅勇于斗争，而且会使用火，会筑屋、制石器、捕鱼、狩猎、缝制兽衣等，更是一位女真文化英雄，有造化育人之功。可见，从神职、神事、造化育人，以及与"风"发生的关系上看，九天女是女真文化英雄，而九天玄女为汉族战事之神，此剧若把"九天玄女"当作"九天女"简称似有不妥。因而"九天女鼓风驱造化"，更接近女真神话，"九天女"就是指传说中的完颜部的始祖母。但是，也存在杂剧作家把女真族的九天女与汉族的九天玄女弄混淆了的可能。因为，九天玄女为道教九天玄母天尊、六丁神为道教护法神，二者均为道教神，并列出现不奇怪，但元杂剧却出现"九天女鼓风驱造化，六丁神挥剑斩长蛟"，把女真"九天女"与汉族道教"六丁神"并列叙述，不能不让人怀疑这种混淆。甚至也有"六丁神挥剑斩长蛟"是"九天女斩蛇追渔郎"故事偷梁换柱的可能。民族融合使得民众对各族神话传说的了解、民族心灵的解读还不够深入，元杂剧出现对于名称相近的神灵、神迹的混淆，正说明宋元民族交流是现实的大趋势，而民族融合、文化交流是一个漫长的过程。

女真崇拜太阳，在其族源神话中也有体现，《女真谱评》讲述九天女与函普结合，三足金乌贺喜，九天女又梦金乌入怀，后生男孩起名"乌鲁"③。太阳崇拜本是女真、契丹、蒙古族共同的民俗信仰。女真百官在朔望日于宫外面朝太阳行膜拜礼。《大金集礼》云："朔旦拜日，朝参

---

① 吴康主编：《中华神秘文化辞典》，海南出版社 2002 年版，第 127 页。

② 马亚川讲述：《女真谱评》上册，王宏刚、程迅记录整理，吉林人民出版社 2009 年版，第 1—4 页。

③ 同上，第 13 页。

日。"①《大金国志》载女真人"元旦则拜日相庆"②。女真不仅在特殊时段拜日，而且这种太阳崇拜也已经扩展到日常生活时段，如《虎头牌》金住马、银住马兄弟相聚，喝酒前唱"待我望着那碧天边太阳浇奠，则俺这穷人家又不会别咒愿，则愿的俺兄弟每可便早能勾相见"，这种对着太阳浇奠并祈愿的行为，真实地表现了久别重逢的兄弟深情，杂剧很好地借助女真太阳崇拜心理达成了剧情内容和表演舞台性的水乳交融。《多桑蒙古史》也记述成吉思汗"崇拜太阳，而遵从珊蛮教之陋仪"③。连蒙古族统治者成吉思汗都崇拜太阳，那么《虎头牌》有关太阳崇拜的描写在体现女真信仰的同时，无意中也迎合了元统治阶级的思想，易于被广大观众接受。

此外，女真相信万物有灵，崇拜天神，相信天意。王可宾认为："女真人，崇信天地万物之灵，因之亦信各种自然征兆为天意所示。"④ 又说："女真人亦信梦卜，认为是神示以未来之征兆。"⑤

五　元杂剧中女真族的汉化

女真族在金代就已经有汉化的趋势。元代女真人汉化的同时，也不掩饰自己的民族身份。《南村辍耕录》卷一"氏族"中"金人姓氏"有31个女真姓改称汉姓，其中有"完颜汉姓曰王……蒲察曰李"等等⑥。《三朝北盟会编》政宣上帙卷三载女真改汉姓辽金之际已有先例。元杂剧中女真人上场，往往自报家门，刻意强调自己"女直人氏"的民族身份。最常见的表述范式是"小官完颜女直人氏，完颜姓王，仆察姓李……"，如《魔合罗》第三折有"老夫完颜女直人氏。完颜姓王，普察姓李"；《勘头巾》第二折有"小官完颜，女真人氏，完颜姓王，普察姓李。……今为河南府尹"；《村乐堂》第一折叙述"小官完颜女直人氏，完颜姓王，

---

① （金）张暐辑：《大金集礼》卷四十，清光绪二十一年广雅书局刊本。

② （宋）宇文懋昭：《大金国志》，李西宁点校，卷之三十九"初兴风土"，《二十五别史·大金国志　元朝秘史》，齐鲁书社1999年版，第287页。

③ ［瑞典］多桑：《多桑蒙古史》上册，冯承钧译，中华书局2004年版，第174页。

④ 王可宾：《女真国俗》，吉林大学出版社1988年版，第298页。

⑤ 同上书，第299页。

⑥ （元）陶宗仪：《南村辍耕录》，李梦生校点，《宋元笔记小说大观》（六），上海古籍出版社2007年版，第6141页。

仆察姓李。自跟着狼主，累建奇功，加某为蓟州同知之职"。有的杂剧虽然不按范式叙述民族身份，但在剧中也一定要强调"女真人氏"的身份，或完颜、普察等女真部族的身份，如《虎头牌》第一折："自家完颜女直人氏。姓王，小字山寿马。"王实甫《丽春堂》第一折："老夫完颜女真人氏。小字徒单克宁，祖居莱州人也。""某普察人氏，姓李名圭，见为右副统军使。"以上元杂剧涉及最多的女真家族是完颜和蒲察。刘美云《论入居中原的女真人与汉族文化的融合》认为女真族语言逐渐为汉语所代替，并指出元代久居中原的女真人与汉人已是浑然无别，非"自叙其为女真人"，世人已觉不知其"非我族类"了①。

女真人的姓氏具有明显的汉化倾向，如完颜姓王、普察姓李，这是遵照汉族的百家姓取大姓优先，再结合女真部族的贵贱程度取姓的一种方式，如完颜部族贵族就取姓王。女真人一般以部族名为姓，所以汉人以中原文化传统说"女真人无姓"，便带有一定的歧视。女真在姓氏汉化的过程中，还依据《易经》中的乾坤和五声音阶来取姓，如《虎头牌》第三折外扮经历上云：

> ……他倒骂俺女直人野奴无姓。祖父因此遂改其名，分为七姓：乾坤宫商角徵羽，乾道那驴姓刘；坤道稳的罕姓张；宫音傲国氏姓周；商音完颜氏姓王；角音扑父氏姓李；徵音夹谷氏姓佟；羽音失米氏姓肖。除此七姓外，有扒包包五骨伦等。各以小名为姓。自前祖父本名竹里真，是女真回回禄真。②

这种用五声音阶来取姓，源于少数民族族源神话中取姓的随意性。在少数民族族源神话中，他们的祖先有的以出生所见物为姓，有的以部落名为姓等。

另外取字上有遵女真风俗的，也有遵照汉族风俗的，如《丽春堂》第一折女真人左丞相"小字徒单克宁"，而右丞相"小字乐善"；《射柳

---

① 刘美云：《论入居中原的女真人与汉族文化的融合》，http：//www. sxdtdx. edu. cn/ygwh/onews. asp？/500. html。

② （明）臧晋叔编：《元曲选》，中华书局 1958 年版，第 412 页。

捶丸》中娄宿太尉之子"小字延寿马";《虎头牌》中有"自家完颜女直
人氏。姓王,小字山寿马";《金安寿》第一折有"俺小姐夹谷人氏,童
家女儿,小字娇兰"。王可宾认为:"女真人不仅取用汉名,有的还取用
汉字。取用汉字之习,较取用汉名之风略晚,大概始于熙宗以后。"① 女
真日常生活中以"字"呼人,如山寿马、徒单克宁等,应该也是受汉俗
的影响。从元杂剧可以看出,女真族无论男女,姓与字都出现了汉化倾
向,当不是个别现象。乃至金世宗、章宗时期屡次下诏禁止女真人不得
改汉姓,学南人装束,从另一个侧面说明了女真汉化的严重。当然民族
融合在宋金元时期是历史大趋势,女真族的汉化只是少数民族汉化的
"冰山一角"。另一方面,金住马、银住马、山寿马、茶茶、徒单克宁、
延寿马等女真名字的使用,透露出女真族强烈的民族意识。

　　女真族是由多个部落组成的。元杂剧涉及的女真部族多达 5 个:完
颜、蒲察、徒单、达鲁、铁哥镇抚,这几个部族在地域上主要分布于东
北的黑龙江和吉林。《虎头牌》一剧中就涉及了 4 个女真部落名,如第一
折叙述:"自家完颜女直人氏。姓王,小字山寿马。""……莫不是铁哥镇
抚家远探亲。(六儿云)不是。(正末唱)莫不是达鲁家老太君。(六儿
云)也不是。(正末唱)莫不是普察家小舍人。"从《虎头牌》反映的众
多女真部族看,不愧是熟悉女真历史的女真作家李直夫所作。此外《丽
春堂》中徒单克宁祖居莱州,《虎头牌》中的完颜阿可是京都路忽里打海
世袭民安下女直人氏,可见女真人还在山东、河北活动。

　　元杂剧中女真人叙述的完颜、普察等不仅是女真部落名,还是女真
贵族或家族身份的标识,此外"夹谷人氏"也是女真名门望族。《金安
寿》第一折:"自家女直人氏,叫做金安寿……俺小姐夹谷人氏,童家女
儿,小字娇兰,娶为妻室,十年光景,甚是绸缪。"夹谷(或加古)部落
也是构成女真的重要部分,杂剧中在女直人氏后又单独强调"夹谷人
氏",应该像完颜、蒲察一样为女真名门望族,《金史》中也记有夹谷人
氏,《南村辍耕录》卷一"金人姓氏"中"徒单曰杜……夹谷曰全"②。

---

① 王可宾:《女真国俗》,吉林大学出版社 1988 年版,第 196 页。

② (元)陶宗仪:《南村辍耕录》,李梦生校点,《宋元笔记小说大观》(六),上海古籍出
版社 2007 年版,第 6142 页。

据此,《金安寿》中的"童"应该为"仝"。

总之,元杂剧中女真姓氏汉化很普遍,折射出民族融合的社会现实,同时元杂剧中女真人刻意强调女真身份,保留女真本族起名特点,是一种民族独立性的保持和自觉的民族记忆,这种记忆,在元代大融合的过程中既有等级划分的影响,也有民族意识的觉醒。这种民族意识的觉醒,不单是女真族人的觉醒,也包含着元代社会其他民族以他者视野对女真的认知。

辽金时期女真族已呈现出汉化的趋势,除了姓氏的汉化外,女真娱乐民俗在保留本民族特色的同时也接受了一些汉族的文化。王实甫的《丽春堂》第一折:"时遇蕤宾节届,奉圣人的命,但是文武官员,都到御园中赴射柳会。老夫为押宴官,射着者有赏,射不着者无赏。"《射柳捶丸》第四折延寿马和葛监军射柳捶丸比武,完颜延寿马箭射柳枝,球中球门。"捶丸"就是"打球"。元代朝鲜汉语教科书《朴通事谚解》中也有"开春时打球"[1] 的描写。宋德金认为:"汉族的游戏,如弈棋、双陆、投壶等也进入了女真社会生活中。"[2] 《丽春堂》第二折女真人熟谙汉族的双陆游戏:"已抛下二掷,似啄木寻食。从来那捻无凝滞,疾局到底便宜。(李圭云)这一盘是我赢了。(正末唱)我见他那头盘里打一个无梁意。(李圭云)你这马不得到家,可不输了。(正末云)则我要一个幺六。(做喝科)(李圭云)你喝幺六就是幺六,这骰子是你的骨头做的?(正末唱)口喝着个幺六是赢的。(李圭云)可知叫不出,是你输了。"

女真族在进入中原后,接受了汉族的忠孝思想。《女真史论》曰:"女真官员喜好附庸风雅。"[3] 这与女真宗室贵族喜好儒学有关,如金世宗的几个儿子多爱儒学。反映女真官员的杂剧常与元代八府宰相的制度联系,如《延安府》提到"八府宰相",《射柳捶丸》有"八府众官",《丽春堂》有"老身完颜女真人氏,夫主是四丞相"。元杂剧中女真官员执法上强调于国尽忠。辽金史专家宋德金指出:"如从历史上考察,约在金世

---

① (元)无名氏:《朴通事谚解》,《老乞大谚解 朴通事谚解》,联经出版事业公司1978年版,第38页。

② 宋德金:《金代女真族俗述论》,《历史研究》1982年第3期。

③ 陶晋生:《女真史论》,食货出版社1981年版,第111页。

宗后，忠孝观念已成金代社会的主流伦理观念。"①《虎头牌》中山寿马对养育自己的叔父银住马延误军期，刑不避亲，以国家大义为重。《延安府》八府宰相中的女真官员，断案以"为臣者要廉能功干，竭力尽忠，于民有益，于国有功。一无邪僻之心，常存文行忠信"为依据来判罚庞衙内。在元代多民族统一的国家中，杂剧中女真官员形象不约而同地出现以"忠"凌驾于"孝"之上的价值观，是有现实考虑的，尤其女真作家李直夫《虎头牌》中忠孝冲突的理性选择，就更具代表性。某种意义上"于国尽忠"的政治归依是生存之道，更是民族融合的基础，"文以载道"是古代不变的创作法则，杂剧亦然。

女真族汉化中逐渐养成懒惰奢靡的生活习惯，尚武精神在削减，这也是导致其覆亡的一个原因，元杂剧就描写了一些女真贵族贪恋娱乐游戏、吃喝歌舞而导致矛盾、误事的现象，有一定的影射作用。《虎头牌》中金住马沉浸在回忆往昔奢靡生活，叹今朝落魄"一年不如一年"，最后喝酒误事，可谓举重若轻，也许这是作家对金灭亡的反思。《丽春堂》中的在端午节御园射柳会上，"射柳"娱乐引发女真官员老丞相与李圭之间矛盾。《丽春堂》《虎头牌》表现女真上层官员贵族的内部矛盾，前者是官场矛盾，后者又加了点家庭矛盾，但都有享乐误事的因素（如射柳、打双陆、喝酒）。《金史》卷八十记载世宗曾对兵部郎中高通说："女直旧风，凡酒食会聚，以骑射为乐。今则奕棋双陆，宜悉禁止，令习骑射。"②可见，女真族在汉化中有历史进步的一面，但也失去了自己本民族的部分优秀传统。从考古与文献看，女真人重视农业，兴盛后逐渐过上了农业定居生活，而与游牧文化不近相同。熙宗改制以后，就完全抛弃了女真旧制，全盘采用汉制。故《宋史·陈亮传》中宋人谓金朝："昔者金人草居野处，往来无常，能使人不知所备，而兵无日不可出也。今也城郭宫室、政教号令，一切不异于中国。"③《金史》卷一一九"赞"曰："金

---

① 宋德金：《元杂剧中的金朝和女真人》，《文史知识》2010年第9期。
② （元）脱脱等：《金史》卷八十"列传第十八·磐阿离补"，中华书局1997年版，第468页。
③ （元）脱脱等：《宋史》卷四百三十六"列传第一百九十五·儒林六"，中华书局1997年版，第3291页。

之亡，不可谓无人才也。"①《金史·兵制》这样解释说："金兴，用兵如神，战胜攻取，无敌当世，曾未十年，遂定大业。原其成功之速，俗本骜劲，人多沉雄，兄弟子姓，才皆良将，部落保伍，技皆锐兵。"② 元杂剧中反映的女真民俗生活，是女真历史的一面镜子。

李成指出"元杂剧是在金院本基础上形成的"③，并认为女真习俗对元杂剧的情节产生了影响，再加上金朝帝王对通俗文学的喜好以及对表演艺人的重用，这些都推动了戏曲的发展。李成的观点不无道理。从以上元杂剧中大量涉及女真民俗的剧作看，女真民俗文化确实丰富了元杂剧的思想内容，其民俗在女真题材的元杂剧中覆盖面之广，要远在杂剧表现回回民俗之上。

总之，从元杂剧大量涉及女真民俗的作品来看，女真民俗文化极大地丰富了元杂剧的思想内容。元代多民族共存融合，一面是文化接触交流中的同化（汉化与蒙化）选择，一面是怀旧情绪、民族意识的彰显和历史反思；一面是女真族个性民俗文化，一面是北方游牧狩猎民族民俗文化的共性特征，体现了多民族统一大元朝背景下的民族融合的民俗文化趋势、女真人生存智慧和女真题材的元杂剧的发展策略，所有这些心灵的密码恰恰通过女真民俗文化得以彰显。女真题材的元杂剧，无疑是女真民族的心灵史。

第二节　元杂剧中的蒙古族民俗文化

在元朝，蒙古族作为统治者，其政治影响必然会延伸到文化领域。元杂剧中蒙古语、蒙古俗文化的广泛存在，就是蒙古强势政治对娱乐文化和民众生活影响的佐证。但是元杂剧蒙古俗文化的体现与女真、回回民俗在元杂剧中呈现的风貌差异明显。首先是在沙陀文化中体现蒙俗；其次蒙古语在元杂剧中无处不在；饮食、居住、射猎等文化描写角度

---

① （元）脱脱等：《金史》卷一百十九"列传第五十七·完颜仲德"，中华书局1997年版，第668页。

② （元）脱脱等：《金史》卷四十四"志第二十五·兵"，中华书局1997年版，第262页。

③ 李成：《金代女真文化对元杂剧繁荣的影响》，《黑龙江民族丛刊》2007年第1期。

不同。

内蒙古草原东部曾经是契丹族的重要活动区。契丹族作为北方草原游牧民族，与蒙古族有天然的相似点。我国北方少数民族中，沙陀属于突厥系统，契丹和蒙古族都属于东胡系统。13 世纪前后外国来华使多称呼元朝为"契丹国"，蒙古人为"鞑靼"，从这种称呼中也可以看到契丹和蒙古族的文化相似性。沙陀和蒙古虽然分属不同的民族系统，但并非完全没有关系，孟珙的《蒙鞑备录·立国》云："鞑靼始起，地处契丹之西北，族出于沙陀别种，故于历代无闻焉。"① 王圻的《稗史汇编》卷之十六"地理门·北夷"也有相似记载②。正是游牧文化的共性和北方生存地域上的相似性，使得本属于两个不同的民族在元杂剧中发生共鸣，那就是反映沙陀文化的杂剧叙述，实质上是蒙古族的草原文化表述，集中表现在《哭存孝》《存孝打虎》《五侯宴》等剧作中。

一 元杂剧中的沙陀文化

从地理生态上看，沙陀的得名，是因为所居新疆准葛尔盆地一带多有沙漠。但是元杂剧沙陀文化中看不到沙漠文化的痕迹，而具有更多北方游牧文化的共性生态。"地恶人犟""地恶人欢""野水荒山"是地理生态；骑马射箭、飞鹰走犬、豪饮酒嗜吃肉、睡毡帐、跳胡旋舞是文化生态。

如《哭存孝》第一折："（李克用同刘夫人领番卒子上）（李克用云）番、番、番，地恶人犟，骑宝马，坐雕鞍。飞鹰走犬，野水荒山。渴饮羊酥酒，饥餐鹿脯干。凤翎箭手中施展，宝雕弓臂上斜弯。林间酒阑胡旋舞，呵者丹青写入画图间。某乃李克用是也。某袭封幽州节度使，因带酒打了段文楚，贬某在沙陀地面，已经十年。"第三折刘夫人云："描鸾刺绣不曾习，劣马弯弓敢战敌。围场队里能射虎，临军对阵兵机识。"第四折唱词："你戴一顶虎磕脑，马跨着黄骠，箭插着钢凿，弓控着花稍，经了些地寒毡帐冷……"《存孝打虎》第一

---

① （宋）孟珙：《蒙鞑备录校注》，（清）曹元忠校注，《续修四库全书》第 423 册，史部·杂史类，上海古籍出版社 2002 年版，第 514 页。

② （明）王圻纂辑：《稗史汇编》（上册），北京出版社 1993 年版，第 250 页。

折李克用上场说："万里平如掌，古月独为尊。地寒毡帐暖，杀气阵云昏。……番番番，地恶人欢。骑劣马，坐雕鞍，飞鹰走犬，野水秋山。渴饮羊羔酒，饥餐鹿脯干。响箭手中惯捻，雕弓臂上常弯。宴罢归来胡旋舞，丹青写入画图看。"《五侯宴》中沙陀李克用说："与我拾将那枝箭来，插在我这撒袋中。""野管羌笛韵，音雄战马嘶。擂的是缕金画面鼓，打的是云月皂雕旗。"第二折李嗣源跚马儿领卒子上说："靴尖踢镫快，袖窄拽弓疾。能骑乖劣马，善着四时衣。"《存孝打虎》第二折李克用说："众义儿家将，自今日听吾将令……手弹着乐器，有弩杜花迟，准备着相持得胜也。"

北方游牧民族耐寒生活习性的共性描写，如《哭存孝》第三折刘夫人说小番的穿戴是"暖帽貂裘最堪宜"。《存孝打虎》第一折李克用说："万里平如掌，古月独为尊。地寒毡帐暖，杀气阵云昏。""万里平如掌"的地理生态更接近草原文化的描写。像"暖帽貂裘""地寒毡帐暖"更符合北方塞外的天气特点。沙陀地界不适合食草动物鹿生存，至少"饥餐鹿脯干"不是西域人的常食，《哭存孝》第一折中"渴饮羊酥酒，饥餐鹿脯干"也符合北方草原游牧文化的饮食习惯。《五侯宴》中描述沙陀李克用手下义儿李嗣源的服装是"那官人系着条玉兔鹘连珠儿石碾，戴着顶白毡笠前檐儿慢卷"。"玉兔鹘"在元杂剧中一般被认为是女真族服饰，在此，杂剧作家把女真的服装捏合到沙陀将领身上了。毡笠，是用羊毛或动物毛制成的带宽檐的帽子，在宋金时期流行白毡笠。"白毡笠前檐儿慢卷"也成为后世戏剧中胡人的一种装束。

对于沙陀文化的描写并非全部蒙古族化，如《存孝打虎》中描述"帐房内摆几个描不成画不就娇滴滴酥胸胡女，帐房外三二百员鬈黄发乱番官"。沙陀地处新疆，天气炎热，有穿着暴露的"酥胸胡女"，孟珙的《蒙鞑备录·燕聚舞乐》云："国王出师，亦以女乐随行，率十七八美女，极慧黠，多以十四弦等弹大官乐等。"① 可见杂剧中"胡女"也当是胡人筵舞之女。沙陀地近西域，相貌类似回回人，所以"鬈黄发乱番官"似是对西域人的描述。孟珙的《蒙鞑备录·立国》又载蒙古人相貌："今成

---

① （宋）孟珙：《蒙鞑备录校注》，（清）曹元忠校注，《续修四库全书》第 423 册，史部·杂史类，上海古籍出版社 2002 年版，第 531 页。

吉思皇帝及将相大臣，皆黑鞑靼也。大抵鞑人身不甚长，最长者不过五尺二三。亦无肥厚者。其面横阔，而上下有颧骨，眼无上纹，发须绝少，行状颇丑。惟今鞑主忒没真者，其身魁伟而广颡长髯，人物雄壮，所以异也。"① 可见，杂剧中"鬓黄发乱番官"非蒙古人典型特征，应是沙陀人相貌。

那么蒙古人的相貌是怎样的呢？除了《蒙鞑备录·立国》中所记"身不甚长""面横阔""上下有颧骨，眼无上纹，发须绝少"外，《蒙古史》说鞑靼人"他们不留胡子"②。小亚美尼亚国王海屯继鲁布鲁克蒙古行之后，是又一位来到蒙古（蒙哥汗廷）的旅行家，他看到"契丹国的所有人民均被称作契丹人，但各族人依其所属的特定民族拥有其名。你会发现，许多男人和女人都很漂亮，但照例都是小眼睛，天生无胡须"③。

还需要说明的是元代蒙古族由于政治上的强势，使得蒙古族文化渗透在大多数元杂剧中，不像反映女真、回回的民俗比较集中在个别杂剧中。

二　蒙古族物质民俗文化

饮食上，元代蒙古人吃奶酪，多吃兔、鹿、黄鼠、黄羊等肉，"牧而庖者以羊为常，牛次之，非大宴会不刑马。……其饮，食马乳与牛羊酪"④，制作上"火燎者十九，鼎烹者十二三"⑤。北方少数民族嗜好喝酒，蒙古人更是以喝醉为荣，"喝得酩酊大醉被他们认为是一件光荣的事情，即使任何人由于喝酒太多而因此致病，这也不能阻止他以后再一次喝酒"⑥。这种喝

---

① （宋）孟珙：《蒙鞑备录校注》，（清）曹元忠校注，《续修四库全书》第423册，史部·杂史类，上海古籍出版社2002年版，第515页。

② ［意］约翰·普兰诺·加宾尼：《蒙古史》，［英］道森编《出使蒙古记》，吕浦译，周良霄注，中国社会科学出版社1983年版，第23页。

③ ［英］裕尔：《东域纪程录丛——古代中国闻见录》，［法］考迪埃修订，张绪山译，中华书局2008年版，第225页。文中的契丹人指蒙古人，契丹国指蒙古国。

④ （宋）彭大雅：《黑鞑事略笺证》，王国维笺，王国维《王国维遗书》（八），上海书店出版社1983年版，第206—207页。

⑤ （宋）彭大雅：《黑鞑事略笺证》，王国维《王国维遗书》（八），上海书店出版社1983年版，第206页。

⑥ ［意］约翰·普兰诺·加宾尼：《蒙古史》，［英］道森编《出使蒙古记》，吕浦译，周良霄注，中国社会科学出版社1983年版，第16页。

酒风俗和以醉为美的心理，反映在元杂剧创作中，一是叙述蒙古族的羊酒文化，多有"渴饮羊酥酒"或羊羔酒；二是酒醉文化及其蒙古语酒文化的表达，蒙古语"答剌孙"（酒）和"萨塔八"（醉）在杂剧中常出现，如《存孝打虎》有"安排着筵会，金盏子满斟着赛银打剌苏"，《哭存孝》有"撒因答剌孙，见了抢着吃。喝的莎塔八，跌倒就是睡"，表达了好酒、喝醉之意。不仅沙陀胡人、蒙古人如此嗜酒，而且元代汉人似乎也受其影响，《降桑椹》第一折白厮赖说："哥也，俺打剌孙多了，您兄弟莎搭八了掩牙不约儿赤罢。"用蒙汉语言混杂表述喝酒与醉酒文化，在体现民族融合的同时，从杂剧表演醉酒之形态的层面来看，也极具表现力和喜剧性。

元杂剧对于蒙古族服饰似乎没有专门描述。13 世纪时，蒙古族已经重视头饰。[1] 但是在元杂剧中头饰表现不明显。在反映沙陀文化的杂剧中有适应寒冷天气的"暖帽貂裘"、白毡笠卷檐帽子的描述。这与元杂剧大量描写华丽珍贵的女真服饰，真是天壤之别。但这并不能说明蒙古族服饰比女真族服饰简朴。元代饰物上用金，更胜于辽金。赵丰《蒙元胸背及其源流》一文认为：蒙元时期的胸背以妆金工艺为主制成，也少量采用销金（印金），以金色为主，但极少采用刺绣。蒙元胸背源于金代，并影响西亚服饰。蒙元胸背的龙凤、麒麟、鹿等装饰图案对我国明清以鸟兽象征官阶的补子产生影响[2]。蒙古人衣着十分讲究，当时蒙古贵族喜爱纳石矢，就是生活奢华的佐证[3]。

蒙古族久居塞外，放牧牛羊，一般用羊毛制成毡子，他们戴毡帽，住毡房，用毡车，毡车行走缓慢，《汉宫秋》第三折有唱词："猛听的塞雁南翔，呀呀的声嘹亮，却原来满目牛羊，是兀那载离恨的毡车半坡里响。"受这种游牧文化影响，元杂剧描写走得慢的范式是"似毡上拖毛"，如《赵氏孤儿》第一折有"我着你去呵，似弩箭离弦，叫你回来呵，便似毡上拖毛"的表述。对于草原游牧文化的认同，使得元杂剧中草原民俗文化能穿越时代，让观众产生审美认同。

---

① 王迅、苏赫巴鲁编著：《蒙古族风俗志》，中央民族学院出版社 1990 年版，第 12 页。

② 赵丰：《蒙元胸背及其源流》，《"丝绸之路与元代艺术"国际学术研讨会论点摘编》，《东方博物》第十八辑，浙江大学出版社 2006 年版。

③ 赵旭东：《侈靡、奢华与支配——围绕十三世纪蒙古游牧帝国服饰偏好与政治风俗的札记》，《民俗研究》2010 年第 2 期。

三　蒙古族社会民俗文化

蒙古族是草原游牧民族，元杂剧多有飞鹰走犬围猎的描写，如《鲁斋郎》中鲁斋郎："但行处引的是花腿闲汉，弹弓粘竿，狨儿小鹞，每日价飞鹰走犬。"意大利人鄂多立克是继马可·波罗后来到中国的又一位旅行家，大约 1322 年他在广州登岸进入当时为元朝的中国，他称之为契丹国。对于大都的见闻，记载大可汗出巡时，"他在车中随身携带十二只鹰……倘若他看见有鸟飞过，他就把鹰放出去追逐"①。围猎时，"他们首先和猎户把整个林子包围，放出为狩猎而训练的鹰犬，然后逐渐地围拢猎物"②，狩猎所射的箭都有记号，找回他们的箭得到各自的猎物。

我国古代游牧民族曾把掠夺作为一种生存手段，征战是为了生存空间的拓展，因而形成了独特的英雄观。郎樱在论及北方民族文化时说："这些草原帝国的游牧民相信，杀人多者为英雄，掠夺财物多者为英雄。"③蒙古语"哈喇"意思是"杀"，在杂剧中渗透极广，如《汉宫秋》《谢金吾》《伍员吹箫》《勘头巾》《单鞭夺槊》《盆儿鬼》《五侯宴》《金凤钗》等，如果加上翻译成"杀坏了""所算了"的杂剧，元代带有"杀"文化的杂剧数量相当可观，而元杂剧中的蒙古语"哈喇"就成为带有蒙古族杀伐文化的语言标志。不管是"哈喇"，还是"杀坏了""所算了"，在元杂剧中是跨越故事时代的，在《汉宫秋》《伍员吹箫》《单鞭夺槊》等历史剧中就有体现，这正是元代杂剧作家在创作中渗透进蒙元战争文化和蒙古族语言文化的结果。这种体现战争文化的蒙古语，还有"把都儿"（勇士）、"莽古歹"（小番）、"抹邻"或"抹妳"、（马）"弩门"（弓）、"速门"（箭）、"撒袋"（箭袋）等。

元杂剧中蒙古族人物出场一般不会像女真族那样自报家门，甚至蒙古人姓名都很少出现，鲜见有蒙古族风格的名字，元杂剧中可能仅有《不认尸》的兀里不罕元帅一例。元杂剧中蒙古族民俗文化最突出的就是

---

① ［亚美尼亚］乞拉可思·刚扎克赛、［意］鄂多立克、［波斯］火者·盖耶速丁：《海屯行纪 鄂多立克东游录 沙哈鲁遣使中国记》，何高济译，中华书局 1981 年版，第 76 页。

② 同上书，第 78 页。

③ 郎樱：《北方民族文化与中华文化》，《社会科学战线》2003 年第 3 期。

蒙古语的使用，但说蒙古语的剧中人未必就是蒙古人，这与女真、回回的语言特色截然不同。这说明蒙古语作为官方语言和作为统治阶层的蒙古族强势文化对底层人民的影响之深，也直接影响了杂剧创作。

四 蒙古族语言民俗文化

元杂剧中蒙古语的使用，从词性上看，有名词、动词、形容词、副词、代词等。饮食名词，如肉，蒙古语为"米罕"（《降桑椹》《哭存孝》）；酒，蒙古语为"答剌孙"或"打剌孙"（《降桑椹》《射柳捶丸》）。对事物名词的翻译，弓箭，蒙古语为"努门速门"（《射柳捶丸》），颧骨、颊骨，蒙古语为"哈撒儿骨"（《黄花峪》《独角牛》）。指涉不同阶层人群的名词，如小番，蒙古语为"莽古歹"；英雄勇士，蒙古语为"把都儿"（《汉宫秋》《射柳捶丸》）；贼，蒙古语为"忽剌孩"（《哭存孝》）等。作为名词的蒙古语，有时直接引入杂剧的宾白叙事中，或指人、地点，即使不明白蒙古语意思也基本不影响叙事，联系前后剧情，也可以推断出来，如《老君堂》中有"巴都儿来报大王呼唤不知有何将令"，句中"巴都儿"即使不知道意思，但知道是"人"或猜测为小番，都不影响句意表达。《博望烧屯》有"顺着蚰蜒小道儿，我直走到哈密里去也"的表述。"哈密里"，疑为蒙古语，联系前文应该指"许昌路"。作为名称的蒙古语还有《渔樵记》第二折"兀剌"，"汉语意为粗笨的'鞋'或'靴'"①。《冯玉兰》第一折"搭连"即"褡裢"，"汉语意为口在中央，两头能存放东西的一种袋子。这种袋子既可以置放人肩，也宜搭在牲畜背上"②。作为动词的蒙古语，如走，蒙古语为"牙不"或"哑不"（《射柳捶丸》《黄花峪》）；派遣、打发走，蒙古语为"牙不约儿赤"（《降桑椹》）；喝醉，蒙古语为"莎搭八"（《降桑椹》）；杀，蒙古语为"哈喇"了。此外，韩登庸考证蒙古族生活用语，如《哭存孝》第二折中"五裂篾迭"意思为"不知道"③。还有《西厢记》第一本第一折中"撒和"，"汉语为'饲喂牲畜'、'溜放自适'两意"④，"撒

---

① 韩登庸：《元代杂剧肇论》，远方出版社 1996 年版，第 65 页。
② 同上。
③ 同上书，第 63 页。（方龄贵《元明戏曲中的蒙古语》和朱居易《元剧俗语方言例释》中都认为是"不知"或"不管"）
④ 同上书，第 65 页。

和”一词在《来生债》《竹叶舟》《冻苏秦》《倩女离魂》《㑇梅香》等剧中均存。作为形容词、副词的蒙古语，表示修饰程度，汉人就不太好单独理解，如果该词与蒙古语的另一个名词或动词结合，理解就更困难了，如蒙古语“撒因抹邻”就指好马，只有对“撒因”（好）和“抹邻”（马）都知其意，才能准确理解剧中人说话之意。如果作为形容词或副词的蒙古语修饰的名词或动词在剧中是汉语的话，基本不影响剧中人主要意思的表达。如《神奴儿》第四折：“院公生一个大剌唬疖死了也。”蒙古语“大剌唬”，意思是肥胖、大个儿。蒙古语作为副词出现，如“阿可赤”又作“阿磕绰”。《独角牛》第三折：“你笑我身子儿尖，可也使不着脸儿甜，本对也可不道三角瓦儿阿可赤可兀的绊翻了人，则我这一对拳到收赢了你个飑。”《朱砂担》第二折邦老杀人时说：“阿磕绰我靠倒这墙，遮了这死尸，也与你个好发送。”方龄贵考证“阿可赤”是蒙古语，“训轻轻地，悄悄地，徐徐地，悠悠地，从从容容地”[1]。“惊急列”，又作惊急利、惊急里、荆棘律、荆棘列、荆棘剌等，见于《三夺槊》《风云会》《朱砂担》《张生煮海》《飞刀对箭》《西厢记》《后庭花》《黑旋风》《竹叶舟》等剧，方龄贵认为“惊急列”是“形容惊慌中发出的惊愕，哀叹，呻吟之声”[2]。方龄贵考证元杂剧中“者”，也为蒙古语应答语气词，意思为“是”。“‘阿的’即蒙古语 ede 之对音”，相当于汉语的“这个”“那个”“这些”“那些”。[3] 可见杂剧中出现的蒙古语多为日常用语。

另外从杂剧对个别生僻蒙古语如《延安府》的“结斯陀罗昆”[4]、《博望烧屯》的“哈密里”的运用，和《降桑椹》《存孝打虎》《哭存孝》杂剧中大段蒙古语的叙述，表明元代民众对蒙古语的熟悉度是惊人的，今人无法臆测。《降桑椹》第一折：“（白厮赖云）哥也，俺打剌孙

---

① 方龄贵：《元明戏曲中的蒙古语续考》，《西北民族研究》1997 年第 2 期。
② 方龄贵：《元明戏曲中的蒙古语续考（连载）》，《西北民族研究》2001 年第 1 期。
③ 方龄贵：《元明戏曲中的蒙古语续考》，《西北民族研究》2001 年第 3 期。
④ 方龄贵：《元明戏曲中的蒙古语续考》，《西北民族研究》1997 年第 2 期。《延安府》：“（达达官人云）庞衙内也，结斯陀罗昆，你恰走起将来，把俺筵席都搅了。”方龄贵考证“‘结斯陀罗昆’当是蒙古语，乃‘结斯’与‘陀罗昆’的复合词”，“‘结斯’当就是蒙古语语根 ges—的对音，有熔化，融解，纠正，改变，修正，取消，放弃诸义’。‘陀罗昆’是 torqu 的对音，有“阻碍，欺骗，蒙骗，制造混乱，强加罪名于人等义”，因此“结斯陀罗昆”的意思是“达达官人规劝庞衙内纠正其自欺欺人之谈，休再进行蒙骗”。

多了，您兄弟莎搭八了掩牙不约儿赤罢。（外呈答云）且打番语得也么。"
出现以上蒙古语的剧作绝大部分为汉族作家创作的杂剧。正如那木吉拉
在《元代汉人蒙古姓名考》一文中指出汉人谙熟蒙古语的现象："在这种
重视蒙古语的环境中不少汉人谙熟蒙古语，娴于蒙俗，主动改用蒙古姓
名。"[1] 李治安指出："适应汉人学习蒙古语常用词汇和蒙汉对译的需要，
元末福建一带民间书坊还数次刻印销售现存最早的蒙古语、汉语对译小
册子《至元译语》（又名《蒙古译语》）。"[2] 方龄贵认为元明戏曲中存在
大量蒙古语。可见蒙古语对中下层民众生活的影响之深广。

　　另外，蒙古语被元杂剧吸收，往往出现音同字异的现象，但是演剧
时只要演员发对音，观众作为蒙古语接受者对于剧本用什么字就无所谓
了，不影响对蒙古语的准确理解，因为戏剧不仅是视觉艺术，更是听觉
艺术，对于曲本位的元杂剧尤其如此。这种例子还有很多，如汉语的
"好"，蒙古语为"撒因""赛银"等；酒，蒙古语为"答剌孙""打剌
孙""打剌苏"等；醉了，蒙古语为"莎搭八""莎塔八"等；小番，蒙
古语为"莽古歹""忙古歹"；走，蒙古语为"牙不""哑不"。

　　大部分汉族作家创作的元杂剧中融入了蒙古语，在女真族题材（包
括女真作家李直夫《虎头牌》）的杂剧中也不乏蒙古语的运用，如《射柳
捶丸》中就大量运用蒙古语。在表现沙陀的文化中，蒙古语出现较多，
让我们不得不认为这就是蒙古族语言民俗文化的生动记录，如《哭存孝》
第一折李存信说："米罕整斤吞，抹邻不会骑。弩门并速门，弓箭怎的
射？撒因答剌孙，见了抢着吃。喝的莎塔八，跌倒就是睡。若说我姓名，
家将不能记。一对忽剌孩，都是狗养的。"可见蒙古语对各族人民都有影
响，是一种强势政治下催生的强势语言现象。

第三节　元杂剧中的回族民俗文化及其他

　　元杂剧中回族民俗文化主要体现在相貌、语言、饮食、服饰、姓氏
等方面，表现出强烈的民族意识和多民族共存下的文化差异感。元杂剧

---

[1]　那木吉拉：《元代汉人蒙古姓名考》，《中央民族学院学报》1992 年第 2 期。
[2]　李治安：《元代汉人受蒙古文化影响考述》，《历史研究》2009 年第 1 期。

直接或间接涉及回族民俗文化的作品屈指可数，但这些剧作记录下零散的有限的回族民俗资料，成为今天研究回族历史和元代多民族关系的重要参考。

"回回"两字初见于北宋沈括《梦溪笔谈》卷五云："旗队浑如锦绣堆，银装背嵬打'回回'。"① 此则材料中的"回回"，学界一般认为是指回纥。作为部族名和国名，则见于《辽史》所载耶律大石西征经过的"回回国""回回大食部"。为何称作"回回"？学者们常解释是回纥、回鹘的变音，民间说法是早期来华经商的蕃客，东去春回，以及唐代大食人帮助大唐平安史之乱后思念家乡之意，可谓"回回"是来回之意与思乡之意的叠合。

"回回"一词在《元史》中有时作为民族称谓，与蒙古、汉人（汉儿）常常并举，可见这种并举既是社会地位的体现，也是民族独立性的长期保持所致；有时作为国家地域称谓，具有空间性，如《元史》卷一百二十二记有"回回河西诸国"。从地域空间上来说，元代"回回"多指我国西部，有学者说"当时的'回回'大致可以说是'西域'的近义词"②。

白寿彝教授说："元时，'回回'一名开始代替'大食人'，被认为信仰伊斯兰教者底名称。在它代替'大食人'一名词之前，本是'回鹘'、'畏兀'底变音，是专指畏兀儿民族说的，后来又用这个名词兼称波斯人，但不久之后……便专以'回鹘'、'伟兀'、'畏兀儿'、'畏吾尔'等名词称畏兀人（uigur），以'回回'或'回纥'专称信仰伊斯兰教者。但有时，元人也有称伊斯兰教人为回鹘的，也有以'回回'兼指别种西域人的。不过，大致说来，"回回"之用以称呼伊斯兰人，是始于元，并且在元时已是很通行了。"③ 严格地说，回族的宗教信仰很复杂，有的信仰佛教、景教、犹太教等，"奉释氏最甚，共为一堂，塑佛像其中"④。宋元时期，蓝帽"回回"、术忽"回回"等信奉犹太教，绿睛"回回"信奉景教。伊斯兰教具有较强的包容性，在传播中吸收了其他教派之教义，如犹太教。

---

① 胡道静校注：《新校正〈梦溪笔谈〉》卷五"乐律二"，中华书局 1957 年版，第 60 页。
② 游彪等：《中国民俗史》（宋辽金元卷），人民出版社 2008 年版，第 439 页。
③ 白寿彝：《中国回教小史》，商务印书馆 1944 年版，第 21 页。
④ （宋）洪皓：《松漠纪闻》，阳羡生校点，《宋元笔记小说大观》（三），上海古籍出版社 2007 年版，第 2791 页。

"回回"作为新兴民族，其地位受到朝廷认何。早在元太宗七年（1235）时，回族人已经正式编入政府户籍，从唐宋时期的"胡商""蕃客"转变为"回回户"，等于有了中国国籍。元代回族在各阶层都有分布，有经商的，有制炮的，有从事天文学的星学者（做"回回"历、司天台），有在回族医药院的，有从军当官的，有工匠等，其中尤其以从军和经商的回族人数居多，影响大。此外，元顺帝之母也为"回回"女子。还有著名的政治家"回回"人赛典赤·赡思丁，"至今在云南回族中流传着不少赛典赤的故事。如《锁蛟》、《征萝槃甸》等"①。这在《元史》和《南村辍耕录》中均有记载。元《青楼集》还记录了"回回"旦色"米里哈"②。杂剧《延安府》中有"回回"官员，《唐三藏西天取经》有"回回"丑脚色。在元朝统一的大家庭中"回回"与当地人通婚现象也较多。"元时'回回'遍天下"，分布各地的元代"回回"大多数信奉伊斯兰教。回族风俗与中原风俗迥异，令人印象很深。

元杂剧中涉及"回回"的作品有杨显之的《酷寒亭》、关汉卿的《谢天香》、无名氏的《唐三藏西天取经·饯送郊关开觉路》《唐三藏西天取经·狮蛮国直指前程》③。回族人物形象在杂剧中有做官的，有为将的，有为僧的，脚色上多为净丑。

别林斯基曾说："一个民族越是年轻，习俗就越是鲜明而富于色彩，这民族也越是重视它们。"④ 元代回族就是这样的一个民族。元代很多民族都逐渐消亡，退出历史舞台，而"回回"顽强地保持着本民族的特色，并在明初形成回族。

一　回族相貌及其地理生态

回族人的相貌独特，俗语说"天下'回回'生得怪，根子来自天山

---

① 李树江：《回族民间文学史纲》，宁夏人民出版社1989年版，第149页。

② （元）夏庭芝：《青楼集》，崔令钦等《教坊记 北里志 青楼集》，古典文学出版社1957年版，第59页。载："米里哈，'回回'旦色，歌喉清宛，妙入神品。貌虽不扬，而专工花旦杂剧。余曾识之，名不虚得也。"

③ 收录于赵景深辑《元人杂剧钩沉》，上海古典文学出版社1956年版。

④ ［俄］别林斯基：《别林斯基文学论文选》，满涛、辛未艾译，上海译文出版社1999年版，第25页。

外"。《谢天香》第一折："老夫自幼修髯满部，军民识与不识，皆呼为波斯钱大尹。"《绯衣梦》第三折："老夫姓钱名可，字可可。……为因老夫满面虬髯，貌类色目人，满朝人皆呼老夫为波斯钱大尹。"波斯人作为回族的先民，相貌突出的是胡须，"修髯满部""满面虬髯"，杂剧中"波斯钱大尹"的相貌描写，基本上可以看作是回族人的相貌描写。《西游记》第三本十一出中有一段对话："（沙和尚云）我姓沙。（行者云）我认得你，你是回回人河里沙。（沙和尚云）你怎么知道？（行者云）你嘴脸有些相似。"这段对话告诉我们：回族人与中原人相貌差异大。《绯衣梦》说波斯钱大尹"貌类色目人"，这里的色目人当指回族人，因为元代31 种色目人中回族占绝对多数。回族人在面相上除了有胡须，眼和鼻子也具有特色，鼻梁高，眼窝深陷：《唐三藏西天取经·狮蛮国直指前程》描述回回人"眼睛眼睛凹进去，鼻子鼻子长出来"。对于回族人的相貌，汉人多好奇。《南村辍耕录》二十八卷"嘲回回"云："象鼻、猫睛，其貌也。"①当时把阿速人就称作"绿睛回回"，应该是以眼睛特征命名的。金人刘祁《归潜志》卷十三"北使记"记载吾古孙仲端北使到达西域，所见应为回回人，"其回纥国……其人种类甚众，其须髯拳如毛，而缁黄浅深不一。面惟见眼、鼻"，"其食则胡饼、汤饼而鱼肉焉。其妇人衣白，面亦衣，止外其目。间有髯者，并业歌舞音乐"②。宋人眼中的回鹘人是"其人卷发深目，眉修而浓，自眼睫而下多虬髯"③。

元杂剧中的"回回"人物，多为"他称"，极少"自称"，这与女真族人物上场自称"女直人氏"截然不同，元杂剧中没有回族人上场自报民族身份的例子。这说明元代"回回"作为回族形成的前期，族群认同上还未取得完全一致，但对别人呼为"回回"也不反对，有时也自称回回。《唐三藏西天取经·狮蛮国直指前程》中小回回唱"〔回回舞〕回回、回回把清斋，虔诚虔诚顶礼拜。眼睛眼睛凹进去，鼻子鼻子长出

---

① （元）陶宗仪：《南村辍耕录》，李梦生校点，《宋元笔记小说大观》（六），上海古籍出版社 2007 年版，第 6495 页。

② （金）刘祁：《归潜志》卷十三，黄益元校点，《宋元笔记小说大观》（六），上海古籍出版社 2007 年版，第 6033、6034 页。

③ （宋）洪皓：《松漠纪闻》，阳羡生校点，《宋元笔记小说大观》（三），上海古籍出版社 2007 年版，第 2791 页。

来"，多少有了点民族意识。"回回"经历了有元一代，到了明初，民族认同感得以强化，便形成新的民族——回族。

对于"回回"的地理生态文化和活动区域，元杂剧也有描写。《元史》卷一百二十二有"回回河西诸国"。《元史》卷十一又云："禁西北边回回诸人越境为商。"① 尽管《元史》中"回回"和河西是两个概念，但是元代"回回"至少部分居于河西原西夏境内（"回回"包括了原来西夏党项民族的遗民），也就是我国西北地区。某种意义上，"河西"也是"回回"除了"西域"之外的另一种生存空间表述。如《衣袄车》河西国有"回回"将史牙恰、昝雄。《衣袄车》中"回回"将常年的主要活动范围在"塞北沙陀"，偶有"避暑乘凉至黑河"，活动空间覆盖了今东北、西北区域。这一地理生态文化决定了"回回"骑马善射的游牧文化生态，史牙恰上场云："塞北沙陀为头领，番将丛中第一人。某乃大将史牙恰是也。某手下的番将，人人英勇，个个威风，能骑劣马，快拽硬弓。"第三折李滚上场说："旗开云日晃金戈，避暑乘凉至黑河。北塞闲中行乐处，逍遥马上玩沙陀。"由于"地恶人奔"生态环境恶劣，游牧文化的一个体现就是打劫，如《衣袄车》第二折："老夫范仲淹是也。今差狄青押衣袄车，前去西延边赏军去。不想到于河西国，被史牙恰和昝雄邀截了衣袄扛车，赶入黑松林去了。"

二 回族语言、物质民俗文化

回族大部分为西域人，多信伊斯兰教，也有少数信犹太教（如"术忽回回"）。独特的西北地域风情与宗教文化，导致饮食文化与中原大异，在《延安府》和《酷寒亭》杂剧中就表现出饮食民俗的文化冲突。

如《延安府》第二折（吕夷简净回回官人汉儿官人女直官人达达官人众官同上）：

> （回回官人云）经历。拿那土木八来。（经历云）有。令人拿过那厨子来。（厨子跪科）（回回官人云）兀那厨子。圣人言语，着俺这八府宰相在此饮酒。你安排的茶饭，都不好吃。霍食买在必牙，

---

① （明）宋濂等：《元史》卷十一"本纪第十一·世祖八"，中华书局1997年版，第79页。

有甚么好吃的？郭食木儿哈呐鸡，郭食阿厮哈呐马，郭苏盘曷厮哈呐羊，郭食羊哈呐牛，郭食曷厮哈呐鹅，哈哩凹甜食下，都是三菩萨。济哩必牙，吐吐麻食，偌安桌食所儿叭，霍食买在必牙。烧羊里无卤汁，软羊里少杏泥，圆米饭不中吃，安排的茶饭无滋味。经历，与我拿出去打四十者。（张千云）理会的。①

正末李圭问厨子为什么烦恼，从而引出对前文的补充翻译："（厨子跪科云）大人可怜见，小人是个厨子。昨日相府里经历大人，唤小人做了一日一夜，眼也不曾合，今日倒说小人烧羊里无卤汁，软羊里无杏泥，圆米饭不中吃，烧鹅烧鸡说不肥，临了将我打了四十。似这等苦楚，那里告去？"

上述"回回"官员与汉族厨子的对话中涉及杂剧演出中语言的翻译问题。阿萨德在《论英国社会人类学中文化翻译的概念》文中说："翻译务必表述给一个特定的读者群，而这个特定的读者群总是在期待阅读另一种生活模式（Asad，1986：159）。"② 元杂剧在汉语表述中夹杂少数民族语言，使得杂剧曲文表演时出现瞬时的陌生化语言审美效果，这种"陌生化"恰是观众对杂剧表演中出现异族人物形象后，产生对异文化、异族生活的一种审美期待，而民族语言又是少数民族生活的一部分，更是杂剧演出追求陌生化效果最直接的手段，它可以刺激观众的听觉感官。

舞台上"回回"官员的民族语言的翻译有两种方式：一为自己翻译，二为他人转译。"回回"官人用回语说完后，紧接着有自译，后文借助厨子的口又转译，转译中也加进了厨子的个人翻译，如"回回"官并未翻译"烧鹅烧鸡说不肥"，是厨子的补充翻译。从翻译的角度看，连续的"回回"语言表述是在"回回"官员生气的情况下本能说出的，说完后怕别人听不懂，又作了简明扼要的汉语翻译，正因为生气情景下"回回"官自己也翻译不全，这在情理之中。而厨子的转译既是加深观众对"回回"语的理解，又表明"回回"语言也对回族以外的他族产生了影响。大杂居的民族融合，语言文化的接触是较早的，而更深层的饮食信仰民

---

① 隋树森编：《元曲选外编》第三册，中华书局1959年版，第921页。
② 王铭铭：《西方人类学思潮十讲》，广西师范大学出版社2005年版，第180页。

俗文化的接触理解乃至认同，更是一个长期的过程。不管如何翻译，"回回"官员的饮食要求，反映出了回回的饮食文化特征：喜欢甜食，喜欢烧烤，吃食草动物的肉，剧中肉类涉及的鸡鹅牛羊都为草食动物。翻译民俗内容，以意译为主。如同样是烧烤，烧鹅、烧鸡肯定是不同的，语言表述是"郭食木儿哈呐鸡""郭食曷厮哈呐鹅"。"回回"语"郭食"，又名"郭什"，意思为"肉"，回族专指牛羊肉。至今回族俗语、歇后语还有"卖面宰羊——各干一行"，"回回两把刀：一把卖羊（牛）肉，一把卖切糕"，"回回三大行：珠宝、饭馆、宰牛羊"。

在"回回"的饮食肉类结构中，伊斯兰信徒不吃猪肉只吃牛羊肉。与蒙古族用"开膛法"杀羊不同，"回回"一般用"断喉法"宰羊，以求洁净，羊肉做法也有自己本民族的习惯。"回回"人饮食干净，做法细腻，注重佐料搭配，吃羊肉也常常加很多佐料。元人著《居家必用事类全集》庚集"回回食品"中云："糕糜，羊头煮极烂提去骨，原汁内下回回豆，候软下糯米粉，成稠糕糜下酥蜜、松仁、胡桃仁和匀供。"① 又云："西河肺，连心羊肺一具浸净，以豆粉四两，肉汁破开，面四两韭汁破开，蜜三两，酥半斤，松仁、胡桃仁去皮净十两。擂细滤去滓和搅匀，灌肺满足，下锅煮熟……"② 元代忽思慧编的《饮膳正要》也记载了不少"回回"饮食，如"河西米汤粉""河西肺""抑蒸羊"等，其中绝大部分以羊肉为原料。《延安府》杂剧中"回回"官员说"烧羊里无卤汁，软羊里少杏泥"，恰恰表明了"回回"吃羊肉习俗的文化个性。

再看《延安府》中一则材料：

（经历云）兀那厨子，今有八府宰相，在省堂筵宴，唤你来打个料帐。八府大人的分饭烧割汤品添换不许少了。你怎生摆布，你说，我试听。先买一只好羊者。（厨子云）相公，如今好肥羊得买。（张千云）怎生得买？（厨子云）七个沙板钱买一只。重一百二十斤，大

① （元）佚名：《居家必用事类全集》庚集 饮食类"回回食品"，《续修四库全书》第1184 册，子部·杂家类，上海古籍出版社 2002 年版，第 579 页。
② （元）佚名：《居家必用事类全集》庚集 饮食类"回回食品"，《续修四库全书》第1184 册，第 580 页。

尾子绵羊至贱。(经历云)张千,就与他七文钱,则问他要一百二十斤的大尾子绵羊。(厨子云)相公,这两日羊贵了。①

此段材料说明,当时不同民族在饮食上都吃羊肉,蒙古族和回回尤甚,元杂剧中描绘庆喜的筵席离不开羊肉。《延安府》中经历与厨子的对话,还反映出当时朝廷应该有供给"羊"的制度。"羊贵",则表明供不应求的状况。

"回回"食品的粮食构成,以米、面为主。"圆米饭不中吃,安排的茶饭无滋味",不仅是饮食的差异,更是一种南北文化的差异。单就大米而言,圆米比长米好吃,一般北方产圆粒米(粳米),南方产长粒米(籼米)。关于回回人的饮食,《延安府》和《酷寒亭》都提到了吐吐麻食(或秃秃茶食)实为一种,又叫"秃秃麻食""秃秃麻失",其制作见于《饮膳正要》和《居家必用事类全集》。《饮膳正要》记载:"秃秃麻食,系手撇面,补中益气,白面六斤,作脱脱麻食,羊肉一脚子,炒焦肉乞马,右件,用好肉汤下炒葱,调和匀,下蒜酪、香菜末。"②《居家必用事类全集》记载:"秃秃麻失,如水滑面和圆小弹,剂冷水浸手掌按作小薄饼儿。下锅煮熟,捞出过汁。煎炒酸肉,任意食之。"③可见,吐吐麻食,是一种面食,"回回"喜吃面食,《酷寒亭》还提到"水答饼",也为一证。

"回回"喜欢吃甜食,《居家必用事类全集》中"回回"人吃的糕糜、设克儿匹剌、八耳搭、哈耳尾等的做法中都有"蜜"。"回回"还喜欢食酸汤,即使酸汤制作中也要放糖和蜜。《居家必用事类全集》云:"酸汤,乌梅不拘多少,糖醋熬烂去滓核,再入砂锅下蜜尝酸甜得所……"④《延安府》中"八府大人的分饭烧割汤品添换不许少了",正说明不同民族由于风俗不同,在饮食上是有区别的,要求符合本民族习惯,所以吃时要"分饭",而"烧割",指烧烤割食,也是蒙古、女真、

---

① 隋树森编:《元曲选外编》第三册,中华书局1959年版,第920页。

② (元)忽思慧:《饮膳正要》,刘玉书点校,卷第一"聚珍异馔",人民卫生出版社1986年版,第32页。

③ (元)佚名:《居家必用事类全集》庚集 饮食类"回回食品",《续修四库全书》第1184册,第579页。

④ 同上。

"回回"的饮食民俗习惯。《延安府》杂剧中"回回"官员说"你安排的茶饭都不好吃""安排的茶饭无滋味",正是回回饮食重视佐料、味道以及食物用料的民俗差异。

不仅《延安府》表现出民族饮食文化的差异,而且在杨显之《酷寒亭》也生动地体现出大元一统的境遇下民族民俗的文化差异及其冲突。第三折江西商人酒店老板张保自叙:"因为兵马嚷乱,遭驱被掳,来到回回马合麻沙宣差衙里……他家里吃的是大蒜臭韭,水答饼,秃秃茶食。我那里吃的?我江南吃的都是海鲜,曾有四句诗道来;(诗云):江南景致实堪夸,煎肉豆腐炒东瓜……"。此段是从他者的视角,关注回回的饮食文化。张保描述回回人家里吃大蒜臭韭、水答饼、秃秃茶食,而江南汉人吃的是海鲜、炒菜。"大蒜臭韭"为"回回"饮食常用佐料,前述"秃秃麻食"的制作中就有。"水答饼,秃秃茶食"都是回回面食。张保以汉人的视角捕捉到回汉文化和南北文化的差异。

"回回"饮食与中原不同,服饰也与汉人迥异。"回回"人戴"回回"帽、穿"回回"衣,如《唐三藏西天取经·狮蛮国直指前程》中丑扮小"回回",戴"回回"帽,穿"回回"衣,执拐杖,从寿堂上场门上①。《南村辍耕录》卷二十八"嘲回回"云:"氆丝、头袖,其服也。"②头袖,应该是回回的缠头巾。元代"回回"在纺织方面吸收中外技法,并在民族服饰上有所体现,"氆丝"可能是对"回回"衣服的描述,与丝织品有关,衣服应该有花纹。"元代,回回纺织业的能工巧匠,把中亚、波斯一带的嵌绣、毛布混织技法以及各种回回花纹、图案巧妙的与中国传统结合起来,不仅使回族人的服饰文化更加丰富多彩,也大大促进了中国丝织和服装业的发展。"③《松漠纪闻》云:"妇人类男子,白皙,著青衣,如中国道服然,以薄青纱幂首而见其面。"④ 由此则材料推测元杂

---

① 赵景深辑:《元人杂剧钩沉》,上海古典文学出版社 1956 年版,第 168 页。

② (元)陶宗仪:《南村辍耕录》,李梦生校点,《宋元笔记小说大观》(六),上海古籍出版社 2007 年版,第 6495 页。

③ 《回族服饰发展史》,中阿经贸论坛官网,http://www.cnr.cn/2011zthd/jingmaoluntan/ningxia/huizuwenhua/201109/t20110910_508488341.shtml。

④ (宋)洪皓:《松漠纪闻》,阳羡生校点,《宋元笔记小说大观》(三),上海古籍出版社 2007 年版,第 2791 页。

剧中的"回回"衣帽可能为"青色"。

三　回族社会民俗文化

"回回"善歌舞，杨景贤的《西游记》中村姑看到几个"回回"，是"咿咿呜，吹竹管，扑冬冬，打着牛皮，见几个回回，笑他一会，闹一会"。郭英德认为此则材料"写的当是回回舞，以竹管、牛皮鼓伴奏"，"杂剧也吸收了回回族的歌舞，如《缀白裘》九集选存吴昌龄《西天取经》杂剧中《回回》一折，小回回上场即唱［回回曲］"①。

元杂剧中的"回回"姓氏有史、昝、沙、马等姓。《西游记》中第三本第十一出沙和尚说"我姓沙"。沙为回族四大姓之一，波斯人姓氏首音多带"沙"字，波斯语意为"王"，元代"回回"人姓氏也如此。元杂剧中"回回"姓氏上的汉化，其表现：一为信仰与姓名的结合，如马合麻沙宣差（《酷寒亭》）。"马合麻沙"应该是伊斯兰教圣人穆罕默德的音译，"回回"多以圣人名为姓。"十个回回九姓马，一个不姓纳就姓哈"，元代著名的"回回"曲人马九皋，汉姓就取"马"。二为汉姓与回名的结合，如史牙恰。三是"回回"姓与汉名结合，如昝雄。笔者检索《贵姓何来》一书1048个姓氏中没有赡、昝姓。② 因此杂剧中昝姓，可能为回回姓。

元代各民族由于文化差异导致对"法"的理解也不近相同。为了论述方便，我们把《延安府》第二折回回、女真、汉人、达达关于断案中"法"的争论摘抄如下：

（汉儿官人云）呸！庞勋，你妻舅打死平人，你又反囚了他原告，这个是你做的勾当，是何理也？圣人说："举直错诸枉，则民服；举枉错诸直，则民不服。""三人行必有我师焉，择其善者而从之，其不善者而改之。"圣人云："君子行德以全其名。"你这等小人，行贪以忘其身。常言道：营于利者多患，轻于诺者寡信。茂木丰草，有时而落，物有盛衰，安宜自若？庞勋，你所为非理，所行

① 郭英德：《元杂剧与元代社会》，北京师范大学出版社1996年版，第134页。
② 徐俊元、张占军、石玉新：《贵姓何来》，河北科学技术出版社1985年版。

不公。你这等人，和你说出甚么来？则道俺官人不知道，你听者：庞衙内做事忒歹，欺瞒俺八府臣宰。公厅上则你横行，教人将你怎生遮盖。（下）（女直官人云）庞勋，你知罪么？你妻舅打死平人，又反囚他原告，敢不可么！你须是掌法的人也，为臣者要廉能功干，竭力尽忠，于民有益，于国有功。一无邪僻之心，常存文行忠信。你全不肯秉正直坚心报国，专则待倚权豪仗势欺人。……庞勋奸狡昧神祇，……良民陷害遭囚困，坏法欺公陋面贼。全无报国忠君意，不把王条秉正直。枯腹岂知经史意，愚人倚仗势家威。两眼望钱贪利赂，一心则待吃堂食。扭曲做直胡弄事，恋酒迷花乔所为。反囚原告非其罪，屈勘平人法度违。逆天行事的无徒子，怎与皇家作柱石。（下）（达达官人云）庞衙内也，结斯陀罗崐，你恰走将来，把俺筵席都搅了。你的妻舅马踏死平人，又打杀他媳妇儿，你又来这里告他，你好生无礼。我是个达达人，不省的你这中原的勾当。我虽是个达达人，落在中原地面，我坐着国家琴堂，请着俸禄，一应的文案，我敢差了些儿么？你休说我是个达达人，我也曾读汉儿文书，你可甚详明吏理，……庞勋，你听者：守职居官民父母，徇私用法坏王条。无知猾吏伤人命，你罪犯弥天不可饶。（下）（回回官人云）呸！兀那庞勋，……你休说我是个回回人，不晓的这汉儿的道理。俺为官的，则要调和鼎鼐，燮理阴阳。我和你说出甚么来？投至俺得坐都堂，皆因是苦尽甘来。俺为官的，则要报国安民，谁教你害百姓苦要钱财？……庞勋做事忒歹，欺瞒俺八府臣宰。……我还有几句儿比并，说与你记在心怀：我恰才待要煮着你来，你又硬头硬脑。俺八府宰相正饮酒哩，不知你从那里扒扠将来。我如今就拿你去着酒饯着，众大人蘸姜醋吃一顿拼醢。你明日犯了事，着人把你钳住，直等的去了头，剥了腿，揪了脐，揭了盖，才显出你那黄来。你这庞勋做事模糊，断事全不如杜甫。说言语必丢仆答，呸！你那口恰似我的屁股。（下）①

上述材料告诉我们以下几条信息：首先，透露出元代八府宰相的官

---

① 隋树森编：《元曲选外编》第三册，中华书局1959年版，第925—926页。

员设置制度的设立，各族官员都有任职，体现出民族融合的一面；其次，争论中也能看到各民族间的地位差异，也暗含统治阶级利用民族矛盾互相牵制的用人意图。另外，从语言的文雅表述程度，也可以看出各民族汉化的程度，女真汉化最明显，而"回回"最弱，另外"回回"官员"螃蟹"之比喻，以及"你那口恰似我的屁股"之语与官员身份不符，杂剧有点"嘲回回"的时风体现。

剧中汉族、女真、达达、"回回"等八府宰相，当是元代中书省所设八府宰相，也就是《南村辍耕录》卷一中所说的"内八府宰相"。《元史》卷八十七"百官三"云："内八府宰相，掌诸王朝觐侯介之事。遇有诏令，则与蒙古翰林院官同译写而润色之。谓之宰相云者，其贵似侍中，其近似门下。故特宠之以是命。虽有是名，而无授受宣命，品秩则视二品焉。"① 大德七年（1303）元成宗时规定宰相4人、执政4人，共计8人（右丞相1人、左丞相1人、平章政事2人、右丞1人、左丞1人、参知政事2人），称为八府。"大德七年（1303）编额是整个元代最规范的一次宰执编额……因而八府被看作元代宰执编额定制。"② 各族官员断案中"量刑"受本民族文化影响，容易出现文化冲突。断案的过程中，有依据本民族法律量刑的惯性思维，因此对待同一件事上会有差异，汉儿官依据"圣人言"为公理，女真官有为臣之理，达达官作为统治阶层以为国分忧自居，回回官要报国安民。在争论中，作为国家统治者的达达官员说话理直气壮："我是个达达人，不省的你这中原的勾当。我虽是个达达人，落在中原地面，我坐着国家琴堂，请着俸禄，一应的文案，我敢差了些儿么？"元杂剧通过设置这一场各族官员量刑判案的情节，客观地反映出元代社会各民族对"法"的理解差异，回回法、汉法、蒙古法和女真法在元代多元法律文化的发展过程中，有一个冲突融合的过程，其背后折射出的是民族文化差异和文化冲突。

《元史》卷十六"世祖十三"就有记载："江淮省平章沙不丁，以仓

---

① （明）宋濂等：《元史》卷八十七"志第三十七·百官三"，中华书局1997年版，第572页。

② 盛奇秀：《元代宰相制度研究》，《文史哲》1994年第2期。

库官盗欺钱粮，请依宋法黥而断其腕，而帝曰：'此回回法也。'不允。"① "回回法"一词见于《元史·世祖本纪》。蒙元史研究专家杨志玖在1941年《元世祖时代"汉法"与"回回法"之冲突》的毕业论文中已经注意到了元代民族融合中法的问题。马娟在《元代回回法与汉法的冲突与调适》中指出："'汉法'一词，元代汉儒已有使用。"② 又说："有元一代，汉人士大夫与回回官员之间由于不同的文化背景，双方思想观念、处事原则等方面存在很大差异，加之蒙古统治者利用回回人钳制汉人，以致双方关系矛盾重重，始终不融洽。"③《延安府》中"回回"官在断案中矛头直指汉儿官："你休说我是个回回人，不晓的这汉儿的道理。"尽管在断案中争论的实质是对忠君报国的态度和判罚上的分歧，但明显地暴露出元代民族矛盾和文化冲突，以及统治者利用民族矛盾互相钳制监督的意图。

"回回"与汉族杂处，是元代民族融合中的一种现象。周密在《癸辛杂识》续集上"回回沙碛"条曰："今回回皆以中原为家，江南尤多，宜乎不复回首故国也！"④ 可见宋时"回回"内迁，就与汉族杂处，元代东南沿海聚居的"回回"更多。由于"回回"民俗与中原不同，民族冲突、文化冲突在元代社会中客观存在，《南村辍耕录》中"嘲回回"也是民间的一种态度，反映在元杂剧中，就有"回回"人物形象的丑化，如《衣袄车》中描写"回回"将无能战败，第二折唱词："鹤随鸾凤飞还远，人伴贤良志转高。那将军施躁暴，这将军是勇跃，夺了车扛，取了衣袄。畚先锋着箭凿，史牙恰则一刀。这狄青恰似活神道，他轻轮着那三尖两刃刚刀，把些个败残军落荒他可都赶去了。"

在动荡战乱的时代，汉人被俘或被私卖成为异族的奴婢，由于民俗文化的差异和地位的变化，生活条件恶劣。《酷寒亭》第三折张保自叙"因为兵马嚷乱，遭驱被掳，来到回回马合麻沙宣差衙里，往常

----

① （明）宋濂等：《元史》卷十六"本纪第十六·世祖十三"，中华书局1997年版，第107页。

② 马娟：《元代回回法与汉法的冲突与调适》，《回族研究》2004年第3期。

③ 同上。

④ （宋）周密：《癸辛杂识·续集上》，王根林校点，《宋元笔记小说大观》（六），上海古籍出版社2007年版，第5785页。

时在侍长行为奴作婢"，就表达了江南人不习惯"回回"生活的痛苦。《玉壶春》中的老鸨则以把李素兰卖予他族做威胁，阻碍其自由恋爱，第二折李素兰唱："眼见的打死鸳鸯，拆散鸾凰。则这个玉壶生，更和这素兰女，则索告你个柳青娘。（卜儿云）我将你卖与回回、达达、虏房去。（旦悲科）"《元史》卷一百三"刑法二"记载："诸蒙古、回回、契丹、女直、汉人军前所俘人口，留家者为奴婢，居外附籍者即为良民。"① 可见，元代历史上存在汉人在"回回"、达达等为奴的客观现实，元杂剧在叙述中把汉人到异族为奴看作是一件糟糕的事，有文化冲突的因素，也有对"回回"等族人民的丑化。

除了上面提到的杂剧之外，元代流传的与"回回"有关的杂剧还有《赏黄花浪子回回》，诸杂大小院本有《回回梨花院》，于伯渊的《丁香回回鬼风月》、吴昌龄的《老回回探狐洞》等，有的剧本已不存在。元杂剧开创了"回回"题材类的戏剧形式，极大地拓展了戏剧表演内容，展现了多彩的民族民俗生活，后世戏剧也多有借鉴。在明止云居士选辑《万壑清音》中有《回回迎僧》，明朱有燉《香囊怨》《豹子和尚自还俗》杂剧，明传奇汤显祖《紫钗记》第三十出，清代《缀白裘》九集《慈悲愿》多牵涉回回风俗。

以上是从杂剧思想内容来窥探元杂剧中少数民族民俗文化现象，事实上女真、回回、蒙古族的音乐文化对元杂剧也有影响。王国维的《宋元戏曲史》中"馀论"之四也说："如北曲黄钟宫之〔者剌古〕，双调之〔阿纳忽〕、〔古都白〕、〔唐兀歹〕、〔阿忽令〕，越调之〔拙鲁速〕，商调之〔浪来里〕，皆非中原之语，亦当为女真或蒙古之曲也。"② 叶蓓认为："元杂剧中也吸收了北方游牧民族中女真、回回民族的乐曲，在《中原音韵》一书中都有所记载。"③《南村辍耕录》卷二十八还记录了回回曲，如〔优里〕、〔马黑某当当〕、〔清泉某当当〕等与汉人曲调大不同。

---

① （明）宋濂等：《元史》卷一百三"志第五十一·刑法二"，中华书局 1997 年版，第685 页。

② 王国维：《宋元戏曲史》，叶长海导读，上海古籍出版社 2009 年版，第 131—132 页。

③ 叶蓓：《浅析蒙古族文化对元杂剧形成及发展的影响》，《民族文学研究》1997 年第4 期。

从曲牌的角度来看，元杂剧中少数民族曲牌常用在少数民族题材的杂剧中。青木正儿说："如果就现存的杂剧看它的用例，那么使用这些女真曲的，都仅限于以女真人的故事为材料的戏剧。"① 元杂剧运用少数民族曲调是为了增添异族情调，有时为了配合少数民族歌舞演出合乐的需要，不得不用胡乐。如《金安寿》第四折金童玉女证果朝元，金母先让二人表演女直家歌舞，此时用〔早乡词〕、〔挂搭沽〕、〔石竹子〕、〔山石榴〕、〔幺篇〕、〔醉也摩挲〕、〔相公爱〕、〔胡十八〕、〔一锭银〕、〔不拜门〕、〔大拜门〕、〔也不啰〕、〔喜人心〕、〔风流体〕、〔忽都白〕、〔唐兀歹〕，这些曲调很多都是女真曲。而金母又让八仙做舞，曲调变为杂剧常见曲调〔青天歌〕、〔川拨棹〕、〔七弟兄〕、〔梅花酒〕、〔收江南〕（可能是汉族曲调）。有时女真曲在女真人庆喜场合用，如《丽春堂》第四折老丞相完颜乐善官复原职，众官来道贺，正末完颜乐善演唱连用〔风流体〕、〔古都白〕、〔唐兀歹〕三支女真曲调来表达喜悦之情。

另外，中国自古就是多民族并存的国家，各民族既有战争，也有交流融合，在一部剧中也往往渗透着多民族文化，除了汉族、"回回"、蒙古族、女真族等，还有沙陀、匈奴、辽、高丽、西夏、吐蕃等少数民族或国家在元剧中也有体现，这是由我国多民族融合的历史文化所决定的。如女真题材的《射柳捶丸》提到的北番将领耶律万户应该是辽将。第一折耶律万户云："胡马咆哮虏地寒，平沙漠漠草斑斑。儿郎骁勇多雄壮，纠纠威风镇北番。某乃北番耶律万户是也……每着皮裘，不知冷热。一阵阵扑面黄沙，寒渗渗侵人冷气。三春尽无桃杏，百里那得桑麻。四时亦无耕种，全凭抢虏为家。"第三折万户又说："番番番，地恶人犇。骑宝马，坐雕鞍。飞鹰走犬，野水青山。俺这里渴饮羊酥酒，饥餐鹿脯干。凤领箭手中常撚，宝雕弓臂上斜弯。林前酒醉胡旋舞，丹青写入画图间。某乃耶律万户是也。"从以上两折叙述来看，耶律万户应是辽契丹将领。理由有三：一是元杂剧中女真人上场，多自报家门，而耶律万户上场则言"某乃北番耶律万户是也"；二是杂剧中叙述延寿马为女真人，反证耶律万户不是女真族人；三是从胡马沙漠寒风和四时无耕种等地理生态看，更像契丹族所居我国西北风情。因此，我们推断该剧应该是表现宋辽之

① ［日］青木正儿：《元人杂剧概说》，隋树森译，中国戏剧出版社1957年版，第6页。

战，并以耶律万户战败作结，杂剧是对宋金联合抗辽，最后灭辽的历史记忆。

元杂剧涉及唐代的作品多提及高丽，如《薛仁贵》中的高丽大将葛苏文，官封摩利支。《敬德不伏老》中有高丽大将铁肋金牙，《飞刀对箭》中也有高丽将。历史上唐朝与高丽战争多年，唐高宗时灭高丽，在今平壤设置安东都护府。铁木真曾征战高丽，元朝确立高丽的宗主国地位，在高丽设置驿站加强海陆贸易往来，而"舅甥之好"的和亲政策则加强了政治联系。田俊迁认为："蒙古人与高丽人之间的种族融合不仅局限于蒙古和高丽上层人物当中，普通的高丽人和蒙古人也因军事、经济和文化交流等原因而互相融合。"① 另外，杂剧常提及的还有西夏，如《百花亭》中叙述延安府经略招募英雄剿捕西夏。《两世姻缘》提及吐蕃作乱，收复西夏。历史上北宋、蒙古都与西夏曾有战事，蒙古曾六征西夏，西夏灭亡后一部分党项族人在元朝做官，一部分生活在河西故地，大部分散居全国各地，融入中华民族。因而元杂剧中的高丽、西夏事迹既有远史的回忆，也有现实的反映。历史毕竟远去，元朝民族复杂，作家创作、观众看剧，都必然面临梳理复杂民族关系的现实。在《薛仁贵》杂剧中"跨海征辽"的"辽"应该指朝鲜半岛的高丽国。由于元杂剧作家知识水平参差不齐，高丽、辽、金、西夏人与"回回"、蒙古人对于中原汉人来说都是胡人，老百姓对于其事迹有时辨析不清，出现李代桃僵之事也在所难免。这正是"民间"草根性所致。

需要补充说明的是：元杂剧民族融合的作品除了民俗文化的融合、军事战争等体现的民族融合，还突出地体现在生活中断案的胡汉合作和异族通婚。《魔合罗》《勘头巾》《延安府》中胡汉民族断案的情节是民族融合在政府层面的体现。异族通婚是民族融合最直接、最有效的途径，《调风月》中奴婢燕燕对玩弄感情的小千户的反抗，是一种女真与汉族通婚的折射。《紫云亭》《拜月亭》《村乐堂》等剧也有异族通婚的描写。《紫云亭》描写女真官员子弟的婚姻情感问题，灵春马主动追寻并跟随勾栏艺人韩楚兰谋生，其跨民族、跨等级的婚姻，具有无穷的魅力。《拜月

---

① 田俊迁：《蒙元时期蒙古与高丽的经济文化交流和民族融合》，《甘肃社会科学》2001 年第 6 期。

亭》中女真尚书小姐王瑞兰和汉族书生蒋世隆在战乱中患难与共结为夫妻。元杂剧中各民族的相互通婚,原因不同,虽有曲折,但终走向结合,以婚姻的完成象征民族的融合。《村乐堂》中女真官员王同知最后成了汉族官员张仲的女婿。除了女真族与汉族的通婚直接反映元代社会现实外,元杂剧《汉宫秋》也间接表现了历史上汉与匈奴异族的通婚方式。尽管元杂剧中似乎没有回汉通婚的例子,但是回汉通婚现象客观存在。《宋会要辑稿·蕃夷》卷四之——在叙述回鹘时说:"今亦有目微深而髯不虬者,盖与汉儿通而生也。"① 李树江就指出:"回汉通婚的现象最早可以追溯到唐代,如宁夏的《灵州回回的来源》、新疆的《回汉自古是亲戚》以及明代的传说《回回原来》等,大都传说从那个时期就有信奉伊斯兰教的西域人与汉族人通婚,可见历史已久。到元代以后,这种通婚的情况更为广泛,如《缠河的传说》等有力地说明了这种状况。"②

综上所述,元杂剧出现多民族文化融合的现象,是由于蒙古、"回回"、女真民族都属于阿尔泰语系,在语言文化上的共性特征促进了民族融合。林幹在《中国古代北方民族通论》一书中广义上把我国古代北方民族分为五个系统,"以上除西域各族外,其余四个系统都是属于阿尔泰语系,但匈奴和突厥两个系统的各族属阿尔泰语系中的突厥语族,东胡系统的各族属阿尔泰语系中的蒙古语族,而肃慎系统的各族则属阿尔泰语系中的满·通古斯语族"③。其中突厥、回鹘、畏兀儿等属于突厥系统;鲜卑、契丹、蒙古等属于东胡系统;女真等属于肃慎系统。正是由于女真、"回回"、蒙古族同属阿尔泰语系,元杂剧中出现音同、意同的词汇就很正常,但是这三个民族毕竟分属不同的语族,语言的差异也是客观存在的。元杂剧中体现民族融合除了语言的共同性特征表现外,还有就是民族融合的历史传统和现实机缘所致。

元杂剧中少数民族语言具有记音的特点,这使得音译汉字并不固定。元杂剧中少数民族语言多为民族日常用语或胡汉交流的基础语言,有着较广的接受群体。韩登庸认为:"元杂剧中的少数民族语词,在当时,既

---

① (清)徐松辑:《宋会要辑稿》第八册,中华书局1957年版,第7719页。
② 李树江:《回族民间文学史纲》,宁夏人民出版社1989年版,第33页。
③ 林幹:《中国古代北方民族通论》,内蒙古人民出版社2007年版,第4页。

然它能在剧本中写出，舞台上演出，并在演出、流传过程中，广大观众能听懂，自然它是当时汉语中的通用语词，是当时汉语的一部分，这是确凿无疑的。"① 即使出现少数难以理解的民族语言，杂剧表演中也会做适当处理或翻译。少数民族有着区别于汉族的民族服饰、猎鹰射箭、善歌舞嗜酒肉等生活习俗。元杂剧中军俗的描写，女真将领常带虎头牌，少数民族将领往往为滑稽形象，多塑造成反面形象。少数民族在中原的杂处中姓氏的汉化是各族共有的特征。节日、生日乃至信仰民俗，大多数都有着明显的汉化痕迹和文化同源性。元杂剧在展现民族融合的民俗文化的同时，也有民俗文化冲突的客观展示，但民族融合仍是主趋势。

另外，元杂剧中少数民族之间民俗文化同中有异。元杂剧中各少数民族民俗文化对元杂剧的渗透情况不完全一样。关于祖先崇拜、乐舞传统、衣食游艺等民俗文化的描述，以女真和蒙古族较多。对于居室民俗的描写多涉及蒙古族，而不见"回回"和女真。元杂剧中少数民族自报家门以女真族最为明显，"回回"其次，而蒙古族人物连姓名都鲜见。女真各类民俗事象在元剧中表现得较为全面，"回回"民俗就略显单薄。而蒙古族民俗文化表现得较为隐蔽，很多杂剧没有直接明确标示剧中人的蒙古族身份，这可能与汉族为主的杂剧作家群避讳直接触及或谈论作为统治者的蒙古族的相关事情，以防带来不必要的麻烦的心理有关。元杂剧中契丹、沙陀文化某种程度上是蒙古族民俗文化的翻版。事实上蒙古族的语言、饮食等文化痕迹在大多数剧中都有体现，服饰民俗不如女真服饰描写丰富。元杂剧中的蒙古语运用极为普遍，从蒙古语的词性上看，有名词、动词、形容词、副词、代词等，这些蒙古语多为元代蒙古族日常用语；从剧情看这些蒙古语运用极为娴熟，蒙古语与汉语夹杂叙述并不牵强，甚至还有一些生僻词语、大段蒙古语出现的情况，说明元代民众对蒙古语的熟悉度是惊人的，今人无法臆测。蒙古族文化在元杂剧中的渗透，也不像反映女真、"回回"的民俗比较集中在个别的有限的杂剧中，而是渗透在几乎全部的元杂剧创作中，这是由蒙古族强势政治带来的强势文化影响的结果。

我们借用格尔兹《文化的阐释》的"地方性知识"的概念，把民族

---

① 韩登庸：《元代杂剧肇论》，远方出版社1996年版，第89页。

民俗文化看作是一种"地方性知识",那么元杂剧对少数民族民俗的展现,实质上也是地方性的认同。赵旭东认为"地方性的认同和地方性的知识仅仅是一种怀旧的回忆;另一方面,它们又会因为文化的重构而在最初产生地方性认同和地方性知识的地方之外得到重新体验"①。这一论断,同样可以解释元杂剧中出现大量民族民俗文化的现象。元杂剧是元代文化重构整合中出现的新兴艺术形式。在民族融合过程中和元代文化的构建中,不同地域、不同民族的文化包容并存,并随着民族的大迁徙,同一疆域内的人口流动,使得地方民俗认同的语境超越了地方本身的地理范畴,而在本土之外获得体验。元杂剧除了勾栏、神庙演出外,还有撂地做场的演出,此类杂剧演出的流动性和杂剧城乡皆存的客观现实,使得元代任何民族、任何地域的人群都有可能观看到杂剧演出,而元杂剧所承载的不同民族、不同地域的民俗文化,恰恰给了客居他乡的民族或人群本土语境之外的另一种"地方性知识"体验。此时,作为生活中表演的元杂剧也由案头"文学文本"变为剧场"文化文本",从而让演剧本身又构成了一种"地方性知识"。

---

① 赵旭东:《文化的表达:人类学的视野》,中国人民大学出版社2009年版,第457页。

第 四 章

元杂剧中的演出民俗

在元杂剧所展现的民俗文化中，也有对元杂剧自身演出民俗的片段描述，让今人有幸能够窥视、揣测当时元杂剧的搬演情况。

第一节　演剧行业习俗

瓦舍勾栏是戏曲在城镇中的主要演出场所，神庙剧场是乡村戏曲演出的主要场所。元杂剧《蓝采和》主要记录了城市勾栏做场的演剧实况。

一　演剧行业习俗
《蓝采和》第一折：

（旦同外旦引俅儿二净扮王李上净云）俺两个一个是王把色，一个是李薄头，俺哥哥是蓝采和。俺在这梁园棚内勾栏里做场。这个是俺嫂嫂。俺先去勾栏里收拾去，开了这勾栏棚门，看有甚么人来。（钟离上，云）贫道按落云头，直至下方梁园棚内勾栏里走一遭，可早来到也。（做见乐床坐科，净云）这个先生，你去那神楼上或腰棚上看去，这里是妇人做排场的，不是你坐处。（钟云）你那许坚末尼在家么？（净云）老师父，略等一等便来也。师父有甚么话说？（钟云）等他来时，我与他说话。（净云）师父略坐一坐，哥哥敢待来也。（正末上云）小可人姓许名坚，乐名蓝采和，浑家是喜千金，所生一子是小采和，媳儿蓝山景，姑舅兄弟是王把色，两姨兄弟是李薄头。俺在这梁园棚勾栏里做场，昨日贴出花招儿去，两个兄弟先

收拾去了。这早晚好勾栏里去。想俺做场的非同容易也呵！（唱）
[仙吕点绛唇] 俺将这古本相传，路歧体面，习行院，打诨通禅，穷薄艺知深浅。[混江龙] 试看我行针步线，俺在这梁园城一交却又早二十年。常则是与人方便，会客周全。做一段有憎爱劝贤孝新院本，觅几文济饥寒得温暖养家钱。俺这里不比别州县。学这几分薄艺，胜似千顷良田。（云）来到这勾栏里也。兄弟有看的人么？好时候也，上紧收拾。（净云）我方才开了勾栏门，有一个先生坐在乐床上。我便道：先生，你去神楼上或是腰棚上那里坐，这里是妇女每做排场的坐处。他倒骂俺。（正末云）好歹你每冲撞着他来。我自看去。（做见科，云）稽首，老师父。（钟云）你那里散诞去来？（正末云）这先生你与我贴招牌。老先生不知，街市上有几个士夫，请我吃了一杯茶。因此上来迟。（钟云）我在这勾栏里坐了一日，你这早晚才来。宁可乐待于宾，不可宾待于乐。我特来看你做杂剧，你做一段甚么杂剧我看。（正末云）师父要做甚么杂剧？（钟云）但是你记的，数来我听。（正末云）我数几段师父听咱。（唱）[油葫芦]甚杂剧请恩官望着心爱的选。（钟云）你这句话敢试自专么！（正末唱）俺路歧每怎敢自专。这的是才人书会划新编。（钟云）既是才人编的，你说我听。（正末唱）我做一段于佑之金水题红怨，张忠泽玉女琵琶怨。（钟云）你做几段脱剥杂剧。（正末云）我试数几段脱剥杂剧。（唱）做一段老令公刀对刀，小尉迟鞭对鞭，或是三王定政临虎殿。（钟云）不要，别做一段。（正末唱）都不如诗酒丽春园。[天下乐] 或是做雪拥蓝关马不前。（钟云）别做一段。（正末唱）小人，其实本事浅，感谢看官相可怜。（云）王把色，你将旗牌、帐额、神帏、靠背都与我挂了者。（净云）我都挂了。（正末唱）一壁将牌额题，一壁将靠背悬。（云）有那远方来看的见了呵，传出去说，梁园棚勾栏里末尼蓝采和做场哩。（唱）我则待天下将我的名姓显。①

（正末云）兀那泼先生你听者，今日搅了俺不曾做场。若是明日再来打搅俺这衣饭，我选几条大汉，打杀你这泼先生。（唱）[赚煞]

① 隋树森编：《元曲选外编》第三册，中华书局 1959 年版，第 971—972 页。

你合不着圣贤机，我觑不的他人面。我看你几时到蓬莱阆苑，则你那六道轮回怎脱免？使不的你九伯风颠。（云）我锁了勾栏门，看你怎生出的去。（唱）遮莫你驾云轩，白日升天，怎敢相饶到面前。（云）你若恼了我，十日不开门，我直饿杀你。①

由《蓝采和》勾栏演出描述可知：

勾栏有门，每日早开门，夜里锁门。《南村辍耕录》卷二十四"勾阑压"条："有女官奴，习讴唱，每闻勾栏鼓鸣，则入。"② 可见勾栏开门以鼓鸣为号，当有惯制。勾栏较为封闭，门为唯一进出口。"勾阑压"记载勾栏倒塌造成众多死伤，也与勾栏的封闭性不易逃生有关。勾栏里有大汉维持秩序，防止恶人捣乱。勾栏内神楼或腰棚上是观戏的看台。《蓝采和》中钟离权要坐乐床，蓝采和说："这里是妇人做排场的，不是你坐处。"冯沅君考证乐床"是女伶所坐的地方"③。

杂剧演出以名脚色为核心，招揽观众，如"（正末唱）一壁将牌额题，一壁将靠背悬。（云）有那远方来看的见了呵，传出去说，梁园棚勾栏里末尼蓝采和做场哩。（唱）我则待天下将我的名姓显"。从蓝采和自述以"末尼"著称和剧中言行看，作为演员的蓝采和技艺与性格兼有个性，这与《青楼集》中强调演员的个性及特长的戏剧美学观吻合。名演员（行首）除了演戏之外，其他时间活动较自由，末尼蓝采和因与人喝茶迟到演出，这对于其他脚色演员一般是不可以的。而且名脚色有一定特权或权威，如蓝采和指使王把色锁勾栏门，威胁汉钟离"你若恼了我，十日不开门，我直饿杀你"。《紫云亭》第二折叙述韩楚兰因相思（灵春马），无心演出，常常是五天有四天不去演出。

杂剧演出前，一般要提前一天贴出"花招儿"引起人们注意，演出前要有布景，还要在醒目位置列出所演剧目、主唱演员。《蓝采和》第一折蓝采和就说："王把色，你将旗牌、帐额、神帧、靠背都与我挂了者。"

① 隋树森编：《元曲选外编》第三册，中华书局1959年版，第973页。
② （元）陶宗仪：《南村辍耕录》，李梦生校点，《宋元笔记小说大观》（六），上海古籍出版社2007年版，第6438页。
③ 冯沅君：《古剧四考》，《燕京学报》1936年第20期。

廖奔说："剧团自带布景流动作场至此，即于开演前先悬挂安置，称为'收拾'。"① 如南戏《宦门子弟错立身》第四出和杂剧《蓝采和》第一折。《紫云亭》第四折也有"幔幕""招儿"的记录。元杂剧正常演出前需要造声势，做铺垫。李啸仓说："我以为元代北曲的杂剧，在开演之前，可能是有用院本来作为前场之用的情形。"② 李啸仓这一推测是有道理的。散曲《庄家不识勾栏》就说："前截儿院本《调风月》，背后么末敷演《刘耍和》。"日常演出要收取一定的费用，《蓝采和》提到"谎人钱"，《庄家不识勾栏》看戏入场费为二百钱，"二百钱"在剧中未必精确，应该是虚指，如《遇上皇》《衣袄车》《燕青博鱼》《范张鸡黍》《岳阳楼》《升仙梦》等剧中"二百钱"为酒钱，《金凤钗》中为买诗钱，《绯衣梦》中为买风筝钱，《盆儿鬼》中作房钱。《蓝采和》中"梁园"中可演戏。《紫云亭》也有"西出阳关无故人，则见俺在这南国梁园依旧亲"，由后文"俺在这梁园棚内勾栏里做场"，可知"梁园"中也有演戏场所。冯沅君认为："勾栏似乎以棚为之。"③

演出可以点戏，钟离权等了一天只看蓝采和的戏，"点戏"说明三点：一是观众可以点戏。台湾学者陈万鼐也认为："元朝戏班对于顾客似有提报本戏班能上演戏目之义务，顾客也似乎有'点戏'之权利。"④ 二是勾栏演出观众人数不稳定，只要有花钱的人，无论人多少，都得正常演出。三是演员一般才艺较全，而且能记一些常演的剧目。从蓝采和所列 7 个杂剧内容看，当时最常见的无非是爱情和武打两大类杂剧。有古本杂剧、新编杂剧，似乎适应时代的新编杂剧更有市场。关于点戏的文献记载还见于《谢天香》，谢天香在钱大尹府上唱曲，以［商角调］为宫调，曲名为《定风波》，为了避钱大尹名讳（字可可），谢天香依《中原音韵》"齐微"韵，把唱词中"可可"换为"已已"。元南戏《宦门子弟错立身》中延寿马招王金榜唱戏，王金榜便报了《孟姜女送寒衣》等 27 个剧目。这类点戏的习俗，在明杂剧《香囊怨》中也有，妓女刘盼春就

---

① 廖奔：《宋元戏曲文物与民俗》，文化艺术出版社 1989 年版，第 322 页。

② 李啸仓：《宋元伎艺杂考》，上杂出版社 1953 年版，第 36—37 页。

③ 冯沅君：《古剧四考》，《燕京学报》1936 年第 20 期。

④ 陈万鼐：《元佚名〈蓝采和〉杂剧的著作年代及其传本考》，《国家图书馆馆刊》（台湾）2005 年第 1 期。

为心爱的秀才周恭报了 31 个剧目。

元杂剧演出还有一个现象：剧中故事历史悠久，再加上元杂剧间演出的相互影响，使得剧目剧情易为观众熟知。作家创作杂剧时，在塑造人物形象、抒发情感时借用其他杂剧故事，但剧中这些杂剧故事常以文化符号的方式出现。《紫云亭》第一折唱词："〔醉中天〕我唱到那双渐临川令，他便脑袋不嫌听；提起那冯员外，便望空里助采声。把个苏妈妈，便是上古贤人般敬。我正唱到不肯上贩茶船的小卿，向那岸边相刁蹬，俺这虔婆道：兀得不好拷末娘七代先灵。"剧中提到的"双渐临川令"指"双渐苏卿"，"冯员外"指"冯魁负心"，这两个故事都有杂剧演出。

元杂剧勾栏演出的观众主要是有闲、有钱阶层，元人夏庭芝的《青楼集志》即言："内而京师，外而郡邑，皆有所谓勾栏者，辟优萃而隶乐，观者挥金与之。"①《蓝采和》："（钟云）我则在这乐床上座。（正末云）这泼先生好无礼也，我看了你不是俺城市中人，则是个云游先生。"蓝采和说："则许官员上户财主看勾栏散闷，我世不曾见个先生看勾栏。（唱）几曾见歌舞丛中，出了个大罗神仙。"由这两条材料可推知：勾栏设在城市，杂剧观众大多为官员、财主或市民阶层，道士少见。时钟雯也看到了这一点，说"元代戏曲是丰富多彩的，元代观众亦是复杂多样的。一些资料表明：元杂剧观众包括所有阶层的人"②。时钟雯认为元杂剧观众涉及"所有阶层"的结论虽有点武断，但是观众的复杂性应是事实。《南村辍耕录》卷二十四"勾阑压"载，松江府勾栏倒塌压死 42 人中有僧人、道士等，此外还有银匠（搏银）。乡下人也看杂剧，但未必常去城市勾栏看戏，如杜仁杰在散曲〔般涉调·耍孩儿〕《庄家不识勾栏》中叙述乡下人进城偶遇杂剧演出，花了二百钱进去看戏之事③。

二　前后台互动演出

元杂剧的表演已经把后台表演融入前台表演剧情中。如《汉宫秋》

---

① （元）夏庭芝：《青楼集志》，俞为民、孙蓉蓉主编《历代曲话汇编：新编中国古典论著集成》（唐宋元编），黄山书社 2006 年版，第 469 页。

② ［美］时钟雯：《中国戏剧的黄金时代——元杂剧》，萧善因、王红箫译，山西人民出版社 1991 年版，第 169 页。

③ 徐征等主编：《全元曲》第十卷，河北教育出版社 1998 年版，第 7114—7115 页。

中"雁叫科"可能是后台人员模仿雁叫的表演。

古门是分割和联通前后台的重要设施。元杂剧中的古门可以作为上下场通道。另外古门在演剧中不单纯是人物上下场通道，更与剧情叙事结合，具有空间布景的重要作用。检索《元曲选》发现大致有几种作用：一是演剧中内外对答，常有提示"内云""内应云"，如《潇湘雨》第二折翠鸾："（做向古门问科云）敢问哥哥，那里是崔甸士的私宅？（内云）则前面那个八字墙门便是。（正旦云）哥哥，我寄着这包袱儿在这里，我认了亲眷呵便来取也。（内云）放在这里不妨事，你自去。"此外还见于《铁拐李》《东坡梦》《竹坞听琴》《双献功》等。二是为了剧情叙事的需要，只问不答，如《窦娥冤》中张千向古门云："一应大小属官，今日免参，明日蚤见。"三是演出中脚色中途出场的方式，如《百花亭》："（正末提查梨条从古门叫上云）查梨条卖也，查梨条卖也，才离瓦市，恰出茶房。"《气英布》有"（随何云）汉王现卧帐中。你随我入营见来。（正末做临古门见科）（汉王引二宫女上做濯足科）"。四是具有演剧空间布景的作用，如《金线池》第一折杜蕊娘上场对鸨母不满，"（正旦领梅香上向古门道云）韩秀才，你则躲在房里坐，不要出来，待我和那虔婆颓闹一场去。（韩辅臣做应云）我知道"。剧中古门分割的后台就成了演剧中的"房里"。《东坡梦》也有"（行者向古门云）山下俗道人家，有一百八十多斤的猪，宰一口儿"，剧中古门那边似乎又成了"山下"。演剧中演员方向性明确"向古门"，做问科、拜科、望、临古门见科、从古门叫上等科介，结合剧情大致有问讯（地点、人、事）、传命令、回命令等演出模式。

三　结局闹热演出

元杂剧的演出，还留有宋之前百戏杂呈的因素，具有闹热的特点，注重观赏性和娱乐性。这就是元杂剧在重视"唱"的同时，还没有忘记舞蹈等其他手段的运用，也使得元杂剧演出中人数倍增，场面庞杂而热闹，与一人主唱的"冷"场面截然不同。

这种闹热情景大多在第四折出现，把演剧有意推向高潮。元杂剧很多神仙道化剧在结尾处或队舞或众仙齐上祝贺证果朝元之人。麻国钧说："在元代以及明代前期，《八仙队子》几乎成为杂剧演出的一种程式，经常被安插在'神仙道化'一类的戏剧之中，甚至剧作家只要在剧本中写上'摆八仙队子上'，戏班子就知道如何搬演了。"① 八仙戏中同场最少8人。据笔者粗略统计，一本四折的元杂剧中第四折出现众多人物登场的概率最大。依据车文明《中国古代戏台规制与传统戏曲演出规模》一文中的"《元刊杂剧三十种》人数统计表"② 统计情况看，杂剧第四折同时在台上人数超过5人的就有8个剧本（若包括5人的话就有12个剧本），远比其他折出现得多。同时在台上人数最多为9人，事实上可能更多，如《还牢末》第四折中有"正末同李、阮、刘、史拿赵令史、搽旦、俫儿上，见宋江科"，据此提示推算，即使不算喽啰，同时在台上的最少也有10人：李孔目、李逵、刘唐、史进、阮小五、宋江、赵令史、搽旦萧娥、俫儿僧住和赛娘，如果加上跑龙套的小喽啰（一般成对出现），可能最少同时在台人数达12人以上。可见，元杂剧第四折结局闹热演出，是元杂剧演剧的一个重要特点。众多人物参与出场，是否影响到后世的戏剧在谢幕时全体演员出场，留待考证。

集体战斗场面的"调阵子"架势和舞队等的出现，说明元杂剧注意整体演出效果，这对于一人主唱的元杂剧来说，既有闹热的成分，也有个体表演与群体表演视觉的转换，给人以"眼前一亮"的审美愉悦感和新奇感，某种意义上说还是元杂剧演出形态中穿插歌舞百戏等的遗存。合理地处理整体美与变异美之关系，恰是元杂剧趋于成熟的表现：曲牌体的音乐框架与赚、煞的灵活运用，同样使得音乐在统一中也有变化。而胡汉音乐伴随演出内容和出场人物适时调整，也给观众真实感，更快地进入戏剧气氛中。

《金安寿》第四折金童玉女证果朝元，金母先让二人表演女直家歌舞，此时用［早乡词］、［挂搭沽］、［石竹子］、［山石榴］、［幺篇］、［醉也摩挲］、［相公爱］、［胡十八］、［一锭银］、［不拜门］、［大拜门］、［也不啰］、［喜人心］、［风流体］、［忽都白］、［唐兀歹］，这些曲调很多都是女真曲。后来金母又让他们看八仙舞，"八仙上歌舞科"，曲调马上变为杂剧常见曲调［青天歌］、［川拨棹］、［七弟兄］、［梅花酒］、［收

---

① 麻国钧：《元明杂剧中的队舞与队戏》，《中华戏曲》2010 年第 41 辑。
② 车文明：《中国古代戏台规制与传统戏曲演出规模》，《戏剧艺术》2011 年第 1 期。

江南](可能是汉族曲调)。表现八仙队子的杂剧还有《竹叶舟》《铁拐李》等剧,如《铁拐李》第四折有"众仙队子上奏乐科",八仙聚齐同上场,而此前在场的韩魏公、岳大嫂及俫儿"同下"。杂剧用"同下"提示语把杂剧场面在一折中划分为天地仙凡两重境界。此剧八仙上场又"奏乐科",热闹程度可想而知。涂秀虹指出:"元杂剧的总体特征就是气氛热闹。但八仙戏的热闹还有着更为实际的应用价值,那就是用于祝寿。"① 清人王懋昭《演剧庆寿说》云:"尝慨世人豪华相竞,无论生寿冥寿,演戏庆祝,优人必扮八仙与王母,为之拜焉跪焉。"② 除了八仙队子,《东窗事犯》第四折有地藏王队子上。

需要申明一点:我们说元杂剧"结局"常有闹热演出的习惯,并不否认杂剧的"剧中"偶尔也有闹热场面的出现。如《锁魔镜》第一折哪吒让四魔女做天魔队舞。《中国文化百科》解释:"天魔舞亦称《十六天魔舞》。元代宫廷乐舞,是具有蒙古族特色的宗教舞蹈,用于赞佛、宴享。舞者为宫女三圣奴、妙乐奴、文殊奴等十六人,头垂辫发,戴象牙佛冠,身披缨络,穿大红绡金长短裙、金杂袄、云肩、合袖天衣、绶带鞋袜,各执巴剌般之器(法器),扮成菩萨形象而舞,内一人执铃杆奏乐,伴奏用佛曲,乐器有龙笛、蓁筝、琵琶、响板等。元末明初人叶世杰《草木子》说:'元有十六天魔舞,盖以珠缨饰美女十六人为佛菩萨相而舞。'这个舞后来在民间也传开了,风靡一时,遭到统治阶级的禁止。"③ 可见天魔队舞,是元人生活的真实写照。

元杂剧演出中的歌舞戏,能给观众带来狂欢的快乐。格罗塞在《艺术的起源》一书中就说:"最强烈而又最直接地体验到舞蹈的快感的自然是舞蹈者自己。但是充溢于舞蹈者之间的快感,也同样地可以展拓到观众,而且观众更进一步享有舞蹈者所不能享受的快乐。"④

元杂剧像八仙舞、天魔队舞这种舞蹈,除了闹热的娱乐效果和调节观众审美视觉的"娱人"目的外,在迎神赛社、神庙剧场演出时还有宗

---

① 涂秀虹:《论元明八仙戏》,《福建师范大学学报》2004 年第 6 期。
② 俞为民、孙蓉蓉主编:《历代曲话汇编:新编中国古典论著集成》,(清代编第三集),黄山书社 2008 年版,第 732 页。
③ 王德有、陈战国主编:《中国文化百科》,吉林人民出版社 1991 年版,第 161 页。
④ [德]格罗塞:《艺术的起源》,蔡慕晖译,商务印书馆 1998 年版,第 168 页。

教祭祀和娱神的功能。从民族文化的角度看，跳舞在少数民族日常生活中常为群体舞蹈，这种在分享猎物、庆祝胜利等时表达喜悦所跳的群体舞蹈又具有加强部落族群团结的作用。正如林惠祥谈到跳舞的社会作用时指出："跳舞虽常是出于艺术的目的，但它的作用却出于艺术的范围之外。"① 德国著名艺术史家、社会学家格罗塞也指出："狩猎民族的舞蹈一律是群众的舞蹈。……原始舞蹈的社会意义全在乎统一社会的感应力。"②

　　战争场面也能制造"闹热"剧情。元杂剧像《襄阳会》第四折有"四将做混战科"，《追韩信》第四折"蹅竹马儿调阵子上"，元杂剧中的"混战""调阵子"等表演实质上已经舞蹈化了。有人根据《元刊杂剧三十种》《元曲选》《元曲选外编》和《孤本元明杂剧》统计，"在这现存的二百三十七种杂剧中，出现战争场面的就有六十二种，约占杂剧总数的26%"③。

　　为何杂剧演出偏爱歌舞、战斗场面？除了娱人和娱神的作用外，也是对宋前歌舞百戏杂呈传统的继承，此外"女艺人大量进入杂剧演出，就促使杂剧里的歌舞成分加强，这也就促进了杂剧由单纯的滑稽表演向综合化表演的过渡"④。北方民族的杀伐文化和歌舞娱乐文化也可能影响到杂剧演出中歌舞、战争场面的"闹热"设置，这符合少数民族的审美和生活习惯，也是多民族共存的元代社会多元文化特征决定的。

四　杂剧表演范式

　　元杂剧表演还逐渐形成了一定的范式，如"哭三声，笑三声"模式，常在度化杂剧第一、二折中出现，具有预示后文情节发展的作用。《铁拐李》中吕洞宾在岳孔目家门前哭笑三声，骂福童为无爷业种，骂孔目妻子做寡妇，骂岳孔目做没头鬼，进行点化。后来岳孔目借尸还魂，死而复生，经历了先悲后喜，应验哭笑剧情。这一模式在《连环计》《蓝采和》中均有体现。"哭三声，笑三声"模式，开了后世戏剧哭笑模式的先

---

① 林惠祥：《文化人类学》，商务印书馆 1991 年第 2 版，第 332 页。
② ［德］格罗塞：《艺术的起源》，蔡慕晖译，商务印书馆 1998 年版，第 170 页。
③ 陈瑞凤：《元杂剧战争场面表演形态研究》，《文化遗产》2010 年第 2 期。
④ 廖奔、刘彦君：《中国戏曲发展史》第一卷，山西教育出版社 2000 年版，第 313 页。

河，明清戏剧表演更把其细致化。

此外在古代战争题材的杂剧中形成探子转述结构：第一、二折铺垫战事起因、对阵，第三折正末探子转述战况，第四折封官团圆结局，如《衣袄车》《飞刀对箭》等剧。也有探子转述是在第四折出现的情况，如《锁魔镜》。陈瑞凤认为"元杂剧战争场面的艺术处理方式中，对战争场面先进行正面描写，之后再由探子汇报战况的演出形式随着年代越晚呈递增的趋势"，并指出探报用［黄钟］曲调最多，［越调］、［正宫］次之，［商调］、［中吕］又次之。探子汇报多为喜讯，"元杂剧'探报'表演中吸收、融合了许多民间的舞蹈伎艺"①，如《气英布》第四折有探子"执旗打抢背"伎艺，《柳毅传书》第二折电母持镜上场表演。

从剧情结构看，元杂剧的叙事结构较为严谨，给人一种整体感。元杂剧受民俗意图控制而趋向范式，如爱情剧中有姻缘天定型，家庭剧中寺庙上香全家团圆型，公案剧中有"蒙冤—冤魂告状—雪冤"模式，度化剧中有"仙缘天定—仙人度化—证果朝元"模式等。在这些杂剧结构严谨、情节紧凑的背后，我们都可以找到一根民俗的红线贯穿始终。董每戡在《中国戏剧简史》中评价元杂剧的结构是"结构上也至为美备"②，正是看到了元杂剧在叙事艺术上取得的巨大成功。元杂剧叙事结构的严谨很大程度上建立在作家对民俗文化的了解体验上，对民俗事象的合理运用上，观众看戏只有具备相应的民俗心理才能深入"阅读"杂剧。这种建立在民俗文化基础上的结构安排，抽去了"民俗"就是一盘散沙，研究者如果忽略了杂剧中民俗因素，就容易得出诸如结构不严谨等武断的结论③。

元杂剧演出一人主唱，曲调较为固定，变化较少，其表演魅力在于演员的唱功。而宾白重在言说，场上表演较为灵活，但也有一定的模式

---

① 陈瑞凤：《元杂剧战争场面表演形态研究》，《文化遗产》2010 年第 2 期。

② 董每戡：《中国戏剧简史》，商务印书馆 1949 年版，第 97 页。

③ （明）臧晋叔：《元曲选·序》，中华书局 1958 年版，第 3 页。"一时名士，虽马致远乔梦符辈，至第四折往往强弩之末矣。"指出元杂剧第四折的结构问题。尽管个别元杂剧结构不够严谨，但元杂剧毕竟是演剧艺术，以娱乐为目的，也少不了民间参与创作，结构不严谨也在所难免。瑕不掩瑜，何况有时这种弊端恰恰是为了迎合民众的民俗心理。如《对玉梳》《青衫泪》第三折已经团圆，第四折又写团圆，站在中国团圆文化和重情的礼俗文化的角度也可以理解。

可寻。王国维《宋元戏曲考》在"元剧之结构"中引用明代姜南《报璞简记》所言"北曲中有全宾全白。两人相说曰宾，一人自说曰白"之观点，认为"宾白又有别矣"[1]。明代李诩的《戒庵老人漫笔》卷五云："北曲中有全宾、全白，两人对说曰宾，一人自说曰白。"[2] 根据明人关于宾白的区分，结合场上人物叙述情况，宾白又可分为：自言型宾白和对答型宾白。

　　元杂剧中宾白常用诗云、词云、谒云、咒云、赞云、下断等提示。这些宾白大多数有一定音乐性特征，朗朗上口，多为自言型宾白，意义自足，不需要场中人回答。如《荐福碑》范仲淹下断："假张浩暗赖了万言长策，诈图官爵，杀坏平人，市曹中明正典刑；赵实见义当为，不行邪径，就加你为吉阳县令；荐福寺长老加为紫衣太师；宋公序选吉日良辰，就招女婿张镐过门。老夫杀羊造酒，做一个喜庆的筵席。"此类断词，常包含因果报应等思想；大团圆结局更与"杀羊造酒"的喜庆食俗联系在一起。"谒云""咒云"等宾白与宗教文化联系紧密，如《马陵道》："（做踏罡咒水科云）水无正行，以咒为灵。在天为雨露，在地作泉涌。一噀如霜，二噀如雪，三噀天地清净。"此外还有一类自言型宾白只表达人物内心感受，常有"背云"提示。如《玉镜台》第二折正末背云："小姐比昨日打扮的又别，真神仙中人也。"这种"背云"赞叹女性美貌的方式成为戏剧表演范式。此外还有一种"带云"类型，常夹杂在演唱中，多为自叙，如《老生儿》第三折："［调笑令］则俺这一双老枯桩，我为无那儿孙不气长。百年身死深埋葬，坟穴道尽按着阴阳。咱两个死时节便葬在兀那绝地上，（带云）婆婆，到那冬年节、月一十五，婆婆也，（唱）谁与咱哭啼啼的烈纸烧香？"康保成指出："'带云'最能体现元曲曲白相生的特点。"[3] 对答型宾白，除了前面提到的前后台互动对答，以"内云"标示外，最常见的是"某某云"。这种对答一般在2人或2人以上，如《元曲选外编》中《遇上皇》第一折李老一家三口宾白对话。

　　[1]　王国维：《王国维戏曲论文集》，中国戏剧出版社1957年版，第102页。
　　[2]　（明）李诩：《戒庵老人漫笔》卷五，中华书局1982年版，第194页。转引自康保成：《元杂剧的"宾白"与"表白"》，《学术研究》2002年第11期。
　　[3]　康保成：《元杂剧的"宾白"与"表白"》，《学术研究》2002年第11期。

当然剧中自言型和对答型宾白有时也混用，如《五侯宴》第三折李从珂见到母亲未认时"母拜子"的心理感受，就用宾白叙述："（李从珂做猛起身科云）好奇怪也，这个婆婆，刚拜我一拜，恰便似有人推起我来的一般。这婆婆儿的福气，倒敢大似我么？兀那婆婆，你为甚么树上拴着这条套绳子，要寻自缢，你说一遍，我试听咱。（正旦云）官人不知，老身在赵太公家居住，俺太公严恶，使我来这井上打水饮牛来，不想将吊桶掉在井里，不敢回家取三须钩去，因此上寻个自缢。"李从珂的宾白语句中前面为自言叙事，是心理描写，后面是对答叙事，是生活情景描写。

宾白语言生活化、通俗化，具有浓郁的生活气息，其中不乏土语方言，甚至粗话色语。从表演角度来看，臧晋叔认为元杂剧"其宾白则演剧时伶人自为之，故多鄙俚蹈袭之语"①。

不是所有的宾白叙事中都有民俗素，然而凡是有民俗素的宾白叙事，其意义就超越了语言本身，往往还与剧情发展紧密联系，影响或调整唱词叙事内容，在结构上或做故事铺垫或暗示剧情发展方向或承前启后。难怪李渔在《闲情偶寄·词曲部·宾白第四》中感慨："故知宾白一道，当与曲文等视。有最得意之曲文，即当有最得意之宾白。但使笔酣、墨饱，其势自能相生。常有因得一句好白而引起无限曲情……"②

五 元杂剧中演出乐器的记录

元杂剧对演出乐器的记录有锣板、鼓笛等。《紫云庭》第三折有"此行折末山野村店上藏，竹篱茅舍里躲。能够得个桑榆景内安闲的过，也强如锣板声中断送了我"，第四折有"梅香将衫子锣板上了"的舞台提示，还有"可知我恰轻敲着他那边相越分外的响。相公呵！这的是那打香印使来的锣棒"唱词。《蓝采和》第四折路歧艺人持有"锣板和鼓笛"，还有"待着我撺鼓吹笛，打拍收拾"之语。散曲《庄家不识勾栏》也有"不住的撺鼓筛锣"之语。

由以上材料可知，元杂剧演出乐器最重要的就是"锣鼓"打击乐器，

① （明）臧晋叔：《元曲选·序》，中华书局 1958 年版，第 3 页。

② （清）李渔：《闲情偶寄》卷之三"词曲部·宾白第四"，《中国古典戏曲论著集成》（七），中国戏剧出版社 1959 年版，第 51 页。

黄竹三、延保全指出"宋金时期，戏曲开始形成。宋金杂剧演出采用'散乐'。当时散乐的乐器配置主要继承汉唐时期的鼓吹乐和唐代的立部伎，以打击乐、鼓吹乐为主，或加琵琶"①，而北曲杂剧"它们演出时所用的乐器，与宋金杂剧基本相同。在金代乐器的基础上，又重新增加了丝弦乐器琵琶"②。这一论断，极为中肯。杂剧演出使用锣鼓打击乐器，除了继承汉唐鼓吹乐的传统，还与地域文化和民族文化有关。元人周德清《中原音韵》云："国初混一，北方诸俊新声一作，古未有之，实治世之音也。"③《汉书·地理志》就曾说："刚柔缓急，音声不同，系水土之风气。"④ 北方人多慷慨之气，演唱当不缺乏高音。锣鼓打击乐器发声亦高。格罗塞在《艺术的起源》中指出："鼓到如今还是大部分狩猎民族的唯一乐器。"又说："狩猎部落的歌唱比之文明民族的歌唱更接近热情的语言——就是缺乏高度的界限，会从这个音滑到了那个音。"⑤ 在今天内蒙古的爬山调中高八度到十一度的音还被歌手常用。锣鼓打击乐器容易产生高音效果，元杂剧演出使用锣鼓打击乐器，很可能与北方人豪放慷慨之性情、演员高亢粗犷之音的歌唱传统相统一，并共同促成了元曲的遒劲乐风。正如修海林所指出的："从某种意义上说，元曲的遒劲乐风，反映了一种新的文化气质和新的情感特征，它构成古乐发展中新的文化心理气质，并在历史的音乐文化生活中，对中华民族文化心理的塑造，起到了不可低估的作用。可以认为，元人曲乐中的'本色'自然之美，雄劲奔放之情，正是构成元代戏曲的独有艺术品性、并于杂剧艺术审美中占据核心地位的重要因素。"⑥

　　总之，元杂剧中记录了大量勾栏杂剧演出习俗，有助于我们了解元杂剧的表演状况。元杂剧在城市勾栏演出，地点较为固定，演出场所封

---

　　① 黄竹三、延保全：《中国戏曲文物通论》，山西教育出版社 2010 年版，第 315 页。

　　② 同上书，第 320 页。

　　③ （元）周德清：《中原音韵》，俞为民、孙蓉蓉主编《历代曲话汇编：新编中国古典论著集成》（唐宋元编），黄山书社 2006 年版，第 231 页。

　　④ （汉）班固：《汉书》卷二十八下，中华书局 2012 年版，第 1466 页。

　　⑤ ［德］格罗塞：《艺术的起源》，蔡慕晖译，商务印书馆 1998 年版，第 222、224、226 页。

　　⑥ 修海林：《古乐的沉浮——中国古代音乐文化的历史考察》，山东文艺出版社 1997 年版，第 109 页。

闭，演出前会做宣传和舞台布景，以名脚色为核心演员，名脚色有些特权。杂剧观众主要是有钱有闲阶层，看戏要收取费用，观众可以点戏。杂剧演出以前台演员表演为主要形式，演出中前后台演员会有配合，互动演出，而古门就是分割和联通前后台的重要设施，是人物上下场的通道，更与剧情叙事结合，具有空间布景的重要作用。杂剧表演还逐渐形成了一定的戏剧表演范式，对后世戏剧表演有启示作用。元杂剧对于演出乐器的记录，突出锣鼓打击乐器，尽管有继承汉唐"鼓吹乐"的传统，但是最主要的应该与地域文化和民族文化有关。

第二节　元杂剧中的化妆习俗与表演

黄竹三、延保全在《中国戏曲文物通论》中指出"戏曲孕育时期的人物装扮表演，分涂面化妆和假面化妆两种"，"假面装扮还有一种是拟兽。演员饰扮动物，最早见于《尚书·舜典》的'予击石拊石，百兽率舞。'"其后至秦，则有蚩尤戏、汉"象人"以及汉隋唐盛行的"鱼龙曼衍"的表演。唐代胡人乐舞中"大多戴面具，或化装拟兽"①，如"新罗狛"舞（狮子舞）。而具有戏剧因素的"东海黄公"故事，表演中必定有人扮演"老虎"。元杂剧中的拟兽表演，当承接此艺术传统，有扮虎、鹿、狗等，如《勘头巾》第一折有"打狗科"，《圯桥进履》第一折有"（正末见虎惊科云）兀的不是个斑斓大虫"，《老君堂》第一折有"外扮白鹿上跑科了"，《存孝打虎》第二折有"扮虎上冲科"等。

一　涂面装扮

涂面装扮是一种人物装扮。人物装扮有面部化妆和服饰穿着。面部化妆，有素面化妆的"俊扮"，接近人物的自然肤色，多用于正面人物。洪洞明应王殿元杂剧壁画中正末就是俊扮，脂粉妆，但是鼻梁间有一小块蝶妆。"丑扮"即"花面"，着妆色重而浓，有夸张滑稽因素，多用于反面人物或喜剧人物。元杂剧中净、丑、搽旦常为"丑扮"。《青楼集》

---

① 黄竹三、延保全：《中国戏曲文物通论》，山西教育出版社 2010 年版，第 32、36 页。

云"凡妓以墨点破其面者为花旦"①，花旦即搽旦。

从化妆的部位来看，杂剧演出人物化妆不完全是满面化妆，常有所侧重，如涉及嘴唇及其周边、鼻凹等部位。这在稷山金代杂剧砖雕、洪洞明应王殿元杂剧壁画文物中可证实。

嘴唇部位的化妆，除了色彩描绘，假髯的使用也值得关注。廖奔的《宋元戏曲文物与民俗》认为："杂剧人物形象有髯，亦始见于北宋雕砖。温县墓右一人即于下巴上蓬有一团胡须。"② 延保全在《宋金元戏曲化妆考略》一文中指出元杂剧化妆假髯使用已经成熟普遍，"元代忠都秀壁画中，不仅能看到假髯、假眉的化妆，还能看到四种不同的假髯类型：满髯、三髯、连鬓圆口髯、连鬓八字髯等。证明在元代杂剧演出中，假髯的使用已经相当普遍且成为戏曲化妆的重要组成部分"③，山西洪洞广胜寺明应王殿元代戏曲壁画中前排五名杂剧演员，左起第二人"戴连鬓圆口假髯"，左起第四人"面部挂三绺假髯，挂髯口之细线清晰可辨"④。

宋元戏曲文物发现有假髯的使用，那么杂剧描述关公时说"关美髯""三缕髯"，"髯"作为关公外貌标志性特征，演出时应有化妆。元杂剧中的波斯人形象或波斯钱大尹形象"修髯满部"作为面部特点，出场时也应该有髯饰。元杂剧中，"髯"除了作为人物形象标志，还用来表达感情。《元曲选》中《萧淑兰》第一折："则见他气炎炎，那里也笑掀髯。显出些外貌威严，内性清廉。"《赤壁赋》第一折也有"长笑抛髯"。元刊杂剧《好酒赵元遇上皇》第一折赵元扮醉状，唱词中也有"月下抛髯"。徐沁君校注说："'抛髯'原作'欣髯'，据赵本改。……'抛髯'一词，已成熟语。"⑤ 一般来说"抛髯"表示快乐之意。臧晋叔在《元曲选·序二》说："使人快者抛髯，愤者扼腕。"⑥ 当然也有例外，如《气英布》第二折，英布表演提示有"正末做怒科""做仰天掀髯喷气科"⑦，

① （元）夏庭芝：《青楼集》，崔令钦等《教坊记 北里志 青楼集》，古典文学出版社1957年版，第63页。

② 廖奔：《宋元戏曲文物与民俗》，文化艺术出版社1989年版，第304页。

③ 延保全：《宋金元戏曲化妆考略》，《戏剧艺术》2011年第1期。

④ 黄竹三、延保全：《中国戏曲文物通论》，山西教育出版社2010年版，第296页。

⑤ 徐沁君校点：《新校元刊杂剧三十种》上册，中华书局1980年版，第127页。

⑥ （明）臧晋叔：《元曲选·序二》，中华书局1958年版，第4页。

⑦ （明）臧晋叔：《元曲选》第四册，中华书局1958年版，第1288页。

说明此髯非色彩涂抹，而是挂髯。从以上元杂剧的叙述及科介动作可知，戏剧用"抛髯"表示欢乐和愤怒。近代戏曲髯口功中吹髯表示生气。而《气英布》中"仰天掀髯喷气科"，应该是抛髯和吹髯的结合表演，也说明元代杂剧化妆中使用假髯，即戴假髯，不仅作为面部化妆存在，而且融入了动作身段表演和情感表达，具有复合特征，这一点也为明清戏曲髯口表演开了先河。

杂剧人物的鼻凹是重要的化妆部位，如《蓝采和》和《霍光鬼谏》都有"粉鼻凹"。《青衫泪》裴兴奴母亲的形象有"俺娘不嵌酒时常鬏髻歪，一鼻凹衠是乖"，其中"一鼻凹衠是乖"的叙述，当是指鼻凹化妆。

杂剧人物面部化妆注重色彩，并以色彩的浓淡显示人物的好恶。延保全《宋金元戏曲化妆考略》中引用元杂剧《伍员吹箫》《酷寒亭》《蓝采和》共计三例。《伍员吹箫》第一折净扮费得雄上场说："我家不开粉铺行，怎么爷儿两个尽搽脸。"《酷寒亭》第二折正末赵用骂搽旦萧娥："这妇人搽的青处青，紫处紫，白处白，黑处黑，恰便似成精的五色花花鬼。"《蓝采和》第二折蓝采和唱云："若逢对棚，怎生来妆点的排场盛，倚仗着粉鼻凹五七并。"

元杂剧反映人物面部化妆，首先是涂面色彩。《酷寒亭》提到青、紫、白、黑，《蓝采和》和《霍光鬼谏》提及"粉鼻凹"，《对玉梳》中有"抟香弄粉"一词。元刊《新刊关目好酒赵元遇上皇》中有"抹土搽灰"，第一折："折末为经纪，做货郎，使牛作豆将田耩，搽灰抹土学搬唱，剃头削发为和尚。交我断消愁解闷瓮头春！（带云）断不得！（唱）愿情云阳闹市伸着脖项！"廖奔说："所谓抹土搽灰，土指黑色，灰指白色。"①《两世姻缘》第一折上庭行首韩玉箫唱词中提到"搽一个红颊腮似赤马猴"，如"〔油葫芦〕有那等滴溜的猱儿不觅钱，他每都错怨天，情知那干村沙怎做的玉天仙。那里有野鸳鸯眼秃刷的在黄金殿，则这伙木鹦哥嘴骨邦的在仙音院。搽一个红颊腮似赤马猴。舒着双黑爪老似通臂猿，抱着面紫檀槽弹不的昭君怨，凤凰箫吹不出鹧鸪天"。元杂剧涂面色彩的表演例子很多，不再赘述。散曲《庄家不识勾栏》有"满脸石灰更着些黑道儿抹"，这是指在杂剧中用黑白两色涂面化妆。可见，元代杂

_____

① 廖奔：《宋元戏曲文物与民俗》，文化艺术出版社 1989 年版，第 302 页。

剧涂面化妆用色以黑白为主，偶用他色。

郑传寅指出"涂面大约始于隋唐"，"宋杂剧既有用面具的，也有用涂面的。还有既涂面又以面具加于其上的。但这时的涂面用色范围很窄，只有白、青绿、黑等色别，而且多半只是描眉画眼的'素面'"，金元时期出现了花面，"但是，与明清特别是与近代京剧脸谱相比，元杂剧花面的色彩就又显得单调。那时的花面一般只用两种颜色，顶多也只是用黑、白、红三色"①。郑传寅的论述有一定的道理，但结合以上元杂剧例子，我们认为元杂剧化妆色彩不只是黑白红三色，应至少有青、紫、白、黑、红、粉六种色彩。元杂剧化妆以黑白两色（中间色）为主，青、蓝、紫、绿、灰冷色为辅。

二　化妆与表演

元杂剧人物化妆与剧情表演以及曲文唱词常作为一个整体互相呼应，构成戏剧表演的整体美。《对玉梳》第一折："……（正旦唱）你待要抟香弄粉，妆孤学俊。（带云）呆汉。（唱）便准备着那一年春尽一年春。"元杂剧中有"妆"与"装"的假借用法，如《张天师》第一折桃花仙子唱："元来是一半儿妆呆一半儿懂。"《梦粱录》中"装孤"为宋杂剧脚色，脚色称谓在剧本中几乎不会弄错，也不用假借。也就是说，此"妆孤"非彼"装孤"。元杂剧中"妆"除了化妆，还有装扮、假装的意思，在此更接近"假装"。元杂剧中"孤"指官员，有净扮孤、外扮孤，在《调风月》中还出现"老孤"一词。从语言学的角度看，"抟香弄粉"为动宾结构，对应的"妆孤学俊"也应为动宾结构。由此推测"孤"和"俊"为名词。尽管宋元时"孤"一词多义，有官员、孤老和年长三种意思②，但在此剧中当把"孤"作为官员解释。"俊"当为俊秀、英俊，古代认为涂脂抹粉的男子是不正派的男子，杂剧中的反面人物往往通过浓妆艳抹或花面效果来揭示，如柳茂英的净脚色，当为花面，可以断定"妆孤学俊"当是顾玉香对净扮贩卖棉花商人柳茂英企图用二十车棉花强娶行为的嘲弄，大有东施效颦的艺术效果。

---

① 郑传寅：《传统文化与古典戏曲》，湖南人民出版社 2005 年版，第 46—48 页。
② 朱东根：《杂剧中的"孤"指称什么人物》，《文史知识》2002 年第 11 期。

　　此类脚色化妆与剧情结合，且以化妆特征代指剧中人，暗喻讽刺的表演技巧，具有舞台表演在场即时性特点，不是个例。一般来说净与搽旦的舞台表演，如果脱离了涂面化妆，其唱词内容和剧情故事完整表意都要大打折扣。《古杭新刊关目霍光鬼谏》中，一方面霍光认为二子霍山、霍禹品行不好，不宜委以重任当官，后二子把自己的亲妹献给宣帝，以此升官，霍光谏皇帝前，当面斥子，第二折这样描述："打这厮油鬏髻上封官，粉鼻凹里受宣。您是裙带头衣食，我是剑甲上俸钱。不打死今番豁不了冤！就这里盼到半年。问甚末子父情肠，险失了君臣体面。"尽管剧本直接指的是二净霍山、霍禹靠女人升官的可耻行为，但是结合杂剧演出装扮，"粉鼻凹"应该是二净的化妆，也代指二净。净这一脚色以滑稽著称，"油鬏髻上封官，粉鼻凹里受宣"也暗喻让跳梁小丑当官，很可笑。元杂剧的成熟恰在于词曲与人物表演、剧情故事的完美统一。

　　净扮演的不全是坏人，如《单鞭夺槊》中净扮尉迟敬德，当是勇武暴烈之人。丑扮演的也未必全是坏人，如丑扮牧童、酒保、行者（和尚）、探马等。通常情况下，净、丑往往是滑稽的喜剧人物。丑角①扮演的人物虽不全是坏人，也是滑稽可笑之人，大都须在鼻梁上抹一块白粉，其形象毕竟是丑的。结合元杂剧中的净丑的行为语言，有时还带有"恶"的因素，但不完全是人性"恶"的同义词。净的化妆，是为了塑造那些与正面人物相对立的反面人物，与正统礼乐文化相对的世俗滑稽人物，表演时通过化妆以示区别。中国民众的二元对立思维导致对人物的判断要有分善恶和性格好坏的观念，在戏剧的发展中逐渐体现到面部化妆上，如后世脸谱文化中红脸代表忠义，白脸代表奸邪。这种演员化妆发展趋势，将使得脚色体制变得纯粹，化妆变得专业。元代杂剧的化妆习俗还没有完全处理好人物形象的善恶、性格等因素与涂面化妆的最佳结合，也还未形成后世戏剧的"脸谱化"，这是元杂剧发展中遇到的问题，不过元杂剧涂面化妆已经意识到这一点，并在俊扮和丑扮上做

---

① ［荷兰］伊维德《我们读到的是"元"杂剧吗？——杂剧在明代宫廷的嬗变》，宋耕译，《文艺研究》2001 年第 3 期。"元代的剧本里没有丑角。但是，这个角色在万历本的元杂剧中却突然出现了。"

出了探索。

再看搽旦化妆及其搬演，《灰阑记》第一折："（搽旦上诗云）我这嘴脸实是欠。人人赞我多娇艳。只用一盆净水洗下来，倒也开得胭脂花粉店。妾身是马员外的大浑家。"尽管剧中是指马员外大浑家的日常生活作风，但从戏剧表演角度看，搽旦化妆与唱词内容十分贴切。《潇湘雨》第四折："正旦崔甸士俱冠带搽旦扮梅香伏侍拜见科。"结合剧情搽旦刺字后面貌更丑，化妆应该是"花"面，搽旦是名副其实的"恶"态，由官宦小姐到丫环梅香身份的转变，"搽旦扮梅香"从情感取向上是"恶人"与"下人"的结合。可见杂剧中的身份与脚色都成为具有文化指向的符号，且趋于定型化。剧中"正旦崔甸士俱冠带搽旦扮梅香伏侍拜见科"这一科范动作，从演出效果看，同样是官宦家出身的女性，正旦是盛装冠带俊扮，一脸喜庆；搽旦则刺字丑扮，一脸丧气，人物命运的变化，演员装扮的变化，在美丑对照下带给观众的不仅仅是视觉的冲击，更是对人物命运形而上的思考和内在心灵的震撼。元杂剧的化妆运用，既有程式化特点，同时也根据剧情变化有所调整，借助演员装扮传递深层的文化信息，这也是元杂剧成熟的表现。《薛仁贵》第三折丑扮禾旦上场唱："[双调豆叶黄]那里那里，酸枣儿林子儿西里。俺娘着你早来也早来家，恐怕狼虫咬你。摘枣儿，摘枣儿，摘您娘那脑儿。你道不曾摘枣儿，口里胡儿那里来？张罗张罗，见一个狼窝，跳过墙啰，谎您娘呵。"此段材料，不难看出年轻村妇所唱曲文通俗粗野与丑脚色的涂面化妆构成一幅喜剧图画，增强了戏剧性。

总之，元杂剧人物装扮有涂面装扮和假面装扮。假面装扮表现为拟兽表演；涂面装扮主要是人物化妆。元杂剧记录的演员面部化妆中净、丑、搽旦常为"丑扮"。元杂剧演员的化妆部位和色彩运用有讲究，粉墨涂抹程式化，并考虑人物性格身份等因素，有时脚色化妆有善恶区分，化妆效果与剧情、曲文唱词相统一，前后呼应，构建出戏剧表演的整体美，表现出舞台表演的在场即时性特点。元杂剧在演员化妆表演方面做出的这些探索无疑对明代戏剧产生了影响，明戏剧演出"开始尝试用各类彩色图绘来突出人物性格特征，出现按色调分类的勾脸法"①。

第三节　元杂剧中的脚色与戏剧表演

元杂剧的一人主唱模式，依赖于名脚色，可以说演员决定着杂剧演出的效果。《戏剧剖析》第四章《风格和人物》指出"任何戏剧演出的最重要的因素就是演员"②，甚至有学者认为演员就是戏剧演出的核心。可见，演员对于戏剧的重要性。杂剧更几乎是无"角儿"不成戏。

一　旦末脚色

元杂剧一人主唱，常以旦或末为主演出，这就是所谓的旦本戏或末本戏。戏剧演出旦末的性别问题对杂剧演出有一定影响。一般认为旦为女性扮演，末为男性扮演。元代夏庭芝《青楼集志》中就云："杂剧则有旦、末。旦本女人为之，名妆旦色；末男子为之，名末泥。"③ 但也有旦末双全者。

杂剧演出存在旦末双全的演员，但数量很少，通常情况下，"旦末双全"仅仅是演员追求的一个艺术高度和职业理想。再结合末本多而旦本少的现实④，说明当时男性演员人数较多。另外在元代，演戏搬唱也是养家糊口的一种谋生手段。元杂剧中的行首多为母女家庭，一为家传（血缘传承），二为无奈选择，也就是说至少存在家庭中男人谋生唱戏的可能，如《蓝采和》。《录鬼簿》等文献记载的男演员还有张国宾、喜时风、杨驹儿等。何况大多数女性行首有嫁人从良的想法和行动，尽管道路坎坷，但终有成功者，这就说明女性演员的演艺生涯存在一定变数，条件合适就有放弃职业的可能。女性演员的减少情形和演艺时间的短时性（如从良演员婚后可能不演出），可能也是旦本少的一个原因，而这归根

---

① 廖奔、刘彦君：《中国戏曲发展史》第三册，山西教育出版社 2000 年版，第 135 页。
② ［英］马丁·艾思林：《戏剧剖析》，罗婉华译，中国戏剧出版社 1981 年版，第 28 页。
③ （元）夏庭芝：《青楼集志》，俞为民、孙蓉蓉主编《历代曲话汇编：新编中国古典论著集成》（唐宋元编），黄山书社 2006 年版，第 469 页。
④ 曾永义统计，"现存元剧，末本占多数，约合总数五分之四弱，旦本只合五分之一强"。洛地统计，"据现存 162 部元曲杂剧中有 106 部是末本"。

结底，又是"男主外，女主内"民俗心理和杂剧演员身份低微的等级观和时代背景所导致的。《青楼集》只能说明女性演员的存在，不能说明女演员就是那个时代的多数。笔者认为演员色艺俱佳，应该是商业卖点和看点，在这方面女性有天然的优势，《青楼集》常标示艺人有"美姿色""美姿容"等语，以及杂剧中常出现的"唤官身"，多为女性就是例证。另外色艺俱佳的演员在生活中当很稀缺，且末双全再色艺俱佳更稀缺，《青楼集》为女演员立传，不排除女性好演员稀少、抢救性立传的可能。南戏《宦门子弟错立身》中延寿马走南闯北，寻找女艺人王金榜，一天偶然看到演出招牌上写着有人做场，便请来旦脚色，果是王金榜。从这一事例中也可看出，旦多为女性。廖奔就指出："从文物形象看，女子演男子多是扮饰末泥、引戏及装孤一类表演庄重的行当。"又说："杂剧中多由女子演男子，是由当时城市里市民阶层的世俗审美趣味所决定的。"①

二　脚色和人物

关于元杂剧中的脚色和人物的关系，在钟涛《元杂剧艺术生产论》、范丽敏《互通·因袭·衍化——宋元小说、讲唱与戏曲关系研究》等著作中多有论述。钟涛统计："《元曲选》100 种，一本杂剧中，主唱的正旦或正末角色不变，所扮人物却改变了的有 38 种。一本剧中，主唱角色扮两种人物的有 28 种，扮三种人物的有 10 种，元代晚期甚至出现了个别剧本，同一主唱角色，四折戏中分别扮演四个不同人物的情况。"② 一人扮演多个身份，如《黄粱梦》正末扮道士汉钟离，改扮高太尉、院公、樵夫、邦老，第四折杀吕洞宾后"正末下改扮钟离""卜儿改扮王婆上"。《城南柳》第一折净扮柳树精在第二折改扮为净扮"岳阳楼下卖酒老杨的儿子"；第一折正末吕洞宾扮做一个货墨的先生，到第三折改扮为渔翁点化柳树精，第四折扮道士。《刘行首》第一折仙境正末王重阳，旦鬼仙；第二折正末改扮马丹阳为道人，旦为刘行首。从这些人物装扮和科介提示看，元杂剧演出逐渐为后世戏剧演出创造了一种范式：一人可演多个

---

① 廖奔：《宋金戏曲文物与民俗》，文化艺术出版社 1989 年版，第 290—291 页。
② 钟涛：《元杂剧艺术生产论》，北京广播学院出版社 2003 年版，第 45—46 页。

形象，尤其在神仙道化剧中更是如此。同时也促成了戏剧演出的装扮变化。戏剧演出的这一特点在宋南戏中就存在，张蓓蓓指出："宋南戏服饰具有灵活而'改扮'的特征。"① 元杂剧一人主唱受杂剧曲牌的制约，而一人演多个人物形象，恰是杂剧叙事艺术适应舞台空间的发展。这种改扮，是否有男扮女装或女扮男装的现象呢？《两世姻缘》第一折有"我想来但得个夫妻美满。煞强如旦末双全"的台词，吴晟在《宋元戏曲的娱乐趣尚》也指出宋元戏曲存在反串现象，元杂剧演出中部分女艺人是旦末双全②。

元杂剧的净丑脚色与剧中所扮人物也有规律可寻。一般来说，丑多为底层人物，如店小二、牧童、小闲等，而净为滑稽人物，不仅有底层人物，还有衙内、馆驿子、军官等中上层人物。搁置丑产生的时代争论，丑脚色的出现，至少说明杂剧的娱乐性呈加强的趋势。净丑脚色也体现了杂剧娱乐的功能和人的狂欢精神需求。钟敬文在《文学狂欢化思想与狂欢》一文中指出中国有别于西方的狂欢特点："在中国的狂欢文化中，还有一个十分重要的角色，就是丑角。"又说："就中国社会现象中的狂欢活动而言，它在解除传统的、扼杀人性的两性束缚方面，表现出了一种比较突出的抗争意义。"③ 娱乐是杂剧演出的目的之一，也是重要的文化特征。

元杂剧的脚色行当已经有了鲜明的民间"美丑"二分法，如正末、正旦、外多为正派人物，而搽旦、净、丑多为喜剧人物或反面人物。王寿之在《元杂剧喜剧艺术》中就指出："在喜剧形象的塑造上，元杂剧有较严格的正面人物和反面人物的界线。反面形象不能做主唱的主角，除了插科打诨式地唱一两支插曲外不能唱曲，还可以借外形上的扩大丑态取得喜剧效果。反面人物里的喜剧形象只能由净、丑、搽旦扮演。正面喜剧形象常做为体现作品主题思想的主角，用正末、正旦担任，主演一本戏或一折戏。其他行当扮演正面喜剧形象只

---

① 张蓓蓓：《宋代戏剧服饰艺术特征探析》，《民族艺术研究》2011 年第 3 期。
② 吴晟：《宋元戏曲的娱乐趣尚》，《江西社会科学》2000 年第 1 期。
③ 钟敬文：《文学狂欢化思想与狂欢》，董晓萍整理，《光明日报》1999 年 1 月 28 日第 7 版。http://www.gmw.cn/01gmrb/1999－01/28/GB/17951％5eGM7－2805.HTM

是剧中次要人物。"① 美丑对照、正反对立的二元思维，也是杂剧为了迎合底层民众审美的需要，更是杂剧在有限的时间里快速传递价值观的策略。

三　一人主唱

元杂剧的一人主唱，在一剧中一人主唱到底的情况较为普遍。但在表演时，严格地说是每折中一人主唱，折与折间的主唱人可以根据剧情而有所不同。这种演出体制，是元杂剧重在以曲取胜，而非故事取胜，在脚色出场上的反映。出场人物的变化导致唱曲在演唱风格、音声等方面陡变，避免听觉审美疲劳。出场人物的性别、年龄、民族、脚色、官民、城乡、将军探子身份地位的差异，也会影响演唱效果。《赚蒯通》主唱人正末第一折是张良，第二到四折是蒯通。《酷寒亭》末本戏，主唱人：楔子是宋彬（犯人），第一、二折是赵用，第三折是张保（酒店老板），第四折是宋彬（山贼）。《新刊关目萧何月夜追韩信》末本戏中第一到三折韩信为正末。第四折是吕马童。《新刊的本薛仁贵衣锦还乡》末本戏中楔子、第二、第四折都是薛大伯为正末，而第一折为杜如晦，第三折为拔禾，从杂剧人物身份的差异上可以看出农民与官员，老农民与青年农民不同身份年龄的演员的唱腔与唱词的差异。如果说"一人主唱"可以极大地发挥演员的唱功和个人魅力，那么杂剧主唱人物的调整是戏剧扎根民间，重视观众，积极探索，大胆创新的结果。但是这种调整是微观的、局部的，一般四折中总以某个人物角色主唱为主（这个剧中人物最少唱两折）。也就是说一剧中演唱者主次有别，从剧中人所主唱折的多少就可以判断。当然主唱者未必是剧中故事的核心人物。可见元杂剧的叙与曲有时是分开的，如《酷寒亭》中郑孔目和萧娥就不是主唱。整体上看，元杂剧中一人主唱的模式，这个"一"会在一剧中突出一个主唱演员，不影响故事叙事和其他脚色表演，说明元杂剧是成熟的，也是发展的，而这种发展，恰是杂剧寻求生存的自身调节。田同旭认为："后期元杂剧，逐步突破一个主角主唱的艺术模式，采用了南北合套之音乐形式。南北合套属于南戏艺术，

---

① 王寿之：《元杂剧喜剧艺术》，安徽文艺出版社 1986 年版，第 39 页。

元散曲中沈和甫、郑光祖都有南北合套之作，贾仲明也有［南北黄钟合套］之套曲。"① 明清戏剧的发展史实告诉我们，这种变化是必要的②。

我们认为，元杂剧一人主唱，既不是为了更好地塑造人物，也不单纯是为了更好地讲故事③，而是为了符合杂剧的曲本位和商业化的明星效益，以赢取稳定的观众群。主唱演员一般相对稳定，尽管有时演员会改扮不同角色人物形象，可能在唱腔上稍微有变化，但是同一个人音色音质、演唱风格几乎很难改变。

说起一人主唱，我们不妨再探讨一下上厅行首与一人主唱及其民俗关系。何谓上厅行首？袁世硕《元曲百科辞典》解释为："元时女艺人须应承官府，以姿色出众，记忆超群者排于行列之首，称'上厅行首'。因以泛称名艺人。"④ 宋吴自牧《梦粱录·诸库迎煮》云："其官私妓女，择为三等，上马先以顶冠花衫子裆袴，次择秀丽有名者，带珠翠朵玉冠儿，销金衫儿、裙儿，各执花斗鼓儿，或捧龙阮琴瑟，后十余辈，着红大衣，带皂时髻，名之'行首'……"⑤ 元杂剧中的上厅行首，也可以说是美妓或美丽的女艺人，元杂剧中涉及此类人物形象时，剧情的展开往往与其美色和美声有关，故事情节或以技"唤官身"或以姿从良，题材上多为家庭矛盾型和爱情曲折型杂剧。由于行首的职业特点决定了他们有善唱的技艺，因此杂剧中的行首形象很独特。元杂剧中的主唱行首的民俗信仰对于元杂剧的剧情发展和唱词内容及表演有何影响？

我们就元杂剧中的上厅行首及其主唱关系列表如下：

---

① 田同旭：《元杂剧通论》上册，山西教育出版社2007年版，第71页。

② 明初北曲大家朱有燉（存杂剧31种，多以妓女生活为题材，代表作《香囊怨》）。他对北杂剧的贡献表现在：改杂剧四折一楔子的模式，并且打破了一人主唱模式，尝试对唱、轮唱或多人合唱，曲调上也突破了仅唱北曲的限制。这种现象的出现，应该不是偶然，正是在元杂剧剧中人物与演出主唱人物出现新变的基础上调整的。同时也意味着明代杂剧演出逐渐出现对元代一人主唱的"曲"传统的拨乱反正，在"唱"上做出灵活的微调，减少对明星的依赖，试图增强杂剧的现实生存能力。

③ 范丽敏：《互通·因袭·衍化——宋元小说、讲唱与戏曲关系研究》，齐鲁书社2009年版，第306页。提出一人主唱是"为了更好地讲故事"。

④ 袁世硕：《元曲百科辞典》，山东教育出版社1989年版，第190页。

⑤ （宋）吴自牧：《梦粱录·诸库迎煮》，《东京梦华录（外四种）》，远方出版社2001年版，第124页。

元杂剧	上厅行首	是否主唱	行首所居点及其 剧本中的活动地
《谢天香》	谢天香（旦）上厅行首	旦本	开封，从良
《救风尘》	宋引章（外旦）"歌者"、赵盼儿（正旦）	旦本	汴梁、郑州 依据：宋引章为汴梁人；宋引章嫁予的周舍是郑州人
《金线池》	杜蕊娘（正旦）	旦本	济南
《青衫泪》	裴兴奴（正旦）"现应官妓"	旦本	推测所居为长安 依据：一是剧中提到"教坊司"；二是唐宪宗贬白居易；三是茶客刘一郎来京师卖茶求婚
《酷寒亭》	萧娥（搽旦）	末本，正末扮赵用、张保、宋彬	郑州
《玉壶春》	李素兰 陈玉英	末本，正末扮李斌	嘉兴府（浙江）
《红梨花》	谢金莲（正旦）上厅行首	旦本，正旦扮谢金莲、卖花三婆	洛阳
《曲江池》	李亚仙（正旦）	旦本	长安
《紫云亭》	韩楚兰（正旦）（元刊，称谓不明）	旦本	杭州 依据："西出阳关无故人，则见俺在这南国梁园依旧亲。""南国梁园"当是杭州。第三折正旦唱："呵，兀的是俺那心爱的庞儿旧哥哥！自从这人北渡，浑一似梦南柯。"这里提到的"北渡"可能意味着身居南方

续表

元杂剧	上厅行首	是否主唱	行首所居点及其剧本中的活动地
《灰阑记》	张海棠（正旦）上厅行首	旦本	郑州
《风光好》	秦弱兰（正旦）	旦本	南唐馆驿、杭州
《两世姻缘》	韩玉箫（正旦）	旦本，正旦扮韩玉箫、张玉箫	洛阳
《还牢末》	萧娥（搽旦）"个中人"	末本，正末扮李荣祖	东平府
《对玉梳》	顾玉香（正旦）上厅行首	旦本	住在松江府（上海）
《刘行首》	刘倩娇	末本，正末扮王重阳、马丹阳	汴梁
《货郎旦》	张玉娥（外旦）	旦本，正旦扮刘氏，后三折副旦扮张三姑主唱	长安京兆府
《百花亭》	贺怜怜	末本，正末扮王焕	洛阳
《云窗梦》	郑月莲（正旦）	旦本	汴梁
《度柳翠》	柳翠	末本，正末扮月明尊者	杭州

由上表可知，元杂剧中出现上厅行首的剧本大多数为旦本戏，也就是说杂剧脚色和剧中所扮人物形象十分契合，时间范围可能是宋元时期。从起名来看，《青楼集》中女艺人名字中尾字多含有"娥""莲""秀""儿""奴"，名多有"玉莲""玉英""天香""怜怜"等，元杂剧中的上厅行首的名字也如此。从演出脚色看，元杂剧中的女艺人，在杂剧表演中多"主唱"，使剧情中人物的职业特征与杂剧演出的商业需求巧妙结合，色与艺共同呈现，赢得票房收入。当然部分艺人，由于剧情的需要，作为反面人物或衬托性人物，多为搽旦，往往是通过宾白科介来制造戏剧矛盾和喜剧效果，其装扮多为"丑扮"，不管是从视觉效果还是剧情需要上都不适合主唱，不适合元代具有商业化特点的"一人主唱"。有关上厅行首的杂剧，从演出内容看，多为家庭爱情剧，这就决定了民俗素的选择多是利于抒情的，如牛郎织女、孟姜女、望夫石传说，时间多为清明节令，只有《刘行首》为重阳节，《云窗梦》《度柳翠》为中秋节。

上表内容对杂剧中心说的学术争论是一个必要的补充和参照。

通常我们认为元杂剧在北方有"大都、真定、东平、平阳"四个中心，后期南下又以杭州为中心。王国维在《宋元戏曲史》第九章《元剧之时地》中认为元杂剧中心前期在大都，是"杂剧之渊源地"，后期在南方浙江的杭州，说"至中叶以后，则剧家悉为杭州人……盖杂剧之根本地，已移而至南方，岂非以南宋旧都，文化颇盛之故欤"①。一般学者持此观点。新浪博客载张斯直博文《元杂剧中心说之质疑》，认为"元代后期，元杂剧中心还在山西"②。张正学的《平阳、真定、东平为早期元剧中心地说质疑》认为"大都才是元杂剧的初兴地与早期中心地"③，其他三地仅仅是有利于杂剧作家的成长。又有学者提出元杂剧的中州情结和开封中心说的观点，以徐朔方、元鹏飞为代表。徐朔方在《金元杂剧的再认识》中就提出开封及中原地区是一个"最重要的杂剧中心"④ 区。徐朔方的《我和小说戏曲研究》一文再次提到这一观点。元鹏飞也注意到了杂剧创作中的中州情结。元鹏飞、任莹的《元杂剧中的中州情结》认为："现存 160 余部元杂剧中仅有 52 个剧目涉及这些地区，反倒是今河南洛阳、开封和郑州等地频频出现于杂剧故事中，这类剧目共有 79 种之多，约占现存杂剧的 49%。"⑤

我们从"元杂剧中的上厅行首及其主唱关系列表"不难看出，元杂剧中的官妓在地域分布上以河南（汴梁、郑州、洛阳）、杭州为主，杂剧在江南以浙江的杭州为中心说当无疑，基本符合元代杂剧流布规律。这里出现两个疑问：一是元杂剧中如何理解河南艺人现象。二是大都、平阳元杂剧演出很兴盛，但是元杂剧中为何没有提及北方这两地艺人。

对于第一个问题，实际上是杂剧发展的问题。廖奔的《宋元戏曲文物与民俗》从戏曲文物的分布看宋元杂剧的传播，认为"宋杂剧首先是

---

① 王国维：《宋元戏曲史》，叶长海导读，上海古籍出版社 2009 年，第 77 页。

② 张斯直：《元杂剧中心说之质疑》，新浪博客，http://blog.sina.com.cn/s/blog_5dceed400100cfdg.html（2009-03-02 22：28：58）。

③ 张正学：《平阳、真定、东平为早期元杂剧中心地说质疑》，《厦门教育学院学报》2005 年第 4 期。

④ 徐朔方：《徐朔方集》第一卷，浙江古籍出版社 1993 年版，第 95 页。又在该文第 115 页中认为"元杂剧正名为金（宋）元杂剧"。

⑤ 元鹏飞、任莹：《元杂剧中的中州情结》，《南京师范大学文学院学报》2011 年第 3 期。

由汴京向洛阳一带发展"①，到北宋后期汴京杂剧的一支"可能已经顺着商业通道到达平阳地区，成为平阳杂剧的先驱"②，金代杂剧形成了具有宫廷特点的"燕京杂剧"和具有民间特点的"平阳杂剧"两个系统，"杂剧发展到平阳地区以后，进一步减弱了它对于都市的依附性，它的主要观众成份也由市民转化为农民"③。元杂剧在金杂剧的基础上繁衍，至元年间北曲杂剧在北方兴盛，伴随着元统一进程，元杂剧随军或借助水运传播南下，蔓延到江南。把上表中的上厅行首活动地域与宋元杂剧文物分布、杂剧发展史规律结合考虑，就会发现元杂剧中的艺人地域现象，含有民众对宋杂剧的历史记忆，也是对廖奔提出的"宋杂剧首先是由汴京向洛阳一带发展"的一个很好的诠释。当然从杂剧发展史看，以汴京为中心的河南地区，不仅仅是宋杂剧的中心，极可能在有元一代，作为杂剧作家和艺人南北往来的中转地，使得河南地区杂剧持续兴盛，这才有了元杂剧演出地域和艺人河南化的真实反映。众所周知，元代人口迁徙很频繁，杂剧作家、演员的籍贯未必是杂剧演出活动的主要地域。因此我们如果从剧本中艺人的活动地域看，而不是王国维所说的从杂剧作家的籍贯地域分布看，汴京（开封、汴梁）作为宋元杂剧的发展中心，是有可能的。事实上学界的杂剧"中心"说，理应充分考虑杂剧演员的地域分布这一最重要的因素，杂剧演出的兴衰与艺人直接相关，而不仅仅与杂剧作家的创作有关。如果这一立论成立，那么杂剧中出现大量的河南艺人及其表演就是自然的事了。这也说明，徐朔方和元鹏飞等学者注意到河南对于元杂剧的重要性，是有一定道理的。

对于第二个问题，是地理的问题。地理具有自然空间的属性，也是民俗文化的载体，是人文地理。杂剧中的地理不仅仅是自然空间地理，在宋元多民族并存的时代，更多的具有文化地理意义。上表中，汴梁、杭州作为宋代历史都城，不仅负载了城市文化内涵，而且包含着国家民族文化信息。因此，我们推测杂剧突出汴梁、杭州，而轻大都、平阳，当与元杂剧作家怀念故都的亡国之情有关，也与把汉族文化或中原文化

---

① 廖奔：《宋元戏曲文物与民俗》，文化艺术出版社 1989 年版，第 250 页。
② 同上书，第 251 页。
③ 同上书，第 255 页。

的潜意识附着在城市地理标识上的民族、民俗心理有关。大都、平阳虽为元杂剧的前期重要中心地带，但是进入宋金元时期，一度为少数民族所控制，甚至为京畿之地，在元时更成为腹地。以汉族作家为主体的杂剧作家群，出于民族情结使然，这就无可厚非地把汴梁、洛阳、郑州和杭州元杂剧后期兴盛地作为观照对象。这是杂剧发展现实与作家民族情结相结合，出现的一种文化地理选择。

　　元杂剧中上厅行首自身的民俗背景对剧情也产生了影响，如《谢天香》中谢天香可以让波斯钱大尹定调选曲演唱，还会赌戏掷色数儿，从第三折谢天香的唱词来看她对掷色数儿很熟悉，常赢。《救风尘》中宋引章相信与周舍天缘注定之合，不听赵盼儿相劝，终尝苦果，引出赵盼儿"救风尘"一幕。《青衫泪》中裴兴奴误以为白乐天已死，当刘员外求婚时，她先烧酒祭奠白乐天"亡灵"表达对白乐天的款款情意，当与乐天相见时，第三折有"我观觑了衣服样势，审察了言语高低。你且自靠那边，俺须有生人气"，并用取钱投水等方式来判断是人是鬼，又制造了演剧的喜剧效果。《金线池》第二折杜蕊娘表达对韩辅臣的相思是："大力鬼顿不开眉上锁，巨灵神劈不断腹中愁。"《紫云亭》第一折韩楚兰与灵春马相恋，其母阻挠，"我勾栏里把戏得四五回铁骑，到家来却有六七场刀兵。我唱的是《三国志》先饶十大曲，俺娘便《五代史》续添《八阳经》……"，此外还有"做场养老小""路歧人""打个好散场"等语。

　　从以上杂剧中上厅行首的演唱内容来看，民俗的选择主要表现在四个方面，一是作为上厅行首，要求具备各种歌舞、饮酒、作诗、游艺的能力，因此娱乐游戏、应景作诗就常常成为行首们在杂剧中展现的才艺；二是选择与爱情婚姻有关的民俗，如表达爱情的"天缘注定""望夫石"、羊酒花红、休书婚俗等风俗；三是渗透了鬼魂佛道思想，提到菩萨、阎罗、哪吒、巨灵神等；四是杂剧中对做场习俗的描述，也是上厅行首职业生活的展现。

四　服饰装扮与脚色

　　元杂剧中脚色服饰装扮出现程式化，有"道扮""蓝扮""家常扮""儒扮""文扮"等提示语，此种情形下，服饰描写一般不在唱词中出现。服饰装扮提示语与脚色人物形象身份相一致。《陈抟高卧》第一折有"正末道扮陈抟上"提示，在上场诗中未有服饰描写。神仙道化剧中的演员"道扮"与道人那种闲云野鹤、蓬莱瑶池的劝人为善成仙的曲文相表里。《看钱奴》第二折周荣祖是"正末蓝扮"，从出场描述看周荣祖已经落魄，一家三口饥饿难耐，"蓝扮"是身份地位的衣着化装。《争报恩》第一折有"徐宁薄蓝上"，上场未对徐宁服饰做任何描述，但叙述其无钱付房钱，白日街上讨饭吃，一副落魄贫困之相。李千娇说徐宁非贼人装扮，他"又不曾戴着红巾白毡帽……他身上又不穿着这香锦衲袄"。"薄蓝"按元代夏庭芝《青楼集志》中元杂剧有"破衫儿"一类①。赵山林就说："破衫儿，即'薄蓝'、'蓝扮'，是扮演贫苦人物或落魄人物的服饰。"②《云窗梦》第二折正旦"家常扮"上场说："妾身月莲。……今日那茶客置酒请俺，母亲着梅香叫我，须索走一遭去。想俺这不义之门，几时是了也呵。……（云）我见那厮，想我那秀才。"可见"家常扮"也包含了月莲对张均卿的痴心，心无他人，因而见茶客时不加刻意打扮。《风云会》中舞台提示演员装扮极其丰富多样：第一折有常服、道服，第二折有儒扮、戎装、宫妆法服、文扮、冠服，第三折有纱帽常服。以上元杂剧明确提示演员穿着服饰，这说明元杂剧演出服装的规范化、类型化是戏剧成熟的标志之一。从演出的角度看，这种以服饰装扮代叙的方式在舞台上给人以视觉感知，节约了演员对人物外貌、服饰描绘的演唱叙述时间，这也是戏剧叙事区别于小说叙事的一个特征。服饰装扮的程式化，也为后台演员有序化妆准备节省了时间，因为戏剧演出离不开剧团成员间的合作，只有规范的服饰装扮，后台人员才能一看"提示"就能给演员迅速改扮。

　　元杂剧中人物服饰装扮的舞台提示，便于演员演出。有时脚色在剧情中具有特殊身份，使得杂剧演出不需要任何舞台提示，演员上场表演一般也不会出现服饰与身份的不协调。如《哭存孝》第三折正旦扮莽古歹上场云："自家莽古歹便是。奉阿者的言语，着吾打探存孝去。""莽古歹"，蒙古语为小番。在杂剧演出中，"莽古歹"作为一类人、一种身份

---

① （元）夏庭芝：《青楼集志》，俞为民、孙蓉蓉主编《历代曲话汇编：新编中国古典论著集成》（唐宋元编），黄山书社 2006 年版，第 469 页。

② 赵山林：《中国戏剧学通论》，安徽教育出版社 1995 年版，第 206 页。

时，应是蒙古族士兵的一种装扮，这种服饰装扮肯定是相对固定的，如同"道扮"仅是身份职业的标识，但"莽古歹"人物化装一定要突出民族性，这与杂剧中少数民族将领在表现民族共性的同时兼顾个性的服饰装扮是有区别的。元杂剧中演员扮算命先生、樵夫、云游先生、庙官、曳剌等时都要对应性地做职业范式装扮，这在神仙道化剧中体现最明显。

还有一种情况是人物服饰装扮虽然不做提示，但演员在演唱时会对服饰聚焦叙述，在女真题材中最突出，如《虎头牌》第二折正末唱［山石榴］、［醉娘子］、［相公爱］的唱词，都是描述有关女真服饰的，实现了演员曲文唱词与装扮表演的统一，而观众也能获得视听统一的剧场美感享受。

另外，在同一折演出中也有同一脚色改扮其他形象的例子，如《伍员吹箫》第三折：

> ［石榴花］我则见满街人各散东西，一个个吃得醉如泥。（鲀诸怒科，云）这厮有好汉要打的出来，我和你做个对手。（旦儿换卜儿衣服拿拄杖上，云）鲀诸，你又来了也，待打谁那？（鲀诸怕科，云）不敢不敢。（正末唱）这妇人必定是那人妻，摄伏尽虎威。（鲀诸做跪科，云）是鲀诸一时间燥暴，再不敢了也。（正末唱）他磕扑的跪在街基，他将这条过头拄杖睄睄的，又不知要怎地施为。（鲀诸做悲科，云）这个是母亲遗下的训教，是鲀诸的不是了也。（旦儿云）鲀诸，你回过背来。（鲀诸做回背科）（正末唱）他喝一声疾快忙回背。（旦儿打科，云）一十、二十、三十。（正末唱）不歇手连打到二三十。（鲀诸云）我鲀诸再不敢惹事了也……
>
> （旦儿云）鲀诸，你家里来。（鲀诸云）是，我来到这房门首也，我入的这门来。（旦儿做脱衣衫放拄杖跪科，云）你休怪我，这个是母亲的遗言，非干贱妾之事。（鲀诸云）大嫂请起，这原是俺母亲遗留下的教训，我怎好怪的你？
>
> （鲀诸云）你原来不是俺这丹阳人。我不是怕浑家，为我平生性子燥暴，路见不平，便与人厮打，常惹下事来。有母亲临亡时遗言，我但惹事呵，着我这浑家身穿母亲衣服，手拿着拄杖，我若见了这

两桩儿，便是见我母亲一般，我因此上害怕。①

此段材料，从鲢诸妻子的扮相和表演上看有"优孟衣冠"的喜剧传统，而从民俗的角度来说，则有祖先信仰的成分。

总之，元杂剧以演员为核心，杂剧几乎无角儿不成戏，脚色与戏剧表演趋向范式。男性扮末，女性扮旦。杂剧演出旦末双全者的演员存在，但很少，通常情况下，"旦末双全"仅仅是演员追求的一个艺术高度和职业理想。元杂剧的脚色行当已经有了鲜明的民间"美丑"二分法思想。元杂剧中一人主唱，严格地说是一折中一人主唱，折与折间的主唱人可以根据剧情而不同，但一剧中一般只有一个主唱人。这种演出体制，是元杂剧重在以曲取胜，而非故事取胜，在脚色出场上的反映。在涉及上厅行首的杂剧中，剧中主唱行首的民俗信仰对于元杂剧的剧情发展和唱词内容及表演有一定影响。元杂剧演出逐渐为后世戏剧演出创造了一种范式：一人可演多个形象，尤其在神仙道化剧中更明显，脚色人物服饰装扮出现程式化，舞台提示为"改扮"，这促成了戏剧演出的装扮变化。戏剧演出的这一特点在宋南戏中已存在。元杂剧一人主唱是杂剧曲牌的重要规则，而一人演多个人物形象，恰是杂剧叙事艺术适应舞台空间的发展。

第四节　元杂剧中的砌末与表演习俗

元杂剧是一种舞台表演艺术。元杂剧作为成熟戏剧的标志之一就是能有意识地、范式化地、艺术化地运用砌末。元杂剧中砌末具有生活性倾向，表演时具有较强的模拟生活、还原民俗生活场景的意图。有些砌末和演员脚色、性别、身份以及杂剧题材等密切相关。在民俗生活气息浓郁的剧情中，没有了民俗化的砌末，有时连剧情都无法展开，而戏剧冲突、喜剧效果也常常依赖于民俗化的砌末。元杂剧部分砌末的表演，对明清戏剧的表演有一定启示作用。

元杂剧中的砌末在舞台表演上起着很重要的作用。王国维在《宋元

---

① （明）臧晋叔编：《元曲选》第二册，中华书局1958年版，第657—658页。

戏曲史》第十一章"元剧之结构"中指出：

> 演剧时所用之物，谓之砌末。焦理堂《易馀籥录》（卷十七）曰："《辍耕录》有诸杂砌之目，不知所谓。按元曲《杀狗劝夫》，祗从取砌末上，谓所埋之死狗也。《货郎旦》外旦取砌末付净科，谓金银财宝也。《梧桐雨》正末引官娥挑灯拿砌末上，谓七夕乞巧筵所设物也。《陈抟高卧》外扮使臣引卒子捧砌末上，谓诏书缥帛也。《冤家债主》和尚交砌末科，谓银也。《误入桃源》正末扮刘晨，外扮阮肇带砌末上，谓行李包裹或采药器具也。又净扮刘德引沙三、王留等将砌末上，谓春社中羊酒纸钱之属也。"余谓焦氏之解砌末是也。然以之与杂砌相牵合，则颇不然……
>
> 砌末之语，虽始见元剧，必为古语。[1]

王国维注意到砌末对于演剧的重要性。我们知道戏剧中之砌末，必然是艺术化和美化的物件，是戏剧中的"虚"与生活本身的"实"的有机统一。砌末的运用也使得杂剧演出更具生活气息，演剧更为逼真，如《东坡梦》中重要的砌末是酒桌，东坡与花间四友的饮酒离不开酒桌，第三折东坡对松神隐瞒花间四友的存在，松神用笏多次击桌唤四友，东坡伏桌睡。这些剧情的表演都离不开"酒桌"砌末。戏台上酒桌的设置给人以生活的真实感。这里需要强调一点的是，杂剧中的民俗文化背景，一定程度上依赖于特定的民俗砌末来演示、衬托，如王国维断定《梧桐雨》《误入桃源》等剧有七夕乞巧物、春社羊酒纸钱等砌末。这些砌末本身具有民俗特征。另外有些砌末只在演剧的特定情景中才彰显民俗文化的意义，如鬼魂情节《窦娥冤》第四折"魂旦上做弄灯科"和《冯玉兰》第三折众魂上场时有"灯忽明忽暗""众魂子做灯下跪科"。二剧中普通的"灯"成了民间"鬼弄灯"的民俗载体，如同"旋风"一样成为人们判断"鬼现"的依据。"鬼弄灯"的表演也极具表现力和喜剧效果。

在众多的杂剧砌末中，竹马和扇子这两种道具对元杂剧的表演起着

---

① 王国维：《宋元戏曲史》，叶长海导读，上海古籍出版社 2009 年版，第 96—97 页。

重要的作用。

一　竹马与杂剧

元杂剧中"竹马"的出现证明当时已经有竹马形的砌末,孙楷第也认为"元明演剧砌末有竹马"①。另外出现"踏竹马"和"骑竹马"演出方式,在表演上当有细微的差别。《古杭新刊关目霍光鬼谏》第二折正末骑竹马上场。《新刊关目萧何月夜追韩信》第二折有"正末背剑踏竹马儿上""萧何踏竹马儿上"和第四折"踏竹马儿调阵子上"的提示。

要理解"踏竹马",我们不妨先辨析一下元人如何理解、运用"踏"。《连环计》中有"有劳太师贵脚来踏贱地"之语。著名语言学家王光汉《合肥方言单音动词考释一》解释踏是"踩,多属不留意的踩"②,并举关汉卿《王闰香夜月四春园》第二折"我如今踏着脚踪直到李庆安家"的例子,把"踏"理解为踩,表面看似乎意思通顺,但是结合元杂剧中广泛的"踏"现象,再从舞蹈演出角度看,"踏"应该还与"踏"有关,元杂剧中典型的就是"做踏开门科",如《燕青博鱼》中就有"(正末做踏开门科)(燕大云)快拿住奸夫!(杨衙内做慌科,云)有人来了"。《鸳鸯被》第四折刘员外上云:"今日三日了,我到李家问亲事咱,可怎生关着这门?我踏开门来。好也,你两个做的好勾当。这个是我的老婆。"从剧情看,"踏"当作"踏"解释更准确。很显然王光汉的解释值得商榷。元杂剧还有"踏踏"一词,如《赚蒯通》第一折:"(净扮樊哙上诗云)踏踏鸿门多勇烈。能使项王坐上也吃跌。"其实"踏踏"连用当为"同义复合词",此处"踏"即"踏"。孙楷第在考证"踏竹马"时解释"踏躍珊当与踏蹋同字异文。其音当不出所卖他合二切。凡市井书无定字,无定体。其字见字书者,亦不必依本读也"③。元代卓从之《中州音韵》中,"踏"为"家麻"韵平声:"踏,之沙切,足踏声也。"④ 踏竹马,表演时可能含有连续踩踏的舞蹈动作,而且踏有声有力,有节奏有

---

①　孙楷第:《也是园古今杂剧考》,上杂出版社 1953 年版,第 383 页。

②　王光汉:《合肥方言单音动词考释一》,《合肥学院学报》2006 年第 2 期。

③　孙楷第:《也是园古今杂剧考》,上杂出版社 1953 年版,第 383 页。

④　(元)卓从之:《中州音韵》,张汉重校,北京大学石印本民国版。

规律可循，以表现马的走势。元杂剧中出现上下马科，《陈州粜米》中正末做骑马听科。上马、下马、骑马科，都是简单的模仿动作，动作时间短暂；而《霍光鬼谏》中的"骑竹马"，应该具有舞蹈性，动作时间上有持续性，"骑"字义上不存在争议，未必有踏的舞蹈要求，可能更多的是走或跑的动作。从现代骑竹马游戏和文献记录，可知竹马游戏"骑"为基本动作，但是脚下频率动作可分为走、踏和跑。元杂剧的剧场表演性特点，决定其动作科范有了踏竹马和骑竹马两种形式，正是出于演出的精准要求。踏竹马，注重演员表演的脚下踩踏动作，讲究节奏和力度。而骑竹马更强调动作的舞蹈性，表演重在上半身。

那么元杂剧中竹马文化为何能如此细腻地融入戏曲中呢？笔者以为：杂剧中的竹马表演主要是受古代骑竹马的民俗游戏和竹马舞蹈的影响，内含了古代征战文化和马文化。

从游戏史的角度看，民间竹马游戏常模仿战争交战场面。文献中最早记录竹马的是《后汉书》。朱大渭等著《魏晋南北朝社会生活史》云："魏晋南北朝时，见于记载的童戏有战阵之戏、骑竹马、斗族、跳绳、摊戏等。"[1] 李晖在《唐代"竹马"风俗考略》一文中说："南北朝时期，儿童们在'竹马'游戏中，模仿成人战场指挥，较之晋时的陶谦更有进步。"[2] 山西侯马金代竹马砖雕透露的信息是：一是骑竹马与表现或模拟交战场面有关；二是竹马砌末更具"马"形和演出特征。而战争题材的元杂剧多用竹马这一砌末，是这种战争游戏文化的遗存。

单就竹马娱乐性本身而言，竹马游戏、竹马社火、竹马戏等一直是唐宋元娱乐文化的体现。敦煌第 9 窟东壁门南侧，供养人中有童子胯下骑着一弯曲的竹竿，一手以带竹叶的竹梢做马鞭，进行竹马游戏。宋磁州窑童子骑竹马枕，竹马的形状是马头形与带叶竹子身的结合。《东京梦华录》记述了当时东京有"小儿竹马""蹈跷竹马"的盛况。元代《朴通事谚解》记载元末有"十月里骑竹马"的儿童娱乐游戏[3]。《梦粱录》

①　朱大渭等：《魏晋南北朝社会生活史》，中国社会科学出版社 2005 年版，第 325 页。

②　李晖：《唐代"竹马"风俗考略》，《中南民族学院学报》2000 年第 2 期。

③　《朴通事谚解》（奎章阁丛书第八），《老乞大谚解 朴通事谚解》，联经出版事业公司 1978 年版，第 38 页。

卷一"元宵"记载"竹马儿"舞队。《武林旧事》卷二"舞队"条载："男女竹马……其品甚夥，不可悉数。首饰衣装，相矜侈靡，珠翠锦绮，眩耀华丽，如傀儡、杵歌、竹马之类，多至十余队。"① 可见，宋时已有竹马舞队。竹马参与者的性别不受限制。山西侯马金代砖雕有竹马社火。甚至在宋元时期出现竹马戏。黎国韬、詹双晖认为"竹马戏形成年代的上限大约是在南宋结束之后……下限当在元末……竹马戏这一民间地方小戏剧种大约是在元代（1279—1368）形成的"②，文中尽管指的是广东、福建地区的竹马戏，但作为剧种，其骑"竹马"演出的基本表演形态应该与元杂剧"骑竹马"是一致的。

如果从舞蹈史的角度看，唐代盛行的"马舞"表演就是一种让舞马应乐而踏的舞蹈，因此"马舞"又称"蹀马"。《旧唐书·音乐志》③ 和《通典·乐五》④ 都有"蹀马"之称呼。"蹀"，就有踏、顿足之意。所以不管是唐代盛行的马舞，还是元杂剧中的"蹀竹马"，其表演特征都在"马"（当然前者是指舞马、真马，后者是竹马、砌末）的脚上做舞蹈动作"文章"，从这一意义上说，"蹀竹马"之科范，其杂剧演出的舞蹈思维，当近取宋元竹马游戏和竹马舞蹈，远取唐"马舞"之舞蹈因素，是很有可能的。

再从马舞的起源来看，又具有胡汉文化杂糅的痕迹。常任侠《中国舞蹈史话》中说："'马舞'是驯马的舞蹈……起源于唐代。"⑤ 刘永连认为，西域少数民族古代就流行马舞，中原舞马多从西域进献，"中原地区不是马舞艺术的发源地"⑥，马舞艺术当为我国北方游牧民族艺术。因此，从观众接受的角度看，杂剧中的"竹马戏"在表演本质上也是和马相关的舞蹈或舞蹈动作，是另类的马舞，有着胡汉民族共同的文化接受心理。

---

① （宋）四水潜夫辑：《武林旧事》，西湖书社1981年版，第33—34页。

② 黎国韬、詹双晖：《竹马戏形成年代论略》，《广东第二师范学院学报》2011年第1期。

③ （后晋）刘昫等：《旧唐书》卷二十八"志第八·音乐一"，《二十四史》（10），中华书局1997年版，第284页。"日旰，即内闲厩引蹀马三十四。为《倾杯乐曲》，奋首鼓尾，纵横应节。"

④ （唐）杜佑：《通典》卷一百四十五"乐五"，浙江古籍出版社影印1998年版，第759页。"今翔翎凤苑厩，有蹀马俯仰腾跃，皆合曲节，朝会用乐则兼奏之。"

⑤ 常任侠：《中国舞蹈史话》，上海文艺出版社1983年版，第71页。

⑥ 刘永连：《舞马和马舞》，《中国文化研究》2005年秋之卷。

《虎头牌》第一折叙述山寿马上场，"（正末扮千户引属官踏马上诗
云）……引着几个家将打围射猎去咱"。此处的"踏马"，很可能就是踏
竹马表演，踏马与围猎结合，说明在本剧中"踏马"用来表现女真游牧
民族文化的舞台表演艺术。

　　从魏晋南北朝以来的竹马游戏，唐代盛行的马舞和唐诗记录的竹马
文化，再到宋元时期竹马戏、竹马表演，以至明清戏曲以鞭代马，竹马
文化绵延不绝，但是唯有元杂剧把竹马游戏的军事性特点较早地运用到
戏剧演出中，并成为战争文化的具象化表现方式。杂剧出现竹马戏使草
原文化对"马"的深厚情感与中原竹马游戏在"战争"理解上达成共识，
这种共识也是冷兵器时代人们思维的共性。宋元时期竹马砌末不是抽象
化为竹鞭或马鞭，而是具象化为马头、马形，这是游戏民俗、草原游牧
文化对杂剧表演的渗透，也是竹马砌末的早期戏剧化形态。

　　需要强调的是：元杂剧中出现马鞭与骑马的结合，具有了后世戏剧
"以鞭代马"的雏形。元杂剧中马与鞭的结合，在表现"接丝鞭"的婚恋
故事中隐约可见。但在《曲江池》中表现得更明晰，第一折中郑元和
"做骑马同张千上"，时值三月清明赏春，看见李亚仙后有"三坠鞭"细
节，另外剧中还有"送大姐回去，请上马。（做递鞭科）……"的描述。
剧中三坠马鞭，说明马鞭还未完全代替马，在杂剧中还作为实体化的砌
末运用。而请上马"做递鞭科"的表演，说明元杂剧似乎出现了以马鞭
代马的特例，当然与后世戏剧中的马鞭代马的范式表演还是有区别的。

　　元杂剧"马"的表演有三种演出方式：一是通过科范动作表演来暗
示马的存在，一般无马；二是用竹马形的砌末，来表示"马"；三是以马
鞭代马。

　　元杂剧中的"马"往往通过动作，如"骑马""下马""上马"或马
的行走姿态快慢，如"躐马""跚马"等科范表演来暗示马的存在。学界
常把"躐马儿"几乎等同于"跚马儿"，孙楷第的《也是园古今杂剧考》
中未细分踏、躐、跚之不同。顾学颉、王学奇的《元曲释词》认为："跚
马儿或作躐马儿。"[①] 从表演的角度看，"躐马""跚马"应该是有区别
的。躐，宋版《广韵》纸第四："躐步也又作蹃，《说文》曰舞履也所绮

————————

　　① 顾学颉、王学奇：《元曲释词》（三），中国社会科学出版社 1988 年版，第 283 页。

切十。"① 也就是说"躐步""舞履"更重视脚下步伐的表演，而且动作优美。躐马指马缓慢前行之态，《虎牢关三战吕布》第一折有"袁绍同曹操净孙坚躐马儿领卒子上""吕布领八健将卒子躐马儿冲上"。《薛仁贵》第三折有"（薛仁贵躐马儿领卒子上云）某乃薛仁贵是也，摆开头踏慢慢的行"。"躐"是慢行，与薛仁贵荣归故里，志得意满之态有关。躐马，指的是光明正大地缓慢前行。跚，宋版《广韵》寒第二十五："蹒跚跛行兒。"②"跚"的舞台表演对优美性要求不高。"跚马"，也是慢行，《尉迟恭单鞭夺槊》第三折单雄信"跚马"引卒子上场，结合剧情应该是偷偷摸摸，有小心谨慎的意味。当然表演时还有竹马形的砌末，用来表示"马"。

元杂剧以上表现"马"的这三种方式，在戏剧的发展过程中逐渐趋向符号化和简易化，最后合并归于"马鞭"代马的戏剧范式，以部分代替整体的思维，也符合中国人具象化思维特点。后世戏剧中的马鞭分红、黄、白、绿、黑五种。一般马鞭的颜色代表马的颜色。不同性格和身份的戏剧人物，使用不同色彩的马鞭。不同行当、不同身份、不同性格的剧中人物使用马鞭的动作也不同。马鞭代马，已经不单纯是砌末的问题了，而具有了舞蹈的因素（如"趟马"），融入了更多的马文化、色彩民俗和对世俗生活的模拟。而这一切追溯源头，都与元杂剧中的竹马砌末、马文化、马的传统舞蹈表演有一定的继承性。

需要说明的是，演员形象地搬演竹马砌末等让观众感受艺术的真实性，另一方面观众也需要融入剧情，发挥想象，"三度创造"，最终才能从审美心理上真正地接受这种艺术化的砌末，还原真实生活，填补演员表演留下的空白。孟昭毅说："观众是在戏剧艺术欣赏中，通过感受、理解、联想、想象等积极的心理活动，间接地参与艺术形象的创造活动。这一过程被称为是继剧作家、导演演员之后的'三度创造'。观众的三度创造不仅是客观的参与，而且是全身心的投入。"③ 事实证明：单纯的演员表演而观众冷眼旁观，很难获得完整意义上的戏剧审美享受。只有演

① （宋）陈彭年等：《钜宋广韵·上声卷第三》第三册，皇佑元年刻本，第6页。
② （宋）陈彭年等：《钜宋广韵·上平声卷第一》第一册，皇佑元年刻本，第42页。
③ 孟昭毅：《东方戏剧美学》，经济日报出版社1997年版，第171页。

员用心表演，观众融情入剧，戏剧之美才会真正浮现在我们眼前。

二　扇子与杂剧

考古发现，战国时已有扇子。汉代有团扇，多用绢制成，扇形如圆月，有"合欢扇"。在魏晋南北朝时出现扇面绘画。唐宋时，在团扇上绘画作书。南宋吴自牧的《梦粱录》卷十三"铺席"中记载当时都城临安已设有专门卖扇子的"周家折揲扇铺、陈家画团扇铺"①。这说明宋代除了团扇，还出现了折扇买卖。《云麓漫钞》中也有折扇的记载："宋人用折叠扇，以蒸竹为骨，夹以绫罗，贵家或象牙为骨，饰以金银，盖出于高丽（朝鲜）。"② 其实我国在南齐时就有折扇，《南齐书·刘祥传》云："司徒褚渊入朝，以腰扇障日。"③《资治通鉴》注云："腰扇即折叠扇。"折扇在明代很流行。

山西很多金墓出土的金代散乐砖雕就有执扇人或持扇舞蹈，有团扇、羽扇等。陈季君在《中国扇文化嬗变的轨迹》中指出："从现有史料所载，扇子作为砌末进入戏曲，是始于宋代。"④ 山西蒲县河西村娲皇庙石雕香台宋杂剧石刻左五引戏色，是"双手执一团扇置于左胸前，表情庄重。从其两只均朝向左侧、脚尖上翘的尖尖小脚，以及细眉凤眼、面庞丰腴等特征看，显然是一女角"⑤。山西新绛县吴岭庄村卫家墓元代杂剧社火砖雕人物有执团扇的。山西稷山县店头村元墓杂剧砖雕有举扇于胸前，作舞蹈状的装旦色。山西新绛县龙兴镇寨里村元墓杂剧砖雕装旦色、引戏色持扇。从山西杂剧文物看，元杂剧继承宋金戏剧传统，扇子作为演出砌末为常态，持扇表演者多为女性。

从扇子的主要形态看，折扇较团扇晚出，唐时团扇男女都可用，折扇传入后团扇成为女性专用。元杂剧中团扇运用较多，如《红梨花》第

①　（宋）吴自牧：《梦粱录》，《东京梦华录（外四种）》，远方出版社 2001 年版，第 229 页。

②　（宋）赵彦卫：《云麓漫钞》卷第一，傅根清点校，中华书局 1996 年版。

③　（南朝梁）萧子显：《南齐书》卷三十六"列传第十七·刘祥"，《二十四史（5）》，中华书局 1997 年版，第 165 页。

④　陈季君：《中国扇文化嬗变的轨迹》，《贵州民族学院学报》2000 年第 3 期。

⑤　延保全：《山西蒲县宋杂剧石刻的新发现与河东地区宋杂剧的流行》，《文学前沿》2000 年第 2 期。

四折谢金莲在扇子上插红梨花,感叹"不能似扇团圆",剧中所指扇子当为团扇。《度柳翠》有"(旦儿云)师父,弟子借这扇子为题。(偈云)柔柔软软一团娇,曾伴行人宿几宵",剧中柳翠所言"柔柔软软一团娇"应该也指团扇。从元杂剧对扇子的描述看,似乎也在印证宋以后团扇的发展多与女性婚姻爱情有关。元杂剧表演中用团扇应该是肯定的,但是否用折扇呢?《东坡梦》第一折有"一日朝罢,众官聚于待漏院,见一从者腰插一扇"之描述,腰中插一扇,很可能就是用折扇。有一点可以肯定的是扇子文化在元杂剧剧情和砌末的运用,使得戏曲中的扇子功乃至明清盛行的折扇功,非无本之木。

从扇子的形状及其制作材料看,元杂剧中出现罗扇、蒲扇、芭蕉扇、掌扇、羽扇,也是对传统扇文化的折射。杂剧中提到的扇子色彩上有泥金扇、彩扇、白罗扇等。另外杂剧中"歌扇"出现较多,如《两世姻缘》有"云鬓花钿,舞裙歌扇,我却也无心恋"唱词。

扇子在生活中是夏天生凉必备物,《举案齐眉》:"(正旦唱)我这里荡香尘忙把扇儿遮,踏残红软衬着鞋儿去,再提掇绮罗衣袂,重整顿珠翠冠梳。"《救风尘》:"(外旦云)一年四季,夏天我好的一觉响睡,他替你妹子打着扇;冬天替你妹子温的铺盖儿暖了,着你妹子歇息。"

古代扇文化内涵丰富,不仅体现在扇子的种类上,而且展现了众多用扇子的相关风俗。有在扇子上插花的习俗,如《红梨花》第四折:"(正旦谢金莲上,云)相公呼唤妾身做甚么?(太守云)你拿着一把扇子,折一枝红梨花,插在那扇子上,与县令招风打扇。小心在意者。"还有扇上题诗、附和风雅之风习,如《东坡梦》第一折:"一日朝罢,众官聚于待漏院,见一从者腰插一扇。扇上写诗两句道:昨宵风雨过园林,吹落黄花满地金。某想黄花者,菊花也。菊花从来不谢,自然干老枝头。意甚以为不然。乃于诗后续两句道:秋花不比春花落,付与诗人仔细吟。谁想此诗乃安石所作。"剧中的描述,透露出腰上插扇是一种日常行为。借助丰富的扇文化,杂剧的语言表述也以扇子为喻,生动新奇,如石君宝的《曲江池》第一折有"折倒的胸脯瘦便似减骨芭蕉扇"的台词,《红梨花》第四折谢金莲感叹"不能似扇团圆",还有《岳阳楼》第四折吕洞宾唱"扇圈般一部落腮胡"等。在这些元杂剧中,与扇子有关的曲文比喻新奇,形象生动,充满生活情趣。

扇子作为演出砌末，本身具有极强的动作表演性，科介上有打扇、捽扇、持扇等。《连环计》第三折："（旦儿引梅香持扇上云）父亲，唤您孩儿有何事？（正末云）儿也，董卓现在前厅上带酒睡着了也，你与他打扇去。（旦儿云）理会的。（打扇科）……（董卓云）我看这女子，生的有沉鱼落雁之容，闭月羞花之貌。好女子也呵！呀。好凉风也呵。小姐，你近前来，扇的紧着。（旦儿做捽扇科下）"《百花亭》第一折有"这的是美玉生香花解说。（旦见将扇遮科）（正末唱）他见人有些娇怯，忙将罗扇遮"的描述。此外还见于《红梨花》等剧。

廖奔认为："扇子是引戏色在踏场舞蹈时常用以伴舞的道具，这种习惯是对古来歌舞必执扇传统的继承。"① 在戏剧发展中扇子的使用已经超出了引戏色的范畴，杂剧文物中装旦色也用扇子，在元杂剧演剧中也成为塑造人物形象的一种手段。但是歌舞必执扇的传统，对于元杂剧的影响，不仅仅是唱词"歌扇"的保存，而且扇子的科介动作表演，也逐渐趋向舞蹈化。刘念兹《明应王殿元代戏剧壁画调查札记》一文中考证元代戏剧壁画时指出："当时舞台上所用的刀、扇这类砌末，不是人们日常用的物品，而是戏剧化了美化了的砌末。"② 杂剧演出中的扇子，正是一种戏剧化了、美化了的砌末，从杂剧剧情和表演看，"扇子"既是构成戏剧情节的重要元素，也是表达形象情感的重要媒介。

总之，像竹马、扇子等，本身就是民俗生活的一部分，元杂剧演出中的此类砌末源于民俗生活，是戏剧化了的民俗载体，杂剧表演就是要植根于乡土文化，模拟复原鲜活的民俗生活，迎合民众的民俗心理。如果脱离了民俗语境，杂剧的表演与解读都是无法想象的。

元杂剧使用砌末已趋于成熟。元杂剧中砌末具有生活化倾向，如竹马、扇子、灯、桌子、羊酒纸钱、金银钱钞、乞巧筵所设物件等。砌末在舞台上的使用或表演具有较强的模拟生活、还原民俗生活场景的意图。元杂剧部分砌末的表演具有程式化特征，对明清戏剧的表演有一定启示作用。有些砌末和演员脚色、性别、身份以及杂剧题材等密切相关。民俗化的砌末如纸钱、酒桌、乞巧物等在剧情中极富表现力，在民俗生活

① 廖奔：《宋元戏曲文物与民俗》，文化艺术出版社 1989 年版，第 312—313 页。
② 刘念兹：《戏曲文物丛考》，中国戏剧出版社 1986 年版，第 64 页。

气息浓郁的剧情中，没有了民俗化的砌末，有时连剧情都无法展开，而戏剧冲突、喜剧效果也常常依赖于民俗化的砌末。

综上所述，元杂剧中记录了丰富的元杂剧演出习俗，对于我们了解元杂剧表演很有意义，既有对宋前歌舞百戏的继承，也有对明清戏曲表演范式的启迪。从这些有限的零星记录来看，元杂剧勾栏演出前有很多宣传准备工作，演出时前后台互动，表演注意"闹热"场面的整体美感；元杂剧人物化妆美丑分明，与剧中人脚色、身份、性格等因素结合，表现出舞台在场性特点和程式化化妆特点；元杂剧以演员为核心，一人可演多个脚色和人物形象，一人主唱，主唱者的服饰装扮、民俗信仰对剧情有影响；元杂剧演出还善于运用民俗化的砌末表现剧情。

第 五 章

元杂剧中民俗运用的动因

　　元杂剧中出现大量民俗文化，表面上是对民俗生活的一种历史记忆，更深层的是折射出一种元大一统的独特时代文化，也是底层民众话语表达的内在要求。而元杂剧中的民俗具有趋同性，迎合了元杂剧观众共同的审美文化心理。元杂剧承载的民俗文化有利于实现民俗认同、民族认同乃至国家认同。

第一节　时代特征及其人文精神的体现

　　元朝是蒙古族建立的国家，大一统的政治格局、大拓展的地域空间、大融合的民族机遇、大迁徙的人口流动、大交汇的文化环境等呼唤新的艺术形式产生。恩格斯在《家庭、私有制和国家的起源》中谈论德意志国家的形成时说："的确，只有野蛮人才能使一个在垂死的文明中挣扎的世界年轻起来。"① 元朝大一统局面的形成，从思想、文化、艺术等方面都给传统的以汉族为代表的封建文明注入新鲜的血液，形成了别开生面的时代特征。

　　大破大立、大融合，是元代的社会特征，也是时代特征。元杂剧应时而生，不自觉地感染了社会时代特征，元杂剧中的民俗事象就体现了这一时代特征。一是民俗事象本身体现出的时代性；二是元杂剧呈现出来的民俗事象无所不包的大视野，折射出元代民族大融合的时代影响。

---

　　① ［德］马克思、恩格斯：《马克思恩格斯选集》第四卷，人民出版社 1972 年版，第153 页。

元朝疆域广阔，民族大迁徙大融合，文化的震荡感最为强烈，民俗差异的体验最为深刻，皆为时代使然。

一　蒙古族强势性与多民族融合

（一）政治上蒙古族强势性

元代的四等人划分，把蒙古族凌驾于其他民族之上，并在官员任用上也以蒙古族为主，如有元一代具有蒙古族特色的达鲁花赤（"达噜噶齐"）官职的任命。由于元朝疆域的拓展，在管理上不得不任用当地人来治理，但是往往又派蒙古人做达鲁花赤凌驾于当地官员之上，掌握最后裁决一切事务的大权。"丁丑，蒙古罢诸路女真、契丹、汉人为达噜噶齐者，回回、辉和尔、奈曼、唐古特人仍旧。"① 《元史》卷六记载元朝曾下令："以蒙古人充各路达噜噶齐，汉人充总管，回回人充同知，永为定制。"② 《元史》卷三十二说："凡各道廉访司官用蒙古二人，辉和尔河西回回汉人各一人。"③ 元代蒙古族作为统治阶级民族的优越性和政治强势性，一定程度上推动了本民族的民俗文化向更广范围传播影响。在涉及民族民俗文化冲突的情况下，可以通过行政法的力量予以干预，做出有利于维护蒙古族文化的决定。《元史》卷十就记载了蒙古统治者以行政命令干涉回回习俗的事情："丁酉，巴喇呼贡海青回回等所过供食羊非自杀者不食，百姓苦之，帝曰彼吾奴也，饮食敢不随我朝乎？诏禁之。诏谕海内海外诸番国主。"④ 正是蒙古族政治上的强势，使得蒙古族民俗文化广泛渗透进杂剧中，并且在涉及不同民族文化冲突的时候，剧作家也会谨慎处理，或采取中性客观表述或隐性表达不平之气。

在蒙古族的强势政治统治下，多民族共存是时代特点，在朝野各族文人不乏名臣名士。王士禛的《池北偶谈》卷七曰：

> 元名臣文士，如移剌楚才，东丹王突欲孙也；廉希宪、贯云石，

---

① （清）毕沅：《续资治通鉴》（3）卷一百七十八，岳麓书社 1992 年版，第 482 页。
② （明）宋濂等：《元史》卷六"本纪第六·世祖三"，中华书局 1997 年版，第 48 页。
③ （明）宋濂等：《元史》卷三十二"本纪第三十二·文宗一"，中华书局 1997 年版，第 200 页。
④ （明）宋濂等：《元史》卷十"本纪第七·世祖七"，中华书局 1997 年版，第 76 页。

畏吾人也；赵世延、马祖常，雍古部人也；孛术鲁翀，女直人也；
乃贤，葛逻禄人也；萨都剌，色目人也；郝天挺，朵鲁别族也；余
阙，唐兀氏也；颜宗道，哈剌鲁氏也；瞻思，大食国人也；辛文房，
西域人也。事功、节义、文章，彬彬极盛，虽齐、鲁、吴、越衣冠
士胄，何以过之？①

　　汉族政治地位虽然整体较低，但是蒙古人并不排除部分汉人在元出
任官职进入决策层。这些汉人儒学底蕴深厚，承传厚重的汉族历史文化，
自带文化魅力。元朝以汉学四书为科举考试内容，就是借鉴了汉文化。
而汉族的自身文化强势性和文明程度与元朝政治推动下的蒙古族文化强
势性，出现了有元一代文化的二强性特征，即汉族的文化强势与蒙古族
政治影响下的文化强势共存，使得汉族、蒙古族民俗文化在元杂剧中的
渗透成为一种普遍现象。当然，这种渗透是有区别的。蒙古族民俗文化
的渗透是"标志性"渗透，如"羊"文化、"哈喇"文化，前者是游牧
文化的表达，后者是杀伐征战的表达，这些共同构成了蒙古族文化的两
级。汉族民俗文化的渗透是一种更广泛意义的渗透，如诗书传情、顾家
尊亲、守孝媒妁、老井恋家、古老的成系统的民族神话等，表达的是礼
乐文化、农耕文化和悠久的历史文化。其他像女真、回回等族，代表了
一种弱势文化群体，其民俗文化主要集中在少数杂剧中，表现的民俗事
象也有限。从元杂剧反映的民族民俗事象的数量统计看，蒙汉民俗文化
处于一种强势文化，而女真、回回民俗文化则是一种弱势民俗文化。元
杂剧体现的这种民俗文化的不均衡性，也潜藏着民族对话的不平等性。

　　(二)　民族融合加速

　　在蒙古族的强势统治下，各民族在广阔的疆域内杂居共存，民族融
合加速，成为元代突出的时代特点。明学者方孝孺的《逊志斋集·后正
统论》对于元代百年间民族融合感叹道：

　　　　俗之相成，岁熏月染，使人化而不知。在宋之时，见胡服、闻
　　胡语者犹以为怪。主其帝而虏之，或羞称其事。至于元百年之间，

―――――――――――――
① (清) 王士祯：《池北偶谈》上册，中华书局 1982 年版，第 165 页。

四海之内，起居、饮食、声音、器用，皆化而同之。①

元代民族融合在以下几个方面表现出其时代特点：

首先，元代双语或多语的现象促进了民族交流。语言的双语或多语现象，既是元朝政治上的需要，又是民间的一种客观存在。在元代，汉族作为一个极其重要的民族，其语言与文化无法替代，这种双语现象一般都以汉语为一极，形成回汉双语、蒙汉双语，或是形成了蒙汉语言为强势语族，而回回、女真语言为弱势语族，双语现象一般来说弱势语族一定程度上必然依托强势语族来进行日常的表情达意，以便与他族交流对话。少数民族语言在以汉语表述为主的元杂剧中多少有点"民族装饰"的味道，就是这点胡语一般都还是日常用语，在双语、多语的时代，汉族民众接受就显得容易得多。刘迎胜在《社会底层的汉—伊斯兰文明对话——对回族语言演进史的简要回顾》文中指出元代回回人曾经历了一个回汉双语时期②。这一现象在《延安府》中回回官员用回汉双语表述"厨子做的茶饭不好吃"就是一个例证。

其次，元代异族通婚推动了民族融合。任崇岳就认为秦新林指出："元代蒙汉通婚是一个较为普遍的现象……元代的异族通婚，使得不少蒙古人加深了汉化，有的用汉姓，取汉名，学习汉字传统文化，有的甚至逐渐融入汉族之中。当然，也有汉人与蒙古人通婚，取蒙古姓名，而逐渐蒙古化的。异族通婚加速了民族的融合。"③ 其实在元代，像女真等其他少数民族也与汉族通婚。元杂剧也有这方面故事的叙述。

再次，理学北传，客观上促进了民族融合。任崇岳就认为"理学北传也是促进元代民族融合的一个因素"④。理学本在北方兴盛，宋代出现以濂洛关闽为代表的新儒学，宋理学中形成了以陆九渊为代表的心学和程朱理学两大派。宋室南迁，理学在南方又兴盛，南宋时理学官学化肇

---

① （明）方孝孺：《逊志斋集》卷之二，《四部备要》集部，陆费逵总勘，高时显、吴汝霖辑校，丁辅之监造，上海中华书局据明刻本校刊 1924 年版，第 33 页。

② 刘迎胜：《社会底层的汉—伊斯兰文明对话——对回族语言演进史的简要回顾》，《南京大学学报》2004 年第 1 期。

③ 秦新林：《元代蒙古族的婚姻习俗及其变化》，《殷都学刊》1998 年第 4 期。

④ 任崇岳：《元代中原地区的民族融合》，《中州学刊》2005 年第 5 期。

始。元代是理学成为官学的关键时期。忽必烈曾问道赵复、窦默。谢祥皓、刘宗贤在《中国儒学》中指出："元代，理学能够得到尊崇与传播，并上升至官方学术的地位，除有统治者政治上的考虑，还有赖于一些理学家的提倡与努力。这些人以儒家传统的'道'自任，并积极地以此去影响统治者。其中，以赵复与许衡起的作用最大。"① 赵复是元朝第一个将南方理学传到北方的人。赵复以程朱理学为宗旨，在太极书院讲授孔孟之道，《元史·赵复传》曰："北方知有程、朱之学，自复始。"② 一代名儒许衡继赵复之后对元代理学影响至大。许衡在理学上继承朱熹，注重小学、四书，强调践行儒家伦理纲常，他以儒家六艺教授蒙古族弟子，促进了蒙汉文化的交流。以"南吴北许"而闻名的另一位南方理学大家吴澄，直接继承南方的宋代理学传统，也尊崇儒家孝礼文化。有学者就指出元代尊孔崇儒"表现为对孔孟以及对宋儒程朱的崇奉"③，翻译汉文经史，开设国子学与书院传播儒学理学，使得元代儒学很兴盛。唐朝晖认为："元代理学的世俗化、伦理化倾向深刻地影响了元代士人的人生信仰和行为模式，不断强化他们纲常意识和君臣观念。"④ 底层知识分子创作的元杂剧也难免"文以载道"，宣扬元代理学思想。元代夏庭芝的《青楼集志》就认为杂剧承载了"厚人伦，美风化"的理学功能，"院本大率不过谑浪调笑，杂剧则不然，君臣如：《伊尹扶汤》、《比干剖腹》，母子如：《伯瑜泣杖》、《剪发待宾》，夫妇如：《杀狗劝夫》、《磨刀谏妇》，兄弟如：《田真泣树》、《赵礼让肥》，朋友如：《管鲍分金》、《范张鸡黍》，皆可以厚人伦，美风化。又非唐之传奇，宋之戏文，金之院本，所可同日语矣"⑤。广大观众在传统儒学礼俗、宋元理学的浸染下，在多民族统一的元朝新旧价值体系、胡汉价值观的冲突下，也对杂剧中的载"道"，有一种期待。这种对传统礼教文化维护的审美期待的人数当不在少数。

---

① 谢祥皓、刘宗贤：《中国儒学》，四川人民出版社 1998 年第 2 版，第 648—649 页。

② （明）宋濂等：《元史》卷一百八十九"列传七十六·儒学一"，中华书局 1997 年版，第 1106 页。

③ 谢祥皓、刘宗贤：《中国儒学》，四川人民出版社 1998 年第 2 版，第 646 页。

④ 唐朝晖：《元代理学与元遗民文人群心态》，《文学评论》2010 年第 3 期。

⑤ （元）夏庭芝：《青楼集志》，俞为民、孙蓉蓉主编《历代曲话汇编：新编中国古典论著集成》（唐宋元编），黄山书社 2006 年版，第 469 页。

另外，元代人口迁徙杂处，有利于民族融合。元代人口的迁徙原因复杂，有北方战乱和自然灾害频繁导致汉人南迁；也有军事手段强迫迁徙，有学者就指出"像元朝那样，在如此广阔的范围内，通过军事力量进行东西南北各民族人口大迁移，这在中国历史上是不多见的"[1]；还有官吏异地上任和水陆贸易经商导致人口流动；另外军屯、军人就地驻扎导致的迁徙，这些军人中有一类是由不同民族组成的探马赤军，元大都还有三千西夏兵。

元代蒙古人基本分布在漠南（内蒙古和河北坝上地区）、京畿（北京、晋冀两省的北部）、中州（河南、山东两省）、东北三省、陕甘宁、长江中下游、珠江流域和东南沿海各省、川滇、新疆。元代西夏移民分布主要在大同路一带、河南部分地区、四川阿坝地区，还有大都、大同路、河南、河北、安徽合肥、新疆和田等部分地区。大都、开封、杭州等地还有犹太人。研究移民的学者吴松弟指出：元代回回移民分布在中原各行省以及边疆的辽阳行省和今天的新疆等，"人数最多的地区，无疑是京畿（特别是其北部）、河西和江南，回回人最集中的城市则是大都城、杭州和泉州"，"如果说蒙古族移民有 40 万，色目移民有 100 多万，加上内迁的高丽、契丹、女真等族的部分移民，估计有 200 万以上的非汉民族成员迁入中原地区"[2]。此外，还有汉人在中原的内迁，以及汉人的南北迁徙情况也很多、很复杂。葛剑雄等著的《简明中国移民史》认为："元朝人口分布的一个显著特点，是北方黄河和淮河流域人口继续减少，南方地区人口增长较多。"[3] 正是由于元代南北人口失衡，北方少而南方多，加上元末战争加剧了这种人口分布差异，直接导致了明初大移民。

移民促进了民族文化交流，加快了民族融合步伐，也出现了新的民俗文化特征。任崇岳在《元代中原地区的民族融合》一文中就指出："蒙汉文化的交流融合，加速了民族融合的进程。至元朝末年，进入中原地区的契丹人、女真人、西夏人已融入汉族之中。蒙古族虽未被汉族融合，

① 葛剑雄、曹树基、吴松弟：《简明中国移民史》，福建人民出版社 1993 年版，第 328 页。
② 吴松弟：《中国移民史（第四卷）——辽宋金元时期》，福建人民出版社 1997 年版，第 589、603 页。
③ 葛剑雄、曹树基、吴松弟：《简明中国移民史》，福建人民出版社 1993 年版，第 326 页。

但语言、服饰、风俗习惯已和汉人无异了。"① 可见元代民族融合的速度和深度是异乎寻常的，也说明民俗文化的横向渗透乃至趋同速度也是空前的。

移民对戏曲产生影响，很多元杂剧就以逃荒赶熟、异地赴任、外出经商等人口流动的时代现象作为故事背景展开情节。而南戏的形成也与南北人口流动、文化交流有关。

二　元代文化的整合性特征

蒙古族强势政治未必催生强势蒙古文化，但可以选择文化，可以整合文化。少数民族入主中原的历史，证明这种文化的选择与整合必然包括民俗文化。杂剧作家对进入戏剧的民俗的选择，虽然没有受政治的胁迫，但是作为产生于元代的文学艺术，必然受到元代政治的无形影响。而元朝统治者对文化、宗教的宽松政策，使得元杂剧得以发展兴盛，也使得元杂剧中的民俗丰富多彩。元代地理文化生态复杂，民族文化多元，多种宗教文化并存，娱乐文化丰富，雅俗文化都有发展，元代文化这种极大的包容性和较强的整合性成为时代新亮点。刘祯在谈《元代审美风尚特征论》时指出元代异变性、民族性、开放性、质朴性、阶段性的五大特征，对于"开放性"，刘祯认为是尚新，是对传统的突破和包容，"不同的思想文化，不同的价值观念，不同的风俗习惯，南腔北调，三教九流，相对的都能被容纳"②。这也道出了元代自由开放的文化特点。

元代的宗教政策较为开放，儒、释、道、伊斯兰教、基督教、犹太教、祆教等在元代得以传播，正如刘小梅所说："元代在中国文化的发展过程中是一个十分重要的时期。它以金和南宋的儒、释、道文化为基础，包融了游牧文化、阿拉伯文化和地中海文化，思维结构开放，文化心理较为宽容。"③ 元代儒释道在我国本土化色彩较重，在元杂剧中的渗透显而易见。

祆教作为一种外来宗教，元杂剧也有涉及。祆教为古代波斯教，该

---

① 任崇岳：《元代中原地区的民族融合》，《中州学刊》2005 年第 5 期。
② 刘祯：《元代审美风尚特征论》，《中国文化研究》2001 年夏之卷。
③ 刘小梅：《宋元戏曲艺术思想概述》，《戏曲艺术》2011 年第 3 期。

教崇拜火，火成为祭祀仪式中的主要对象，不传教，信徒为胡人。学术界一般认为祆教在南北朝时期传入中国，兴盛于唐代，段成式的《酉阳杂俎》就记载："突厥事祆神，无祠庙，刻毡为形，盛于皮袋，行动之处，以脂酥涂之。或系之竿上，四时祀之。"① 张鷟在《朝野佥载》卷三中也说："凉州祆神祠，至祈祷日祆主以铁钉从额上钉之，直洞腋下，即出门，身轻若飞，须臾数百里。至西祆神前舞一曲即却，至旧祆所乃拔钉，无所损。卧十余日，平复如故。"② 祆教虽然在宋代衰微，但在北宋末年，开封至少还有两座胡人崇祀的祆庙，孟元老在《东京梦华录》卷三说"大内西去右掖门、祆庙"③，"马行北去旧封丘门外祆庙斜街州北瓦子"④。可见，宋代东京有一定的祆教信徒。始建于北宋、明清重修的山西介休祆神楼是目前国内仅存的祆教建筑。古代平阳（今山西临汾）又是杂剧演出中心。而开封、中州也是杂剧重要演出地。元杂剧中"祆庙火"与"蓝桥水"常连用，比喻有情人被无情地强拆，爱情受挫。《西厢记》第二本第三折有"白茫茫溢起蓝桥水，不邓邓点着祆庙火"。《争报恩》第一折有"我今夜着他个火烧祆庙，水淹断了蓝桥"。此外《倩女离魂》《㑇梅香》《货郎旦》等剧都提到"祆庙火"。范立舟在《论宋元时期的外来宗教》中指出："元曲中倒是还有一些提到祆神、祆庙的故事，但未必是指他们当时亲眼所见的祆神与祆庙，很大程度上他们恐怕是与中国本土的火神、火神庙之类民间信仰搞混了，但至少他们当时还知道有祆神、祆庙之类的名称。"⑤ 范立舟指出祆庙为宋元外来宗教，并在元曲中有体现。祆教崇拜火。汉族有火神信仰，北方信奉萨满教的民族也崇拜火神。元人对"祆庙""火""火神"的态度是开放的，胡汉文化、中外文化在"火"的信仰上具有相似性，元杂剧中出现"火烧祆庙""祆庙火"也就不奇怪了。"祆庙火"与"蓝桥水"常成对出现，但也有

---

① （唐）段成式：《酉阳杂俎》前集卷四"境异"，曹中孚校点，《唐五代笔记小说大观》（上），上海古籍出版社 2000 年版，第 591 页。

② （唐）张鷟：《朝野佥载》卷三，恒鹤校点，《唐五代笔记小说大观》（上），上海古籍出版社 2000 年版，第 38 页。

③ （宋）孟元老：《东京梦华录》，《东京梦华录（外四种）》，远方出版社 2001 年版，第 18 页。

④ 同上书，第 21 页。

⑤ 范立舟：《论宋元时期的外来宗教》，《宗教学研究》2002 年第 3 期。

把"韩王殿"与"蓝桥水"并称的现象，如《萧淑兰》《金钱记》。元杂剧中的"韩王殿"与"祆庙火"似乎可以替换。从词语本身看，祆庙泛称，韩王殿具体，很可能是祆神到火神的信仰转变在杂剧中的表现。

元代雅俗文化并行不悖，俗文化发展迅速。元杂剧是雅俗文化合流的产物。中国文学雅俗变化规律：《诗经》中"十五国风"更多的是俗文学特征，先秦散文则雅化，汉赋虽盛但汉乐府再回归民间，唐诗宋词代表了雅文学的顶峰，元曲明清小说又回归民间，可谓是俗文学的巅峰。从文艺发展的规律来看，每一时代雅俗文化均相辅相成，或明或暗双线发展。雅文学极端发展出现的弊病，需要俗文学因素来介入校正，反之亦然。元杂剧在传统雅文学元诗文之外，力拓俗文学新天地。元杂剧适应市民文学发展的需要，是俗文学发展的结果，也是一种雅俗共赏的艺术。雅是文人（书会才人）参与杂剧创作的必然，俗是底层文人的民间立场和市民、农民受众群体的共同推动，甚至演员群体的二次创作使然。"凡一代有一代之文学：楚之骚，汉之赋，六代之骈语，唐之诗，宋之词，元之曲，皆所谓一代之文学"①，按王国维认定的"一代文学"之思路，元前主流文学是雅文学的天下，而从元开始则为通俗文学的天下，明清小说的通俗化也是不争的事实。因此，从文学史角度看，元曲一定程度上是对唐诗宋词为代表的雅文学极端发展的一次纠偏，而且是从文学体裁的"根"上进行了一次革命，是俗文学的一大成就。有学者指出："俗文学成为元代文坛主流，有中国文学史上俗文学本身的发展规律。"②杨义、汤晓青也认为："南北文学融合的过程中，代言体的叙事文学——杂剧在元朝成为标志性的最有活力的文体，改变了中国戏剧晚熟的局面，使整个文学格局形成了诗歌、散文、小说、戏曲并重，而戏曲小说占据主流位置的局面。这种局面的形成，与北方作家有着深刻的关系。""元代的文学风气，在处理雅俗、文野、刚柔之中，大体上是由雅入俗，以野犯文，崇刚抑柔的。"③ 可见，元杂剧是顺应了文艺发展的俗化要求，并使元代文学为之一变。

---

① 王国维：《宋元戏曲史·自序》，叶长海导读，上海古籍出版社 2009 年版，第 1 页。

② 云峰：《俗文学成为元代文坛主流论》，《中央民族大学学报》2011 年第 1 期。

③ 杨义、汤晓青：《北方民族文化与中国古代文学》，《社会科学战线》2003 年第 3 期。

　　元杂剧扎根于元代俗文化的土壤中，并顺应了文艺发展的俗化要求。早在十五国风、汉乐府就有了采集民歌观民意的传统，魏晋小说、唐传奇、宋话本、元代的平话等就已经表现出了另类的精神追求。元代少数民族入主中原，多元共存的文化生态，相对宽松的文化社会环境，没有汉族礼乐文化太多的束缚，少数民族歌舞享乐文化彰显，形成了独特的艺术氛围和喜好。王国维的《宋元戏曲史》认为女真、蒙古等族胡乐对元杂剧产生影响。青木正儿在《元人杂剧概说》中也认为女真、蒙古族嗜好音乐歌舞，但他"不重视胡乐的影响，宁欲归之于征服者的音乐爱好癖。而那些征服者，又是文化比较低的外族。典雅的古典乐，还不如民众的俗乐更适合于他们的要求"，"蒙古人的爱好歌舞癖和强制通行俗语文，这两件事对于助成杂剧的盛行上，大概具有重大的关系"[1]。王国维、青木正儿的以上观点实质上都是看到了元代俗文化对杂剧的影响，立论上前者侧重民族考虑，后者侧重政治社会环境。修海林论及宋元音乐时也说："就宋元时期音乐的独特品性来讲，与前代不同，音乐文化的重心已经由隋唐的宫廷音乐活动转向世俗、民间的音乐生活。"[2]

　　此外，元代宝卷、劝善书、诸宫调等说唱文学兴盛，从内容到音乐也都滋养了元杂剧。元杂剧吸收平话底层叙事元素、民歌歌唱抒情的传统、院本杂剧科诨调笑的娱乐精神、说唱文学的通俗化特征，又融入少数民族的歌舞音乐文化，最终走向成熟。从中国艺术思维发展史的角度看，金丹元认为："在元明艺术思维中，民间色素占有极大比重。"[3] 元代文学的俗化趋势使得自视为正统的诗歌也关注市民，章培恒、骆玉明主编的《中国文学史》认为元代"诗歌中更出现与市民文艺相融合、反映商人生活、突出个人价值与个人情感、在美学上打破古典趣味等种种新的现象"[4]。难怪云峰、杨万里、汪芳启等多位学者断定：俗文学成为元

---

[1] ［日］青木正儿：《元人杂剧概说》，隋树森译，中国戏剧出版社 1957 年版，第 6、8 页。

[2] 修海林：《古乐的沉浮——中国古代音乐文化的历史考察》，山东文艺出版社 1997 年版，第 92 页。

[3] 金丹元：《元明艺术思维中的民间色素对"理"与"情"的重注》，《社会科学》2005 年第 1 期。

[4] 章培恒、骆玉明主编：《中国文学史》下卷，复旦大学出版社 1997 年版，第 90 页。

代主流文学。扎拉嘎在《游牧文化影响下中国文学在元代的历史变迁》中更具体地指出："元代的俗文学则以杂剧和散曲为结构主体。"① 宋元商业经济的繁荣使瓦舍勾栏为代表的娱乐文化迅速发展，适应市民审美需求的北曲与南戏也产生了。杂剧受不同民族文化的浸润，也受南北文化交流的影响。

幺书仪敏锐地把握到在元代文学的俗化大趋势下，元杂剧具有雅俗合流的特点，他说在元代"正统文学的衰败和通俗文学的兴盛都是事实"，而元杂剧"正处于俗文学和正统文学的交叉点上"②。

可见，元代这种开放的文化胸襟、较强的文化整合性，使得元杂剧表现出各民族民俗文化、不同信仰的宗教文化等都能被杂剧作家吸收，并在元代民族融合和文化交流中逐渐被理解包容，最终实现雅俗文化融汇一体和文化重构。

三　人文时代精神

郭英德的《元杂剧与元代社会》第七章总结元杂剧有五种时代精神：聪明无益的怨愤、自由怀疑的思想、复仇反抗的斗志、救世拯民的苦、避世超脱的希求。郭英德所论元杂剧的五种时代精神很具体。当我们从一个宏观的角度看，就会发现元代的时代精神中始终洋溢着一股浓郁的人文情怀，这种人文情怀中最核心的精神是人的觉醒，表现为重视人的价值、尊重人的选择、要求人格独立、理性思辨、追求自由、彰显人性。元代的这种人文精神与 13 世纪末 14 世纪初远隔重洋由意大利发端的欧洲文艺复兴何其相似。如果说欧洲的文艺复兴是基于商品经济的发展资本主义萌芽出现的必然结果，而元代人文精神的回归则是政治民族压迫下的凝重反思。而且东西方文化在关注"人"这一点上都选择了艺术的表现方式。

李泽厚在《美的历程》中认为魏晋时期是"人的觉醒"时期，"人的觉醒是在对旧传统旧信仰旧价值旧风习的破坏、对抗和怀疑中取得

---

① 扎拉嘎：《游牧文化影响下中国文学在元代的历史变迁》，《文学遗产》2002 年第 5 期。
② 幺书仪：《元杂剧与正统文学》，《文艺研究》1989 年第 3 期。

的"①。李泽厚从史的角度看到魏晋这一特点，论述颇有见地，其实也符合元代特征。元代"人的觉醒"表现出怀疑、反抗、破坏与重建的精神。赵旭东认为："觉醒意味着一种自我意识的抗争，其在文化上则表现为对于自身所处文化的实质内涵的抗争。"② 从思想价值观念上说，元人的贞洁观、婚姻观、忠孝观、礼仪等都发生了一些变化，甚至与传统思想文化相抵触。

元人觉醒表现在对待婚姻爱情的态度首先为之一变。《西厢记》中张生、崔莺莺冲破传统礼教束缚，一见钟情，约会偷情。《梧桐叶》中李云英题诗："天下有情人，为我相思死；天下薄情人，不解相思意。"《秋胡戏妻》中秋胡戏剧性的戏妻行为。《萧淑兰》中萧淑兰主动追求张生。《调风月》叙述婢女燕燕反抗喜新厌旧的小千户，主动维护自己权益的故事。《鸳鸯被》中就连小道姑都说要"寻一个精壮男子汉"。封建礼教中的"私奔"观念也发生动摇，如《墙头马上》裴少俊背着父母结婚生子，《青衫泪》中有"从前夫自有明例，便私奔这也何妨"之语。婚姻爱情观念的改变，除了理学压制下人性的反抗觉醒外，元代多民族融合下多元的婚姻爱情观，也使得传统婚姻爱情规范受到挑战。蒙古族有收继婚习俗，丈夫死后嫁给其兄弟，历史上北方民族这种"妻嫂"的行为一度为中原汉人所不齿，但是元代为之一变，"元代色目人中的大多数民族都盛行收继婚制……元代中原汉族中也有人受到蒙古族收继婚俗的影响，在一些下层群众中，也有人实行收继"③。杂剧也真实地反映了这一现象，《任风子》第三折中就有"哥哥你若休了嫂嫂，我就收了罢"的台词。

《朱砂担》等元杂剧讲述很多商人外出经商不归的故事，对"重农抑商"和"父母在，不远游"的思想是一次冲击。对于自身权益的维护，女性往往以智慧取胜，如《望江亭》中的谭记儿、《救风尘》中的赵盼儿。这些鲜活的人物形象，他们的所作所为，超越了自己，也超越了时代，成为所处时代的一种异类。扎拉嘎甚至断言："自元代开始，中国文

---

① 李泽厚：《美的历程》，《美学三书》，天津社会科学院出版社 2003 年版，第 83 页。
② 赵旭东：《文化的表达：人类学的视野》，中国人民大学出版社 2009 年版，第 58 页。
③ 秦新林：《元代蒙古族的婚姻习俗及其变化》，《殷都学刊》1998 年第 4 期。

学走上与封建社会背离的道路。"① 元杂剧似乎就传递了这种信息。

元代妇女的地位有所提高，妇女思想禁锢松弛，《西厢记》发出了"有情的终成了眷属"的呐喊，《秋胡戏妻》中的罗梅英更是要"整顿我妻纲"。元杂剧出现此类表述，也与元代法律对妇女权益的保护有一定关系，如婚姻上法律禁止指腹为婚、典妻、童养媳，在离婚问题上，元律甚至提出进步的"和离"建议。《元史·刑法志二》云："诸夫妇不相睦，卖休买休者禁之，违者罪之，和离者不坐。""诸以童养未成婚男妇，转配其奴者，笞五七，妇归宗，不追聘财。"②"诸男女议婚，有以指腹割衿为定者，禁之。""诸以女子典雇于人，及典雇人之女子者，并禁之。若已典雇，原以婚嫁之礼为妻妾者，听。诸受钱典雇妻妾者，禁。"③ 此外，对女性为良人、财产继承方面也有规定，《元史·刑法志三》云："诸奴有女，已许嫁为良人妻，即为良人。"④《元史·刑法志四》云："诸兄以立继之子，主谋杀其嫡弟者，主谋下手皆处死，其田宅人口财物尽归死者妻子，其子归宗。"⑤ 元代守节者大有人在，但寡妇再嫁也不罕见。总之，元代妇女的思想观念，或多或少与传统的封建礼教发生背离。

元代体现出"人的觉醒"，不单纯是个体意识的觉醒，更是"群""类""阶层"的觉醒。"任何一次历史的大动荡，都毫无例外地引起知识阶层的深刻反思。在元代前期的诗文中，我们同样看到人生的幻灭感，对传统价值观的怀疑乃至尖锐的批判，以及对新的人生取向的寻求。"⑥ 宋代文人地位较高，而元代文人沦落到"九儒十丐"的地步。宋元文人地位的巨大落差，使得元代汉族知识分子的反思也极其深刻，不仅仅思考民族问题，而且超越了知识分子阶层，对人"类"的存在价值予以思

---

① 扎拉嘎：《北方少数民族对中国文学的贡献》，《社会科学战线》2003 年第 3 期。

② （明）宋濂等：《元史》卷一百三"志第五十一·刑法二"，中华书局 1997 年版，第 686 页。

③ （明）宋濂等：《元史》卷一百三"志第五十一·刑法二"，中华书局 1997 年版，第 686 页。

④ （明）宋濂等：《元史》卷一百四"志第五十二·刑法三"，中华书局 1997 年版，第 689 页。

⑤ （明）宋濂等：《元史》卷一百五"志第五十三·刑法四"，中华书局 1997 年版，第 694 页。

⑥ 章培恒、骆玉明主编：《中国文学史》下卷，复旦大学出版社 1997 年版，第 92 页。

考。这种思考立足于自身，杂剧中表现为对读书求仕的追求，渴望成为历史的书写者和创造者；立足于他者，就是为底层人民立言，表达下层人民的心声，杂剧熔铸大量民俗事象，表现出平民意识。就元代而言，"人的觉醒"与"文的自觉"是相辅相成的，"人的觉醒"是与杂剧的大发展相得益彰的。也就是说，杂剧是元人觉醒的重要表现形式和存在方式。亚里士多德就曾说，人的价值不在于生存，而在于觉醒。底层知识分子超越阶级局限，在杂剧中渗透底层话语的表达，正是觉醒的表现。

除了知识分子，丫环等底层民众也有觉醒意识，杂剧表现为红娘的独立自主和个性，仆人梅香也谈婚论嫁，歌妓积极主动从良为将来做打算，《蓝采和》中杂剧演员也自得其乐，《陈州粜米》中灾民张撇古父子不惧杨衙内父子权势反抗告状。

人的觉醒，还在于视野的拓展和认识的提高。元代人们的海洋意识和经商贸易意识显著提高，使得农耕、游牧的生产生活方式受到冲击，产生了务农、经商、渔猎、从军、求仕、悟道等并存的人生不同选择。"在元代以前，东南沿海地区往往是中原人民因避乱才选择的去处。元代的大一统为新的人口群进入东南沿海创设了必不可少的条件。除了汉族人口的流入外，蒙古、色目人也陆续进入，形成了东南沿海人口发展史上的独特景观。"① 东南沿海聚集了海内外各族人民，很多人从事贸易经商，如"回回"。

人的觉醒，还深刻地表现在生与死的思考上，表现出对生命的珍视，这是生命意识的觉醒。韦伯认为："中国人对一切事物的'评价'都具有一种普遍的倾向，即重视自然生命本身，故而重视长寿……"② 干春松教授认为"中国思想中有贵生的传统"③，无论是老庄哲学的养生观点，还是孔孟忠孝观念中有关身体发肤受之于父母的论述，都是其具体表现。元代对于生命意识的感知与魏晋时期人们感叹生命苦短的生命意识不同，元人的生命意识中包含一种在现实世界享乐狂欢的思想，这一思想又与

---

① 潘清：《元代东南沿海外来人口的形成与分布》，《中国社会经济史研究》2005 年第 4 期。

② ［德］韦伯：《儒教与道教》，洪天富译，江苏人民出版社 1993 年版，第 216 页。

③ 干春松：《神仙传》，社会科学文献出版社 2001 年版，第 391 页。

少数民族纵酒歌舞狂欢的习俗文化不谋而合。人生享乐，是爱惜生命，也是畏惧死亡。畏死则求长生之法，快乐神仙的宗教信仰就获得广阔市场。"神仙的享乐主义倾向是明显的，除了可以消除人生苦短的最大局限以外，强调现实的快乐才是真正的快乐，这与西方和印度宗教中弃绝现世的禁欲态度截然不同。"① 元代生命意识的觉醒，还源于北方民族的万物有灵思想。元杂剧中花草树木风雨雷电日月等皆有灵性。元杂剧众多鬼魂戏中出现人鬼对话情节，都是基于灵魂不死的观念。英国著名的社会人类学家马林诺夫斯基曾就生死与宗教的关系做过精辟分析，兹引如下：

> 这样看起来，不死的信仰，乃是深切的情感启示底结果而为宗教所具体化者；根本在情感，而不在原始的哲学。人类对于生命继续的坚确信念，乃是宗教底无上赐与之一；因为有了这种信念，遇到生命继续底希望与生命消灭底恐惧彼此冲突的时候，自存自保的使命才选择了较好一端，才选择了生命底继续。相信生命底继续，相信不死，结果便相信了灵底存在。构成灵的实质的，乃是生底欲求所有的丰富热情，而不是渺渺茫茫在梦中或错觉中所见到的东西。宗教解救了人类，使人类不投降于死亡与毁灭；宗教尽这种使命的时候，只利用关于梦影、幻像等观察以为助力而已。有灵观底核心，实在是根据人性所有的根深蒂固的情感这个事实的，实在是根据生之欲求的。②

元杂剧中的鬼魂戏、度化剧等，正体现了元人对生死的一种理解。此外，元代自然灾害、战乱频繁使得生离死别、卖儿鬻女、财富聚散无常等现象普遍，亲人团聚、平安长寿成为一种奢望。因此，元杂剧中大团圆、求寿过生日、太岁本命、占卜择吉、宗教皈依等都表现出对生命的珍视。

---

① 干春松：《神仙传》，社会科学文献出版社2001年版，第398页。
② ［英］马林诺夫斯基：《巫术科学宗教与神话》，李安宅编译，上海文艺出版社1987年版，第47页。

总之，元大一统的时代性，表现在政治上的蒙古族强势性、文化上的整合性、人的觉醒、民族融合加速等方面，这一时代特点对元杂剧的思想内容产生重要影响，很多杂剧的剧情都以此为背景展开叙述。元杂剧对于民俗的选择与叙事策略，也往往受时代影响，这是元代的客观现实。

第二节　元杂剧中底层话语的审美表达

通常，在官方与民间的二元对立体系中，民间始终处于一种弱势地位。民间合理的诉求一般难以上达朝廷，在权利表达中"民间"常处于"失语状态"。

由于元杂剧作家、演员和受众具有底层性特点，决定了杂剧叙述必然存在底层话语的表达。元杂剧作家大多数为失意的知识分子，地位卑微。钟嗣成在《录鬼簿》中曰："余因暇日，缅怀故人，门第卑微，职位不振，高才博识，俱有可录。岁月弥久，淹没无闻。遂传其本末，吊以乐章。复以前乎此者，叙其姓名，述其所作，冀乎初学之士，刻意词章。使冰寒于水，青胜于蓝，则亦幸矣。"① 王国维的《宋元戏曲史》也认为："元初名臣中有作小令套数者，唯杂剧之作者，大抵布衣，否则为省掾令史之属。蒙古色目人中，亦有作小令套数者，而作杂剧者，则唯汉人（其中唯李直夫为女真人）。"② 这些杂剧作家像关汉卿等多有一股不平之气，有的知识分子长期和下层人民接触，混迹于市井，有学者称元代文人为浪子文人。即使马致远、郑光祖等出仕大元的剧作家多数也是官位低微，不得志。苏平指出："《录鬼簿》等有关资料说明，当时大多数杂剧作家不仅是接近下层人民的，而且他们本身就是生活在普通人民之中的社会地位低下的知识分子。"③ 元杂剧演员身为乐籍，不是自由身。《青楼集》所载杂剧演员有的虽然才貌双绝，但是很少有真名流传后世，

---

① （元）钟嗣成：《录鬼簿》，《中国古典戏曲论著集成》（二），中国戏剧出版社 1959 年版，第 101 页。

② 王国维：《宋元戏曲史》，叶长海导读，上海古籍出版社 2009 年版，第 77 页。

③ 苏平：《元代知识分子的历史命运与元杂剧的繁荣》，《社会科学研究》1986 年第 3 期。

地位卑微，是社会的边缘人。元杂剧中上庭行首多有"从良"的人生诉求。元杂剧观众以市民阶层为主，剧情也多表现市民生活。赵山林注意到杂剧中"家常里短剧……把目光移向了现实的人生……普通的市民也登上了舞台"①，在戏剧史上具有重要意义，正是看到了杂剧的民间性。而元杂剧作家的底层化、演员的边缘性和观众的市民性，必然促使元杂剧形成"俗"的特征，彰显民俗文化，增加通俗性。

北宋时期文人相对自由，在政坛上扬眉吐气。入元以来，文人地位低微，政治话语权的剥夺，并不能阻挡文人声音的传递。元杂剧就成为底层知识分子代表底层民众发声的媒介，也使得底层话语权利诉求内涵得到极大丰富。因此，元杂剧一定程度上是底层民众通过娱乐表演的方式获得一种底层话语表达权的途径。杂剧作家底层话语的表达，主要表现为隐性的历史书写权利诉求、自我私语的自由表达、民族认同的强化。

一　潜隐的历史书写权利诉求

（一）历史题材中隐含权利诉求

杂剧作家虽地位卑微，但是希望参与历史书写，获得话语表达权。杂剧作家选取一定的历史题材表达对历史人物、事件的选择与评判，进而书写历史。元杂剧中的历史不是对历史的实录，而是有选择的"艺术化"的历史。张大新在《论元代前期历史剧的民族意识和时代精神》中认为元前期历史剧数量多、佳作多，"在题材处理上有一个共同的特点，那就是不拘泥于史实细节，带有强烈的主观抒情性和现实评判特征。也正是因为这些取材于史书和民间传说的历史剧在史料取舍和时空处理上具有较大的自由度和为我所用的灵活性，才成功地实现了历史真实与艺术真实的高度统一，打上鲜明的时代印记"②。也正如幺书仪指出的"在元人历史剧中，历史往往只被作为一个框架，一个负载作家观念情感的外在依托和介质"③。如三国戏对关羽、张飞勇

---

① 赵山林：《中国戏剧学通论》，安徽教育出版社1995年版，第207页。
② 张大新：《论元代前期历史剧的民族意识和时代精神》，《文学评论》2010年第4期。
③ 幺书仪：《元人杂剧与元代社会》，北京大学出版社1997年版，第58页。

武形象的描绘很生动，而对刘备、曹操的形象塑造就略次；杂剧表现以勇武忠义为内核的英雄崇拜思想，具有元人尚武的精神风貌，何况"对于元代观众来说，三国纷争的故事具有强烈的现实性"①。水浒戏对梁山好汉的关注点，不在如何对抗朝廷，而在于如何帮助他人伸张正义，表现出不同于正史的草莽英雄观，这类英雄观常融入报恩正义思想，如《双献功》《李逵负荆》《还牢末》《争报恩》《燕青博鱼》《黄花峪》。清官戏传递出民间对公平正义的渴望，呼唤清官出现，但对清官不是一味地神化，也会暴露其人性弱点。清官戏中包公戏最为精彩。现传包公戏十一种②，有《陈州粜米》《生金阁》《后庭花》《神奴儿》《留鞋记》《鲁斋郎》《盆儿鬼》《替杀妻》《合同文字》《蝴蝶梦》《灰阑记》，其中仅有《后庭花》《生金阁》《陈州粜米》中的主角都是包公。其他为民申冤的有《窦娥冤》《望江亭》《荐福碑》《魔合罗》《勘头巾》《绯衣梦》《救孝子》等。"清官戏，在元代极为盛行。据钟嗣成《录鬼簿》所录的450 种元杂剧中，清官戏占十分之一；现存百余种元杂剧中，清官戏占八分之一。戏中的清官如包待制，虽名托赵宋王朝的人物，但剧本所展现的生活画面，却是元代社会现实。"③ 此外《延安府》《衣袄车》《射柳捶丸》等历史剧都提到北宋名臣范仲淹，这与民间对范仲淹的好评有关，宋代京师民谣曰"朝廷无忧有范君，京师无事有希文"④。有的民谣对其政治军事上的贡献评价："军中有一范，西贼闻之惊破胆"⑤，难怪杂剧涉及范仲淹（范希文）的事迹除了举荐贤能外，还与军事政治有关。

　　元朝征战较多，元人对战争的理解也更为深刻。历史战争剧是底层知识分子选择性地回顾历史。《射柳捶丸》中女真人延寿马与北番将领耶律万户将领的战斗，是对宋金联合抗辽战役的戏剧演绎。《昊天塔》表达

---

　　① ［美］时钟雯：《中国戏剧的黄金时代——元杂剧》，萧善因、王红箫译，山西人民出版社1991 年版，第170 页。

　　② 贺昌群：《元曲概论》中八种包公戏和赵景深《包公传说》一文中十二种包公戏，都包括了《抱妆盒》，有误。现传十一种，另外不传的有江泽民《糊突包待制》、萧德祥《包待制三勘蝴蝶梦》、张鸣善《包待制判断烟花鬼》、无名氏《风雪包待制》和《包待制双勘丁》。

　　③ 吴同瑞、王文宝、段宝林编：《中国俗文学概论》，北京大学出版社2000 年版，第232 页。

　　④ 程杰、范晓婧编著：《宋辽金歌谣辑录》，南京师范大学出版社2011 年版，第6 页。

　　⑤ 同上书，第6 页。

了对抗辽的杨家将英勇战斗事迹的怀念，对辽人鞭尸行为的痛恨。元杂剧中战争场面描写往往表现交战一方将领（多为净扮）逃跑的情节，充斥调笑讽刺之意。而战败逃跑的一方却不以为耻，这可能受蒙古族军事思想影响。《马可波罗行纪》第一卷第 69 章说鞑靼人"其作战胜敌之法如下：此辈不以退走为耻，盖退走时回首发矢射敌，射极准，敌人大受伤。马受训练，往回疾驰，惟意所欲，虽犬亦不能如其迅捷，则其退走战亦不弱于相接战"①。而汉族军事思想是"击鼓而进，鸣金则退"，未鸣金而退，就是"逃跑"，被视为军人的耻辱。因此，杂剧对此类逃跑将领多塑造为滑稽人物，含蓄地流露出对历史悠久的汉族军事思想的肯定和对蒙古军事思想的嘲讽。同时也是对元南下攻占中原过程中，很多汉族将领望风而逃的历史事实的沉痛反思。元杂剧作家重塑话语权中"以史入剧"，借助历史故事增强戏剧真实性。这种话语的表述是隐蔽的，这种隐蔽与元代等级划分的历史社会现实有关，与文人的卑微地位有关，借史说事，内含作家基于民间立场的政治诉求和情感倾向。这种代表了民间意愿的权利诉求，决定了杂剧在表现历史的同时，会充分考虑并利用民众的民俗心理，运用民俗事象展开剧情。

　　元代汉族知识分子是儒家思想的最大继承群体和维护者，"儒家思想强调个人的社会责任"②。杂剧中的清官期盼、英雄诠释以及对历史战争的反思，都渗透着一种儒家德治观、用人观、兴亡观等思想。底层知识分子以历史亲历者和现实旁观者的双重矛盾身份对社会关注，更具理性，这种理性，也使得他们的历史书写权诉求是隐性的。

　　元代宗教的多元化，佛道的兴盛是一种历史事实。当我们从知识分子历史书写权的角度审视神仙道化剧，就会发现杂剧不仅仅受八仙、哪吒、弥勒等信仰的影响，更重要的是杂剧通过神仙道化剧的表演也为宗教人士传教创造了更为有利的文化环境。这就与"子不语怪力乱神"的圣训相违背，客观上为元代僧道的合法存在、势力壮大摇旗呐喊。如果这一假设成立，那么元杂剧神仙道化剧，就完全超越了底层知识分子狭

---

　　① ［意］马可·波罗：《马可波罗行纪》，冯承钧译，上海书店出版社 2000 年版，第 153 页。

　　② 冯友兰：《中国哲学简史》，新世界出版社 2004 年版，第 22 页。

隘的阶级界限，不再单纯表现知识分子的隐逸思想，而具有了一种崇高的思想境界，即代表了元代兴起的另一股力量——僧道阶层，展现了他们在现实生活乃至历史中的话语权，也代表了广大底层民众的心声——在宗教皈依中寻求一种精神的安慰，一定程度上满足了苦难现实无法给予的幸福、安宁、长寿等美好需求。所有的这一切，剧作家通过杂剧选材、表演，在表达自我的同时，又是基于民间立场为他人立言，为底层人民代言。

（二）多种权力体系的描述

杂剧作家在元杂剧中塑造了具有凌驾于普通民众之上权力的三类人或神，即神佛、官员与会首，分别代表了神圣权威、官府权威与乡村权威。在这三级权力体系中，从权力的大小和所代表的公平正义程度上看，神权居首。神圣权威，表现出一种神意或天意的不可违抗性和"善有善报，恶有恶报"的因果思想。神意或天意的传达，一般有占卜预兆、神人托梦和神仙下凡度脱点化等方式。

官员自古良莠不齐，元杂剧中豪权势要与廉政清官并存，而官府权威主要靠清官的秉公执法、廉明清正来体现。这里有一个奇特的现象，就是杂剧在官府权威的构建中"皇帝"出现较少，反而基层官员"孔目"出现较多，甚至直接影响案件的公正性。这是由于元代幅员辽阔，国家权力在城乡社会实施影响中，与民众联系最为紧密的，一般不是高高在上的皇帝、朝中大员，而恰恰是地方的中下层官员，杂剧作家敏锐地捕捉到这一点，并在剧中体现出这种民间视野下的官府权威。

会首是乡村组织的地方权威。在杂剧中多扮演契约的中人、保人和社火组织者的角色，其权威性就在于自身"面子"和威信，这种"权力"不具有法律效力，一旦民众不买账，会首的乡村权威便失去效力，只能诉诸官府解决，如《合同文字》。会首的权力是相对的，其范围也局限于家庭琐事、乡村集体事务上。

在这三级权力文化网络中，元杂剧传递出人可以在"生前正直行善，死后为神"以及摒弃酒色财气、度脱成仙的思想，而失意知识分子也可以通过科举或献万言策等方式得官实现抱负，甚至能跻身主持公平正义的清官行列。从这类戏剧表述和剧情表演看，杂剧作家实际表达了要成为权威的主体和权威的实施者的一种渴望，并认为获得神圣权威和官府权威都有可能。知识分子通过"学而优则仕"，获得官府权威是最有可能的，也是最现实的途径。在现实生活中神圣权威的获得概率很小，在元代宗教自由、信仰多元的文化下，相信神灵存在的人们认为通过修心修德的"内修"能成神。一旦成神，就具有了神圣权威，实质上这是一种面对残酷现实无奈而被动的选择，尽管缥缈不切实际，但在信神信教的民众看来还是有实现可能的或肯定就能实现。有趣的是元杂剧没有知识分子作为会首的描述，我们也看不到知识分子对乡村"会首"权力的追求渴望的任何迹象。是知识分子的清高孤傲，还是知识分子自认为神佛、官员才能最大程度地实现他们所期望的公平正义的理想？也许二者兼有，或是阶级观念所致。

元杂剧三级权力体系的叙述，让我们看到底层知识分子不甘于沉沦，对公平正义的渴望，关注社会，希望有所作为的一面，这也是知识分子的历史使命感和社会责任感的体现。

二　自我私语的自由表达

私语，是指人物述说具有隐秘性的深层心理的语言，这些言语、思想、情感，通常不便于向外人诉说，往往借助民俗事象来委婉表达。元杂剧具有代言性，一般认为演员代剧中人而言，实质上演员依据剧本演出，必然也代创作剧本的作家言。

杂剧代言的最高境界，就是演员与剧中人合一，真实再现生活，传达剧中人心语。李渔在《闲情偶寄·词曲部·语求肖似》中说："言者，心之声也，欲代此一人立言，先宜代此一人立心。"① 同时演员通过声情并茂的演艺打动观众，不露痕迹地实现杂剧作家的深层创作意图。因此元杂剧中的自我私语是一种心语的表达，它包含两层意思：一是揭露剧中人隐秘的内心世界；二是表达作家潜在的创作意图。这种自我私语的表达，对底层各类人物深层心理的展示，如青年男女对两性情感乃至性话语的赤裸表白；家庭中分家、分财等内部矛盾的叙述；知识分子对现实落魄的埋怨和对功名的渴望；妓女对从良的期盼和从良的艰辛体验；

---

① （清）李渔：《闲情偶寄》卷之三"词曲部·语求肖似"，《中国古典戏曲论著集成》（七），中国戏剧出版社 1959 年版，第 54 页。

孔目对官场的黑暗认识和无奈。元代孔齐撰《至正直记》卷二"婢妾命名"条曰:"以妓为妾,人家之大不祥也。盖此辈阅人多矣,妖冶万状,皆亲历之。使其入宅院,必不久安……"①甚至元代有谚云:"席上不可无,家中不可有。"可见妓女从良在现实生活中受人抵制,仅作一玩物耳。元杂剧众多上厅行首的爱情理想和辛酸苦辣经历,常难以对外人道,杂剧述其情,演其事,一定意义上是一种私语表达,演员代言是妓女自我心语的显露。《救风尘》中赵盼儿对自身命运的独白和劝解宋引章之语,可谓道出了艺人心声。杂剧涉及的众多官妓从良现象多与婚俗、家庭纠纷等有关。也就是说,心语的表达常离不开特定的民俗环境。

色语,一般难登大雅之堂,更为封建卫道士所不齿。杂剧中的色语表达,事实上也是一种私语。杂剧中的色语,一部分出自大家闺秀之口,这类色语的运用,本质上是一种性意识的觉醒,也是女性在宋元理学长期压抑之后人性的释放。正统文学对性讳莫如深,人们对封建礼教的叛逆唯有对性的呐喊、歌唱和直接表白更具颠覆力量。还有一部分色语出自底层人物之口,表现出市民庸俗的审美心理。当然这种赤裸的表白无论在生活,还是舞台上,都非常态。杂剧对两性情感的表达,立足民间,借助民俗,达到俗中有雅,雅中有俗,这也是人生情理的客观现实。元杂剧的色语现象,在散曲中也存在,如商挺的《双调·潘妃曲》、汤舜民的《双调·新水令·秋夜梦回有感》、王和卿的《双调·拨不断·胖妻夫》等。有学者把元曲这种"色"的现象归为"俗艳"特征②。

当我们的视野不局限于剧本,而站在演剧的角度看,演员的演剧舞台与民众的观戏场所构成一个特定的空间。在这种舞台空间或剧场空间内,只存在演剧与观剧两种关系,神佛、情爱、武打杂剧,喜怒哀乐、审美愉悦,都为这一空间内的人所享有,从这一层面看,演剧与观剧无意中达成一定的私密性。在这一空间内的人,演员—伶人,观众—市民,伶人通过演技要征服观众,观众通过观剧要获得审美愉悦,各有私心。观众的私欲通过演员演戏来间接表现。因此,杂剧表演的过程就是展示、

---

① (元)孔齐:《至正直记》,庄葳、郭群一校点,《宋元笔记小说大观》(六),上海古籍出版社 2007 年版,第 6592 页。

② 张廷兴、李敏:《论元曲的俗艳特征》,《山东师大学报》2000 年第 5 期。

表现并满足这一空间内人的私欲的过程。私欲的表现过程，也是私语的诉说过程。杂剧中这种私欲，常在展现传宗接代思想、婆媳叔嫂关系、烧香敬神等民俗情景中表现当事人的隐秘内心世界。总体上说，不管是演员，还是观众，其私密具有世俗化倾向。观剧与演剧，并非各自独立，二者也存在一定的互动或对话关系。演员代剧中人言，表达剧中人私语，观众观剧产生共鸣，既完成了演员征服观众的"私语"，又释放了观众观剧审美"心语"情感，完成了审美期待。需要强调的是神庙空间、祭祀场所本身具有神圣性，在神庙剧场空间演出神仙道化剧等献神娱神杂剧，也构成一种宗教表达。这种表达的私密性，在于人神的对话交流，在于"意会""慎言"。演员的表演，在心理上很难完全放松。

因此，我们说元杂剧中自我私语的自由表达，具体到作品和剧场中就是心语、色语、私欲的表达，常依托一定的民俗事象或表达一定的民俗文化心理。

三　民族意识的隐性表达

元杂剧底层话语的表达，在多民族并存、关系复杂的有元一代，不可避免地要予以民族书写，表达民族情感，渴望民族认同，在元杂剧中实现途径主要是：重述神话和节日叙事。

（一）重述神话：体现民族意识

陈建宪认为："每个民族都有自己的'根'，这条'根'不仅见之于有文字记载的历史，而且远远延伸到文字发明以前的时代。人们对于那个时代的了解，除了考古发掘出来的一些器物外，主要依赖于口耳相传下来的神话资料。"[1] 神话是民族之根，重述神话就是追寻民族之根。

赵沛霖认为："人类文化史已经证明，人们在回忆自己民族历史的时候，总是要追溯到神话王国，在人们的观念中，人类历史总是从神话王国走来。"[2] 多民族并存的元代，重述神话，既是对民族历史的书写，也是对本民族文化的认同。

---

[1]　陈建宪：《神祇与英雄：中国古代神话的母题》，生活·读书·新知三联书店1995年版，第3页。

[2]　赵沛霖：《中国神话的分类与〈山海经〉的文献价值》，《文艺研究》1997年第1期。

元杂剧出现的神话，实质是底层民众（包括底层知识分子）对神话的重新表达，这种表达包含了对现实的一种思考，杂剧作家通过神话素的选择重组，既是一种文化寻根，又是一种话语权的显示。嫦娥的美丽孤寂、月老红线牵足等神话，为《扬州梦》等剧中男女自由恋爱提供了反对封建礼教束缚的借口，也成为他们行动的指南。感生神话传说在杂剧中常表达剧中人身世秉承天意，必将大富大贵或经历不凡，对剧情发展有一定暗示性。如《汉宫秋》中的王昭君自述："母亲生妾时，梦月光入怀，复坠于地，后来生下妾身"，昭君出塞，受帝王宠幸，经历不凡。还有《陈抟高卧》中赵大舍和《伊尹耕莘》中商汤名臣伊尹的出生也融入感生神话。感生神话的梦幻离奇以及主人公的非凡事迹，又寄寓了知识分子天意难违的人生感慨。

回族形成较晚，有关回族的神话资料稀缺，因此反映到元杂剧中的少数民族的族源神话，主要是女真、蒙古族的族源神话，在元杂剧中多与狼、虎、狗等图腾崇拜联系。这类族源神话具有游牧狩猎民族的共性特征。族源神话的重述，是对民族图腾和对远祖的追忆，也是民族自我认同。如王实甫《丽春堂》第一折："衲袄子绣揽绒，兔鹘碾玉玲珑。一个个跃马扬鞭，插箭弯弓。他每那祖宗是斑斓的大虫。料想俺将门下无犬迹狐踪。"杂剧借助女真人之口自叙祖先为"斑斓的大虫"虎图腾，既是剧中人对民族身份的认同，也是一种民族文化的记忆。

游牧民族的图腾很多是动物图腾，但与汉族文化的动物崇拜有时出入较大，杂剧作家在重述此类神话时，往往做了一定技巧处理，那就是民族图腾神话的客观、中性表达。这既有元代民族大融合中人们对异文化的理解，也有一定政治和民族情感考虑，只有较为客观、中性的表达，才能赢得不同民族的杂剧观众群。中国传统的中庸思想，再次发挥效力。

刘毓庆在《中国古代北方民族狼祖神话与中国文学中之狼意象》中说："从草原民族的族源神话中，我们知道他们中曾有过对牛、马、鹿、鹰等动物图腾的崇拜。这一切皆可为农耕民族所接受，唯独不能接受的是狼。"① 而《元朝秘史》卷一记有苍狼白鹿神话："当初元朝的人祖，

---

① 刘毓庆：《中国古代北方民族狼祖神话与中国文学中之狼意象》，《民族文学研究》2003年第 1 期。

是天生一个苍色的狼，与一个惨白色的鹿相配了，同渡过腾吉思名字的水，来到于斡难名字的河源头不儿罕名字的山前住着，产了一个人，名字唤作巴塔赤罕。"①《多桑蒙古史》记载：

> 有蒙古人告窝阔台言，前夜伊斯兰教力士捕一狼，而此狼尽害其畜群。窝阔台命以千巴里失购此狼，以羊一群赏来告之蒙古人。人以狼至，命释之。曰："俾其以所经危险往告同辈，离此他适。"狼甫被释，猎犬群起酆杀之。窝阔台见之忧甚，入帐默久之，然后语左右曰："我疾日甚，欲放此狼生，冀天或增我寿。孰知其难逃定命，此事于我非吉兆也。"其后未久，此汗果死。②

上述材料说明蒙古族把狼作为图腾，受到特殊保护，窝阔台更把自己的命运与狼的命运联系在一起。蒙古族狼崇拜客观存在，而对于狼图腾的接受，回回人应该容易些，早在唐代回回的前身——古回鹘就有狼崇拜，《新唐书·回鹘传》记载唐大将郭子仪拜见回纥可汗时"可汗恃其强，陈兵引子仪拜狼纛而后见"③。十五世纪回鹘文抄本的维吾尔族英雄史诗《乌古斯传》中也有苍狼为乌古斯引路，助其战无不胜的传说。农耕文明的汉族民众如何接受杂剧中出现的"狼"意象呢？我们看到杂剧作家常用虎、大虫代替。人们都知道草原上狼吃羊，《抱妆盒》于是偷梁换柱，成了"恰便似虎扑绵羊"。而《昊天塔》第一折杨令公说："俺家姓杨，被番兵陷在虎口交牙峪里，这个叫做羊落虎口。正犯了兵家所忌，怎还有活的人也。"至今，怀仁县杨家将传说中杨继业是在两狼山被困，民间说是犯了羊入狼口的禁忌，而遭难。杂剧作家以"虎"代狼，不至于犯了丑化蒙古族图腾的禁忌。当然元杂剧作为底层文学，汉族民间对"恶狼"的文化传统不会彻底改变，如《青衫泪》有"老虔婆羊贪狼狠，逼令他改嫁茶商"，《任风子》中任屠唱"恰便似饿狼般撞入肥羊圈"，

---

① 佚名：《元朝秘史》，路芜、南孚尹、陈珊点校，《二十五别史·大金国志 元朝秘史》，齐鲁书社1999年版，第1页。

② ［瑞典］多桑：《多桑蒙古史》上册，冯承钧译，中华书局2004年版，第232页。

③ （宋）欧阳修等：《新唐书》卷二百一十七上"列传第一百四十二上·回鹘上"，中华书局1997年版，第1561页。

《霍光鬼谏》有"觑着他狠似豺狼，蠢似猪羊"。对于狼的态度，汉人作家既在蒙汉民族文化冲突中寻找平衡，又要考虑广大汉族民众的审美习惯。

从狼意象看，长期的民族融合，杂剧也出现了全新的狼文化：一是杂剧中出现与狼有关的歇后语，如《对玉梳》中有"他则索狼吃幞头心儿里自忍"，《敬德不伏老》中有"狼吃豹头心儿里暗忍"；二是正面表现狼的优点，如《锁魔镜》与牛魔王大战"〔四门子〕……哪吒神，好似狼转好是疾，直赶到黑风洞里"；三是客观表现狼的撕咬本性，如《救孝子》中有"被鸦鹊啄破面门，狼狗咬断脚根，到底是自己孩儿看的亲"，《薛仁贵》第三折有："（丑扮禾旦上唱）……俺娘着你早来也早来家，恐怕狼虫咬你。……"

鸦，也是北方民族的古老图腾。那木吉拉说："蒙古语族民族中乌鸦是灵鸟，是神话传说中的颇具特色的飞禽形象；突厥语族有的古代民族也崇拜乌鸦"[①]，"对于十二三世纪的突厥、蒙古族民族来说，崇尚乌鸦已经是一种比较遥远的过去的文化现象。但不能否认他们的祖先崇拜乌鸦的事实"[②]。王其格认为："在蒙古族英雄史诗《江格尔》中说在江格尔两岁时，家乡遭到恶魔洗劫，他被弃于荒野，于是牝狼来哺乳，乌鸦衔肉来喂养。乌鸦在萨满教中被誉为天神、龙神的忠实使者，是传达神灵旨意的翻译，满族是典型的乌鸦图腾民族。"[③]满族神话传说《乌布西奔妈妈》中乌鸦是天神亲随，误食黑草死去，变成黑乌，在人马屯寨边飞旋，为人巡狩。此外，还有乌鸦搭救努尔哈赤的传说。

鸦作为北方民族图腾，具有神圣性，而在汉族文化中却是不吉祥之鸟。元杂剧对鸦的叙述，常作较中性描写，使得蒙汉民族都可以接受。现代人认为乌鸦是不吉祥的，"然乌之见恶，盖发端于唐宋之际的南方俗信，宋薛士隆《信乌赋》序云：'南人喜鹊而恶乌，北人喜乌而恶鹊'"[④]。

---

① 那木吉拉：《古代突厥语族诸民族乌鸦崇拜习俗与神话传说》，《民族文学研究》2003 年第 4 期。

② 同上。

③ 王其格：《浅论北方草原民族的图腾信仰》，《论草原文化》第七辑，内蒙古教育出版社2010 年版。

④ 关长龙：《中国日月神话的象征原型考述》，《浙江大学学报》2003 年第 3 期。

元杂剧中的鸦意象，似乎没有唐宋以来南方恶鸦的观念，而多了一种客观描述。鸦在我国主要分布在东北、华北。鸦的种类很多，《货郎旦》有"走犬飞鹰驾着鸦鹘。恰围场过去"，这是描写少数民族的围猎生活，除了鹰犬，还驾着"鸦鹘"。"鸦鹘"是鸦的种类里比较凶猛的一种，常用来助猎。寒鸦为北方山区或接近山区生存的一种鸟，也是元杂剧出现最多的鸦类。《倩女离魂》《范张鸡黍》《忍字记》等剧中都有寒鸦的描写。根据鸦的生活习性，文学中还常见噪鸦、昏鸦，如《赵礼让肥》有"我则见落日平林噪晚鸦"，同样《红梨花》《金安寿》《误入桃源》《盆儿鬼》《青衫泪》等剧也有此类意象。此外鸦爱食腐，所以《救孝子》有"疑怪这鸦鹊成群绕定着这座坟。尸骸虽朽烂，衣袂尚完存，见带着些血痕""被鸦鹊啄破面门"之语。鸦喜欢在树上筑巢或树洞栖息，也有的在岩缝中筑巢，鸦与树木就有了一种必然联系，《汉宫秋》中有"庭树栖鸦"，《墙头马上》中有"休惊起庭鸦喧"。这种"庭鸦"意象，似乎包含了对鸦的一种喜爱之情。

鸦大多为黑羽，又叫乌鸦。《王粲登楼》中有"你可晓得那鹤非染而自白，鸦非染而自黑"之语。鸦的黑色，又衍生出"鸦鬓"一词，指乌发。"鸦鬓"常描写女性貌美，《汉宫秋》中王昭君的美是"眉扫黛，鬓堆鸦，腰弄柳，脸舒霞"。其他类似描写还见于《渔樵记》《梧桐雨》《倩女离魂》《扬州梦》等剧，无一例外都用来描写女性。鸦作为文化意象，表达发黑，用鸦鬓；表达时间往往用昏鸦；表达财富多用"鸦飞不过的田宅（庄宅、田产物业、田地池塘）"，如《合汗衫》《老生儿》《看钱奴》《生金阁》等。"鸦飞不过的田宅"这一财富表述方式为明代小说所借鉴，如凌蒙初的《初刻拍案惊奇》。凤鸦对比，用来表达美丑悬殊，不在同一阶层，如《儿女团圆》中有"敢则是鸦窝里出凤凰，粪堆上产灵芝"，《王粲登楼》中有"从来这乌鸦彩凤不同栖"。类似之语，还见于《秋胡戏妻》《荐福碑》《连环计》等剧。

汉族的动物崇拜比较复杂，其中龙、凤、麒麟、龟"四灵"最受推崇。龙更是中华民族的图腾，龙信仰在元代同样具有市场，元人杨瑀的《山居新语》记载龙惩戒平日恃富凌贫的豪强事迹，二龙降于豪强家，尽毁其所有,"龙所过之地,作善之家分毫无犯,凡平日之强梁者,多破产焉"①。《南村辍耕录》卷二十四记载有一商人深夜在一山岛"误堕龙窟",见"神龙之窟多异珍焉"②。龙崇拜在元杂剧中也有表现,但内涵复杂。从《西游记》《贬夜郎》《张生煮海》《焚儿救母》等剧描述的"龙"名称上看有火龙王、水府龙王、东海龙王、南海火龙、恶龙等,表现出龙图腾崇拜与五行四方的中国哲学思维的结合。民间盛行"鲤鱼跳龙门",鱼可变化为龙,而杨景贤《西游记》杂剧中判断鱼变为龙的标准是"鱼闭眼必龙也"。元杂剧还有真天子"百灵咸助"的表述,如《老君堂》《蒋神灵应》《虎牢关三战吕布》《抱妆盒》《赚蒯通》等,这是汉族天人合一思想下产生的真龙天子信仰,也对蒙古族产生了影响。

　　由于杂剧作家大多数是汉族落魄的知识分子,元杂剧重述神话是以汉族为主的神话选择和对汉族文化的一次唤醒、记忆与弘扬。混沌神话是元杂剧出现最多的元神话,其情节主要是天地合一难以区分,混沌如鸡子,盘古开天辟地或阴阳二气升降才天地始分。杂剧借助混沌神话的不分天地之情形,引申比喻人糊涂、眩晕之状,如《倩女离魂》第三折有"一会家缥缈呵忘了魂灵,一会家精细呵使着躯壳,一会家混沌呵不知天地"。《贬夜郎》第三折有"今日醉乡中,如混沌,初分天地。恰辨得个南北东西,被子规声唤回春睡"。也有从创世角度描述的混沌神话,《范张鸡黍》第一折范巨卿唱"〔仙吕〕、〔点绛唇〕太极初分,剖开混沌。阴阳运,万物纷纷,生意无穷尽"。《西厢记》第五本第三折红娘唱:"当日三才始判,两仪初分,乾坤,清者为乾,浊者为坤,人在中间相混。君瑞是君子清贤,郑恒是小人浊民。"此外还见于《竹叶舟》《刘行首》《度柳翠》《黄粱梦》《㑇梅香》等剧。元杂剧的"混沌"叙述,很少与盘古相联系,但是内容上大多没有脱离《三五历纪》中盘古神话"天地浑沌如鸡子,盘古生其中。万八千岁,天地开辟,阳清为天,阴浊为地"的"混沌"叙述③。

---

① (元)杨瑀:《山居新语》,李梦生校点,《宋元笔记小说大观》(六),上海古籍出版社2007年版,第6066页。

② (元)陶宗仪:《南村辍耕录》,李梦生校点,《宋元笔记小说大观》(六),上海古籍出版社2007年版,第6446页。

③ 袁珂、周明编:《中国神话资料萃编》,四川省社会科学院出版社1985年版,第6页。

　　如果说混沌神话是古人对大自然宇宙的朦胧记忆和解释，而盘古开天辟地、女娲补天神话，则具有浓重的人文色彩。《西游记》第三本第十出花果山山神说："我想自盘古至今，轻清者为天，重浊者便有俺山水之神。"《风云会》第一折间接提到了女娲补天神话："传正道无夫子，补苍天少女娲。"

　　关于伏羲的神话元杂剧主要是体现人文初祖的创始神地位，另外突出创八卦的人文功绩。《㑇梅香》第一折有"（旦儿云）樊素，我想河出图，洛出书，阴阳判而八卦生。自伏羲神农，传至孔孟，到秦始皇坑儒焚典，其祸烈矣"。此外，还见于《周公摄政》《桃花女》等剧。汉族常自称炎黄子孙，神农氏（炎帝）在《㑇梅香》中作为创始神被提及。炎帝的属神共工、蚩尤作为反抗黄帝部落的神祇，也在杂剧中出现。如《西游记》第四本十六出云："不周山破戮天吴，曾把共工试太阿。谁数有穷能射日？某高担五岳逐金乌。小圣灌口二郎神是也。"《昊天塔》第二折孟良唱："哎，那厮须不是布雾的蚩尤，又不是飞天的夜叉。"

　　颛顼、帝喾在杂剧中常作为远祖来追忆，尧、舜、禹成为后世帝王学习的楷模：《渑池会》楔子："（冲末扮秦昭公领卒子上，云）先祖颛顼苗裔孙，赐姓嬴氏国为秦。只因善御扶周主，恶来有力事于殷。某乃秦国昭公是也，先祖乃颛顼之后。"《周公摄政》第一折周公说："暗想周家帝喾，顺时积德，至今恰正统，皆顺天意人心，却不曾延其寿算！（唱）〔仙吕〕、〔点绛唇〕后稷躬耕，帝尧征聘，封姬姓。农务兴行，周业从兹。"《风云会》中赵普说："陛下法宗尧舜禹汤文武，方为圣主。"

　　从神话描述的神祇看，元杂剧出现的盘古、女娲、伏羲、后羿、轩辕黄帝、神农炎帝及其属神共工、蚩尤，以及颛顼、帝喾、尧、舜、禹等，这些神话人物及其神话故事，都勾勒出了一条基本清晰的汉族神话图谱，而其源头就是混沌神话（宇宙之卵①）。元杂剧对于汉族神话的线性叙述，具有强烈的民族自觉意识和历史沧桑感，以《范张鸡黍》的神话叙述最详细："〔混江龙〕自天地人三皇兴运，至女娲氏，早一十八代

---

　　① ［德］艾伯华：《中国民间故事类型》，王燕生、周祖生译，刘魁立审校，商务印书馆1999年版，第108页。第57类"混沌（卵形世界）"情节："世界初始像个大鸡蛋，创世神从这个蛋里降生。"

定乾坤。……伏羲氏造书契始画八卦，神农氏尝百草普济蒸民，轩辕氏制舟车衣冠济济……"可见，重述神话带有明显的汉族文化痕迹，表现为对汉族神祇的独有称谓表述，如"有穷氏"代指后羿、"神农氏"指炎帝、"轩辕氏"指黄帝等，只有熟悉汉族神话的人，才能更好地理解这类一闪而过的杂剧唱词。元杂剧的神话叙述，如前所论，是以昆仑神话为主的叙述，这种叙述方式既是对大陆文化的继承，又有利于最大限度地增加各民族的文化认同。

有学者把神话分为"自然神话和人文神话"①。元杂剧对人文神话的吸收较多，如对伏羲、神农、女娲这类人文始祖的文化英雄神话记忆，还涉及共工、蚩尤战争神话的描写。人类征服自然的神话，如后羿射日神话表现出英雄崇拜思想。南京师范大学的王青教授认为："除了圣君贤臣与文化英雄事迹以外，中国的人文神话至少还有两类占有非常大的比重：第一类是以感生情节为核心的始祖神话；第二类就是仙道神话。"②《伊尹耕莘》中第一折伊尹的出生是其母吞红光有孕而生。元杂剧中的神话多为神话素的运用，唯有感生神话和射日神话在杂剧中详加叙述。中国的自然神话不如人文神话内容丰富，元杂剧中混沌神话、盘古开天辟地神话，传递出民族文化的根性。

从神话的叙述内容来看，一是对神话故事的选择性重述追忆，这种选择有时是对神话人物众多事迹的剥离选择，如伏羲的人文功绩很多，但剧本叙述一般为演八卦。有时是对某一个神话故事的核心内容予以删减精练叙述，如盘古开天辟地神话突出"清浊分天地"的文化意象。二是神话故事的经典性叙述，如伏羲演八卦、后羿射日、共工怒触不周山、二郎担山赶日等。三是神话故事的符号化叙述，常以神话人物名字代指其功绩，即神话人物成了文化意象。在杂剧中，这种神话重述需要观众熟悉汉族神话故事才能填补审美空白。中国神话在文献中的记录是片段式、零散的。而元杂剧能把如此多的神话故事融入杂剧创作中，应该不仅仅是集体无意识，还包含着汉族文人对民族的思考，在多民族的文化

---

① 刘守华、陈建宪主编：《民间文学教程》，华中师范大学出版社 2006 年版，第 103 页。

② 王青：《中国神话在人文神话和自然神话间变迁》，中国社会科学报；国务院参事室网站转载：http://www.counsellor.gov.cn/content/2009 - 09/17/content_6885.htm。

交流与冲突中，把神话作为强化民族自尊心、自信心的一种手段。元杂剧担负着知识分子强化民族凝聚力、启迪民众不忘历史的文化功能。

总之，元杂剧的重述神话主要是对汉族神话的再次激活，少数民族神话最多也是对族源神话的追忆，无论从杂剧的数量上，还是神话的内容丰富程度看，都远不如汉族神话。在涉及民族情感冲突问题上的神话素，往往采取客观的中性叙述策略，避免激化民族矛盾，也是为了赢得更广大杂剧观众的认可。另外神话常渗入神仙道化题材的杂剧中，并与道教文化联系，如《陈抟高卧》《黄粱梦》等。

元杂剧大量出现神话，实质上是在元代民族关系的调整中，各民族的一次文化寻根，正如民俗学家指出神话的文化史价值"体现为对民族心理和民族精神的塑造和维护。神话在许多民族中都发挥了'根'的凝聚作用"①。

(二) 节日民俗：凝聚民族内驱力

从民俗视角研究杂剧不能回避元杂剧的节日叙事或节日描写，前人多有论述。如果站在民族文化的角度审视传统节日，那么元杂剧大量民俗节日的描述就有了"民族"的意义。萧放教授指出："传统节日不是一般假日，它是民族文化情感的凝聚与价值观念的体现"，"节日是传承民族文化的重要载体……节日保守与强化着民族文化传统的记忆。民族文化传统记忆需要持续反复的加强，民俗节日的周期性出现，不断地为人们提供脱离日常世俗时空，回归神圣的历史时空的现实条件"②。

笔者对元杂剧中提到的岁时节日，做了如下统计（参见附录 D：《元杂剧中传统岁时节日一览表》）：

统计《元曲选》及《元曲选外编》传统节日，得出如下数据：涉及春节、除夕共 3 部，元宵节 4 部，二月二 2 部，清明三月三合计 26 部，端午 5 部，七夕 5 部，七月十五 1 部，中秋 10 部，重阳 6 部，冬至 3 部。162 部作品提到传统节日的有 65 部，约占总数的 40%，其中提到清明三月三的杂剧又占节日杂剧总数的 40%。可见，节日民俗在元杂剧民俗文化中具有重要地位，而清明三月三又在杂剧岁时节日文化中居首。节日

① 刘守华、陈建宪主编：《民间文学教程》，华中师范大学出版社 2006 年版，第 118 页。
② 萧放：《传统节日：一宗重大的民族文化遗产》，《北京师范大学学报》2005 年第 5 期。

具有狂欢化特性，也有聚众性特点。节日是对普通民众日常生活的一种调节；而对于一个民族来说，节日又起着增强民族凝聚力，促进人与人之间对话交流的作用。民族节日更是一个民族的文化符号。因此，节日不论对于个人，还是民族，都异常重要。节日是个体的狂欢，也是集体的回归与认同。

据《元杂剧中传统岁时节日一览表》统计，元杂剧共出现一月一、三月三、五月五、七月七、九月九这五个重数节日，且都为奇数月节日，大约为19部。冬至一般在阳历12月22日或23日，也即农历11月初。而四、六、十月没有节日反映。事实上四月八、六月六节日在宋元也存在，但杂剧没有反映。《元杂剧中传统岁时节日一览表》中除了二月二和中秋节再无偶数月节日。如果按柳田国男把一年的岁时节日分作两部分来研究审视元杂剧节日，就会发现：元杂剧反映前后半年的岁时节日数基本持平，在这种情况下前半年多为奇数月重数节日。如果以一年十二月统计看，元杂剧中奇数月节日全部齐备了，而偶数月节日只出现在二、八、十二月。以上所列节日除了二月二、中秋、除夕，都为奇数月节日。不管哪种统计情况，奇数月节日在元杂剧中地位突出，毋庸置疑。这是否意味着古人对"阳"的崇拜？刘晓峰认为："构成中国古代思维模式原型之一的阴阳五行思想，尤其是阴阳思想对中国古代岁时节日的内部结构的影响是根本性的。"[1] 前半年为阳，后半年为阴，奇数月为阳，偶数月为阴，阴阳流变循环往复。何星亮在《从传统节日看古代中国人的和谐理念——以端午礼俗为例》中又认为："一阴一阳表示阴阳调和，象征和谐吉利；两个阴或两个阳象征阴阳不调，象征冲突和不吉。"这些重数节日"都是月、日均为阳性，同性相斥，象征冲突与不和谐，是需要祭祀和辟邪、驱邪、祛恶的日子"[2]。这种阴阳五行观念解释岁时节日，若成立，也是基于汉族文化的表述。事实上，元杂剧19部有重数节日，占了岁时节日杂剧总数的近30%，从节日文化内容看确实与祭祀辟邪有一定关系。元杂剧在元代北方最先兴盛，说明北方少数民族也能接受元杂

---

① 刘晓峰：《东亚的时间——岁时文化的比较研究》，中华书局2007年版，第46页。

② 何星亮：《从传统节日看古代中国人的和谐理念——以端午礼俗为例》，《民族研究》2008年第3期。

剧及其承载的文化，也意味着接受杂剧对岁时节日的描述。那么是否北方少数民族接受阴阳理念，有待详细考究。

但是有一点我们都很清楚：元杂剧对岁时节日的民俗文化描写，主要集中在谈情说爱、娱乐游戏方面。世俗生活需要神圣时段来刺激，日常的理性需要节日的放纵狂欢来调节，正如黑格尔所说"凡是现实的都是合理的"①。因此，当我们抛开形而上的玄理探讨，回归岁时节日本身，不难发现：其实节日中最现实、最丰富的娱乐文化和狂欢精神，才是让不同民族最值得留恋记忆的部分。

通观元杂剧节日，我们惊奇地发现：元杂剧所记全部岁时节日都能在元朝费著撰写的《岁华纪丽谱》中找到，几乎是此书节日描写的翻版②。《武林旧事》记载的四月八，史卫民在《元代社会生活史》中认为元代有四月八、六月六、十月一、腊八等节，但均未选入《岁华纪丽谱》，也未进入杂剧视野，耐人寻味。

汉族的很多节日，北方游牧民族原本没有，但在与中原文化长期交流中，少数民族接受了许多汉族节日文化。因此，元杂剧中的汉族节日占绝对多数。《中国全史·宋辽金夏习俗史》云："女真本来没有历法，也不像汉族人那样纪年庆岁……自然也就没有岁时节庆活动，于是，女真人向宋人和辽人借用岁时节庆习俗。经过几代人的吸收，金代女真人的节日文化同样蔚为大观，与汉人习俗相近"③，也过新年、元宵、清明寒食、四月八、端午、七夕、中秋等节。从民族融合的角度看，杂剧中对岁时节日民俗文化的叙述，不仅仅是汉族文化的民族记忆，而且也是元代各族人民共同的民族文化财富。当然，少数民族在接受汉族节日的过程中，有时也融入了本民族风俗习惯，如《丽春堂》中女真人的五月端午、蕤宾节令有射柳捶丸习俗。此类节日的杂剧演出除了汉族的节日娱乐文化外，还有少数民族的射猎文化的民族记忆。罗斯宁也指出："元杂剧有部分的武打剧描绘了元代女真族和蒙古族节日竞技的风俗，如

---

①　中共中央马克思恩格斯列宁斯大林著作编译局编：《马克思恩格斯选集》第四卷，人民出版社1972年版，第211页。

②　（元）费著：《岁华纪丽谱》，《四库全书》第590册，上海古籍出版社1987年版，第433—437页。

③　柯大课：《中国全史·宋辽金夏习俗史》，人民出版社1994年版，第181页。

王实甫的《丽春堂》、无名氏的《射柳捶丸》、元明之际无名氏杂剧《立功勋庆赏端阳》等，均反映了女真族、蒙古族在端午节射柳、打马球的习俗。"①

而元杂剧中主要涉及的岁时节日有如下情形：

除夕熬夜祭财神，《闺怨佳人拜月亭》第三折有除夕熬夜的描写，有"闷恹恹怎捱他如年夜"。《梦粱录》卷六就记载了宋人"守夜"之俗。

元宵节古人有观灯、闹社火习俗。元杂剧主要表现元宵节观灯，如《留鞋记》《生金阁》《焚儿救母》。《生金阁》第三折描写元宵闹社火、观灯之俗："（社火鼓乐摆开科）（外扮老人里正同上云）老汉王老人，这个是刘老人。时遇元宵节令，预赏丰年。城里城外，不论官家民户，都要点放花灯，与民同乐。老的，咱每做火儿看灯，走一遭去来。"元宵节的"闹热"文化和全民狂欢喜庆的习俗内涵，被元杂剧灵活地借以表现剧中人高兴的样子，如《梧桐雨》第一折唐明皇说："寡人自从得了杨妃。真所谓朝朝寒食，夜夜元宵夜。"

关于"二月二龙抬头"的文献记载，《荆楚岁时记》未见记载，也没把二月二列为节日，唐代白居易作诗有《二月二》但未提龙抬头。元朝费著的《岁华纪丽谱》记有"二月二踏青节"②。明《帝京景物略》中明确记载二月二节日。如此看来，"二月二龙抬头"民俗应该最迟始于元代。一是元人文献《岁华纪丽谱》记载了二月二这个节日，说明对元人的重要性。二是元杂剧中有"二月二龙抬头"的表述，说明对市民阶层的影响很大，元杂剧提及二月二节日，仅有"二月二龙抬头"的叙述。《渔樵记》中有："他道你为甚么不抬头，我道我直到二月二那时可是龙抬头，我也不敢抬头。"《举案齐眉》中有："（梁鸿云）这厮如何不抬头。（张云）直等到二月二哩。"三是后世二月二文化重要的民俗内容"钱龙"，也在元杂剧中出现，而且民间认为"水"与"财"有某种神秘的联系，"引钱龙"也是引财入家，元杂剧中"钱龙"与财富的关系也显而易见，有时甚至是"钱神""财神"的另一种

---

① 罗斯宁：《元杂剧和元代民俗文化》，广东高等教育出版社 2007 年版，第 97 页。

② （元）费著：《岁华纪丽谱》，《四库全书》第 590 册，上海古籍出版社 1987 年版，第436 页。

称谓。史卫民也认为元代二月二已经有了"引钱龙"习俗："二月二日，俗称龙抬头。大都居民往往在二月二日五更时分，用石灰在井的周围划白道，引入各家房内，家内不许扫地，恐惊了龙眼睛。"① 在元代，商人于二月二这一天叫卖。由元杂剧所叙，可知后世盛行的"二月二龙抬头"的民俗文化内涵在元代基本成型，何况"二月二龙抬头"的民俗文化，进入杂剧演剧中，已经发生了文化移位，还用来喻指"人"抬头，从侧面折射出民众对此民俗的熟稔程度。

寒食清明在唐时就渐渐合一，"但在唐以前，实重视寒食而非清明"，"至于清明踏青，唐宋时此风已盛"②。"到了唐代，寒食、清明两个节日就合二为一了，从节日风俗来说，基本上是一回事。"③ 寒食清明习俗有禁火、扫墓、踏青郊游、荡秋千、蹴鞠、打马球（击鞠或打球）、拔河、斗鸡等，宋代基本沿袭唐俗。元杂剧大量出现清明寒食，常描述清明寒食扫墓浇奠完毕后，一般要在坟院吃喝。宋陈元靓《岁时广记》卷五"忌针线"引《岁时杂记》"懒妇思正月，馋妇思寒食"说的就是这一民俗事象④。由于清明时间一般在阳历 4 月 5 日前后，在农历二月底三月初较多，三月三与清明都有踏青郊游之习俗，因而清明三月三逐渐合一。元杂剧中"三月三清明"并举，成为一个熟语，《燕青博鱼》有："今日是三月三清明节令，那同乐园前游春的王孙士女好不华盛。"《李逵负荆》也有"某喜的是两个节令，清明三月三重阳九月九。如今遇着这清明三月三，放众弟兄下山上坟祭扫"的表述。可见，清明与三月三，不仅在踏青风俗内容上趋同，而且在时间上也接近。元杂剧清明三月三踏青郊游还伴有一些娱乐活动，主要为斗草、荡秋千，如《调风月》《金安寿》等剧就有描写。

端午节历史悠久，其起源有四说，宗懍《荆楚岁时记》说为纪念屈原；闻一多的《端午考》认为是吴越龙图腾崇拜；张心勤的《端午节非因屈原考》认为起源于恶日；刘德谦的《"端午"始源又一说》认为起

---

① 史卫民：《元代社会生活史》，中国社会科学出版社 2005 年版，第 316 页。
② 杨荫深：《细说万物由来》，九州出版社 2005 年版，第 23、25 页。
③ 韩养民、郭兴文：《中国古代节日风俗》，陕西人民出版社 2002 年版，第 155 页。
④ （宋）陈元靓：《岁时广记》卷五，《续修四库全书》第 885 册，史部·时令类，上海古籍出版社 2002 年版，第 190 页。

源于夏至。《荆楚岁时记》载："五月五日，四民并踏百草，又有斗百草之戏。采艾以为人，悬门户上，以禳毒气。……是日，竞渡，采杂药。……以五彩丝系臂，名曰辟兵，令人不病瘟。"① 后来端午文化更加丰富，端午悬艾、佩戴五色缕、饮菖蒲酒、吃粽子、赛龙舟。端午还有用兰草汤沐浴之俗，因而又叫"浴兰令节"（此名见于《梦粱录》）。辽金的端午文化在《辽史》《金史》中的《礼志》篇均有著录，《金安寿》第三折："佩辟恶赤灵符。""兰汤试浴……剪彩仙人悬艾虎。"《丽春堂》有："今日五月端午，蕤宾节令，奉圣人命，都着俺文武官员御园中赴射柳会。"《射柳捶丸》第四折："今日是五月端午蕤宾节令，御园中一来犒劳三军，二来设一太牢筵会，众官庆贺蕤宾节令，都要打球射柳。"古人忌五月端午生日，源于恶日思想。俗说："五月五日生子，男害父，女害母。"《桃花女》中彭祖五月初五戌时生。《圯桥进履》中张良说："我拙年恰三十岁，我是那五月午时胎。"战国时的孟尝君田文、汉成帝时的王凤和汉末历经六朝的胡广都为端午生，却名重一时，杂剧中对这些人的端午生日格外强调。赛龙舟、吃粽子、饮菖蒲酒在杂剧中未见反映。宋代贴天师符。《梦粱录》云："所谓经筒、符袋者，盖因《抱朴子》问辟五兵之道，以五月午日佩赤灵符挂心前，今以钗符佩戴，即此意也。"② 元代端午节的盛行，是各族人民共同推动的结果。

七夕节的形成受魏晋南北朝牛郎织女传说的影响，到汉代七月七曝衣服，穿七孔针，祭拜牛郎织女，七夕节初步形成。《荆楚岁时记》云："七月七日，为牵牛织女聚会之夜……是夕，人家妇女结彩缕，穿七孔针。或以金银鍮石为针，陈瓜果于庭中以乞巧，有喜子网于瓜上，则以为符应。"③《中国古代节日风俗》云："从五代到宋代初年，七夕节并不一定在七月七日晚上，而常在七月六日。"④ 王栐《燕翼诒谋录》卷三记

① （梁）宗懔：《荆楚岁时记》，（隋）杜公瞻注，黄益元校点，《汉魏六朝笔记小说大观》，上海古籍出版社 1999 年，第 1057 页。

② （宋）吴自牧：《梦粱录》，《东京梦华录（外四种）》，远方出版社 2001 年版，第 133 页。

③ （梁）宗懔：《荆楚岁时记》，（隋）杜公瞻注，黄益元校点，《汉魏六朝笔记小说大观》，上海古籍出版社 1999 年版，第 1058 页。

④ 韩养民、郭兴文：《中国古代节日风俗》，陕西人民出版社 2002 年第 2 版，第 229—230 页。

载宋太宗于太平兴国三年（978）七月乙酉下诏："七夕佳辰，近代多用六日。宜以七日为七夕，颁行天下。"① 后世从此开始固定为七月七为七夕，洪迈《容斋随笔》也记载此事。《梧桐雨》第一折杨贵妃乞巧，叙述到"今日是七月七夕，牛女相会，人间乞巧令节。已曾分付宫娥，排设乞巧筵在长生殿，妾身乞巧一番"。《魔合罗》也有"每年家赶这七月七入城来卖一担魔合罗"的节日描述。元杂剧中乞巧的方式主要是对汉代以来乞巧习俗的继承。《开元天宝遗事》卷下："帝与贵妃，每至七月七日夜在华清宫游宴。时宫女辈陈瓜花酒馔列于庭中，求恩于牵牛、织女星也。又各捉蜘蛛闭于小盒中，至晓开视蛛网稀密，以为得巧之候，密者言巧多，稀者言巧少。民间亦效之。"② 《梧桐雨》中还有生巧芽、结喜蛛的乞巧方式，第一折："龙麝焚金鼎，花萼插银瓶。小小金盆种五生，供养着鹊桥会丹青帧，把一个米来大蜘蛛儿抱定。搀夺尽六宫庞幸，更待怎生般智巧心灵。"《魔合罗》中"乞巧泥媳妇"，应该是时人乞巧祭祀的对象。宋元时期七夕风俗盛行，而七夕乞巧之俗及其牛郎织女传说在元杂剧的大量出现，常用来展现生活中女性期盼精于女工，渴望爱情婚姻美满。

元杂剧中涉及中秋的作品有 10 部，仅次于清明三月三。"中秋成为节日，应在隋唐之时。"③ 元杂剧中的中秋节以拜月、赏月、家人团圆为文化核心。唐宋时代中秋吃月饼、赏桂、观潮，南宋还有水面放灯、赏灯之俗，元杂剧均未体现。元杂剧把中秋家人团圆文化（如《九世同居》第一折），又延伸为情人间渴望团圆或相会，如《云窗梦》第三折叙述："今夜是中秋，想当初共赏中秋，今日月圆人未圆，好伤感人也呵"。《张生煮海》第一折龙女说："你到八月十五日，中秋节届，前来我家，招你为婿。"第四折张生中秋赴约。《张天师》第一折中秋赏月饮酒，"小生来年八月十五日，专候仙子来也"，第二折出现第二年中秋后花园等仙子的情节。中秋习俗与古人对月的崇拜有关。月圆之夜，月精最盛，月光具

---

① （宋）王栐：《燕翼诒谋录》，孔一校点，《宋元笔记小说大观》（五），上海古籍出版社 2007 年版，第 4608 页。

② （五代）王仁裕：《开元天宝遗事》，丁如明校点，《唐五代笔记小说大观》（下），上海古籍出版社 2000 年版，第 1730 页。

③ 韩养民、郭兴文：《中国古代节日风俗》，陕西人民出版社 2002 年第 2 版，第 235 页。

有神奇力量,《西游记》第四本十五出:"当年八月十五夜,则见在黑松林内现出本像,蹄高八尺,身长一丈,仔细看来,是个大猪模样。"中秋出生的人,命硬,命运不凡。《五侯宴》第二折:"官人,这孩儿是八月十五日半夜子时生,小名唤做王阿三。"王阿三未满月父亡,长大后发达富贵。蒙古族无中秋节,入主中原才接受汉文化过中秋,又在元末民族矛盾尖锐,传说民间借月饼传信相约起义,也难怪杂剧作家对月饼的取舍了。

重阳节,又叫重九,九月九日。汉代重阳节已经成为固定节日,南朝宗懔《荆楚岁时记》记载:"九月九日,四民并籍野饮宴。……然自汉至宋未改。今北人亦重此节。佩茱萸,食饵,饮菊花酒,云令人长寿。"又引《续齐谐记》中费长房让家人九月九日佩戴茱萸登高饮酒避祸的事迹,说:"今世人九日登高饮酒,妇人带茱萸囊,盖始于此。"① 九月九,登高、饮菊花酒、佩茱萸的习俗,影响到魏晋隋唐。唐代无菊不重阳,赏菊之风盛行,宋人无论贵族平民都要在此日购买菊花赏玩,"当时名菊花达七八十种"②,可谓菊花佳节。蒙古人也过重九,但异于中原。史卫民的《元代社会生活史》引张德辉的《岭北纪行》云:"至重九日,王师麾下会于大牙帐,洒白马湩,修时祀也。"材料说重九"原是蒙古人的祭祀性节日,要洒马奶酒祭祀"③。元杂剧中的九月九突出登高、设宴、饮菊花酒、赏花赏玩,可见此节日的文化叙述,主要是基于汉族民俗文化的表述。《黄花峪》第一折梁山好汉每遇重阳节,众兄弟们常下山赏红叶黄花。黄花即菊花。这当是对宋人赏菊花盛会的真实写照,也成为剧情的时间背景和故事诱因。汉代的佩茱萸、唐代射箭游猎、唐宋吃糕习俗未见于杂剧唱词,可能不适合表达文人的风雅之趣,也可能是杂剧作家把重阳民俗文化高度提炼为"登高饮酒赏花",认为是重阳民俗之核,既有历史传统,也有现实考虑。

岁时节日是打破日常生活平静的一个狂欢时间,是人精神的休闲时段。钟敬文在《文学狂欢化思想与狂欢》一文中指出:"狂欢是人类生活

---

① (南朝梁)宗懔:《荆楚岁时记》,(隋)杜公赡注,黄益元校点,《汉魏六朝笔记小说大观》,上海古籍出版社1999年版,第1059页。

② 韩养民、郭兴文:《中国古代节日风俗》,陕西人民出版社2002年第2版,第282页。

③ 史卫民:《元代社会生活史》,中国社会科学出版社2005年版,第319页。

中具有一定世界性的特殊的文化现象。从历史上看，不同民族、不同国家都存在着不同形式的狂欢活动。它们通过社会成员的群体聚会和传统的表演场面体现出来，洋溢着心灵的欢乐和生命的激情。"① 元杂剧岁时节日中的游艺民俗、观灯赏月、射柳捶丸等民俗活动具有明显的狂欢特征。元代各民族对共同接受的岁时节日文化的钟爱，是民族集体的精神狂欢和生命激情展演的表现。

以上所论，说明元杂剧对岁时节日民俗文化的展现，有客观呈现还原节日生活的一面，也有依据剧情和节日民俗特点，为我所用的民俗"喻指""化用"情况。有的节日习俗为个体民族所独有；有的节日民俗为各民族共同享有。这些岁时节日一经杂剧展演，就能唤醒民族的记忆和凝聚民族力量，达到文化认同，促进民族对话。哲学家卢梭说："演剧可以巩固民族性格，加强对自然的爱好和赋予一切激情以新的力量。"② 而杂剧以传统节日为故事背景，集中体现民族民俗文化，在强化民族记忆，展示民族性格的同时，更能汇聚民族团结的力量。

最后，需要强调一点的是，底层话语权的表达与构建，不仅仅是杂剧作家（大多是书会才人）有意为之，而且元代"写手"（包括杂剧演员）的抄写增删喜好以及演员临场发挥的个性追求，也会表达底层人民的态度，传递其想法。元刊杂剧的出现，可以让我们看到"写手"与"作家"的区别。有学者认为《元刊杂剧三十种》是一种"掌记本"③ 或"演出本"④。何谓"掌记"？孙楷第解释为："元明时伶人抄写剧名或令章，所用小册子谓之掌记。"⑤ 他认为"掌记"的一个特点就是"抄写"。

---

① 钟敬文《文学狂欢化思想与狂欢》，董晓萍整理，《光明日报》1999 年 1 月 28 日七版。http://www.gmw.cn/01gmrb/1999 - 01/28/GB/17951%5eGM7 - 2805. HTM。

② ［法］卢梭：《论戏剧》，王子野译，生活·读书·新知三联书店 1991 年版，第 24 页。

③ 洛地《元本中的"咱"、"了"及其所谓"本"》，《中华戏曲》第 5 辑，山西人民出版社 1988 年，第 225 页。洛地认为"当时正色使用、传艺的关目掌记本"。另外车文明、李昌集基本赞同这一观点，参见车文明《中国古代戏台规制与传统戏曲演出规模》，《戏剧艺术》2011 年第 1 期；李昌集《王国维对元杂剧三点批评的当代解读——一个世纪学案的重新讨论》，《文学评论》2010 年第 4 期。

④ 参见日本京都府立大学教授小松谦、京都大学人文科学研究所教授金文京撰，中山大学古文献研究所教授黄仕忠译《试论〈元刊杂剧三十种〉的版本性质》，《文化遗产》2008 年第 2 期："确系正末、正旦用的演出本"。

⑤ 孙楷第：《也是园古今杂剧考》，上杂出版社 1953 年版，第 373 页。

廖奔认为："掌记是戏剧艺人使用的脚本。元代剧团里有时即有专门抄写掌记的人员，如南戏《错立身》第十二出：（末白）都不招别的，只招写掌记的。（生唱）［麻郎儿］我能添插更疾，一管笔如飞。真字能抄掌记，更压着御京书会。这是元代戏班子雇用文人写掌记时的对话。从文中看，可能当时的书会也抄写掌记，他们抄的掌记就不直接交给剧团，而是在店铺中出售。"①《武林旧事》卷六"小经纪"条记街市上有卖"掌记册儿"。这种渗透着主观情感、价值取向对杂剧抄写、删减选择的人，我们姑且称之为"写手"。不管是"掌记本"还是"演出本"，肯定是精简本，有所删减，杂剧演员上场在表演内容上也不是全部照搬，而是根据提示有所发挥，即再创作。也就是说，杂剧演出受"写手"删减的喜好和演员临场发挥的影响。

总之，元杂剧一定程度上是底层民众通过娱乐表演的方式获得一种底层话语表达权，由于底层文人参与创作，使得底层话语权利诉求内涵极大丰富，已经超越了知识分子狭隘的阶级局限，而代表了较广的民间意愿。杂剧作家底层话语表达的方式，主要表现为隐性的历史书写权诉求、自我私语的自由表达以及民族认同的强化。

第三节　元杂剧中的民俗趋同与文化认同

民俗文化传承有纵向传承和横向传承两种方式。民俗文化的纵向传承具有历时性特点，而横向传承更多的是体现在空间地域上的扩张。民俗文化变迁主要是体现纵向传承，对元杂剧民俗的选择，会产生影响，前文已有论述。当然在元代民俗文化的横向传承也是空前的，不同地域、不同民族间的民俗文化传播加速。有元一代蒙古、女真、回回等族的汉化自不待言，就是汉族也吸收了许多异族文化因素，各民族民俗文化出现趋同性。元杂剧中的大量民俗事象呈现出相似性特征。这对于作为接受者的观众面临一个民俗认同的问题，也就是各民族、各区域人民对本民族本区域的民俗在元杂剧演唱表演中的可信度。

---

① 廖奔：《宋元戏曲文物与民俗》，文化艺术出版社 1989 年版，第 213 页。

一　民俗文化圈与元杂剧中的民俗趋同①

一般来说，要增加民俗认同的可信度，办法有二：一是杂剧选取能体现民族地域特色的个性民俗文化，如杂剧中体现蒙古族的蒙古语表达、暖帽貂裘、羊酒毡车，女真的玉兔鹘、缠须，回回衣帽、回回曲等；二是杂剧选取超越民族地域界限的共性民俗文化。各民族相似民俗文化的大量体现，使得民族民俗认同超越狭隘的民族观，滋生出中华民族的文化认同感。这种民族文化的认同，反过来又会促成民族和解，加速民族融合。笔者检索元杂剧中的民俗事象，发现除了那些因剧情表演需要而突出民族民俗文化的作品会较多注意选取符合该民族的个性民俗文化外，大多数剧作都选取那些能代表多民族的共性民俗文化来描写。即使表现少数民族文化题材的杂剧，其民俗事象的选择也未必完全是本民族独有的民俗，而更多的是表现该民族所处民俗文化圈体现出的共性民俗。

（一）民族与民俗文化圈

20 世纪末 21 世纪初，学术界热议民俗文化圈，何谓民俗文化圈？马成俊认为："民俗文化圈是一个背景性的问题，它是由一定的生物性成份、地区环境成份、历史沿革成份和民族文化成份构成的共同的民族文化空间。"② 陈华文认为："民俗文化圈是一种以族群为活动依托，具有地域性和传承性特征的民俗文化生存形态。"在民俗文化圈里，"民俗文化在相对的环境、族群和空间，存在相对的民俗文化事项；换句话说，民俗文化是在相对的族群中以相对的内容和方式独立地存在"③。有学者提出我国有七大风俗文化圈，即东北风俗文化圈、游牧风俗文化圈、黄河流域风俗文化圈、长江流域风俗文化圈、青藏风俗文化圈、云贵风俗文化圈、闽台风俗文化圈④。关于民俗文化圈的类型划分学者们众说纷纭，笔者为了论述方便，结合宋元文化、民族、地域和生活方式特征，暂划

---

① 此部分内容以《民俗文化圈与元杂剧中民俗趋同现象》为题，发表于《北方论丛》2014 年第 3 期。

② 马成俊：《论民俗文化圈及其本位偏见》，《青海民族研究》2000 年第 3 期。

③ 陈华文：《论民俗义化圈》，《广西民族学院学报》2001 年第 6 期。

④ 转引自彭会资《论岭南民俗文化圈的古代文艺学》，《学术论坛》1997 年第 3 期。参见《光明日报》1992 年 8 月 22 日第 6 版。

分为游牧狩猎民俗文化圈和农耕民俗文化圈。

　　民俗文化圈具有超强的稳定性，也意味着圈内的民俗文化相对稳定。元杂剧中涉及的匈奴、契丹、突厥、回回、蒙古、女真等族长期居于我国北方或西北方，笼统地说都属于阿尔泰语系，文化上以游牧特征为主，狩猎为辅。这些民族相对稳定地以北方地域为活动空间，主要是草原区域，又基于共同的或相似的语言体系，其生活习性和风俗有着雷同性、稳定性，基本属于我国古代游牧狩猎民俗文化圈，元杂剧就充分表现游牧文化圈的共同特征：胡语奇服、飞鹰走犬、能歌善舞、嗜酒肉割食、骑马飞箭、狼鹿鸦等动物图腾信仰、萨满文化。飞鹰走犬的围猎文化、割食习惯以及萨满教信仰在蒙古族、女真族都存在；烧饭习俗是契丹、女真、蒙古等族的重要礼俗。宋德金考证："烧饭是女真丧葬中另一重要习俗。……在辽金元的史料中均有关于烧饭的记载。"[1] 正是游牧狩猎民俗文化圈中民俗文化的共性特征，使得我们在体验元杂剧中蒙古、女真、回回等少数民族风情时，总有似曾相识之感，很难判断某一民俗为某一民族独享。而以汉族为代表的农耕民俗文化圈，其活动地域主要在长江、黄河流域，汉语汉字是其文化传播的有效媒介，定居的农耕生活是其主要生存方式，社火文化、村井文化、岁时节日民俗、家宅六神、鞭春、打秋千双陆、传宗接代、明媒正娶、土葬哭丧、贞洁伦理、抛绣球、接丝鞭等民俗文化在元杂剧中均有细致的反映。元杂剧中大量农耕民俗文化圈和游牧狩猎民俗文化圈的民俗事象描写，一定程度上反映了我国历史上存在的胡汉、华夷之分，表达的是在元统一全中国后汉族不得不直面新的多民族现实的文化反差感和民族冲突与融合下的各民族本位体验。

　　民俗文化圈有稳定性特征，但也不是一成不变的，它还具有"活"的特征，"民俗文化圈这种'活'的特征最主要的方面，就是它的承袭性。承袭性有两种表达方式，一种是民俗文化圈内部的承袭，一种是在民俗文化圈传承过程中空间的扩张，后者，我们也可以称它为传播"[2]。元代的疆域扩张之迅速，人口迁徙之频繁，双语、多语并存现象地域之广，都非前代可比，这就为不同民俗文化圈的传播、扩张提供了便利。

---

① 宋德金：《金代女真族俗述论》，《历史研究》1982 年第 3 期。
② 陈华文：《论民俗文化圈》，《广西民族学院学报》2001 年第 6 期。

因此，民俗文化的共性特征，不仅体现在同一民俗文化圈内的文化类同，而且体现在不同民俗文化圈的传播扩张，导致民俗文化趋同现象。换句话说，同样的民俗事象一般会有两种存在形态：一种是处于同一文化圈基于共同文化心理产生的相对稳定的民俗，具有一定的地域文化特色；还有一种是民俗文化跨地域、跨文化圈传播，并导致的民俗"同化"现象。元杂剧中的民俗事象到底属于哪类，需要理性看待，具体分析。上文已就元杂剧中表现为同一文化圈的民俗做了分析论述，接下来我们着重讨论跨文化圈的传播导致的民俗文化趋同现象。

汉族民俗文化主要分布在农耕民俗文化圈，与北方少数民族的游牧狩猎民俗文化有着很大的差异，但是历史上汉族与北方少数民族的交往几乎从未间断过，宋辽金元尤甚。扎拉嘎也认为："历史上，中国北方少数民族多数属于狩猎—游牧民族。在某种意义上也可以说，农耕文化与狩猎—游牧文化之间的互相竞争、互相补充和互相融合，在中国古代文化发展历史中是一个基本的线索。其中，有文字记载的最早事件，应该是黄帝进入中原。……促成了中原农耕文化与北方狩猎—游牧文化的一次大融合。""中国历史上又一次农耕文化与狩猎—游牧文化的大融合，发生在元代。"① 因此，历史文化传统和现实时代特征，使得元代不同民俗文化圈间碰撞、交融乃至吸收同化，在所难免。

譬如，元杂剧中岁时节日民俗异常丰富，主要表现的是汉族的节日文化内涵，而女真人初不知纪年，也没有岁时节日，后来在汉化中接受中原岁时节日，如元宵、重午、七夕、中秋、重九等。蒙古族入主中原后也逐渐接受了大部分汉族节日文化。《元曲选》《元曲选外编》中涉及清明三月三的作品有 25 部，中秋的作品有 10 部，元宵节 4 部，端午节、七夕各 5 部，重阳节 6 部等。这些岁时节日在反映不同民族题材的作品中都有折射，正是民族融合、同化的体现。再如汉族的出生礼有生日、满月、百天等。蒙古、女真等族对生日的重视，《鄂多立克东游录》记载元朝"每年，那位皇帝要保留四大节日，就是说，他的生日，他行割礼的日子，等等。他召他的诸王、他的俳优及他的亲属都去参加这些节日盛

---

① 　扎拉嘎：《北方少数民族对中国文学的贡献》，《社会科学战线》2003 年第 3 期。

会……特别在他的生日和割礼日，他希望大家都出席"①。可见，蒙古人十分看重过生日。女真人也重视生日，因初无纪年，而自择佳辰为生日，《松漠纪闻》载以汉族岁时节日为生辰："酋长生朝，皆自择佳辰。粘罕以正旦，悟室以元夕，乌拽马以上巳，其他如重午、七夕、重九、中秋、中、下元、四月八日皆然……"② 汉族的出生礼有生日、满月，后世还有百天等。基于这种共同的过生日习俗，《元曲选》中的《还牢末》《任风子》《竹坞听琴》《灰阑记》《杀狗劝夫》《东堂老》《儿女团圆》《金安寿》等剧都出现了庆贺生日的描写。《灰阑记》《任风子》还提及满月。可见，生日文化在蒙、汉、女真民俗文化中都有体现，少数民族生日文化传播中多吸收了汉族民俗文化因素。汉族有指腹为婚的习俗，女真族也有，宋德金认为："女真有指腹为婚的风俗。《大金国志》《松漠纪闻》均记载。"③ 民俗文化圈在传播中出现少数民族姓氏的汉化，也是一个共同的文化现象，在女真、回回、蒙古民族中都存在，在元杂剧中也多有体现，如《魔合罗》第三折有"老夫完颜女直人氏。完颜姓王，普察姓李"，这是女真贵族遵照汉族的百家姓取大姓优先，再结合女真部族的贵贱程度取姓的一种方式。儒释道文化在汉族根深蒂固，对其他民族也产生一定影响，如佛教对蒙、汉、回、女真等族都有影响，《松漠纪闻》载回回"奉释氏最甚，共为一堂，塑佛像其中"④，女真族"胡俗奉佛尤谨，帝后见像设皆梵拜，公卿诣寺则僧坐上座"⑤。即使像关羽这种汉族神祇也逐渐在元代为各族所接受。因此，元杂剧中表现弥勒、观音、哪吒、关羽信仰等的作品为数不少。

文化的交流，民族的融合是双向的，汉族也接受了许多少数民族的民俗文化。女真、蒙古族都存在火葬习俗，汉族在民族文化交流融合过程中对火葬就有了一定的接受。宋德金结合考古认为女真等北方民族有

---

① ［亚美尼亚］乞拉可思·刚扎克赛、［意］鄂多立克、［波斯］火者·盖耶速丁：《海屯行纪 鄂多立克东游录 沙哈鲁遣使中国记》，何高济译，中华书局1981年版，第79页。

② （宋）洪皓：《松漠纪闻》，阳羡生校点，《宋元笔记小说大观》（三），上海古籍出版社2007年版，第2798页。

③ 宋德金：《金代女真族俗述论》，《历史研究》1982年第3期。

④ （宋）洪皓：《松漠纪闻》，阳羡生校点，《宋元笔记小说大观》（三），上海古籍出版社2007年版，第2791页。

⑤ 同上书，第2798页。

火葬习俗，"由于受到佛教和契丹、女真等少数民族的影响，在与辽金同时的两宋某些地区也行火葬"①。烧埋习俗入元后也被汉族所接受。女真服饰对宋元之际的汉人也有影响，"金朝统治者强制推行服饰女真化，使得女真的衣着、发式在金统治的北方地区汉族中流行开来，其窄袖、挽髻、戴裘皮帽成为时尚，同时也影响到南宋"②。从元杂剧审美接受的角度看，正是元代民族融合是双向的，才使得观众对元杂剧中民族习俗的模拟表演和唱词叙事不会"陌生化"，也使得元杂剧的传播和受众群多元化。

当然有些共性的民俗事象是基于人类的共性思维，这部分民俗事象在民俗文化圈的传播过程中更容易为各族民众所接受。祭天在我国古代东北民族中就有，辽、金、蒙古都崇拜天，汉族也早有祭天习俗。《金史》卷三十五"礼志八"记载女真在岁时节日要拜天："金因辽旧俗，以重五、中元、重九日行拜天之礼。"③ 太阳崇拜在蒙古族、女真族、契丹族以及汉族中都有。兔、鹿、羊、鸟崇拜也非北方民族所独有，汉族也有。灵魂崇拜、万物有灵、占卜观念、星辰崇拜、感生神话、射日神话等都具有人类思维的共性特征，尽管各族习俗稍有差异，但是"文化之根""思维方式"有其相同性。如人类关注自然、征服自然的愿望，是每个民族成长的共性，因而射日神话极具普遍性，我们根据陈建宪的《中国各族射日神话》表统计发现，这一神话分布在我国汉、满、蒙、壮族等"27 个民族"，其中蒙古族有乌恩射日的事迹④。感生神话在蒙古族、汉族等都有。元代盘古神话在其他少数民族神话中是否存在，不得而知，但是现在我国西南少数民族也有遗存。汉族与北方民族分属不同民俗文化圈，但是民俗文化圈在跨地域传播中，以上民俗事象各民族文化互相影响渗透，逐渐趋同。据笔者统计，《元曲选》中日月神话有 9 部、射日神话有 2 部、感生神话 7 部、嫦娥神话 17 部，其他灵魂信仰、动物崇拜等民俗文化在元杂剧中也均有不同程度的体现，此类与人类共性思维有

---

① 宋德金：《金代女真族俗述论》，《历史研究》1982 年第 3 期。
② 顾韵芬、张姝：《金代女真服饰文化的涵化》，《纺织学报》2009 年第 1 期。
③ （元）脱脱等：《金史》卷三十五"志第十六·礼八"，中华书局 1997 年版，第 220 页。
④ 陈建宪：《神祇与英雄：中国古代神话的母题》，生活·读书·新知三联书店 1995 年版，第 155—156 页。

关的民俗趋同，可以突破狭隘的民族和地域限制，成为元杂剧扩布较广的又一内在动力。

正是元代打破了固有的民俗文化圈空间束缚，在广阔的疆域内民俗文化的传播中，民族融合加速的前提下，各族人民对异文化的了解、接受、同化，对相似文化的包容性认同，才使得杂剧作家在民俗的选择上，体现出较强的民俗文化共性特征。这一选择的过程，本质上是一种民俗认同的过程。

（二）地域与民俗文化圈

以上我们主要考虑了民俗文化圈与民族民俗的关系，如果不考虑民族的因素，元杂剧中的民俗文化从地域上大致还可以分为江南民俗文化圈和塞北民俗文化圈。

元代大一统，打破了南北地域行政界限，使得南北文化差异凸显出来，而民俗文化首当其冲。饮食上南方多海鲜，北方多米面；南方多菜肴，北方多烤肉。即使肉食，也有差别，中原多猪肉，北方多羊肉。宋人张师正的《倦游杂录》引《类苑》记载："杜大监植言：南方无好羊洎面，惟鱼稻为嘉，故南人嗜之。北方鱼稻不多，而肉面嘉，故北人嗜之。易地则皆然，不必相非笑也。"[1] 因南北饮食文化差异而讥笑对方，宋人庄绰的《鸡肋编》卷上也有戏言："'孩儿先自睡不稳，更将捍面杖拄门。何如买个胡饼药杀着！'盖讥不北食也。"[2] 元杂剧肇始于我国北方，元杂剧中饮食文化首先体现的是北方饮食文化。北方饮食一个最大的特点是面食与肉食文化。肉食在元杂剧中以"羊肉"为典型，如《伍员吹箫》《勘头巾》《黑旋风》《酷寒亭》等。《朱砂担》《儿女团圆》等剧反映出宋元时期人们爱吃"羊头"的食俗。面食如蒸饼、旋饼、烧饼、馒头（即馍馍）等，如《气英布》提到"蒸饼"。米饭有白米焖饭、欢喜团儿、粥汤等，如《蒋神灵应》第一折有"白米焖饭吃二十碗"，《鸳鸯被》第三折有"我买欢喜团儿你吃"，《东堂老》第三折有"等我寻些

---

[1] （宋）张师正：《倦游杂录》，李裕民辑校，《宋元笔记小说大观》（一），上海古籍出版社2007年版，第747页。

[2] （宋）庄绰：《鸡肋编》，李保民校点，《宋元笔记小说大观》（四），上海古籍出版社2007年版，第4003页。

米来，和你熬粥汤吃"。

由于民族杂居，人口流动，南北民俗文化差异有时又与民族文化相结合呈现出来，如杨显之的《酷寒亭》第三折中江西商人、酒店老板张保以南方人的视野看到回汉民族和南北地域饮食文化的差异。在元代的南北交流中，南方人颇有经商头脑，尤其沿海商业贸易繁荣，而传统的重农抑商思想，使得北方人对南方商人颇有偏见，尤其在元代除了汉人还有回回等胡商，"回回商人在各地已成为巨商、富商和奸商的代名词"[①]。方龄贵在《通制条格校注》中解释蛮子为"南人亦称蛮子"[②]。他对"蛮子"的注释是从民族和历史角度解释的，固无不可。事实上元代"蛮子"的文化意义不局限于此，元杂剧中表现为北方人把南方商人视为"奸商"的歧视，如《青衫泪》中江西茶商、《酷寒亭》中江西人酒店老板张保，都被称为"蛮子"。可见元杂剧中"蛮子"多与南方商人有关，且多为江西商人，这在盗宝识宝民间传说故事中也多见，"蛮子"一词在对方看来是不敬之语或骂语。如《酷寒亭》第三折张保说："他屋里一个头领，骂我蛮子前，蛮子后。我也有一爷二娘，三兄四弟，五子六孙。偏是你爷生娘长，我是石头缝里进出来的。"总之，"蛮子"一词，一定程度上折射出在看待经商这一现象时南北文化的差异。

北方天寒多火炕，也与南方水乡居住文化不同。最早关于火炕的文献记载见于《水经注》卷十四"鲍丘水"，记录了观鸡寺用火炕御寒。史卫民在《元代社会生活史》中指出："大都和上都简陋的砖房和土房，应是黄河以北一般城市居民的典型住房。火炕的使用，自辽、金以来已经在北方地区普及，北方城市住房中有火炕，在元人眼中已不是稀奇之事。"[③] 元杂剧《铁拐李》《东堂老》《救风尘》《岳阳楼》《生金阁》中的火炕、烧炭等取暖习俗描述，正是对北方生活的记录，也是杂剧早期在北方兴盛的民俗诠释。

当然南北文化有差异，也有融合。宋元以来的人口流动，客观上促

[①]　吴松弟：《中国移民史（第四卷）——辽宋金元时期》，福建人民出版社 1997 年版，第 609 页。

[②]　方龄贵校注：《通制条格校注》，中华书局 2001 年版，第 80 页。

[③]　史卫民：《元代社会生活史》，中国社会科学出版社 2005 年版，第 193 页。

进了南北文化的交流。吴松弟认为："南宋时受北方移民影响，南方人也认为羊肉是最好吃的美味食品。"① 元代居于南方的回回以及南下的北方人把吃羊肉的风俗也带了过去。元代移民也使得北方火葬之俗在南方产生影响。这种南北民俗文化的大势，使得元杂剧中关于"烧埋""羊"的描述屡见不鲜，显得合情合理。

总之，元杂剧中民俗素出现频率较高的往往是各个民族认同的文化；反之出现率低。元杂剧所反映的民俗文化有很大相似性，具备多民族共同的审美接受心理，这是与元代多民族杂处、多元文化并存的现实环境相适应的，为了争取更广的观众群体的民俗文化认同而采取的策略。这种增强民俗认同的策略就是体现个性民俗的同时，不忘彰显共性民俗文化，充分考虑民族的、地域的民俗文化圈因素。元杂剧的这种民俗趋同品格，使得元杂剧在元代迅速传播，广泛扩布，兴盛成熟，并成为"一代之文学"，功不可没！

二 民俗、民族、国家认同与元杂剧之关系

在中国历史上，民族交流、融合，是一种趋势。民族交流、融合所导致的民俗文化也互相渗透，同一民俗文化圈内的民俗更具有趋同性。元杂剧对民俗文化圈中民俗事象的描写，使得杂剧中的民俗给人似曾相识之感，折射出中华民族大家庭内，由于长期的民族融合，各民族民俗文化具有趋同性特征。而杂剧中民俗的趋同，在迎合各民族审美文化心理的同时，客观上也体现了一种民俗认同、民族认同。现在我们重点探讨一下民俗认同、民族认同、国家认同与元杂剧间的关系。

费孝通晚年提出"文化自觉"，他认为：

> 文化自觉只是指生活在一定文化中的人对其文化有"自知之明"……
>
> 文化自觉是一个艰巨的过程，只有在认识自己的文化、理解所接触到的多种文化的基础上，才有条件在这个正在形成中的多元文

---

① 吴松弟：《中国移民史（第四卷）——辽宋金元时期》，福建人民出版社 1997 年版，第 508 页。

化的世界里确立自己的位置，然后经过自主的适应，和其他文化一起，取长补短，共同建立一个有共同认可的基本秩序和一套各种文化都能和平共处、各抒所长、联手发展的共处守则。①

费孝通的"文化自觉"是建立在文化自知的基础上，而文化自知、文化自觉又能促进文化认同。元杂剧中的民俗文化表现出的民族意识，一定意义上是文化自知的艺术表现，杂剧作家的创作有意识地大量融入民俗，恰是文化自觉的体现。元杂剧所反映的民俗认同、民族认同、国家认同，以及杂剧作家在经历民族反思、文化反思后，通过杂剧创作及表演，自觉地承担起宣扬本民族文化，包容性地介绍异族文化的使命，实现求同存异和多元一体的文化诉求，对于多民族统一的国家来说，这是一种进步，是一种文明。

（一）民俗、民族认同与元杂剧

姚大力指出："所谓'认同'，是指自我在情感上或者信念上与他人或其他对象连接为一体的心理过程。也可以说，认同就是一种归属感。"②在多民族统一的国家中，认同也是一种理解对话，是一种求同存异。这里我们谈论认同，需要明确谁在认同？是杂剧作家，还是民众？认同的内容是本族的还是异族的文化？

民俗认同，是对某一民俗文化事象的接纳，一般要经历由接触、理解，到最后认同的过程。"民俗认同"一般最常见的是"民族民俗认同"和"地域民俗认同"两种。前者是受民族文化影响，后者是受地理生态文化影响。在此我们只讨论"民族民俗认同"。民族民俗文化具有鲜明的民族特色，甚至能明显地区别于他族文化，因而民族民俗文化认同直接影响民族认同。因此有学者认为："从文化层面来看，个体民族身份的确认或者说民族认同是建立在其对民族传统文化的体认基础之上的。"③ 的确如此。

---

① 费孝通：《反思·对话·文化自觉》，《费孝通论文化与文化自觉》，群言出版社 2005 年版，第 232—233 页。

② 姚大力：《北方民族史十论》，广西师范大学出版社 2007 年版，第 271 页。

③ 栗志刚：《民族认同的精神文化内涵》，《世界民族》2010 年第 2 期。

王希恩指出："民族自我意识也即民族认同。"① 对本民族的民俗文化认同，有利于激发民族自我意识。反之，民族的自我意识，往往通过民族语言、民族民俗事象以及民族身份的强调等方面表现出来。我们笼统地说，民族认同建立在民俗文化认同的基础上固然没错。但也要区分两种情况：个体民族对本民族民俗文化的认同和个体民族对异族民俗文化的认同。

民族认同，从作家层面来说，少数民族作家写本民族题材的杂剧，表现出对本民族文化的认同，如女真作家李直夫的《虎头牌》中大量女真民俗的展现和对民族身份的强调，正是对本民族文化的认同。栗志刚在《民族认同的精神文化内涵》中指出："同一民族的文化认同是同一民族的成员共有的文化心理或文化归属感，它是民族认同的内在要求和前提条件。"② 但是大多数汉族作家写的少数民族题材元杂剧，所展现的少数民族民俗文化，既有民族民俗文化的冲突，也有对少数民族文化的认同，需要具体地辩证看待。整体上，元杂剧主要表现为一种多元一体、和而不同的民族民俗观。杂剧作家的这种民族、民俗文化理念，直接影响到剧情安排和观众的认知。

从杂剧演出观众接受的层面看，元代多民族并存、民族认同，有胡汉之别。杂剧观众最大的民族群体还是汉族，因而元杂剧中的民俗文化认同也主要是汉族文化认同和汉族民族意识的体现。我们知道元杂剧对蒙、汉、回、女真民俗文化都有一定的描写，这是基于元代各民族文化的差异性，也就是说杂剧作家乃至观众一定程度上承认这种民俗差异，不管你拒绝还是接受，它都在元代生活中客观存在。对于某一民族的观众来说，对本民族民俗文化的认同，也就是民族认同；而对于另一民族的观众来说，对异文化的接纳认同是建立在对异族民俗文化的理解沟通基础上的，要首先承认不同民族民俗事象存在的差异性和合理性，才可能实现对异族民俗文化的认同，这也是民族和解、民族认同的前提。因此，元杂剧中大量少数民族民俗文化对于异族观众来说，不管是完全"同化"，还是求同存异，只要认可其存在的合理性，就可以说是一种民

① 王希恩：《"现代民族"的特征及形成的一般途径》，《世界民族》2007年第2期。
② 栗志刚：《民族认同的精神文化内涵》，《世界民族》2010年第2期。

俗认同。

民族神话、岁时节日、民族信仰等文化在元杂剧中的再现，是作家强化民族认同的手段，是观众强化民族认同的载体。栗志刚认为：

> 在民族认同过程中，文化的影子无处不在，文化是一个民族的身份证明，文化认同是民族认同的基石。更为重要的是，民族认同中蕴藏着丰富的精神文化内涵，它是民族文化被民族全体成员体认、内化、弘扬、升华而形成的，它是民族认同之根。[①]

民族民俗文化是民族认同之根。何叔涛认为："我们应当充分尊重各民族的民族认同，充分发挥民族认同对民族发展的正面效应。"[②] 需要补充说明的是，除了上面提到的各民族对本民族文化的认同外，其实还存在对中华民族文化认同的问题，而这一点恰恰是元杂剧民俗文化的趋同性所起的作用。

此外，元杂剧在广阔的疆域内，由北向南的传播，客观上是对处于民族文化认知误区地域的民众的一次知识普及和文化宣传，是对处于弱势地位并丧失文化话语权的民族提供了一次文化认同的补偿。这种承载着丰富民族民俗文化的、有利于消除文化隔阂的艺术（杂剧），正是对元武力征服和等级划分文化所产生的消极后果的一次校正。杂剧在南北城乡演出，以及杂剧创作或演出中对民族民俗文化进行理性引导，将有助于官方与民间的对话，也有利于上下层文化的沟通。对话的前提是尊重对方，承认差异，求同存异。当杂剧观众逐渐具备了多种民族民俗文化认同的心理基础后，就意味着观众的成熟，意味着民族的大度，也意味着一个民族获得了凤凰涅槃后的重生，意味着中华民族文化认同的共鸣。从民族史的角度看，这种"重生"是必要的，但是"重生"的前提是学会和谐包容，实现文化的认同、民族的交流与融合。

（二）国家认同与元杂剧

如果说民族认同是建立在民族语言（实质上也属于语言民俗范畴）、

---

① 栗志刚：《民族认同的精神文化内涵》，《世界民族》2010 年第 2 期。

② 何叔涛：《论多民族国家民族认同与国家认同的特点及互动》，《云南民族大学学报》2011 年第 6 期。

民俗文化认同基础上的话，那么国家认同就建立在超越狭隘的民族观的民族认同上，是基于更广泛意义的民俗文化认同，是对民族的历史文化认同并理性定位。

中华民族的历史，是一部多民族发展、融合的历史，你中有我，我中有你，这是历史事实，也是一种文化。历史上我国北方民族政权与中原汉族政权的长期征战及交往，尤其宋辽金时期更为突出，对于元朝而言，更要尊重这一民族历史。元人编修宋辽金史，并作为正史，正是基于对民族历史文化的认同。华夏族到汉族的演变也是民族融合的过程，元代回回的形成也是多民族融合的结果。民族融合，在中国是一种古已有之的历史事实。这种民族的历史基因、历史文化，直接影响到国家认同，正如何叔涛所说的"国家认同的形成和发展的决定性要素，是民族的历史文化根基而并非政治性的意识形态"①。众所周知，元入主中原四书学兴盛，宋代理学在元代也有极大发展，中国儒家文化仍在发展，并以极大的包容性容纳各民族文化。元代各民族对"四书学""宋元理学"的接受，加速了民俗认同和民族认同。另外民族融合过程中民俗文化也相互影响，元代民俗文化的横向渗透传播是空前的。正是中国多民族发展融合、儒家文化的不断丰富拓展以及民俗文化的横向渗透，使得元人超越狭隘的民族观而达成国家认同。事实证明，很多元人也确实突破了狭隘的民族界限达成一种国家认同。姚大力敏锐地发现："明初甘为元遗民者为数众多。"②"元朝这样一个由蒙古人做皇帝的王朝，也留下大批心甘情愿的遗民，并且其中绝大多数自然是汉族"③，其中就有被明人称为"国初三遗老"之一的著名杂剧作家杨维桢。由此可见，"国家认同"主要是基于文化认同，而不仅仅是民族血缘认同。明灭元朝后甘为元遗民者众多，还说明"国家认同"一定意义上是王朝认同，这是中国古代史的一条规律。元人经历了元朝百年民族大融合，对华夷之辨逐渐淡漠，对元朝的认同，归于对其代表的"正统"的肯定。元杂剧在涉及民族关

---

① 何叔涛：《论多民族国家民族认同与国家认同的特点及互动》，《云南民族大学学报》2011 年第 6 期。

② 姚大力：《北方民族史十论》，广西师范大学出版社 2007 年版，第 258 页。

③ 同上书，第 259 页。

系的剧情中，强调对国家尽"忠"，如《延安府》。从国家认同的角度看，杂剧中知识分子科举取官、献万言长策之行为，是报效国家、国家认同的具体表现。水浒戏杂剧没有突出绿林英雄的"反叛"而强调恩义，也是变相的折中的国家认同。

　　总之，作家选择民俗进入杂剧，杂剧展演丰富的民俗事象，民俗又促进观众民俗认同，而民俗认同又有利于实现民族认同。民俗文化的认同和民族认同又有利于实现国家认同。元杂剧正是因为承载着丰富多彩民俗文化，才易于被各族接受，获得民俗认同和民族认同。从民族、文化的层面来说，元杂剧可以说勇敢地完成了一次时代赋予的文化担当的使命——对民族民俗文化的生动记述，对民族历史文化的深刻记忆，对民族大融合的真实记录。

　　因此，我们说元杂剧在国家、民族的精神历程与文学历程中有着非常重要的意义，起着不可替代的作用，对于宋（知识分子享有崇高的地位）以后知识分子精神空间的构建和情感宣泄是合适的也是必要的，客观上元杂剧以其深度、广度和高度，又超越了作家（不同阶层的创作群体和演出群体）的文化视域，不仅波及后世，其精神影响更是独特而又深远的。

　　综上所述，元杂剧展现了异彩纷呈的民俗文化，不仅仅是对民俗生活的一种历史记忆，更主要的是适应了元代俗文化发展的大趋势，表达了被压抑的底层民众话语诉求。元代民族融合加速，元杂剧记录了各族民众丰富多彩的民俗生活。元杂剧中的民俗事象具有民俗趋同性特点，这是受共同生活的民俗文化圈的影响，同时民俗趋同有利于民俗认同、民族认同和国家认同。从这个意义上来说，元杂剧勇敢地完成了一次历史赋予的文化担当的使命，其自身也构成了元代民俗生活的一部分。

结　论

一、元杂剧中的民俗文化异常丰富，各类口头文学、民俗事象几乎都涵盖了。这些民俗文化直接影响了元杂剧的情理表达，对人物形象的塑造、剧情结构安排、曲文科介宾白曲牌也都起着重要作用。元杂剧借助这些民俗事象表达情理，传递的情感丰富复杂，多为两性之情、家庭亲情和民族国家情，戏剧冲突常围绕此"情"展开。元杂剧中民俗事象的符号化表达，民俗意象的灵活运用，是对戏曲诗意特征的丰富和拓展。

二、元杂剧中的民俗事象大多是元代之前就已存在的民俗，尤以唐宋民俗居多，这与元杂剧故事多以唐宋为时代背景和民俗的传承性有关。元代民俗在继承前代民俗文化的基础上有了新发展，在元杂剧中就有体现。民俗文化不是静态的，而是一个动态的历史变迁过程，在元杂剧中不难看出这种民俗变迁的蛛丝马迹。

三、元朝是一个多民族统一的国家，元杂剧承载了丰富的民族文化信息。元杂剧中民族民俗文化以汉蒙强势文化为主，而以女真、回回等民族民俗文化为辅。元杂剧适当地运用少数民族语言、曲牌，融入少数民族独特的饮食、歌舞、围猎等民俗文化，能够点燃民族热情，激活民族记忆。元杂剧中的民俗文化，有表现民族融合的一面，也有民族文化冲突的一面。因此，从民族的层面来说，元杂剧是各族人民生活、历史的写照，透过这些多元民族文化，我们隐约能感受到民族心灵的秘密和时代文化的痕迹。

四、元代城乡都有杂剧演出，元杂剧是元代"当代"民俗文化的重要组成部分。现存元杂剧剧本保存了当时杂剧演出习俗的一些零散记录。元杂剧演出以演员为核心，表演具有舞台性特点，化妆程式化，砌末民俗化。杂剧的这些演出特点常与人物、剧情相融合统一，注重整体性、生活性，很多戏剧表演方式是明清戏曲表演的雏形。从戏剧史的角度看，元杂剧继承了秦汉以来插科打诨的语言诙谐文化传统，灵活运用民俗文化为剧情营造喜剧效果，让观众在视听享受的同时，进入能够升华思想的另一种人生幽默境界，从而产生具有民间气息和思想内涵的新诙谐戏曲观。叙事上杂剧不再是戏剧早期阶段的模拟生活，而是实现了戏剧由模拟生活到表演人生的转变；也不再是纯粹的娱乐性片段故事的表演，而是故事完整、结构相对严谨的场上叙事和场上表演。

五、元杂剧中的各族民俗事象具有趋同性特点，这种趋同性与剧中人所属的民俗文化圈有关。民俗文化圈受地域和民族的影响，因此，元杂剧中的民俗也具有地域与民族结合的共性特点，即元杂剧中少数民族民俗文化表现出了北方狩猎游牧文化的共性特点，而中原汉族民俗文化具有农耕礼乐文化的特点；南北民俗文化差异甚至也有民族的因素在其中。

六、民俗思维是元杂剧作家创作思维的一种。杂剧作家的创作植根于乡土文化、民族文化土壤，又受时代因素限制，直接影响了民俗选择的范围。元杂剧中民俗素出现频率较高的往往是各个民族认同的文化，反之出现率低。进入元杂剧中的各族民俗文化，有利于相应的民族观众产生民俗认同乃至民族认同，而共性的民俗文化也有利于国家认同。正是因为承载着丰富多彩民俗文化的杂剧，易于被各族接受，获得民俗认同和民族认同。从民族、文化的层面来看，元杂剧可以说勇敢地完成了一次时代赋予的文化担当的使命——对民族民俗文化的生动记述，对民族历史文化的深刻记忆，对民族大融合的真实记录。

七、元杂剧蕴含丰富的民俗文化，既有内因，也有外因。主要是顺应了俗文化发展的大趋势，体现了民族融合、文化整合和人的觉醒等社会时代特征及其人文精神，也是底层民众话语的审美表达。文学是人学，元杂剧最重要的是满足了人的娱乐需求。"人们所以欣赏艺术，是因为艺术能给他们带来精神上的快感。"[1] 元杂剧的发展兴盛与娱乐文化密不可分。杂剧演出也以娱乐、休闲为旨归。元杂剧对节日社火、歌舞游戏等民俗的选择也必然考虑这一因素。

---

[1]　包鹏程、孔正毅：《艺术传播概论》，安徽大学出版社 2002 年版，第 153 页。

　　总之，民俗文化是文艺不朽的生命之源，其异质性、草根性，能不断颠覆传统，创造新生。元杂剧这一新的艺术，其"新"也离不开民俗文化的滋润。正是因为它适应市民娱乐文化的需要，是第一次真正能登上大雅之堂的雅俗共赏的文艺样式，其民间性和民俗性突出，上区别于唐诗宋词雅文学，下启明传奇清小说俗文学，从这一意义上也足谓"一代之文学"。

附　　录

附录 A　　元杂剧中的寺庙、神灵一览表

表 1　　　　　　　　　　　《元曲选》中寺庙、神灵一览表

序号	作　家	作　品	神　灵	寺　庙	备　注
1	马致远	《汉宫秋》	鬼魂、观自在		
2	乔孟符	《金钱记》	九天仙女		第一折"你看此女非凡，真乃九天仙女也"
3	无名氏	《陈州粜米》			
4	无名氏	《鸳鸯被》	东君	金山寺	庵中约会夜定情，误会成就姻缘
5	无名氏	《赚蒯通》	横死鬼、土地、阎罗、嫦娥、显道神、元始天尊、炽盛光佛、文星、武星		
6	关汉卿	《玉镜台》	牛女星、嫦娥、本命神祇		
7	无名氏	《杀狗劝夫》			
8	张国宾	《合汗衫》	佛、金刚、食神、恶芒神、救苦的波观自在	相国寺、东岳庙、金沙院	东岳庙掷珓儿判胎儿性别。金沙院超度亡魂
9	关汉卿	《谢天香》			
10	无名氏	《争报恩》	恶魔星、阎王、土地神	祆庙	

续表

序号	作家	作品	神灵	寺庙	备注
11	吴昌龄	《张天师》	张天师（张真人）、素娥、桂花仙子、梅花菊花荷花桃花四仙子、直日功曹、六丁神、天蓬、风神、雪神、封十八姨、雪天王、长眉大仙、玉帝、罗睺计都	东林寺	东林寺勾将荷花来
12	关汉卿	《救风尘》	天魔祟、皇天后土		
13	秦简夫	《东堂老》	五脏神		
14	李文蔚	《燕青博鱼》	观音、二郎神、恶魔神、佛世尊	牛王庙（虚指）	第四折"半合儿歇息在牛王庙。一直的走到梁山泊……"
15	杨显之	《潇湘雨》	淮河神、嫦娥、东岳速报司		
16	石君宝	《曲江池》	东君、丧门、凶神、影神		
17	郑廷玉	《楚昭公》	汉江龙神、鬼力士		
18	无名氏	《来生债》	增福神、财神、龙神、东海龙王、雷公电母、风伯雨师、注禄神、宾陀罗尊者、罗刹女、善才童子、观音菩萨		
19	张国宾	《薛仁贵》	观自在、雪神		
20	白仁甫	《墙头马上》	拜月、嫦娥		
21	白仁甫	《梧桐雨》	魂		
22	武汉臣	《老生儿》			

续表

序号	作 家	作 品	神 灵	寺 庙	备 注
23	无名氏	《朱砂担》	阎王、玉帝、东岳殿前太尉、地曹、天曹判官	太尉爷爷庙	第二折：庙是重要的案发现场，太尉神为证，第三、四折有神判
24	李直夫	《虎头牌》			
25	无名氏	《合同文字》			
26	无名氏	《冻苏秦》			钱会说话
27	杨文奎	《儿女团圆》			
28	武汉臣	《玉壶春》	观自在		
29	岳伯川	《铁拐李》	十地阎君、阎王判官牛头马面、八仙（汉钟离、吕洞宾、铁拐李、张四郎、曹国舅、蓝采和、韩湘子、张果老）		
30	无名氏	《小尉迟》			
31	戴善夫	《风光好》	望北斗顶礼		得官戏妻，考验相认
32	石君宝	《秋胡戏妻》	影神		
33	无名氏	《神奴儿》	钱神、门神户尉、鬼魂、丧神		
34	马致远	《荐福碑》	龙神（南海赤须龙）、雷神、东海龙王、药师佛、八金刚、四天王、角木蛟	龙神庙、荐福寺、青龙洞	龙神庙避雨占卜，埋怨龙神，龙神怒击碎碑
35	无名氏	《谢金吾》			
36	马致远	《岳阳楼》	酒神杜康、柳树精、梅花精、玉皇、八仙（吕洞宾、汉钟离、铁拐李、蓝采和、张果老、徐神翁、韩湘子、曹国舅）	杜康庙	

序号	作家	作品	神 灵	寺庙	备 注
37	关汉卿	《蝴蝶梦》			
38	李寿卿	《伍员吹箫》		牛王庙	牛王社迎神、送神社火。
39	孙仲章	《勘头巾》	阎王殿	太清庵、三清观	"和那太清庵王知观有些不伶俐的勾当","家住在三清观里"。
40	高文秀	《黑旋风》	簸箕星、狱神	泰安山神州庙、东岳庙	庙里约会私奔
41	郑德辉	《倩女离魂》	魂魄、袄庙火		
42	马致远	《陈抟高卧》	礼拜三清朝玉皇、山灵、山鬼		
43	无名氏	《马陵道》	六丁神、元始天尊、土地、四直功曹、将星、九伯、天魔小鬼		
44	王仲文	《救孝子》			
45	马致远	《黄粱梦》	东华帝君、吕洞宾、汉钟离、九天女、六丁神、骊山老母、观音、四值功曹、释迦佛		汉钟离点化吕洞宾
46	乔孟符	《扬州梦》	月老	观音阁、天宁寺、咸宁寺	
47	郑德辉	《王粲登楼》			
48	无名氏	《昊天塔》	蚩尤、夜叉、菩萨、哪吒、金刚、释迦佛、李老君（太上老君）、老树怪、毒龙精	五台山兴国寺	

续表

序号	作家	作品	神　灵	寺　庙	备　注
49	关汉卿	《鲁斋郎》	灾星、花星、福星、观音、哪吒	云台观	在庙宇烧香时李四、张珪两家团圆
50	无名氏	《渔樵记》	王母娘娘、判官、太岁		
51	马致远	《青衫泪》	恶叉、丧门、本命、鬼魂、穷神、钱龙	金山寺	"金山寺里说交易。"
52	王实甫	《丽春堂》			
53	无名氏	《举案齐眉》			
54	郑庭玉	《后庭花》	五脏神、鬼魂、金刚、佛、钟馗、门神户尉		桃符钟馗辟鬼
55	宫大用	《范张鸡黍》	鬼		
56	乔梦符	《两世姻缘》	广成子		
57	秦简夫	《赵礼让肥》			
58	杨显之	《酷寒亭》	活菩萨、恶哪吒、丧门太岁、阎罗		
59	无名氏	《桃花女》	日游神、金神七煞、太岁、丧门吊客、伏羲、本命		
60	范子安	《竹叶舟》	太乙救苦天尊、东华帝君、列御寇、葛仙翁、张子房、八仙（吕洞宾、张果老、徐神翁、何仙姑、李铁拐、韩湘子、蓝采和、汉钟离）	青龙寺	陈季卿在寺中读书，度脱
61	郑廷玉	《忍字记》	阿难、达摩、三藏、弥勒尊者	岳林寺	

序号	作家	作品	神 灵	寺 庙	备 注
62	张寿卿	《红梨花》	嫦娥、张天师、鬼魂		花月为媒
63	贾仲名	《金安寿》	嫦娥、铁拐李、金童玉女、西池金母、婴儿姹女猿马		前世今生
64	李行道	《灰阑记》	六曹、观音菩萨	娘娘庙	第一折："今日是寿郎的生日。到各寺院烧香去。见子孙娘娘庙，有倾颓去处，舍些钱钞，与他修理"
65	无名氏	《冤家债主》	东岳圣帝、破家五鬼、释迦佛、土地、阎神、家堂菩萨	东岳庙、城隍庙	东岳庙烧香。城隍庙告状
66	郑德辉	《㑇梅香》	嫦娥、后羿、玉天仙、伏羲、神农	祆庙	
67	尚仲贤	《单鞭夺槊》	火龙		
68	谷子敬	《城南柳》	山鬼、东君、桃花精、柳树精、西池金母、八仙、东君		
69	无名氏	《㑇范叔》			
70	无名氏	《梧桐叶》		大慈寺	大慈寺中烧香夫妇在寺中相见虽未认，但留诗，为以后相聚留伏笔。
71	吴昌龄	《东坡梦》	花间四友、松神、伽蓝道	庐山东林寺	寺里做情场。伽蓝道：保护寺庙的神
72	关汉卿	《金线池》	嫦娥、钱龙、显道神、老魔君、巨灵神、大力鬼		
73	曾瑞卿	《留鞋记》	观音、嫦娥、鬼魂、伽蓝神、鬼力	相国寺观音殿	
74	无名氏	《气英布》		光禄寺	

续表

序号	作家	作品	神　灵	寺　庙	备　注
75	无名氏	《隔江斗智》			
76	杨景贤	《刘行首》	鬼仙（五世童女）、托生案神、东岳神、花星福星、东华帝君		
77	无名氏	《度柳翠》	观音瓶中柳、阎神、牛头鬼力、弥陀如来、观音势志、药师佛	显孝寺	
78	王子一	《误入桃源》	太白金星、青衣童子、紫霄玉女、王母、金童玉女	古寺	
79	孟汉卿	《魔合罗》		五道将军庙	
80	无名氏	《盆儿鬼》	鬼魂、门神户尉、哪吒、窑神、钟馗、活菩萨		
81	贾仲名	《对玉梳》	太岁凶神、阎罗		
82	无名氏	《百花亭》	嫦娥、观世音菩萨	承天寺	
83	石子章	《竹坞听琴》	上八洞神仙	白云观	
84	无名氏	《抱妆盒》	追魂使、观音、东君		
85	纪君祥	《赵氏孤儿》			
86	关汉卿	《窦娥冤》	鬼魂、门神护尉	城隍祠	
87	康进之	《李逵负荆》			
88	贾仲名	《萧淑兰》			
89	无名氏	《连环计》	太白星官		
90	张国宝	《罗李郎》	鬼		
91	无名氏	《看钱奴》	东岳殿灵派侯、增福神、钱龙、鬼魂、钱神	东岳泰安神州	东岳泰安神州烧香，父子相见不识
92	李致远	《还牢末》			

序号	作　家	作　品	神　灵	寺庙	备　注
93	尚仲贤	《柳毅传书》	龙女、火龙、钱塘君、洞庭君、巡海夜叉、电母	巫山庙	"巫山庙里寻神女"
94	无名氏	《货郎旦》		巫山庙、东岳庙	
95	关汉卿	《望江亭》	嫦娥	清安观	"把我这清安观权做高唐"
96	马致远	《任风子》	北极真武、东华帝君、纯阳真人		第二折："能化一罗刹莫度十七斜"
97	无名氏	《碧桃花》	萨真人、直符使者，马赵温关天将神		萨真人行五雷正法
98	李好古	《张生煮海》	毛女、龙神	石佛寺	张生住石佛寺中抚琴，龙女听音
99	武汉臣	《生金阁》	鬼魂、门神护尉	城隍庙	
100	无名氏	《冯玉兰》	鬼魂、观世音		鬼魂告状

表2　　　　　　　　《元曲选外编》中的寺庙、神灵一览表

序号	作　家	作　品	神　灵	寺庙	备　注
1	关汉卿	《西蜀梦》	鬼魂、关羽、户尉、判官		
2	关汉卿	《拜月亭》	冤魂		
3	关汉卿	《裴度还带》	山神	山神庙、姑子庵、白马寺	
4	关汉卿	《哭存孝》	福神		
5	关汉卿	《单刀会》	六丁神、关羽		
6	关汉卿	《绯衣梦》	狱神、簸箕星	狱神庙	
7	关汉卿	《调风月》	簸箕星、吊客、丧门		
8	关汉卿	《陈母教子》			

序号	作家	作品	神　灵	寺庙	备　注
9	关汉卿	《五侯宴》			
10	高文秀	《遇上皇》	土地、钟馗、判官、蓝采和、姜太公、鲁义姑		
11	高文秀	《襄阳会》	关羽		
12	高文秀	《渑池会》	太岁、太尉、门神户尉、井神、灶神		
13	郑廷玉	《金凤钗》	五臓神、穷星、太岁、追魂使		
14	白仁甫	《东墙记》	嫦娥		祷告神灵
15	李文蔚	《圯桥进履》	上八洞神仙、太白金星、福星		
16	李文蔚	《蒋神灵应》	蒋神	蒋神庙	
17	王实甫	《西厢记》	五脏神、五瘟使	普救寺	
18	王实甫	《破窑记》		白马寺	
19	尚仲贤	《三夺槊》	魔君、丧门		
20	石君宝	《紫云庭》	哪吒、太岁		
21	费唐臣	《贬黄州》	玉皇		
22	王伯成	《贬夜郎》	水府龙王、水墨观音		
23	史九敬先	《庄周梦》	蓬壶仙长、太白金星、南华至德真君、风花雪月四仙、蝴蝶仙子、东华玉帝		
24	狄君厚	《介子推》	烟火神灵		
25	孔文卿	《东窗事犯》	地藏、东岳圣帝	灵隐寺	
26	刘唐卿	《降桑椹》	普贤菩萨、雷神、雨师、风伯、桑椹神、家宅六神		
27	宫大用	《七里滩》			
28	郑德辉	《周公摄政》			

续表

序号	作家	作品	神灵	寺庙	备注
29	郑德辉	《三战吕布》	关羽、托塔李天王、哪吒		
30	郑德辉	《智勇定齐》			
31	郑德辉	《伊尹耕莘》	东华仙、文曲星		
32	郑德辉	《老君堂》	老君神像	老君堂	
33	金仁杰	《追韩信》			
34	陈以仁	《存孝打虎》	钟馗		
35	秦简夫	《剪发待宾》			
36	杨梓	《霍光鬼谏》	鬼魂		
37	杨梓	《豫让吞炭》			
38	杨梓	《不伏老》	活佛		
39	罗贯中	《风云会》	太岁		
40	杨景贤	《西游记》	观世音、龙王、丹霞禅师、南海火龙、华光神、二郎神、哪吒、李天王、韦陀天尊、玉皇、五瘟神、太上老君、阿难、鬼子母、巫枝祇、铁扇公主	祆庙	
41	贾仲名	《升仙梦》	南极星、八洞神仙、桃柳神		
42	无名氏	《替杀妻》	吊客丧门		
43	无名氏	《焚儿救母》	东岳神、太岁、吊客	东岳庙	
44	无名氏	《博望烧屯》	关羽、托塔李天王		
45	无名氏	《千里独行》	关羽、阎王、丧门		
46	无名氏	《赤壁赋》			
47	无名氏	《云窗梦》			
48	无名氏	《独角牛》	哪吒、东岳圣诞		

续表

序号	作家	作品	神　灵	寺　庙	备　注
49	无名氏	《刘弘嫁婢》	太白金星、增福神、城隍	报国寺	
50	无名氏	《黄鹤楼》		山神庙	
51	无名氏	《衣袄车》	灾星、黑杀神、霹雳鬼		
52	无名氏	《飞刀对箭》	金刚		
53	无名氏	《玩江亭》	四皓八仙七真人、柳树神		
54	无名氏	《村乐堂》			
55	无名氏	《延安府》			
56	无名氏	《黄花峪》	泰安神、金刚	山神庙、土地庙	
57	无名氏	《野猿听经》	龙济山修公禅师、山神	普光寺、大慈寺	
58	无名氏	《锁魔镜》	二郎神、土地神、哪吒、东华圣帝、北极尊神、如来、玉帝、牛魔王		
59	无名氏	《蓝采和》	寿星、灾星		
60	无名氏	《符金锭》			
61	无名氏	《九世同居》			
62	无名氏	《射柳捶丸》			

附录 B　元杂剧故事时代一览表

表 1　　　　　　　　　　　《元曲选》故事时代一览表

序号	作家	作品	宋元习俗	故事时代	备　注
1	马致远	《汉宫秋》	把都儿、哈喇、梦、酪和粥	汉	"把都儿，将毛延寿拿下，解送汉朝处治"，"不如送他去汉朝哈喇"
2	乔孟符	《金钱记》	占卦、梦	唐	
3	无名氏	《陈州粜米》	茶饭、顶缸	宋	包公戏
4	无名氏	《鸳鸯被》	浑家、问天买卦、面相、卖查梨		
5	无名氏	《赚蒯通》	哈喇了、祭祀	汉	樊哙说"哈喇了就是"
6	关汉卿	《玉镜台》	水墨宴、婚俗	晋	
7	无名氏	《杀狗劝夫》	祭祀、烧夜香		
8	张国宾	《合汗衫》	莲花落、面相、占卜		
9	关汉卿	《谢天香》	戏台、坐场、上庭行首	宋	柳永。"情愿分会与你这搬演戏台儿"
10	无名氏	《争报恩》	烧香祈祷	宋	水浒戏
11	吴昌龄	《张天师》	请神	汉 *	汉末张陵创教。元代忽必烈官方正式承认天师称号"张天师"统领江南道教。杂剧中说是"三十七代，辈辈流传"，应是元世祖时期的道教第 37 代"张天师"张与棣，非杂剧中出现的"张道玄"。杂剧中的"张道玄"可能是张道陵祖天师的避讳

续表

序号	作家	作品	宋元习俗	故事时代	备注
12	关汉卿	《救风尘》	卖查梨、羊羔利、炭火、天魔祟、歪剌骨、词话、莲花落		
13	秦简夫	《东堂老》	浑家、酒畔羊羔、烧羊、五脏神、茶房、阿孤令，吃罢那头汤、卖炭、烧煤、打双陆	宋*	依据："八百里梁山泊。"赵国器、李茂卿祖籍"东平府人氏"。宋、明设有东平府，元为东平路。因此故事中东平府应为宋置
14	李文蔚	《燕青博鱼》	浑家、杀坏、搭膊	宋	水浒戏
15	杨显之	《潇湘雨》	水墨天、祭河神	宋	
16	石君宝	《曲江池》	教坊乐籍、脚色上写道妻李氏、莲花落乐府流传	唐	源于《李娃传》。脚色一词相当于现代履历表，一般要标明主要亲属关系。始见隋。第一折"[赚煞]往常我回雪态舞按柳腰肢，遏云声歌尽桃花扇，从今后席上尊前腼腆。"唐诗有"舞疑回雪态，歌转遏云声"
17	郑廷玉	《楚昭公》	七代先灵、渔歌、龙神	春秋（钟为先秦）	唐诗《枫桥夜泊》
18	无名氏	《来生债》	钱、梦、占卜	唐*	第四折丹霞禅师、马祖禅师为唐高僧
19	张国宾	《薛仁贵》	上坟、预兆、杀羊造酒	唐	跨海征辽，"辽"应该指的是高丽
20	白仁甫	《墙头马上》	拜月、节日习俗	唐	
21	白仁甫	《梧桐雨》	乞巧	唐	突厥觇者，安禄山（做跳舞科）跳胡旋舞

续表

序号	作家	作品	宋元习俗	故事时代	备　注
22	武汉臣	《老生儿》	清明寒食祭祖、钱	宋元*	
23	无名氏	《朱砂担》	算卦、梦、祭酒、护臂、八答麻		
24	李直夫	《虎头牌》	完颜女直人氏、茶房、瓦市、杀坏了、曳剌、太阳浇奠	金*	杂剧中金住马是一个没落的金贵族子弟。历史上金后期有享乐之风。据此断代为"金"
25	无名氏	《合同文字》	大嫂、浑家、丧俗、发誓	宋	包公戏。有唐诗"客舍青青柳色新"。
26	无名氏	《冻苏秦》	点汤逐客、杀羊造酒、钱、戏班衣	战国（钟为先秦）	第四折张仪故意激将，让苏秦进取功名："点汤是逐客。我则索起身"，"几曾受这般屈辱"
27	杨文奎	《儿女团圆》	买羊头、打旋饼、小浑家、杀羊造酒、酒魔的汉		
28	武汉臣	《玉壶春》	上庭行首、做子弟、太真，"将你卖与回回、达达去、虏虏"	宋元*	杜韦娘《钦定词谱》记载：《杜韦娘》本为唐教坊曲。唐《教坊记》有《杜韦娘》曲。因刘禹锡诗有"春风一曲杜韦娘"句，宋人借旧曲名和刘禹锡的诗句，另翻慢词，宋词《杜韦娘》。"嘉兴府"南宋有嘉兴县，元有嘉兴府安抚司，明亦有嘉兴府
29	岳伯川	《铁拐李》	八仙、丧俗	宋	张四郎为八仙之一
30	无名氏	《小尉迟》	羊酒、军俗	唐	

续表

序号	作家	作品	宋元习俗	故事时代	备　注
31	戴善夫	《风光好》	上庭行首、撞门羊、烧夜香、望北斗顶礼、泥金扇	宋	
32	石君宝	《秋胡戏妻》	婚俗、妻纲	先秦	
33	无名氏	《神奴儿》	直留支剌、大嫂、傀儡儿、胡伶、钱神、睡梦	宋	
34	马致远	《荐福碑》	浑家、曳剌、黄公水墨楼台	宋	人物：范仲淹 第三折："〔红绣鞋〕本待看金色清凉境界，霎时间都做了黄公水墨楼台。""黄公"，极可能是元代山水画家黄公望
35	无名氏	《谢金吾》	护臂、哈喇了、风魔	宋	杨家将戏
36	马致远	《岳阳楼》	饮羊羔、鞭春牛、炭、风魔汉、茶博士、杀坏了、吃茶		
37	关汉卿	《蝴蝶梦》	起名习俗、大古里彩、招魂	宋	包公戏
38	李寿卿	《伍员吹箫》	哈喇、宰羊羔杀鸡吃	春秋末（钟为先秦）	第一折："我如今着人叫他来，着他诈传平公的命，将伍员赚将来，拿住哈喇了，俺便是剪草"。剧中人跨时代，说蒙古语
39	孙仲章	《勘头巾》	浑家、哈喇、完颜女真、所算了		
40	高文秀	《黑旋风》	护臂、大嫂、浑家、赤留兀剌、他那里必丢不搭说	宋	水浒戏

续表

序号	作家	作品	宋元习俗	故事时代	备注
41	郑德辉	《倩女离魂》	伴当、祆庙火	唐	陈玄佑《离魂记》
42	马致远	《陈抟高卧》	幞头、婆娘、占卦	宋	宋太祖
43	无名氏	《马陵道》	杀坏、古门道、风魔、大古来、羊	战国（钟为先秦）	人物：庞涓 第二折引用了柳永《雨霖铃》的"今宵酒醒何处，杨柳岸晓风残月"。
44	王仲文	《救孝子》	所算了、大嫂、郎主、军户、贴户、散军、领军、兀立不罕元帅、卧番羊	宋元*	依据：第四折"开封府里见王修然大人。"王修然称呼皇帝为"郎主"
45	马致远	《黄粱梦》	风吹羊角、答刺了手脚	唐	八仙戏
46	乔孟符	《扬州梦》	大官羊、柳蒸羊、家乐、菱花镜、教坊、俳优、撮合山	唐	杜牧《遣怀》改编。
47	《郑德辉》	《王粲登楼》	点汤、卧翻羊	汉	王粲《登楼赋》，剧中出现大量唐诗
48	《无名氏》	《昊天塔》	睡梦、羊、傀儡棚	宋	杨家将戏
49	《关汉卿》	《鲁斋郎》	浑家、大嫂、杀坏、风魔九伯、所算了、羊皮百纳衣、羊酒花红，乞留乞良迷留没乱	宋	包公戏、梁山泊贼
50	《无名氏》	《渔樵记》	炭、羊羔、蛇皮鼓	汉	
51	马致远	《青衫泪》	羊、钱龙、本命、角妓、烟月牌、丧俗、蛮子	唐	
52	王实甫	《丽春堂》	女真民俗、院本杂剧、打双陆	金元（钟为金）	依据："破虏平戎，灭辽取宋，中原统。建四十里金铺，率万国来朝贡。"

续表

序号	作家	作品	宋元习俗	故事时代	备　注
53	无名氏	《举案齐眉》	婚俗、指腹为婚、莲花落	汉	
54	郑庭玉	《后庭花》	乞留兀良、禁忌	宋	包公戏
55	宫大用	《范张鸡黍》	肥羊法酒、显灵	汉	
56	乔梦符	《两世姻缘》	行院、旦末双全、清音、杂剧化妆、菱花、撞门羊、烧埋	唐	
57	秦简夫	《赵礼让肥》	杀羊宰马、杀坏了	汉	光武帝
58	杨显之	《酷寒亭》	烧埋、萧行首、九伯风魔	宋元*	
59	无名氏	《桃花女》	婚俗		人约黄昏后（宋词）
60	范子安	《竹叶舟》	大嫂、拆字、吕洞宾、道情		八仙戏
61	郑廷玉	《忍字记》	莲花落、魔合罗、伏虎禅师、婴儿、姹女、解典库、度化	唐*	布袋和尚为唐末高僧
62	张寿卿	《红梨花》	上庭行首谢金莲、扢搭帮		化用唐诗：阳关外送行人，渭城客舍斗清新
63	贾仲名	《金安寿》	女真风俗、蒙古语	宋元*	八仙戏
64	李行道	《灰阑记》	所算了、浑家、上庭行首张海棠	宋	
65	无名氏	《冤家债主》	杀羊造酒、双陆、卖烧羊肉		
66	郑德辉	《㑇梅香》	烧夜香、撮合山、菱花、祆庙火	唐	《西厢记》痕迹
67	尚仲贤	《单鞭夺槊》	所算了、哈喇了	唐	
68	谷子敬	《城南柳》	浑家、渔鼓简子、吕洞宾		八仙戏，化用唐诗：西出阳关路儿远

序号	作家	作品	宋元习俗	故事时代	备 注
69	无名氏	《诈范叔》	美酒羊羔、牛酒、法酒肥羊	战国（钟为先秦）	
70	无名氏	《梧桐叶》	浑家、羊角风、婚俗	唐	
71	吴昌龄	《东坡梦》	白莲会、风起神道来、梦	宋	
72	关汉卿	《金线池》	上庭行首、莲花落、钱龙		
73	曾瑞卿	《留鞋记》	婚俗、预兆	宋	包公戏
74	无名氏	《气英布》	杀坏、蒸饼、光禄寺、教坊司	汉	
75	无名氏	《隔江斗智》	羊酒花红、百戏、婚俗	三国（钟为汉）	
76	杨景贤	《刘行首》	行首、大嫂、全真七子、太岁	宋元（钟为金）	王重阳
77	无名氏	《度柳翠》	烧饼、茶房、茶博士、双陆		唐诗宋词、雨霖铃
78	王子一	《误入桃源》	占卜、春社	晋	
79	孟汉卿	《魔合罗》	女直、烧饼、浑家、潇湘水墨图	宋元*	
80	无名氏	《盆儿鬼》	戴花须戴大开头、大嫂、哈喇了、茶食、乐户、钱龙、炕、窑俗、鬼魂	宋	包公戏
81	贾仲名	《对玉梳》	上庭行首、幞头、八阳经	元*	松江府在元代设立
82	无名氏	《百花亭》	上庭行首贺怜怜、卖查梨	宋	与西夏打仗
83	石子章	《竹坞听琴》	道禄司、白云观、全真了道、菱花镜	元*	
84	无名氏	《抱妆盒》	预兆、大古里彩	宋	

续表

序号	作家	作品	宋元习俗	故事时代	备　注
85	纪君祥	《赵氏孤儿》	傀儡棚、鼓笛	春秋（钟为先秦）	
86	关汉卿	《窦娥冤》	发誓、医俗、羊肚汤、丧俗、鬼魂	唐宋*	楚州为唐宋时设置。
87	康进之	《李逵负荆》	戴花、土炕、煮肥羊肉	宋	"野花斜插渗青巾"
88	贾仲名	《萧淑兰》	婚俗、清明、占卜		
89	无名氏	《连环计》	拜月焚香、预兆	汉	拜月焚香，唐时就有
90	张国宝	《罗李郎》	旦色、丧俗、鬼魂		"我汤哥今日有一个新下城的旦色，唤做甚么宜时秀。"
91	无名氏	《看钱奴》	肥羊法酒、钱龙、大嫂、烧头香、利市酒	宋元*	依据：汴梁为元明时期称谓。周荣祖为："汴梁曹州人氏。"
92	李致远	《还牢末》	戴花、太保、烧羊造酒	宋	水浒戏，"野花斜插渗青巾"
93	尚仲贤	《柳毅传书》	神树、火龙	唐	
94	无名氏	《货郎旦》	行首（张玉娥）、完颜女直人氏、拈各千户、女真服饰、烧肉、浑家、潇湘水墨图	宋元*	唐宋辽金都有京兆府
95	关汉卿	《望江亭》	发誓	宋*	
96	马致远	《任风子》	羊羔奶酪浆、魔合罗、全真院、七真堂"哥哥你若休了嫂嫂，我就收了罢"	元	"全真院""七真堂"，推测可能为元代
97	无名氏	《碧桃花》	萨真人、直符使者	宋元*	萨真人为宋代道士
98	李好古	《张生煮海》	羊市角头、撮合山、煤火		

序号	作家	作品	宋元习俗	故事时代	备 注
99	武汉臣	《生金阁》	炭火上烧着羊肉、鬼魂	宋	包公戏
100	无名氏	《冯玉兰》	茶汤、杀坏了、梦兆		

表1《元曲选》故事时间据钟涛《元杂剧艺术生产论》（北京广播学院出版社2003年版，第133—136页）第五章《元杂剧艺术生产中的几个现象》中的表格所整理。钟氏按先秦、汉、唐、宋划分，其他未确定。笔者把部分钟涛没有细化的时代予以具体化，另外根据杂剧中的人物、习俗等线索推测补充了一些时代，其他无法推断的空置。新加的用 * 标示。

表2 　　　　　　　　《元曲选外编》故事时代一览表

序号	作家	作品	宋元习俗	故事时代	备 注
1	关汉卿	《西蜀梦》	当胸叉手、梦、鬼魂、关羽	三国	
2	关汉卿	《拜月亭》	中都、阿者、浑家、拜月烧香	金	金元称燕京为中都。从女真语推断可能是金代
3	关汉卿	《裴度还带》	浑家大嫂、抹妳、经纪、相面、婚俗	唐	
4	关汉卿	《哭存孝》	杀坏了、阿妈、阿者、羊酥酒、胡旋舞、赤瓦不剌海、莽古歹、虎磕脑、毡帐	唐	
5	关汉卿	《单刀会》	圪塔、活神道、七魄五魂	三国	
6	关汉卿	《绯衣梦》	茶博士、狱神庙、色目人	宋元	元朝有四等人划分。"为因老夫满面虬髯，貌类色目人，满朝人皆呼老夫为波斯钱大尹"

续表

序号	作家	作品	宋元习俗	故事时代	备　注
7	关汉卿	《调风月》	小千户、阿妈、脚步儿查梨、兔胡	宋金	
8	关汉卿	《陈母教子》	蒸饼、蟆头	宋	把盏的我是杨六郎
9	关汉卿	《五侯宴》	阿妈、撒袋、玉兔鹘、卖楂梨、哈喇	后唐	由沙陀李克用推测故事为后唐
10	高文秀	《遇上皇》	搽灰抹粉学搬唱、糊涂似包待制、蓝采和、瓮头春、纱蟆头	宋	包公与宋太祖非同时代人。从杂剧故事时间看，不应该出现包待制。"瓮头春"作为酒名见于唐诗宋词
11	高文秀	《襄阳会》	百戏、金乌玉兔、饮宴、军俗	三国	
12	高文秀	《渑池会》	吃烧肉、门神户尉、井神灶神、羊皮、杀坏了	战国	
13	郑廷玉	《金凤钗》	烧饼、浑家、杀坏了、哈刺了、病龙、衙内	宋	
14	白仁甫	《东墙记》	烧夜香、拜斗星、卜金钱	元	松江府在元代设立
15	李文蔚	《圯桥进履》	上八洞神仙、黄石公、杀坏了	秦汉	黄石公为秦汉时人，张良也为汉时人
16	李文蔚	《蒋神灵应》	哈答、捣蒜吃羊头、下酒肥羊	东晋	苻坚为十六国时期前秦皇帝
17	王实甫	《西厢记》	婚俗、军俗、丧俗	唐宋	
18	王实甫	《破窑记》	礼拜三光、婚俗、炕	宋	寇准为宋代人
19	尚仲贤	《三夺槊》	军俗、铁蟆头红抹额、预兆	唐	尉迟恭为唐代人
20	石君宝	《紫云庭》	诸宫调、海东青、阿那忽、做场、舞旋、说唱、路歧人	宋	
21	费唐臣	《贬黄州》	三岛蓬莱、妓乐	宋	王安石青苗法

序号	作家	作品	宋元习俗	故事时代	备 注
22	王伯成	《贬夜郎》	浑家、大古里、法酒肥羊	唐	
23	史九敬先	《庄周梦》	扮杂剧	先秦	第一折庄子与风花雪月四仙女对话："（生云）你这四个大姐。都是院里的。会甚么吹弹。（四旦云）所事都会。先生要甚杂剧。俺就扮来。"
24	狄君厚	《介子推》	与禁火习俗有关	春秋	
25	孔文卿	《东窗事犯》	地藏王、托梦	南宋	岳飞
26	刘唐卿	《降桑椹》	浑家、大嫂、护臂、撞席儿、太保、羊酒花红、茶汤、梦蒙古语：米罕、打剌孙、莎搭八了掩牙不约儿赤	汉	
27	宫大用	《七里滩》	木驴、叉手、酒旗、金莲罗袜、玉兔金乌	汉	第一折"木驴牵将，闹市云阳"古代木驴作为攻城的兵车。宋元始有木驴之刑具
28	郑德辉	《周公摄政》	占卜、解梦	西周	
29	郑德辉	《三战吕布》	李靖信仰、白马祭天	三国	
30	郑德辉	《智勇定齐》	梦兆、围猎、军俗、占卜	战国	
31	郑德辉	《伊尹耕莘》	感生神话、军俗、相面	商	
32	郑德辉	《老君堂》	把都儿、相面	唐	
33	金仁杰	《追韩信》	太岁	汉	
34	陈以仁	《存孝打虎》	圆梦、羊羔酒、蒙古语	后唐	

续表

序号	作家	作品	宋元习俗	故事时代	备　注
35	秦简夫	《剪发待宾》	解典库、卖发、官媒	晋代	
36	杨梓	《霍光鬼谏》	护身符、土葬、魂、引魂幡、粉鼻凹	汉	
37	杨梓	《豫让吞炭》	军俗、预兆	战国	
38	杨梓	《不伏老》	军俗	唐	高丽大将
39	罗贯中	《风云会》	应梦	宋	
40	杨景贤	《西游记》	杀坏、院本、傀儡、回回舞、浑家、宰肥羊、渔鼓简子、胡饼等	唐	
41	贾仲名	《升仙梦》	撞席、那答、杀坏		八洞神仙
42	无名氏	《替杀妻》	行院、大古里、占卜	宋	包公戏
43	无名氏	《焚儿救母》	还愿、十五看灯、医俗、东岳庙烧香	宋元	元有人牲献祭习俗。《元典章》刑部诸禁"禁投醮舍身烧死赛愿"
44	无名氏	《博望烧屯》	预兆、军俗 蒙古语：哈密里	三国	"哈密"地名初见于西辽的哈密力，元代又称"合迷里""渴密里"等。明代作"哈密"。维吾尔语称"库木勒"，含义来历尚待考证 关羽"生前为将相。他若是死后做神祇"，当是汉以后的评价
45	无名氏	《千里独行》	杀坏了、悬羊击鼓	三国	
46	无名氏	《赤壁赋》	羊羔酒、家乐	宋	
47	无名氏	《云窗梦》	忽剌八、乐籍、贩茶客、韩王殿	宋	汴梁

序号	作家	作品	宋元习俗	故事时代	备注
48	无名氏	《独角牛》	哈撒儿骨、露台、哪吒社、庙会摔交	唐宋	饶阳县在唐宋时期归属深州
49	无名氏	《刘弘嫁婢》	丧俗、占卜、官媒婆、婚俗、解典库	宋	
50	无名氏	《黄鹤楼》	军俗、阿的们大烧饼、杀坏了、社火	三国	
51	无名氏	《衣袄车》	军俗、回回将、酒俗	宋	狄青为北宋人
52	无名氏	《飞刀对箭》	梦兆、军俗	唐	
53	无名氏	《玩江亭》	刘行首、双陆、象棋		八仙戏
54	无名氏	《村乐堂》	女真习俗、蒸饼、粉鼻凹	宋元	包龙图
55	无名氏	《延安府》	女真习俗、回回、达达、蒙古语	宋元	八府宰相是元代官职,而范仲淹、吕夷简是宋人
56	无名氏	《黄花峪》	蒙古语"哈撒儿骨"、货郎儿	宋	水浒戏
57	无名氏	《野猿听经》	佛教		
58	无名氏	《锁魔镜》	烧饼、哪吒、天魔队舞	上古	
59	无名氏	《蓝采和》	新院本、传奇、杂剧、勾栏、梁园棚内、乐台、戏台、粉鼻凹	元	
60	无名氏	《符金锭》	占卜、媒婆、抛绣球、婚俗	宋	
61	无名氏	《九世同居》	分家、八月十五	唐	

续表

序号	作家	作品	宋元习俗	故事时代	备　注
62	无名氏	《射柳捶丸》	露台、八府众官、羊酥酒、射柳打球、女真习俗	宋元	剧中有"大宋英雄拱手降",以及"露台""八府众官"信息,据此可断为宋元

表3　　　　　　　《元刊杂剧三十种》故事时代一览表

序号	作家	元刊杂剧	宋元习俗	故事时间	备　　注
1	关汉卿	《大都新编关张双赴西蜀梦》	梦、祭祀、九月九、叉手	三国	
2	关汉卿	《新刊关目闺怨佳人拜月亭》	阿者、拜月	金	
3	关汉卿	《古杭新刊的本关大王单刀会》	活神道、七魄五魂	三国	
4	关汉卿	《新刊关目诈妮子调风月》	魔合罗、包髻、团衫、世袭千户、兔鹘、对星月赌誓	金	
5	高文秀	《新刊关目好酒赵元遇上皇》	包公信仰、瓮头春、赛羊、抹灰抹土学搬唱	宋	
6	郑廷玉	《大都新编楚昭王疏者下船》	七代先灵	春秋	
7	郑廷玉	《新刊关目看钱奴买冤家债主》	肥羊法酒、胡腔、五岳神、赛羊、羊羔利钱、钱龙、折末		

序号	作家	元刊杂剧	宋元习俗	故事时间	备注
8	马致远	《新刊的本泰华山陈抟高卧》	占卜、婆娘、山鬼吹灯显像	宋	
9	马致远	《新刊关目马丹阳三度任风子》	满月、魔合罗、全真院、七真堂、三清殿	元	"全真院""七真堂",推测可能为元代
10	武汉臣	《新刊的本散家财天赐老生儿》	鼓板、杂剧、糖饼儿、稳婆、赛羊、风水	元	第三折"糖饼儿香,酸馅儿光,村酒透瓶香。动鼓板的非常,做杂剧的委实长。"
11	尚仲贤	《古杭新刊的本尉迟恭三夺槊》	铁幞头红抹额、预兆	唐	
12	尚仲贤	《新刊关目汉高皇濯足气英布》	蒸饼、老婆、急留古鲁	汉	
13	纪君祥	《赵氏孤儿》	傀儡棚、叉手	春秋	
14	石君宝	《古杭新刊的本诸宫调风月紫云亭》	勾栏、把戏、诸宫调、做场、海东青、哪吒、完颜灵春、[阿那忽]等	宋金	
15	张国宾	《大都新编关目公孙汗衫记》	五脏神、呆答孩、占卜、食神、羊皮		袁天纲(应为罡)唐时人
16	张国宾	《新刊的本薛仁贵衣锦还乡》	土炕 第四折"戴着朵像生花恰似普贤菩萨。"薛大伯眼中的儿媳妇形象	唐	"像生"最早可能出现于宋代,最初仅指仿真,后来与表演说唱技艺的女艺人有关,如"旦本"杂剧《风雨像生货郎旦》。这里"像生花"是假花

序号	作　家	元刊杂剧	宋元习俗	故事时间	备　　注
17	孟汉卿	《新刊关目张鼎智勘魔合罗》	魔合罗、乞巧泥媳妇	宋元	
18	王伯成	《古杭新刊关目的本李太白贬夜郎》	菱花镜、法酒肥羊、浑家、水墨观音	唐	水墨画始于唐，盛于宋元。唐宋人画山水多湿笔，元人始用干笔
19	岳伯川	《新编岳孔目借铁拐李还魂》	浑家、羊羔、魔合罗、东岳庙招魂	宋	
20	狄君厚	《新编关目晋文公火烧介子推》		春秋	
21	孔文卿	《大都新刊关目的本东窗事犯》	地藏王	宋	
22	杨梓	《古杭新刊关目霍光鬼谏》	骑竹马、粉鼻凹	汉	
23	宫天挺	《新刊死生交范张鸡黍》	黑神道、韩元帅、汉钟离、梦、百人食百羊	汉	
24	宫天挺	《新刊关目严子陵垂钓七里滩》	金莲	汉	
25	郑光祖	《古杭新刊关目辅成王周公摄政》	求寿、占卜、解梦	西周	
26	金仁杰	《新刊关目萧何月夜追韩信》	叉手、竹马、太岁	汉	

序号	作家	元刊杂剧	宋元习俗	故事时间	备　注
27	范康	《新刊关目陈季卿悟道竹叶舟》	呆答孩、蓝采和、麻姑、八仙		
28	无名氏	《新刊关目诸葛亮博望烧屯》	构栏、关羽"这将军生前为将相，死后做神祇。"	三国	虚构"管通"看出刘备是真命天子。第四折"[剔银灯]非是我厅阶前卖弄，你看构栏中撮弄。怕他误猜众将休惊恐，看俺这老哥哥变化神通。"
29	无名氏	《新编足本关目张千替杀妻》	滴修都速，魄散魂消	北宋	包公戏
30	无名氏	《古杭新刊小张屠焚儿救母》	东岳信仰、茶汤、庙会戏、包公	宋元	第二折"[紫花儿序]……你觑那车尘马足，作戏敲锣，聒耳笙歌，不似今年上庙的多。""娘娘，那里有个神灵，在生时是包待制，死后为神，速报司是也。"

附录 C　元杂剧神话传说一览表

元杂剧神话传说一览表 1

神话传说	《元曲选》	《元曲选外编》	《元刊杂剧三十种》
感生神话	《汉宫秋》《合汗衫》《梧桐雨》《陈抟高卧》《桃花女》《抱妆盒》《看钱奴》	《伊尹耕莘》	
嫦娥神话	《汉宫秋》《金钱记》《赚蒯通》《玉镜台》《张天师》《潇湘雨》《梧桐雨》《红梨花》《金安寿》《㑇梅香》《金线池》《留鞋记》《度柳翠》《误入桃园》《对玉梳》《百花亭》《望江亭》	《裴度还带》《东墙记》《贬黄州》《西游记》《符金锭》	
射日神话	《张天师》《㑇梅香》	《西游记》	
日月神话	《燕青博鱼》《城南柳》《连环计》《罗李郎》《任风子》《碧桃花》《张生煮海》《生金阁》《冯玉兰》	《西蜀梦》《襄阳会》《七里滩》《西游记》《博望烧屯》《云窗梦》《九世同居》	《关张双赴西蜀梦》《古杭新刊关目的本李太白贬夜郎》《新刊关目严子陵垂钓七里滩》《新刊关目陈季卿悟道竹叶舟》
月老	《楚昭公》《扬州梦》《萧淑兰》		
九天女	《黄粱梦》		
九天仙女	《金钱记》		

神话传说	《元曲选》	《元曲选外编》	《元刊杂剧三十种》
牛郎织女	《汉宫秋》《玉镜台》《张天师》《曲江池》《墙头马上》《金安寿》《度柳翠》《货郎旦》	《西厢记》	
孟姜女传说	《潇湘雨》《曲江池》《渔樵记》《后庭花》《对玉梳》《窦娥冤》《还牢末》《任风子》《生金阁》	《替杀妻》 《小张屠》	《马丹阳三度任风子》《新刊的本薛仁贵衣锦还乡》《新编足本关目张千替杀妻》《古杭新刊小张屠焚儿救母》
梁祝传说	《渔樵记》《货郎旦》		
董永传说	《争报恩》《荐福碑》		
望夫石传说	《鸳鸯被》《救风尘》《楚昭公》《玉壶春》《风光好》《勘头巾》《倩女离魂》《救孝子》《青衫泪》《对玉梳》《百花亭》《窦娥冤》	《裴度还带》《绯衣梦》《紫云庭》《东窗事犯》《西厢记》	《古杭新刊的本诸宫调风月紫云亭》《新刊的本薛仁贵衣锦还乡》《大都新刊关目的本东窗事犯》
巫娥宋玉	《金钱记》《争报恩》《张天师》《汉宫秋》《陈抟高卧》《误入桃园》《望江亭》		《新编足本关目张千替杀妻》

元杂剧神话传说一览表 2
元杂剧中的孟姜女传说一览表

元杂剧	举例	传说母题	杂剧表意	备注
《潇湘雨》1	第四折"（解子云）都是这死囚。（词云）你大古里是那孟姜女千里寒衣。是那赵贞女罗裙包土。便哭杀帝女娥皇也。谁许你洒泪去滴成斑竹。"	千里送寒衣	哭：描写张天觉女儿翠鸾蒙冤哭泣	孟姜女

续表

元杂剧	举　例	传说母题	杂剧表意	备　注
《曲江池》1	第三折"（正旦唱）你就将他赶离后院。少不的我也哭倒长城。"	哭倒长城	悲哀：李亚仙面对爱钱财的老鸨驱赶书生郑元和，而烦恼伤心	
《渔樵记》1	第二折朱买臣唱"你怎不学孟姜女，把长城哭倒也则一声哀"。四折朱买臣看到刘家女悲伤"（正末唱）孟姜女不索你便泪涟涟，瘿人情使不着你野狐得这涎。（旦儿云）你今日做了官也忒自专哩！（正末唱）非是我自专，你把那长城哭倒圣人宣。"	哭倒长城	哀哭：	孟姜女
《后庭花》1	第二折李顺"说甚么九烈三贞孟姜女。他可也不比其余。"运用孟姜女传说的初意。	九烈三贞		孟姜女喻指自己媳妇
《对玉梳》1	第三折［醉春风］……恰便似孟姜女送寒衣。谁曾受这般苦"	送寒衣	苦：顾玉香不愿改嫁柳茂英，偷上京找书生荆楚臣，在行路上唱，比喻痴情女寻情人路途艰辛	孟姜女
《窦娥冤》1	第二折窦娥唱"那里有奔丧处哭倒长城……那里有上山来便化顽石？可悲，可耻，妇人家直恁的无仁义！"第二折"则待要百年同墓穴，那里肯千里送寒衣。"	奔丧、千里送寒衣、哭倒长城	贞烈：指婆婆招引张驴儿父子，难保这寡妇人家贞洁名声	

元杂剧	举　例	传说母题	杂剧表意	备　注
《还牢末》1	第三折萧娥假意探监看望李荣祖:"(搽旦云)孔目也。我送衣服与你穿。(正末唱)你大古是送千里寒衣孟姜女。可教我忙也那不忙,穿不的你那好衣裳"	千里送寒衣	冤死:李孔目指自己下在狱中离死不远	孟姜女"穿不的你那好衣裳"是指传说中孟姜女寻夫,丈夫已经筑死在长城内,未见到活人,其夫鬼魂托梦说"死人穿不得活人衣"
《任风子》1	第三折任屠对妻子唱"(旦云)早是我哩,若是别人家妇人呵,怎了?(正末唱)哎,你个婆娘妇女夸强会,直寻道这搭儿田地。想当日范杞良筑在长城内,干迤逗的个姜女送寒衣"	送寒衣筑长城	寻夫:任屠指媳妇知道自己去杀马丹阳道士长时未归,尽在咫尺却没有去寻夫	范杞良、姜女
《生金阁》1	第二折庞衙内的嬷嬷对衙内想强娶郭成家的媳妇唱"你道他昨来个那堝儿里杀坏了范杞梁,今日个这堝儿里没乱杀你女孟姜"	杀	杀死:借传说中秦始皇在范杞梁死后欲娶孟姜女的情节,暗指郭成的媳妇的危险处境	范杞梁、女孟姜
《替杀妻》2	屠家张千结义,结义哥外出,嫂嫂调戏张千,张千替哥杀嫂。"〔叨叨令〕……(末持刀揪旦科)(旦云)却怎生杀我。(末云)我前背杀你。大古里孟姜女不杀了要怎末哥。孟姜女不杀了要怎末哥。一朝马死黄金尽。"	杀	杀:张千杀嫂	孟姜女

续表

元杂剧	举　例	传说母题	杂剧表意	备　注
《焚儿救母》2	第一折张屠唱"［鹊踏枝］……你学那曹娥女哭长城送寒衣孟姜。休学那无廉耻盗果京娘。"	哭长城、送寒衣	三从四德：张屠劝妻子孝顺母亲	孟姜
《任风子》3	第三折"［石榴花］……婆娘家子管里夸贤慧，有甚早行不的这些田地。范杞良比筑在长城内，迤逗的个孟姜女送寒衣。"	送寒衣、筑长城	寻夫：参见上面	范杞良
《薛仁贵》3	第三折"［尧民歌］满城里没你这般歹东西！我死了你休送寒衣，你便上青山一化做望夫石，不与俺穷汉做活计。呸呸！婆娘妇女每，子待每日醮醮醉。"	送寒衣		后世山海关一带、湘北一带的孟姜女传说与望夫石传说合一（参见贺学君《中国四大传说》第51页）。朱恒夫《望夫石传说考论》认为孟姜女故事"与望夫石相联系是宋代发生的事。"（《江海学刊》1995年第4期第166页）
《替杀妻》3	第二折"大古里孟姜女不杀了要怎末哥，不杀了要怎末哥，一朝马死黄金尽。"	杀	杀：张千杀嫂	孟姜女

续表

元杂剧	举 例	传说母题	杂剧表意	备 注
《焚儿救母》3	第一折张屠劝妻子"[鹊踏枝]带头面插金装，穿绫罗好衣裳，出来的毁遍尊亲，骂遍街坊。你学那哭长城送寒衣孟姜，休学那无廉耻盗果京娘。"	哭长城、送寒衣	三从四德：张屠劝妻子孝顺母亲	孟姜

1 代表《元曲选》；2 代表《元曲选外编》；3 代表《新校元刊杂剧三十种》

注：郑宾于《孟姜女在〈元曲选〉中的传说》（收录于顾颉刚编著《孟姜女故事研究集》第二册，上海古籍出版社 1984 年版，第 123 页）："《元曲选》中有孟姜女的故事八条，也不过是一语及至而已，并没有详细的记载和说明。""八条说"实际是七部杂剧，八条片段资料，其中《渔樵记》中二折和四折的资料算两条。笔者经过检索，认为《元曲选》"八条说"不准确，《元曲选》涉及孟姜女传说的杂剧应该为 9 部，在郑宾于的基础上应再加入《潇湘雨》和《曲江池》，按郑宾于的统计法最少有 10 条资料。

元杂剧中的牛郎织女传说一览表

元杂剧	举 例	传说母题	杂剧表意	备 注
《汉宫秋》1	第二折汉皇唱"[三煞]……从今后不见长安望北斗。生扭作织女牵牛。"	织女牵牛（星）	分离：王昭君即将出嫁，汉皇无奈分离	
《玉镜台》1	"到秋来入兰堂。开画屏。看银河。牛女星。"	看银河、牛女星		
《张天师》1	第一折桃花仙子唱"[赚煞尾]……（陈世英云）既蒙仙子相许。小生怎敢负了此心。但仙子虽同织女。小生非比牵牛。怎么也要一年一会。做这般老远的期约也（正旦唱）那七夕会牛女佳期你可也休卖弄。"	织女牵牛（人）、七夕会	约期：有情人自比织女，相约明年中秋见面	

续表

元杂剧	举例	传说母题	杂剧表意	备注
《曲江池》1	第一折李亚仙"（净云）姨姨，俺和刘大姐两口儿，不似牵牛郎织女那。（正旦唱）你真个是牵牛上碧天。枉踏踏这清虚殿。我只问曲江里水比那天台较远。今日和刘郎相见。"	牵牛	相会：赵大户与刘桃花以牛郎织女为喻，春天在曲江池相聚小酌	天台遇仙：汉朝时刘晨和阮肇入天台山遇到二仙女成婚。后世把桃源遇仙与牛郎织女、天仙配、白蛇传一道列为我国古代四大人神相恋传说
《墙头马上》1	第一折正旦李千金唱"似舟中载倩女离魂。天边盼织女期。"二折"[牧羊关]……一个张生煮滚东洋大海，却待要宴瑶池七夕会。便银汉水两分开。委实这乌鹊桥边女，舍不的斗牛星畔客。"	织女期、七夕会、银河（银汉）阻隔、鹊桥	相思：李千金思念裴少俊痴情：李千金表达深爱穷书生裴少俊，即使将来遇到任何苦难在所不惜	
《金安寿》1	第四折金安寿唱"[大拜门]……似牛女在银汉边双排"	银河（银汉）阻隔	爱：指金安寿夫妻恩爱	
《度柳翠》1	第四折牛员外嘲弄旧相好柳翠"借问佳人情意允，还如织女嫁牛郎。"	嫁	婚姻：牛员外调戏柳翠，暗问柳翠是否有嫁牛员外之意	
《货郎旦》1	第三折副旦张三姑唱"[随尾]袄庙火宿世缘，牵牛织女长生愿"	长生愿	天缘注定：李彦和与张三姑相认	袄庙火

元杂剧	举　例	传说母题	杂剧表意	备　注
《西厢记》2	第二本第二折红娘邀请张生赴宴时唱到"［四煞］……你明博得跨凤乘鸾客，我到晚来卧看牵牛织女星。休傒幸，不要你半丝儿红线，成就了一世儿前程。"	牵牛织女星	相思：借用牛郎织女传说来表达男女有情，姻缘天定，相思难耐，自己会促成崔张好事	

元杂剧中的望夫石传说一览表

元杂剧	举　例	传说母题	杂剧表意	备　注
《鸳鸯被》1	第三折正旦李玉英唱"送了这望夫石的玉英。"	望夫石	分离相思：李玉英与张瑞卿分离后守志保贞洁，不改嫁他人	"望夫石"代指玉英自己
《救风尘》1	第一折赵盼儿劝引章嫁周舍要慎重："［幺篇］……事要前思免后悔，我也劝你不得。有朝一日，准备着搭救你块望夫石。"	望夫石	期盼思念：宋引章期盼赵盼儿救自己	"望夫石"代指宋引章
《楚昭公》1	第三折楚昭公逃亡船快沉了妻子跳下水，减轻船重"幽魂定不随风去，飞上青山更化身。"	上青山化石	贞烈	
《玉壶春》1	第三折李斌希望第二个行首陈玉英撮合自己与李素兰的婚事，唱"［红绣鞋］若瞒过那老虔婆赚离了门外。便是将俺那望夫石唤下山来。"	望夫石	思念：李斌（玉壶生）设想李素兰思念自己。用望夫石表现女方的坚贞	"望夫石"代指李素兰

元杂剧	举 例	传说母题	杂剧表意	备 注
《风光好》1	第一折歌妓秦弱兰唱："兀的般弄月嘲风留客所，便是俺追欢卖笑望夫山。"	望夫山	流连寄情的地方	"望夫山"代指妓院
《勘头巾》1	第三折张鼎孔目审问刘平远浑家"〔幺篇〕你见这恶哏哏，公吏排，不是我官不威牙爪威，不招承敢粉碎了望夫石。"	望夫石	坚贞，这里有不招供顽固不化之意	"望夫石"代指刘平远浑家
《倩女离魂》1	第三折倩女误以为王秀才得官后有新欢，伤心地唱："把巫山错认做望夫石。"	望夫石	思念坚贞：王文举得官寄书，倩女接信误以为王秀才移情别恋，伤心欲绝，辜负了她一年的思念和忠贞之情	
《救孝子》1	第二折李夫人寻杨兴祖的媳妇春香，看到梅香的尸体，误以为春香已经死了。"（正旦唱）媳妇儿也你心性儿淳。气格儿温。比着那望夫石不差分寸。这的就是您筑坟台包土罗裙。则这半丘黄土谁埋骨。抵多少一上青山便化身。也枉了你这芳春。"	望夫石、上青山化石	贞烈：指媳妇的"死"	死亡

续表

元杂剧	举例	传说母题	杂剧表意	备注
《青衫泪》1	第三折官妓裴兴奴唱"我把这画船权做望夫石。"	望夫石	思念:裴兴奴以为白乐天已亡,被茶商骗婚,在船上弹琴寄思	画船是兴奴思念乐天的空间,把画船比作"望夫石"不如"望夫山"更准确
《对玉梳》1	第一折上庭行首顾玉香表白"〔赚煞尾〕……(荆楚臣云)姐姐。你敢守志么?(正旦唱)我敢一上青山便化身。从今后枕冷衾寒。索自温存。"	上青山化石	分离守志:顾玉香向荆楚臣表白,即使荆楚臣与自己暂时分离,也不会移情别恋,会一直等他	
《百花亭》1	第三折贺怜怜说王焕莫学王魁负桂英"(正末做悲科唱)怎将我王焕比做王魁。我向西延边上建功为了宰职,你管取那五花诰夫人名位,则不要你个桂英化做一块望夫石。"	望夫石	空等无结果	上庭行首贺怜怜
《窦娥冤》1	窦娥唱"那里有上山来便化顽石?"	上山化石	贞洁:指婆婆招引张驴儿父子,难保这寡妇人家贞洁名声	

元杂剧	举　例	传说母题	杂剧表意	备　注
《裴度还带》2	第四折裴度唱"〔水仙子〕想起他那芙蓉娇貌蕙兰魂。杨柳纤腰红杏春。海棠颜色江梅韵。他恨不的上青山变化身。这其间卖登科寻觅回文。这裴中立身荣贵。那韩琼英守志贞。我怎肯与别人做了夫人。"	上青山化石	守志贞：裴度得官，妻子守志苦等	
《绯衣梦》2	第一折王闰香唱"(小末)今夜晚间在那些儿相等。（旦）你则在太湖石边等候着，早些儿来。（唱）〔赚煞〕……赴佳期早些儿动惮。你休要呆心不惯。休着我倚着太湖石身化望夫山。"	望夫山	约期等待：李庆安与指腹成亲的妻子王闰香约会见面	
《紫云庭》2	第二折外旦唱"〔南吕一枝花〕只教我立化做一块望夫石。"	望夫石		
《东窗事犯》2	第四折描述阴司秦桧受刑，秦桧夫人听说了阴司下因，泪满面，想见太师"〔滚绣球〕……说太师千般凌虐苦，则除你一上青山便化身，显夫人九烈三贞。"	上青山化石	贞烈：指秦桧夫人听说秦桧事因，有赴死之心，悲痛至极	

元杂剧	举 例	传说母题	杂剧表意	备 注
《西厢记》2	第三本第二折红娘唱"〔石榴花〕……为一个不酸不醋风魔汉，隔墙儿险化做了望夫山。"十里长亭送别，崔莺莺唱词：四本三折"虽然是厮守得一时半刻，也合着俺夫妻每共桌而食。眼底空留意，寻思起就里，险化做望夫石。"	望夫石、望夫山	思念痴情：表达女性对男子思念之深，用情之专	
《紫云亭》3	第二折"〔感皇恩〕……只教我立化做一块望夫石。"	望夫石		
《新刊的本薛仁贵衣锦还乡》3	第三折"〔尧民歌〕满城里没你这般歹东西！我死了你休送寒衣，你一上青山便化做望夫石，不与俺穷汉做活计。"	望夫石		
《大都新刊关目的本东窗事犯》3	第四折描述阴司秦桧受刑，秦桧夫人听说了阴司下因，泪满面，想见太师"〔滚绣球〕……说太师千般凌虐苦，则除你一上青山便化身，显夫人九烈三贞。"	上青山化石		

1 代表《元曲选》；2 代表《元曲选外编》；3 代表《新校元刊杂剧三十种》

附录 D　元杂剧中传统岁时节日一览表

表1　　　　　　　　　《元曲选》传统岁时节日一览表

序号	作家	作品	除夕春节	元宵	二月二	清明三月三	端午	七夕	七月十五	中秋	重阳	冬至
1	马致远	《汉宫秋》										
2	乔孟符	《金钱记》				√		√				
3	无名氏	《陈州粜米》										
4	无名氏	《鸳鸯被》										
5	无名氏	《赚蒯通》										
6	关汉卿	《玉镜台》										
7	无名氏	《杀狗劝夫》				√						
8	张国宾	《合汗衫》										√
9	关汉卿	《谢天香》										
10	无名氏	《争报恩》										
11	吴昌龄	《张天师》						√		√		
12	关汉卿	《救风尘》										
13	秦简夫	《东堂老》										√
14	李文蔚	《燕青博鱼》				√				√	√	
15	杨显之	《潇湘雨》										
16	石君宝	《曲江池》				√						
17	郑廷玉	《楚昭公》										
18	无名氏	《来生债》	√									
19	张国宾	《薛仁贵》				√						
20	白仁甫	《墙头马上》				√		√				
21	白仁甫	《梧桐雨》			√			√				
22	武汉臣	《老生儿》				√						
23	无名氏	《朱砂担》										
24	李直夫	《虎头牌》								√		
25	无名氏	《合同文字》				√						
26	无名氏	《冻苏秦》										
27	杨文奎	《儿女团圆》										

序号	作家	作品	除夕春节	元宵	二月二	清明三月三	端午	七夕	七月十五	中秋	重阳	冬至
28	武汉臣	《玉壶春》				√						
29	岳伯川	《铁拐李》										
30	无名氏	《小尉迟》										
31	戴善夫	《风光好》										
32	石君宝	《秋胡戏妻》										
33	无名氏	《神奴儿》										
34	马致远	《荐福碑》										
35	无名氏	《谢金吾》										
36	马致远	《岳阳楼》										
37	关汉卿	《蝴蝶梦》										
38	李寿卿	《伍员吹箫》										
39	孙仲章	《勘头巾》										
40	高文秀	《黑旋风》				√						
41	郑德辉	《倩女离魂》				√						
42	马致远	《陈抟高卧》										
43	无名氏	《马陵道》										
44	王仲文	《救孝子》										
45	马致远	《黄粱梦》										
46	乔孟符	《扬州梦》										
47	郑德辉	《王粲登楼》									√	
48	无名氏	《昊天塔》										
49	关汉卿	《鲁斋郎》				√						
50	无名氏	《渔樵记》			√							
51	马致远	《青衫泪》										
52	王实甫	《丽春堂》					√					
53	无名氏	《举案齐眉》			√							
54	郑庭玉	《后庭花》										
55	宫大用	《范张鸡黍》										
56	乔梦符	《两世姻缘》										
57	秦简夫	《赵礼让肥》										

续表

序号	作家	作品	除夕春节	元宵	二月二	清明三月三	端午	七夕	七月十五	中秋	重阳	冬至
58	杨显之	《酷寒亭》										
59	无名氏	《桃花女》					√					
60	范子安	《竹叶舟》										
61	郑廷玉	《忍字记》				√						
62	张寿卿	《红梨花》										
63	贾仲名	《金安寿》					√					
64	李行道	《灰阑记》										
65	无名氏	《冤家债主》				√						
66	郑德辉	《㑇梅香》				√						
67	尚仲贤	《单鞭夺槊》										
68	谷子敬	《城南柳》										
69	无名氏	《谇范叔》										
70	无名氏	《梧桐叶》										
71	吴昌龄	《东坡梦》										
72	关汉卿	《金线池》										
73	曾瑞卿	《留鞋记》		√								
74	无名氏	《气英布》										
75	无名氏	《隔江斗智》										
76	杨景贤	《刘行首》									√	
77	无名氏	《度柳翠》								√		
78	王子一	《误入桃源》										
79	孟汉卿	《魔合罗》						√				
80	无名氏	《盆儿鬼》										
81	贾仲名	《对玉梳》										
82	无名氏	《百花亭》				√						
83	石子章	《竹坞听琴》				√						
84	无名氏	《抱妆盒》										
85	纪君祥	《赵氏孤儿》										
86	关汉卿	《窦娥冤》										√
87	康进之	《李逵负荆》				√						

序号	作家	作品	除夕春节	元宵	二月二	清明三月三	端午	七夕	七月十五	中秋	重阳	冬至
88	贾仲名	《萧淑兰》				√						
89	无名氏	《连环计》										
90	张国宝	《罗李郎》										
91	无名氏	《看钱奴》										
92	李致远	《还牢末》										
93	尚仲贤	《柳毅传书》										
94	无名氏	《货郎旦》										
95	关汉卿	《望江亭》								√		
96	马致远	《任风子》										
97	无名氏	《碧桃花》				√						
98	李好古	《张生煮海》								√		
99	武汉臣	《生金阁》		√								
100	无名氏	《冯玉兰》										

表 2　　　　　　　　　　《元曲选外编》传统岁时节日一览表

序号	作家	作品	除夕春节	元宵	二月二	清明三月三	端午	七夕	七月十五	中秋	重阳	冬至
1	关汉卿	《西蜀梦》									√	
2	关汉卿	《拜月亭》	√									
3	关汉卿	《裴度还带》										
4	关汉卿	《哭存孝》										
5	关汉卿	《单刀会》										
6	关汉卿	《绯衣梦》										
7	关汉卿	《调风月》				√						
8	关汉卿	《陈母教子》										
9	关汉卿	《五侯宴》								√		
10	高文秀	《遇上皇》										
11	高文秀	《襄阳会》				√						
12	高文秀	《渑池会》										
13	郑廷玉	《金凤钗》				√						

续表

序号	作家	作品	除夕春节	元宵	二月二	清明三月三	端午	七夕	七月十五	中秋	重阳	冬至
14	白仁甫	《东墙记》										
15	李文蔚	《圯桥进履》					√					
16	李文蔚	《蒋神灵应》										
17	王实甫	《西厢记》										
18	王实甫	《破窑记》										
19	尚仲贤	《三夺槊》										
20	石君宝	《紫云庭》										
21	费唐臣	《贬黄州》										
22	王伯成	《贬夜郎》										
23	史九敬先	《庄周梦》										
24	狄君厚	《介子推》										
25	孔文卿	《东窗事犯》										
26	刘唐卿	《降桑椹》										
27	宫大用	《七里滩》										
28	郑德辉	《周公摄政》										
29	郑德辉	《三战吕布》										
30	郑德辉	《智勇定齐》										
31	郑德辉	《伊尹耕莘》										
32	郑德辉	《老君堂》										
33	金仁杰	《追韩信》										
34	陈以仁	《存孝打虎》										
35	秦简夫	《剪发待宾》										
36	杨梓	《霍光鬼谏》										
37	杨梓	《豫让吞炭》										
38	杨梓	《不伏老》										
39	罗贯中	《风云会》										
40	杨景贤	《西游记》								√		
41	贾仲名	《升仙梦》									√	
42	无名氏	《替杀妻》				√						
43	无名氏	《焚儿救母》		√								

序号	作家	作 品	除夕 春节	元宵	二月二	清明 三月三	端午	七夕	七月 十五	中秋	重阳	冬至
44	无名氏	《博望烧屯》										
45	无名氏	《千里独行》										
46	无名氏	《赤壁赋》							√			
47	无名氏	《云窗梦》								√		
48	无名氏	《独角牛》										
49	无名氏	《刘弘嫁婢》										
50	无名氏	《黄鹤楼》										
51	无名氏	《衣袄车》										
52	无名氏	《飞刀对箭》										
53	无名氏	《玩江亭》										
54	无名氏	《村乐堂》										
55	无名氏	《延安府》				√						
56	无名氏	《黄花峪》									√	
57	无名氏	《野猿听经》										
58	无名氏	《锁魔镜》										
59	无名氏	《蓝采和》										
60	无名氏	《符金锭》	√									
61	无名氏	《九世同居》								√		
62	无名氏	《射柳捶丸》					√					

参考文献

著作

（汉）刘向：《古列女传》，《四库全书》第 448 册，上海古籍出版社 1987年版。

（汉）东方朔：《海内十洲记》，王根林校点，《汉魏六朝笔记小说大观》，上海古籍出版社 1999 年版。

（东汉）王充：《论衡注释》，北京大学历史系《论衡》注释小组，中华书局 1979 年版。

（东汉）郑玄 笺，（唐）孔颖达 疏：《毛诗正义》，《十三经注疏》，中华书局 1980 年版。

（晋）干宝：《搜神记》，汪绍楹校注，中华书局 1979 年版。

（晋）郭璞注：《山海经》，（清）毕沅校，上海古籍出版社 1989 年版。

（南朝梁）萧子显：《南齐书》，中华书局 1997 年版。

（南朝梁）沈约：《宋书》，中华书局 1997 年版。

（南朝梁）宗懔：《荆楚岁时记》，（隋）杜公赡注，黄益元校点，《汉魏六朝笔记小说大观》，上海古籍出版社 1999 年版。

（南朝宋）刘义庆：《幽明录》，王根林校点，《汉魏六朝笔记小说大观》，上海古籍出版社 1999 年版。

（北魏）郦道元：《水经注校证》，陈桥驿校证，中华书局 2013 年版。

（唐）欧阳询：《艺文类聚》，汪绍楹校，中华书局 1965 年版。

（唐）李吉甫：《元和郡县图志》，贺次君点校，中华书局 1983 年版。

（唐）郑綮：《开天传信记》，（五代）王仁裕等《开元天宝遗事十种》，丁如明辑校，上海古籍出版社 1985 年版。

（唐）李百药：《北齐书》，中华书局 1997 年版。

（唐）杜佑：《通典》，浙江古籍出版社影印1998年版。

（唐）段成式：《酉阳杂俎》，曹中孚校点，《唐五代笔记小说大观》
　（上），上海古籍出版社2000年版。

（唐）张鷟：《朝野佥载》，恒鹤校点，《唐五代笔记小说大观》（上），上
　海古籍出版社2000年版。

（唐）皇甫枚：《三水小牍》，穆公校点，《唐五代笔记小说大观》（下），
　上海古籍出版社2000年版。

（五代）王仁裕：《开元天宝遗事》，丁如明校点，《唐五代笔记小说大
　观》（下），上海古籍出版社2000年版。

（后晋）刘昫等：《旧唐书》，中华书局1997年版。

（宋）陈彭年等：《钜宋广韵》，皇佑元年刻本。

（宋）高承：《事物纪原》（三），李果订，商务印书馆1937年版。

（宋）沈括：《新校正梦溪笔谈》，胡道静校注，中华书局1957年版。

（宋）李昉等：《太平御览》，中华书局1960年版。

（宋）四水潜夫辑：《武林旧事》，西湖书社1981年版。

（宋）彭大雅：《黑鞑事略笺证》，王国维笺，《王国维遗书》（八），上海
　书店出版1983年版。

（宋）曾敏行：《独醒杂志》，朱杰人标校，上海古籍出版社1986年版。

（宋）徐梦莘：《三朝北盟会编》（上册），上海古籍出版社1987年版。

（宋）赞宁：《宋高僧传》（上册），中华书局1987年版。

（宋）郑樵：《通志》（一），浙江古籍出版社1988年版。

（宋）李昉等：《太平广记》（1），上海古籍出版社1990年版。

（宋）罗叔绍修 常棠纂：《澉水志》，《宋元方志丛刊》第五册，中华书局
　1990年版。

（宋）赵彦卫：《云麓漫钞》，傅根清点校，中华书局1996年版。

（宋）欧阳修等：《新唐书》，中华书局1997年版。

（宋）陈元靓：《新编群书类要事林广记》，中华书局影印本1999年版。

（宋）孟元老：《东京梦华录》，《东京梦华录（外四种）》，远方出版社
　2001年版。

（宋）吴自牧：《梦粱录》，《东京梦华录（外四种）》，远方出版社2001
　年版。

（宋）孟珙：《蒙鞑备录校注》，（清）曹元忠校注，《续修四库全书》第423 册，上海古籍出版社 2002 年版。

（宋）王象之编纂：《舆地纪胜》，《续修四库全书》第 584 册，上海古籍出版社 2002 年版。

（宋）张津等：《（乾道）四明图经》，《续修四库全书》第 704 册，上海古籍出版社 2002 年版。

（宋）陈元靓：《岁时广记》，《续修四库全书》第 885 册，上海古籍出版社 2002 年版。

（宋）祝穆：《方舆胜览》，祝洙增订，施和金点校，中华书局 2003 年版。

（宋）张师正：《倦游杂录》，李裕民辑校，《宋元笔记小说大观》（一），上海古籍出版社 2007 年版。

（宋）洪皓：《松漠纪闻》，阳羡生校点，《宋元笔记小说大观》（三），上海古籍出版社 2007 年版。

（宋）陆游：《老学庵笔记》，高克勤校点，《宋元笔记小说大观》（四），上海古籍出版社 2007 年版。

（宋）庄绰：《鸡肋编》，李保民校点，《宋元笔记小说大观》（四），上海古籍出版社 2007 年版。

（宋）王栐：《燕翼诒谋录》，孔一校点，《宋元笔记小说大观》（五），上海古籍出版社 2007 年版。

（宋）周密：《癸辛杂识续集》，《宋元笔记小说大观》（六），上海古籍出版社 2007 年版。

（宋）道原：《景德传灯录译注》，顾宏义译注，上海书店出版社 2010 年版。

（金）张暐 辑：《大金集礼》，清光绪二十一年广雅书局刊本。

（金）宇文懋昭：《大金国志》，李西宁点校，《二十五别史·大金国志 元朝秘史》，齐鲁书社 1999 年版。

（金）刘祁：《归潜志》，黄益元校点，《宋元笔记小说大观》（六），上海古籍出版社 2007 年版。

（元）夏庭芝：《青楼集》，崔令钦等《教坊记 北里志 青楼集》，古典文学出版社 1957 年版。

（元）钟嗣成：《录鬼簿》，《中国古典戏曲论著集成》（二），中国戏剧出版社 1959 年版。

（元）孛兰肹等：《元一统志》，赵万里校辑，中华书局 1966 年版。

（元）佚名：《朴通事谚解》，《老乞大谚解 朴通事谚解》，联经出版事业
　公司 1978 年版。

（元）王实甫：《西厢记》，王季思校注，上海古籍出版社 1983 年版。

（元）忽思慧：《饮膳正要》，刘玉书点校，人民卫生出版社 1986 年版。

（元）陈澔注：《礼记集说》，上海古籍出版社影印本 1987 年版。

（元）费著：《岁华纪丽谱》，《四库全书》第 590 册，上海古籍出版社
　1987 年版。

（元）脱因修 俞希鲁纂：《至顺镇江志》，《宋元方志丛刊》第三册，中华
　书局 1990 年版。

（元）骆天骧：《类编长安志》，黄永年点校，中华书局 1990 年版。

（元）吴昌龄、刘唐卿、于伯渊：《吴昌龄 刘唐卿 于伯渊集》，张继红校
　注，山西人民出版社 1993 年版。

（元）脱脱等：《金史》，中华书局 1997 年版。

（元）脱脱等：《宋史》，中华书局 1997 年版。

（元）阙名：《大元圣政国朝典章》（中），中国广播电视出版社影印元刊
　本 1998 年版。

（元）佚名：《元朝秘史》，路芜、南孚尹、陈珊点校，《二十五别史·大
　金国志 元朝秘史》，齐鲁书社 1999 年版。

（元）熊梦祥：《析津志辑佚》，北京古籍出版社 2001 年版。

（元）佚名：《居家必用事类全集》，《续修四库全书》第 1184 册，上海
　古籍出版社 2002 年版。

（元）周德清：《中原音韵》，俞为民、孙蓉蓉主编《历代曲话汇编：新
　编中国古典论著集成》（唐宋元编），黄山书社 2006 年版。

（元）陶宗仪：《南村辍耕录》，李梦生校点，《宋元笔记小说大观》
　（六），上海古籍出版社 2007 年版。

（元）孔齐：《至正直记》，庄葳、郭群一校点，《宋元笔记小说大观》
　（六），上海古籍出版社 2007 年版。

（元）杨瑀：《山居新语》，李梦生校点，《宋元笔记小说大观》（六），上
　海古籍出版社 2007 年版。

（元）卓从之：《中州音韵》，张汉重校，北京大学石印本民国版。

（明）方孝孺：《逊志斋集》，《四部备要》集部，陆费逵总勘，高时显、吴汝霖辑校，丁辅之监造，上海中华书局据明刻本校刊 1924 年版。

（明）臧晋叔：《元曲选·序》，中华书局 1958 年版。

（明）臧晋叔：《元曲选·序二》，中华书局 1958 年版。

（明）臧晋叔编：《元曲选》，中华书局 1958 年版。

（明）冯梦龙编：《喻世明言》（下），许政扬校注，人民文学出版社 1958 年版。

（明）王骥德：《曲律》，《中国古典戏曲论著集成》（四），中国戏剧出版社 1959 年版。

（明）吴元泰：《东游记》，余象斗等《四游记》，上海古籍出版社 1986 年版。

（明）王圻纂集：《稗史汇编》，北京出版社 1993 年版。

（明）宋濂等：《元史》，中华书局 1997 年版。

（明）无名氏：《绘图三教源流搜神大全》（后集），台湾学生书局 1998 年版。

（明）胡应麟：《少室山房笔丛（辑录）》，俞为民、孙蓉蓉主编《历代曲话汇编：新编中国古典论著集成》（明代编第一集），黄山书社 2009 年版。

（明）叶子奇：《草木子》，吴东昆校点，《明代笔记小说大观》（一），上海古籍出版社 2011 年版。

（清）梁廷枏：《曲话》，有正书局 1916 年版。

（清）徐松辑：《宋会要辑稿》，中华书局 1957 年版。

（清）李渔：《闲情偶寄》，《中国古典戏曲论著集成》（七），中国戏剧出版社 1959 年版。

（清）王士祯：《池北偶谈》，中华书局 1982 年版。

（清）董诰等编纂：《全唐文》第六册，中华书局影印 1983 年版。

（清）徐珂：《清稗类钞》，中华书局 1984 年版。

（清）郝玉麟等监修，鲁曾煜等编纂：《广东通志》（一），《四库全书》第 562 册，上海古籍出版社 1987 年版。

（清）毕沅：《续资治通鉴》（3），岳麓书社 1992 年版。

（清）曹寅、彭定求等编纂：《全唐诗》，中华书局 1999 年版。

（清）吴辅宏纂辑：《大同府志》，大同市地方志编纂委员会办公室整理，大同市杨树丰产林印刷厂 2007 年版。

（清）王懋昭：《演剧庆寿说》，俞为民、孙蓉蓉主编《历代曲话汇编：新编中国古典论著集成》（清代编第三集），黄山书社 2008 年版。

白寿彝：《中国回教小史》，商务印书馆 1944 年版。

董每戡：《中国戏剧简史》，商务印书馆 1949 年版。

李啸仓：《宋元伎艺杂考》，上杂出版社 1953 年版。

孙楷第：《也是园古今杂剧考》，上杂出版社 1953 年版。

蔡美彪：《元代白话碑集录》，科学出版社 1955 年版。

赵景深辑：《元人杂剧钩沉》，上海古典文学出版社 1956 年版。

王国维：《王国维戏曲论文集》，中国戏剧出版社 1957 年版。

隋树森编：《元曲选外编》，中华书局 1959 年版。

杨公骥：《唐代民歌考释及变文考论》，吉林人民出版社 1962 年版。

钱南扬校注：《永乐大典戏文三种校注·前言》，中华书局 1979 年版。

叶德均：《戏曲小说丛考》，中华书局 1979 年版。

徐沁君校点：《新校元刊杂剧三十种》，中华书局 1980 年版。

方纪生编著：《民俗学概论》，北京师范大学史学研究所资料室 1980 年版。

徐扶明：《元代杂剧艺术》，上海文艺出版社 1981 年版。

陶晋生：《女真史论》，食货出版社 1981 年版。

常任侠：《中国舞蹈史话》，上海文艺出版社 1983 年版。

郑振铎：《中国俗文学史》，上海书店 1984 年版。

顾颉刚编著：《孟姜女故事研究集》，上海古籍出版社 1984 年版。

袁珂、周明编：《中国神话资料萃编》，四川省社会科学院出版社 1985 年版。

唐文标：《中国古代戏剧史》，中国戏剧出版社 1985 年版。

龙潜庵编著：《宋元语言词典》，上海辞书出版社 1985 年版。

徐俊元、张占军、石玉新：《贵姓何来》，河北科学技术出版社 1985 年版。

刘念兹：《戏曲文物丛考》，中国戏剧出版社 1986 年版。

张庚：《戏曲艺术论》，中国戏剧出版社 1986 年版。

王寿之：《元杂剧喜剧艺术》，安徽文艺出版社 1986 年版。

顾学颉、王学奇：《元曲释词》（三），中国社会科学出版社 1988 年版。

王可宾：《女真国俗》，吉林大学出版社 1988 年版。

廖奔：《宋元戏曲文物与民俗》，文化艺术出版社 1989 年版。

袁世硕：《元曲百科辞典》，山东教育出版社 1989 年版。

李树江：《回族民间文学史纲》，宁夏人民出版社 1989 年版。

刘文英：《中国古代的梦书》，中华书局 1990 年版。

刘荫柏：《元代杂剧史》，花山文艺出版社 1990 年版。

钟敬文：《话说民间文化·自序》，人民日报出版社 1990 年版。

王迅、苏赫巴鲁编著：《蒙古族风俗志》，中央民族学院出版社 1990
    年版。

方龄贵：《元明戏曲中的蒙古语》，汉语大辞典出版社 1991 年版。

林惠祥：《文化人类学》，商务印书馆 1991 年第 2 版。

申士垚、傅美琳编著：《中华风俗大辞典》，中国和平出版社 1991 年版。

王德有、陈战国主编：《中国文化百科》，吉林人民出版社 1991 年版。

郑土有：《晓望洞天福地——中国的神仙与神仙信仰》，陕西人民教育出
    版社 1991 年版。

于秀芳主编：《山西民歌》，山西人民出版社 1991 年版。

胡适：《三侠五义序》，《三侠五义》，海南出版社 1992 年版。

陈耀庭等编：《道家养生术》，复旦大学出版社 1992 年版。

宋万忠、武建华标注：《解梁关帝志》，山西人民出版社 1992 年版。

马西沙、韩秉方：《中国民间宗教史》，上海人民出版社 1992 年版。

徐朔方：《徐朔方集》，浙江古籍出版社 1993 年版。

安葵：《戏曲"拉奥孔"》，文化艺术出版社 1993 年版。

葛剑雄、曹树基、吴松弟：《简明中国移民史》，福建人民出版社 1993
    年版。

钱穆：《中国文化史导论》，商务印书馆 1994 年版。

卿希泰主编：《中国道教》，东方出版中心 1994 年版。

那木吉拉：《中国元代习俗史》，人民出版社 1994 年版。

柯大课：《中国全史·宋辽金夏习俗史》，人民出版社 1994 年版。

高丙中:《民俗文化与民俗生活》,中国社会科学出版社 1994 年版。

谭达先:《民间文学与元杂剧》,台湾学生书局 1994 年版。

赵山林:《中国戏剧学通论》,安徽教育出版社 1995 年版。

贺学君:《中国四大传说》,浙江教育出版社 1995 年第 2 版。

陈建宪:《神祇与英雄:中国古代神话的母题》,生活·读书·新知三联
　　书店 1995 年版。

刑莉:《观音信仰》,汉扬出版社 1995 年版。

曲彦斌:《典当史》,上海文艺出版社 1995 年版。

郭英德:《元杂剧与元代社会》,北京师范大学出版社 1996 年版。

韩登庸:《元代杂剧肇论》,远方出版社 1996 年版。

潜明兹:《中国古代神话与传说》,商务印书馆 1996 年版。

幺书仪:《元人杂剧与元代社会》,北京大学出版社 1997 年版。

李修生主编:《古本戏曲剧目提要》,文化艺术出版社 1997 年版。

孟昭毅:《东方戏剧美学》,经济日报出版社 1997 年版。

王炜民:《中国古代礼俗》,商务印书馆 1997 年版。

李润生:《正体·表德·美称》,华文出版社 1997 年版。

章培恒、骆玉明主编:《中国文学史》,复旦大学出版社 1997 年版。

吴松弟:《中国移民史(第四卷)——辽宋金元时期》,福建人民出版社
　　1997 年版。

修海林:《古乐的沉浮——中国古代音乐文化的历史考察》,山东文艺出
　　版社 1997 年版。

钟敬文主编:《民俗学概论》,上海文艺出版社 1998 年版。

费孝通:《乡土中国 生育制度》,北京大学出版社 1998 年版。

徐征等主编:《全元曲》,河北教育出版社 1998 年版。

李修生主编:《全元文》,江苏古籍出版社 1998 年版。

北京大学古文献研究所编:《全宋诗》,北京大学出版社 1998 年版。

谢祥皓、刘宗贤:《中国儒学》,四川人民出版社 1998 年第 2 版。

钟敬文:《钟敬文文集(民俗学卷)》,安徽教育出版社 1999 年版。

茅盾:《茅盾说神话》,上海古籍出版社 1999 年版。

乌丙安:《中国民俗学》,辽宁大学出版社 1999 年版。

鲁迅:《鲁迅杂文选集》,人民文学出版社 2000 年版。

郑振铎：《郑振铎说俗文学》，上海古籍出版社 2000 年版。

廖奔、刘彦君：《中国戏曲发展史》，山西教育出版社 2000 年版。

天人主编：《唐宋诗词名篇鉴赏辞典》，内蒙古人民出版社 2000 年版。

吴同瑞、王文宝、段宝林编：《中国俗文学概论》，北京大学出版社 2000
年版。

宋岘考释：《回回药方考释》，中华书局 2000 年版。

王汉民：《八仙与中国文化》，中国社会科学出版社 2000 年版。

方龄贵校注：《通制条格校注》，中华书局 2001 年版。

尚秉和：《历代社会风俗事物考》，中国书店 2001 年版。

乌丙安：《民俗学原理》，辽宁教育出版社 2001 年版。

干春松：《神仙传》，社会科学文献出版社 2001 年版。

王立：《宗教民俗文献与小说母题》，吉林人民出版社 2001 年版。

李修生：《元杂剧史》，江苏古籍出版社 2002 年版。

杨淑玲、李文治：《回族的习俗》，宗教文化出版社 2002 年版。

苑利主编：《二十世纪中国民俗学经典·传说故事卷》，社会科学文献出
版社 2002 年版。

吴康主编：《中华神秘文化辞典》，海南出版社 2002 年版。

韩养民、郭兴文：《中国古代节日风俗》，陕西人民出版社 2002 年第
2 版。

包鹏程、孔正毅：《艺术传播概论》，安徽大学出版社 2002 年版。

傅谨：《中国戏剧艺术论》，山西教育出版社 2003 年版。

钟涛：《元杂剧艺术生产论》，北京广播学院出版社 2003 年版。

李泽厚：《美学三书》，天津社会科学院出版社 2003 年版。

廖奔：《中国戏曲史》，上海人民出版社 2004 年版。

康保成：《中国古代戏剧形态与佛教》，东方出版中心 2004 年版。

王建科：《元明家庭家族叙事文学研究》，中国社会科学出版社 2004
年版。

吴裕成：《中国生肖文化》，天津人民出版社 2004 年版。

冯友兰：《中国哲学简史》，新世界出版社 2004 年版。

刘海燕：《从民间到经典：关羽形象与关羽崇拜的生成演变史论》，上海
三联书店 2004 年版。

郑传寅：《传统文化与古典戏曲》，湖南人民出版社 2005 年版。

车文明、王福才、延保全编：《平阳宋金元戏曲文物研究》，延边大学出版社 2005 年版。

费孝通：《费孝通论文化与文化自觉》，群言出版社 2005 年版。

史卫民：《元代社会生活史》，中国社会科学出版社 2005 年版。

朱大渭等：《魏晋南北朝社会生活史》，中国社会科学出版社 2005 年版。

王铭铭：《西方人类学思潮十讲》，广西师范大学出版社 2005 年版。

杨荫深：《细说万物由来》，九州出版社 2005 年版。

郎樱、扎拉嘎主编：《中国各民族文学关系研究》，贵州人民出版社 2005 年版。

鲁迅：《鲁迅小说史略》，上海古籍出版社 2006 年版。

刘守华、陈建宪主编：《民间文学教程》，华中师范大学出版社 2006 年版。

马亚川遗稿：《女真萨满神话》，黄任远、王盖章整理，黑龙江人民出版社 2006 年版。

宋德金、史金波：《中国风俗通史·辽金西夏卷》，上海文艺出版社 2006 年版。

罗斯宁：《元杂剧和元代民俗文化》，广东高等教育出版社 2007 年版。

田同旭：《元杂剧通论》，山西教育出版社 2007 年版。

王汉民：《道教神仙戏曲研究》，人民文学出版社 2007 年版。

张维娟：《元杂剧作家的女性意识》，中华书局 2007 年版。

张家国：《神秘的占候：古代物候学研究》，广西人民出版社 2007 年第 2 版。

林幹：《中国古代北方民族通论》，内蒙古人民出版社 2007 年版。

刘晓峰：《东亚的时间——岁时文化的比较研究》，中华书局 2007 年版。

姚大力：《北方民族史十论》，广西师范大学出版社 2007 年版。

游彪等：《中国民俗史（宋辽金元卷）》，人民出版社 2008 年版。

段宝林主编：《民间文学教程》，高等教育出版社 2008 年版。

王国维：《宋元戏曲史》，叶长海导读，上海古籍出版社 2009 年版。

卢世华：《元代平话研究：原生态的通俗小说》，中华书局 2009 年版。

范丽敏：《互通·因袭·衍化——宋元小说、讲唱与戏曲关系研究》，齐鲁书社 2009 年版。

赵旭东:《文化的表达:人类学的视野》,中国人民大学出版社 2009
年版。

马亚川讲述:《女真谱评》,王宏刚、程迅记录整理,吉林人民出版社
2009 年版。

黄竹三、延保全:《中国戏曲文物通论》,山西教育出版社 2010 年版。

许地山、傅勤家:《道教史;(外一种:中国道教史)》,岳麓书社 2010
年版。

程杰、范晓婧编著:《宋辽金歌谣辑录》,南京师范大学出版社 2011
年版。

孟嗣徽:《元代晋南寺观壁画群研究》,紫禁城出版社 2011 年版。

[日] 青木正儿:《元人杂剧概说》,隋树森译,中国戏剧出版社 1957
年版。

[日] 关敬吾编著:《民俗学》,王汝澜、龚益善译,中国民间文艺出版社
1986 年版。

[日] 吉川幸次郎:《中国文学史》,陈顺智、徐少舟译,四川人民出版社
1987 年版。

[英] 马丁·艾思林:《戏剧剖析》,罗婉华译,中国戏剧出版社 1981
年版。

[英] 道森编:《出使蒙古记》,吕浦译,周良霄注,中国社会科学出版社
1983 年版。

[英] 马林诺夫斯基:《巫术科学宗教与神话》,李安宅编译,上海文艺出
版社 1987 年版。

[英] 查·索·博尔尼:《民俗学手册》,程德祺等译,上海文艺出版社
1995 年版。

[英] 弗雷泽:《〈金枝精要〉——巫术与宗教之研究》,刘魁立编,上海
文艺出版社 2001 年版。

[英] 裕尔:《东域纪程录丛——古代中国闻见录》,[法] 考迪埃修订,
张绪山译,中华书局 2008 年版。

[法] 卢梭:《论戏剧》,王子野译,生活·读书·新知三联书店 1991
年版。

［德］马克思、恩格斯：《马克思恩格斯选集》，中共中央马克思恩格斯列宁斯大林著作编译局编，人民出版社 1972 年版。

［德］韦伯：《儒教与道教》，洪天富译，江苏人民出版社 1993 年版。

［德］格罗塞：《艺术的起源》，蔡慕晖译，商务印书馆 1998 年版。

［德］艾伯华：《中国民间故事类型》，王燕生、周祖生译，刘魁立审校，商务印书馆 1999 年版。

［意］约翰·普兰诺·加宾尼：《蒙古史》，道森编：《出使蒙古记》，吕浦译，周良霄注，中国社会科学出版社 1983 年版。

［意］马可·波罗：《马可波罗行纪》，冯承钧译，上海书店出版社 2000 年版。

［俄］别林斯基：《别林斯基文学论文选》，满涛、辛未艾译，上海译文出版社 1999 年版。

［美］时钟雯：《中国戏剧的黄金时代——元杂剧》，萧善因、王红箫译，山西人民出版社 1991 年版。

［美］杜赞奇：《文化、权力与国家》，王福明译，江苏人民出版社 2003 年版。

［瑞典］多桑：《多桑蒙古史》，冯承钧译，中华书局 2004 年版。

［亚美尼亚］乞拉可思·刚扎克赛、［意］鄂多立克、［波斯］火者·盖耶速丁：《海屯行纪 鄂多立克东游录 沙哈鲁遣使中国记》，何高济译，中华书局 1981 年版。

期刊论文

冯沅君：《古剧四考》，《燕京学报》1936 年第 20 期。

周贻白：《元代壁画中的元剧演出形式》，《文物》1959 年第 1 期。

顾颉刚：《〈庄子〉和〈楚辞〉中昆仑和蓬莱两个神话系统的融合》，《中华文史论丛》1979 年第 2 期。

宋德金：《金代女真族俗述论》，《历史研究》1982 年第 3 期。

苏平：《元代知识分子的历史命运与元杂剧的繁荣》，《社会科学研究》1986 年第 3 期。

洛地：《元本中的"咱"、"了"及其所谓"本"》，《中华戏曲》第 5 辑，山西人民出版社 1988 年版。

那木吉拉：《元代汉人蒙古姓名考》，《中央民族学院学报》1992 年第 2 期。

彭会资：《论岭南民俗文化圈的古代文艺学》，《学术论坛》1997 年第 3 期。

金建民：《宋元时期的民歌和词曲》，《艺术苑》音乐版（季刊）1993 年第 4 期。

盛奇秀：《元代宰相制度研究》，《文史哲》1994 年第 2 期。

朱恒夫：《望夫石传说考论》，《江海学刊》1995 年第 4 期。

朱光荣：《论中国戏曲里俗文学的艺术魅力》，《贵州师范大学学报》1996 年第 1 期。

欧阳友徽：《佛教与〈目连救母〉杂剧的诞生》，《戏剧（中央戏剧学院学报)》1996 年第 2 期。

方龄贵：《元明戏曲中的蒙古语续考》，《西北民族研究》1996 年第 2 期。

李金明：《我国史籍中有关南海疆域的记载》，《中国边疆史地研究》1996 年第 3 期。

赵沛霖：《中国神话的分类与〈山海经〉的文献价值》，《文艺研究》1997 年第 1 期。

方龄贵：《元明戏曲中的蒙古语续考》，《西北民族研究》1997 年第 2 期。

叶蓓：《浅析蒙古族文化对元杂剧形成及发展的影响》，《民族文学研究》1997 年第 4 期。

秦新林：《元代蒙古族的婚姻习俗及其变化》，《殷都学刊》1998 年第 4 期。

刘锡诚：《钟馗传说和信仰的滥觞》，《中国文化研究》1998 年秋之卷。

方龄贵：《元明戏曲中的蒙古语续考（连载)》，《西北民族研究》1999 年第 2 期。

吴晟：《宋元戏曲的娱乐趣尚》，《江西社会科学》2000 年第 1 期。

季学源：《文化视野中的梁祝故事》，《中国文学研究》2000 年第 2 期。

李晖：《唐代"竹马"风俗考略》，《中南民族学院学报》2000 年第 2 期。

陈季君：《中国扇文化嬗变的轨迹》，《贵州民族学院学报》2000 年第 3 期。

马成俊：《论民俗文化圈及其本位偏见》，《青海民族研究》2000 年第

3 期。

赵山林：《南北融合与关羽形象的演变》，《文学遗产》2000 年第 4 期。

张廷兴、李敏：《论元曲的俗艳特征》，《山东师大学报》2000 年第 5 期。

延保全：《山西蒲县宋杂剧石刻的新发现与河东地区宋杂剧的流行》，《文学前沿》2000 年第 2 期。

方龄贵：《元明戏曲中的蒙古语续考（连载）》，《西北民族研究》2001 年第 1 期。

杨绪容：《包拯断案本事考》，《复旦学报》2001 年第 2 期。

方龄贵：《元明戏曲中的蒙古语续考》，《西北民族研究》2001 年第 3 期。

［荷兰］伊维德：《我们读到的是"元"杂剧吗——杂剧在明代宫廷的嬗变》，宋耕译，《文艺研究》2001 年第 3 期。

田俊迁：《蒙元时期蒙古与高丽的经济文化交流和民族融合》，《甘肃社会科学》2001 年第 6 期。

陈华文：《论民俗文化圈》，《广西民族学院学报》2001 年第 6 期。

刘祯：《元代审美风尚特征论》，《中国文化研究》2001 年夏之卷。

翁敏华：《〈秋胡戏妻〉杂剧与"桑林淫奔"古俗》，《中华戏曲》第 26 辑，文化艺术出版社 2002 年。

范立舟：《论宋元时期的外来宗教》，《宗教学研究》2002 年第 3 期。

李小荣：《哪吒故事起源补考》，《明清小说研究》2002 年第 3 期。

邓卫中：《哪吒与水崇拜》，《中华文化论坛》2002 年第 4 期。

扎拉嘎：《游牧文化影响下中国文学在元代的历史变迁》，《文学遗产》2002 年第 5 期。

李祥林：《元杂剧舞台上的"八仙"》，《戏剧之家》2002 年第 6 期。

朱东根：《杂剧中的"孤"指称什么人物》，《文史知识》2002 年第 11 期。

康保成：《元杂剧的"宾白"与"表白"》，《学术研究》2002 年第 11 期。

郑传寅：《民俗与戏曲的俗文化品格》，《戏曲研究》第 62 辑，中国戏剧出版社 2003 年版。

刘毓庆：《中国古代北方民族狼祖神话与中国文学中之狼意象》，《民族文学研究》2003 年第 1 期。

李道和：《试论作为望夫石传说原型的涂山氏传说》，《民族艺术研究》

2003 年第 2 期。

杨惠玲：《"货郎儿"推考》，《艺术百家》2003 年第 3 期。

尹蓉：《元杂剧中的八仙》，《艺术百家》2003 年 3 期。

孙伯君：《元明戏曲中的女真语》，《民族语文》2003 年第 3 期。

郎樱：《北方民族文化与中华文化》，《社会科学战线》2003 年第 3 期。

那木吉拉：《古代突厥语族诸民族乌鸦崇拜习俗与神话传说》，《民族文学研究》2003 年第 4 期。

关长龙：《中国日月神话的象征原型考述》，《浙江大学学报》2003 年第 3 期。

扎拉嘎：《北方少数民族对中国文学的贡献》，《社会科学战线》2003 年第 3 期。

杨义、汤晓青：《北方民族文化与中国古代文学》，《社会科学战线》2003 年第 3 期。

苗怀明：《从文学的、平面的到文化的、立体的——20 世纪 80 年代以来中国戏曲研究方法变革之探讨》，《河南社会科学》2003 年第 5 期。

郑传寅：《节日民俗与古代戏曲文化的传播》，《东南大学学报》2004 年第 1 期。

孙伯君：《辽金官制与契丹语》，《民族研究》2004 年第 1 期。

朱大可：《色语、酷语和秽语：流氓叙事的三大元素》，《南方文坛》2004 年第 1 期。

刘迎胜：《社会底层的汉—伊斯兰文明对话——对回族语言演进史的简要回顾》，《南京大学学报》2004 年第 1 期。

华方田：《辽金元佛教》，《佛教文化》2004 年第 2 期。

马娟：《元代回回法与汉法的冲突与调适》，《回族研究》2004 年第 3 期。

林嵒：《论鬼魂与梦兆情节在关汉卿戏剧创作中的作用》，《首都师范大学学报》2004 年第 5 期。

涂秀虹：《论元明八仙戏》，《福建师范大学学报》2004 年第 6 期。

纪永贵：《董永遇仙传说戏曲作品考述》，《戏曲研究》第 66 辑，中国戏剧出版社 2004 年版。

李炳海：《原始宗教灵物崇拜的载体——洋洋大观而又井然有序的昆仑》，《世界宗教研究》2005 年第 1 期。

金丹元：《元明艺术思维中的民间色素对"理"与"情"的重注》，《社会科学》2005 年第 1 期。

周玲：《元杂剧中的面食风俗》，《华南师范大学学报》2005 年第 2 期。

赵永春：《〈茅斋自叙〉记载的女真生活习俗与宋金关系》，《北方文物》2005 年第 3 期。

杨万里：《宋辽金俗文学交流若干事实的文学史意义》，《殷都学刊》2005 年第 4 期。

潘清：《元代东南沿海外来人口的形成与分布》，《中国社会经济史研究》2005 年第 4 期。

张正学：《平阳、真定、东平为早期元杂剧中心地说质疑》，《厦门教育学院学报》2005 年第 4 期。

周玲：《元杂剧中的冠衣文化研究》，《求索》2005 年第 5 期。

萧放：《传统节日：一宗重大的民族文化遗产》，《北京师范大学学报》2005 年第 5 期。

任崇岳：《元代中原地区的民族融合》，《中州学刊》2005 年第 5 期。

陈旭霞：《元曲中的茶文化映像》，《河北学刊》2005 年第 6 期。

康保成：《酒令与元曲的传播》，《文艺研究》2005 年第 8 期。

刘永连：《舞马和马舞》，《中国文化研究》2005 年秋之卷。

陈万鼐：《元佚名〈蓝采和〉杂剧的著作年代及其传本考》，（台湾）《国家图书馆馆刊》2005 年第 1 期。

罗斯宁：《元杂剧的爱情剧和元代的节日择偶习俗》，《东南大学学报》2006 年第 1 期。

王光汉：《合肥方言单音动词考释一》，《合肥学院学报》2006 年第 2 期。

刘祯：《戏曲与民俗文化论》，《戏曲研究》第 70 辑，文化艺术出版社2006 年。

杨晓霭：《竹枝歌唱在宋代的变化与竹枝歌体》，《文学遗产》2006 年第 3 期。

张如安：《元代浙东海洋文学初窥——以宁波、舟山地区为中心》，《浙江海洋学院学报》2006 年第 3 期。

先巴：《昆仑文化与道教神仙信仰略论》，《青海民族学院学报》2006 年第 4 期。

黄时鉴：《元代缠足问题新探》，《东方博物》第 18 辑，浙江大学出版社 2006 年版。

赵丰：《蒙元胸背及其源流》，《"丝绸之路与元代艺术"国际学术研讨会论点摘编》，《东方博物》第 18 辑，浙江大学出版社 2006 年版。

李成：《金代女真文化对元杂剧繁荣的影响》，《黑龙江民族丛刊》2007 年 1 期。

王希恩：《"现代民族"的特征及形成的一般途径》，《世界民族》2007 年第 2 期。

张芸：《望夫石传说古今流传考》，《民俗研究》2007 年第 4 期。

李连生：《板腔体的形成与戏曲声腔演化的特征》，《学术研究》2007 年第 10 期。

［日］小松谦、金文京：《试论〈元刊杂剧三十种〉版本性质》，黄仕忠译，《文化遗产》2008 年第 2 期。

胥洪泉：《元杂剧中带"驴"字的詈辞》，《四川戏剧》2008 年第 3 期。

郭俊叶：《托塔天王与哪吒——兼谈敦煌〈毗沙门天王赴哪吒会图〉》，《敦煌研究》2008 年第 3 期。

何星亮：《从传统节日看古代中国人的和谐理念——以端午礼俗为例》，《民族研究》2008 年第 3 期。

郝青云、王清学：《西厢记故事演进的多元文化解读》，《中国社会科学院研究生院学报》2008 年第 4 期。

陈高华：《元代妇女服饰简论（下）》，《北京联合大学学报》2008 年第 4 期。

方燕：《鞭春·改火·驱傩——巫术与宋代宫廷节俗简论》，《绵阳师范学院学报》2008 年第 4 期。

李治安：《元代汉人受蒙古文化影响考述》，《历史研究》2009 年第 1 期。

顾韵芬、张姝：《金代女真服饰文化的涵化》，《纺织学报》2009 年第 1 期。

王政：《元明戏曲中的墓祭古俗考》，《民族艺术》2009 年第 3 期。

刘文刚：《哪吒神形象演化考论》，《宗教学研究》2009 年第 3 期。

葛兆光：《从"西域"到"东海"——一个新历史世界的形成、方法及问题》，《文史哲》2010 年第 1 期。

陈高华：《元代女性的交游和迁徙》，《浙江学刊》2010 年 1 期。

季学源：《文化视野中的梁祝故事》，《中国文学研究》2000 年第 2 期。

赵旭东：《侈靡、奢华与支配——围绕十三世纪蒙古游牧帝国服饰偏好与
　　政治风俗的札记》，《民俗研究》2010 年第 2 期。

陈瑞凤：《元杂剧战争场面表演形态研究》，《文化遗产》2010 年第 2 期。

栗志刚：《民族认同的精神文化内涵》，《世界民族》2010 年第 2 期。

唐朝晖：《元代理学与元遗民文人群心态》，《文学评论》2010 年第 3 期。

李昌集：《王国维对元杂剧三点批评的当代解读——一个世纪学案的重新
　　讨论》，《文学评论》2010 年第 4 期。

张大新：《论元代前期历史剧的民族意识和时代精神》，《文学评论》2010
　　年第 4 期。

毛宏跃：《金代纸币流通探析》，《黑龙江史志》2010 年第 5 期。

麻国钧：《元明杂剧中的队舞与队戏》，《中华戏曲》第 41 辑，文化艺术
　　出版社 2010 年版。

王其格：《浅论北方草原民族的图腾信仰》，《论草原文化》第 7 辑，内蒙
　　古教育出版社 2010 年版。

延保全：《宋金元戏曲化妆考略》，《戏剧艺术》2011 年第 1 期。

车文明：《中国古代戏台规制与传统戏曲演出规模》，《戏剧艺术》2011
　　年第 1 期。

云峰：《俗文学成为元代文坛主流论》，《中央民族大学学报》2011 年第
　　1 期。

黎国韬、詹双晖：《竹马戏形成年代论略》，《广东第二师范学院学报》
　　2011 年第 1 期。

元鹏飞、任莹：《元杂剧中的中州情结》，《南京师范大学文学院学报》
　　2011 年第 3 期。

张蓓蓓：《宋代戏剧服饰艺术特征探析》，《民族艺术研究》2011 年第
　　3 期。

刘小梅：《宋元戏曲艺术思想概述》，《戏曲艺术》2011 年第 3 期。

王政：《元明戏曲中的"抛绣球"事象略考》，《名作欣赏》2011 年第
　　17 期。

李艳琴：《从〈祖堂集〉看"叉手"一词的确义及其他》，《宁夏大学学

报》2011 年第 5 期。

何叔涛：《论多民族国家民族认同与国家认同的特点及互动》，《云南民族
　　大学学报》2011 年第 6 期。

博硕论文

纪永贵：《中国口头文化遗产——董永遇仙传说研究》，博士学位论文，
　　南京师范大学，2004 年。

周玲：《元杂剧民俗文化遗存研究》，博士学位论文，中山大学，2005 年。

张晓兰：《宋代伎艺及其对元杂剧的影响》，硕士学位论文，兰州大学，
　　2006 年。

王燕：《元杂剧与元代时尚风俗研究》，硕士学位论文，广西师范大学，
　　2007 年。

刘全芬：《南宋金元新道教孝道伦理研究》，博士学位论文，山东大学，
　　2009 年。

林家如：《元杂剧中的民俗与民俗活动》，硕士学位论文，台湾东吴大学，
　　2009 年。

徐雪辉：《元杂剧文化研究》，博士学位论文，曲阜师范大学，2009 年。

陈刚：《唐前蓬莱神话流变考》，博士学位论文，华中师范大学，2011 年。

报刊及网络文章

钟敬文：《文学狂欢化思想与狂欢》，董晓萍整理，《光明日报》1999 年 1
　　月 28 日第七版。http：//www. gmw. cn/01gmrb/1999 – 01/28/GB/
　　17951%5eGM7 – 2805. HTM。

徐沁君：《元人杂剧的珍本——谈〈元刊杂剧三十种〉》，北大中文论坛
　　http：//www. pkucn. com/viewthread. php？tid ＝ 148788　发布时间：
　　2003 – 5—23 12：12：00。

戴峰：《戏曲与民俗的互动研究》，《文艺报》2005 年 9 月 8 日第 7 版。

张斯直：《元杂剧中心说之质疑》，新浪博客，http：//blog. sina. com. cn/s/
　　blog_5dceed400100cfdg. html（2009 – 03 – 02 22：28：58）。

王青：《中国神话在人文神话和自然神话间变迁》，中国社会科学报；国
　　务院参事室网站转载：http：//www. counsellor. gov. cn/content/2009 –

09/17/content_6885. htm。

《回族服饰发展史》，中阿经贸论坛官网，http：//www. cnr. cn/2011zthd/
　　jingmaoluntan/ningxia/huizuwenhua/201109/t20110910_50 8488341. shtml。

（宋）文素编：《如净和尚语录》，海峡佛教网，http：//www. hxfjw. com/
　　book/story. php？ id＝1664。

刘美云：《论入居中原的女真人与汉族文化的融合》，2012－2－28 ht-
　　tp：//www. sxdtdx. edu. cn/ygwh/onews. asp？ /500. html。

后　记

元杂剧方面的研究，学界成果斐然。选题之初，颇忐忑惶恐，一恐元剧浩瀚，以吾陋识恐难驾驭；二恐前人成果丰硕，选题乏新，学境难拓。吾一后学之辈对于戏剧戏曲学积淀尚浅，涉此领域，心中常怀惴惴。然元诗、元文、元剧在元代文学呈三足鼎立，元杂剧雅中有俗，俗中含雅，尤以文学、演剧互通而备受关注，又因国学大师王国维先生眼中的"真正之戏曲""一代之文学"而地位陡增，是以吸引吾研究之。又因在山西师大民俗学专业三年熏陶，今以民俗之视角观元剧之演变有一定心理、专业优势。更承蒙恩师延保全先生信任鼓励，思之再三，终定题开卷，欲以民俗学视角做一次元杂剧的跨学科研究，把元杂剧置于戏曲、文学、民俗、历史、民族之宏观语境中加以考察，既溯源管窥其传承，又探析其当代性及对后世的影响。

拙著在博士学位论文的基础上增加了近年的思考，补充丰富了一些材料和观点，同时吸收了博士学位论文答辩时评委组提出的修改意见并加以完善而成，然插图未配，仍不免遗憾。

拙著完稿，搁笔沉思，忆往昔，读博三载，如在昨日。尧都春夏，绿意挥洒，花香阵阵，门前柿子累累，引人遐想，漫步街市，"花果城"名不虚也。夏日炎炎，细雨忽至，一洗阅读之疲倦，怎一个"爽"字了得。在田家炳楼、科学会堂的教室一次次与导师们研讨；在巨人广场、公园小桥湖畔朋友促膝畅谈；在宿舍或秉烛夜读或嘻哈调侃，难舍同门之情谊；更难忘一次次亦师亦友的小聚谈心，专业解惑，生活感悟，或娓娓道来，或酒兴慷慨，皆无间之情也。时光荏苒，云卷云舒，花开花谢，弹指间毕业已五年，记忆犹新，挂念依然，非数语可表。

古槐葱茏，汾河湍流，鼓楼高耸，尧庙人炽，铁佛庄严，一次次文化寻根，一次次梦回校园。无尽地牵挂，深深地感恩。

在此，衷心感谢恩师延保全先生对我多年来的关心、理解与支持，无论在生活，还是学习中，都受益良多。早在2002年读研就忝列恩师门下攻读民俗学专业，那时先生是山西师大的青年才俊，博学多艺，在民俗学、戏剧戏曲学专业均担任硕导，不仅对于区域民俗、戏曲文物有深入研究，而且在古建、书法方面也造诣深厚。在2007年我成婚之时，先生又专程参加我的婚礼并送上祝福，私下又一再叮嘱我要处理好工作、生活和学习的关系，处理好科研和教学的关系，应有考博意识。语重心长，谆谆教诲，至今难忘！2009年有幸考上山西师大戏剧戏曲学博士，不忘初心，再次跟随先生读博。然而，从民俗学跨入戏剧戏曲学，面临许多新的挑战，本选题相关研究成果较多，开拓不易，在论文的写作过程中，每遇困惑，信念动摇时，恩师给了我热忱鼓励，让我坚定了信心。延保全先生当时在文学院和戏研所的行政和教学事务繁忙，仍不辞辛劳地帮助我拓宽研究思路、斟酌学术观点乃至校对字词标点，付出了极大的心血。2012年博士学位论文得以顺利完稿并通过答辩，凝聚着恩师的智慧和汗水。拙著完稿又蒙先生于百忙之中赐序，亦为本书增色许多。

衷心感谢中国传媒大学周华斌先生、中央戏剧学院麻国钧先生、中国艺术研究院刘祯先生和安葵先生，以及山西师范大学戏曲文物研究所黄竹三先生、冯俊杰先生、车文明先生在博士学位论文开题和答辩时给予的高屋建瓴的理论指导和合理建议，诸位先生开阔的学术视野和平易近人的风范，令人难忘。

真诚感谢山西师范大学戏曲文物研究所各位老师授我以道，在为人、做文方面皆为我楷模。黄竹三先生知识渊博，学术素养深厚，严谨的治学精神令人钦佩。冯俊杰先生幽默风趣、旁征博引、充满激情的授课，让我印象深刻。求学期间有幸聆听二位先生授课点评，颇受启发。读博三年中，车文明先生非常关照我，为论文撰写提出了许多宝贵的建议，提供了很多重要的文献线索，让我少走了很多弯路。先生对古戏台十分热爱和精专，有着深刻的见解，承蒙教诲，不胜感激。其间有幸参与《中国戏曲文物志》的编写，更是得到一次锻炼。王福才先生在查找疑难字符、规范格式等方面给予了热心帮助。曹飞先生、范春义先生、吕文丽老师的乐观豁达，真知灼见，常让我茅塞洞开。

　　读博三年来山西师范大学戏曲文物研究所各位老师言传身教，让我终身受益。同学们朝夕相处，受尧舜文化洗礼，置身戏曲文物的殿堂，畅谈人生，追寻诗意和远方，其乐融融。在这样一个大家庭中求学成长，备感温馨。

　　在异地求学的过程中，与父母住在一起生活，正经历从租房搬家、贷款买房到装潢新家的人生重要阶段，女儿幼小，父母年迈身体欠佳几次大病住院，亲人的期盼，家庭的责任，生活的艰辛、坎坷、磨砺，促我成长。每一次面对挑战，克服困难，获得成功的背后，离不开爱妻、家人的默默付出和支持，离不开诸多师友的相知相助，铭记在心，化为动力！搁笔之际，旭日东升，人生又将开启全新的一天，朝着梦想，携爱前行！

　　拙著即将出版之际，感谢中国社会科学出版社编辑的校对和辛勤付出。感谢《民族文学研究》《中华戏曲》《戏曲艺术》《北方论丛》等刊物发表本书部分内容。感谢中国社会科学网、中国民俗学网、山西大学"山西民俗学"公众号对书中相关论文的转载和推送。

　　由于学识水平有限，拙著难免有疏漏不妥之处，敬请专家学者和广大读者不吝指正！

2017 年 9 月 23 日

于行知苑寒舍晨